中华传世藏书

【图文珍藏版】

聊斋志异

[清]蒲松龄⊙原著
王艳军⊙主编

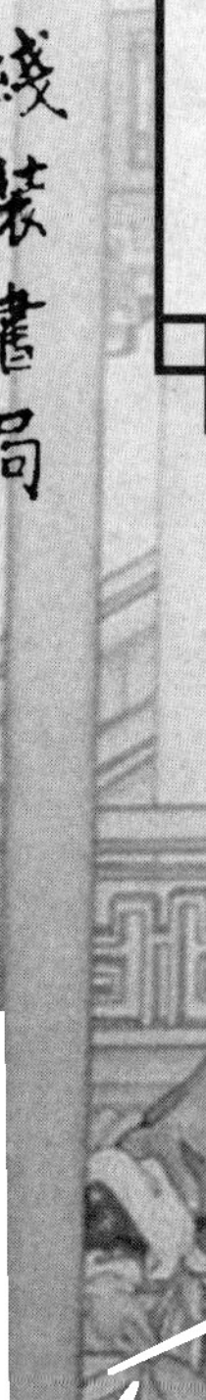

线装书局

鬼作筵

【原文】

杜秀才九畹，内人病。会重阳[1]，为友人招作茱萸会[2]。早兴，盥已[3]，告妻所往。冠服欲出，忽见妻昏愦[4]，絮絮若与人言[5]。杜异之，就问卧榻。妻辄“儿”呼之。家人心知其异。时杜有母柩未殡[6]，疑其灵爽所凭[7]。杜祝曰：“得勿吾母耶？”妻骂曰：“畜产！何不识尔父？”杜曰：“既为吾父，何乃归家祟儿妇？”妻呼小字曰[8]：“我专为儿妇来，何反怨恨？儿妇应即死；有四人来勾致[9]，首者张怀玉。我万端哀乞，甫能得允遂。我许小馈送，便宜付之。”杜如言，于门外焚钱纸。妻又言曰：“四人去矣。彼不忍违吾面目[10]，三日后，当治具酬之[11]。尔母老，龙钟不能料理中馈[12]。及期，尚烦儿妇一往。”杜曰：“幽冥殊途，安能代庖？望父恕宥。”妻曰：“儿勿惧，去去即复返[13]。此为渠事，当毋惮劳。”言已，即冥然[14]，良久乃苏。杜问所言，茫不记忆。但曰：“适见四人来，欲捉我去。幸阿翁哀请，且解囊赂之，始去。我见阿翁镪袱尚馀二铤，欲窃取一铤来，作糊口计。翁窥见，叱曰：‘尔欲何为！此物岂尔所可用耶！’我乃敛手未敢动。”杜以妻病革[15]，疑信参半[16]。越三日，方笑语间，忽瞪目久之，语曰：“尔妇綦贪，曩见我白金，便生觊觎[17]。然大要以贫故[18]，亦不足怪。将以妇去，为我敦庖务[19]，勿虑也。”言甫毕，奄然竟毙[20]。约半日许，始醒，告杜曰：“适阿翁呼我去，谓曰：‘不用尔操作，我烹调自有人，只须坚坐指挥足矣[21]。我冥中喜丰满，诸物馔都覆器外[22]，切宜记之。’我诺。至厨下，见二妇操刀砧于中，俱绀帔而绿缘之[23]，呼我以嫂。每盛炙于簋[24]，必请觇视[25]。曩四人都在筵中。进馔既毕，酒具已列器中，翁乃命我还。”杜大愕异，每语同人。

【注释】

①重阳：农历九月九日。九为阳数之极，故九月九日称为重阳节。

②茱萸会：古代风俗，于九月九日重阳节，折茱萸佩戴之，以祛邪辟灾。茱萸，植物名，生于川谷，有烈香。

③早兴，盥已：清晨起床，洗漱完毕。

④昏愦：昏迷糊涂，神志不清。愦，昏乱。

⑤絮絮：琐细多言。

⑥殡：葬埋。

⑦灵爽：本指神明、精气。此即迷信之鬼魂。

⑧小字：指杜九畹的乳名。

⑨勾致：拘拿。

⑩不忍违吾面目：不好意思拂我的情面。面目，脸面，情面。

⑪治具：置办酒席。

⑫龙钟：衰惫蹇缓的样子。中馈：家庭饮食之事。

⑬去去：暂去；稍去片刻。

⑭冥然：昏然不醒。

⑮病革：病危。

⑯疑信参半：此从二十四卷抄本，底本作“疑信未半”。

⑰觊觎：非分的企望。

⑱大要：大约，大抵。

⑲敦庖务：料理饮食之事。敦，治理。

⑳奄然竟毙：突然死去。奄，猝死。

㉑坚坐：安坐。

㉒诸物馔都覆器外：意谓饭菜要盛到漫出盘碗。

㉓绀帔而绿缘之：天青色的披肩而缘以绿边。绀，天青色或深青中透红之色。

㉔炙：泛指菜肴。

㉕觇视：窥视；指验看、检查。

【译文】

有一位秀才叫杜九畹，他妻子有病。正逢重阳节，秀才被朋友请去登高饮茱萸酒。早晨起来，漱洗已毕，对妻子说了要去的地方，整好衣冠准备出去，忽见妻子神情昏乱，口中念念有词似乎在与人说话。杜秀才觉得奇怪，就到床边询问，不料妻子竟以“儿子”来称呼他。家里人心知其中有异。当时杜母灵柩停在家里还未下葬，怀疑是她的灵魂依附在杜妻身上了。

杜秀才祝告说：“莫不是我母亲来了啊？”他妻子骂道：“畜生！为什么连你父亲也不认识了？”杜秀才说：“既然是我父亲，为什么回来祸害儿媳妇？”妻子喊他的小名说：“我专为儿媳妇而来，为什么反要怨恨我呢？儿媳妇命该立即死了，有四个人来勾她的魂，为首的叫张怀玉。我百般哀求，才得到允准开恩。我答应送些薄礼给他们，你该马上去发送一下。”杜秀才按照吩咐，在门外焚烧了纸钱。他妻子又说话了：“那四个人已经走了。他们不忍心不顾我的老面子，三天以后，我要办桌酒席答谢他们。你母亲老了，行动不便，无法料理筵席。到时候，还要麻烦儿媳妇去帮帮忙。”杜秀才说：“阴间和阳间不是同路，怎么能去代下厨房呢？请父亲饶了她。”妻子说：“我儿不要害怕，她去一下就回来的。这是为了她自己的事，她应当不怕劳苦。”说完，就昏迷过去了，好久才苏醒。杜秀才问她刚才说了些什么，她茫然毫无记忆，只是说：“刚才有四个人来，想要把我抓去，幸亏公公哀求恳告，还拿钱送他们，他们才走了。我见公公的钱袋里还余下两锭银子，想偷拿一锭来，好日常开销。公公看到，斥责我说：‘你想干什么？这东西难道是你能够用的吗？’我才抽回手不敢动了。”杜秀才因为妻子病势沉重，对她的话半信半疑。

过了三天，杜秀才正与妻子谈笑，妻子忽然瞪着眼睛，说道：“你媳妇太贪心，上次见了我的银子，就红了跟。但大概因为太穷的缘故，也不足为怪。现在我要带你媳妇去一下，替我办筵席，你不要忧虑。”话刚说完，就很快昏死过去了，约莫过了半天，才苏醒过来，对杜秀才说：“刚才公公把我叫去，对我说：‘用不着你自

鬼作筵

己动手，我自有人来烹调，你只要端坐着指挥一下就行了。我们阴间喜欢丰盛，每盆菜肴都要满得溢出来，你~定要记住这一点。’我答应了。到厨房，只见两名妇女在里面切菜，都穿着青紫色外衣，镶着绿色滚边。她们叫我婶婶，每盛好 盘菜，一定要端来让我看一下。上次见到的那四个人都在筵席上。筵席用完，杯盘酒具都收拾好，公公才让我回来。”杜秀才十分惊异，常常说给朋友们听。

胡四相公

【原文】

莱芜张虚一者[①]，学使张道一之仲兄也。性豪放自纵。闻邑中某氏宅，为狐狸所居，敬怀刺往谒[②]，冀一见之。投刺隙中。移时，扉自辟。仆者大愕，却退。张肃衣敬入，见堂中几榻宛然，而阒寂无人[③]，揖而祝曰："小生斋宿而来[④]，仙人既不以门外见斥，何不竟赐光霁[⑤]？"忽闻虚室中有人言曰："劳君枉驾，可谓跫然足音矣[⑥]。请坐赐教。"即见两座自移相向。甫坐，即有镂漆硃盘，贮双茗盏，悬目前。各取对饮，吸呖有声，而终不见其人。茶已，继之以酒。细审官阀，曰："弟姓胡氏，于行为四；曰相公[⑦]，从人所呼也。"于是酬酢议论[⑧]，意气颇洽。鳖羞鹿脯[⑨]，杂以芗蓼[⑩]。进酒行炙者，似小辈甚夥[⑪]。酒后颇思茶，意才少动，香茗已置几上。凡有所思，无不应念而至。张大悦，尽醉始归。自是三数日必一访胡，胡亦时至张家，并如主客往来礼。

一日，张问胡曰："南城中巫媪，日托狐神渔病家利[⑫]。不知其家狐，君识之否？"曰："彼妄耳，实无狐。"少间，张起溲溺[⑬]，闻小语曰："适所言南城狐巫，未知何如人。小人欲从先生往观之，烦一言请于主人。"张知为小狐，乃应曰："诺。"即席而请于狐曰："我欲得足下服役者一二辈，往探狐巫，敬请君命。"狐固言不必。张言之再三，乃许之。既而张出，马自至，如有控者。既骑而行，狐相语于途，谓张曰："后先生于道途间，觉有细沙散落衣襟上，便是吾辈从也。"语次入城，至巫家。巫见张至[⑭]，笑逆曰："贵人何忽得临？"张曰："闻尔家狐子大灵应，果否？"巫正容曰："若个蹀躞语[⑮]，不宜贵人出得！何便言狐子？恐吾家花姊不欢！"言未已，空中发半砖来，中巫臂，踉蹡欲跌。惊谓张曰："官人何得抛击老身也?”张笑曰：“婆子盲也！几曾见自己额颅破，冤诬袖手者[16]？”巫错愕不知所出。正回惑间，又一石子落，中巫，颠蹶；秽泥乱坠，涂巫面如鬼。惟哀号乞命。张请恕之，乃止。巫急起奔，遁房中，阖户不敢出[17]。张呼与语曰：“尔狐如我狐否?”巫惟谢过[18]。张仰首望空中，戒勿复伤巫，巫始惕惕而出[19]。张笑谕之，乃还。

胡四相公

由是每独行于途。觉尘沙淅淅然[20]，则呼狐语，辄应不讹。虎狼暴客，恃以无恐。如是年馀，愈与胡莫逆。尝问其甲子[21]，殊不自记忆，但言：“见黄巢反[22]，犹如昨日。”一夕共话，忽墙头苏然作响，其声甚厉[23]。张异之，胡曰：“此必家兄。”张言：“何不邀来共坐？”曰：“伊道颇浅[24]，只好攫鸡啖，便了足耳。”张谓狐曰：“交情之好，如吾两人，可云无憾；终未一见颜色，殊属恨事。”胡曰：“但得交好足矣，见面何为？”一日，置酒邀张，且告别。问：“将何往？”曰：“弟陕中产，将归去矣。君每以对面不觌为憾，今请一识数岁之友，他日可相认耳。”张四顾都无所见。胡曰：“君试开寝室门，则弟在焉。”张即推扉一觑，则内有美少年，相视而笑。衣裳楚楚[25]，眉目如画，转瞬之间，不复睹矣。张反身而行，即有履声藉藉随其后[26]，曰：“今日释君憾矣。”张依恋不忍别。狐曰：“离合自有数，何容介介[27]。”乃以巨觥劝酒。饮至中夜，始以纱烛导张归[28]。及明往探，则空屋冷落而已。

后道一先生为西川学使[29]。张清贫犹昔，因往视弟，愿望颇奢[30]。月馀而归，甚违初意，咨嗟马上，嗒丧若偶[31]。忽一少年骑青驹，蹑其后[32]。张回顾，见裘马甚丽，意亦骚雅[33]，遂与语间，少年察张不豫[34]，诘之。张因欷歔而告以故。少年亦为慰藉。同行里许，至歧路中，少年乃拱手而别，曰：“前途有一人，寄君故人一物，乞笑纳也。”复欲询之，驰马径去。张莫解所由。又二三里许，见一苍头，持小簏子[35]，献于马前，曰：“胡四相公敬致先生。”张豁然顿悟。受而开视，则白镪满中。及顾苍头，不知所之矣。

【注释】

①莱芜：县名，在今山东省。

②刺：名帖。

③阒寂：寂静无声。

④斋宿：先一日斋戒。表示虔诚。

⑤光霁：“光风霁月”的略称。以天朗时的和风、雨晴后的明月，比喻人物品格开朗、气度豁达。这里形容面貌。

⑥跫然足音：意思是空谷之中许久未见人影，所以听到人的脚步声就非常高兴和喜悦。跫，脚步声。

⑦相公：旧时对上层社会年轻人的尊称。

⑧酬酢议论：指饮酒交谈。酬酢，主客互相敬酒。主敬客叫“酬”，客还敬叫“酢”。

⑨鳖羞鹿脯：鳖肉和鹿肉做成的佳肴。羞，美味食品。脯，干肉。

⑩芗蓼：古时调味的香料。

⑪小辈：小厮们。

⑫渔病家利：意思是向病人勒索财物。渔利，用不正当的手段谋取利益。

⑬溲溺：小便。

⑭巫：据铸雪斋抄本补，原缺。

⑮蹀躞：犹“媟亵”，轻薄，狎侮。

⑯袖手：缩手袖内。

⑰阃户：此据青本。阃，原作“閤”。

⑱谢过：谢罪。

⑲惕惕：忧惧的样子。

⑳淅淅然：风沙吹落的声音。

㉑甲子：年岁。古时以干支相配记年，甲居十干首位，子居十二支首位，故以“甲子”代指年岁。

㉒黄巢反：指唐朝末年黄巢起义。

㉓厉：猛烈。

㉔道：道业，指修行的程度。

㉕楚楚：服装整洁的样子。

㉖藉藉：形容履声杂乱。

㉗介介：放在心上。

㉘纱烛：纱灯。

㉙西川：唐代剑南道分四川为东西二川，西川指今四川西部。这里指四川省。川，此从青本，原作“州”。

㉚愿望颇奢：指希望得到丰厚的馈赠。

㉛嗒丧若偶：形体死寂的样子，犹言灰心丧气，呆若木偶。

㉜蹑：追踪。

㉝骚雅：文雅。

㉞不豫：不高兴。

㉟篚：圆形小筐。

【译文】

莱芜人张虚一，是山西学政张道一的二哥，性格豪放，不受拘束。他听说同乡某人的宅第被狐狸占住了，便恭恭敬敬揣着名片前去拜访，希望能见上狐狸一面。他把名片塞进门缝中，隔了好久，门自动打开了。张虚一的仆人大为惊慌，向后便退，张虚一却整整衣服，恭敬地走了进去。只见堂上几案、座榻清清楚楚摆着，但静悄悄地没有人。就作揖祝告道：“小生斋戒了好几天，然后前来，仙人既然不把我斥诸门外，为什么不让我瞻仰一下丰采呢?”忽然，听空屋内有人说道：“有劳先生大驾光临，可说是独居空谷，听到脚步声了。请坐下赐教。”便见两只椅子自动移位，相对摆着。张虚一刚坐下，就有一只雕花的大红漆盘，托着两杯香茗，悬空挂在面前。于是各自拿起杯子喝茶，张虚一能听到对方呼吸的声音，却始终看不见人。喝完茶，接着又喝酒。张虚一细细打听他的家世，他说：“小弟姓胡，排行第四，称相公，是跟着别人的叫法。”于是两人敬酒劝菜，说东道西，气氛十分融洽。菜有甲鱼羹、脍鹿肉，加上点香菜、辣菜。进酒递茶的，似乎有一大群小厮。张虚一酒后很想喝茶，这念头刚起，香茗已经放到桌上了。凡是他所想到的东西，无不随想随来。张虚一大为高兴，醉到不能再喝才回去。

从此以后，张虚一每隔三五天必定去拜访一次胡四相公，胡也不时来到张家，都像主客之间那样礼尚往来。一天，张虚一问胡四相公道："南城有一个巫婆，天天借了狐仙的名义，骗取病人的钱财。不知她家的狐仙，你认识不认识？"胡四相公说："她是瞎说，那儿实在没有狐仙。"过了一会，张虚一起身出去小便，只听一个很轻的声音说道："刚才你所说的南城狐巫，不知是何等样人。小人想跟着先生前去看看，烦劳你跟我主人说一下。"张虚一知道这是小狐精，就应道："好吧。"回到席上便请求胡四相公道："我想找一二位你身边的小厮，跟我前去探视狐巫，敬请你吩咐。"胡四反复表示不必。张虚一再三请求，才答应了。

随后，张虚一刚出门，马自己来了，就像有人牵着似的。上马出发，小狐们一路上说着话，对张虚一说："今后先生走在路上只要觉得有细沙撒落在衣襟上，那就是我们跟着。"说着话进了城，来到巫婆家。巫婆见张虚一来了，笑着相迎道："贵人怎么突然降临寒舍？"张虚一说："听说你家的小狐狸十分灵应，真是这样吗？"巫婆一脸严肃说："这种七嘴八舌的话，不应该从贵人口里说出来！怎么能随便叫小狐狸？恐怕我家花姐听了要不高兴的！"话未说完，半空中飞来半块砖头，打中了巫婆的手臂，她踉跄了几步几乎跌倒。她惊慌地对张，虚一说："先生怎么能用砖来砸老身呢？"张虚一笑着说："老婆子瞎了眼吗？哪里见过自己额角破了，冤枉袖手旁观的人呢？"巫婆愣愣地不知说什么好，正在疑惑不定，又有一颗石子落下来，打中她，使她跌倒在地。污泥也纷纷堕下，涂得巫婆脸上像鬼一般。她只得哀号着乞求饶命。张虚一求了情，才止息了。巫婆急忙爬起来奔逃进内室，关上门不敢再出来。张虚一喊着对她说道："你的狐精比得上我的狐精吗？"巫婆只得再三谢罪。张虚一抬头望着空中，劝小狐们不要再伤害巫婆，巫婆才战战兢兢从里面出来。张虚一笑着开导了她一番，就回去了。

从此以后，张虚一每当独自行走，便觉得有细沙尘淅淅沥沥落在身上，这时他呼叫小狐说话，就能听到应声，从不有错。就是遇上虎狼或强盗，他也有恃无恐。这样过了一年多，他与胡四相公友情更深厚了。他曾经问过胡四的年龄，胡四一点都记不得了，只说："我看到黄巢造反，就像昨天的事一样。"

一天晚上，二人正在说话，忽然墙头上发出索索的声音，很响。张虚一觉得奇

怪，胡四说：“这一定是我哥哥。”张说：“为什么不邀他来一同入席？”胡四说：“他的道行太浅，只喜欢偷鸡来大嚼一顿便满足了。”张虚一对胡四说：“交情好到像我们两人这样，可说没有什么不足的了；只是始终未能见你一面，实在遗憾。”胡四说：“只要能相知交好就够了，为什么一定要见面呢？”

一天，胡四相公摆下酒席邀请张虚一，要与他告别。张问：“你打算到哪里去？”胡四说：“小弟老家在陕中，我打算返回家乡。你常常以对面不能相见为憾，今天就请认识一下结交了好几年的朋友，他日重遇就可以相认了。”张虚一四处张望，什么也没看见。胡四说：“你只要打开寝室的门，小弟就在那儿了。”张虚一照他所说，推开门一看，果然里面有一位美少年，见了他便一笑，服饰鲜洁，眉清目秀。转眼之间，就看不见了。张虚一返身走回，就有杂乱的脚步声跟在后面，说道：“今天总算解除你的遗憾了。”张虚一依依惜别，不忍分手。胡四说：“聚散离合自有定数，又何必想不开呢。”就拿大杯向张虚一劝酒。一直喝到半夜，才打着灯笼送张虚一回去。到天亮，再去探看，只有空房冷冷落落罢了。

后来张道一先生做了西川学政，张虚一依然与从前一样清贫。于是他抱着很大的希望，前去探望弟弟。过了一个多月回来，和原来的愿望差得很远。他在马上长吁短叹，一副失魂落魄的样子，就像木偶。忽然有个少年骑着小青马，暗暗跟在他后面。张虚一回头一看，只见他轻裘肥马，十分华丽，意态也很风雅，便与他闲聊起来。少年觉察出张虚一心中不快，问他为什么。张虚一就叹息着把原因告诉了少年。少年也安慰了他一番。两人同行了一里多路，走到了岔路口，少年拱手与他作别道：“前面路上有个人，将转交你一件老朋友的东西，希望你高兴地接受下来。”张虚一再想问问清楚，那少年纵马径自走了。张虚一不明白什么来由。又走了二三里路，看见一个仆人，拿着一只小竹箱，呈献在他马前，说道：“胡四相公敬献给先生。”张虚一猛然醒悟过来。他接过来打开一看，满满一箱白银。再看那仆人，早已不知去向了。

念　秧

【原文】

异史氏曰：人情鬼蜮[①]，所在皆然；南北冲衢[②]，其害尤烈。如强弓怒马，御人于国门之外者[③]，夫人而知之矣。或有劙囊刺橐[④]，攫货于市，行人回首，财货已空，此非鬼蜮之尤者耶？乃又有萍水相逢[⑤]，甘言如醴，其来也渐，其入也深。误认倾盖之交[⑥]，遂罹丧资之祸。随机设阱[⑦]，情状不一；俗以其言辞浸润，名曰“念秧”。今北途多有之，遭其害者尤众。

余乡王子巽者[⑧]，邑诸生。有族先生在都为旗籍太史[⑨]，将往探讯。治装北上，出济南，行数里，有一人跨黑卫，驰与同行。时以闲语相引，王颇与问答。其人自言：“张姓，为栖霞隶[⑩]，被令公差赴都。”称谓㧑卑[⑪]，祗奉殷勤。相从数十里，约以同宿。王在前，则策蹇追及[⑫]；在后，则祗候道左。仆疑之，因厉色拒去，不使相从。张颇自惭，挥鞭遂去。既暮，休于旅舍，偶步门庭，则见张就外舍饮。方惊疑间，张望见王，垂手拱立[⑬]，谦若厮仆，稍稍问讯。王亦以泛泛适相值[⑭]，不为疑，然王仆终夜戒备之。鸡既唱，张来呼与同行。仆咄绝之，乃去。

朝暾已上，王始就道。行半日许，前一人跨白卫，年四十已来，衣帽整洁；垂首蹇分[⑮]，盹寐欲堕。或先之，或后之，因循十数里。王怪问：“夜何作，致迷顿乃尔[⑯]？”其人闻之，猛然欠伸，言：“我青苑人[⑰]，许姓。临淄令高檠是我中表[⑱]。家兄设帐于官署[⑲]，我往探省，少获馈贻。今夜旅舍，误同念秧者宿，惊惕不敢交睫，遂致白昼迷闷。”王故问：“念秧何说？”许曰：“君客时少，未知险诈。今有匪类，以甘言诱行旅，夤缘与同休止[⑳]，因而乘机骗赚。昨有葭莩亲，以此丧资斧。吾等皆宜警备。”王颔之。先是，临淄宰与王有旧，王曾入其幕，识其门客果有许姓，遂不复疑。因道温凉，兼询其兄况。许约暮共主人[21]，王诺之。仆终疑其伪，阴与主人谋，迟留不进，相失，遂杳。

念秧

翼日，日卓午[22]，又遇一少年，年可十六七，骑健骡，冠服秀整，貌甚都[23]。同行久之，未尝交一言。日既西，少年忽言曰：“前去曲律店不远矣[24]。”王微应之。少年因咨嗟欷歔，如不自胜。王略致诘问。少年叹曰：“仆江南金姓[25]。三年膏火，冀博一第，不图竟落孙山[26]！家兄为部中主政[27]，遂载细小来[28]，冀得排遣。

生平不习跋涉，扑面尘沙，使人薅恼[29]。”因取红巾拭面，叹咤不已。听其语，操南音，娇婉若女子。王心好之，稍稍慰藉。少年曰：“适先驰出，眷口久望不来，何仆辈亦无至者？日已将暮，奈何！”迟留瞻望，行甚缓。王遂先驱，相去渐远。

晚投旅邸，既入舍，则壁下一床，先有客解装其上。王问主人。即有一人入，携之而出，曰：“但请安置，当即移他所。”王视之，则许也。王止与同舍，许遂止。因与坐谈。少间，又有携装入者，见王、许在舍，返身遽出，曰：“已有客在。”王审视，则途中少年也。王未言，许急起曳留之，少年遂坐。许乃展问邦族，少年又以途中言为许告。俄顷，解囊出资，堆累颇重；秤两馀，付主人，嘱治肴酒，以供夜话。二人争劝止之，卒不听。俄而酒炙并陈。筵间，少年论文甚风雅。王问江南闱中题，少年悉告之。且自诵其承破[30]，及篇中得意之句。言已，意甚不平。共扼腕之[31]。少年又以家口相失，夜无仆役，患不解牧圉[32]。王因命仆代摄莝豆[33]。少年深感谢。

居无何，忽蹴然曰[34]：“生平蹇滞，出门亦无好况。昨夜逆旅与恶人居，掷骰叫呼，聒耳沸心[35]，使人不眠。”南音呼骰为兜，许不解，固问之。少年手摹其状。许乃笑，于橐中出色一枚，曰：“是此物否？”少年诺。许乃以色为令[36]，相欢饮。酒既阑，许请共掷，赢一东道主[37]。王辞不解。许乃与少年相对呼卢[38]。又阴嘱王曰：“君勿漏言。蛮公子颇充裕，年又雏，未必深解五木诀[39]。我赢些须，明当奉屈耳[40]。”二人乃入隔舍。旋闻轰赌甚闹，王潜窥之，见栖霞隶亦在其中。大疑，展衾自卧。又移时，众共拉王赌。王坚辞不解。许愿代辨枭雉[41]，王又不肯。遂强代王掷。少间，就榻报王曰：“汝赢几筹矣[42]。”王睡梦应之。

忽数人排阖而入，番语啁嗻[43]。首者言佟姓，为旗下逻捉赌者。时赌禁甚严，各大惶恐。佟大声吓王，王亦以太史旗号相抵。佟怒解，与王叙同籍[44]，笑请复博为戏。众果复赌，佟亦赌。王谓许曰：“胜负我不预闻。但愿睡，无相溷。”许不听，仍往来报之。既散局，各计筹马，王负欠颇多。佟遂搜王装橐取偿。王愤起相争。金捉王臂，阴告曰：“彼都匪人，其情叵测。我辈乃文字交，无不相顾。适局中我赢得如千数，可相抵；此当取偿许君者，今请易之：便令许偿佟，君偿我。弗过暂掩人耳目，过此仍以相还。终不然，以道义之友，遂实取君偿耶?”王故长厚，亦遂信之。少年出，以相易之谋告佟。乃对众发王装物，估入己橐[45]。佟乃转索许、张而去。

少年遂襆被来，与王连枕；衾褥皆精美。王亦招仆人卧榻上，各默然安枕。久之，少年故作转侧，以下体昵就仆。仆移身避之；少年又近就之，肤着股际，滑腻如脂。仆心动，试与狎；而少年殷勤甚至，衾息鸣动。王颇闻之，虽甚骇怪，而终不疑其有他也。昧爽，少年即起，促与早行。且云：“君蹇疲殆，夜所寄物，前途请相授耳。”王尚无言，少年已加装登骑。王不得已，从之。骡行驶，去渐远。王料其前途相待，初不为意。因以夜间所闻问仆，仆实告之。王始惊曰：“今被念秧者骗矣！焉有宦室名士，而毛遂于圉仆者[46]?”又转念其谈词风雅，非念秧者所能。急追数十里，踪迹殊杳。始悟张、许、佟皆其一党，一局不行，又易一局，务求其必入也。偿责易装，已伏一图赖之机；设其携装之计不行，亦必执前说篡夺而去[47]。为数十金，委缀数百里[48]；恐仆发其事，而以身交欢之，其术亦苦矣。

后数年，而有吴生之事。

邑有吴生，字安仁。三十丧偶，独宿空斋。有秀才来与谈，遂相知悦。从一小奴，名鬼头，亦与吴僮报儿善。久而知其为狐。吴远游，必与俱。同室之中，人不能睹。吴客都中，将旋里，闻王生遭念秧之祸，因戒僮警备。狐笑言：“勿须，此行无不利。”

至涿[49]，一人系马坐烟肆[50]，裘服济楚[51]。见吴过，亦起，超乘从之[52]。渐与吴语，自言：“山东黄姓，提堂户部[53]。将东归，且喜同途不孤寂。”于是吴止亦止；每共食，必代吴偿值。吴阳感而阴疑之。私以问狐，狐但言：“不妨。”吴意乃释。及晚，同寻寓所，先有美少年坐其中。黄入，与拱手为礼。喜问少年：“何时离都?”答云：“昨日。”黄遂拉与共寓。向吴曰：“此史郎，我中表弟，亦文士，可佐君子谈骚雅[54]，夜话当不寥落。”乃出金资，治具共饮。少年风流蕴藉，遂与吴大相爱悦。饮间，辄目示吴作觞弊[55]，罚黄，强使釂，鼓掌作笑。吴益悦之。既而史与黄谋博赌，共牵吴，遂各出橐金为质。狐嘱报儿暗锁板扉[56]，嘱吴曰：“倘闻人喧，但寐无吪[57]。”吴诺。吴每掷，小注则输，大注辄赢。更馀，计得二百金。史、黄错囊垂罄[58]，议质其马。忽闻挝门声甚厉，吴急起，投色于火，蒙被假卧。久之，闻主人觅钥不得，破扃起关[59]，有数人汹汹入，搜捉博者。史、黄并言无有。一人竟捋吴被，指为赌者。吴叱咄之。数人强检吴装。方不能与之撑拒，忽闻门外舆马呵殿声[60]。吴急出鸣呼，众始惧，曳入之，但求勿声。吴乃从容苞苴付主人[61]。卤簿既远[62]，众乃出门去。黄与史共作惊喜状，取次觅寝[63]。黄命史与吴同榻。吴以腰橐置枕头[64]，方命被而睡。无何，史启吴衾，裸体入怀，小语曰：“爱兄磊落，愿从交好。”吴心知其诈，然计亦良得，遂相偎抱。史极力周奉，不料吴固伟男，大为凿枘[65]，嚬呻殆不可任，窃窃哀免。吴固求讫事。手扪之，血流漂杵矣[66]。乃释令归。及明，史惫不能起，托言暴病，但请吴、黄先发。吴临别，赠金为药饵之费。途中语狐，乃知夜来卤簿，皆狐为也。

黄于途，益谄事吴。暮复同舍，斗室甚隘，仅容一榻；颇暖洁，而吴狭之。黄曰：“此卧两人则隘，君自卧则宽，何妨？”食已，径去。吴亦喜独宿可接狐友。坐良久，狐不至。倏闻壁上小扉，有指弹声。吴拔关探视，一少女艳妆遽入，自扃门户，向吴展笑，佳丽如仙。吴喜致研诘，则主人之子妇也。遂与狎，大相爱悦。女忽潸然泣下。吴惊问之，女曰：“不敢隐匿，妾实主人遣以饵君者。曩时入室，即被掩执；不知今宵何久不至？”又呜咽曰：“妾良家女，情所不甘。今已倾心于君，乞垂拔救！”吴闻骇惧，计无所出，但遣速去。女惟俯首泣。忽闻黄与主人搥阖鼎沸。但闻黄曰：“我一路祇奉，谓汝为人，何遂诱我弟室[67]！”吴惧，逼女令去。闻壁扉外亦有腾击声。吴仓卒汗如流渖，女亦伏泣。又闻有人劝止主人。主人不听，椎门愈急。劝者曰：“请问主人，意将胡为？如欲杀耶，有我等客数辈，必不坐视凶暴。如两人中有一逃者，抵罪安所辞？如欲质之公庭耶，帷薄不修[68]，适以取辱。且尔宿行旅，明明陷诈，安保女子无异言？”主人张目不能语。吴闻，窃感佩，而不知其谁。初，肆门将闭，即有秀才共一仆来，就外舍宿。携有香酝，遍酌同舍，劝黄及主人尤殷。两人辞欲起，秀才牵裾，苦不令去。后乘间得遁，操杖奔吴所。秀才闻喧，始入劝解。吴伏窗窥之，则狐友也，心窃喜。又见主人意稍夺，乃大言以恐之。又谓女子：“何默不一言？”女啼曰：“恨不如人，为人驱役贱务！”主人闻之，面如死灰。秀才叱骂曰：“尔辈禽兽之情，亦已毕露。此客子所共愤者！”黄及主人皆释刀杖，长跽而请。吴亦启户出，顿大怒詈。秀才又劝止吴，两始和解。女子又啼，宁死不归。内奔出妪婢，捽女令入。女子卧地，哭益哀。秀才劝主人重价货吴生。主人俯首曰：“作老娘三十年，今日倒绷孩儿[69]，亦复何说。”遂依秀才言。吴固不肯破重资；秀才调停主客间，议定五十金。人财交付后，晨钟已动，乃共促装，载女子以行。

女未经鞍马，驰驱颇殆。午间，稍休憩。将行，唤报儿，不知所往。日已西斜，尚无迹响，颇怀疑讶，遂以问狐。狐曰：“无忧，将自至矣。”星月已出，报儿始至。吴诘之，报儿笑曰：“公子以五十金肥奸伧[70]，窃所不平。适与鬼头计，反身索得。”遂以金置几上。吴惊问其故，盖鬼头知女止一兄，远出十馀年不返，遂幻化作其兄状，使报儿冒弟行，入门索姊妹。主人惶恐，诡托病殂[71]。二僮欲质官，主人益惧，啖之以金，渐增至四十，二僮乃行。报儿具述其故。吴即赐之。吴归，琴瑟綦笃。家益富。细诘女子，曩美少即其夫，盖史即金也。袭一槲绸帔[72]，云是得之山东王姓者。盖其党与甚众，逆旅主人，皆其一类。何意吴生所遇，即王子巽连天叫苦之人，不亦快哉！旨哉古言[73]：“骑者善堕[74]。”

【注释】

①鬼蜮：喻奸诈阴狠。蜮，又名短狐、射工或水弩，传说伏于水中含沙射人的一种动物。

②冲衢：冲要通衢。指交通要道。

③御人于国门之外：指在郊野以武力拦路劫掠。御，抵拒。国门，城门。

④劙：割。

⑤萍水相逢：如浮萍逐水，偶然相逢。

⑥倾盖之交：旅途中仓促结识的朋友。倾盖，倾斜车盖；指并车接谈。形容初

交相得。

⑦阱：陷阱。指骗局。

⑧王子巽：王敏入，字子逊（通“巽”），号梓岩，淄川人。县学生员。家贫，事父母孝。

⑨族先生：族人中的前辈。旗籍太史：隶籍八旗的翰林院官员。按：淄川王樛，字子下，王鳌永子。王鳌永于顺治元年以户部右侍郎奉命招抚山东、河南，于青州为农民义军赵应元部所杀。王樛以父荫于顺治二年世袭銮仪卫指挥，隶镶蓝旗。后钦取入内三院办事，曾为内秘书院侍读，职司相当于翰林院侍读。因王樛隶旗籍，文中所称之“旗籍太史”，或当指彼。王樛卒于康熙五年。

⑩栖霞隶：栖霞县署衙役。栖霞，山东省县名。

⑪抣卑：谦卑。抣，谦逊。

⑫策蹇：鞭驴。蹇，驴的代称。

⑬拱立：弓身站立。

⑭泛泛：寻常；无意之间。适：偶然。

⑮蹇分：犹言“驴上”。

⑯迷顿：困乏。

⑰青苑：当作“清苑”。县名，即今河北省清苑县，明清属保定府。

⑱临淄令高檠：《山东通志》六三：高檠，直隶清苑举人，康熙十一年为临淄知县。

⑲设帐：开馆授徒。

⑳夤缘：攀附，拉关系。

㉑共主人：谓同宿一店。主人，指店主。

㉒卓午：正午。

㉓貌甚都：模样很漂亮。都，美。

㉔曲律店：地名。王士禛《带经堂集》五十一《北征日记》载，平原德州间有曲律店。又《德州乡土志》志首地图，德州南有七里店，或即其近名。

㉕江南：清顺治时设江南省，康熙时分为江苏、安徽二省。

㉖不图竟落孙山：不料竟然落榜。名落孙山，谓落榜。

㉗部中主政：六部主事的别称。

㉘细小：家小、眷属。

㉙懊恼：烦恼。

㉚承破：指八股文中承题、破题两股文字。

㉛扼腕：惋惜。

㉜不解牧圉：不会喂牲口。圉，养马。

㉝代摄莝豆：指代为备草料，喂牲口。莝豆，牲口草料。莝，切碎的草。

㉞蹴然：跺脚，叹悔、生气的姿态。

㉟聒耳沸心：吵得人耳根不静，心绪不宁。

㊱以色为令：意谓用掷色子决定饮酒之数。

㊲赢一东道主：谓由赌输者请客吃饭。

㊳呼卢：呼采声，代指赌博。卢，采名，参卷三《赌符》注。

㊴五木诀：犹言赌博的诀窍。五木，古赌具名，此指色子。

㊵明当奉屈：意思是明天将置酒奉谢，屈驾光临。

㊶代辨枭雉：代认色子的采名、输赢。枭、雉，均赌采名，参《赌符》注。

㊷几筹：若干筹码。筹，赌筹，计算输赢之数的筹码。

㊸番语啁嗻：叽里咕噜操异族语言。番语，此指满语。啁嗻，声音杂乱细碎。

㊹同籍：同隶旗籍。

㊺估：约计其数。

㊻毛遂：这里指私身相就。

㊼篡夺：抢夺，强取。

㊽委缀：尾随，跟踪。

㊾涿：县名，即今河北省涿州。

㊿烟肆：烟店。烟草，初名淡巴菰，明代由吕宋岛传入我国，至清，种植吸食

者渐众。

(51)济楚：鲜明整齐。

(52)超乘：腾身上马。超，跳。

(53)提堂户部：指受本省督抚委派到户部投递公文的专使。提堂，即“提塘”，官名，隶兵部。清代各省督抚选派武职一人驻京，专司投递本省与在京衙门往来文报，称提塘官。

(54)谈骚雅：犹言谈诗论文。

(55)作觞弊：在行酒令时作弊。

(56)板扉：门扇。

(57)吪：呼喊。

(58)错囊垂罄：钱袋将空。错囊，用金银线绣的钱袋。

(59)破扃起关：破锁撬闩。关，门闩。

(60)呵殿声：前呼后拥侍从杂沓之声。呵殿，官员出行时前行喝道和压后随从的人员。

(61)苞苴：草包。此指包裹、捆束行李。

(62)卤簿：官员出行的仪仗扈从。

(63)取次：相继。

(64)腰橐：系于腰间的钱袋。

(65)凿枘：扞格难入，互不相容。凿，榫卯；枘，榫头。

(66)血流漂杵：极言流血之多。杵，大盾。

(67)弟室：弟妻。

(68)帷薄不修：对家庭生活淫乱的婉称。帷、薄，指家庭中障隔内外的帘帷。

(69)作老娘三十年，今日倒绷孩儿：旧时谚语。意思是久已熟惯之事，不料竟出乖露丑。老娘，接生婆，又称稳婆。倒绷孩儿，把初生婴儿倒裹在襁褓里。

(70)奸伧：奸诈小人。伧，伧父；谓人粗鄙低贱。

(71)病殂：暴病而死。

⑫槲绸：王士禛《池北偶谈》二十四“水蚕”：“吾乡山蚕，食椒、椿、槲、柘诸木叶而成茧，各从其名。……山蚕、水蚕，皆物产之异。”据此，槲绸乃山蚕中槲蚕之丝所织绸，是山东地方的一种土产品。

⑬旨哉古言：前人的话说得真好啊。旨，美，有味。

⑭骑者善堕：骑马的人容易挨摔。由古语“善游者溺，善骑者堕”稍加变化。

【译文】

异史氏说：人情险恶，种种阴谋暗算，是各处都有的，南北通衢大道上，这种害人的事更厉害。如果是提强弓、跨怒马，把对手抵拒在国门之外的人，那是人人都知道的；有的人划破他人钱袋、刺穿他人背包，在街市上掠取他人财物，行人回头看时，东西早已荡然一空，这不是阴险小人中最坏的吗？然而还有萍水相逢，甜言蜜语，来得不知不觉，终于深信不疑；误认对方是一见如故之交，结果遭到丧钱破财之灾。随机设下陷阱，手法千变万化；民间因为这些人用好话逐渐打动别人，便称呼他们为“念秧”。如今往北的大路上还常常会遇到，遭受其害的人非常多。

我同乡王子巽，是位县学秀才。他有个同族的先辈在京城里任旗籍太史官，打算前去探望。他收拾行李北上，离开济南走了不几里，就见一个人骑着黑驴，追上来与他同行，不时地说些没紧要的话与他搭讪，王子巽跟他闲聊，话也不少。那人自我介绍说：“我姓张，在栖霞县当差，被派往京城去公干。”那人对王子巽做小伏低，执礼甚恭，一路上殷勤地侍候他。随随走了几十里路，约王子巽一起过夜。王子巽走在前面，那人便赶着驴子追上来；王子巽落后了，那人便在路边等候他。王子巽的仆人心中起疑，板起面孔赶那人走，不让那人跟在一起。张某很感惭愧，一挥鞭就走了。天黑时分，王子巽歇宿在旅店里，偶尔在门庭间散步，看见张某在外间饮酒。正在惊疑之际，张某也看见了他，马上垂手弯腰站着，谦恭得像奴仆一般，稍稍问候了几句。王子巽以为是寻常的重逢，也不多疑。但是王子巽的仆人整夜戒备着。鸡刚叫，张某就来招呼一起走。仆人呵斥拒绝，张某才离去。

朝阳升起以后，王子巽才上路。走了大约半天，见前面有一个四十来岁的男子骑着白驴，衣帽整洁，低垂着头，好像打瞌睡要掉下地来的样子。一会儿在前，一会儿在后，相随着走了十几里路。王子巽觉得奇怪，问他："你晚上干了什么，弄得白天这样精神恍惚？"那人听了，突然伸了个懒腰，答道："我是清苑人，姓许。临淄县令高檠是我表兄。我胞兄在那儿当文书，我前去探望，临别时胞兄送了些礼物给我。昨天夜里住旅馆时，没想到跟'念秧'住一起了，我整夜警惕，不敢闭眼，以致白天昏昏欲睡。"王子巽故意问："念秧是怎么回事？"许某说："你在外作客少，不知世道的阴险奸诈。如今有些歹徒，往往用好言好语引诱旅客，拉关系与你一起休歇，趁机敲诈欺骗。昨天我的一个远亲，就这样被骗走了钱财。我们都要提高警惕。"王子巽点头称是。原来临淄县令与王子巽是老朋友，王子巽曾经做过他的幕僚，知道他的门客之中，确实有个姓许的，于是便不再怀疑了。于是问寒问暖了一阵，顺便问起他哥哥的近况。许某也就趁机邀王子巽晚上共宿，王子巽答应了。但仆人始终怀疑许某有假，暗中与主人商议，拖拖拉拉不往前走，与许某拉开距离，终于看不见他人影了。

第二天中午时分，王子巽又在路上遇见一位少年，大约十六七岁年纪，骑着一头高大的骡子，冠服鲜丽整洁，容貌很美。两人一起走了好久，却没讲过一句话。直到夕阳偏西时，少年忽然开口说道："前面离屎律店不远了。"王子巽轻声应了一下。那少年随即长吁短叹，似乎非常悲伤的样子。王子巽刚一动问，少年就叹息着说："我姓金，是江南人。三年来日夜攻读，为的是名登金榜，不料竟名落孙山！哥哥是部里的主政，我把家眷一起带来，希望能排遣一下郁闷。我平时不习惯跋山涉水，这一路上尘沙扑面，使我好生烦恼。"说着就用红手帕擦脸，不住地叹气。听他说话，操南方口音，娇声软语像姑娘家似的，王子巽心里有点喜欢，便略为安慰了他一番。那少年说："刚才我的坐骑先走一步，家眷却等了好久还不见来，为什么连奴仆之辈也没有赶上来的呢？天倒快黑了，怎么办？"迟迟疑疑，走几步停下来望一阵，放慢了速度。王子巽于是先走了，相距也越来越远。

晚上到旅舍投宿时，王子巽刚一走进房间，便看见靠墙的一张床铺，已经先有客人把行李放在上面了。王子巽问旅店主人，就有一个人走进来，拿着行李往外走，说道："你只管住下，我可以搬到别处去。"王子巽一看，原来是许某。王子巽留下他同住一室，许某就住下了，二人便坐下说话。不一会，又有一人带着行李进来，见王、许已经在房间里，转身就走，嘴里说道："屋里已经有客了。"王子巽仔细一看，是途中遇到的少年。王子巽还没开口，许某已急忙起身拉住那少年，叫他留下，少年这才坐下。许某一一问了他家世籍贯，少年又把路上那些话对许某说了。一会儿，少年解开行囊，拿出钱袋，堆在那里分量不轻，称了一两多银子，交给店主人，吩咐置办酒菜，以供夜间谈助。二人争着劝阻，少年就是不听。不多时酒菜一起端了上来，席间，少年谈诗论文，很是风雅。王子巽问他江南地区乡试的考题；少年一一告诉了，并且把自己卷子上承题、破题部分及文内得意的句子朗读了几段；说罢，意气很是不平。王子巽也表示惋惜。少年又因为家眷没赶上，夜里没有仆人侍候，担心自己喂不好牲口。王子巽就叫仆人代他添好草料，少年十分感谢。过不久，少年忽然不安地说："我这一生处处不顺利，出门也没好运道。昨夜在旅舍里，跟一些坏家伙住在一起，掷骰子，狂呼乱叫，吵耳烦心，叫我无法入睡。"南方人把"骰"字读作"兜"，许某听不懂，再三问他。那少年用手比画着骰子的模样，许某就笑着从行囊中拿出一枚骰子，问道："是不是这玩意儿？"少年说是。许某于是用骰子作酒令，三人一起欢饮。酒喝到差不多时，许某提出一起掷骰子，谁赢了就做东道主。王子巽推辞说不会玩。于是许某就与少年二人对赌。又暗中嘱咐王子巽说："你不要说给他听。南方小子钱很多，年纪又轻，未必精通赌骰子的诀窍。我赢他一些，明天一定请你客。"二人于是走到隔壁房间，马上就听到呼幺喝六的声音很闹。王子巽偷偷看了一下，只见头天碰到过的栖霞县公差也在其中，十分疑心，铺开被子自顾睡下了。过了一会，那些人拉王子巽一起赌，王子巽坚决推辞，说不懂此道。许某表示愿意代他判别输赢，王子巽还是不肯，许某就强行做主替王子巽代掷。一会儿，到床前报告王子案说："你已赢了几根筹子了。"王子巽在睡梦中随口乱应。

忽然，几个人推门而入，叽里咕噜说着满语，为首的自称姓佟，是官府巡逻捉赌的。当时禁赌很严，在场的人十分恐慌。佟某大声吓唬王子巽，王子巽也抬出太史官的牌子来顶。佟某怒容消失，跟王子巽叙起同乡，笑着请他们继续赌着玩。众人果然又赌起来，佟某也赌。王子巽对许某说："输赢我不想知道，我只想睡觉，你别来打扰我。"许某不听，还是来来去去报给他听。散局以后，各人计算筹码，王子巽输了很多，佟某就搜索王子巽的包要拿他的东西抵偿赌债。王子巽生气地起身相争，姓金的少年抓住他手臂轻声劝道："这些都是歹徒，居心难测。你我是文字之交，没有不互相照顾的道理。刚才在局中我赢了一些钱，可以抵消你输掉的。这些钱本该向许某要，现在就换一下：让许某还给佟某，你还给我。这不过是暂时遮人耳目，事情过后我仍然奉还给你。总不见得以道义所交的朋友，就真的拿你的钱物吧?"王子巽本是个忠厚人，也就信了他。那少年出去，把交换还赌债的打算告诉了佟某。于是少年当着众人打开了王子巽的行李，估价装进自己行囊；佟某也转而索取了许某、张某的财物走了。

少年搬来行李铺盖，与王子巽并头而眠，被褥都很精美。王子巽叫仆人也一起睡在床上，互相不再说话，各自就寝。过了好久，少年故意翻来覆去，以下身去靠近仆人，仆人把身体让开，少年又再次靠近他。肌肤贴在仆人两腿之间，滑腻如脂，仆人动了欲念，试着与少年偷欢起来；而少年十分殷勤周到，喘息声在被中响动。王子巽听得很清楚，虽然又惊又怪，却始终不怀疑会有其他变故。

天还没亮，少年就起来了，催促王子巽早点出发，并且说："你的驴太疲劳了，昨夜寄放在我这里的东西，到前面再归还你吧。"王子巽还没来得及答话，少年已经驮好行李上了坐骑。王子巽不得已，跟在后面出发了。骡子走得快，少年渐渐走远了。王子巽估计他会在前面等候自己，开始并不在意。接着他以夜里听到的动静问仆人，仆人告诉了实情。王子巽这才惊呼道："此番我们受了念秧的骗了！哪里会有官宦人家的名士，会以身自荐于奴仆的呢?"转念一想，那少年谈吐风流儒雅，不是念秧之辈所能做到的。他急起直追数十里，踪迹全无。才省悟到张、许、佟等人都是一伙的，一计不成，又换一计，一定要自己落入圈套才罢休。交换偿还赌债，已经伏下赖账的奸计；即使一早带走行李的图谋不成，也必定会由佟某出面咬定要他还债而抢去的。为了几十两银子，跟踪几百里；恐怕仆人识破他们的阴谋，不惜出卖身体与之交欢，这骗局也算得用心良苦了。

几年之后，又有吴生的事。乡里有位吴生，字安仁。三十岁死了妻子，一个人住在空屋里。有个秀才常来闲聊，结成了好友。秀才带一个小奴，名叫鬼头，也与吴安仁的小童报儿很要好。时间长了，吴生知道秀才是个狐精。吴生外出远游，一定约他同行。同在一室之中，别人是看不见狐精的。

有一次，吴生客居在京城，正准备返回家乡，听说王子巽被念秧所骗，因而提醒僮儿加倍小心。狐精笑着说："用不着，这次路上不会有什么麻烦。"到了涿县，有个人拴着马坐在烟铺里休息，毛皮衣服穿戴得整整齐齐。那人看见吴生走过，便也起身，跨上马跟在后面，渐渐与吴生搭起腔来，自我介绍道："我姓黄，是山东人，在户部传递文书，现在正要返回山东，很高兴跟你同路，就不觉寂寞了。"于是吴生住下他也住下，每次一起用饭，他一定代吴生付账。吴生表面上感激，暗中心存疑虑。偷偷地问狐精，狐精只是说："不妨事。"吴生才放下心。

这天晚上，一起找了个旅店，只见先已有一个翩翩少年坐在里面了。黄某进去后，与少年拱手施礼，高兴地问少年："什么时候离开京城的?"少年答道："昨天。"黄某于是拉着少年与他同住，向吴生说："这位史郎，是我的表弟，也是个读书人，可以与你一起谈诗论文，晚上聊天就不致冷清了。"说着拿出银钱，买来酒菜一起欢饮，那少年谈吐风流，很有修养，与吴生相处十分融洽。饮酒之间，常用目光暗示，与吴生串通，罚黄某饮酒，强使他灌下去，然后鼓掌取笑。吴生于是对他更加喜欢。

接着史某与黄某打算赌博，一起拉吴生参加，各人拿出行囊里的银钱作为赌资。这时狐精吩咐报儿偷偷把门板锁上，并叮嘱吴生说："要是听到人声喧闹，你只管睡着别动。"吴生答应了。吴生每次掷骰子，赌注下得小就输，赌注下得大就赢。赌了一个多时辰，算算赢了二百多两银子。史某、黄某钱袋快输空了，商量用马作为抵押。忽然，听得敲门声大作，吴生急忙起身，将骰子丢进火盆里，盖上被子装作睡着了。过了好久，只听主人因为找不到钥匙，砸开门锁打开房门，有好几个人气势汹汹地冲了进来，说要捉拿赌博的人。史某、黄某都说没有，其中一人竟来掀吴生的被子，声称他是赌博者。吴生大声呵斥他们，那些人强行搜查吴生的行装。吴生正快要抵挡不住的时候，忽然听见门外有车马喝道的声音，吴生急忙出去呼救，那些人才害怕起来，赶紧把他拉进来，只求他不要声张。吴生就从容地把行装交给了旅舍主人。等门外的大队人马走远了，众人才出门而去。黄某与史某都显出又惊又喜的样子，随便找个地方睡下。

黄某叫史某跟吴生同睡一床。吴生把腰间的钱袋放在枕边，才铺开被子睡下，不一会儿，史某掀开他被子，赤裸着身体钻入他怀里，轻声说："我爱你襟怀磊落，愿意与你交好。"吴生心里明白这是骗局，但自忖也可以趁机讨些便宜，便与他偎抱在一起。史某极力曲意奉迎，不料吴生是个魁梧男子汉，搞得十分不协调，史某皱眉呻吟几乎受不了，低声乞求吴生宽免。吴生坚持要搞完。用手一摸，血已经流了一大摊，就放了他叫他走。等到天亮，史某疲惫得起不来，借口说突然生病，只请吴生和黄某先上路。吴生临别时，赠给他银子作为买药治病的费用。途中，吴生与狐精交谈，才知道夜间门外的大队人马，都是狐精作的法。

黄某在路上，更加讨好吴生，晚上又与他同住，一间很小的房间，只容得下一张床铺，很整洁暖和，而吴生却嫌太狭小。黄某说："这张床两个人睡太挤，你一个人睡就宽敞了，有什么关系呢？"吃完了饭径自走了。吴生也为一个人住可以接待狐友而暗喜，坐了很久，却不见狐精来。忽然他听到有人用手指弹墙壁上小门的声音，他拉开门栓探头看，一个穿戴漂亮的少女闪身进来，自己关上了门，向吴生嫣然一笑，容貌秀丽好像天仙。吴生满心欢喜，问她是谁，她说是店主人的媳妇。吴生就与她亲昵起来，二人十分欢悦。那女子忽然潸然泪下，吴生吃惊地问她原因，女子说："我不敢向你隐瞒，我其实是主人派来引诱你的。要是在以往，我刚一进来，你就会被抓起来；不知道今天夜里他们为什么这么久了还没来。"接着又哭着说："我本是个良家女子，心里其实不愿这样做。如今我已对你倾心相爱，请求你将我救出火坑吧！"吴生听罢；又惊又怕，一时想不出办法，只是连连催促女子快走。那女子却一味地低头哭泣。这时忽听黄某与主人敲门声大作，人声嘈杂，只听黄某喊道："我一路上侍候你，当你是个人，为什么竟然引诱我弟媳妇起来！"吴生更加害怕，逼着女子快出去。这时又听见壁上小门外也有敲击声，吴生手足无措，大汗淋漓；女子也扑倒在床上哭泣。又听得有人在劝阻店主人，主人不理睬，把门推得更急了。劝的人说："请问主人打算怎么办呢？你想杀死他吗？哪有我们这么多客人在此，一定不会坐视你行凶的。如果两个人中有一个逃走了，抵罪的责任你怎么能推脱得了呢？你想要上公堂当面对质吗？那你对家里妇女管教不严，只能使你自己丢丑。再说你开设旅舍招揽客人，明明是做了圈套讹诈，怎么能担保那女子不供出别的证词来呢？"店主人瞪着两眼竟无言以对。吴生听到这番话，心里非常感激，但不知道说话的是谁。

在此之前，旅舍即将关门时，有一位秀才带着一名仆人来投宿，在外面房间住下了。他随身携带着好酒，请同房间的每个人饮，向黄某及店主人敬酒尤其殷勤。两人推辞要起身，秀才扯住他们衣襟，一定不让他们走。后来捉了个空子溜了出去，拿着棍子直奔吴生的房间。秀才听到喧闹声，才赶来劝解。吴生伏在窗上往外偷看，原来是狐友，心里暗暗高兴。又见店主人有点软下来，就夸大其词吓唬他；又对女子说："你为什么不说话？"女子哭道："我只恨自己不像人，受人驱遣做这下贱的勾当！"店主人听了，面如死灰。秀才斥骂道："你们这班禽兽的奸计，也已暴露无遗了。这是旅客人人痛恨的！"黄某和店主人听了，全都放下长棍短刀，直挺挺跪在地下求饶。吴生也开门出来，一时间将他们怒骂一通。秀才又劝阻吴生，双方才算和解。那女子又哭起来，死也不肯回去。内屋跑出个老太婆和婢女，拉着女子要她进去，女子躺在地上，哭得更加伤心起来。秀才劝店主人出大价钱将女子卖给吴生，店主人低着头说："做了三十年收生婆，今天把孩子的襁褓裹颠倒了，还有什么话可说呢！"就依了秀才的话。吴生坚持不肯出高价，秀才在主客之间调停，最后议定五十两银子。人财交割完毕，晨钟已经敲响，吴生和秀才一同整装，载着女子出发了。

那女子从未经受过鞍马之劳，一路上颠簸得受不了。中午稍微休息一会。临出发，吴生呼唤报儿，却不知他到哪儿去了。直到夕阳西斜，还不见踪影，心里十分奇怪，就问狐精。狐精说："别发愁，他很快就会来的。"

月上星出，报儿才到。吴生问他哪里去了。报儿笑着说："公子拿五十两银子便宜了那坏家伙，我心里为你不平。刚才跟鬼头合谋，回去将银子讨了来。"就把银子放在桌子上。吴生惊奇地问怎么回事。原来鬼头打听到那女子只有一个哥哥，出远门十多年没回过家，就变成她哥哥的模样，让报儿冒充自己的小兄弟辈，到旅舍找妹妹。店主人慌了，假称她生病死了。两个僮儿要打官司，店主人更加害怕，拿银子私了，讨价还价，逐渐加码到四十两，才把两个僮儿打发走了。报儿说完了前因后果，吴生就把四十两赏给了他。

吴生回家后，夫妻感情十分和睦，家产也日益富裕起来。仔细打听女子的来历，原来那美少年就是她的丈夫，史某也就是金某。她披着一幅茧绸的披肩，说是从一个姓王的山东人那里得来的。原来他们的党羽到处都有，旅舍主人就是他们一伙的。怎么能够预料到，吴生所遇到的，就是使王子巽叫苦连天的人呢？这不是大快人心吗！老话说得好啊："会骑马的人，往往从马上摔下来。"

蛙曲

【原文】

王子巽言[①]："在都时，曾见一人作剧于市[②]。携木盒作格，凡十有二孔[③]；每孔伏蛙。以细杖敲其首，辄哇然作鸣。或与金钱，则乱击蛙顶，如拊云锣[④]，宫商词曲[⑤]，了了可辨[⑥]。"

【注释】

①王子巽：王敏入，字子逊，号梓岩，淄川人。

②作剧：玩杂耍。

③凡：总计。

④拊：敲击。云锣：与编钟相应的一种乐器。以多面（十、十三、十五、二十四面不等）大小相同厚薄殊异的小铜锣悬系于带格的木架间；架下有长柄，左手持之，右手用小木槌击锣作响。又叫云璈。

蛙曲

⑤宫商词曲：谓词曲习用的声调。宫、商，代指音乐声调。

⑥了了：清晰。

【译文】

王子巽说过这样一件事：“在京城时，曾经看见一个人在街市上表演杂戏。他随身带着一只木盒，隔成十二格，每一格里蹲着一只青蛙。他用一根细木棍敲敲青蛙的头，青蛙就‘哇哇’地叫起来。有人给钱，他就乱敲青蛙的头顶，像打云锣一样，曲调旋律，都可以清楚地分辨出来。”

鼠　戏

【原文】

又言[1]：“一人在长安市上卖鼠戏[2]。背负一囊，中蓄小鼠十馀头。每于稠人中，出小木架，置肩上，俨如戏楼状。乃拍鼓板，唱古杂剧[3]。歌声甫动，则有鼠自囊中出，蒙假面[4]，被小装服，自背登楼，人立而舞[5]。男女悲欢，悉合剧中关目[6]。”

【注释】

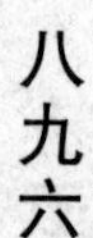

①又言：此篇手稿本上接《蛙曲》，当仍系王子巽（见前《念秧》注）所讲述。铸本、二十四卷本此篇不上连《蛙曲》，故无此二字。

②卖鼠戏：用鼠演戏赚钱。

③古杂剧：此指有传统故事情节的唱词，用以配合鼠的表演。

④假面：面具。

⑤人立：像人一样，后肢直立。

⑥关目：情节。

【译文】

王子巽还说："有一个人在京城街市上表演鼠戏赚钱。这人身背一个袋子，袋子中装了十几只小老鼠。每当到了人群稠密的地方，他便拿出一只小木架，放在肩上，很像一座戏楼。然后，他手拍鼓板，唱起了古调杂剧。歌声一起，便有小老鼠从袋中爬出来，戴着假面具，穿着小衣服，从他的背上爬到戏楼上，像人一样地站起来表演舞蹈。小老鼠表现出来的男女悲欢之情，完全符合剧中情节。"

泥书生

【原文】

罗村有陈代者[①]，少蠢陋[②]。娶妻某氏，颇丽。自以婿不如人，郁郁不得志。然贞洁自持，婆媳亦相安。一夕独宿，忽闻风动扉开，一书生入，脱衣巾，就妇共寝。妇骇惧，苦相拒；而肌骨顿耎，听其狎亵而去。自是恒无虚夕。月馀，形容枯瘁。母怪问之。初惭怍不欲言；固问，始以情告。母骇曰："此妖也！"百术为之禁咒，终亦不能绝。乃使代伏匿室中，操杖以伺。夜分，书生果复来，置冠几上；又脱袍服，搭椸架[③]间。才欲登榻，忽惊曰："咄咄！有生人气！"急复披衣。代暗中暴起，击中腰胁，塔然作声。四壁张顾，书生已渺。束薪爇照，泥衣一片堕地上，案头泥巾犹存。

【注释】

①罗村：淄川县旧东北乡有罗家庄。

②蠢陋：性愚而貌丑。

③椸架：衣架。椸，衣架。

【译文】

罗村有个叫陈代的人，从小就又蠢又丑。然而，他娶的妻子某某却很漂亮。陈妻感到自己的丈夫不如别人，为此而郁郁不乐，很是不顺心。但她却能恪守妇道，保持贞洁，与婆婆也相处得很好。

一天晚上，她独自一人睡在房里。忽然，听到一阵风声响过，门便开了，一个书生走了进来。书生脱下衣服，摘掉头巾，爬到床上与陈妻睡觉。陈妻十分害怕，苦苦抗拒，但四肢与身体忽然瘫软了下来，任凭书生玩弄了一番后走了。从此以后，书生每天晚上都来。一个月后。陈妻逐渐变得消瘦起来，容貌憔悴不堪。婆母奇怪地问她是怎么回事。开始，她因感到羞愧而不想说，经不住婆母的一再询问，她才将真实情况告诉给婆母。婆母惊恐地说："这是妖怪呀！"用尽各种法术为她驱妖降怪，始终未能阻止书生再来。于是，婆母让陈代藏在屋子里，拿着棍棒等候。半夜时分，书生果然又来了。他将帽子放到桌上，又脱下袍子，搭在衣架上。刚要爬到床上去，忽然惊奇地说道："怪事，有了生人的气味！"急急忙忙又披上衣服。陈代从黑暗中猛地跳了起来。一棍击中书生的腰部，只听得"咔嚓"一声，再向四处张望时，书生已经不见了踪影。点起火把来照，只见泥土做成的衣服掉下一片，而桌上的那条泥巾还放在那里。

土地夫人

【原文】

鸾桥王炳者[①]，出村，见土地神祠中出一美人，顾盼甚殷[②]。挑以亵语，欢然乐受。狎昵无所，遂期夜奔。炳因告以居止。至夜，果至，极相悦爱。问其姓名，固不以告。由此往来不绝。时炳与妻共榻[③]，美人亦必来与交，妻竟不觉其有人。炳讶问之。美人曰："我土地夫人也。"炳大骇，亟欲绝之，而百计不能阻。因循半载，病惫不起。美人来更频，家人都能见之。未几，炳果卒。美人犹日一至。炳妻叱之曰："淫鬼不自羞！人已死矣，复来何为？"美人遂去，不返。

土地虽小，亦神也，岂有任妇自奔者？愦愦应不至此[④]。不知何物淫昏，遂使千古下谓此村有污贱不谨之神。冤矣哉！

【注释】

①鸾桥：村名，在山东淄川县旧东北乡。

②殷：殷勤。谓情意亲切。

③时：有时。

④愦愦：糊涂。

【译文】

驾桥有一个叫王炳的人，有一天出了村子，看到土地庙中走出一个美人。美人用眼睛盯着王炳，表现出一副很亲切的样子，王炳用轻薄的话去挑逗她，她竟高兴地接受了。因为想亲热没有地方，两人便思谋着要在晚上约会，王炳告诉她自己家的住址，到了晚上，她果然来了，两人相亲相爱，十分欢心。王炳问起她的姓名，她说什么也不肯告诉。从此以后，两人便来往不绝。有时，王炳和他妻子同睡一张床，美人也来和他交欢，而他的妻子竟一点也没发觉床上还睡着另一个人。王炳十分惊奇，询问是怎么回事。美人说："我是土地夫人。"王炳十分害怕，急着要与她断绝关系，虽想尽一切办法，也没能阻止她继续来。就这样又维持了半年多时间，王炳终于因疲惫不堪病倒了。这时，美人来得更频繁了，家里的人都能看得到她。不久，王炳果然死了。而美人还是每天要来一回。王炳的妻子骂她说："你这淫鬼，怎么就不知道羞耻！人都死了，你还来干什么？"美人便走了，而且一去不返。

土地爷虽然地位低，也还是个神，他怎能听凭自己的夫人私奔呢他再糊涂也不至于到这种地步，不知是什么妖魔鬼怪淫乱昏了头，致使千百年来传说这个村子有污贱不谨慎的土地神。真是冤枉呀！

济南道人

【原文】

济南道人者，不知何许人，亦不详其姓氏。冬夏着一单袷衣[①]，系黄绦，无袴襦[②]。每用半梳梳发，即以齿衔髻际[③]，如冠状。日赤脚行市上；夜卧街头，离身数尺外，冰雪尽镕。初来，辄对人作幻剧，市人争贻之[④]。有井曲无赖子，遗以酒，求传其术，弗许。遇道人浴于河津[⑤]，骤抱其衣以胁之。道人揖曰："请以赐还，当不吝术。"无赖者恐其绐，固不肯释。道人曰："果不相授耶？"曰："然。"道人默不与语；俄见黄绦化为蛇，围可数握，绕其身六七匝，怒目昂首，吐舌相向。某大愕，长跪，色青气促，惟言乞命。道人乃竟取绦。绦竟非蛇；另有一蛇，蜿蜒入城去。由是道人之名益著。

缙绅家闻其异，招与游，从此往来乡先生门[6]。司、道俱耳其名[7]，每宴集，辄以道人从。一日，道人请于水面亭报诸宪之饮[8]。至期，各于案头得道人速客函[9]，亦不知所由至。诸客赴宴所，道人伛偻出迎[10]。既入，则空亭寂然，榻几未设，或疑其妄。道人顾官宰曰："贫道无僮仆，烦借诸扈从[11]，少代奔走。"官宰共诺之。道人于壁上绘双扉，以手挝之。内有应门者，振管而启。共趋觇望，则见憧憧者往来于中[12]；屏幔床几，亦复都有。即有人传送门外。道人命吏胥辈接列亭中[13]，且嘱勿与内人交语[14]。两相授受，惟顾而笑。顷刻，陈设满亭，穷极奢丽。既而旨酒散馥，热炙腾熏，皆自壁中传递而出。座客无不骇异。亭故背湖水，每六月时，荷花数十顷，一望无际。宴时方凌冬，窗外茫茫，惟有烟绿[15]。一官偶叹曰："此日佳集[16]，可惜无莲花点缀!"众俱唯唯。少顷，一青衣吏奔白："荷叶满塘矣!"一座皆惊。推窗眺瞩，果见弥望青葱[17]，间以菡萏[18]。转瞬间，万枝千朵，一齐都开；朔风吹面，荷香沁脑。群以为异。遣吏人荡舟采莲。遥见吏人入花深处；少间返棹[19]，素手来见。官诘之，吏曰："小人乘舟去，见花在远际；渐至北岸，又转遥遥在南荡中[20]。"道人笑曰："此幻梦之空花耳。"无何，酒阑，荷亦凋谢；北风骤起，摧折荷盖[21]，无复存矣。

济东观察公甚悦之[22]，携归署，日与狎玩。一日，公与客饮。公故有家传良酝[23]，每以一斗为率[24]，不肯供浪饮。是日，客饮而甘之，固索倾酿[25]。公坚以既尽为辞。道人笑谓客曰："君必欲满老饕[26]，索之贫道而可。"客请之。道人以壶入袖中，少刻出，遍斟坐上，与公所藏，更无殊别。尽欢始罢。公疑焉，入视酒瓻[27]，则封固宛然，而空无物矣。心窃愧怒，执以为妖，笞之。杖才加，公觉股暴痛；再加，臀肉欲裂。道人虽声嘶阶下，观察已血殷坐上[28]。乃止不笞，逐令去。道人遂离济，不知所往。后有人遇于金陵，衣装如故，问之，笑不语。

【注释】 

①单袷衣：单薄的夹衣。袷，夹衣。袷，据二十四卷本，底本作“帢”。

②袴襦：套裤与短袄。袴，胫衣，齐鲁之间称“襬”，套于单裤上的无裆套裤。襦，罩于单衫之外的短衣或短袄。

③以齿衔髻际：用梳齿插在发髻上。

④贻：赠送；这里指施舍。

⑤河津：河边。津，渡口。

⑥乡先生：年老辞官居乡的人，见《仪礼·士冠礼》。这里指乡绅。

⑦司、道：指布政司、按察司长官及所属分守道、分巡道之类的官员。耳：闻。

⑧水面亭：即“天心水面亭”，元代李洞所建，在济南大明湖上。宪：封建社会属吏称上司为“宪”，这里指上文所说的司、道官员。

⑨速客函：犹言请帖。

⑩伛偻：躬身，表示恭敬。

⑪扈从：侍从的仆役。

⑫憧憧者：指摇曳不定的人影。

⑬吏胥辈：指诸宪的随从。吏胥，衙门小吏。

⑭内人：指壁内之人。

⑮烟绿：水雾笼罩着绿波。

⑯佳集：盛会。

⑰弥望：满眼。

⑱菡萏：荷花。

⑲返棹：回船。

⑳荡：长草的水面；此指湖面。

㉑荷盖：荷叶。

㉒济东观察：济东道的道员。济东道是山东省最大的一个道，驻济南，下辖济南、东昌、泰安、武定四府和临清一个直隶州。

㉓良酝：犹言佳酿、美酒。

㉔率：标准，准则。

㉕倾酿：倾尽家酿美酒供客。

㉖老饕：此指馋欲。

㉗瓻：古时酒具，大的能盛一石，小的盛五斗。

㉘殷：暗红色。这里指染红。

【译文】

济南有个道人，不知道是什么地方人，也不知道姓什么，叫什么，无论夏冬，道人总是穿一件单夹衣，系一条黄色腰带，既无套裤，也无短袄。他常常使用一截断了齿的梳子梳头，梳完之后，便将梳子插在发髻上，像是一顶帽子。白天，他赤着双脚穿行于街市之间，到了晚上，就睡在街头上。下雪的时候，他身体周围几尺之内的冰雪总会化得一干二净。

初到济南时，道人常常给人耍弄幻术，街头闹市的人争着送钱、送物给他。有一市井无赖少年给他送来了酒，请求他传授法术，他没有答应。有一天，无赖看到道人在河里洗澡，便突然抱走了他的衣服，并以此相要挟。道士作着揖说："请把衣服还给我，我不会吝惜这点小把戏的。"无赖担心道士哄骗他，说什么也不肯把衣服还给他。道士说："当真不还吗?"无赖说："是的。"道士默默地不再说什么了。

不一会儿，只见拿在无赖手中的那条黄腰带变成了一条蛇，蛇有好几把粗，将无赖的身体绕了六七匝，还瞪着眼，昂着头，冲无赖直吐信子。无赖十分惊恐，跪在地上，脸也吓青了，气也喘不过来，嘴里只有哀求的份儿了。道士于是拿走了腰带。再一看，那腰带竟不是蛇。另外还有一条蛇，曲里拐弯地爬行到城里去了。

从这以后，道士的名气更加大了。官绅们听说了他的奇行异事，便纷纷邀请他一起游玩，他从此开始来往于乡绅名流们的家中。省府、州县长官也都听到了他的名声，一有宴会，也都邀请他去。

有一天，道士要在大明湖上的“天心水面亭”里请客，以回敬那些曾经请过他的官员们。到了那一天，每个被邀请的人都在自己的案头上看到了道士敦促赴宴的请柬，也不知这请柬是从哪里来的。客人们到了举行宴会的地方，道士便弓着腰出来迎接。等到了里面一看，只见空荡荡的一座亭子里面什么也没有，就连桌凳也没有摆设。客人们都以为道士这宴会是假的。道士对官员们说：“贫道没有仆人，想麻烦各位的仆人替我跑跑腿。”官员们都答应了。道士便在墙壁上画了两扇门，然后用手敲了敲。里面有人答应，还用钥匙打开锁，拉开了门。众人都凑上前去往门内观望，只见摇曳不定的人影在里面走来走去，屏风、帐幔、床榻、桌凳，需要的东西都有，有人将这些东西一一传送到门外。道士叫官员的仆人们接过东西，摆放在亭中，并嘱咐不要和里面的人说话。门内人与门外人你送我接，并不言语，只是互相冲对方笑笑而已。很快，亭子里便摆满了，很富丽堂皇。接着，散发着芳香的美酒、蒸腾着热气的熟肉，一一被从墙壁中传递了出来，座中的客人没有一个不感到惊奇的。

这亭子本来背靠湖水，每年的六月，有几十顷土地大的湖面上开满荷花，一眼望不到尽头。道士宴请宾客时正值冬季，窗外白茫茫一片，只有浓浓的雾气，笼罩着一池碧绿的湖水。一个官员偶尔说道：“今天的宴会不错，只可惜没有荷花点缀！”众人连连称是。只一会儿工夫，一个身着黑衣的差人便跑来报告说：“荷叶已经绿遍整个湖面了。”满座的客人都非常惊讶，推开窗子一看，果然是满眼的葱茏，中间还点缀着朵朵含苞欲放的荷花。一眨眼间，这千朵万朵的荷花苞同时绽开；接着，北风吹起，一阵阵荷香使人心旷神怡。众人觉得这太离奇，忙遣仆从荡着小船前去采莲。

远远地望去，仆人已摇着船进入荷花深处，然而，不到一会儿工夫，却又掉转船头，空着手来见众人。官员问他为何没有采到莲花，他回答说：“小人划着船到了湖里，看见满眼的荷花都在远处。等小人将船逐渐划到了北岸，却又见荷花漂荡在南边的湖面上。”道士笑着说道：“这是幻化出来的空花罢了！”不久，酒宴散了，荷花也随着凋谢了。一阵北风吹过，吹折了高擎在湖面上的荷盖，满湖的荷花一朵也没有了。

济东道台大人很喜欢这个道士，把他带回自己的官署里，每天与道士一同玩乐。一天，道台大人请客人饮酒。道台大人原有家传美酒，每次请客，都以一杯为限，从来不肯供人尽情喝够。这一天，客人喝了一杯之后，觉得甘美可口，便一再地要求道台大人拿出所有的美酒让他们喝个痛快。道台大人以已喝光了为借口，说什么也不肯再拿。道士笑着对客人们说：“如果你们一定要过酒瘾，那就问我要好了。”客人们请他拿酒来。道士拿了空酒壶放入袖中，过了一会儿又拿了出来，然后给在座的客人斟上。客人们一尝，与道台大人的家藏美酒没有什么两样。

于是，客人开怀畅饮，直到喝够为止。道台大人有些疑惑，便走进藏酒的地方去察看酒坛子，外面的封条纹丝未动，里面的酒却空了，道台大人心中恼恨，便以妖道的罪名将道士抓了起来，命手下人严加拷打。大棍刚刚落下，道台大人便觉得自己的屁股疼痛难忍，再打，他屁股上的肉几乎要裂开了。堂下的道士虽一声声嚎叫着，而堂上道台大人已是血流满座了。道台大人只得喝令衙役不要再打，让人将道士赶了出去。

道士从此便离开了济南，不知到什么地方去了。后来，有人在金陵看到了他，衣着打扮仍同以前一样，询问他的情况，却笑而不答。

酒　狂

【原文】

缪永定，江西拔贡生[1]。素酗于酒，戚党多畏避之。偶适族叔家。缪为人滑稽善谑[2]，客与语，悦之，遂共酣饮。缪醉，使酒骂坐[3]，忤客。客怒，一坐大哗。叔以身左右排解。缪谓左袒客，又益迁怒。叔无计，奔告其家。家人来，扶捽以归。才置床上，四肢尽厥[4]；抚之，奄然气尽。

缪死，有皂帽人絷去。移时，至一府署，缥碧为瓦[5]，世间无其壮丽。至墀下，似欲伺见官宰。自思：我罪伊何，当是客讼斗殴。回顾皂帽人，怒目如牛，又不敢问。然自度[6]：贡生与人角口[7]，或无大罪。忽堂上一吏宣言，使讼狱者翼日早候[8]。于是堂下人纷纷藉藉，如鸟兽散。缪亦随皂帽人出，更无归着，缩首立肆檐下。皂帽人怒曰："颠酒无赖子[9]！日将暮，各去寻眠食，而何往[10]？"缪战栗曰："我且不知何事，并未告家人，故毫无资斧，庸将焉归[11]？"皂帽人曰："颠酒贼！若酤白啗，便有用度！再支吾[12]，老拳碎颠骨子[13]！"缪垂首不敢声。

忽一人自户内出，见缪，诧异曰："尔何来？"缪视之，则其母舅。舅贾氏，死已数载。缪见之，始恍然悟其已死，心益悲惧，向舅涕零曰："阿舅救我！"贾顾皂帽人曰："东灵非他[14]，屈临寒舍。"二人乃入。贾重揖皂帽人，且嘱青眼[15]。俄顷，出酒食，团坐相饮。贾问："舍甥何事，遂烦勾致？"皂帽人曰："大王驾诣浮罗君[16]，遇令甥颠詈，使我捽得来。"贾问："见王未？"曰："浮罗君会花子案[17]，驾未归。"又问："阿甥将得何罪？"答言："未可知也。然大王颇怒此等辈。"缪在侧，闻二人言，觳觫汗下[18]，杯箸不能举。无何，皂帽人起，谢曰："叨盛酌，已径醉矣。即以令甥相付托。驾归，再容登访。"乃去。

贾谓缪曰："甥别无兄弟，父母爱如掌上珠[19]，常不忍一诃。十六七岁时，每三杯后，喃喃寻人疵[20]；小不合，辄挝门裸骂。犹谓稚齿。不意别十馀年，甥了不长进[21]。今且奈何！"缪伏地哭，惟言悔无及。贾曳之曰："舅在此业酤，颇有小声

酒狂

望，必合极力。适饮者乃东灵使者，舅常饮之酒，与舅颇相善。大王日万几[22]，亦未必便能记忆。我委曲与言[23]，浼以私意释甥去，或可允从。"即又转念曰："此事担负颇重[24]，非十万不能了也。"缪谢，锐然自任，诺之。缪即就舅氏宿。次日，皂帽人早来觇望。贾请间，语移时，来谓缪曰："谐矣。少顷即复来。我先罄所有，用压契[25]；馀待甥归，从容凑致之。"缪喜曰："共得几何？"曰："十万。"曰："甥

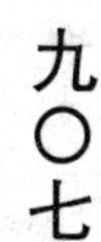

何处得如许？”贾曰：“只金币钱纸百提[26]，足矣。”缪喜曰：“此易办耳。”

待将停午[27]，皂帽人不至。缪欲出市上，少游瞩。贾嘱勿远荡，诺而出。见街里贸贩，一如人间。至一所，棘垣峻绝，似是囹圄。对门一酒肆，纷纷者往来颇伙。肆外一带长溪，黑潦涌动[28]，深不可底。方伫足窥探，闻肆内一人呼曰：“缪君何来？”缪急视之，则邻村翁生，故十年前文字交。趋出握手，欢若平生。即就肆内小酌，各道契阔。缪庆幸中，又逢故知，倾怀尽醑。酣醉，顿忘其死，旧态复作，渐絮絮瑕疵翁[29]。翁曰：“数载不见，若复尔耶？”缪素厌人道其酒德[30]，闻翁言，益愤，击桌顿骂。翁睨之，拂袖竟出。缪追至溪头，捋翁帽。翁怒曰：“是真妄人[31]！”乃推缪颠堕溪中。溪水殊不甚深；而水中利刃如麻，刺穿胁胫，坚难动摇，痛彻骨脑。黑水半杂溲秽[32]，随吸入喉，更不可过。岸上人观笑如堵，并无一引援者。时方危急，贾忽至。望见大惊，提携以归，曰：“子不可为也！死犹弗悟，不足复为人！请仍从东灵受斧锧。”缪大惧，泣言：“知罪矣。”贾乃曰：“适东灵至，候汝为券，汝乃饮荡不归。渠忙迫不能待。我已立券，付千缗令去[33]；馀者以旬尽为期。子归，宜急措置，夜于村外旷莽中，呼舅名焚之，此愿可结也。”缪悉应之。乃促之行。送之郊外，又嘱曰：“必勿食言[34]累我。”乃示途令归。

时缪已僵卧三日，家人谓其醉死，而鼻息隐隐如悬丝。是日苏，大呕，呕出黑瀋数斗[35]，臭不可闻。吐已，汗湿裀褥，身始凉爽。告家人以异。旋觉刺处痛肿，隔夜成疮[36]，犹幸不大溃腐。十日渐能杖行。家人共乞偿冥负[37]。缪计所费，非数金不能办，颇生吝惜，曰：“曩或醉梦之幻境耳。纵其不然，伊以私释我，何敢复使冥主知？”家人劝之，不听。然心惕惕然，不敢复纵饮。里党咸喜其进德[38]，稍稍与共酌。年馀，冥报渐忘[39]，志渐肆，故状亦渐萌。一日，饮于子姓之家[40]，又骂主人座。主人摈斥出，阖户径去。缪噪逾时，其子方知，将扶而归。入室，面壁长跪，自投无数[41]，曰：“便偿尔负！便偿尔负！”言已，仆地。视之，气已绝矣。

【注释】

①拔贡：明清时，由各省提学考选学行兼优、累试优等的府、州、县学生员，

贡入京师；明代称为“选贡”，清初称“拔贡”。

②滑稽善谑：言谈诙谐，善开玩笑。

③使酒骂坐：因酒使性，辱骂座客。

④四肢尽厥：手足冰冷，僵直麻木。

⑤缥碧为瓦：淡青色的琉璃瓦。

⑥自度：自思。度，揣度，思忖。

⑦角口：斗嘴，吵架。

⑧讼狱者：打官司的人。翼日：次日。

⑨颠酒：发酒疯。颠，通“癫”。

⑩而：尔。

⑪庸将焉归：岂能回那里去呢？庸，岂。

⑫支吾：撑拒，顶撞。

⑬颠骨子：疯骨头，醉鬼。

⑭东灵：据文义，知为东灵大王所差之鬼使。是借主神之名尊称其使者。非他：非比外人；非陌生者。

⑮青眼：谓格外关照。

⑯大王：东灵大王。疑指东王公。东王公又称东王父、木公，为我国古代神话中与西王母对称的男神，居东方。道教称之为青灵始老君，为地仙“五方五老”之一，又称为东华帝君或扶桑大帝。浮罗君：疑指太上道君。

⑰浮罗君会花子案：未详。疑指太上道君驾出会勘某丐者证仙之事，如旧时小说戏剧所常演述者。会，会办，勘验。花子，乞丐。案，讼案或纷争。

⑱觳觫：此从二十四卷抄本，底本作“觳悚”。恐惧貌。《孟子·梁惠王》上：“吾不忍其觳觫，若无罪而就死地。”

⑲掌上珠：喻极端珍爱。常以喻儿女等亲爱的人。

⑳喃喃：形容醉后吐字不清。

㉑了不长进：全无进步。了，完全。

㉒万几：指帝王日常的纷繁政务。传：“几，微也。言当戒惧万事之微。”后世或作“万机”。

㉓委曲：婉转。

㉔担负：责任。

㉕压契：立约书契的押金或保证费。

㉖金币钱纸：旧时祭奠供焚化用的金裱纸钱，即纸陌。百提：一百挂。每挂抵世间千钱，故百挂总数为十万钱。

㉗停午：正午。

㉘潦：沟中流水。

㉙瑕疵：此谓挑剔，指摘。

㉚酒德：习指饮酒后的行为表现。

㉛妄人：任性胡为、不讲道理的人。

㉜溲秽：粪尿之类污物。

㉝千缗：一千串。缗，穿钱用的绳子。

㉞食言：背弃诺言。

㉟黑瀋：黑汁。瀋，汁。

㊱疮：此从铸雪斋抄本，底本作“创”。

㊲冥负：冥债，即前所许“金币钱纸百提”。

㊳进德：品德有所长进。

㊴冥报：阴间报应；指阴司前度所施惩警。

㊵子姓：同族晚辈。

㊶自投：自伏叩首。

【译文】

缪永定是江西选拔到京城的一名贡生。他常常酗酒，亲戚朋友都躲着他，害怕与他来往。有一次，他偶然到了一个本族叔叔的家里。他为人滑稽，善于耍笑逗乐，客人和他交谈了一阵后很高兴，便跟他痛快地喝起酒来。不多一会儿，他喝醉了，耍酒疯骂人。结果，被他得罪了的客人发了脾气，吵吵嚷嚷地大闹起来。叔叔赔笑脸，说好话，一会儿劝劝这个，一会儿又劝劝那个。缪永定说他叔叔偏袒客人，又把一腔的怒火迁移到叔叔身上。叔叔没有办法，只得跑去告诉他的家人。家人来，将他扶了回去。刚放到床上，他便四肢冰冷，全身僵直，家人用手一摸鼻孔，竟然断了气。

缪永定死去时，有一个戴黑帽子的人将他捆了拉上就走。一个时辰后，他们来到了一所官衙里。官衙的屋顶覆盖蜀沸青色的琉璃瓦，十分壮观，是人世间所没有的。到了台阶下，他们站下了，似乎是等待着要去见什么官员。缪永定暗自想：我有什么罪，不过是客人状告斗殴之事。缪永定回头看看那戴黑帽子的人，见他愤怒地瞪着两只像牛一样的眼睛，也不敢问。但暗自思索：贡生跟人吵了架，应该不是什么大的罪行。正思索间，忽听得堂上有个官吏宣布说，要打官司的人第二天早晨再来等候。官吏的话音刚落，堂下的人便乱纷纷地像鸟兽一样地四散而去。

缪永定也随着黑帽人走了出去。因没有地方可去，他只好缩着脑袋站立在一家店铺的房檐底下。黑帽人怒气冲冲地向他喝道：“你这发酒疯的无赖！天快要黑了，别人都找地方吃饭睡觉去了，你打算往哪里去呀？”缪永定战战兢兢地回答说：“我并不知道为啥事把我抓到了这里，也没来得及给家里人说一声，一点盘缠也没有，我能上哪儿去？”黑帽人说：“你这耍酒疯的贼人！要买酒给自己喝时，便有了钱是不是！再顶撞，我用这老拳打碎了你的疯骨头！”缪永定低下了脑袋不敢再吱声。

正在这时，忽然有一个人从房内走了出来，见到缪永定，十分诧异地问道：“你怎么来了？”缪永定一看，原来是自己的舅舅。他舅舅姓贾，已经死了好几年了。缪见到舅舅后，才猛地醒悟，自己已经死了，心中更加悲哀恐惧了。他哭着对舅舅说：“舅舅快救救我！”贾某对黑帽人说：“你东灵大王的使者不是外人，请屈驾到寒舍里坐坐。”二人便进了屋。贾某又向黑帽人作揖行礼，并请他多多关照。

不一会儿，酒菜摆上来了，几人围成圈儿坐着喝酒。贾某问：“我这个外甥犯了什么事，烦劳您将他抓了来？”黑帽人说：“东灵大王到浮罗君那里去，正碰上您这位外甥耍酒疯骂人，便叫我将他捉了来。”贾某问：“见过大王没有？”黑帽人说：“大王在浮罗君那里勘验花子案，还没回来。”贾某又问：“我外甥将会受到什么处罚？”黑帽人回答说：“还不知道？但大王很痛恨他这一类人。”缪永定坐在一旁，听着两人间的对话，吓得浑身发抖，汗流满面，连酒杯、筷子都拿不住了，过了一会儿，黑帽人站起身来，对贾某道谢说：“叨扰您的好酒好菜，我已经醉了。现在，把您的外甥托付给您，等大王回来了，我再来拜访。”说完就走了。

贾某对缪永定说：“外甥你没有别的兄弟，父母把你当作掌上明珠，从来都不舍得骂一句。十六七岁时，常常三杯酒下肚后，就唠唠叨叨地寻找别人的茬子。稍不如意，便拍门敲窗，光着身子骂人。那时，大人们认为你还小不懂事。没料想别后十多年了，你还是没有什么长进。现如今你该怎么办呢？”缪永定趴伏在地上痛哭流涕，不停地说着后悔的话。

贾某把他拽了起来说：“舅舅在这里开酒馆，还有点小名气，一定会尽力救你的。刚才在这里喝酒的那人是东灵大王的使者，舅舅常常请他喝酒，跟我的关系还不错。东灵大王每天要处理成百上千个案子，未必每一件都能记得。我去跟他婉转地说说，求他私下把你放了，说不定能答应的。”想了想又说道：“此事责任重大，纵有十万两银子不能了结。”缪永定谢过舅舅，很痛快地将这笔钱答应下来。这一晚，缪永定就睡在了舅舅的酒店里。

第二天，黑帽人一大早就来探望。贾某将他请到里面的屋子，密谈了有一个多时辰，然后出来对缪水定说：“成了，等一会儿他再来一趟。我先将我手头所有的钱都给他，作为契约的保证金，剩下的等你回到人间后再慢慢地凑齐了给他。”缪永定高兴地说：“一共需要多少？”贾某说：“十万。”缪永定说：“外甥我到哪儿去弄这么多钱？”贾某说：“你只需买金裱纸钱一百挂就够了。”缪永定高兴地说道：“这事情好办。”

二人等到快中午了，还没见黑帽人来。缪永定想到街上去转一转，看一看。贾某嘱咐他不要走得太远了，他答应了一声便出去了，只见街面上谈生意的，做买卖的，跟人世间一模一样，缪永定走到一个地方，发现此处的墙壁很高，插满了荆棘，像是一座监狱。监狱的对门有一座酒店，进进出出的人很多。酒店的外面有一条小河沟，涌动着黑水，深不见底。缪永定正想停下来看个究竟，忽听得酒店中有人喊他："缪君怎么也来了?"缪永定急忙去看，原来是邻村姓翁的书生，是自己十年前的文字朋友。翁生快步出来与他握手，高兴得就如同生前。

二人随即到了小酒店内，边饮边叙说离别后各自的光景。缪永定正在庆幸自己死了还能复生，又碰上了多年不见的老朋友，便开怀畅饮起来。他喝得大醉，忘了自己已经是个死人，旧病复发，又絮絮叨叨地数落起翁生的毛病来。翁生说："几年不见，你怎么还像过去一样啊?"缪永定平时最听不得别人对他的酒德说长道短，听翁生这么一说，他更加气愤了，拍着桌子大骂起来。翁生斜着眼看了他一下，一甩袖子竟然走了。缪永定追到河沟边，将翁生的帽子扯了下来。翁生愤怒地说道："你真是一个不讲道理的家伙。"说完，便将他推到河沟里去了。

河沟里的水并不太深，而水中利刀如麻，刺穿缪永定的两肋，扎透小腿，结结实实地拔也拔不动，痛得钻心透骨。黑水里夹杂着粪便，脏水随着呼吸进入他的喉咙，更无法忍受。岸上围观取乐的人围成了一堵墙，却没有一个人伸出手来拉他一把。危急关头，贾某来了。

见此情景，贾某大吃一惊，急忙将他拉上岸，带回家中，对他说道："你真是不可救药了！死了还不悔悟，还配再去做人吗？还是到东灵大王那里去挨斧子吧！"缪永定非常害怕，哭着说道："我知道错了！"贾某这才对他说："刚才东灵大王的使者来了，等着你签订契约，你却在外浪饮浪玩。他实在是等不及了，我替你代写了契约，给了一千贯钱叫他先走了，其余的，约定以十天为限交付。你回到人间后，要立即筹措，夜里在村外荒凉无人的地方，喊着我的名字烧，你许的愿就可以了结了。"缪永定都答应了。贾某催他快走，并把他送到了郊外，又叮嘱说："你一定不能失信连累我。"于是指给缪永定回去的路程，让他走了。

当时缪永定已直挺挺地躺了三天，家人都以为他已经醉死了，可他的鼻孔里还隐隐约约地有一丝气息在游动。这一天，他苏醒过来，大吐特吐，从嘴里呕出的黑水有好几斗，臭不可闻。吐完之后，身下的褥子已被汗水浸透，他才感到凉爽舒适一些。他把自己死后的奇特经历告诉了家里人。话刚说完，又觉得在河沟被尖刀刺中的地方有些肿痛，隔了一夜变成了疮，庆幸的是没有大面积溃烂。

十天之后，他渐渐地能拄着拐杖行走了。家里人都催他快点偿还阴间的债务。他一合计，买一百挂金裱纸钱得花好几两银子，真有些舍不得，便对家人说："过去讲的那些事，或许是醉梦中的幻境而已。即便那事是真的，他黑帽使者私自放了我，难道还敢再向阎王报告？"家里人劝他，不听。但是，他的心里总还是有些恐惧，再也不敢纵情放胆地去喝酒了。亲戚朋友看他有了长进，都很高兴，有时也请他少量地喝一些。

一年之后，阴间的报应逐渐被他忘却了，他又开始放纵自己的性子，爱耍酒疯的老毛病渐渐地又萌生了。有一天，他在同姓的一个晚辈家中喝酒，又骂起主人的宾客。主人将他撵了出去，关上大门进去了。缪永定大喊大叫地过了一个时辰，他的儿子闻讯赶来，将他扶了回去。

进了房子，他忽然面向墙壁直挺挺跪在了地上，又不停地磕着头，嘴里说："就还你的债！就还你的债！"说完，便倒在了地上。等家人去看他时，已气绝身亡了。

卷五

阳 武 侯

【原文】

阳武侯薛公禄[①]，胶薛家岛人。父薛公最贫，牧牛乡先生家[②]。先生有荒田，公牧其处，辄见蛇兔斗草莱中，以为异；因请于主人为宅兆[③]，构茅而居。后数年，太夫人临蓐[④]，值雨骤至；适二指挥使奉命稽海[⑤]，出其途，避雨户中。见舍上鸦鹊群集，竞以翼覆漏处，异之。既而翁出，指挥问："适何作？"因以产告。又询所产，曰："男也。"指挥又益愕，曰："是必极贵。不然，何以得我两指挥护守门户也?"咨嗟而去。

侯既长，垢面垂鼻涕，殊不聪颖。岛中薛姓，故隶军籍[⑤]。是年应翁家出一丁口戍辽阳[⑦]，翁长子深以为忧。时候十八岁，人以太憨生[⑧]，无与为婚。忽自谓兄曰："大哥啾唧[⑨]，得无以遣戍无人耶?"曰："然。"笑曰："若肯以婢子妻我，我当任此役。"兄喜，即配婢。侯遂携室赴戍所。行方数十里，暴雨忽集。途侧有危崖[⑩]，夫妻奔避其下。少间，雨止，始复行。才及数武，崖石崩坠。居人遥望两虎跃出，逼附两人而没[⑪]。侯自此勇健非常，丰采顿异。后以军功封阳武侯世爵[⑫]。

至启、祯间[⑬]，袭侯某公薨[⑭]，无子，止有遗腹，因暂以旁支代。凡世封家进御者[⑮]，有娠即以上闻[⑯]，官遣媪伴守之，既产乃已。年馀，夫人生女。产后，腹犹震动，凡十五年，更数媪，又生男。应以嫡派赐爵[⑰]。旁支噪之，以为非薛产。

官收诸媪[18]，械梏百端[19]，皆无异言。爵乃定。

【注释】

①薛禄：明胶州（今山东省胶县）人。出身军旅。兄弟七人，排行第六，故军中呼为薛六。既贵，乃更名禄。曾从燕王朱棣起兵，在朱棣与惠帝朱允炆争夺帝位的“靖难”之役中，屡立战功。朱棣即位后，官至右都督，封阳武侯。仁宗洪熙元年，加太保，佩镇朔大将军印，驻军大同，守卫边防。宣德元年卒，追封鄞国公，谥忠武。

②乡先生：年老辞官居乡的人。

③宅兆：建宅舍之地。

④临蓐：犹临产。蓐，床上草垫。

⑤指挥使：武官名。明初于京师和各地设立卫所，驻军防卫。划数府为一防区设卫，下设千户所和百户所。卫的军事长官称指挥使。当时胶州设胶州卫。稽海：考察海防。

⑥故隶军籍：原隶属军户。南北朝时，士兵及其家属的户籍属于军府，称为军户。军户之子弟世代为兵，地位低于民户。明代沿用古制，也有军户。

⑦戍辽阳：戍守辽阳，指到辽阳服役。明初设辽东都司，治所在辽阳，辖区相当今辽宁省大部。

⑧太憨生：呆蠢。生，语词。

⑨啾唧：形容低声私语，犹言唧唧咕咕。

⑩危崖：高耸的崖壁。危，高耸。

⑪逼附：逼近依附。附，附体，合为一体。

⑫世爵：世代继承的爵位。

⑬启、祯间：明天启、崇祯年间。天启，明熹宗朱由校年号（1621—1627年）。崇祯，明思宗朱由检年号（1628—1644年）。

⑭袭侯：世袭的阳武侯，指薛禄后嗣。薨：古代天子死曰崩，诸侯死曰薨；此称袭侯之死。

⑮世封家：世袭封爵之家。进御者：进奉给袭爵者的侍寝女子。

⑯上闻：奏闻皇帝。

⑰嫡派：嫡子正支。

⑱收：拘捕。

⑲械梏：指刑讯。

【译文】

阳武侯薛禄，胶州薛家岛人。他父亲老薛头，家境最穷，给一个告老还乡的官僚人家当牛倌。那个官僚人家有一块荒废的田地，老薛头在荒地里放牛，时常看见长虫和兔子在荒田的草棵里争斗，认为是块奇异的宝地；所以就请求主人，赏给他作为茔地，在那里搭个茅屋居住着。几年以后，太夫人临产的时候，正赶上来了暴风雨；刚巧有两个担任指挥使的军官，奉命前去检查海路，到这儿遇上了大雨，就离开大路，到草房的门口避雨。他们看见房盖上落了一大群乌鸦和喜鹊，争着用翅膀覆盖漏雨的地方，两个人感到很惊异。过了一会儿，老头儿从屋里出来，指挥使问他："你刚才进屋做什么去了？"老头儿就告诉他们，老伴儿生孩子。指挥使又问生的是男孩还是女孩，老头儿说："是个男孩子。"两个指挥使更吃了一惊说："这孩子将来一定是个大富大贵之人！不然的话，怎能得到我们两个指挥使给他护守门户呢?"雨过天晴以后，赞不绝口地走了。

薛禄慢慢长大了，蓬头垢面，老是挂着两桶鼻涕，很不聪明。岛上姓薛的，从前隶属于军籍，这一年应该由薛老头儿家里出一名壮丁去守卫辽阳，老头儿的大儿子为这件事情很忧愁。当时薛禄已经十八岁了，人们认为他是一个傻小子，没有人把姑娘给他做老婆。一天他自己忽然对哥哥说："大哥这几天嘀嘀咕咕的，是不是因为没有人可以打发去当壮丁啊?"大哥说："是啊！"他笑着说："你答应把丫鬟

给我做老婆，我马上就去承担这个差事。”哥哥高兴了，就把丫鬟给他做了老婆。他就带着妻子，一同奔向服役的辽阳。离家刚走了几十里路，忽然遇上了倾盆大

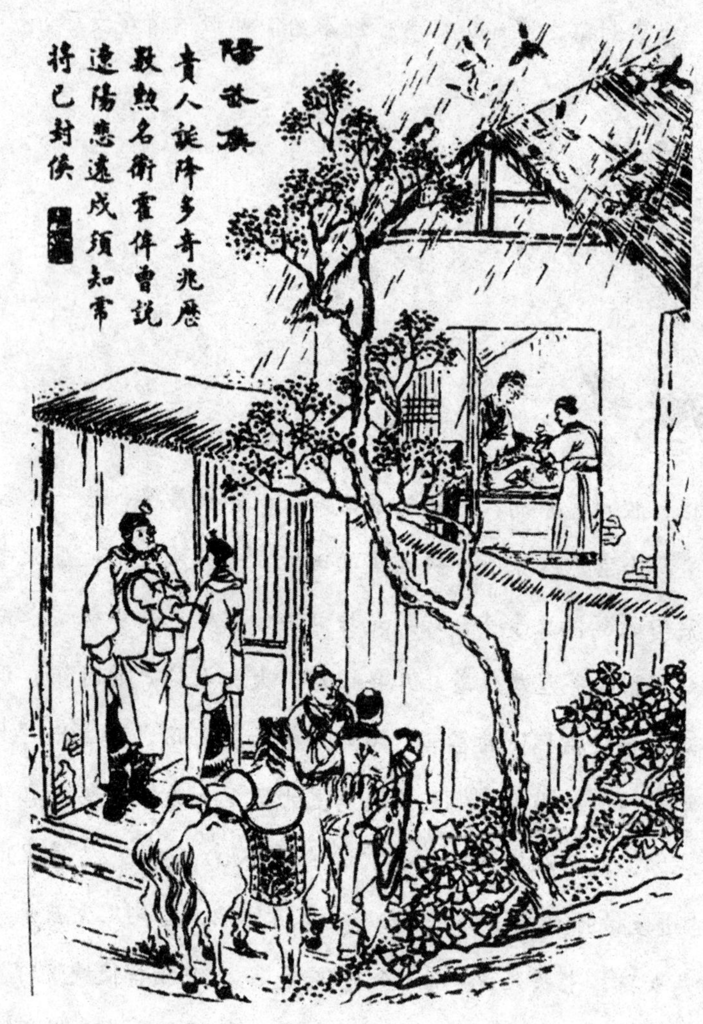

阳武侯

雨，路旁有个很危险的悬崖，夫妻二人就跑过去，蹲在悬崖下面避雨。过了一会儿，风停了，雨住了，两个人才又一起往前走。刚刚走出几步，悬崖上的石头就崩塌了。附近的居民从远处望见山岸下跳出两只老虎，逼近夫妻，往两个人身上一附就无影无踪了。薛禄从此以后就特别英勇善战，傻乎乎的风度也突然变了。后来因为立了军功，封为世袭的阳武侯。传到明朝的天启和崇祯年间，世袭的一个侯爵死了以后，没有留下儿子，只有老婆怀孕在身，还没生下来，所以暂时由旁支顶替

着。凡是世袭的封爵人家，继承人是献给皇帝的，所以老婆怀孕就要奏给皇帝知道，由官家派遣一个老太太伴守着，直到生了孩子才撤走。过了一年多，夫人生了一个女孩子。可是产后肚子里还有胎动，经历了一十五年，换了好几个老太太，又生了一个男孩子。阳武侯的爵位就应该赐给这个嫡系的孩子。可是旁支却大吵大叫地不答应，认为他不是薛家的血统。官家把更换的许多老太太都抓进官署，百般拷问，都没有不同的供词，继承侯爵的人才定下来了。

赵城虎

【原文】

赵城妪[1]，年七十馀，止一子。一日入山，为虎所噬。妪悲痛，几不欲活，号啼而诉于宰。宰笑曰："虎何可以官法制之乎？"妪愈号咷，不能制之。宰叱之，亦不畏惧。又怜其老，不忍加威怒，遂诺为捉虎。媪伏不去，必待勾牒出[2]，乃肯行。宰无奈之，即问诸役，谁能往者。一隶名李能，醺醉，诣座下，自言："能之。"持牒下，妪始去。隶醒而悔之；犹谓宰之伪局，姑以解妪扰耳，因亦不甚为意。持牒报缴[3]，宰怒曰："固言能之，何容复悔？"隶窘甚，请牒拘猎户[4]。宰从之。隶集诸猎人，日夜伏山谷，冀得一虎，庶可塞责[5]。月馀，受杖数百，冤苦罔控[6]。遂诣东郭岳庙，跪而祝之，哭失声。无何，一虎自外来。隶错愕[7]，恐被咥噬[8]。虎入，殊不他顾，蹲立门中。隶祝曰："如杀某子者尔也，其俯听吾缚。"遂出缧索絷虎项[9]，虎帖耳受缚。牵达县署，宰问虎曰："某子尔噬之耶？"虎颔之[10]。宰曰："杀人者死，古之定律。且妪止一子，而尔杀之，彼残年垂尽，何以生活？倘尔能为若子也，我将赦之。"虎又颔之。乃释缚令去。

媪方怨宰之不杀虎以偿子也，迟旦，启扉，则有死鹿；妪货其肉革，用以资度。自是以为常，时衔金帛掷庭中。妪从此致丰裕，奉养过于其子。心窃德虎。虎来，时卧檐下，竟日不去。人畜相安，各无猜忌。数年，妪死，虎来吼于堂中。妪素所积，绰可营葬[11]，族人共瘗之。坟垒方成，虎骤奔来，宾客尽逃。虎直赴冢前，嗥鸣雷动，移时始去。土人立“义虎祠”于东郊，至今犹存。

赵城虎

【注释】

①赵城：旧县名，隋末置，治所在今山西省洪洞县赵城镇西南。

②勾牒：拘捕犯人的公文。勾，捉拿。

③持牒报缴：至期复命，交回勾牒。指未完成使命。

④牒拘猎户：发出公文，拘禁猎户，使之服役。

⑤庶可：或可。

⑥罔控：无法申诉。

⑦错愕：仓促惊诧。

⑧咥：咬。

⑨缧索：拘系犯人的绳索。

⑩颔之：点头，表示同意。

⑪绰可营葬：指积蓄足够置办丧葬之事。绰，宽裕。

【译文】

赵城县的一个老太太，七十多岁了，只有一个儿子。一天，儿子进山打柴，被老虎咬死了。老太太悲痛得要死，哭天抹泪地去向县官告状。县官笑着说：“老虎怎能用官法制裁呢？”老太太越发号啕大哭，谁也劝止不住。县官吓唬她，也不害怕。县官可怜她老迈年高，不忍施加威风怒喝她，就答应捉住老虎，给她儿子偿命。可是老太太趴在地下不起来，一定要等着发出拘票，她才肯走。县官拿她没有办法，就问站班的许多衙役，谁能进山捉住那只老虎。有个名叫李能的衙役，喝得醉醺醺的，来到县官跟前，自报：“我能捉住老虎。”就拿着拘票下了大堂。老太太这才爬起来走了。李能醒酒以后就后悔了；还以为这是县官设的假局，用它摆脱老太太的纠缠罢了，所以也就没有放在心上，就拿着拘票回去交付差事。县官很生气

地说："你本来说是能够捉虎，怎能容你反悔呢？"李能感到很为难，请求县官给他公文，他去召集猎人，一起进山捉虎。县官答应了他的要求。他就召集了猎人，日夜伏在山谷里，希望获得一只老虎，可以搪塞过去。可是过了一个多月，也没捉到一只老虎。严限追逼，挨了几百棍子，满肚子冤屈没有地方申诉。他就到东城外的东岳庙里，跪倒在地，向东岳大帝诉苦，说着说着就放声大哭起来。哭了不一会儿，就从外面进来一只老虎。他猛然吃了一惊，害怕被老虎咬死。可是老虎进了大庙以后，什么也不看，后腿一坐，前脚一支，就在门里蹲下了。李能向它祷告说："如果咬死老太太儿子的老虎就是你，你就应该低下脑袋，服服帖帖地叫我把你捆起来。"说完就拿出捆绑犯人的绳子，捆在老虎的脖子上。老虎俯首帖耳地受他捆绑。他把老虎牵上大堂，县官问老虎说："老太太的儿子，是你咬死的吗？"老虎点了点头。县官说："杀人者偿命，这是古人定下的刑律。而且老太太只有一个儿子，被你咬死了，她已到了风烛残年，依靠什么生活呢？如果你能给她当儿子，我就赦免你。"老虎又点了点头。于是就让衙役解开绳子，把老虎放走了。老太太正在埋怨县官不杀死老虎给他儿子偿命，天刚亮的时候，她一开门，看见院子里放着一只死鹿；她就卖了鹿肉和鹿皮，当作生活费用。从此以后，老虎就常来常往，时常叼来一些金银布匹扔在院子里。老太太从此就过上了富裕生活。老虎对她的供养，超过了她的儿子。她心里暗自感激老虎。老虎来的时候，时常趴在房檐底下，整天也不离开。人畜相安无事，彼此没有什么猜疑和顾忌。过了几年，老太太死了，老虎来到灵堂里大声吼叫。老太太平素攒了很多钱，作为安葬费绰绰有余，同族的人就共同把她埋葬了。刚把坟墓垒起来，老虎突然跑来，送殡的客人吓得全部逃散了。老虎直奔老太太的坟前，雷鸣般地嗥叫了一阵才离开。当地人就在东城外建了一座"义虎祠"，直到今天还保存着。

螳螂捕蛇

【原文】

张娃者，偶行溪谷，闻崖上有声甚厉。寻途登觇[1]，见巨蛇围如碗，摆扑丛树中，以尾击柳，柳枝崩折。皮侧倾跌之状，似有物捉制之。然审视殊无所见，大疑。渐近临之，则一螳螂据顶上，以刺刀攫其首，攧不可去[2]。久之，蛇竟死。视頞上革肉[3]，已破裂云。

【注释】

①觇：窥视。

②攧：指蛇“反侧倾跌”。

③頞：鼻根，即俗说之“眉心”。

【译文】

有个姓张的，偶然走在河谷里，听见河岸上有噼里啪啦的声音，响得很厉害。他寻找一条道路，上岸一看，只见一条大蛇，腰围像碗口那么粗，在树丛里张跟头打把式，用尾巴抽打柳树，柳枝都被打断了。看它不停地扭动身子，折过来跌过去的样子，好像有个东西把它抓住了，正在制服它。可是仔细看看。什么也没看见，他心里很疑惑，渐渐来到跟前一看，原来是一只螳螂盘踞在大蛇的头顶上，用带刺的两把刀子，割取它的脑袋。它颠又颠甩又甩，总也甩不掉。折腾了好长时间，大蛇竟然死了。看它额头上的皮肉，已经破裂了。

武　技

【原文】

李超，字魁吾，淄之西鄙人[①]。豪爽，好施。偶一僧来托钵[②]，李饱啖之。僧甚感荷，乃曰："吾少林出也[③]。有薄技，请以相授。"李喜，馆之客舍[④]，丰其给[⑤]，旦夕从学。三月，艺颇精，意得甚。僧问："汝益乎？"曰："益矣[⑥]。师所能者，我已尽能之。"僧笑，命李试其技。李乃解衣唾手，如猿飞，如鸟落，腾跃移时，诩诩然交人而立[⑦]。僧又笑曰："可矣。子既尽吾能，请一角低昂[⑧]。"李忻然，即各交臂作势。既而支撑格拒[⑨]，李时时蹈僧瑕[⑩]；僧忽一脚飞掷，李已仰跌丈馀。僧抚掌曰[⑪]："子尚未尽吾能也。"李以掌致地[⑫]，惭沮请教。又数日，僧辞去。

李由此以武名，遨游南北，罔有其对[⑬]。偶适历下[⑭]，见一少年尼僧[⑮]，弄艺于场，观者填溢。尼告众客曰："颠倒一身[⑯]，殊大冷落。有好事者，不妨下场一扑为戏。"如是三言。众相顾，迄无应者。李在侧，不觉技痒[⑰]，意气而进。尼便笑与合掌[⑱]。才一交手，尼便呵止曰："此少林宗派也。"即问："尊师何人？"李初不言。固诘之，乃以僧告。尼拱手曰："憨和尚汝师耶？若尔，不必交手足，愿拜下风[⑲]。"李请之再四，尼不可。众怂恿之，尼乃曰："既是憨师弟子，同是个中人[⑳]，无妨一戏。但两相会意可耳。"李诺之。然以其文弱故，易之[㉑]；又年少喜胜，思欲败之，以要一日之名[㉒]。方颉颃间[㉓]，尼即遽止。李问其故，但笑不言。李以为怯，固请再角。尼乃起。少间，李腾一踝去[㉔]。尼骈五指下削其股[㉕]；李觉膝下如中刀斧，蹶仆不能起[㉖]。尼笑谢曰："孟浪迕客[㉗]，幸勿罪！"李舁归，月馀始愈。

后年馀，僧复来，为述往事。僧惊曰："汝大卤莽！惹他何为？幸先以我名告之；不然，股已断矣！"

【注释】

①淄之西鄙：淄川县之西乡。鄙，边境，边缘地区。

②托钵：化缘、乞食。钵，钵盂，僧人的饭具。因僧人乞求布施时手托钵盂，故云“托钵”。

③少林：少林寺，在河南省登封市西北少室山北麓，建于北魏太和年间。僧徒甚众。唐初，少林僧人佐唐太宗开国有功，从此僧徒多习拳术，自成流派，颇负盛名，称“少林派”。

④馆：安排居住。

⑤丰其给：对他的供给十分丰厚。

⑥益：增益、进步。

⑦诩诩然：骄傲自得的样子。

⑧一角低昂：一比高低。角，较量。低昂，高低。

⑨格拒：格斗，抵拒。

⑩瑕：玉上的杂斑，不纯净处；此指破绽、弱点。

⑪抚掌：拍手。

⑫致地：撑地。

⑬罔有其对：无人堪作他的对手。罔，无。

⑭历下：古邑名，在今山东省济南市，因在历山之下而得名。西汉时改置历城县。

⑮尼僧：尼姑。

⑯颠倒一身：指一人单独表演武技。

⑰技痒：擅长某种技艺的人，不能克制自己，急欲表现其技艺，称为“技痒”。

⑱合掌：佛教的敬礼，两掌相合表示敬意，又称“合十”。

⑲愿拜下风：指甘心服输。下风，风向的下方。因以下风喻下位或劣势。

⑳个中人：此中人。指深通武术的内行人。

㉑易之：轻视她。

㉒要：博取。

㉓颉颃：颉颃，原指鸟上下飞翔，此以之喻比武的腾跃进退。

㉔腾一踝去：飞起一脚踢去。踝，脚跟。

㉕骈五指：五指并拢。骈，并。

㉖蹶仆：跌倒。

㉗孟浪：鲁莽。迕客：冒犯客人。

武技

【译文】

李超，字魁吾，是淄川县的远郊人。性格豪爽，乐善好施。偶然来了一位托钵化斋的和尚，他让和尚吃得饱饱的。和尚很感激他，就说："我在少林寺出家。有一点微薄的武术，请让我把它传给你。"

李超一听就高兴了，让和尚住在客房里，供他吃的用的都很丰富。自己日日夜夜跟着学艺。学了三个月，武艺很精了，心里很得意。和尚问他："你长进了吗?"他说："长进了。师父能够做到的，我已经完全可以做到了。"和尚笑着叫他试试武艺。他就脱下衣服，唾唾手心，猿猴似的飞跃，鸟儿似的坠落，腾跳了一会儿，气不长吁，面不改色，骄傲地站在那里。和尚又笑笑说："可以了。你既然全部学到了我的武艺，我请求和你较量一下高低。"李超欣然同意，就各个交叉着胳膊，拉开了架势，然后互相支撑格斗。李超时时都在寻找和尚的空子；和尚忽然飞起一脚，把他踢出一丈多远，四仰八叉地跌在地上。和尚拍着手说："你还没有全部学到我的武艺哟!"李超用手掌撑着地面，惭愧而又沮丧地请求和尚继续教他。和尚又教了几天就告辞走了。李超从此武艺超群，很有名声，走南闯北，没有他的对手。他偶然到了历下，看见一个年轻的尼姑，在街头上打场卖艺，观众围得满满的。

尼姑对周围的观众说："颠来倒去的一个人，实在很冷落。若有好本事的，不妨下场互相扑打，权当游戏游戏。"一连说了三次。观众面面相觑，始终没有应声的。李超站在旁边，不觉浑身技痒，一时感情冲动，就进了场子。小尼姑笑微微的和他当胸合掌，互相致意。刚一交手，尼姑就喊他停下，说："这是少林派的拳脚。"问他："你的师父是谁?"李超起初不想说，小尼姑一再追问，李超就把和尚的名字告诉了她。尼姑向他拱手说："憨和尚是你师父吗?若是你的师父，不必较量拳脚了，我愿甘拜下风。"他再三再四地请求较量，尼姑也不答应。围观的群众怂恿他们，小尼姑才说："既然是憨师父的弟子，同是少林中的兄弟，不妨玩玩，只是两下心领神会就可以了。”李超点头应允，但是认为对方文静而又瘦弱，容易取胜；他又年轻好胜，就想打败她，以便取得一时的名声。正在不相上下的抗衡着，小尼姑突然停了下来。他问停下的原因，小尼姑光笑不说。他以为尼姑怯阵了，固执地请求再较量一下。尼姑就动起了拳脚。不一会儿，他突然飞起一脚。尼姑并起五指，向他飞来的脚上往下一削；他觉得膝盖以下好像中了刀斧，一个跟头跌倒在地，再也起不来了。尼始笑着向他谢罪说：“我冒冒失失地触犯了客人，希望不要见怪！”她雇人把自己抬回去，一个多月才痊愈。一年多以后，和尚又来了，他就向和尚追述了往事。和尚吃惊地说：“你太鲁莽了！惹她干什么？幸亏把我的名字告诉了她；不然的话，你的腿早已断了！”

小　人

【原文】

康熙间[①]，有术人携一榼[②]，榼中藏小人[③]，长尺许。投一钱，则启榼令出，唱曲而退。至掖[④]，掖宰索榼入署，细审小人出处。初不敢言。固诘之，始自述其乡族[⑤]。盖读书童子，自塾中归，为术人所迷，复投以药，四体暴缩；彼遂携之，以为戏具。宰怒，杀术人。留童子欲医之，尚未得其方也。

【注释】

①康熙：清圣祖玄烨的年号（1662—1722年）。

②术人：作幻术的人。

③榼：古代盛酒或贮水的器具。

④掖：掖县，在今山东省。

⑤乡族：乡里族姓。

小人

【译文】

康熙年间，有个耍魔术的人，携带一只酒篓，篓里藏着一个小人，只有一尺来高。给他扔钱，他就打开篓盖，叫小人出来，唱一段小曲就缩回去。来到掖县，掖县的县官把酒篓要进官署，详细审问小人的出处。起初小人不敢说话。县官一再追问，才说了自己的家乡和门第。原来小人是个读书的童子，从学馆回来，被耍魔术的人迷惑了，又给他吃了药，四肢就突然缩小了；耍魔术的人就用酒篓带着他，作为魔术工具。县官一听就火儿了，杀了耍魔术的人。留下那个童子，想要给他医治，还没有得到让他复原的药方。

秦　生

【原文】

莱州秦生[①]，制药酒，误投毒味，未忍倾弃，封而置之。积年馀，夜适思饮，而无所得酒。忽忆所藏，启封嗅之，芳烈喷溢，肠痒涎流，不可制止。取盏将尝，妻苦劝谏。生笑曰："快饮而死，胜于馋渴而死多矣。"一盏既尽，倒瓶再斟。妻覆其瓶，满屋流溢。生伏地而牛饮之[②]。少时，腹痛口噤[③]，中夜而卒。妻号，为备棺木，行入殓[④]。次夜，忽有美人入，身长不满三尺，径就灵寝[⑤]，以瓯水灌之，豁然顿苏。叩而诘之，曰："我狐仙也。适丈夫入陈家，窃酒醉死，往救而归。偶过君家，彼怜君子与己同病[⑥]，故使妾以馀药活之也。"言讫，不见。

余友人丘行素贡士[⑦]，嗜饮。一夜思酒，而无可行沽，辗转不可复忍，因思代以醋。谋诸妇，妇嗤之[⑧]。丘固强之，乃煨醯以进[⑨]。壶既尽，始解衣甘寝[⑩]。次日，竭壶酒之资，遣仆代沽。道遇伯弟襄宸[⑪]，诘知其故，因疑嫂不肯为兄谋酒。仆言："夫人云：'家中蓄醋无多，昨夜已尽其半；恐再一壶，则醋根断矣。'"闻者皆笑之。不知酒兴初浓，即毒药犹甘之，况醋乎？此亦可以传矣。

【注释】

①莱州：府名，治所在今山东省掖县。

②牛饮：如牛俯身就水而饮。

③口噤：口不能张。

④行：将。入殓：把尸体放入棺内。

⑤灵寝：停尸的厅堂。

⑥彼：指狐仙的丈夫。君子：指秦生。

⑦丘行素：丘希潜，字行素。淄川人，康熙己巳年贡生，授黄县训导。告归，构清梦楼于豹山之阳，读书其中。

⑧嗤：嗤笑。

⑨醢：醋。

⑩甘寝：安睡。

⑪伯弟：伯家兄弟。

【译文】

莱州有个姓秦的书生，在炮制药酒的时候，往酒里投错了毒药，也没舍得倒掉，就封了瓶口搁了起来。过了一年多，有一天晚上，他恰巧想要喝酒，却又没有地方可以拿到一壶酒。忽然想起去年储藏的一瓶药酒，就翻出那瓶酒，打开封口一闻，喷着浓烈的酒香，使他肠胃发痒，口水流出老长，馋劲儿再也不能制止了。他拿起酒杯就尝尝，老婆苦苦地劝阻他。他笑着说：“酣畅地喝死，比馋死渴死强多了。”喝完了一杯，扳倒瓶子还要斟酒。老婆一把夺过酒瓶，瓶口朝下，药酒淌了满地。他趴在地上，像老牛似的喝起来。喝完不一会儿，毒性发作，他肚子疼痛，却闭着嘴巴不说，挺到半夜就死了。老婆号啕痛哭，给他准备了棺材，就要入殓了。第二天晚上，忽然从门外进来一位小美人，身高不满三尺，捧着一个小瓦盆，径直来到灵床跟前，用一把小勺儿，从小盆里舀水，一勺一勺地灌他，他就忽然苏醒复活了。老婆很感激地拜谢那位小美人，问她从哪里来的，小美人说："我是狐仙。刚才我丈夫溜进老陈家，偷酒喝醉死了，我去把他救活，一道往回走。偶然路过你家门前，我丈夫可怜你丈夫和他同病，所以叫我把剩下的解药拿来救活你丈夫。"说完就无影无踪了。

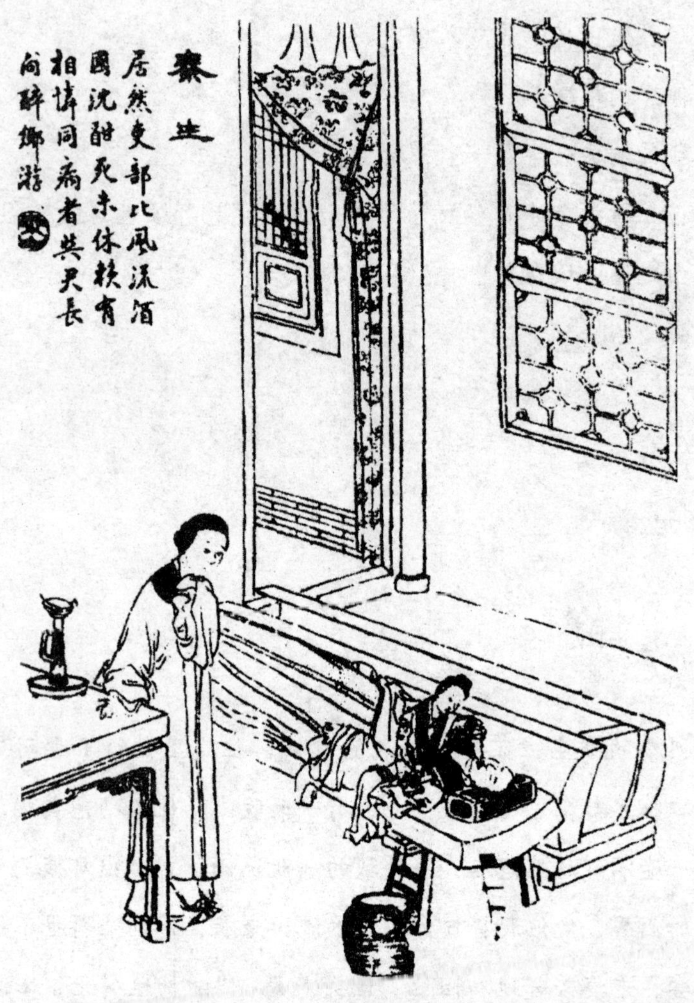

秦生

我有一位名叫邱行素的朋友，是个贡生。嗜酒成疵。有一天晚上，他想要喝酒，但却没有地方可以买酒，坐也坐不住，躺也躺不稳，再也不能忍受了，就想把老醋当酒喝。他和老婆一商量，老婆用鼻子嗤笑他。他再三再四地要求，老婆就烫了一壶醋，叫他喝了下去。一壶老醋喝光了，他才脱了衣服，甜蜜蜜地躺下睡觉。第二天，老婆搜光了钱口袋，凑了一壶酒钱，就打发仆人替他买酒。仆人在路上遇见他的叔伯兄弟邱襄宸，问明仆人出门的原因，就怀疑嫂子不肯给哥哥想法买酒喝。仆人说："我家夫人说，家里的存醋不多了，昨晚儿已经喝掉了一半；怕他再喝一壶，就断了醋根了。"听到这个故事的人，没有不笑的。岂不知当初酒兴最浓的时候，就是毒药也是甜的，何况老醋呢？这个故事也可以立传了。

鸦　头

【原文】

诸生王文[①]，东昌人[②]。少诚笃。薄游于楚[③]，过六河[④]，休于旅舍，仍步门外。遇里戚赵东楼，大贾也，常数年不归。见王，相执甚欢，便邀临存[⑤]。至其所，有美人坐室中，愕怪却步。赵曳之，又隔窗呼妮子去，王乃入。赵具酒馔，话温凉[⑥]。王问："此何处所？"答云："此是小构栏。余因久客，暂假床寝。"话间，妮子频来出入。王踧促不安，离席告别。赵强捉令坐。俄见一少女，经门外过，望见王，秋波频顾，眉目含情，仪度娴婉，实神仙也。王素方直[⑦]，至此惘然若失，便问："丽者何人？"赵曰："此媪次女，小字鸦头，年十四矣。缠头者屡以重金啖媪[⑧]，女执不愿，致母鞭楚，女以齿稚哀免。今尚待聘耳。"王闻言，俯首默然痴坐，酬应悉乖[⑨]。赵戏之曰："君倘垂意，当作冰斧。"王怃然曰[⑩]："此念所不敢存。"然日向夕，绝不言去。赵又戏请之。王曰："雅意极所感佩，囊涩奈何[⑪]！"赵知女性激烈，必当不允，故许以十金为助。王拜谢趋出，罄资而至，得五数，强赵致媪。媪果少之。鸦头言于母曰："母日责我不作钱树子[⑫]，今请得如母所愿。我初学作

人，报母有日，勿以区区放却财神去。”媪以女性拗执，但得允从，即甚欢喜。遂诺之，使婢邀王郎。赵难中悔，加金付媪。王与女欢爱甚至。既，谓王曰：“妾烟花下流，不堪匹敌[13]；既蒙缱绻，义即至重。君倾囊博此一宵欢，明日如何？”王泫然悲哽。女曰：“勿悲。妾委风尘[14]，实非所愿。顾未有敦笃可托如君者[15]。请以宵遁。”王喜，遽起；女亦起。听谯鼓已三下矣[16]。女急易男装，草草偕出，叩主

鸦头

人扉[17]。王故从双卫，托以急务，命仆便发。女以符系仆股并驴耳上，纵辔极驰，目不容启，耳后但闻风鸣；平明至汉江口，税屋而止。王惊其异。女曰：“言之，

得无惧乎？妾非人，狐耳。母贪淫，日遭虐遇，心所积懑。今幸脱苦海。百里外，即非所知，可幸无恙。”王略无疑贰，从容曰：“室对芙蓉[18]，家徒四壁[19]，实难自慰，恐终见弃置。”女曰：“何为此虑。今市货皆可居，三数口，淡薄亦可自给[20]。可鬻驴子作资本。”王如言，即门前设小肆，王与仆人躬同操作，卖酒贩浆其中。女作披肩[21]，刺荷囊[22]，日获赢馀，顾赡甚优[23]。积年馀，渐能蓄婢媪。王自是不着犊鼻[24]，但课督而已。

女一日悄然忽悲，曰：“今夜合有难作，奈何！”王问之，女曰：“母已知妾消息，必见凌逼。若遣姊来，吾无忧；恐母自至耳。”夜已央，自庆曰：“不妨，阿姊来矣。”居无何[25]，妮子排闼入。女笑逆之。妮子骂曰：“婢子不羞，随人逃匿！老母令我缚去。”即出索子絷女颈。女怒曰：“从一者得何罪[26]？”妮子益忿[27]，捽女断衿。家中婢媪皆集。妮子惧，奔出。女曰：“姊归，母必自至。大祸不远，可速作计。”乃急办装，将更播迁。媪忽掩入，怒容可掬，曰：“我固知婢子无礼，须自来也！”女迎跪哀啼。媪不言，揪发提去。王徘徊怆恻，眠食都废。急诣六河，冀得贿赎。至则门庭如故，人物已非。问之居人，俱不知其所徙。悼丧而返。于是俵散客旅[28]，囊资东归。

后数年，偶入燕都，过育婴堂[29]，见一儿，七八岁。仆人怪似其主，反复凝注之。王问：“看儿何说？”仆笑以对。王亦笑。细视儿，风度磊落[30]。自念乏嗣，因其肖己，爱而赎之。诘其名，自称王孜。王曰：“子弃之襁褓，何知姓氏？”曰：“本师尝言[31]，得我时，胸前有字，书山东王文之子。”王大骇曰：“我即王文，乌得有子？”念必同己姓名者，心窃喜，甚爱惜之：及归，见者不问而知为王生子。孜渐长，孔武有力[32]，喜田猎，不务生产，乐斗好杀。王亦不能箝制之。又自言能见鬼狐，悉不之信。会里中有患狐者，请孜往觇之。至则指狐隐处，令数人随指处击之，即闻狐鸣，毛血交落，自是遂安。由是人益异之。

王一日游市廛，忽遇赵东楼，巾袍不整，形色枯黯。惊问所来。赵惨然请间[33]。王乃偕归，命酒。赵曰：“媪得鸦头，横施楚掠。既北徙，又欲夺其志。女矢死不二，因囚置之。生一男，弃诸曲巷[34]；闻在育婴堂，想已长成。此君遗体也。”王

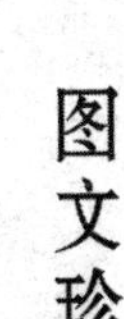

出涕曰："天幸孽儿已归。"因述本末。问："君何落拓至此？"叹曰："今而知青楼之好[35]，不可过认真也。夫何言！"先是，媪北徙，赵以负贩从之。货重难迁者，悉以贱售。途中脚直供亿[36]，烦费不赀，因大亏损。妮子索取尤奢。数年，万金荡然。媪见床头金尽，旦夕加白眼。妮子渐寄贵家宿，恒数夕不归。赵愤激不可耐，然亦无奈之。适媪他出，鸦头自窗中呼赵曰："构栏中原无情好，所绸缪者，钱耳。君依恋不去，将掇奇祸。"赵惧，如梦初醒。临行，窃往视女。女授书使达王，赵乃归。因以此情为王述之。即出鸦头书。书云："知孜儿已在膝下矣[37]。妾之厄难，东楼君自能缅悉。前世之孽，夫何可言！妾幽室之中，暗无天日，鞭创裂肤，饥火煎心，易一晨昏，如历年岁。君如不忘汉上雪夜单衾[38]，迭互暖抱时，当与儿谋，必能脱妾于厄。母姊虽忍，要是骨肉，但嘱勿致伤残，是所愿耳。"王读之，泣不自禁。以金帛赠赵而去。时孜年十八矣。王为述前后，因示母书。孜怒眦欲裂，即日赴都，询吴媪居，则车马方盈。孜直入，妮子方与湖客饮，望见孜，愕立变色。孜骤进杀之，宾客大骇，以为寇。及视女尸，已化为狐。孜持刃迳入，见媪督婢作羹。孜奔近室门，媪忽不见。孜四顾，急抽矢，望屋梁射之；一狐贯心而堕，遂决其首。寻得母所，投石破扃，母子各失声。母问媪，曰："已诛之。"母怨曰："儿何不听吾言！"命持葬郊野。孜伪诺之，剥其皮而藏之。检媪箱箧，尽卷金资，奉母而归。夫妇重谐，悲喜交至。既问吴媪，孜言："在吾囊中。"惊问之，出两革以献。母怒，骂曰："忤逆儿！何得此为！"号恸自挝，转侧欲死。王极力抚慰，叱儿瘗革。孜忿曰："今得安乐所，顿忘挞楚耶？"母益怒，啼不止。孜葬皮反报，始稍释。

王自女归，家益盛。心德赵，报以巨金。赵始知媪母子皆狐也。孜承奉甚孝；然误触之，则恶声暴吼。女谓王曰："儿有拗筋，不刺去之，终当杀人倾产。"夜伺孜睡，潜絷其手足。孜醒曰："我无罪。"母曰："将医尔虐[39]，其勿苦。"孜大叫，转侧不可开。女以巨针刺踝骨侧，三四分许，用力掘断，崩然有声；又于肘间脑际并如之。已，乃释缚，拍令安卧。天明，奔候父母，涕泣曰："儿早夜忆昔所行，都非人类！"父母大喜[40]，从此温和如处女，乡里贤之。

异史氏曰："妓尽狐也。不谓有狐而妓者；至狐而鸨[41]，则兽而禽矣。灭理伤伦，其何足怪？至百折千磨，之死靡他[42]，此人类所1难，而乃于狐也得之乎？唐君谓魏徵更饶妩媚[43]，吾于鸦头亦云。"

【注释】

①诸生：儒生。明清时，一般生员也称"诸生"。

②东昌：旧府名，府治在今山东聊城市。

③薄游：即游历。薄，语助词。楚：泛指南方地区；长江中下游一带古属楚国。

④六河：地名。就文中所写的地理方位，应在东昌以南，汉口之东。又，江苏省太仓市北，有六合镇，也称"陆河"。

⑤临存：到家看望。敬辞。

⑥话温凉：互致问候。温凉，寒暖。

⑦方直：正直；正派。"王素方直"至"女亦起"，底本残缺，据铸雪斋抄本补。

⑧缠头者：指嫖客。缠头，古时舞者以锦缠头，舞罢，宾客赠以罗锦，称为"缠头"。后来，对勾栏歌妓的赠予，也叫"缠头"。

⑨酬应悉乖：酬酢应答，都有差错；形容心不在焉。乖，违背、差错。

⑩怃然：茫然自失。

⑪囊涩：晋人阮孚携皂囊，游于会稽。客问囊中何物，阮说："但有一钱守囊，恐其羞涩。"见《韵府群玉》。后遂称身边无钱为"阮囊羞涩"或"囊涩"。

⑫钱树子：犹言"摇钱树"，旧时以之比喻赚钱的妓女。

⑬烟花下流：烟花女子，地位低贱。烟花，代指娼妓。匹敌：匹配。

⑭委风尘：堕落于风尘中，指沦落为妓女。委，委身。风尘，此指花街柳巷。

⑮敦笃：敦厚诚实。

⑯谯鼓已三下：已打三更。谯鼓，城楼夜间报时的鼓声。谯，谯楼，可以望远的城楼。

⑰主人：指王生所住旅舍的店主。

⑱室对芙蓉：意思是在家面对美妻。芙蓉，荷花。

⑲家徒四壁：家中只有四堵墙壁，形容一无所有。

⑳淡薄：同“淡泊”，指清淡寡欲的贫穷生活。

㉑披肩：旧时妇女围在颈上，披在肩头的一种服装；也叫“云肩”。又，清代官员穿礼服时也戴披肩。

㉒荷囊：荷包。随身佩戴的小囊。

㉓顾赡：据二十四卷抄本，原作“顾膳”。

㉔不着犊鼻：指不亲自操作。犊鼻，即“犊鼻裈”，见《田七郎》注。汉代司马相如与卓文君设铲卖酒，相如亲自着犊鼻裈与保佣杂作。

㉕居无何：据铸雪斋抄本，底本缺“何”字。

㉖从一者：指不嫁二夫之女。这里指嫁夫从良，不做妓女。

㉗益忿：据铸雪斋抄本补。底本缺“忿”字。

㉘俵散客旅：遣散众佣工。俵散，分散；解散。客，客佣。旅，众。

㉙育婴堂：旧时收养遗弃婴儿的机构。

㉚磊落：英俊；俊伟。

㉛本师：授业的老师；这里指育婴堂的抚养人员。

㉜孔武：非常勇武。孔，甚。

㉝请间：请找个没人的地方谈话。间，间语，避人私语。

㉞曲巷：偏僻小巷。

㉟青楼：指妓院。

㊱脚直供亿：运输费用和生活供应。脚直，脚力；脚钱。供亿，按需要供应，也指供应的东西。亿，估量。

㊲在膝下：指子女在父母跟前。膝下，原指人幼年时，后用作对父母的尊称。

㊳汉上：指上文的“汉江口”。

㊴虐：残暴；这里指暴虐的个性。

㊵父母：此据铸雪斋抄本，底本误为“夫母”。

㊶鸨：鸨母。后因称妓女为鸨儿，蓄女卖淫者为鸨母。

㊷之死靡他：到死不变心。靡，无。

㊸唐君谓魏徵更饶妩媚：唐君，唐太宗李世民。唐太宗曾说：别人说魏徵举动疏慢，“我但觉妩媚。”见《唐书·魏徵传》。魏徵，唐大臣，敢于直谏。饶，多。妩媚，同“妩媚”，举止美好可爱。

【译文】

有个名叫王文的秀才，是东昌府人氏。从小老实忠厚。他出门漫游，快到湖北的时候，路过六河，住在一家旅店里，闲暇无事，就在门外散步。遇见一位乡亲赵东楼，是个大商人。赵东楼常常好几年也不回家。他见了王文，互相握着手，心里很高兴，就信步到他居住的地方去看看。王文到了他的住所，看见屋里坐着一个美人，心里忽然一愣，就停住了脚步。赵东楼往屋里拽他，又隔着窗户把屋里的美人喊走了，他才进了屋子。赵东楼准备酒饭招待他，向他问暖问寒。他问赵东楼：“这是什么地方？”赵东楼回答说：“这是一家小小的妓院。因为长期客居外地，在这儿暂时借个床铺睡觉。”说话的时候，美人频频地出出进进。他拘谨不安，就离开席位要告别。赵东楼硬是拉着他，叫他坐下了。

过了不一会儿，他看见有个少女从门外路过。少女见了他，眨着两只漂亮的眼睛，一次又一次地看他，眉目含情，仪容文雅而又漂亮，真是一位仙女。他一向耿直正派，到了这个时候，心里好像丢了什么东西似的。就问赵东楼：“这个美人是什么人？”赵东楼说：“此人是鸨母的二姑娘，名叫鸦头，十四岁了。有些向妓女赠送财物的人，常用很多金钱买动鸨母，但鸦头固执地不愿接客，以致鸨母用鞭子抽她。由于年岁很小，经过哀求，鸨母也就不逼她了，现在还在等待接客。”

王文听到这话，就低下脑袋，默默不语，呆呆地坐着，互相之间的应酬都不正常了。赵东楼跟他开玩笑说："你如果对她有意，我给你做个媒人。"他很失望地说："我可不敢怀有这种念头。"但是天色快要黑了，他却绝口不说回去。赵东楼又耍笑他，请求给他做媒。他说："你的好意我是极为感激的，但是腰包里没钱，是没有办法的！"赵东楼知道鸦头是个烈性女子，肯定不会答应接客，所以就做个假人情，答应帮他十吊钱。他谢过赵东楼，回到自己的住处，把所有的金钱统统拿来了，凑成五吊钱，硬要赵东楼送给鸨母。鸨母果然嫌少。鸦头却对鸨母说："母亲天天责备我不做摇钱树，今天我愿意满足母亲的愿望。我初次学习做人，报答母亲的日子长着呢，不要为了区区几吊钱而退却了财神。"鸨母知道他性情执拗，只要她答应接客，就很高兴了。于是就点头应允，打发一个丫鬟去邀请王文。赵东楼难以中途悔约，就加了十金，交给了鸨母。

王文和鸦头欢天喜地，恩爱备至。完了以后，鸦头对王文说："我是烟花柳巷的下流女人，不堪和你匹配；既然受到你的眷恋，情义就是深重的。你倒空了钱口袋，博得一夜的欢乐，明天怎么办呢？"他流下了眼泪，很悲伤地哭了。鸦头说："你不要悲伤。我沦落在烟花柳巷，实在不是自己的心愿。所以拖到今天才接客，只是因为没有像你这样忠厚的人可以寄托我的终身。今天晚上，我愿意和你一起私逃。"他一听就高兴了，急忙从床上爬起来；鸦头也起来了。听听谯楼，已经鼓打三更。她急忙换上男装，匆匆忙忙地一起出了妓院，敲开了店主人的大门。王文本来就有两头驴子，借口有急事，让仆人备上驴子就出发了。鸦头拿出三道符，一道捆在仆人的腿上，两道系在两头驴子的耳朵上，然后放开缰绳，极力往前奔驰。驴快得不容人睁开眼睛，只听风声呜呜响；跑到天亮，已经到了汉江口，就租了一所房子住下了。他对跑得这样快，感到惊异。鸦头说："我说明原因，你不害怕吗？我不是人类，是个狐仙。母亲贪淫，我天天遭受虐待，心里积满了怨恨。今天幸而脱离了苦海。远隔百里之外，就不会知道我的下落，可以庆幸没有灾祸了。"他听了这话，丝毫没有别的想法，只是从容不迫地说："我面对芙蓉般的妻子，却穷得只有四面的墙壁，实在难以安慰自己，害怕终有一天会被你遗弃。"鸦头说："你不必作这样的忧虑。现在的市场上，做什么买卖都能赚钱，我们只有三口人，粗茶淡饭是能够自给的。可以卖掉驴子作资本。”王文遵从她的意见，在门前开了一个小酒铺，自己和仆人亲自操作，在铺子里卖酒卖豆浆。鸦头缝制披肩，刺绣荷包，天天都有一些余剩，生活伙食都不错。过了一年多，渐渐能够蓄养仆妇丫鬟了。从此以后，他就不再扎围裙，只对仆人进行考核督促。

一天，鸦头忽然愁眉苦脸的很悲哀，说：“今晚该要发生灾难，怎么办呢？”王文问她什么灾难。她说：“母亲已经知道我的消息了，一定要来欺负我，逼我回去。若是打发姐姐来，我倒不担忧；就怕母亲自己来。”

天亮以后，她自己庆幸说：“不要紧，是姐姐来了。”过了不一会儿，姐姐推开门闯了进来。她笑呵呵地迎上去。姐姐骂道：“不知羞耻的丫头，跟着男人私逃，藏到这里来了！老母叫我把你捆回去。”就拿出绳子，要捆她的脖子。她很气愤地说：“我只嫁一个丈夫，有什么罪过呢？”姐姐更火儿了，一把揪住她，扯断了她的衣领子。家里的仆妇丫鬟见此情景，一齐围了上来。姐姐害怕了，抹身就往外跑。鸦头说：“姐姐回去以后，母亲肯定自己来。大祸不远了，应该急速想办法。”说完就急急忙忙地捆行李，打算搬到更远的地方去。鸨母忽然推门进来了，满脸都是怒气，说：“我本来就知道你会无理的，需要我自己来抓你！”鸦头迎上去，跪在地下悲哀地哭泣。鸨母不说话，揪着她的头发就拎走了。王文急得走来走去，心里很是悲痛，睡不着觉，吃不下饭，急忙到了六河，希望花钱把她赎出来。到了六河以后，看见门庭如故，人物却已全非了。向附近居民打听，都说不知搬到哪里去了。他心里很悲伤，丧魂落魄的回到家里，解散了店中的伙计，把钱装进口袋里，就回了东昌府老家。

几年以后，他偶然进了北京，路过育婴堂的时候，看见有个男孩子，只有七八岁。仆人感到孩子很像他的主人，翻来覆去地不错眼地看着。他问仆人：“你端相孩子，有什么说道吗？”仆人笑着回答，说孩子的相貌很像他。他也笑了。仔细看看孩子，风度磊落。想到自己没有儿子，因为孩子像自己，心里爱上了，就花钱赎了出来。他问孩子的名字，孩子说自己叫王孜。他说：“你在襁褓之中就被扔掉了，

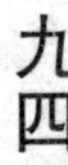

怎能知道姓名呢?”孩子说:“我的老师说过，捡到我的时候，胸前有一行字，写的是山东王文之子。”他大吃一惊，说:“我就是王文，我哪有儿子呢?”心想一定是和自己同名同姓的人。心里暗自高兴，很爱惜这个孩子。

到家以后，看见孩子的人，不用问就知道是王文的亲生儿子。王孜渐渐长大了，精通武术，很有力气，喜欢打猎，不务生产，乐于打架斗殴;王文也管不住他。王孜还说自己能看见鬼怪狐狸，人们都不相信。恰巧村里有人被狐狸迷住了，就把王孜请去看看。他到了那里，就指出狐狸隐藏的地方，叫几个人拿着棍棒跟着他，指到哪里打到哪里，就能听见狐狸的哀叫，也能看见毛血乱纷纷地落在地上，从此以后就安静了。因此，人们越发把他看成是个奇异的人物。

一天，王文在市上闲游，忽然遇见了赵东楼。赵东楼衣帽很不整齐，形体消瘦，脸上灰突突的没有血色。王文惊讶地问他怎么这样狼狈。赵东楼神色凄惨地请他避开别人。王文就和他一同回到家里，叫仆人准备酒菜。赵东楼说:“鸨母抓回了鸦头，苦苦地进行拷打。搬到北京以后，又要强夺她的意志。鸦头宁死没有二心，因而就给囚禁起来了。她生了一个男孩，扔在小巷里;听说在育婴堂里抚养，想必已经长大了。他是你的儿子啊。”王文流着眼泪说:“老天赐给我幸福，孽子已经回来了。”就把寻子的始末说了一遍。又问赵东楼:“你怎么落拓到这个样子呢?”赵东楼叹息着说:“现在我才明白，和妓女相好是不能过于认真的。还有什么可说的!”原来，前几年鸨母往北搬家时，赵东楼扮作挑担儿的小贩跟随着。就把那些难以搬迁的沉重的货物，统统贱价出售了。路上还要供应车脚费，加上没完没了的种种花销，因此亏空了很多钱。而婊子向他索取的钱财又特别多，所以几年工夫，万贯家财荡然无存了。鸨母看他金钱花净了，天天用白眼珠对待他。婊子也逐渐留在富贵人家住宿，经常好几晚不回来。他气愤得无法忍受，但也无可奈何。一天，恰好鸨母外出了，鸦头从窗户里招呼他说:“妓院里原本没有真正的感情，所以和你缠缠绵绵，为的是金钱罢了。你留恋下去，不肯离开她，将会遭到奇灾大祸。”他害怕了，这才如梦方醒。他临走的时候，偷偷地去看望鸦头。鸦头交给他一封书信，请他转给王文，他就回来了。

赵东楼把这个情况向王文详详细细地讲了一遍。完了，就掏出了鸦头的书信。信里说："我知道孜儿已经在你膝下了。我的灾难，东楼先生自会对你详细面谈。这是前世的孽障，有什么可说的！我在幽暗的囚室里，暗无天日，鞭伤扯裂了皮肤，饥火熬煎着心肝，更换一个早晚，好像经历漫长的一年。你若没忘在汉江口的时候，雪夜衣单被薄，互相拥抱取暖的恩爱，应该和儿子想想办法，一定要解脱我的危难。母亲和姐姐虽然很残忍，总是亲骨肉，但愿你嘱咐儿子，不要伤害她们，这是我衷心的愿望。"

王文读完了书信，无法抑制自己的眼泪。拿出金钱和绸缎赠送给赵东楼，把他打发走了。当时王孜已经十八岁了。王文为了把他母亲遭难的前前后后，全都告诉他，因而给他看了母亲的书信。王孜气得眼角都要迸裂了，当天就奔赴京都，问到鸨母的住处。到那一看，正是车马盈门的时候。王孜径直进了门里，婊子正和一个江湖上的嫖客在喝酒，望见了王孜，很惊讶地站起来，吓得面无人色。王孜闯到眼前，一刀把她杀死了。嫖客大吃一惊，以为他是强盗。及至看看妓女的尸首，已经变成了狐狸。

王孜手持钢刀，径直往里闯。看见鸨母正在督促使女做菜调汤，他闯到门口的时候，鸨母忽然不见了。他向四周看了一眼，急忙抽箭搭弓，望梁上射了一箭，一只狐狸被箭头穿过心脏，从梁上掉了下来，他就砍了它的脑袋。找到囚禁母亲的地方，用石头砸开房门。母子相见，各个都放声痛哭起来。母亲询问鸨母的下落，他说："已经杀死了。"母亲抱怨说："儿子为什么不听我的话呢！"就叫他把两个尸首扛到郊外埋起来。他用假话答应了，却去剥下狐狸皮，藏在背囊里。又去查点鸨母的箱箱柜柜，卷起全部金银财宝，奉陪母亲回到家里。

王文夫妻重新团聚，悲喜交集。随后打听鸨母，王孜说："在我背囊里。"惊讶地问他怎么回事，他就从背囊里掏出两张狐狸皮，献给了父母。母亲一看就恼了，骂他说："忤逆的儿子！怎能干出这种事情！"说完就号啕痛哭，自己打自己，翻来覆去地想要寻死。王文极力安慰她，呵斥儿子，叫他埋葬狐狸皮。王孜气愤地说："母亲今天得到了安乐的地方，就忘记了鞭打的痛苦啦？"母亲更加生气了，哭得没完没了。王孜埋了狐狸皮，回来告诉她，她这才有些消了气。

王文自从鸦头回来以后，家业更加兴盛了。心里感激赵东楼，就用巨款酬谢他。赵东楼才知道鸨子母女都是狐狸。

王孜侍奉父母很孝顺；但无意之中触犯了他，他就暴跳如雷，恶声恶气地吼叫。鸦头对王文说："儿子有拗筋，不给他挑出去，终有一天会杀人，闯下倾家荡产的大祸。"

一天晚上，王孜睡着以后，他们就偷偷地捆住他的手脚。王孜醒过来说："我没有罪呀。"母亲说："我要医治你的暴虐，没有什么痛苦的。"王孜大喊大叫，翻来覆去地挣扎不开。鸦头拿着一根大针。在他踝骨旁边刺进去，大约三四分深，挑出一根筋，用刀子割断，砰的响了一声；又在胳膊肘上和头上，各挑断了一条筋。挑完就松开绳子，拍着他，叫他安睡。天亮以后，他跑去问候父母，流着眼泪说："孩儿早起回忆起过去的所作所为，都不像是人干的！"父母听了很高兴。从此以后，他温和得像个处女，乡里的人都说他品德好。

异史氏说："妓女都是狐狸，不要说有的狐狸是妓女；甚至狐狸是妓院的鸨母，那就是地道的禽兽了。伤天害理，灭绝人伦，那有什么值得奇怪的呢？至于受到千百次的折磨，到死没有二心，这是人类也难做到的，竟然出在一个狐狸身上，谁能想到呢？唐太宗说魏征的性格温厚，能够饶恕人，我说鸦头也是这样的人。"0

酒　虫

【原文】

长山刘氏[1]，体肥嗜饮。每独酌，辄尽一瓮。负郭田三百亩[2]，辄半种黍；而家豪富，不以饮为累也。一番僧见之[3]，谓其身有异疾。刘答言："无。"僧曰：

"君饮尝不醉否?"曰:"有之。"曰:"此酒虫也。"刘愕然,便求医疗。曰:"易耳。"问:"需何药?"俱言不须。但令于日中俯卧,絷手足;去首半尺许[④],置良酝一器。移时,燥渴,思饮为极。酒香入鼻,馋火上炽,而苦不得饮。忽觉咽中暴痒,哇有物出[⑤],直堕酒中。解缚视之,赤肉长三寸许,蠕动如游鱼,口眼悉备。刘惊谢。酬以金,不受,但乞其虫。问:"将何用?"曰:"此酒之精:瓮中贮水,入虫搅之,即成佳酿。"刘使试之,果然。刘自是恶酒如仇。体渐瘦,家亦日贫,后饮食至不能给。

异史氏曰:"日尽一石[⑥],无损其富;不饮一斗,适以益贫:岂饮啄固有数乎[⑦]?或言:'虫是刘之福,非刘之病,僧愚之以成其术。'然欤否欤?"

【注释】

①长山:今山东省旧县名。一九五六年并入邹平县。

②负郭田:靠近城郭的田地,指膏腴之田。

③番僧:西域来的僧人。番,旧时对西方边境各族的称呼。

④去:距离。

⑤哇:吐。

⑥石、斗:都是量酒的计量单位,十斗为石。

⑦饮啄有数:谓一饮一啄,皆有定数。饮啄,本指鸟类饮食,后泛指人的饮食。数,定数、命定的。

【译文】

长山县有个姓刘的,身体肥胖,好喝酒。每天自饮自酌,总要喝光一坛子老酒。他靠近城郭有三百亩良田,每年总是半数种黍;所以家业豪富,不把喝酒当作累赘。有一天,一个外国和尚看见了他,说他身上有一种怪病。他回答说:"没

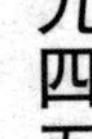

有。”外国和尚就问他：“你喝酒曾经有过不醉的时候吧?”他说：“有过。”和尚说：“这是酒虫啊。”他吃了一惊，就请求和尚给他医治。和尚说：“这很容易。”他问和尚：“需要什么药物?”和尚说什么药物也不需要。只是叫他中午趴在床上，捆上手脚，在离头半尺远的地方，放一碗好酒。过了一会儿，他感到喉咙干渴，心里很想喝酒。碗里的酒香钻进鼻子里，把馋火烧上来了，但却苦于喝不到一口酒。突然觉得咽喉里一阵暴痒，哇的一声，吐出一个东西，直接掉在酒碗里。他解开手脚上的绳子，仔细一看，是一条三寸来长的红肉，在酒碗里蠕动着，好像一条游鱼，有嘴，也有眼睛。他很惊讶地感谢和尚。用金钱酬谢和尚，和尚不接受，只是向他讨要那条酒虫。他问和尚：“要它有什么用呢?”和尚说：“这是酒的精灵：缸里装上水，把酒虫放进去搅拌搅拌，就会变成一缸好酒。”他叫和尚试验一下，果然不假。外国和尚把酒虫拿走了，他从此以后就厌恶酒，把酒看作仇敌。身体慢慢地瘦下去，家境也一天比一衰落，后来甚至饮食也不能自给了。

异史氏说：“一天喝尽一石酒，没有损失他的豪富；一杯也不喝，反倒更穷了：岂不是一饮一啄本来就有定数吗？有的人说，酒虫是他的福，不是他的病，和尚是用骗术把他愚弄了。’这个说法对不对呢?”

木雕美人

【原文】

商人白有功言：“在泺口河上[①]，见一人荷竹簏，牵巨犬二。于簏中出木雕美人，高尺馀，手自转动，艳妆如生。又以小锦鞯被犬身[②]，便令跨坐。安置已，叱犬疾奔。美人自起，学解马作诸剧[③]，镫而腹藏[④]，腰而尾赘[⑤]，跪拜起立，灵变不讹[⑥]。又作昭君出塞[⑦]：别取一木雕儿，插雉尾[⑧]，披羊裘，跨犬从之。昭君频频回顾，羊裘儿扬鞭追逐，真如生者。”

木雕美人

【注释】

①泺口：地名，在今济南市北郊。古泺水北流至此入济水，因称泺口。济水所经，即今黄河河道。

②锦鞯：彩色花纹的鞍鞯。鞯，马鞍垫。

③解马：山东俗称出演马戏为“跑马卖解”。解马，即马戏。

④镫而腹藏：俗称“镫里藏身”。马戏演员脚踩马镫蹲藏马腹之侧。

⑤腰而尾赘：从马腰向马尾滑坠，再抓马尾飞身上马。

⑥讹：误。

⑦昭君出塞：王嫱，字昭君，西汉南郡秭归（今湖北省秭归县）人。元帝时被选入宫。竟宁元年（前33），匈奴主呼韩邪单于入朝要求和亲，王昭君嫁与匈奴，称宁胡阏氏。今内蒙古呼和浩特市南有昭君墓。昭君出塞的故事在民间流传甚广，诗、词、小说、戏曲创作，亦多以为题材。

⑧雉尾：野鸡尾羽，可作帽饰。

【译文】

商人白有功说：“我在历城县的泺河口上，看见一个艺人，背着一个竹篓儿，牵着两条大狗。从竹篓儿里拿出一个木雕美人，有一尺多高，手眼都能自由转动，穿着艳丽的服装，栩栩如生。又拿出一个锦绸做成的小鞍鞯披在大狗身上，就叫木雕美人跨上狗背，坐在鞍鞯上。安置完了，喊令那只大狗绕着场子疾速奔跑。美人在狗背上自己站起来，学做跑马卖艺，演出许多节目，镫里藏身，挂在尾巴上弯腰拿顶，跪下叩头，直身挺立，很灵巧地变来变去，没出一点差错。又扮演昭君出塞：另外拿出一个木雕少年，头插雉尾，身披羊裘，骑着大狗跟在后边。昭君一次又一次地回头看望。披羊皮裘的木雕少年扬鞭追赶，真像活人一样。

封　三　娘

【原文】

范十一娘，𬱖城祭酒之女[①]。少艳美，骚雅尤绝[②]。父母钟爱之，求聘者辄令自择；女恒少可。会上元日[③]，水月寺中诸尼，作“盂兰盆会”[④]。是日，游女如云，女亦诣之。方随喜间[⑤]，一女子步趋相从，屡望颜色，似欲有言。审视之，二八绝代姝也。悦而好之，转用盼注[⑥]。女子微笑曰：“姊非范十一娘乎？”答曰：“然。”女子曰：“久闻芳名，人言果不虚谬。”十一娘亦审里居。女笑言：“妾封氏，第三，近在邻村。”把臂欢笑，词致温婉[⑦]，于是大相爱悦，依恋不舍。十一娘问：“何无伴侣？”曰：“父母早世，家中止一老妪，留守门户，故不得来。”十一娘将归，封凝眸欲涕，十一娘亦惘然，遂邀过从。封曰：“娘子朱门绣户，妾素无葭莩亲[⑧]，虑致讥嫌。”十一娘固邀之。答：“俟异日。”十一娘乃脱金钗一股赠之，封亦摘髻上绿簪为报。十一娘既归，倾想殊切。出所赠簪，非金非玉，家人都不之识，甚异之。日望其来，怅然遂病。父母讯得故，使人于近村谘访，并无知者。

时值重九[⑨]，十一娘羸顿无聊[⑩]，倩侍儿强扶窥园[⑪]，设褥东篱下[⑫]。忽一女子攀垣来窥，觇之，则封女也。呼曰：“接我以力？”侍儿从之，蓦然遂下。十一娘惊喜，顿起，曳坐褥间，责其负约，且问所来。答云：“妾家去此尚远，时来舅家作耍。前言近村者，缘舅家耳。别后悬思颇苦；然贫贱者与贵人交，足未登门，先怀惭怍，恐为婢仆下眼觑[⑬]，是以不果来。适经墙外过，闻女子语，便一攀望，冀是小姐，今果如愿。”十一娘因述病源。封泣下如雨，因曰：“妾来当须秘密。造言生事者，飞短流长[⑭]，所不堪受。”十一娘诺。偕归同榻，快与倾怀[⑮]。病寻愈。订为姊妹，衣服履舄[⑯]，辄互易着。见人来，则隐匿夹幕间。积五六月，公及夫人颇闻之。一日，两人方对奔，夫人掩入。谛视，惊曰：“真吾儿友也！”因谓十一娘：“闺中有良友，我两人所欢，胡不早白？”十一娘因达封意。夫人顾谓三娘：“伴吾儿，极所忻慰，何昧之？”封羞晕满颊，默然拈带而已。夫人去. 封乃告别。十一

封三娘

娘苦留之，乃止。一夕，自门外匆皇奔入，泣曰：“我固谓不可留，今果遭此大辱！”惊问之。曰：“适出更衣[17]，一少年丈夫，横来相干，幸而得逃。如此，复何面目！”十一娘细诘形貌，谢曰：“勿须怪，此妾痴兄。会告夫人，杖责之。”封坚辞欲去。十一娘请待天曙。封曰：“舅家咫尺，但须以梯度我过墙耳。”十一娘知不可留，使两婢逾垣送之。行半里许，辞谢自去。婢返，十一娘伏床悲惋，如失

伉俪。

后数月，婢以故至东村，暮归，遇封女从老妪来。婢喜，拜问。封亦恻恻[18]，讯十一娘兴居[19]。婢捉袂曰：“三姑过我。我家姑姑盼欲死！”封曰：“我亦思之，但不乐使家人知。归启园门，我自至。”婢归告十一娘；十一娘喜，从其言，则封已在园中矣。相见，各道间阔[20]，绵绵不寐。视婢子眠熟，乃起，移与十一娘同枕，私语曰：“妾固知娘子未字。以才色门地[21]，何患无贵介婿[22]；然纨袴儿，敖不足数[23]。如欲得佳偶，请无以贫富论。”十一娘然之。封曰：“旧年邂逅处，今复作道场，明日再烦一往，当令见一如意郎君。妾少读相人书[24]，颇不参差。”昧爽，封即去，约俟兰若。十一娘果往。封已先在。眺览一周，十一娘便邀同车。携手出门，见一秀才，年可十七八，布袍不饰，而容仪俊伟。封潜指曰：“此翰苑才也[25]。”十一娘略睨之。封别曰：“娘子先归，我即继至。”入暮，果至，曰：“我适物色甚详，其人即同里孟安仁也。”十一娘知其贫，不以为可。封曰：“娘子何亦堕世情哉[26]！此人苟长贫贱者，予当抉眸子，不复相天下士矣。”十一娘曰：“且为奈何？”曰：“愿得一物，持与订盟。”十一娘曰：“姊何草草？父母在，不遂如何？”封曰：“妾此为，正恐其不遂耳。志若坚，生死何可夺也？”十一娘必不可。封曰：“娘子姻缘已动，而魔劫未消[27]。所以故，来报前好耳。请即别，即以所赠金凤钗，矫命赠之[28]。”十一娘方谋更商[29]，封已出门去。时孟生贫而多才，意将择耦，故十八犹未聘也。是日，忽睹两艳，归涉冥想。一更向尽，封三娘款门入。烛之，识为日中所见，喜致诘问。曰：“妾封氏，范十一娘之女伴也。”生大悦，不暇细审，遽前拥抱。封拒曰：“妾非毛遂，乃曹丘生[30]。十一娘愿缔永好，请倩冰也[31]。”生愕然不信。封乃以钗示生。生喜不自已，矢曰：“劳眷注若此[32]，仆不得十一娘，宁终鳏耳[33]。”封遂去。生诘旦，浼邻媪诣范夫人。夫人贫之，竟不商女，立便却去。十一娘知之，心失所望，深怨封之误己也；而金钗难返，只须以死矢之。又数日，有某绅为子求婚，恐不谐，浼邑宰作伐。时某方居权要，范公心畏之。以问十一娘，十一娘不乐。母诘之，嘿嘿不言[34]，但有涕泪。使人潜告夫人，非孟生，死不嫁。公闻，益怒，竟许某绅家。且疑十一娘有私意于生，遂涓吉速成礼[35]。十一娘忿不食，日惟耽卧[36]。至亲迎之前夕，忽起，揽镜自妆。夫人窃喜。俄侍女奔白："小姐自经！"举宅惊涕，痛悔无所复及。三日遂葬。

孟生自邻媪反命，愤恨欲绝。然遥遥探访，妄冀复挽。察知佳人有主，忿火中烧，万虑俱断矣。未几，闻玉葬香埋[37]，愴然悲丧[38]，恨不从丽人俱死。向晚出门，意将乘昏夜一哭十一娘之墓。欻有一人来，近之，则封三娘。向生曰："喜姻好可就矣。"生泫然曰："卿不知十一娘亡耶？"封曰："我所谓就者，正以其亡。可急唤家人发冢，我有异药，能令苏。"生从之，发墓破棺，复掩其穴。生自负尸，与三娘俱归，置榻上；投以药，逾时而苏。顾见三娘，问："此何所？"封指生曰："此孟安仁也。"因告以故，始如梦醒。封惧漏泄[39]，相将去五十里[40]，避匿山村：封欲辞去，十一娘泣留作伴，使别院居。因货殉葬之饰，用为资度，亦称小有。封每遇生来，辄走避。十一娘从容曰："吾姊妹骨肉不啻也，然终无百年聚。计不如效英、皇[41]。"封曰："妾少得异诀[42]，吐纳可以长生[43]，故不愿嫁耳。"十一娘笑曰："世传养生术，汗牛充栋[44]，行而效者谁也？"封曰："妾所得非世人所知。世传并非真诀，惟华佗五禽图差为不妄[45]。凡修炼家，无非欲血气流通耳。若得厄逆症[46]，作虎形立止，非其验耶？"十一娘阴与生谋，使伪为远出者。入夜，强劝以酒；既醉，生潜入污之。三娘醒曰："妹子害我矣！倘色戒不破，道成当升第一天[47]。今堕奸谋，命耳！"乃起告辞。十一娘告以诚意而哀谢之。封曰："实相告：我乃狐也。缘瞻丽容，忽生爱慕，如茧自缠，遂有今日。此乃情魔之劫，非关人力。再留，则魔更生，无底止矣。娘子福泽正远，珍重自爱。"言已而逝。夫妻惊叹久之。

逾年，生乡、会果捷[48]，官翰林。投刺谒范公，公愧悔不见。固请之，乃见。生入，执子婿礼，伏拜甚恭。公愧怒，疑生儇薄。生请间，具道情事。公不深信，使人探诸其家，方大惊喜。阴戒勿宣，惧有祸变。又二年，某绅以关节发觉[49]，父子充辽海军[50]。十一娘始归宁焉。

【注释】

①曨城祭酒：所指何人，未详。字书无“曨”字。曨城，疑巴城之误。巴城在今湖南省岳阳市。祭酒，国子监祭酒，明清时太学的主管官员。

②骚雅尤绝：尤工诗词。骚，指《离骚》。雅，指《诗经》的《小雅》《大雅》。骚雅并称，代指诗歌。

③上元日：唐人称农历的正月、七月、十月的十五日为上元、中元、下元。“上元”指农历正月十五日。就下文举行“盂兰盆会”看，此处似应为“中元”，即农历七月十五日。

④盂兰盆会：佛教节日，也称“中元节”，后称鬼节。盂兰盆，梵语音译，解救倒悬的意思。

⑤随喜：佛教用语。原意是佛教徒瞻拜佛像，随像发生欢喜之心。后指一般游览寺院。

⑥转用盼注：意思是，反面回身对她注目细看。

⑦词致：言语情态。

⑧葭莩亲：喻远亲。见《婴宁》注。

⑨重九：农历九月初九日，也称“重阳”。

⑩羸顿：消瘦憔悴。顿，困顿。

⑪侍儿：指婢女。窥园：游览花园。

⑫东篱：时值重九，以东篱借指种菊的地方。

⑬下眼觑：瞧不起。

⑭飞短流长：说长道短，指流言蜚语。

⑮快与倾怀：高兴地尽情地说出心里的话。快，快意、高兴。倾，倾诉。

⑯履舄：鞋。单底为履，衬以木底为舄。

⑰更衣：换衣；此指上厕所。古时入厕，托言更衣。

⑱恻恻：心情忧伤。

⑲兴居：起居，指日常生活。讯兴居，犹言问好。

⑳间阔：久别之情。

㉑门地：犹“门第”，门户地位。

㉒贵介：尊贵。介，大。

㉓纨袴儿：指富贵人家子弟。纨袴，细绢裤，贵族子弟服饰，以之代指富家子弟；为鄙薄之词。敖不足数：傲慢无礼，不足称述。

㉔相人书：观察人的面貌来推测命运的书籍。

㉕翰苑才：可以进入翰林院的人才。翰苑，翰林院的别称。明清时以翰林院作为储备人才的机构，从考中的进士中选拔一部分人入院为官。

㉖世情：世态人情；这里指世俗的偏见。

㉗魔劫：佛教语，指妨碍或破坏修行的种种障碍。这里指范女在婚姻上的劫难。

㉘矫命：假托你的命令。

㉙更商：再作商量。

㉚“妾非毛遂”二句：意思是我并非自荐而是代人做媒。毛遂。战国时赵国平原君门下食客，曾自告奋勇，随从平原君出使楚国，联楚抗秦。后乃以“毛遂自荐”，代指自我推荐。曹丘生，汉人，他到处赞扬季布，季布因享盛名。后来遂以“曹丘生”指代荐引者或介绍者。

㉛倩冰：请托媒人。

㉜眷注：关心，关注。

㉝终鳏：终身不娶。鳏，无妻的人。

㉞嗼嗼：无声。嗼，通“寞”。

㉟涓吉：选定吉日。

㊱耽卧：卧床；嗜睡。

㊲玉葬香埋：犹言“香消玉殒”，指美人死亡。

㊳愊然：恨恨的样子。

㊴漏泄：泄漏消息。

㊵相将：相伴；相送。

㊶效英、皇：仿效娥皇、女英；意思是同嫁孟生。英、皇，指女英和娥皇，是尧的次女和长女。相传尧把她们一齐嫁给舜。

㊷异诀：不同寻常的法术、秘诀。

㊸吐纳：道家的养生术，口吐浊气，鼻吸清气，据说可祛病延年。

㊹汗牛充栋：形容书籍之多。

㊺华佗五禽图：古代一种体育图谱，为东汉名医华佗首创。其法是仿效虎、鹿、熊、猿、鸟五种动物的姿态，展手伸足，俯身仰首，进行活动。差：比较。

㊻厄逆症：气逆打嗝。

㊼升第一天：道家称神仙所居的地方为天，共有三十六天。升第一天，指达到道家修持的最高境界。

㊽乡、会果捷：乡试、会试果然考中。乡，指乡试。会，指会试。

㊾关节：旧时对暗中行贿、说人情，都叫"通关节"。

㊿充辽海军：充军到辽海卫去。辽海卫，明置，清废，在今辽宁开原市境。

【译文】

范十一娘，曨城人，是国子监祭酒范老先生的女儿。年岁很轻，姿容俏丽，神态很风雅。父母特别喜爱她，有来求婚的，总是叫她自己选择；选了很久，一个也没选中。赶上七月十五中元节，水月庵里的许多尼姑，举办盂兰盆会。这一天，庵里游女如云，十一娘也到庵里游览。她正随着人流游览的时候，只见有个少女，走一步跟一步，步步相随，一次又一次地观看她的脸色，好像要和她说话似的。她仔细看看对方，是个十五六岁的绝代佳人。她心里爱慕那个少女，就转过身子，目不转睛地看着她。少女笑盈盈地说："姐姐不是范十一娘吗?"她回答说："是啊。"

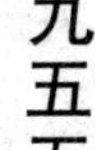

少女说："久闻你的芳名，人们的传说，果然不是虚假的。"十一娘也问少女的姓名和住处。少女回答说："我姓封，排行第三，住得很近，就在邻村。"于是两个人挎着胳膊，很快活地说说笑笑，言词都很温柔婉转，互相之间非常爱慕，恋恋不舍地。十一娘问她："你为什么没有伴侣呢？"封三娘说："我的父母早已去世，家里只有一个老太太，留在家中看门守户，所以不能来。"十一娘将要回家的时候，三娘眼珠一动不动地瞅着她，难舍难离，简直都要哭了。十一娘心里也像丢了什么东西似的，就邀请三娘，跟她去串门。三娘说："娘子是朱门绣户的小姐，我和你从来没有半点亲戚关系，冒冒失失地跟你去串门，担心会被人讥笑，也担心会受到家人的厌恶。"十一娘一再邀请她，她回答说："改天我来登门拜访。"十一娘从头上拔下一支金钗送给她，她也从发髻上拔下一支绿簪回敬十一娘。

十一娘回到家里以后，倾心地想念她，想得很恳切。拿出三娘送给的绿簪一看，不是金的，也不是玉的，家人谁也不认识，都感到很奇特。她天天盼望三娘来串门，三娘总也不来。她心里很失望，于是就病倒了。父母问清得病的原因以后，就派人到邻近的村子里去查访，但谁也不知有个封三娘。赶上九月初九重阳节，她形体消瘦，神情疲倦，感到百无聊赖，就央求使女扶着她，强打精神去看看花园，并在东篱下铺了一床褥子。忽然有个少女，扒着墙头往里偷看，她一看，原来是封三娘。三娘招呼说："请过来接我一把。"使女跑过去接她一把，她一纵身子就跳下来了。十一娘又惊又喜，马上站起来，把她拉过来坐到褥子上，责备她失约，并且问她今天是从哪里来的。三娘回答说："我家离这儿还很远，但时常到舅舅家里来玩。以前我说住在近村，是指舅舅家说的。离别以后，我也想得很苦；但是一个贫贱的女孩子和贵人交朋友，两只脚还没登门，心里早就怀着惭愧，害怕被仆妇丫鬟下眼看待，所以没有按约定的时间来串门。刚才从墙外路过，听见墙里有女子说话的声音，我就登上墙头，往里看看，希望是小姐，现在果然如愿以偿了。"十一娘就把自己得病的原因向她讲了一遍。三娘一听，眼泪像雨点似的，因而对十一娘说："我到你家来，你必须保守秘密。有些造谣生事的人，流言蜚语，话短道长，我是忍受不了的。"十一娘答应了她的要求。两个人一同回到绣房，睡在一个床上，十一娘很愉快地和她畅谈一切。病很快就好了。两个人定为姐妹，衣服鞋子，总是互相换着穿。三娘看见有人来到绣房，就藏到夹幕里。

两个人在一起住了五六个月，父亲和母亲听到不少风声。一天，两个人正在下棋，母亲推开房门进来了。老太太仔细看看三娘，很惊讶地说："你真是我儿的女友啊!"因而就对十一娘说："你的闺房里有了一位好朋友，是我们老两口很高兴的事情，为什么不早早告诉我呢?"十一娘告诉母亲，是因为三娘要求保守秘密。母亲看着三娘说："你来陪伴我的女儿，是我心里很高兴的事情，为什么要瞒着我呢?"封三娘羞得满面通红，只是默默地捻弄裙带而已。母亲走了以后，三娘就要告别。十一娘苦苦地挽留她，她才留下了。一天晚上。她从门外匆匆忙忙地跑了进来，很惊慌地流着眼泪说："我本来就说不能再住下去了，今天果然遭到这么大的污辱!"十一娘惊讶地问她发生了什么事情。她说："我刚才出去换衣服，有个年轻的男子汉，蛮横的来冒犯我，幸而逃出来了。这样下去，还有什么面目见人!"十一娘详细地问清了那个青年男子的相貌，就向她谢罪说："你不要见怪，这是我的傻哥哥。等一会儿我去告诉母亲。让母亲用棍子惩罚他。"三娘坚决告辞，要马上就走。十一娘请她等到天亮再走。三娘说："我舅舅离这儿很近，只需一架梯子，把我从墙头送过去就行了。"十一娘知道留不住了，就打发两个丫鬟爬过墙去送她。丫鬟陪她走了半里来地，她就辞谢，自己走了。丫鬟回来的时候，十一娘趴在床上悲痛惋惜，就像夫妻失散了似的。

几个月以后，有个丫鬟去东村办事，暮色苍茫的时候往回走，半路上遇见三娘跟一个老太太迎面走来。丫鬟很高兴地迎上去拜见她，向她问暖问寒。三娘也很诚恳，向丫鬟打听十一娘的起居。丫鬟拉着她的袖子说："三姑，到我家里去吧。我家姑姑盼你盼得要死了!’’三娘说："我心里也很想念她，只是不愿意让你们的家人知道我又去了。你回去打开花园的门，我自然就到了。"丫鬟回来告诉了十一娘；十一娘高兴极了，马上领着丫鬟开了园门，看见三娘已经在花园里了。两个人一见面，各自说了分别以后的情况，绵绵不断的知心话，唠也唠不完，谁也不想睡觉。三娘看丫鬟已经睡熟了，就移过来和十一娘躺在一个枕头上，小声说："我本来知道娘子还没有许配人家。拿你的才能容貌和门第来说，不愁没有贵家子弟给你做女婿；但是富贵人家的阔公子都是不值一提的。如果想要得到一位理想的丈夫，请你不要以贫富为标准。”十一娘认为她说得很对。三娘又说：“我们去年不期而遇的水月庵，今年还要举办盂兰盆会，明天再请你跟我走一趟，让你见一位如意的郎君。我从小读过相人的书，被我相看的绝对差不了多少。”

第二天早晨，天刚麻麻亮，三娘就走了，她约定在水月庵里等候十一娘。天亮以后，十一娘果然去了，三娘已先到达。两个人在庙里游览了一圈儿，十一娘就请三娘和她坐一个车子。两个人手拉手走出庙门的时候，看见了一个秀才。这个秀才年纪大约十七八，一身布袍，没有什么修饰，但是容貌俊秀，仪表堂堂。三娘偷偷指着那个秀才说：“这个人将来是翰林院里的人才。”十一娘斜着眼睛，略微瞥了一眼。三娘向她告别说：“娘子先回去吧，我马上就来。”到了天黑的时候，三娘果然来了，说：“我刚才访问得很详细，那个秀才就是本地的孟安仁。”十一娘知道孟安仁家里很穷，不愿意答应这门亲事。三娘说：“娘子怎么也掉进庸俗的世态民情里去了呢！这个秀才倘若是个永远贫穷的人，就该挖出我的眼珠子，再也不去相看天下的书生了。”十一娘说：“你要怎么办呢？”三娘说：“希望得到你的一件信物，拿去和他订下婚约。”十一娘说：“姐姐怎么这样草率呢！父母健在，不答应怎么办？”三娘说：“我这个办法，正是害怕达不到你的愿望呢。你的意志如果很坚定，死活都不怕，父母怎能强夺呢？”十一娘认为父母肯定不会答应。三娘说：“娘子的姻缘已经动了，只是你的磨难还没有消除。因为这个原因，我才回来帮忙，以报答从前你对我的友爱。我愿意马上向你告别，就把你送给我的金凤钗，假托你的命令送给孟安仁。”十一娘正在想主意，还想和她再商量，三娘已经出门走了。

当时，孟安仁家境贫穷，却很有才华，想要自己选择一位配偶，所以十八岁还没有订婚。这天，他忽然看见两个绝代佳人，回到家里就冥思苦想。一更天将要结束的时候，三娘敲开他的房门走了进来。他点灯一看，认识她是白天见到的美女。就很高兴地问她黑夜到此做什么。三娘说：“我姓封，是范十一娘的女伴儿。”他一听，高兴极了，没有闲心问别的，就凑过去要拥抱她。三娘推开他说：“我不是自荐的毛遂，而是向你推荐一位美人。十一娘愿意和你订立终身婚约，请你求个媒人前去做媒吧。”孟安仁吃了一惊，不相信。三娘就把金凤钗拿出来给他看。孟安仁高兴得控制不了自己的感情，发誓说：“她这样费心关怀我，我若娶不到十一娘，宁愿打一辈子光棍儿。”三娘听后，就向他告别了。

第二天早晨，孟安仁就请邻居老太太到范夫人家里说媒。范夫人嫌他贫寒，竟然没和女儿商量，当场就拒绝了。十一娘听到拒婚的消息，心里很失望，深深埋怨三娘误了自己的终身大事；因为金钗很难退回来，只得以死去向孟安仁表示决心了。

又过了几天，有个大官僚要给儿子求婚，害怕说不妥。就请县官来做媒。那个大官僚当时很有权势，范公心里很怕他，就征求十一娘的意见，十一娘很不愿意。母亲问她为什么不愿意，她默默无言，只是不停地流眼泪，回头打发一个丫鬟去偷偷地告诉母亲：如果不是孟安仁，死也不嫁。范公听见这话，更火儿了，竟然把她许给了大官僚的儿子。而且怀疑十一娘和孟安仁有私通的隐情，就选定一个吉日，要赶紧把她嫁出去。十一娘气得吃不下饭，每天只是躺在床上不起来。挨到新郎迎亲的前一天晚上，她忽然从床上爬起来，对着镜子，自己梳妆打扮。范夫人听到消息，心里暗自高兴。可是过了不一会儿，侍女跑来向她禀告说：“小姐悬梁自尽了！”全家都很惊讶地哭起来，后悔也来不及了。停灵三天，就抬出去埋葬了。

孟安仁自从邻家老太太回来告诉他以后，气得要死，恨得要命。他长时间地出去探亲访友，妄图托人重新挽回这门亲事。后来察知佳人已经有主了，就从心里烧起一团怒火，所有的谋划都烧断了。不久，听说黄土陇中埋葬了芳香的玉体，心里就更加悲痛丧气，恨不能跟着美人一起死掉。傍晚走出家门，想要乘着黑夜，到十一娘的坟上痛哭一场。忽然，对面来了一个人，到跟前一看，是封三娘。她对孟安仁说：“我向你道喜，你的好婚姻可以成功了。”他流着眼泪说：“你不知道十一娘已经死了吗？”三娘说；“我所说的可以成功，正是因为她已经死了。你应该赶快招呼家人，挖开她的坟墓，我有神奇的特效药，能叫她重新活过来。”孟安仁遵照她的指示，叫家人挖开了坟墓，破开了棺材，把尸体抬了出来，又用土把墓穴填死了。他亲自背着十一娘的尸体，和三娘一起回到家里，放在床上；三娘给她灌了药，过了一个时辰，苏醒过来了。她回头看见了三娘，就问："这是什么地方？"三娘指着书生说："这就是孟安仁。"接着就把刚才挖坟相救的情况告诉了她，她这才如梦方醒。

三娘害怕走漏消息，就互相搀扶着，走出五十多里地，躲藏在一个山村里。三娘想要告辞离开她们，十一娘痛哭流涕地留她做伴儿，让她住在另外一个院子里。十一娘就卖掉殉葬的珠宝玉器，作为日常的花费，也称得起小康人家。三娘每次遇见孟安仁的时候，总是走到一旁躲开他。十一娘慢慢地开导她说："我们姐妹俩胜过亲骨肉，可是终究不能百年团聚。我想不如效仿娥皇、女英，姐妹俩嫁给一个丈夫。"三娘说："我从小学到一种神奇的秘方，用'吐纳术'锻炼身体，可以长生不老，所以不愿意出嫁。"十一娘笑着说；"世上流传的养生术，写成书，用牛马去搬运，都能累得满身大汗；堆在屋里，都可以高过房梁，可是哪个行之有效呢？"三娘说："我学到的养生术，不是世上的凡人能够知道的。现在世上传播的养生术，并不是真正的秘方，只有华佗的五禽图，和世上流传的不一样，不是胡说八道的。凡是修炼的人，无非是想浑身的血气流通罢了。若是得了打嗝儿的病症，按着五禽图，做出一副虎立的形状，打嗝就会马上停止，不是很有效吗？"

十一娘在背后和孟安仁定了一计，叫孟安仁张张罗罗的，假装出远门了。到了晚上，她摆下酒菜，硬劝三娘喝酒。三娘喝醉了以后，孟安仁就偷偷地进了屋子，把她奸污了。三娘醒酒以后说："妹妹害了我了！若是不破除色戒，大道修成以后，应该升进第一天堂。今天中了你们的奸计，也是命里注定的罢了！"说完就起身告别。十一娘向她倾吐真心实意地愿望，并且很悲痛地向她谢罪。三娘说："我把真实的情况告诉你吧：我是一个狐仙。因为看见你的容貌漂亮，忽然生了爱慕之心，如同作茧自缚，竟至发生了今天的事情。这是情魔的灾难，和人力没有什么关系。再继续留在你家，情魔会进一步发展下去，那就是无底洞，没有止境了。娘子的福禄正大着呢，希望你珍重自爱。"说完就无影无踪了。十一娘夫妻二人惊叹了很长时间。

过了一年，孟安仁在乡试中考中了举人，会试中又考中了进士，被派到翰林院里当翰林。他投递名帖，要拜见范公。范公因为拒过婚，心里很惭愧，也很后悔，所以不肯接见。他一再请求，才答应接见他。他进了范府，行女婿的礼，跪在地下叩头，很是恭敬。范公恼羞成怒，怀疑他是用轻薄的态度耍笑人。他请求避开别人，就把过去的情况原原本本地告诉了范公。范公不大相信。打发家人到他家里探听清楚了，才很高兴，就偷偷地告诫孟安仁千万不要宣扬出去，害怕招来一场灾祸。又过了两年，那个大官僚因为受贿，被人告发了，父子二人都被发配到辽东去充军。十一娘才回到娘家探望父母。

狐　梦

【原文】

余友毕怡庵①，倜傥不群②，豪纵自喜。貌丰肥，多髭。士林知名。尝以故至叔刺史公之别业③，休憩楼上。传言楼中故多狐。毕每读青凤传④，心辄向往，恨不一遇。因于楼上，摄想凝思。既而归斋，日已寝暮⑤。时暑月燠热，当户而寝。睡中有人摇之。醒而却视，则一妇人，年逾不惑⑥，而风雅犹存。毕惊起，问其谁何。笑曰："我狐也。蒙君注念，心窃感纳。"毕闻而喜，投以嘲谑。妇笑曰："妾齿加长矣，纵人不见恶，先自惭沮。有小女及笄，可侍巾栉⑦。明宵，无寓人于室，当即来。"言已而去。至夜，焚香坐伺。妇果携女至。态度娴婉，旷世无匹。妇谓女曰："毕郎与有夙缘⑧，即须留止⑨。明旦早归，勿贪睡也。"毕与握手入帏，款曲备至。事已，笑曰："肥郎痴重，使人不堪。"未明即去。

既夕自来，曰："姊妹辈将为我贺新郎，明日即屈同去。"问："何所？"曰："大姊作筵主，去此不远也。"毕果候之。良久不至，身渐倦惰。才伏案头，女忽入曰："劳君久伺矣。"乃握手而行。奄至一处，有大院落。直上中堂，则见灯烛荧荧，灿若星点。俄而主人至，年近二旬，淡妆绝美。敛衽称贺已，将践席，婢入白："二娘子至。"见一女子入，年可十八九，笑向女曰："妹子已破瓜矣[10]。新郎

狐梦

颇如意否?"女以扇击背，白眼视之。二娘曰；"记儿时与妹相扑为戏[11]，妹畏人数胁骨，遥呵手指，即笑不可耐。便怒我，谓我当嫁僬侥国小王子[12]。我谓婢子他日嫁多髭郎，刺破小吻，今果然矣。"大娘笑曰："无怪三娘子怒诅也！新郎在侧，直尔憨跳[13]!"顷之，合尊促坐[14]，宴笑甚欢。忽一少女，抱一猫至，年可十一二，雏

发未燥[15]，而艳媚入骨。大娘曰："四妹妹亦要见姊丈耶？此无坐处。"因提抱膝头，取肴果饵之。移时，转置二娘怀中，曰："压我胫股痠痛！"二姊曰："婢子许大，身如百钧重[16]，我脆弱不堪。既欲见姊丈，姊丈故壮伟，肥膝耐坐。"乃捉置毕怀。入怀香冥，轻若无人。毕抱与同杯饮。大娘曰："小婢勿过饮，醉失仪容，恐姊夫所笑。"少女孜孜展笑，以手弄猫，猫戛然鸣。大娘曰："尚不抛却，抱走蚤虱矣！"二娘曰："请以狸奴为令，执箸交传，鸣处则饮。"众如其教。至毕辄鸣。毕故豪饮，连举数觥。乃知小女子故捉令鸣也，因大喧笑。二姊曰："小妹子归休！压杀郎君，恐三姊怨人。"小女郎乃抱猫去。大姊见毕善饮，乃摘髻子贮酒以劝[17]。视髻仅容升许[18]；然饮之，觉有数斗之多。比干视之，则荷盖也。二娘亦欲相酬。毕辞不胜酒。二娘出一口脂合子，大于弹丸，酌曰："既不胜酒，聊以示意。"毕视之，一吸可尽；接吸百口，更无干时。女在傍以小莲杯易合子去，曰："勿为奸人所弄。"置合案上，则一巨钵。二娘曰："何预汝事！三日郎君，便如许亲爱耶！"毕持杯向口立尽。把之腻软；审之，非杯，乃罗袜一钩[19]，衬饰工绝。二娘夺骂曰："猾婢！何时盗人履子去，怪足冰冷也！"遂起，入室易舄。女约毕离席告别。女送出村，使毕自归。瞥然醒寤，竟是梦景；而鼻口醺醺，酒气犹浓，异之。至暮，女来，曰："昨宵未醉死耶？"毕言："方疑是梦。"女曰："姊妹怖君狂噪，故托之梦，实非梦也。"

女每与毕弈，毕辄负。女笑曰："君日嗜此，我谓必大高着。今视之，只平平耳。"毕求指诲。女曰："弈之为术，在人自悟，我何能益君？朝夕渐染，或当有异。"居数月，毕觉稍进。女试之，笑曰："尚未，尚未。"毕出，与所尝共弈者游，则人觉其异，咸奇之。毕为人坦直，胸无宿物[20]，微泄之。女已知，责曰："无惑乎同道者不交狂生也。屡嘱慎密，何尚尔尔！"怫然欲去。毕谢过不遑，女乃稍解；然由此来寝疏矣。

积年馀，一夕来，兀坐相向[21]。与之弈，不弈；与之寝，不寝。怅然良久，曰："君视我孰如青凤？"曰："殆过之。"曰："我自惭弗如。然聊斋与君文字交[22]，请烦作小传，未必千载下无爱忆如君者。"毕曰："夙有此志；曩遵旧嘱，故秘之。"

女曰："向为是嘱，今已将别，复何讳?"问："何往?"曰："妾与四妹妹为西王母征作花鸟使[23]，不复得来。曩有姊行[24]，与君家叔兄，临别已产二女，今尚未醮；妾与君幸无所累。"毕求赠言。曰："盛气平，过自寡。"遂起，捉手曰："君送我行。"至里许，洒涕分手，曰："彼此有志，未必无会期也。"乃去。

康熙二十一年腊月十九日，毕子与余抵足绰然堂[25]，细述其异。余曰："有狐若此，则聊斋之笔墨有光荣矣。"遂志之。

【注释】

①毕怡庵：蒲松龄曾长期在淄川西铺毕际有家坐馆；毕怡庵当是毕际有的族人。

②倜傥不群：豪爽洒脱，不同凡俗。

③刺史公：刺史，清代用作"知州"的别称。按淄川毕际有曾任扬州府通州知州，家有石隐园、绰然堂、效樊堂诸胜。此处的"刺史公"当指毕际有。别业：别墅。

④青凤传：指《聊斋志异·青风》。

⑤寖暮：将暮。寖，同"浸"，渐。

⑥年逾不惑：年纪超过四十。不惑，代指四十岁。

⑦侍巾栉：侍奉梳洗；指充当侍妾。栉，梳发。

⑧夙缘：注定的缘分。缘，据铸雪斋抄本，原作"宿"。

⑨留止：留宿。止，栖止。

⑩破瓜：《通俗编·妇女》："俗以女子破身为破瓜，非也。瓜字破之为二八字，言其二八十六岁也。"此处，指少女已婚。

⑪相扑为戏：这里指相互打闹着玩要。"相扑"之名始见于宋代《梦粱录》，它是从秦汉角觝技艺中分出的一个体育运动项目。

⑫僬侥国：古代传说中的矮人国。

⑬直尔憨跳：竟然如此胡闹。憨跳，傻闹。

⑭合尊促坐：举杯酬酢，相偎而坐。合，聚。尊，酒器。促坐，近坐，古时席地而坐，坐近称“促席”或“促坐”。

⑮雏发未燥：犹言胎毛未干，谓其稚气未消。

⑯钧：古代重量单位，三十斤曰一“钧”。

⑰髻子：旧时妇女的假发髻。劝，据铸雪斋抄本，原作“欢”。

⑱升：量酒单位。后文之“斗”，指酒器，也指量酒的单位。

⑲罗袜：指绣鞋。

⑳胸无宿物：指心里藏不住事儿。宿，旧。

㉑兀坐：独自端坐；呆坐。兀，茫然无所知的样子。

㉒聊斋：蒲松龄的书斋名，这里指代蒲松龄。

㉓西王母：神话人物。《山海经》说她是虎齿、蓬首、善啸的怪物。在以后的神话传说中，则逐渐把她塑造成为一位容貌绝世的女神。小说、戏曲称她为“瑶池金母”，每逢蟠桃熟时大开寿宴，诸仙都来为她上寿，把她当长生不老的象征。花鸟使：唐天宝年间，曾挑选风流艳丽的宫女，叫她们照料宴会，名曰“花鸟使”。这里指侍奉西王母寿筵的仙女。

㉓姊行：姐辈。行，行辈。

㉔抵足：两人同榻，足相接而眠。

【译文】

我的朋友毕怡庵，性格豪爽，与众不同，最喜欢无拘无束。相貌丰满，身体肥胖，满脸大胡子。在文人中是个知名人士。他叔叔是一个州的州官。他曾为了一件事情，来到叔叔的别墅，住在楼上休息。这个楼传说过去有许多狐狸。他每次阅读《青凤传》，心里总是向往狐仙，恨不能和狐仙相遇。因而在楼上就收敛杂念，专注地想念狐仙。想了一会儿，回到书房里，天色已经逐渐昏黑了。当时正是闷热的伏天，他就对着房门，躺下睡觉。睡梦之中，感到有人摇撼他。醒过来一看，原来是个妇人，年岁已经过了四十，但却风韵犹存。他很惊讶地爬起来，问她是谁。妇人笑着说："我是狐仙。蒙你专注地想念我们，心里很是感激。"他听到这话很高兴，就用调戏的口吻和她开玩笑。妇人笑着说："我的年岁大了，纵然别人不嫌恶，自己也就先自惭愧沮丧了。我有一个小女儿，已经成年，可以服侍你。明天晚上，你的屋里不要留住别的人，我就把女儿给你送来。"说完就走了。

到了晚上，他烧起高香，坐在屋里等候着。妇人果然领着女儿来了。姑娘神态文雅，性格柔顺，世上没有能够和她比美的。妇人对女儿说："毕郎和你前世有缘，你必须留在这里住下。明天早晨早早地回去，不要贪睡懒觉。"毕怡庵和女郎手拉手地进了幔帐，亲热到了极点。天没亮她就走了。

天黑以后，她自己来到书房，说："姐妹们要为我祝贺新郎，明天就委屈你的大驾，随我一同去。"他问："什么地方？"女郎说："大姐作筵席的东道主，离这儿不远。"

第二天，他果然等候着。等了很长时间，女郎也没来，他逐渐感到身体困倦。刚刚趴到桌子上，女郎忽然进来说："劳你久候了。"就手拉手地往外走。很快来到一个地方。这个地方有个很大的院落。两个人径直上了中堂，看见堂上灯火荧荧，灿若星点。不一会儿，主人就出来了，年纪将近二十来岁，穿一身淡雅的服装，容貌很漂亮。她拉起衣襟，向他们施礼祝贺，完了就要临席入座，有个丫鬟进来报告说："二娘子到了。"他看见进来一个女子，大约十八九岁，笑微微地对女郎说："妹子已经破瓜了。你对新郎很如意吗？"女郎用扇子敲她脊背，用白眼珠翻她一眼。二娘说："记得小时候和妹妹打闹玩耍的时候，妹妹最怕别人数肋骨，远远地呵着指头，就笑得忍受不了，气哼哼地瞪着我，说我该嫁给僬侥国的小王子。我说你这个丫头，将来嫁一个大胡子丈夫，胡茬子刺破你的小嘴唇，现在果然嫁给了大胡子。"大娘笑着说："无怪三娘子很生气地诅咒你！新郎就在旁边，怎能这样憨跳呢！"说笑了一会儿，摆上了酒菜，就催促就座。在宴席上，大家说说笑笑的，喝得很痛快。忽然来了一个少女，抱着一只小猫，大约十一二岁，雏发未干，但却娇艳妩媚到骨子里去了。大娘说:“四妹妹也要见见姐夫吗?这里没有你的座位。”就把她抱起来,放在膝盖上,挟菜取果给她吃。过了一会儿,又把她转放到二娘怀里,说:“压得我两条腿酸痛!”二姐说:“这么大的丫头,身子如有几百斤重,我身子脆弱,可承受不了。既然想要看姐夫,姐夫本来是个大块头,肥壮的膝盖耐坐。”就抱起来,放到毕怡庵的怀里。他感到放在怀里的小美人,芳香柔软,轻得好像无人。毕怡庵抱着她,和她同用一个杯子喝酒。大娘说:“小妹妹不要过量的喝酒,喝醉了就会有失仪容,恐怕姐夫耻笑你。”

少女只是抿嘴憨笑,用手玩弄小猫,小猫喵喵地叫着。大娘说:“还不把它扔掉,抱在怀里,跳蚤虱子该跑出来了!”二娘说:“我请求用狸猫作酒令,拿一根筷子互相传递,传到谁的手里,小猫一叫他就喝酒。”大家都同意她的意见。于是就互相传筷子,传到毕怡庵的手里,小猫就叫唤。他的酒量本来很大,一连喝了好几大杯。这才知道小猫是小女郎故意捉弄它叫的,因而大家哄堂大笑。二姐说:“小妹子回去吧!压坏了郎君,恐怕三姐要怨恨,你了。”小女郎就抱着小猫走了。

大姐看见毕怡庵善于饮酒,就摘下髻子,斟满了酒,劝他喝下去。他看看那个髻子,大约只能容下一升酒。但是喝起来,觉得有好几斗。等到喝干了一看,却是一片荷叶。二姐也要向他敬酒。他推托再喝就受不了了。二姐拿出一个盛装唇膏的小盒子,比弹丸大一点,斟满一盒酒说:“既然承受不了酒力,略微表示一点心意吧。”他看这个盒子,一口就能喝光;可是接过来喝了一百口,却没有喝干的时候。女郎站在旁边,用一只小小的莲花杯子换去那个盒子说:“你不要被奸人捉弄了。”把盒子放到桌子上,原来是个大钵子。二娘说:“干你什么事!三天的丈夫,就这样亲爱呀!”他拿起莲花杯子,对着嘴唇,立刻一口喝光了。拿着杯子玩赏着,杯子光滑而又柔软;仔细一看,不是杯子,而是一只弯弯的丝线袜子,衬里装饰得很精巧。二娘夺过去骂道:“狡猾的丫头!什么时候把人的鞋子偷去了,怪道脚下冰凉冰凉的!”说完就站起来,进屋去换鞋子。

女郎约毕怡庵离开席位告别,并把他送出村子,叫他自己回去。他一眨眼的工夫,醒了过来,竟是梦里的情景;但是鼻子嘴巴都醉醺醺的,酒气还很浓烈。他感

到很奇怪。到了晚上，女郎来了，说：“昨晚儿没有醉死呀？”他说：“我正在怀疑是个梦境。”女郎说；“姐妹们怕你在酒席上轻狂吵嚷，所以假托梦境，其实不是做梦。”

女郎时常和他下棋，他总是输的。女郎笑着说：“你天天嗜好下棋，我以为是个很高的高手呢；现在看来，只是平常罢了。”他请求女郎给以指教。女郎说；“下棋的技术，在于自己领会，我怎能帮你长进呢？早晚慢慢地熏染，或许能有变化。”过了几个月，他觉得稍微有了一点进步。女郎试着和他下了一盘。却笑笑说：“还没有长进，还没有进步。”他出去和过去曾经下过棋的人下棋，那些人发现他的棋路不同了，都感到奇怪。

他为人坦率直爽，心里搁不住东西，就稍微泄露了一点秘密。女郎知道了，责备他说：“无怪同道者不肯结交轻狂的书生。我一次又一次地嘱咐你，叫你谨慎地保守秘密，你还是泄露了！”便很生气地要往外走。他急忙承认错误，她才稍微消了一点气；但是从此以后，来相会的次数却逐渐稀少了。

过了一年多，一天晚上又来了，只是呆坐在板凳上瞅着毕怡庵。和她下棋，她不下；和她就寝，她不就寝。惆怅了很长时间，才说：“你看我和青凤哪个漂亮？”毕怡庵说：“你恐怕比青凤漂亮多了。”她说：“我自己很惭愧，没有青凤漂亮。但是蒲松龄和你是文字上的朋友，请你麻烦他给我写一篇小传，千年以后，未必没有像你这样爱恋狐仙的。”毕怡庵说：“我很早以前就有这个想法；过去遵从你的嘱咐，所以保守秘密。”她说：“从前是这样嘱咐的，现在已经快要分别了，还有什么忌讳呢？”毕怡庵问：“到什么地方去？”她说：“我和四妹妹被王母娘娘调去担任花鸟使，再也不能来了。从前我有一个姐姐，和你家的一个叔伯哥哥很要好，临别的时候已经生了两个女孩子，现在还没有出嫁；我和你幸好没有孩子的累赘。”毕怡庵请她临别以前留下几句话。她说：“兴盛的时候，气度要平和；过失自然就少了。”说完就站起来，拉着毕怡庵的手说：“你送我一程吧。”送到一里来地，洒泪分手，她说：“你我都记在心上，未必没有后会的日期。”说完就走了。

康熙二十一年腊月十九日，毕怡庵和我脚顶脚地睡在绰然堂里，他很详细地向我讲了这个奇异的故事。我说："有这样的狐仙，那就给聊斋的笔墨增光了。"于是就写了这个小传。

布　客

【原文】

长清某[①]，贩布为业，客于泰安。闻有术人工星命之学[②]，诣问休咎[③]。术人推之曰："运数大恶，可速归。"某惧，囊资北下。途中遇一短衣人，似是隶胥。渐渍与语[④]，遂相知悦。屡市餐饮，呼与共啜。短衣人甚德之。某问所干营[⑤]，答言："将适长清，有所勾致[⑥]。"问为何人，短衣人出牒，示令自审；第一即己姓名。骇曰："何事见勾？"短衣人曰："我非生人，乃蒿里山东四司隶役[⑦]。想子寿数尽矣。"某出涕求救。鬼曰："不能：然牒上名多。拘集尚需时日。子速归，处置后事，我最后相招，此即所以报交好耳。"无何，至河际，断绝桥梁，行人艰涉。鬼曰："子行死矣，一文亦将不去。请即建桥，利行人；虽颇烦费，然于子未必无小益。"某然之。

某归[⑧]，告妻子作周身具[⑨]。尅日鸠工建桥[⑩]。久之，鬼竟不至。心窃疑之。一日，鬼忽来曰："我已以建桥事上报城隍，转达冥司矣，谓此一节可延寿命。今牒名已除，敬以报命[⑪]。"某喜感谢。后再至泰山，不忘鬼德，敬赍楮锭[⑫]，呼名酹奠。既出，见短衣人匆遽而来曰："子几祸我！适司君方莅事，幸不闻知。不然，奈何！"送之数武，曰："后勿复来。倘有事北往，自当迂道过访。"遂别而去。

【注释】

①长清：今山东省长清县。下文"泰安"，今山东省泰安县。

②工：精通。星命之学：术家认为，人的命运常同星宿的位置、运行有关，故把人出生年月日时配以天干地支而成“八字”，按天星运数，附会人事，推算人的命运。这种方术称为“星命之学”。

③休咎：犹言吉凶。

④渐渍：犹浸润，这里是逐渐的意思。

⑤干营：办事。

⑥勾致：捉拿、拘捕。

⑦蒿里山：蒿里山本名高里山，在城西南三里。山有十殿阎君，掌管人世间的生死祸福。东四司：十殿阎君下属七十五司，东四司疑指主管生死轮回的诸司。

⑧归：回到家中。

⑨周身具：指棺椁等葬具。

⑩尅日：也作“刻日”，定期。尅，通“刻”。鸠工：鸠集工人。

⑪报命：复命。

⑫赍：携带。楮锭：纸钱，纸锞。

【译文】

长清县的一个人，以贩卖布匹为职业，长年客居在泰安县。听说有一个很有法术的人，精通推算气数和命运的学问，他就去推算个人的吉凶祸福。那个很有法术的人给他推算完了说：“你的运气很不好，应该迅速回家。”他一听就害怕了，马上带着资本，跨上通往正北的大道。半路上遇见一个人，穿一身短衣服，好像是个衙役。他慢慢地凑过去，没话找话地和衙役闲聊，唠得很授心，互相很愉快。他一次又一次地在市上吃饭喝酒，总是招呼短衣人和他一起吃喝。短衣人很感激他。他问短衣人要去做什么，短衣人回答说：“我要到长清县，拘捕几个人。”他又询问拘捕谁，短衣人拿出拘票，叫他自己看看；第一个就是他自己的名字。他很惊讶地说：“为什么事情拘捕我？”短衣人说：“我不是世上的活人，而是阴曹地府东四司的勾

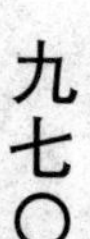

死鬼。想必你的寿命结束了。”他哭哭啼啼地请求搭救他。勾死鬼说：“我不能。但是拘票上的名字很多，拘捕到一起，还得好几天。你赶紧回家处理后事，我最后再来招呼你，这就报答了我的好朋友。”不一会儿，来到河边上，河上的桥梁已经断了，行人很艰难地蹚水过河。勾死鬼说：“你眼下就要死了，一文钱也带不去。请你马上修建一座桥，给来往行人谋一点利益；虽然会破费很多钱，可是对你来说，未必没有一点好处。”他点头答应了。回到家里，告诉妻子给他准备终老的用具，马上约定一个日期，召集工匠，动工修建桥梁。过了很久，勾死鬼竟然没来拘捕他。他心里很疑惑。一天，勾死鬼忽然跑来告诉他说：“我已经把你修建桥梁的好事，上报给城隍，城隍又转给阴曹地府了，阎王认为这是一件好事，可以延长你的寿命。现在你的名字已在拘票上勾掉了，我不敢怠慢，赶紧跑来告诉你。”他很高兴地感谢勾死鬼。后来再到泰山的时候，不忘勾死鬼的恩德，很恭敬地在东岳庙里烧了纸钱和金银箔，招呼勾死鬼的名字，洒酒祭奠。出了庙门，看见短衣人匆匆忙忙地跑出来说：“你几乎给我惹了大祸！刚才东四司的君主到这里来视察，幸好没有听到你的呼唤。不然的话，那就坏事了！”说完就送他几步，说：“以后不要再来了。我如果有事到北边去，自然应该绕道去访问你。”说完就告别回去了。

农　人

【原文】

有农人芸于山下[①]，妇以陶器为饷[②]。食已，置器垄畔。向暮视之，器中馀粥尽空。如是者屡。心疑之，因睨注以觇之[③]。有狐来，探首器中。农人荷锄潜往，力击之。狐惊窜走。器囊头[④]，苦不得脱；狐颠蹶，触器碎落，出首，见农人，窜益急，越山而去。

后数年，山南有贵家女，苦狐缠祟，敕勒无灵[⑤]。狐谓女曰：“纸上符咒，能奈我何！”女绐之曰：“汝道术良深，可幸永好。顾不知生平亦有所畏者否?”狐曰：“我罔所怖。但十年前在北山时，尝窃食田畔，被一人戴阔笠[⑥]，持曲项兵[⑦]，几为所戮，至今犹悸。”女告父。父思投其所畏，但不知姓名、居里，无从问讯。

农人

会仆以故至山村，向人偶道。旁一人惊曰：“此与吾曩年事适相符同，将无向所逐狐[⑧]，今能为怪耶?”仆异之，归告主人。主人喜，即命仆马招农人来，敬白所求。农人笑曰：“曩所遇诚有之，顾未必即有此物。且既能怪变，岂复畏一农人?”贵家固强之，使披戴如尔日状[⑨]，入室以锄卓地[⑩]，咤曰：“我日觅汝不可得，汝乃逃匿在此耶！今相值，决杀不宥！”言已，即闻狐鸣于室。农人益作威怒。狐即哀言乞命。农人叱曰：“速去，释汝。”女见狐捧头鼠窜而去。自是遂安。

【注释】

①芸：通“耘”，除草。

②饷：给田间劳动者送饭。

③睨注：意为从旁注视。睨，斜视。

④囊头：套在头上。

⑤敕勒：驱祟符箓。

⑥阔笠：大沿斗笠。

⑦曲项兵：指锄头。兵，兵器。

⑧将无：得无、莫非。向：从前。

⑨尔日：那天，指昔击狐之日。

⑩卓地：植立于地。卓，植立，竖立。

【译文】

有一个庄稼人，在山下锄地，妻子用陶罐给他送饭吃。他吃完以后，把罐放在地边上。傍晚一看，罐里空空的，剩下的粥全没了。这种怪现象，接二连三地发生了好几次。他心里很疑惑，因而一面锄地，一面斜着眼睛注视着。有只狐狸来到地边上，把脑袋伸进了陶罐。他就扛着锄头，蹑手蹑脚地凑过去，用力砍了一下，狐狸大吃一惊，撒腿就跑。陶罐套在它的脑袋上。它苦苦地挣扎也甩不掉；就一个跟头，让陶罐触在地下摔碎了。它露出了脑袋，看见了庄稼人，更是不要命地逃窜，越过一道山梁，便逃之夭夭了。

过了几年以后，有个富贵人家的女儿，被狐狸苦苦地纠缠迷惑着，请人画符念

咒，驱神赶鬼，都没有效验。狐狸对女子说：“画在纸上的符咒，能把我怎样！”女子骗它说：“你的道术很深，可以庆幸永远相爱。但却不知你生来也有怕过的人吗?”狐狸说：“我没有怕过人。只是十年以前，住在北山的时候，有个人戴着宽边大草帽，手持弯脖子武器，几乎被他杀死，至今还心有余悸。”女子告诉了父亲。父亲想要投其所怕，只是不知那个人的姓名和住处，没有地方打听消息。恰巧仆人因事到了山村，偶然向人谈起了这件事情。旁边有个人惊讶地说：“这和我十年前打狐狸的情况恰好相符，莫非我从前追过的狐狸，现在能够兴妖作怪了?”仆人听了很惊异，回去就告诉了主人。

主人一听就高兴了，立刻叫仆人备马，把庄稼人请到家里，很恭敬地提出了要求。庄稼人笑笑说：“我从前确实碰见过一只狐狸，但是未必就是那只狐狸；而且既然能够变成惑人的妖怪，又怎能害怕一个庄稼人呢?”富人一再强求，让他戴上宽边大草帽，打扮得和当年一模一样，进了女儿的绣房，把锄头往地下一戳，大声吓唬说：“我天天找你，十年没有找到，原来你逃避到这里来了！今天碰上了，一定杀死你，决不饶恕！”话音刚落，就听狐狸在屋里哀叫起来。庄稼人更加发了威风，怒冲冲地就要动手。狐狸向他哀告，请求饶命。庄稼人斥责说：“赶快滚蛋，我就放了你！”女子看见狐狸抱头鼠窜，逃出了闺房。从此就安静了。

章阿端

【原文】

卫辉戚生[1]，少年蕴藉，有气敢任[2]，时大姓有巨第，白昼见鬼，死亡相继，愿以贱售。生廉其直，购居之。而第阔人稀，东院楼亭，蒿艾成林，亦姑废置。家人夜惊，辄相哗以鬼。两月馀，丧一婢。无何，生妻以暮至楼亭，既归得疾，数日

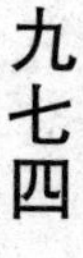

寻毙[③]。家人益惧，劝生他徙。生不听。而块然无偶[④]，憭慓自伤[⑤]。婢仆辈又时以怪异相聒。生怒，盛气襆被，独卧荒亭中，留烛以觇其异。久之无他，亦竟睡去。

章阿端

忽有人以手探被，反复扪挲[⑥]。生醒视之，则一老大婢，挛耳蓬头[⑦]，臃肿无度[⑧]。生知其鬼，捉臂推之，笑曰："尊范不堪承教[⑨]！"婢惭，敛手蹀躞而去。少顷，一女郎自西北隅出，神情婉妙。闯然至灯下，怒骂："何处狂生，居然高卧[⑩]！"生起笑曰："小生此间之第主，候卿讨房税耳。"遂起，裸而捉之。女急遁。生先趋西北隅，阻其归路。女既穷，便坐床上。近临之，对烛如仙；渐拥诸怀。女笑曰："狂生不畏鬼耶？将祸尔死！"生强解裙襦[11]，则亦不甚抗拒。已而自白曰："妾章氏，小字阿端。误适荡子，刚愎不仁[12]，横加折辱[13]，愤悒夭逝，瘗此二十馀年矣。此宅下皆坟冢也。"问："老婢何人？"曰："亦一故鬼，从妾服役。上有生人居，则鬼不安于夜室，适令驱君耳。"问："扪狲何为？"笑曰："此婢三十年未经人道，其情可悯；然亦太不自量矣[14]。要之：馁怯者，鬼益侮弄之；刚肠者，不敢犯也。"听邻钟响断，着衣下床，曰："如不见猜[15]，夜当复至。"

入夕，果至，绸缪益欢[16]。生曰："室人不幸殂谢，感悼不释于怀。卿能为我致之否[17]？"女闻之益戚，曰："妾死二十年，谁一致念忆者！君诚多情，妾当极力。然闻投生有地矣，不知尚在冥司否。"逾夕，告生曰："娘子将生贵人家。以前生失耳环，挞婢，婢自缢死，此案未结，以故迟留。今尚寄药王廊下[18]，有监守者。妾使婢往行贿，或将来也。"生问："卿何闲散？"曰："凡枉死鬼不自投见，阎摩天子不及知也[19]。"二鼓向尽，老婢果引生妻而至。生执手大悲，妻含涕不能言。女别去，曰："两人可话契阔[20]，另夜请相见也。"生慰问婢死事。妻曰："无妨，行结矣。"上床偎抱，款若平生之欢。由此遂以为常。后五日，妻忽泣曰："明日将赴山东，乖离苦长[21]，奈何！"生闻言，挥涕流离，哀不自胜。女劝曰："妾有一策，可得暂聚。"共收涕询之。女请以钱纸十提[22]，焚南堂杏树下，持贿押生者，俾缓时日。生从之。至夕，妻至，曰："幸赖端娘，今得十日聚。"生喜，禁女勿去，留与连床，暮以暨晓，惟恐欢尽。过七八日，生以限期将满，夫妻终夜哭。问计于女，女曰："势难再谋。然试为之，非冥资百万不可。"生焚之如数。女来，喜曰："妾使人与押生者关说[23]，初甚难；既见多金，心始摇。今已以他鬼代生矣。"自此，白日亦不复去，令生塞户牖，灯烛不绝。

如是年馀，女忽病，瞀闷懊侬[24]，恍惚如见鬼状[25]。妻抚之曰："此为鬼病。"生曰："端娘已鬼，又何鬼之能病？"妻曰："不然。人死为鬼，鬼死为聻[26]。鬼之畏聻，犹人之畏鬼也。"生欲为聘巫医。曰："鬼何可以人疗？邻媪王氏，今行术于冥间，可往召之。然去此十馀里，妾足弱不能行，烦君焚刍马[27]。"生从之。马方爇，即见女婢牵赤骝[28]，授绥庭下[29]，转瞬已杳。少间，与一老妪叠骑而来，絷马廊柱。妪入，切女十指[30]。既而端坐，首僩倲作态[31]。仆地移时，蹶而起曰："我黑山大王也。娘子病大笃，幸遇小神，福泽不浅哉！此业鬼为殃，不妨，不妨！但是病有瘳，须厚我供养，金百锭、钱百贯，盛筵一设，不得少缺。"妻一一嗷应[32]。妪又仆而苏，向病者呵叱，乃已。既而欲去。妻送诸庭外，赠之以马，欣然而去。入视女郎，似稍清醒。夫妻大悦，抚问之。女忽言曰："妾恐不得再履人世矣。合目辄见冤鬼，命也！"因泣下。越宿，病益沉殆，曲体战栗，妄有所睹。拉生同卧，以首入怀，似畏扑捉。生一起，则惊叫不宁。如此六七日，夫妻无所为计。会生他出，半日而归，闻妻哭声。惊问，则端娘已毙床上，委蜕犹存[33]。启之，白骨俨然。生大恸，以生人礼葬于祖墓之侧。一夜，妻梦中呜咽。摇而问之，答云："适梦端娘来，言其夫为聻鬼，怒其改节泉下[34]，衔恨索命去，乞我作道场[35]。"生早起，即将如教。妻止之曰："度鬼非君所可与力也[36]。"乃起去。逾刻而来，曰："余已命人邀僧侣。当先焚钱纸作用度。"生从之。日方落，僧众毕集，金铙法鼓[37]，一如人世。妻每谓其聒耳，生殊不闻。道场既毕，妻又梦端娘来谢，言："冤已解矣，将生作城隍之女[38]。烦为转致。"

居三年，家人初闻而惧，久之渐习。生不在，则隔窗启禀。一夜，向生啼曰："前押生者，今情弊漏泄[39]，按责甚急，恐不能久聚矣。"数日，果疾，曰："情之所钟，本愿长死，不乐生也。今将永诀，得非数乎！"生皇遽求策。曰："是不可为也。"问："受责乎？"曰："薄有所罚。然偷生罪大，偷死罪小。"言讫，不动。细审之，面庞形质，渐就澌灭矣。生每独宿亭中，冀有他遇，终亦寂然，人心遂安。

【注释】

①卫辉：府名，治所在今河南省汲县。

②有气敢任：纵性使气，敢做敢当。

③寻：即。

④块然：孤独，单身一人。

⑤憭慄：凄怆忧伤。

⑥扪搎：摸索。

⑦挛耳蓬头：耳朵蜷曲，头发散乱。形容妇女老丑之态。挛，蜷曲不伸。

⑧臃肿：此据青本，手稿本本作“拥瘇”。

⑨尊范：犹言“尊容”。范，模，模样。

⑩高卧：高枕而卧。形容安闲。

⑪襦：上衣。

⑫刚愎不仁：暴戾专横，无相爱之心。

⑬折辱：折磨、侮辱。

⑭不自量：此据铸雪斋抄本，原作“不自谅”。

⑮见猜：被猜疑。见，被。

⑯绸缪：犹缠绵，谓情意深厚。

⑰致：招致，招来。

⑱药王：佛教菩萨名。据传为施良药治除众生身心两种病苦的菩萨。

⑲阎摩天子：即阎罗王，又称“阎罗”“阎王”。原为古印度神话中管理阴间之神，佛教沿用其说，称为管理地狱的魔王。传说他下有十八判官，分管十八地狱。司决断善恶、追摄罪人、轮回转世等事。

⑳话契阔：叙谈久别之情。

㉑乖离：别离。

㉒十提：十串。提，迷信习俗以纸钱一串为一提。

㉓关说：通关节、说人情。

㉔瞀闷懊憹：指病患者神志昏迷，烦躁不宁。瞀，昏乱。懊憹，也作“懊侬”，烦躁。

㉕恍惚：神志不清。

㉖聻：迷信传说鬼死为聻。

㉗刍马：草扎的纸马。

㉘赤骝：红色骏马。骝，黑鬣黑尾的红马。

㉙授绥：谓授予挽以上马的缰绳。绥，挽以上下的车索，此指马辔。

㉚切：按、摸。中医按脉叫切脉。

㉛㑚倈：同“哆嗦”，颤动。

㉜嗷应：高声答应。

㉝委蜕：蝉等所蜕之皮，喻遗留之迹。委，弃。

㉞改节：不守妇节。

㉟道场：此指佛教所举行的超度亡灵的法会，如“水陆道场”等。

㊱与力：为力。

㊲金铙法鼓：举行法会所用的打击乐器。

㊳城隍：迷信谓护祐城池的神灵。

㊴情弊：受贿舞弊的情节。

【译文】

卫辉有个姓戚的书生，年纪很轻，举止斯文，很有礼貌，又有很胆量，敢作敢为。当时的一个大户人家，有一所很大的宅子，大天白日见过鬼怪，一个接一个地死人，愿意贱价卖出去。戚生认为房价很便宜，就买下来住着。因为宅子很宽阔，人口稀少，东院的楼台亭榭，蒿草长得像树林，也只能暂时废弃着。家人好在夜里受惊，总是吵吵嚷嚷地说是有鬼。住了两个多月，死了一个丫鬟。又过了不久，妻子因为傍晚到东院的楼亭里去了一趟，回来就得了重病，不几天就死了。家人越来越害怕，劝他搬到别的地方去。他不听。但是孤单单的一个人，身边没有老婆，凄凄凉凉，心里很悲痛丫鬟和仆人又时常在他耳旁吵嚷宅子里的怪现象。他火儿了，盛气之下，抱着被子褥子，铺在一个荒凉的亭子里，点着蜡烛，观察将要发生的怪现象。过了很长时间，没有发生什么怪事，也就睡着了。忽然来了一个人，把手伸进他的被子里，翻来覆去地摸索。他醒过来一看，原来是个年纪很大的老使女，长了两只蜷曲的耳朵，披头散发，臃肿无度。戚生知道她是鬼，就抓着她的胳膊，推出被窝，笑着说：“这副模样，我承受不了，实在不能遵命!？老使女很惭愧，把手缩回去，蹀躞地走了。

过了不一会儿，从西北角钻出一个女郎，神态温柔，姿容秀丽。突然来到灯前，怒冲冲地骂道：“哪里来的狂生，居然高傲地躺在这里?”他爬起来笑着说：“小生是这个宅子里的房主，是来等你讨房租的。”说完就站起来，赤裸裸地去追捕女郎。女郎急忙逃跑。他首先跑到西北角上，挡住她的旧路。女郎走投无路，就在床上坐下了。他来到床前，就着灯光一看，漂亮得像个仙女，慢慢地搂在怀里。女郎笑着说：“轻狂的书生，不怕鬼吗？我会害死你的!”他硬给女郎解开裙带，脱下衣服，女郎也不太抗拒。完了以后，女郎自己说：“我姓章，名叫阿端。误嫁一个浪荡公子，傲慢固执，凶横残暴，对我横加凌辱，我满怀怨恨，忧郁而死的，葬在这里二十多年了。这个宅子的地下全是坟墓。”询问老年使女是什么人。阿端说：“也是一个死鬼，在身边服侍我。地面上住着生人，鬼在暗室里就得不到安静，刚才是我叫她出来把你赶走。他又问：“她摸摸索索地干什么?”阿端笑着说：“这个老使女三十多年没有经历过男女的交合，她的情形怪可怜的；但也太不自量了。总之：在鬼的面前胆小畏缩，鬼就更加欺负他；性格刚强的，鬼就不敢侵犯。”听见邻家的晨钟断断续续的敲响了，她就穿衣下床，说：“如果没有疑虑，我晚上当然还来相会。”

到了晚上，她果然来了，缠缠绵绵的，比昨天更欢乐。戚生说：“我妻子不幸死了，痛心的哀悼总是缠在心上不能消除。你能替我向她转达吗?”阿端听到这个要求，愈加悲痛，说：“我死去已经二十年了，谁转达想念我的人呢！你实在是个多情的人，我应该竭尽全力地为你效劳。可是听说她投生已经有地方了，不知还在不在阴间。”过了一夜，她来告诉戚生说：“娘子要到富贵人家托生去了。因为她生前丢过一只耳环，打过一个丫鬟，丫鬟就悬梁自尽了，这个案子没有完结，因为这个缘故，拖拖拉拉地留到今天。目前还寄居在药王殿的走廊里，派有专人看守着。我打发一个丫鬟去向监视的人行贿，或许快要来了。”他问阿端：“你为什么闲暇无事，无拘无束呢？”阿端说：“凡是冤死的鬼魂，自己不去报到，阎罗天子不会知道的。”

二更快要结束的时候，老使女果然把戚生的妻子领来了。戚生拉着她的手，心里很悲痛。妻子含着热泪，一句话也说不出来。阿端离开他们说：“你们夫妻二人应该唠唠久别的心里话，我在另一个晚上再来看你们。”戚生很诚挚地安慰她，问她丫鬟吊死的案子怎样了。妻子说：“不要紧，已经快要结案了。”上了卧床，偎抱在一起，亲亲热热的，还像生前那么欢乐。从此就习以为常。五天以后，妻子忽然流着眼泪说：“我明天要到山东去了，违背心意的分离，将要长期痛苦下去，真是无可奈何！”戚生听到这句话，擦着漓漓拉拉的眼泪，悲痛欲绝，几乎支持不住了。阿端就来劝他们：“我有一个好办法，你们可以得到暂时的团聚。两个人一同止住哭声，问她有什么好办法。阿端要求戚生买十提黄钱纸，拿到南堂的杏树底下烧掉，她拿去贿赂押生的鬼使，叫他们缓几天。戚生遵从了她的意见。到了晚上，妻子来了说：“幸而仰赖端娘。现在得到了十天的团聚。”戚生很高兴，也不让阿端回去，留下来连起床铺，从黄昏到天亮，唯恐欢乐到了尽头。过了七八天，因为限定的日期快要满了，夫妻俩一宿哭到天亮。又问阿端有什么办法。阿端说：“现在的形势，难以再想办法。但是可以试试看，没有一百万阴币是办不到的。”戚生如数烧了一百万阴钱。阿端回来，高兴地说：“我派人去和押生的鬼使通关节，它起初感到很为难；以后看见那么多的金银，心里才动摇。现在已经用别的鬼魂代替娘子投生去了。”从此以后，妻子和阿端白天也不走了，叫他把窗户堵起来，屋里灯火不断。

这样过了一年多，阿端忽然得了重病，昏昏沉沉，心里烦闷，神志很不清醒，好像见鬼的样子。妻子摩挲阿端说：“这是鬼病！”戚生问她：“端娘已经是鬼了，鬼又怎能得病呢？”妻子说：“你说得不对。人死变成鬼，鬼死变成聻；鬼的害怕聻，就像人的害怕鬼一样。”戚生要给阿端请个巫婆治病。妻子说：“鬼病怎么能用活人治疗呢？邻居的王老太太，目前在阴间行医治病，可以前去把她请来。但是她的住址离这儿十几里路，我腿脚软弱，走不动，请你扎个纸马，烧掉就行了。”戚生听从她的吩咐。刚把纸马烧掉，就看见一个使女牵来一匹黑尾巴的枣红马，站在院子里，把缰绳交给妻子，妻子扳鞍上马，一眨眼就无影无踪了。过了不一会儿，她和一个老太太同骑一匹马跑回来，把马拴在廊柱上。老太太进了屋子，在阿端的十个指头上切脉。切完以后，端端正正地坐在凳子上，摇晃着脑袋，做出一种装神弄鬼的姿态。一个前失跌倒了，在地上趴了一会儿，腾地跳起来说："我是黑山大王！娘子病得很沉重，幸亏遇见了小神，福分不浅哪！这是你那死鬼丈夫给的灾难，不害事，不害事！但是病好以后，必须用厚礼供奉我，金子一百锭，铜钱一百吊，还要摆一桌丰盛的酒席，少一点也不行。"妻子一项一项地全都答应了。老太太又跌倒在地，慢慢苏醒过来，向阿端呵斥了一阵，才算结束了。完了就要回去，妻子把她送到大门外，把枣红马送给她，她很高兴地骑走了。进屋看看阿端，似乎稍微清醒了一点，夫妻二人很高兴，就安慰她好好养病。阿端忽然说："我恐怕不能再到人世了。一闭上眼睛就看见那个冤鬼，这是命里注定的?"说完就流下了眼泪。

过了一宿，病势更加垂危了，蜷曲着身子，不停地颤抖，还看见一些荒诞的东西。她怕得要死，就拉着戚生一同躺在床上，把脑袋钻在他的怀里，好像害怕被人抓走似的。戚生刚一爬起来，她就心神不安地惊叫。这样折腾了六七天，夫妻二人束手无策。戚生刚巧有事出门了，半天才回来，进门听见了妻子的哭声。惊问哭什么，只见端娘已经死在床上，丢下的躯壳还在床上躺着。掀开被子一看，显然是一堆白骨。他痛哭一场，用人间的葬礼，把她葬在祖坟的旁边。一天晚上，妻子在梦中呜呜咽咽地哭着。戚生把她摇醒，问她哭什么，妻子回答说："刚才梦见端娘来了，说她丈夫是个聻鬼，恨她在阴间改嫁，怀着仇恨要了她的性命，她求我给她请和尚、道士，给他做道场。"戚生早晨起来，要去请些和尚、道士做道场。妻子把他拉住说："超度鬼魂不是你能尽力地事情。"说完就爬起来走了。过了一刻回来说："我已经派人邀请僧侣去了。你应该先烧一些纸钱，工作超度亡魂的费用。"戚生听从了她的意见。太阳刚落，来了一群和尚，铜铙法鼓，完全和人间的一样。妻子总说声音杂乱刺耳，戚生却什么也没听见。做完了法事，妻子又梦见端娘前来向她道谢，说："和我丈夫的冤仇已经消除了，我将要托生给城隍做女儿，请你转告戚生。"

住了三年，家人刚一听到的时候，都很害怕，天长日久，也就逐渐习惯了。戚生不在家的时候，家人就隔着窗户向她请示报告。一天晚上，她流着眼泪对戚生说："前几年押我投生的鬼使，作弊的事情现在泄露了，上司查问得很急，恐怕团聚的日子不会太长了！"又过了几天，她果然得了疾病，说："我感情专注地爱着你，本来愿意永远死在阴间，不乐意再去托生。现在就要永别了，岂不是命里注定的！"戚生又惊又怕，慌忙请她想个留下的办法。她说："这是办不到的。"问她："受了处罚吗？"她说："受了一点微微了了地处罚。因为偷生的罪大，偷死的罪小。"说完，一动不动了。仔细一看，面庞和形体，逐渐隐暗消失了。戚生时常一个人睡在亭子里，希望得到另外的奇遇，始终静悄悄的，人心就安定了。

餺饦媪[1]

【原文】

韩生居别墅半载，腊尽始返[2]。一夜，妻方卧，闻人行声。视之，炉中煤火，炽耀甚明。见一媪，可八九十[3]，鸡皮橐背[4]，衰发可数。向女曰："食餺饦否？"女惧，不敢应。媪遂以铁箸拨火，加釜其上；又注以水。俄闻汤沸。媪撩襟启腰橐，出餺饦数十枚，投汤中，历历有声。自言曰："待寻箸来。"遂出门去。女乘媪去，急起捉釜倾箦后[5]，蒙被而卧。少刻，媪至，逼问釜汤所在。女大惧而号。家人尽醒，媪始去。启箦照视，则土鳖虫数十[6]，堆累其中。

【注释】

①馎饦：即“汤饼”，一种汤煮的面食，也叫“饦饦”“不托”。

②腊尽：年终。俗称旧历十二月为腊月。

③可：大约。

④鸡皮：形容老人皮肤皱褶。橐背：驼背。橐，橐驼，即骆驼。

⑤箦：床席。

⑥土鳖：此据铸雪斋抄本，原作“鼈”。

【译文】

有个姓韩的书生，在别墅里了住了半年，腊月结束了，才回到家里。一天晚上，妻子正在睡觉，忽然听见一阵脚步声。她抬头一看，炉子里的煤火烧得很旺，发着耀眼的火光。看见一个老太太，大约八九十岁，满脸皱纹，弯腰弓背，几根衰败的头发，可以数出来。她问妻子：“你吃不吃馎饦？”妻子很害怕，没敢应声。老太太就拿起铁筷子，在炉子里拨拨火，放上一口锅；又往锅里添了水。过了不一会儿，听见水开了。老太太就撩起衣襟，解开腰里的口袋，掏出几十枚馎饦，扔进汤水里，发出噗噗的声音。又自言自语地说：“等我去找一双筷子来。”就跨出门坎儿走了。妻子乘着老太太离开的工夫，急忙爬起来，提起那口锅，迅速泼到竹席子后面去了，又大被蒙头，躺在床上。不一会儿，老太太回来了，追问锅里的汤水泼在什么地方。妻子吓得大喊大叫。家人全被喊醒，老太太才走了。家人掀开竹席子，拿灯一照，看见几十个土鳖虫。堆在席子上。

金　永　年

【原文】

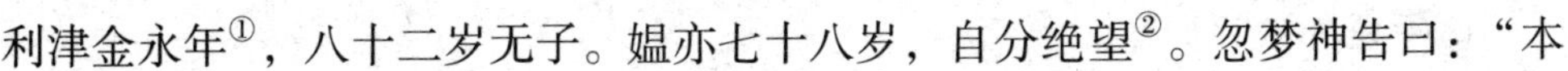

利津金永年[①]，八十二岁无子。媪亦七十八岁，自分绝望[②]。忽梦神告曰：“本

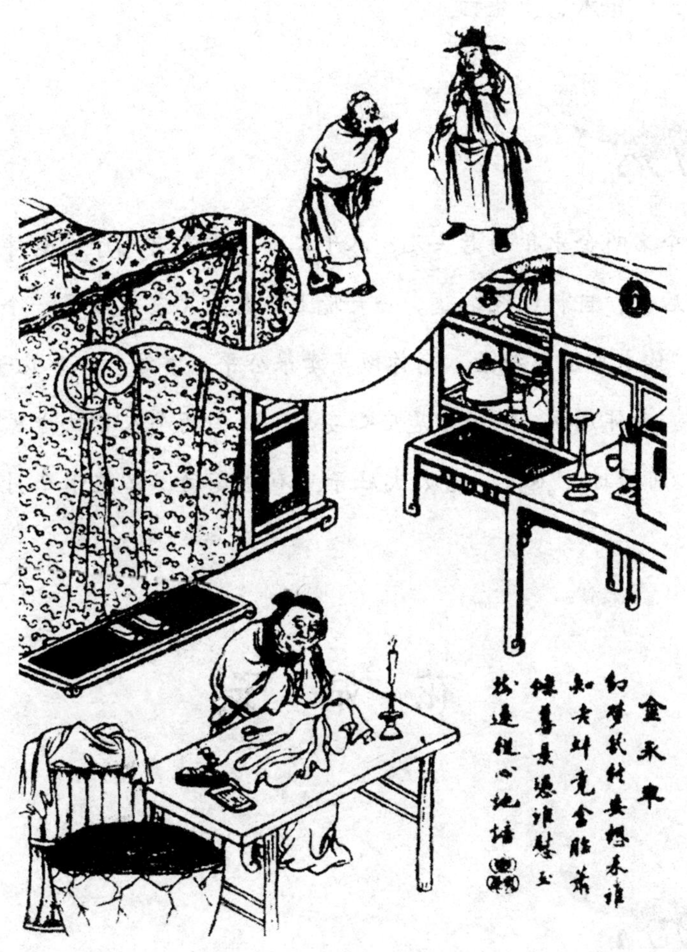

金永年

应绝嗣，念汝贸贩平准[③]，赐予一子。”醒以告媪。媪曰：“此真妄想。两人皆将就木[④]，何由生子？”无何，媪腹震动；十月，竟举一男。

【注释】

①利津：今山东省利津县。

②自分：自料。

③平准：公平。

④就木：进入棺木，指死亡。

【译文】

利津县有个名叫金永年的老头儿，八十二岁了，没有儿子。老伴儿也七十八岁了，对于子孙后代，自料已经绝望。一天晚上，老头儿忽然做了一个梦，神仙在梦里告诉他说：“你本来应该绝后，念你做买卖很公平，赏给你一个儿子。”醒过来就告诉了老伴儿。老伴儿说：“这真是痴心妄想。我们两个人都快进棺材了，哪有生孩子的道理？”可是过了不久，老太太肚子里有些震动，怀揣十个月，竟然生了一个男孩。

花　姑　子

【原文】

安幼舆，陕之拔贡[①]。生，为人挥霍好义，喜放生。见猎者获禽，辄不惜重直，买释之。会舅家丧葬，往助执绋[②]。暮归，路经华岳[③]，迷窜山谷中。心大恐。一矢之外，忽见灯火，趋投之。数武中，欻见一叟，伛偻曳杖，斜径疾行。安停足，方欲致问，叟先诘谁何。安以迷途告；且言灯火处必是山村，将以投止。叟曰："此非安乐乡。幸老夫来，可从去，茅庐可以下榻[④]。"安大悦，从行里许，睹小

花姑子

村。叟扣荆扉，一妪出，启关曰："郎子来耶[⑤]？"叟曰："诺。"既入，则舍宇湫隘[⑥]。叟挑灯促坐，便命随事具食[⑦]。又谓妪曰："此非他，是吾恩主。婆子不能行

步，可唤花姑子来酾酒[8]。”俄女郎以馔具入，立叟侧，秋波斜盼。安视之，芳容韶齿[9]，殆类天仙。叟顾令煨酒[10]。房西隅有煤炉，女即入房拨火。安问：“此公何人？”答云：“老夫章姓。七十年止有此女。田家少婢仆，以君非他人，遂敢出妻见子[11]，幸勿哂也。”安问：“婿家何里？”答言：“尚未。”安赞其惠丽，称不容口。叟方谦挹[12]，忽闻女郎惊号。叟奔入，则酒沸火腾。叟乃救止，诃曰：“老大婢，濡猛不知耶[13]！”回首，见炉傍有葛心插紫姑未竟[14]，又诃曰：“发蓬蓬许，裁如婴儿！”持向安曰：“贪此生涯，致酒腾沸。蒙君子奖誉，岂不羞死！”安审谛之，眉目袍服，制甚精工。赞曰：“虽近儿戏，亦见慧心。”斟酌移时，女频来行酒，嫣然含笑，殊不羞涩。安注目情动。忽闻妪呼，叟便去。安觑无人，谓女曰：“睹仙容，使我魂失。欲通媒妁，恐其不遂，如何？”女把壶向火，默若不闻；屡问不对。生渐入室。女起，厉色曰：“狂郎入闼[15]，将何为！”生长跽哀之。女夺门欲去。安暴起要遮，狎接臄䏚[16]。女颤声疾呼，叟匆遽入问。安释手而出，殊切愧惧。女从容向父曰：“酒复涌沸，非郎君来，壶子融化矣。”安闻女言，心始安妥，益德之。魂魄颠倒，丧所怀来[17]。于是伪醉离席，女亦遂去。叟设裀褥，阖扉乃出。安不寐，未曙，呼别。

至家，即浼交好者造庐求聘，终日而返，竟莫得其居里。安遂命仆马，寻途自往。至则绝壁巉岩，竟无村落；访诸近里，则此姓绝少。失望而归，并忘食寝。由此得昏瞀之疾[18]：强啖汤粥，则唾嗌欲吐[19]；溃乱中，辄呼花姑子。家人不解，但终夜环伺之，气势阽危。一夜，守者困怠并寐，生朦瞳中，觉有人揣而抁之[20]。略开眸，则花姑子立床下，不觉神气清醒。熟视女郎，潸潸涕堕。女倾头笑曰：“痴儿何至此耶？”乃登榻，坐安股上，以两手为按太阳穴。安觉脑麝奇香，穿鼻沁骨。按数刻，忽觉汗满天庭[21]，渐达肢体。小语曰：“室中多人，我不便住。三日当复相望。”又于绣袪中出数蒸饼置床头，悄然遂去。安至中夜，汗已思食，扪饼啖之。不知所苞何料，甘美非常，遂尽三枚。又以衣覆馀饼，懵憕酣睡[22]，辰分始醒，如释重负。三日，饼尽，精神倍爽。乃遣散家人。又虑女来不得其门而入，潜出斋庭，悉脱扃键。未几，女果至，笑曰：“痴郎子！不谢巫耶[23]？”安喜极，抱与绸缪，恩爱甚至。已而曰：“妾冒险蒙垢，所以故，来报重恩耳。实不能永谐琴瑟，幸早别图。”安默默良久，乃问曰：“素昧平生，何处与卿家有旧？实所不忆。”女不言，但云：“君自思之。”生固求永好。女曰：“屡屡夜奔，固不可；常谐伉俪，亦不能，”安闻言，邑邑而悲[24]。女曰：“必欲相谐，明宵请临妾家。”安乃收悲以忻，问曰：“道路辽远，卿纤纤之步，何遂能来？”曰：“妾固未归。东头聋媪我姨行，为君故，淹留至今，家中恐所疑怪。”安与同衾，但觉气息肌肤，无处不香。问曰：“熏何芗泽，致侵肌骨？”女曰：“妾生来便尔，非由熏饰。”安益奇之。女早起言别。安虑迷途，女约相候于路。安抵暮驰去，女果伺待，偕至旧所。叟媪欢逆。酒肴无佳品，杂具藜藿。既而请客安寝。女子殊不瞻顾，颇涉疑念。更既深，女始至，曰：“父母絮絮不寝，致劳久待。”浃洽终夜，谓安曰：“此宵之会，乃百年之别。”安惊问之：答曰：“父以小村孤寂，故将远徙。与君好合，尽此夜耳。”安不忍释，俯仰悲怆。依恋之间，夜色渐曙。叟忽闯然入，骂曰：“婢子玷我清门，使人愧怍欲死！”女失色，草草奔去。叟亦出，且行且詈。安惊孱遻怯，无以自容，潜奔而归。

数日徘徊，心景殆不可过。因思夜往，逾墙以观其便。叟固言有恩，即令事泄，当无大谴。遂乘夜窜往，蹀躞山中[25]，迷闷不知所往。大惧。方觅归途，见谷中隐有舍宇；喜诣之，则闬闳高壮[26]，似是世家，重门尚未扃也。安向门者讯章氏之居。有青衣人出，问：“昏夜何人询章氏？”安曰：“是吾亲好，偶迷居向。”青衣曰：“男子无问章也。此是渠妗家，花姑即今在此，容传白之。”入未几，即出邀安。才登廊舍，花姑趋出迎，谓青衣曰：“安郎奔波中夜，想已困殆，可伺床寝。”少间，携手入帏[27]。安问：“妗家何别无人？”女曰：“妗他出，留妾代守。幸与郎遇，岂非夙缘？”然偎傍之际，觉甚膻腥，心疑有异。女抱安颈，遽以舌舐鼻孔，彻脑如刺。安骇绝，急欲逃脱，而身若巨绠之缚。少时，闷然不觉矣。

安不归，家中逐者穷人迹。或言暮遇于山径者。家人入山，则见裸死危崖下。惊怪莫察其由，舁归。众方聚哭，一女郎来吊，自门外嗷啕而入[28]。抚尸捺鼻，涕洟其中，呼曰：“天乎，天乎！何愚冥至此！”痛哭声嘶，移时乃已。告家人曰：

"停以七日，勿殓也。"众不知何人，方将启问；女傲不为礼，含涕径出，留之不顾。尾其后，转眸已渺。群疑为神，谨遵所教。夜又来，哭如昨。至七夜，安忽苏，反侧以呻。家人尽骇。女子入，相向呜咽。安举手，挥众令去。女出青草一束，燂汤升许[29]，即床头进之，顷刻能言。叹曰："再杀之惟卿，再生之亦惟卿矣！"因述所遇。女曰："此蛇精冒妾也。前迷道时，所见灯光，即是物也。"安曰："卿何能起死人而肉白骨也[30]？勿乃仙乎？"曰："久欲言之，恐致惊怪。君五年前，曾于华山道上买猎獐而放之否？"曰："然，其有之。"曰："是即妾父也。前言大德，盖以此故。君前日已生西村王主政家[31]。妾与父讼诸阎摩王，阎摩王弗善也。父愿坏道代郎死，哀之七日，始得当。今之邂逅，幸耳。然君虽生，必且痿痹不仁[32]；得蛇血合酒饮之，病乃可除。"生啣恨切齿，而虑其无术可以擒之。女曰："不难。但多残生命，累我百年不得飞升。其穴在老崖中，可于晡时聚茅焚之，外以强弩戒备，妖物可得。"言已，别曰："妾不能终事，实所哀惨。然为君故，业行已损其七[33]，幸悯宥也。月来觉腹中微动，恐是孽根。男与女，岁后当相寄耳。"流涕而去。

安经宿，觉腰下尽死，爬抓无所痛痒。乃以女言告家人。家人往，如其言，炽火穴中。有巨白蛇冲焰而出。数弩齐发，射杀之。火熄入洞，蛇大小数百头，皆焦臭。家人归，以蛇血进。安服三日，两股渐能转侧，半年始起。后独行谷中，遇老媪以绷席抱婴儿授之，曰："吾女致意郎君。"方欲问讯，瞥不复见。启襁视之，男也。抱归，竟不复娶。

异史氏曰："人之所以异于禽兽者几希，此非定论也。蒙恩啣结[34]，至于没齿[35]，则人有惭于禽兽者矣。至于花姑，始而寄慧于憨，终而寄情于恝[36]，乃知憨者慧之极，恝者情之至也。仙乎，仙乎！"

【注释】

①拔贡：明代称为"选贡"。清顺治元年首举选贡，从廪膳生员中选拔。

②执绋：指送葬。绋，牵引灵车的绳索。古时送葬的人牵着灵车的绳索以助行进，因称送葬为“执绋”。

③华岳：西岳华山。

④下榻：《后汉书·徐穉传》：豫章太守陈蕃素不接待来访客人，惟特设一榻专待郡之名士徐穉来访留宿。徐去，则将榻悬起。后因称接待宾客为下榻。

⑤郎子：旧时对别人年幼子弟的敬称。这里称安幼舆。

⑥湫隘：低湿狭小。

⑦随事具食：就家中现有的食物，准备饭食。具食，备饭。

⑧釃酒：滤酒，后世指斟酒。

⑨芳容韶齿：意思是年轻貌美。韶齿，犹言妙龄。韶，美。

⑩煨酒：文火温酒。

⑪出妻见子：使妻子儿女出来见面；这是旧时亲切待客的表现。见，同“现”。

⑫谦挹：谦虚客气。挹，通“抑”。

⑪濡猛：指猝然酒沸。濡，渍、水泡。猛，猝急。

⑪薥心：薥心，指高粱秆心。山东称高粱为“蜀秫”，见蒲松龄《农桑经·农经》。紫姑：旧时民间传说的女神。紫姑，姓何，名媚。唐代寿阳刺史李景之妾，正月十五日被景妻虐杀于厕间。上帝怜悯她，命为厕神。见《荆楚岁时记》及《显异录》。自唐以来即有祭紫姑之俗。于此日作其形态，夜于厕边或猪栏边迎之，以卜蚕桑或问祸福。未竟：未完成。

⑮闼：门。这里指闺闼，犹言内室。

⑯接朦脛：犹今言接吻。脛，当作“脗”。口上曰“朦”，口下曰“脗”。

⑯丧所怀来：意谓对花姑子采取非礼行为的念头消失了。怀来，来意。

⑱昏瞀：神志不清，精神错乱。

⑲嗔嗒：《广韵》：“嗔嗒，欲吐。”嗔，气急喘息。嗒，同“嗵”。

⑳揣而抗之：晃动他。揣、抗，动也。

㉑天庭：两眉之间，指前额。

㉒懵憹：迷乱，朦胧。

㉓巫：治病的女巫。此是花姑子自指。

㉔邑邑：同“悒悒”，不乐的样子。

㉕蹀躞：此据青柯亭刻本，原作“揲掮”。

㉖闬闳：里门；巷门。

㉗入：据铸雪斋抄本补，原缺。

㉘嗷啕：即“号啕”，高声号哭。

㉙燂：煮，加热。

㉚起死人而肉白骨：使死人复活，使白骨生肉；指起死回生。

㉛主政：古代官名，明清时中央各部“主事”也称“主政”。

㉜痿痹不仁：肢体萎缩麻木，失去感觉，不能活动。不仁，丧失感觉或感觉迟钝。

㉝业行：指修行的道业。

㉞啣结：指衔环结草以报恩。啣，同“衔”。指“衔环”。结，指“结草”。

㉟没齿：终身；一辈子。

㊱恝：淡漠；不在意。

【译文】

安幼舆，是陕西省的拔贡生。为人好挥霍，讲义气，喜好放生。看见猎人打到禽兽，总是不惜花高价，买到手里放掉。恰巧赶上舅舅家里办丧事，他去帮助执绋送灵。天黑以后往回走，路经西岳华山，迷失了道路，就在山谷里乱窜。心里很害怕。在一箭地之外，忽然看见一盏灯火，就向灯火的方向奔过去。

往前走了几步，忽然看见一个老头儿，弯着腰，弓着背，拄着一根拐杖，在倾斜的山坡小路上，走得很快。他停下脚步，刚要张口问路。老头儿却抢先问他是谁。他告诉老头儿，自己是一个迷路的人；并说有灯火的地方，一定是个山村，要前去投宿。老头儿说："这不是一个安乐窝。幸亏老夫来了，可以跟我去，我家的茅屋草舍可以住宿。"他很高兴，跟着老头儿往前走了大约一里来地，看见一个小村庄。进了村庄，老头儿敲叩一户人家的柴门，从屋里出来一个老太太，开了柴门说："郎子来了吗?"老头儿说："来了。"

进了柴门以后，看见低矮的茅屋很狭窄。老头儿挑亮了灯火，催他坐下，就告诉老太太随便准备一点饭菜。并且说："这不是外人，是我的救命恩人。你年岁大了，脚步不灵便，可以招呼花姑子出来斟酒。"不一会儿，就有一个女郎端着碗筷走进来。她放下碗筷，站在老头儿旁边，斜着眼睛看着客人。安幼舆看看这个少女，正是二八芳龄，容貌俏丽，差不多比上天仙了。老头儿叫她去烫酒。

在房子的西墙角上，有一个煤火炉子，女郎就进了那屋，拨火烫酒。安幼舆问老头儿："这个女郎是你什么人?"老头儿回答说："老夫姓章。七十岁了，只有这么一个姑娘。种地的人家，没有丫鬟仆妇，拿你不是外人，所以不拘礼节，敢叫老伴儿和女儿出来见你，希望你不要见笑。"他又问："姑娘的婆家住在什么地方?"老头儿回答说："还没有婆家。"他称赞姑娘聪明漂亮，赞不绝口。老头儿正在谦逊着，忽听女儿惊慌地喊叫起来。老头儿急忙跑了进去，原来是壶里的酒沸腾出来起火了。老头儿把火扑灭了，呵斥女儿说："这么大的丫头，还不知酒沾火就着吗?"一回头，看见炉子旁边有个用高粱秸扎的紫姑神，还没有扎完，又呵斥女儿说："头发这么长了，还只像个孩子!"就拿去对安幼舆说："贪图这么一个活计，竟把酒烫开了。蒙你夸奖，岂不羞死人了!"他仔细一看，紫姑神的眉目和袍服，制得很精巧。就称赞说："虽然近似儿戏，也可以看出一颗聪明的心。"

两个人喝了一会儿，姑娘一次又一次地过来给他敬酒，嫣然含笑，一点也不羞怯。他目不转睛地看着姑娘，心里动了情。忽听老太太招呼老头儿，老头儿就走了。他看室内无人，就对姑娘说："看见你仙女般的容貌，令我心往魂失。想要托媒向你求婚，又怕达不到目的，怎么办呢?"姑娘抱着酒壶，面对火炉，沉默不语，好像没有听见；他一次又一次地询问，姑娘也不回答。他渐渐地进了那屋。姑娘站起来，声色俱厉地说："轻狂的公子，你闯进来想要干什么!"他直挺挺地跪在地上向她哀求。姑娘想要夺门逃出去，他突然跳起来，堵在前边拦挡着，亲热地抱在怀里吻她。姑娘急得声音发颤地喊叫，老头儿就急忙跑进来问她喊什么。他撒手出了屋，心里很惭愧，也很害怕。姑娘却不慌不忙地对父亲说："酒又沸腾涌了出来，不是郎君跑来，酒壶就烧化了。"他听见姑娘这么一说，心里才安定下来，更认为是个好姑娘。他神魂颠倒，心里好像丧失了什么东西。于是就假装喝醉了，离开了酒席，姑娘随后也走了。

老头儿给他设了床铺，铺上被褥，就关上房门出去了。他睡不着觉；没到天亮，就把老头儿招呼起来告别。到家以后，马上托一位好朋友，登门求婚。朋友去了一天才回来，竟然没有找到姑娘的住所。他就让仆人备马，寻找前天夜里的道路，亲自去求婚。找到那里一看，到处都是悬崖峭壁，竟然没有那个村落；到附近的村庄打听，很少有姓章的。他很失望地回到家里，饭也吃不下，觉也睡不着，从此得了个眼花缭乱、脑子里昏沉沉的疾病：勉强喝一点粥汤，就想呕吐；昏迷之中，总是呼唤花姑子。家人不了解什么意思，只是一宿到亮围在他身边守护着，气势很危险。

一天晚上，守护人员又困又乏，全都睡着了。他在朦胧之中，觉得有人用手揉搓他。他略微睁开眼睛，看见花姑子站在床前，便不知不觉地神也清了，气也爽了。眼睁睁地瞅着姑娘，眼泪不断地往下流着。姑娘歪着脑袋笑着说："痴心人，怎么病得这样呢?"说完就上了床，坐在他的大腿上，用两只手按摩他的太阳穴。他闻到姑娘头上有一股浓烈的麝香味；香味穿过鼻腔，一直渗进骨头里。按摩了几刻钟，他忽然感到额头上出满了热汗，热劲儿逐渐达到四肢，身上全都出汗了。姑娘小声说："你屋里人太多，我不便住在这里。三天以后，该再来看望你。"说完，从绣花的袖筒里掏出几个蒸饼，放在床头上，就悄没声地走了。

安幼舆睡到半夜，热汗出完了，想要吃饭，就摸起床头上的蒸饼吃起来。不知饼里包着什么作料，他感到特别香甜，一口气吃了三个。又用衣服盖住剩下的蒸饼，便昏昏沉沉地酣睡了，一直睡到天亮才醒过来，身上很轻松，好像放下了沉重的担子。到了第三天，蒸饼吃完了，更觉神清气爽。于是就遣散了家人。又考虑姑娘来的时候进不得门，便偷偷地出了书房，把几道门闩统统拔掉了。过了一会儿，花姑子果然来了，笑盈盈地说："傻郎君！你不感谢医生吗？"他高兴极了，把姑娘抱在怀里，和她缠缠绵绵的，恩爱到了极点。完了以后，姑娘说："我冒着风险，蒙受耻辱，前来和你相会，所以这样，为的是报答你的大恩。实际上是不能和你结成终身伴侣的，希望你趁早另外选择一个配偶。"他沉默了很长时间，才问姑娘："我们从来没有见过面，也不了解你家的身世，过去在什么地方对你家有过好处，我实在记不清了。"姑娘也不明讲，只是说："你自己想想吧。"他坚决要求和她永远相亲相爱。花姑子说："我一次又一次地黑夜奔波，本来是不可以的；常在一起做夫妻，也是不可能的。"他听这话，闷闷不乐，心里很悲伤。花姑子说："一定想要和我相好，你明天晚上到我家里去吧。"他这才停止悲伤，心里高高兴了，就问姑娘："去你家的路很远，你细弱的脚步，怎能来到这里呢？"姑娘说："我本来没有回去。东头的聋老太太，是我的姨娘，为了你的缘故，我住在那里，一直逗留到今天，家里恐怕要怀疑和责备我了。"安幼舆和她同床共枕，只觉她的呼吸和她身上的皮肤，没有一处不香的。他问道："你用什么香料，熏沐到肌肉和骨头里去了？"花姑子说："我生来就是这个样子，不是熏饰的。"他越发感到奇怪。

花姑子早早起来向他告别。他担心晚间进山会迷失道路，花姑子约定在路上等他。他等到黄昏，连跑带颠儿地奔向山里，花姑子果然等着他，两个人一起到了从前的老地方。老头儿老太太很热情地欢迎他。没有好的下酒菜，大碗小盘全是杂七杂八的野菜。吃完就请客人安歇就寝。花姑子一点也不搭理他，他心里很疑惑。直到更深以后，花姑子才来了，说："父母絮絮叨叨的，不睡觉，以致劳你久等了。"两个人情深意切，欢娱了一夜。姑娘对他说："今天晚上的相会，就是百年的离别了。"他很惊讶地问她为什么。花姑子回答说："我父亲认为村庄太小，孤独而又寂寞，所以要往远处搬家。和你相亲相爱，今晚儿就结束了。"安幼舆不忍放她走，哭得前仆后仰的，心里很难过。正在难离难舍的时候，夜色消失，天光逐渐放亮了。老头儿忽然闯进来，骂道："下贱的丫头，玷污我家清白的门风，把人都羞死了！"花姑子大惊失色，急急忙忙地跑出去了。老头儿也跟了出去，一边走一边骂。

安幼舆大吃一惊，又惊又怕，没有地方可以容身，便偷偷地跑回家里。

在家徘徊了几天，想念花姑子的心情几乎熬不下去了。因而想要晚上去一趟，从墙头上爬过去，以便观察有无看望花姑子的方便；并想老头儿从前说过对他有恩，即使泄露了，也该没有大的谴责。于是就乘着夜色窜进深山，在山里跑来跑去，迷失了方向，辨不清东南西北，不知哪条道路能够通到花姑子的住所。

他心里很害怕。正在寻找回家的道路，看见山谷里隐隐约约的有簇房舍；便很高兴地来到那里，原来是一座高大的门楼，像是官僚世家，几道门还都没有关上。他向看门的询问章家的住所。从里面出来一个使女，问看门的说："黑夜里什么人打听姓章的？"安幼舆说："姓章的是我亲戚，我偶然迷失道路，找不到他家的方向了。"使女说："你这个男子，不要打听姓章的了。这是花姑子的舅母家，她今天就住在这里，请你等一会儿，容我进去告诉她。"

进去不一会儿，就出来请他进去。刚一登上房子的前廊。花姑子就跑出来迎接，并对使女说："安郎奔波到半夜，想必已经困乏了。可以安排床铺，侍候他就寝。"过了不一会儿，两个人手拉手地进了帏帐。他问花姑子："你舅母家里怎么没有别的人呢？"花姑子说："舅母到别的地方去了，留我替她看家。有幸和你相遇，岂不是前世结下的良缘？"但在偎傍之间，他闻到一股膻腥的气味，心里就怀疑出了岔头。姑娘抱住他的脖子，突然用舌头舐他鼻孔，他像被人刺了一锥子，一直疼到脑子里。他吓得要死，急忙想要逃脱出来；然而身上却像捆了粗大的绳子。不一会儿的工夫，就闷沉沉地失去了知觉。

安幼舆没有回家，家人到处寻找，找遍了人迹所到之处。有人说，昨晚儿在山间的小路上碰见过他。家人进了山里，看见他赤裸裸地死在悬崖底下。家人很惊讶，也感到奇怪，谁也看不出死亡的原因，就把尸体抬回家里。大家聚在一起，正在痛哭的时候，有个女郎跑来吊孝，号啕痛哭，从门外一直哭进灵堂。她摸着他的尸体，按着他的鼻子，鼻涕眼泪流进了他的鼻孔，哭天喊地地说："天哪，天哪！怎么这样愚蠢糊涂啊！"哭得声嘶力竭，老半天才停住眼泪。她告诉家人说："把他停放七天，不要入殓。"大家不知她是什么人，刚要开口问她，她却很傲慢，不按礼节向大家告辞，含着眼泪，径直出了灵堂。大家挽留她，她不理睬；有人在她后边跟着，一眨眼的工夫，已经无影无踪了。大家怀疑她是神仙，小心谨慎地遵从她的指教。

成仙

第二天晚上她又来了，和昨天一样的痛哭。到第七天晚上，安幼舆忽然苏醒过来，翻来覆去地呻吟着。家人全都吃了一惊。那个女郎进了他的卧室，面对面地哭泣着。安幼舆举起一只手，挥了挥，叫家人退出去。花姑子拿出一把青草，煎成药汤，约有一升左右，就在床上叫他喝下去，顷刻之间他就能说语了。他长叹一声说："第二次害死我的是你，第二次叫我重生的也是你！"就把自己的遭遇告诉了姑娘。花姑子说："这是蛇精冒充我。你前一次在山里迷路的时候，看见一箭之外的灯光，就是这个蛇精。"他说："你怎能起死回生，叫白骨生出肌肉呢？莫非是个神仙吧？"花姑子说："很久以前就想告诉你，怕你受到惊吓。五年以前，你曾在华山道上，从猎人手里买来一只獐子放了吧？"他说："是的，这是有的。"花姑子说："那只獐子就是我的父亲。过去说的大恩大德，指的就是这件事情。你前天已经托生到西村的王主政家里去了。我和父亲到阎王那里告状，阎王不愿给你办好事。父亲愿意毁掉自己的道行替你死去，哀求了七天，阎王才叫你复活。今天和你偶然相会，真是幸运。但你虽然复活了，下体一定麻木不仁；必须得到蛇精的血，合到酒里喝下去，才能除掉病根。"

安幼舆对蛇精怀着切齿仇恨，却忧虑没有办法可叫捉住它。花姑子说："这个不难。只是多残害生灵，会累我百年不能成仙。它的洞穴在一个古老的山崖里，可在下午申时，把茅柴堆在洞口里，点火烧它，派人在洞外用强弓硬箭严加戒备，就可以捉住那个妖怪。"说完，又向他告辞说："我不能终生服侍你，实在是悲惨。但是为了你的缘故，道行已经损失了十分之七，希望你能怜悯饶恕我。近一个月来，感到肚子里略微有些震动，恐怕是你的孩子。不管是男是女，一年以后当托人给你送回来。"说完就流着眼泪走了。

他过了一宿，觉得腰下完全失去了知觉，用手抓挠抓挠，毫无痛痒。他就把花姑子的嘱咐告诉了家人。家人到了山里，按照他的指教，在洞穴里烧起了大火。有一条粗大的白蛇，冒烟突火地冲了出来。几把弓箭一齐发射，就把它射死了。大火熄灭以后，进到洞里一看，大大小小几百条毒蛇，都被烧得焦臭。家人回来以后，把蛇血献给安幼舆。他合到酒里喝下去，过了三天，两条腿逐渐能够转动了，半年以后，才能站起来走路。后来独自走在山谷里，遇见一个老太太，抱着一个用衣被包着的婴儿，交给他说："我女儿让我把孩子送给你。并向你问候。"他刚要打听花姑子的情况，一眨眼的工夫，再也看不见老太太了。打开襁褓一看，是个男孩。他把孩子抱回家里，一辈子没再娶老婆。

异史氏说："人和禽兽不同的地方几乎很稀少，这不是定论。一只香獐子蒙受救命之恩，怀着报恩的思想，竟至没齿难忘，人也有愧于禽兽了。至于花姑子，起初把聪明寄托在憨态上，最后把爱情寓于漫不经心的行动之中。才知道憨态是聪明到了极点，漫不经心是对爱情最诚挚的表现。真是飘飘然的仙女啊仙女!"

武　孝　廉

【原文】

武孝廉石某[①]，囊资赴都，将求铨叙[②]。至德州，暴病，唾血不起，长卧舟中。仆篡金亡去[③]。石大恚[④]，病益加，资粮断绝。榜人谋委弃之[⑤]。会有女子乘船[⑥]，夜来临泊[⑦]，闻之，自愿以舟载石。榜人悦，扶石登女舟。石视之，妇四十馀，被服灿丽，神采犹都[⑧]。呻以感谢。妇临审曰："君夙有瘵根[⑨]，今魂魄已游墟墓。"石闻之，嗷然哀哭[⑩]。妇曰："我有丸药，能起死。苟病瘳，勿相忘。"石洒泣矢盟[⑪]。妇乃以药饵石；半日，觉少痊。妇即榻供甘旨[⑫]，殷勤过于夫妇。石益德之。月馀，病良已[⑬]。石膝行而前，敬之如母。妇曰："妾茕独无依[⑭]，如不以色衰见憎，愿侍巾栉[⑮]。"时石三十馀，丧偶经年，闻之，喜惬过望[⑯]，遂相燕好。妇乃出藏金，使入都营干，相约返与同归。

石赴都夤缘[⑰]，选得本省司阃[⑱]；馀金市鞍马，冠盖赫奕[⑲]。因念妇腊已高[⑳]，终非良偶，因以百金聘王氏女为继室。心中悚怯，恐妇闻知，遂避德州道，迂途履任。年馀，不通音耗。有石中表[㉑]，偶至德州，与妇为邻。妇知之，诣问石况。某以实对。妇大骂，因告以情。某亦代为不平，慰解曰："或署中务冗[㉒]，尚未暇遑。乞修尺一书[㉓]，为嫂寄之。"妇如其言。某敬以达石，石殊不置意。又年馀，妇自往归石，止于旅舍，托官署司宾者通姓氏[㉔]。石令绝之。一日，方燕饮，闻喧詈声；释杯凝听[㉕]，则妇已搴帘入矣。石大骇，面色如土。妇指骂曰："薄情郎！安乐耶?

试思富若贵何所自来[26]？我与汝情分不薄，即欲置婢妾，相谋何害？”石累足屏气[27]，不能复作声。久之，长跽自投，诡辞乞宥。妇气稍平。石与王氏谋，使以妹礼见妇。王氏雅不欲[28]；石固哀之，乃往。王拜，妇亦答拜。曰：“妹勿惧，我非悍妒者。曩事，实人情所不堪，即妹亦当不愿有是郎。”遂为王缅述本末。王亦愤恨，因与交詈石。石不能自为地，惟求自赎，遂相安帖。

武孝廉

初，妇之未入也，石戒阍人勿通[29]。至此，怒阍人，阴诘让之[30]。阍人固言管钥未发[31]，无入者，不服。石疑之而不敢问妇，两虽言笑，而终非所好也。幸妇娴婉[32]，不争夕。三餐后，掩闼早眠，并不问良人夜宿何所[33]。王初犹自危；见其如此，益敬之。厌旦往朝[34]，如事姑嫜[35]。妇御下宽和有体[36]，而明察若神。一日，石失印绶[37]，合署沸腾，屑屑还往[38]，无所为计。妇笑言："勿忧，竭井可得。"石从之，果得之。叩其故，辄笑不言。隐约间，似知盗者姓名，然终不肯泄。居之终岁，察其行多异。石疑其非人，常于寝后使人瞷听之[39]，但闻床上终夜作振衣声，亦不知其何为。妇与王极相怜爱。一夕，石以赴臬司未归[40]，妇与王饮，不觉过醉，就卧席间，化而为狐。王怜之，覆以锦褥。未几，石入，王告以异。石欲杀之。王曰："即狐，何负于君？"石不听，急觅佩刀。而妇已醒，骂曰："虺蝮之行[41]，而豺狼之心，必不可以久居！曩所啖药，乞赐还也！"即唾石面。石觉森寒如浇冰水，喉中习习作痒；呕出，则丸药如故。妇拾之，忿然迳出，追之已杳。石中夜旧症复作，血嗽不止，半岁而卒。

异史氏曰："石孝廉，翩翩若书生。或言其折节能下士[42]，语人如恐伤。壮年殂谢，士林悼之。至闻其负狐妇一事，则与李十郎何以少异[43]？"

【注释】

①武孝廉：武举人。

②铨叙：清代科举制规定：举人除会试外，可通过拣选、大挑、截取三途径取得官职。此指石孝廉赴京参加拣选，求取官职。铨，选授官职。

③篡金：夺取钱财。

④恚：愤怒。

⑤榜人：舟子，船家。

⑥会：适逢。

⑦临泊：靠岸停舟。

⑧都：美。

⑨瘵根：肺痨病根。瘵，肺病。

⑩噭然：哀哭，放声痛哭。噭，高声。

⑪矢盟：犹盟誓。矢，通“誓”。

⑫甘旨：美好食物。

⑬良已：完全痊愈。

⑭茕独：孤独。

⑮侍巾栉：侍奉梳洗，指为其妻室。

⑯喜惬：喜欢满意。

⑰夤缘：攀附以升；喻攀附权要，求取官位。

⑱司阃：门卫武官。“本省司阃”，指任省城之门卫武官。阃，郭门。

⑲冠盖：指为官者的冠服和车辆。盖，车篷，代指车。赫奕：光耀、荣盛。

⑳腊：年岁，年龄。

㉑中表：古称姑母的儿子为外兄弟，称舅父、姨母的儿子为内兄弟。外为表，内为中，合称“中表兄弟”，简称“中表”。

㉒务冗：事物繁多。

㉓尺一书：指书信。汉代之诏书写于一尺一寸长的书板上，称为尺牍。后来用为书信的通称。

㉔司宾者：官署内负责接待宾客的吏役。

㉕凝听：凝神静听。

㉖富若贵：富和贵。若，与、和。

㉗累足屏气：叠足站立，不敢喘气，形容惊惧、敬畏。累足，两足相叠。屏，抑制。

㉘雅：甚、很。

㉙阍人：守门人。

㉚诘让：责问。

㉛管钥：钥匙。发：启、开。

㉜娴婉：文雅柔顺。

㉝良人：此指妻称丈夫。

㉞厌旦：黎明。

㉟姑嫜：公婆。嫜，妇称夫之父。

㊱御下：对待下人。御，管理。

㊲印绶：印信，官印。绶，系印纽的丝带。

㊳屑屑：《广雅·释训》："屑屑，不安也。"

㊴瞯：窥视。

㊵臬司：此指臬司衙门。清代按察使别称"臬司"，为巡抚的属官，负责考察吏治。

㊶虺蝮：虺与蝮都是毒蛇名。

㊷折节：屈己下人。折，屈。节，志节。

㊸李十郎：唐人小说《霍小玉传》中人物。李十郎名益，在长安应试时爱上了名妓霍小玉，表示"粉身碎骨，誓不相舍"。而为官后，竟抛弃了霍小玉，与大家卢氏女成婚。霍小玉骂其负心，恸号而绝。

【译文】

有个姓石的武孝廉，带着很多银子去京都，要去谋求官职。到达德州的时候，突然得了重病，大口大口地咯血，卧床不起，长期躺在船舱里。仆人看他病卧不起，就夺去他的银子逃走了。他恨得要死，病越来越重，钱粮盘川完全断绝了。船户想要抛弃他。恰巧有个乘船的女子，夜间来到这里，靠近他的船舱停下了，听到他的消息以后，自愿用自己的船把他载走。船户一听高兴了，马上把他扶起来，上了女子的船。他抬头一看，妇人四十多岁，衣装鲜艳华丽，神采仍然很美。他便呻吟着向她致谢。妇人到他跟前，看着他说："你从前就有痨病的根子，现在魂魄已经游历丘墟坟墓间了。"他一听这话，就放声大哭起来。妇人说："我有一丸药，能够起死回生。假若把病治好了你可不要忘了我。"他流着眼泪向她发誓。妇人就拿出丸药给他吃了；过了半天，他就感到好了一点。妇人让他躺在床上养病，供给他香甜可口的食物，其恳切深厚的情意，胜过夫妻。他更加感激她。

过了一个多月，痨病完全好了。他便跪在地下，一步一步地爬到她的眼前，像对待母亲似的恭敬她。妇人说："我没儿没女，无依无靠，若不嫌我容颜已经衰老，愿意永远服侍你。"他当时三十多岁，死了老婆已经一年多，一听这话，真是大喜过望，于是就结成了夫妻。妇人拿出私藏的金子，叫他进京谋求职位，互相约定，等他回来的时候，两个人一起回去。

他进了京都，到处拉拢关系，巴结当权的上司，就被选派担任本省的司阃。他把剩下的金钱买了鞍马；冠服伞盖，威威赫赫。因为有了地位，就想妇人已经很老，终究不是好配偶，因而花了一百金，聘娶一个姓王的姑娘做二房夫人。他心里胆怯，害怕妇人知道，就避开德州，绕道去上任。过了一年多，也没给妇人去封信。

他有一个中表亲，偶然来到德州，住的地方和妇人正好是邻居。妇人听到消息，亲自登门打听石孝廉的情况。那个人就把实情告诉了妇人。妇人痛骂石孝廉忘恩负义，就把治病和结成夫妻以及互相约定的实情告诉了那个人。那个人也替她愤愤不平，安慰她说："也许衙门里事务繁忙，还没有闲空给你写信。请你写封信，我给嫂子送去。"妇人就照他说的，写了一封信。那个人毫不怠慢的把信送给了石孝廉。石孝廉根本没有放在心上。又过了一年多，妇人亲自去找他，住在一家旅店里，托衙门里接待宾客的衙役进去给她通报姓名。石孝廉告诉那个衙役，他拒绝接见。

一天，他正在安闲自在地喝酒，忽然听到一阵喧闹吵骂的声音；他放下酒杯侧耳静听，妇人已经撩起门帘进来了。他大吃一惊，立刻面如土色。妇人指着他骂道："你个薄情郎！你很安乐吧？试想一下，你的荣华富贵是从哪里来的？我和你情分不薄，就是想要纳婢娶妾，和我商量商量，有什么妨害呢？"他并着脚站在地下，大气不敢出，再也说不出话来。过了很长时间，直挺挺地跪在地上，自己认错，用虚伪的假话请求饶恕。妇人的怒气稍稍平息了。他和王氏商量，叫她用妹妹的礼节去拜见妇人。王氏心里很不愿意；他一再哀求，王氏才去拜见。

王氏拜她，她也回拜。她对王氏说：“妹妹不要害怕，我不是刁悍嫉妒的人。从前的事情，实在是人情上叫人忍受不了，就是妹妹也当然不愿有这样一个丈夫。”于是就把过去的事情，从头到尾，详详细细地向王氏讲了一遍。王氏也很愤恨，就和妇人一递一句地骂他。他感到无地自容，只是要求赎回自己的过错，于是就互相安定了。

起初，妇人没进门的时候，他告诫守门人不要往里通报。到这个时候，他对守门人很恼火，背地里抠根问底地进行责备。守门人一再说没有打开锁头和门闩，没有人进来，对他的责备很不服气。他心里揣着疑团，也不敢询问妇人，两个人虽然说说笑笑的，但终究觉得妇人不是他心爱的女人。好在妇人文雅大方，晚上不跟王氏争丈夫。三餐以后，就关门早早地睡了，并不过问丈夫夜里睡在什么地方。她刚来的时候，王氏总是担忧受怕的；看见她这样宽厚，也就更加尊敬她，天天黎明就去问安，如同对待自己的公婆。

妇人管理家人宽厚和气，而又得体，能够明察秋毫。一天，石孝廉丢失了官印，衙门里上上下下像一锅翻滚的开水，进进出出的，谁也没有办法。妇人笑着说：“不要担忧，把井淘干了，就可以得到官印。”石孝廉按她的指点，果然找到了。问她怎么知道的，她总是笑呵呵的不说话。隐隐约约的，似乎知道小偷的姓名，但却始终不肯泄露。

住到年末，观察她的行动，有很多怪异的地方。石孝廉怀疑她不是人类，常在她就寝以后派人窥视和听声，只听床上一宿到亮都有抖落衣服的声音，也不知她在干什么。她和王氏互相很疼爱，很关怀。一天晚上，石孝廉到巡察使衙门办事没回来，她和王氏喝酒，不知不觉喝醉了。就躺在席前睡了过去，变成了狐狸。王氏疼爱她，在她身上盖了一床锦被，过了不一会儿，石孝廉进了卧室，王氏就把妇人变成狐狸的怪事告诉了他。石孝廉想要杀死她。王氏说：“纵然是个狐狸，有什么亏负你的地方呢？”他不听，急急忙忙地寻找佩刀。但是妇人已经醒了，骂道：“你真是蛇蝎的行为豺狼的心，肯定不能长远和你同居了！从前吃的那丸药，请你马上还给我！”就往他脸上唾了一口。他感到冷森森的，好像浇了一脸冰水，喉咙里刁刁发痒；呕出来，是从前吃下去的药丸，还和原来的一样。她把药丸捡起来，怒冲冲地径直走了。他跑出去追赶，已经无影无踪。半夜的时候，他旧病复发，不停地咯血，半年就死了。

异史氏说："石孝廉，风度翩翩，好像是个书生。有人说他能屈己对下，说话的时候好像唯恐伤人。壮年的时候就死了，文士们都很悼念他。等到听说他背负狐狸妻子一事，认为这和李十郎背负霍小玉，哪有一点不同呢？"

西　湖　主

【原文】

陈生弼教，字明允，燕人也[1]。家贫，从副将军贾绾作记室[2]，泊舟洞庭[3]。适猪婆龙浮水面[4]，贾射之中背。有鱼衔龙尾不去，并获之。锁置桅间，奄存气息；而龙吻张翕，似求援拯。生恻然心动，请于贾而释之。携有金创药[5]，戏敷患处，纵之水中，浮沉逾刻而没。

后年馀，生北归，复经洞庭，大风覆舟。幸扳一竹簏，漂泊终夜，絓木而止。援岸方升，有浮尸继至[6]，则其僮仆。力引出之，已就毙矣。惨怛无聊，坐对憩息。但见小山耸翠，细柳摇青，行人绝少，无可问途。自迟明以至辰后，怅怅靡之[7]。忽僮仆肢体微动，喜而扪之。无何，呕水数斗，醒然顿苏。相与曝衣石上，近午始燥可着。而枵肠辘辘[8]，饥不可堪。于是越山疾行，冀有村落。才至半山，闻鸣镝声[9]。方疑听所，有二女郎乘骏马来，骋如撒菽[10]。各以红绡抹额[11]，髻插雉尾[12]；着小袖紫衣，腰束绿锦；一挟弹，一臂青鞲[13]。度过岭头，则数十骑猎于榛莽，并皆姝丽，装束若一。生不敢前。有男子步驰，似是驭卒[14]，因就问之。答曰："此西湖主猎首山也[15]。"生述所来，且告之馁。驭卒解裹粮授之，嘱云："宜即远避，犯驾当死！”生惧，疾趋下山。

茂林中隐有殿阁，谓是兰若。近临之，粉垣围沓[16]，溪水横流；朱门半启，石桥通焉。攀扉一望，则台榭环云[17]，拟于上苑[18]，又疑是贵家园亭。逡巡而入，横藤碍路，香花扑人。过数折曲栏，又是别一院宇，垂杨数十株，高拂朱檐。山鸟一

西湖主

鸣，则花片齐飞；深苑微风，则榆钱自落。怡目快心，殆非人世。穿过小亭，有秋

千一架，上与云齐；而罥索沉沉[19]，杳无人迹。因疑地近闺阁[20]，恇怯未敢深入[21]。俄闻马腾于门，似有女子笑语。生与僮潜伏丛花中。未几，笑声渐近，闻一女子曰："今日猎兴不佳，获禽绝少。"又一女曰："非是公主射得雁落，几空劳仆马也。"无何，红妆数辈，拥一女郎至亭上坐。秃袖戎装[22]，年可十四五。鬟多敛雾[23]，腰细惊风[24]，玉蕊琼英[25]，未足方喻。诸女子献茗熏香，灿如堆锦[26]。移时，女起，历阶而下。一女曰："公主鞍马劳顿，尚能秋千否？"公主笑诺。遂有驾肩者，捉臂者，褰裙者，持履者，挽扶而上。公主舒皓腕，蹑利屣[27]，轻如飞燕，蹴入云霄。已而扶下。群曰："公主真仙人也！"嘻笑而去。生睨良久，神志飞扬。迨人声既寂，出诣秋千下，徘徊凝想。见篱下有红巾，知为群美所遗，喜纳袖中。登其亭，见案上设有文具，遂题巾曰："雅戏何人拟半仙[28]？分明琼女散金莲[29]。广寒队里应相妒[30]，莫信凌波上九天[31]。"题已，吟诵而出。复寻故径，则重门扃锢矣。踟蹰罔计，反而楼阁亭台，涉历几尽。一女掩入，惊问："何得来此？"生揖之曰："失路之人，幸能垂救。"女问："拾得红巾否？"生曰："有之。然已玷染，如何？"因出之。女大惊曰："汝死无所矣！此公主所常御[32]，涂鸦若此[33]，何能为地？"生失色，哀求脱免。女曰："窃窥宫仪[34]，罪已不赦。念汝儒冠蕴藉[35]，欲以私意相全；今孽乃自作，将何为计！"遂皇皇持巾去。生心悸肌栗，恨无翅翎，惟延颈俟死。迂久，女复来，潜贺曰："子有生望矣！公主看巾三四遍，辗然无怒容，或当放君去。宜姑耐守，勿得攀树钻垣，发觉不宥矣。"日已投暮，凶祥不能自必；而饿焰中烧，忧煎欲死。无何，女子挑灯至。一婢提壶榼，出酒食饷生。生急问消息，女云："适我乘间言：'园中秀才，可恕则放之；不然，饿且死。'公主沉思云：'深夜教渠何之？'遂命馈君食。此非恶耗也。"生徊徨终夜[36]，危不自安。辰刻向尽，女子又饷之。生哀求缓颊，女曰："公主不言杀，亦不言放。我辈下人，何敢屑屑渎告？"既而斜日西转，眺望方殷，女子坌息急奔而入[37]，曰："殆矣！多言者泄其事于王妃；妃展巾抵地[38]，大骂狂伧[39]，祸不远矣！"生大惊，面如灰土，长跽请教。忽闻人语纷挐[40]，女摇手避去。数人持索，汹汹入户。内一婢熟视曰："将谓何人，陈郎耶？"遂止持索者，曰："且勿且勿，待白王妃来。"返身急去。

少间来，曰：“王妃请陈郎入。”生战惕从之。经数十门户，至一宫殿，碧箔银钩。即有美姬揭帘，唱：“陈郎至。”上一丽者，袍服炫冶[41]。生伏地稽首曰：“万里孤臣，幸恕生命。”妃急起自曳之，曰：“我非君子，无以有今日。婢辈无知，致迕佳客，罪何可赎！”即设华筵，酌以镂杯。生茫然不解其故。妃曰：“再造之恩，恨无所报。息女蒙题巾之爱[42]，当是天缘，今夕即遣奉侍。”生意出非望，神惝恍而无着[43]。

日方暮，一婢前白：“公主已严妆讫。”遂引生就帐。忽而笙管敖曹，阶上悉践花罽[44]；门堂藩溷，处处皆笼烛。数十妖姬，扶公主交拜。麝兰之气，充溢殿庭。既而相将入帏，两相倾爱。生曰：“羁旅之臣，生平不省拜侍。点污芳巾，得免斧锧，幸矣；反赐姻好，实非所望。”公主曰：“妾母，湖君妃子，乃扬江王女。旧岁归宁，偶游湖上，为流矢所中。蒙君脱免，又赐刀圭之药[45]，一门戴佩，常不去心。郎勿以非类见疑。妾从龙君得长生诀，愿与郎共之。”生乃悟为神人，因问：“婢子何以相识？”曰：“尔日洞庭舟上，曾有小鱼衔尾，即此婢也。”又问：“既不见诛，何迟迟不赐纵脱？”笑曰：“实怜君才，但不自主。颠倒终夜，他人不及知也。”生叹曰：“卿，我鲍叔也[46]。馈食者谁？”曰：“阿念，亦妾腹心。”生曰：“何以报德？”笑曰：“侍君有日，徐图塞责未晚耳。”问：“大王何在？”曰：“从关圣征蚩尤未归[47]。”

居数日，生虑家中无耗，悬念綦切，乃先以平安书遣仆归。家中闻洞庭舟覆，妻子缞绖已年馀矣[48]。仆归，始知不死；而音问梗塞，终恐漂泊难返。又半载，生忽至，裘马甚都，囊中宝玉充盈。由此富有巨万，声色豪奢，世家所不能及。七八年间，生子五人。日日宴集宾客，宫室饮馔之奉，穷极丰盛。或问所遇，言之无少讳。

有童稚之交梁子俊者，宦游南服十馀年[49]。归过洞庭，见一画舫，雕槛朱窗，笙歌幽细，缓荡烟波。时有美人推窗凭眺。梁目注舫中，见一少年丈夫，科头叠股其上；傍有二八姝丽，挼莎交摩。念必楚襄贵官[50]，而驺从殊少。凝眸审谛，则陈明允也。不觉凭栏酣叫。生闻呼罢棹，出临鹢首[51]，邀梁过舟。见残肴满案，酒雾

犹浓。生立命撤去。顷之，美婢三五，进酒烹茗，山海珍错，目所未睹。梁惊曰："十年不见，何富贵一至于此！"笑曰："君小觑穷措大不能发迹耶[52]？"问："适共饮何人？"曰："山荆耳。"梁又异之。问："携家何往？"答："将西渡。"梁欲再诘，生遽命歌以侑酒。一言甫毕，旱雷聒耳，肉竹嘈杂[53]，不复可闻言笑。梁见佳丽满前，乘醉大言曰："明允公，能令我真个销魂否？"生笑云："足下醉矣！然有一美妾之资，可赠故人。"遂命侍儿进明珠一颗，曰："绿珠不难购[54]，明我非吝惜。"乃趣别曰[55]："小事忙迫，不及与故人久聚。"送梁归舟，开缆径去。

梁归，探诸其家，则生方与客饮，益疑。因问："昨在洞庭，何归之速？"答曰："无之。"梁乃追述所见，一座尽骇。生笑曰："君误矣，仆岂有分身术耶？"众异之，而究莫解其故。后八十一岁而终。迨殡，讶其棺轻；开之，则空棺耳。

异史氏曰："竹簏不沉，红巾题句，此其中具有鬼神；而要皆恻隐之一念所通也。迨宫室妻妾，一身而两享其奉[56]，即又不可解矣。昔有愿娇妻美妾、贵子贤孙，而兼长生不死者，仅得其半耳。岂仙人中亦有汾阳、季伦耶[57]？"

【注释】

①燕：古燕地，约当今河北省及其以北地区。

②记室：古代官名。元代以后，多用以代称掌管文书的官员。

③洞庭：湖南省洞庭湖。

④猪婆龙：鼍的别名，即"扬子鳄"，长约二米，有鳞甲。

⑤金创药：治疗刀箭创伤的外敷药。

⑥至：据铸雪斋抄本，原作"及"。

⑦靡之：无处可去。之，往。

⑧枵肠辘辘：空腹发出的饥饿响声。枵，空虚。

⑨鸣镝：响箭。

⑩骋如撒菽：马跑起来，蹄声像撒豆那样急促。菽，豆类。

⑪绡：生丝薄绸。抹额：束在额上的巾帕，古武士的装饰。这里是说把红巾扎在头上。

⑫鬓插雉尾：一种表示勇武的打扮。雉尾，野鸡的尾羽。

⑬臂青鞲：臂上套着青色套袖。鞲，皮质的袖套，射箭时戴在左臂上，因叫“射鞲”。

⑭驭卒：马伕。

⑮首山：山名。就文中所说的方位看，应在洞庭湖北岸。湖北省蒲圻县西三十里有山，“志曰蒲圻之首山”，或当指此。

⑯围沓：环绕。沓，会合。

⑰台榭环云：云雾环绕着台榭，指台榭高出云端。台，高而平的建筑物。榭，建在高台上的敞屋。

⑱拟于上苑：好像是皇家的园林。拟，类似。上苑，古时供帝王游赏或打猎的园林。

⑲罥索：指秋千垂挂着绳索。沉沉：静寂。

⑳闺闼：内室。

㉑恇怯：恐惧畏缩。

㉒秃袖：窄袖。

㉓鬟多敛雾：梳拢起来的鬟发，多如云雾堆积。

㉔腰细惊风：腰肢细软，似乎弱不禁风。

㉕玉蕊琼英：指最香的花和最美的玉。玉蕊，植物名，花有异香。琼英，美玉。英，通“瑛”，玉光。

㉖灿若堆锦：形容众多女子衣着华丽，像是锦绣堆聚在一起，灿烂夺目。

㉗蹑：踏；穿。利屣：舞屣。小而尖的鞋子。

㉘雅戏何人拟半仙：意思是，是什么样的人在打秋千。半仙，半仙戏，指打秋千。

㉙分明琼女散金莲：分明是玉女在天空散花。金莲，金色的莲花，喻女子之

足。散金莲，形容秋千荡起，足影舞动。

㉚广寒队里应相妒：月宫中的仙女们，也将自愧不如。广寒，广寒宫，即月宫。

㉛莫信凌波上九天：不信她会飞到天宫的。

㉜御：用。

㉝涂鸦：喻胡乱涂抹。

㉞宫仪：宫廷的情形。仪，仪表，容貌。

㉟儒冠：古时读书人所戴的冠巾。这里指读书人。蕴藉：温雅、敦厚。

㊱徊徨：徘徊，彷徨，犹豫忧思。

㊲坌息：喘息甚急。息，喘息。

㊳抵地：扔在地上。抵，掷、扔。

㊴伧：伧夫，古代骂人的话，意思是粗俗鄙贱之人。

㊵纷拏：错杂，混乱。

㊶炫冶：艳丽，耀眼。冶，艳丽。

㊷息女：亲生的女儿。

㊸惝恍：心神恍惚。

㊹罽：毯子。

㊺刀圭：古代量药的微小用具，也借指药物。

㊻鲍叔：指春秋时齐国大夫鲍叔牙，代指知己。鲍叔牙很了解管仲，后来荐举他辅佐齐桓公。

㊼关圣征蚩尤：迷信传说，宋朝大中祥符年间，解州盐池减产，传说是凶神蚩尤为害。朝廷令张天师请来关羽的神灵征服蚩尤，收复盐池。蚩尤，远古时的酋长，曾被黄帝轩辕氏擒杀。关圣，三国时蜀将关羽。

㊽缞绖：古时的丧服。缞，披于胸前的麻布。绖，头戴的麻冠和腰系的麻带。

㊾南服：南方。

㊿楚襄：指湖北江陵、襄阳地区。楚，古时楚国，都于郢（今湖北江陵）。襄，

指楚地襄阳，在今湖北襄阳。

㉛鹢首：船头。古代船头上画有鹢鸟的图像，故称船头为“鹢首”；有时也以“鹢首”代指船。鹢，鸟名，形似鹭鸶。

㉜小觑：小看，看不起。穷措大：旧时对贫寒读书人的讥称。措大，也作“醋大”，唐以来都以之称呼失意的读书人。何以称之为“措大”则众说不一。发迹：由穷困变为富贵。

㉝肉竹：歌声和音乐声。肉，指歌喉。竹，指管乐。

㉞绿珠：晋石崇的歌妓。这里借指身价极高的美女。

㉟趣别：催促分手。趣，催促。

㊱一身而两享其奉：一人而同时在两地享受。指陈生分身两地，在洞庭又在家乡享乐。奉，供养。

㊲汾阳：指唐代郭子仪。唐肃宗时封为汾阳郡王。郭富贵寿考，子孙满堂；季伦：晋石崇，号季伦，财丰积，家资巨富；这里以他们代表多子多孙、大富大贵的人。

【译文】

陈弼教，字明允，河北人。家境贫寒，跟随副将军贾绾，当秘书。一天，贾绾的兵船停泊在洞庭湖边。刚巧有一条猪婆龙浮在兵船附近的水面上，贾绾向它射了一箭，射中了脊背。有一条鱼衔着猪婆龙的尾巴不肯离开，就一起被捉上兵船。把它们锁在桅杆底下，奄奄一息，眼看就要死了。猪婆龙的嘴唇一张一合的，似乎要求拯救它。陈明允动了恻隐之心，请求贾绾同意放掉它。他身上带有金创药，就开玩笑似的给它涂在伤口上，把它放进水里。它在水面出出没没，过了一个时辰才沉入水底游走了。

过了一年多，陈明允北上回家的时候，又经过洞庭湖，湖上起了大风，刮翻了他的船。幸亏他扳住一只竹箱子，漂流了一夜，挂在一棵探进湖中的树杈上，才停

止了漂流。他抓着树杈刚刚爬上湖岸，后面就漂来一具尸体，却是他的书童。他用力把尸体从水里拉出来，已经淹死了。他痛悼于心，百无聊赖，就对着尸体，坐在湖边上休息。只见前面耸立一座翠绿挺秀的小山，纤细的垂柳，摇着嫩绿的枝条，路上没有一个行人，没有地方可以打听道路。他从天麻麻亮一直坐到辰时以后，心里很惆怅。忽然看见书童的四肢略微有些活动，心里很高兴，就跑过去摸摸他的心口窝。过了一会儿，书童就大呕大吐，吐出好几斗水，苏醒过来了。两个人把湿漉漉的衣服脱下来，搭在石头上晾晒，直到傍晌才晾干，可以穿了。但是肚子里咕噜噜的直响，饿得实在难以忍受。于是就爬过前面的小山，心急火燎地往前奔走，希望找到一个村落。刚到半山坡，却听见了响箭的声音。他正在疑神疑鬼地听动静，忽然有两个女郎，骑着两匹骏马，从对面飞一般地跑过来，马蹄翻动，像撒豆子似的。两个女郎额头上都扎着红绸巾，发髻上插着雉尾；穿着紧袖的紫色战袍，腰里扎着绿锦丝带；一个肋下挟着弹弓，另一个胳膊上套着箭袖。她们越过山头，后面跟着几十个骑马的女子，在草木丛中行围打猎，都是很漂亮的美女，身上穿的，头上戴的，以及手中的武器，似乎完全一样。他不敢继续往前奔走。有一个男子，跟着女郎奔跑，好像是女郎的马童，他就凑到跟前，向他打听情况。马童回答说："这是洞庭西湖的公主在首山打猎。"他向马童说明自己来到这里的原因，并且告诉马童，他肚子里饿得很难受。马童把自己的干粮袋解下来交给他，并嘱咐他说："你该远远地避开，冲撞了公主的大驾，就犯了死罪。"他一听就害怕了，赶紧下山。

在山下茂密的林子里，隐隐约约的有一座楼阁，他以为是个大庙。来到跟前一看，四周围着几重粉墙，有一条小溪流过门前；朱红色的大门半开半闭，河上有一座石桥，一直通到大门。他度过石桥，扒着大门向里一望，看见楼台连着楼台，亭榭套着亭榭，三环九转，如同一片云雾，他猜测是个御花园，又怀疑是富贵人家的园亭。迟迟疑疑地进了大门，只见野藤横在路上，花香扑鼻。走过几道弯弯曲曲的栏杆，进了另外一个院子。院里有几十棵高大的垂柳，柳枝轻轻地拂着朱红色的飞檐；山鸟一声欢唱，花瓣就纷纷扬扬地满天飞舞；花园深处，清风徐徐，榆树钱轻轻地自飘自落。赏心悦目的景致，几乎不像是在人间。他穿过一个小亭子，亭外有一架秋千，上梁和白云一般高；两条绳索沉静地挂在秋千架上，静得没有一个人影。他怀疑这个地方已经接近闺阁，就畏畏缩缩地不敢继续深入。过了不一会儿，听到门外战马欢腾，似乎还有女子的欢声笑语。他不敢站在明处，就和书童藏在茂密的花草之中。不一会儿，欢声笑语越来越近。听见一个女子说："今天打猎兴致不好，打到的飞禽太少了。"又一个女子说："不是公主射落一只鸿雁，几乎白白劳累了仆人和马匹。"又过了一会儿，几个年轻的美女，簇拥一个女郎，到亭子上坐下了。女郎穿着短袖戎装，大约十四五岁。头上盘着浓密的鬟发，好像凝聚着一团乌云；纤细的腰肢，似乎弱不禁风。就是洁白的花蕊，红色的美玉，也不能和她比美。一群女子，向她献茶的献茶，熏香的熏香，来来去去，好像一堆锦绣，灿烂夺目。坐了不一会儿，女郎就站起来，踏着台阶，一蹬一蹬地下了亭子。一个女子问她说："公主在马上劳苦了，还能打秋千吗？"公主笑盈盈地点点头。马上就有架着肩膀的，扶着胳膊的，撩起裙子的，拿着绣鞋的，搀的搀，扶的扶，把她架上了秋千。公主从容地伸出两条洁白的手腕，抓住绳索，两只尖头鞋子蹬着踏板，轻捷得好像一只飞燕，霎时就踢进了云霄。打完了秋千，又把她扶下来。一群女子齐声说："公主真是仙人哪！"说完就嘻嘻哈哈地走了。

陈明允斜着眼睛看了很长时间，看得神魂颠倒。等到人声静下来以后，他才出了花丛，来到秋千架下，踱来踱去的沉思凝想。看见篱笆下边有一方红头巾，知道是那群美女丢掉的，便很高兴地捡起来，藏到袖筒里去了。迈步上了那个亭子，看见桌子上摆着笔墨砚台，就在红头巾上提了一首诗：

雅戏何人拟半仙？分明琼女散金莲。

广寒队里应相妒。莫信凌波上九天。

题完诗句就放下毛笔，一边吟诵着，一边下了亭子。寻找来时的道路，要离开这个花园，看见大门已经锁上了。他在门旁踱来踱去，没有办法可以出去，就从原路返回来，继续游览楼台亭阁，几乎游遍了所有的地方。有个女子，忽然推开大门进了园子，很惊讶地问他："你是怎么来到这里的？"他向女子作了一个揖，说：

"我是一个迷路的人，希望能够救我出去。"女子问他："你捡没捡到一方红头巾?"他说："捡到了。但是已经被我弄脏了，怎么办呢?"说完就把红头巾拿了出来。那个女子大吃一惊说："你可死无葬身之地了！这是公主常用的头巾，你给涂得像个黑老鸦，我怎能给你设法解脱呢?"他大惊失色，哀求那个女子放走他，以免受到惩处。女子说："你偷看公主的仪容，已经犯了不能饶恕的大罪。念你是个文质彬彬的书生，我很想用私情放你逃走；你又造下了罪孽，这是自作自受，我还有什么办法呢!"说完就慌里慌张地把红头巾拿走了。

他心里吓得怦怦直跳，身上起了一层鸡皮疙瘩，恼恨自己没长翅膀，只能伸着脖子等死。挺了很长时间，那个女子又来了，偷偷地向他祝贺说；"你有活下去的希望了！公主把红头巾看了三四遍，脸上笑呵呵的，没有恼怒的颜色，也许能够放你出去。你应该暂时耐心等着，千万不要爬树钻墙，一旦被人发觉了，那就不能饶恕了!"这时候，天已经快要黑了，是凶是吉，他不能断定；而且肚子里饿得火辣辣的难受，又愁又饿，折磨得要死。过了不一会儿，那个女子提着灯笼又来了。后边跟着一个丫鬟，提着一把酒壶，拎着一个食盒，从食盒里拿出酒饭来给他吃喝。他迫不及待地打听消息。女子说："我刚才瞅个机会对公主说，'花园里的秀才，如果可以饶恕，就放走他；不然的话，快要饿死了。'公主沉思了一会儿，说：'夜深了，叫他到什么地方去呢?'就打发一个丫鬟，叫我领来给你送吃的。我认为这不是坏的信息。"

陈明允心里很不安，折腾了一宿，怕有杀头的危险，总是不能安定。熬到第二天，辰时快要过去了，那个女子又来给他送饭吃。他向女子哀求，千万给他说说人情。那个女子说："公主不说杀你，也不说放你。我们是些低下的使女，怎敢噜噜苏苏地随便请求呢?"那个女子拿走食盒叫后，他又等了很长时间，眼看太阳已经转到西天了，正在急切张望的时候，那个女子忽然气急败坏地急急跑来说："你危险了！有个多嘴多舌的人，把昨天的事情泄露给了王妃；王妃打开红头巾，看一眼就摔在地上，怒冲冲地骂你是个狂妄卑鄙的家伙，你的大祸不远了!"他大吃一惊，脸无人色，直挺挺地跪在地上，请求让他逃出去。忽然听到一阵乱纷纷的喊叫声，女子向他摇摇手，就躲避起来了。有好几个武士，手里拿着绳索，气势汹汹地进了大门。其中有一个使女，到他跟前，目不转睛地仔细看着他，说："我以为是什么人呢，这不是陈郎吗?"就阻止拿绳子的武士，说："你们不要动手，不要绑人，等我去报告王妃，回来以后再说。"说完就抹回身子，急急忙忙地跑回去了。过了不一会儿，她又跑回来说："王妃请陈郎进宫。"他就胆战心惊地跟着使女进去了。经过几十道宫门，来到一座宫殿，碧绿的门帘，白银的帘钩。刚到门前，就有美女撩起门帘，喊道："陈郎到了!"他抬头一看，只见上边坐着一个美人，凤冠霞帔，妖艳的容饰，光彩炫目。他跪下磕头说："离家万里的一个孤臣，误入宫苑，希望饶恕我的性命!"王妃急忙站起来，把他拉起来说："我若不是遇上你，绝没有今天。使女们无知，竟然触犯了贵客，这个过错我是无法赎回来的!"就摆起丰盛的宴席，用雕花的杯子向他敬酒。他脑子里糊里糊涂，不知这是什么缘故。王妃说："你重新给我生命的恩情，遗憾没有报答的机会。今日我女儿蒙受你在红巾上题诗的眷恋，该是天赐良缘，今天晚上就送她去侍奉你。"

真是意想不到的喜事，他毫无精神准备，竟然感到六神无主。刚到傍晚的时候，就有一个使女跑来告诉他说："公主已经装束完毕。"说完就把他领进了洞房。笙管突然奏起悠闲的雅乐，台阶上统统铺着花毡；从门堂到厕所，处处悬灯结彩。几十名妖艳的美女，搀着公主和他拜天地。兰麝的芳香，充满了宫殿和院庭。拜完天地以后，一道进入洞房，两个人很倾心地爱慕着。他对公主说："我是一个流浪外地的人，生来不懂按照礼节进见贵人。弄脏了你的芳巾，能够免除腰斩的刑罚，已经很幸运了；反而把公主赐给我做妻子，实在是不敢想望的。"公主告诉他说："我的母亲，是洞庭湖龙君的妃子，也是扬子江龙王的女儿。去年回娘家，偶然在湖上游玩，被流矢射中脊背，又被捉到船上。因为受到你的拯救，才得脱免，又蒙你赐给金创药，医好了创伤。我们全家都很感激你，敬佩你，经常把你挂在心上。希望你不要因为我不是人类就心有疑虑。我从小跟从龙君学到了长生不死的诀窍，愿意教给你，和你共同长生不老。"他这才知道公主是一位神仙，因而乘机问道："那个使女怎么会认识我呢?"公主说："你救我母亲那一天，在洞庭湖的兵船上。

曾有一条小鱼衔着龙尾巴，就是这个使女。”他又问：“你昨天既然不杀我，为什么迟迟不放我走呢？”公主笑着说：“那是爱慕你的才华，想要和你订下终身，但又不能自己做主。想你想得辗转反侧了一夜，也没让别人知道。”他叹了一口气说：“你真是知我的鲍叔牙哟。那么赠送酒食的使女又是谁呢？”公主说：“他名叫阿念，也是我的心腹丫鬟。”他很感激地说：“我拿什么报答她的恩德呢？”公主笑着说：“从今往后，她服侍你的日子长着呢，慢慢地想法也不算晚。”他又问：“大王在什么地方呢？”公主说：“我父亲跟随关公去征讨蚩尤，还没有回来。”

他在宫里住了几天，忧虑家中没有音信，想家想得很急切，就写了一封平安家书，先把书童打发回去了。他家里听说他在洞庭湖里翻了船，认为已经被淹死，所以老婆孩子穿白戴孝已经一年多了。书童回到家里报信，才知没有淹死；但是音信阻塞，始终怕他永远住在龙宫里，难以回来。又过了半年，他突然回到家里，穿的衣服，使的车马，都很华丽，口袋里的珠宝也装得满满的。从此就变成一个富户，家财万万贯，歌舞女色，奢侈豪华，官僚世家也赶不上他。七八年中，生了五个儿子。天天宴请宾朋。自家的房屋，全家的饮食，都丰盛到了极点。有人问他碰上了什么好运气，他毫不隐讳，把洞庭湖遇仙的事情全部告诉给大家。

有个名叫梁子俊的人，是他儿童时代的好朋友，在南方做官做了十几年。回来的时候，路过洞庭湖，看见湖面上有一只彩船，雕花的栏杆，红色的舷窗，奏着幽雅细腻的笙歌，在烟波浩渺的水面上慢慢地荡漾着。船舱里有一个美人，时常推开舷窗，趴在窗台上远眺。梁子俊目不转睛地望着船上，看见一个青年男子，光着脑袋，盘腿坐在船上；身边靠着一个十五六岁的美人，两只手互相揉搓着。梁子俊心里想，这一定是湖北襄阳一带的达官贵人，但侍从人员很少。他目不转睛地看了半天，原来是他的老朋友陈明允。于是就情不自禁地扶着栏杆呼喊。陈明允听到喊声，急忙叫人停船，走出船舱一看，看见了梁子俊，就邀请梁子俊到他的船上来。梁子俊登上他的彩船，看见船舱里满桌都是吃剩的酒菜，酒的气味还很浓烈。陈明允立刻叫人把残席撤下去。过了不一会儿，三五个漂亮的使女，进酒献茶，又摆上了宴席，满桌山珍海味，都是从来没有见过的。梁子俊惊讶地说：“十年没有见面，你怎么一下子这样富贵呀!”他笑着说:“你小看我穷酸,不能发迹吗?”梁子俊问他:“刚才和你在一起喝酒的都是什么人呢?”他说:“只是我的妻子。”梁子俊又产生了疑问就问他:“你带着家眷要到什么地方去呢?”他说:“我要渡过洞庭湖,到西岸去。”梁子俊还想问问他,他突然下令歌乐助酒。话音刚落就锣鼓喧天,震耳欲聋的歌声伴着乐器,嘈嘈杂杂的,再也听不到谈笑的声音了。梁子俊看见身前身后都是漂亮的美女,就乘着酒兴大声说:“明允公,你能叫我真正销魂吗?”他笑着说:“足下已经喝醉了!但是我有一个美妾的资财,可以送给我的老朋友。”说完就叫侍女拿来一颗明珠,送给梁子俊,说:“你有了这颗明珠,就是绿珠那样的美人也是不难买到的,现在送给你,表明我不是吝啬的。”梁子俊收下了明珠,陈明允就站起来,急切地告别说:“我还有一件紧急的小事,不能和老朋友长时间的欢聚了。”说完,就把梁子俊送回船上,再解开自己的船缆,头也不回地走了。

梁子俊回到故乡以后,到他家里探望,见他正和客人一起喝酒呢,梁子俊心里更加疑惑不解了,因而问道:“你昨天还在洞庭湖上,怎么回来得这么快呢?”他回答说:“我没去洞庭湖啊。”梁子俊就追述了在洞庭湖上见到的情景,全座的客人都很惊讶。他笑着说:“你弄错了,我难道有分身术吗?”大家感到很奇怪,但始终不了解那是什么缘故。后来,他活到八十一岁离开人世。等到出殡的时候,棺材很轻,大家都很惊异;打开棺材一看,根本没有他的尸体,只是一个空空的棺材罢了。

异史氏说:“陈明允扳住竹箱子没有沉下水底,又在红巾上题诗,这里边都是鬼使神差;而最重要的,都是他一时动了恻隐之心,所以感动了鬼神。等到室内有了娇妻美妾,一个身子在两处享受供养,那又不可理解了。古人有希望具有娇妻美妾、贵子贤孙,而且还要长生不老的,也只能得到一半而已。陈明允却兼而有之,难道神仙里面也有郭子仪和石崇那样的人吗?

孝　子

【原文】

青州东香山之前[①]，有周顺亭者，事母至孝。母股生巨疽[②]，痛不可忍，昼夜嚬呻[③]。周抚肌进药，至忘寝食。数月不痊，周忧煎无以为计。梦父告曰：“母疾

孝子

赖汝孝。然此疮非人膏涂之不能愈，徒劳焦恻也。”醒而异之。乃起，以利刀割胁肉；肉脱落，觉不甚苦。急以布缠腰际，血亦不注。于是烹肉持膏，敷母患处，痛截然顿止。母喜问：“何药而灵效如此?”周诡对之。母疮寻愈。周每掩护割处，即妻子亦不知也。既痊，有巨痕如掌。妻诘之，始得其情。

异史氏曰：“刲股为伤生之事[④]，君子不贵。然愚夫妇何知伤生之为不孝哉[⑤]？亦行其心之所不自已者而已[⑥]。有斯人而知孝子之真，犹在天壤[⑦]。司风教者[⑧]，重务良多，无暇彰表，则阐幽明微[⑨]，赖兹刍荛[⑩]。”

【注释】

①青州：府名，治所在今山东省益都县。香山：嘉靖《青州府志》卷六：“城东四十五里为香山，《齐乘》所谓峨山是也。”

②疽：痈疽，恶疮名。

③颦呻：皱眉呻吟。颦，通“颦”，皱眉。

④刲股：割股，指割股疗亲。

⑤伤生之为不孝：《孝经》认为身体发肤受之父母，不能随便伤害；否则即为不孝。

⑥不自已：不能自我克制。

⑦天壤：犹言天地之间。

⑧司风教者：主管风俗教化的人，指掌权官吏。

⑨阐幽明微：即阐明幽微。幽微：指含义深远的道理。

⑩赖兹刍荛：意谓依赖此篇浅陋之文。刍荛，作者自谦之词，谓文章浅陋。

【译文】

在青州东香山的山前，有个名叫周顺亭的人，侍奉母亲最孝顺。他母亲腿上生了一个很大的恶疮，痛得忍受不了，从白天到黑夜，总是痛苦地呻吟。他用手在母亲的皮肤上按摩，给母亲煎汤熬药，竟至忘了睡觉和吃饭。好几个月也没痊愈，他心里很忧愁，受尽了熬煎，没有办法可想。一天晚上，梦里父亲告诉他说："你母亲身患重病，仰赖你的孝顺。但是这个恶疮，不给她抹上人肉膏药是治不好的，焦急悲痛，都是徒劳的。"他醒过来以后，感到很奇怪，就爬起来，操起一把锋利的刀子，从肋上往下割肉；肋肉被割下来以后，觉得不太痛苦。急忙拿起一块布，缠在腰上也没有流血。于是就把这块人肉熬成了肉膏，敷在母亲的恶疮上，疼痛立刻停止了。母亲很高兴地问他："这是什么膏药，这么灵验？"他用假话回答了母亲的询问。母亲的恶疮很快就好了。他常常掩遮身上割肉的地方，就是妻子也不知道。肋下痊愈以后，结了一块巴掌大的瘢痕。妻子一再追问，才知道割肉的实情。

异史氏说："从大腿上割肉是伤害自己生命的行为，君子认为不是可贵的孝行。但是愚笨的夫妇，怎能知道伤害自己的生命就是不孝呢？只是按照自己的意志行事，不自觉的行为罢了。有这样行为的人，才知道真正的孝子，跟君子的要求，还有天地之别呢。管理风尚教化的大人物，有很多重务在身，没有时间表彰这样的孝子，那么阐明孝顺的深奥道理，只有依赖我这样的草野之人了。"

狮　子

【原文】

暹逻贡狮[1]，每止处，观者如堵。其形状与世传绣画者迥异，毛黑黄色，长数寸。或投以鸡，先以爪抟而吹之；一吹，则毛尽落如扫，亦理之奇也。

【注释】

①暹逻：泰国的古称。原分暹与罗斛两国，十四世纪中叶，两国合并，称暹逻国。

【译文】

暹逻国向中国贡献一只狮子，在运来的路上，每到一个地方，围观的人群好像一堵墙。狮子的形状，和世上一代传一代的画像，完全不一样。毛色是黑黄的，有好几寸长。有人扔给它一只鸡，它先用爪子抟弄抟弄，然后用嘴一吹；一口气吹到鸡身上，鸡毛就全部脱落，好像扫的一样干净，也是一个奇特的道理。

阎王

【原文】

李久常，临朐人[①]。壶榼于野[②]，见旋风蓬蓬而来[③]，敬酹奠之[④]。后以故他适，路傍有广第，殿阁弘丽。一青衣人自内出，邀李，李固辞。青衣要遮甚殷[⑤]。李曰："素不识荆[⑥]，得无误耶？"青衣云："不误。"便言李姓字。问："此谁家？"答云："入自知之。"入进一层门，见一女子手足钉扉上[⑦]。近视，其嫂也。大骇。李有嫂，臂生恶疽，不起者年馀矣。因自念何得至此。转疑招致意恶[⑧]，畏沮却步。青衣促之，乃入。至殿下，上一人，冠带如王者[⑨]，气象威猛。李跪伏，莫敢仰视。王者命曳起之，慰之曰："勿惧。我以曩昔扰子杯酌[⑩]，欲一见相谢，无他故也。"

李心始安，然终不知其故。王者又曰："汝不忆田野酹奠时乎？"李顿悟，知其为神，顿首曰："适见嫂氏，受此严刑，骨肉之情，实怆于怀。乞王怜宥！"王者曰："此甚悍妒，宜得是罚。三年前，汝兄妾盘肠而产，彼阴以针刺肠上，俾至今脏腑

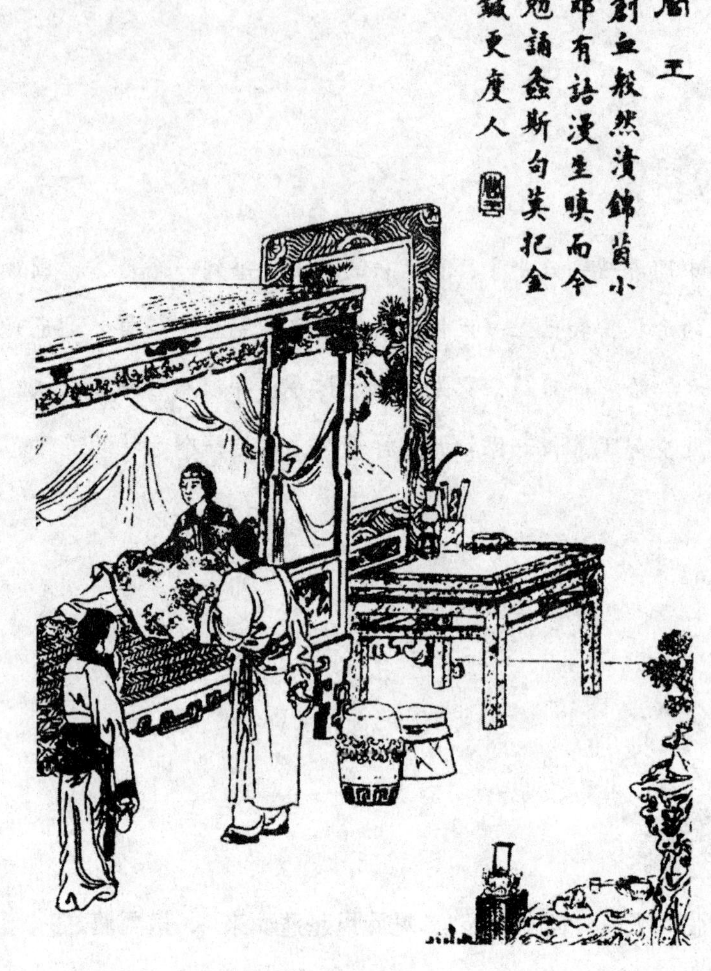

阎王

常痛。此岂有人理者！"李固哀之。乃曰："便以子故宥之。归当劝悍妇改行。"李谢而出，则扉上无人矣。归视嫂，嫂卧榻上，创血殷席[11]。时以妾拂意故，方致诟骂。李遽劝曰："嫂勿复尔！今日恶苦，皆平日忌嫉所致。"嫂怒曰："小郎若个好男儿[12]；又房中娘子贤似孟姑姑[13]，任郎君东家眠，西家宿，不敢一作声。自当是小郎大好乾纲[14]，到不得代哥子降伏老媪[15]！"李微哂曰："嫂勿怒，若言其情，恐

欲哭不暇矣。”曰：“便曾不盗得王母箩中线[16]，又未与玉皇香案吏一眨眼[17]，中怀坦坦，何处可用哭者！”李小语曰：“针刺人肠，宜何罪?”嫂勃然色变，问此言之因。李告之故。嫂战惕不已，涕泗流离而哀鸣曰：“吾不敢矣！”啼泪未乾，觉痛顿止，旬日而瘥[18]。由是立改前辙，遂称贤淑。后妾再产，肠复堕，针宛然在焉。拔去之，肠痛乃瘳。

异史氏曰：“或谓天下悍妒如某者，正复不少，恨阴网之漏多也[19]。余谓：不然。冥司之罚，未必无甚于钉扉者，但无回信耳。"

【注释】

①临朐：今山东省临朐县。

②壶榼于野：携壶榼饮于郊野。壶、榼均酒器。

③蓬蓬：风声。

④酹奠：洒酒于地，祭奠鬼神。

⑤青衣：古时地位低下者的服装，此指奴婢。要遮：遮留。

⑥识荆：对人相识的敬词。

⑦扉：门扇。

⑧招致：招引，指青衣人的邀请。

⑨冠带：犹言冠服。冠，帽子。带，为官者所佩的腰带。

⑩扰：叨扰。

⑪创：通“疮”。殷席：把席子染成赤黑色。殷，赤黑色。

⑫小郎：旧时妇女称丈夫的弟弟为“小郎”。

⑬孟姑姑：指孟光，古时有名的贤妻。孟光，东汉扶风平陵（今陕西咸阳西北）人，字德耀，梁鸿之妻。她与梁鸿隐居于霸陵山中，耕织为生。后至吴，梁鸿为佣工，每饭时，孟光举案齐眉，对梁鸿的敬重始终如一。

⑭乾纲：犹言“夫纲”，指夫权。乾，《周易》卦象之一。乾象刚坚，故世称

男子为“乾”。纲，纲常。

⑮老媪：李嫂的自称。

⑯王母：王母娘娘，指西王母，古代传说中的神名。箩：针线笸箩。此句意谓自己不曾偷盗别人的东西。

⑰玉皇香案吏：给玉皇大帝管香案的神。玉皇，道教中地位最高、职权最大的神，即昊天金阙至尊玉皇上帝，简称玉帝、玉皇或玉皇大帝。一眨眼：犹言递眼色，谓眉目传情。此句意谓自己恪守妇道，无淫邪之念。

⑱瘥：病愈。

⑲阴网：阴世的法网。

【译文】

李久常，临朐县人氏。一天，他拿着一壶酒走在荒郊野外，看见刮来一阵滴溜溜的旋风，就恭敬地把酒浇在地上，以祭奠鬼神。后来，他去别的地方办事情，路旁有一所宽大的宅院，殿阁楼台宽阔而又壮丽。从门里出来一个仆人，请他进去，他推托有事而不进去。仆人拦在路上，请他请得很诚恳。李久常说：“我们素不相识，你是不是认错人了？”仆人说：“没认错。”于是就告诉他，请的是临朐县的李久常。李久常问道：“这是谁家？”仆人回答说：“你进去就知道了。’

他跟仆人进了一道大门，看见一个女子，手脚都被钉在门板上。走到跟前一看，原来是他嫂子。大吃一惊：他有一个嫂子，胳膊上生了一个恶疮，卧床不起，已经一年多了。看到这幅景象，他就自己琢磨，我怎么来到这里了？转而一想，怀疑请他的人不怀好意，于是就畏畏缩缩地不敢往前迈步。仆人催促他，他才继续往里走。来到一座殿下，殿上坐着一个人，头戴王冠，身穿蟒袍，腰系玉带，好像是一个帝王，气势很威严。他跪在地下，不敢抬头仰望。王者叫人把他拉起来，安慰他说：“不要害怕。我因为从前喝过你一壶酒，想要和你见见面，当面向你致谢，没有别的事情。”他的心才安定下来，可是不知为什么要当面感谢他。王者又说：

“你不记得在田野里向我祭奠过一壶酒吗?”他这才突然明白过来，知道这位王者是个神仙，马上跪下磕头说：“刚才看见我的嫂子，受到这样的酷刑，作为骨肉之情，我心里实在难过，请求大王发慈悲，饶了她吧。”王者说：“这个人很刁蛮，很忌妒，应该受到这样的惩罚。三年前，你哥哥的小老婆生孩子，肠子脱落出来，她就背着人在肠子上扎了一根针，害得小老婆直到今天五脏六腑还时常疼痛。这哪有人性啊!”李久常很固执地哀求，王者才说：“看在你的面子上，我饶恕她。回去应该劝劝那个刁妇，必须改掉她的恶行!”

他谢过王者，出了宫殿，门板上已经没有人了。回家就去看望嫂子，嫂子躺在床上，疮口的脓血把席子都染成了赤黑色。当时因为小老婆有一件事情违背了她的意图，正在喋喋不休地辱骂。李久常就劝她：“嫂子再不要这样了！你今天遭受恶疮的痛苦，都是平日的忌妒心肠招来的。”嫂子怒冲冲地说：“小叔子好像是个好男子；家里又有一个像孟姑姑那么贤惠的娘子，任凭你东家睡觉，西家住着，不敢吱一声。我自当是你的夫权用得很好，想不到今天倒要替你哥哥降伏他的老婆来了!”李久常微笑着说：“嫂子，你不要恼火，我若说出你的隐情，只怕你想哭也没有时间了!”嫂子说：“我没盗窃王母娘娘针线笸箩里的丝线，也没和玉皇大帝的香案吏飞眼吊膀，心里泰然自若，我有什么可哭的地方!”李久常对她小声说：“你把钢针扎在人家的肠子上，应该判个什么罪呢?”嫂子勃然大怒，脸上立刻失去了血色，追问这话是哪里来的。李久常就把刚才看到的情况告诉了她。嫂子一听就害怕了，身上一个劲儿地发抖，流着鼻涕眼泪，大声哀告说：“我再也不敢了!”眼泪还没擦干，感到疼痛停止了。过了十天，疮口完全愈合了。从此立刻改正了过去的错误，被人称赞为贤惠的女人。后来，小老婆又一次生孩子，肠子又脱落出来，那根针还清清楚楚地扎在肠子上。她给拔掉了钢针，肠子疼痛的疾病才好了。

异史氏说：“有人说，天下凶狠忌妒的大老婆，像这个女人的，还正经不少，只恨阴间的法网漏掉的太多了。我说这个说法不对。阴间的刑罚，比钉到门板上更厉害的未必没有，只是没有人来回传信罢了。”

土　偶

【原文】

沂水马姓者①，娶妻王氏，琴瑟甚敦②。马早逝，王父母欲夺其志③，王矢不他。姑怜其少，亦劝之，王不听。母曰：“汝志良佳；然齿太幼④，儿又无出⑤。每见有勉强于初，而贻羞于后者，固不如早嫁，犹恒情也⑥。”王正容，以死自誓，

土偶

母乃任之。女命塑工肖夫像，每食酹献如生时。一夕，将寝，忽见土偶人欠伸而下。骇心愕顾，即已暴长如人，真其夫也。女惧，呼母。鬼止之曰："勿尔。感卿情好，幽壤酸辛[7]。一门有忠贞，数世祖宗皆有光荣。吾父生有损德，应无嗣，遂至促我茂龄[8]。冥司念尔苦节，故令我归，与汝生一子承祧绪[9]。"女亦沾襟。遂燕好如平生。鸡鸣，即下榻去。如此月馀，觉腹微动。鬼乃泣曰："限期已满，从此永诀矣！"遂绝。女初不言；既而腹渐大，不能隐，阴以告母。母疑涉妄；然窥女无他，大惑不解。十月，果举一男。向人言之，闻者罔不匿笑[10]；女亦无以自伸。有里正故与马有隙[11]，告诸邑令。令拘讯邻人，并无异言。令曰："闻鬼子无影，有影者伪也。"抱儿日中，影淡淡如轻烟然。又刺儿指血傅土偶上[12]，立入无痕；取他偶涂之，一拭便去。以此信之。长数岁，口鼻言动，无一不肖马者。群疑始解。

【注释】

①沂水：今山东省沂水县。

②琴瑟：鼓琴与瑟，其音谐和，故用以比喻夫妻和好。

③夺其志：改变其志节，指令其改嫁。

④齿：年齿、年龄。

⑤无出：没有子女。出，产。

⑥恒情：常情。

⑦幽壤酸辛：言九泉之下，我心酸楚。幽壤，地下深处，指冥间。

⑧促我茂龄：意为使我壮年死亡。促，使之短促。茂龄，壮年。

⑨承祧绪：承继宗嗣。祧，祖庙。

⑩匿笑：偷笑，暗笑。

⑪里正：古时乡官，犹言"里长"。

⑫傅土偶上：此据青柯亭本，原作"付土偶上"。傅，敷。

【译文】

沂水县有个姓马的，娶王氏做妻子，夫妻的感情很深厚。姓马的早早就死了，王氏的娘家爹妈想要强夺她的意志，打算给她改嫁，她起誓发咒地不嫁给别人。婆母可怜她年轻，也劝她改嫁，她不听。婆母说："你守节的意志很好；但是你太年轻了，又没生儿育女。我时常见到有些年轻的寡妇，起初很勉强的守节，后来却留下羞辱，就不如早早嫁出去，也是人的常情嘛。"王氏的脸色很严肃，指天画地发誓，死也不改嫁。婆婆没有办法，只好听之任之。她请人用黄土给丈夫塑造一个泥像，每顿饭都用饭菜供奉，像活着的时候一样。有一天晚上，她刚要躺下睡觉，忽然看见泥像伸了伸懒腰，从供桌上下来了。她吃了一惊，瞪着眼看着泥像，泥像突然长大，眨眼已经大得像个真人，真是她的丈夫。她心里害怕了，招呼婆母。泥像止住她说："不要招呼。我感激你的真挚爱情，在阴间心里也很酸痛。我们全家有个忠贞的烈女，几辈子的祖先都有光荣。我父亲生前有过损害德行的行为，他应该绝后，就使我在年轻力壮的时候去世了。阎王念你苦苦地守节，所以叫我回来，和你生一个传宗接代的儿子。"她的眼泪也湿透了衣襟，于是就欢欢乐乐地睡在一起，恩恩爱爱，和活着的时候一样。小鸡一叫，他就下床去了。这样过了一个多月，觉得肚子里略微有些震动。泥像就哭着说："今天已经到了限期，我们从此就永别了！"于是就断绝了来往。她起初没有明说；后来肚子逐渐大起来，不能隐瞒了，才偷偷地告诉了婆母。婆母怀疑她说谎；可是背地察看她的行动，并没有二心，心里很疑惑，但又不明白这是什么原因。过十个月，果然生了一个男孩子。对人说起这件事，听的人没有不暗暗发笑的；王氏也拿不出为自己申辩的理由。有一个里正，从前和姓马的有私仇，就到县官那里告发了。县官拘捕审问她的邻居，邻居也没有二话。县官说："听说鬼物没有影子，有影子的就是假的。"把小孩子抱在太阳底下，影子淡淡的，好像轻轻地烟雾。又刺破孩子的指头，把血涂在泥像上，马上就渗进去了，没有一点痕迹。拿来别的泥像，也涂上鲜血试一试，一擦就掉了。因此相信孩子是泥像的后代。长到几岁以后，嘴巴鼻子，言语行动，没有一处不像姓马的，大家的疑心才消除了。

长治女子

【原文】

陈欢乐，潞之长治人[1]。有女慧美。有道士行乞，睨之而去。由是日持钵近廛间[2]。适一瞽人自陈家出，道士追与同行，问何来。瞽云："适过陈家推造命[3]。"道士曰："闻其家有女郎，我中表亲欲求姻好，但未知其甲子[4]。"瞽为之述之，道士乃别而去。

居数日，女绣于房，忽觉足麻痹，渐至股，又渐至腰腹；俄而晕然倾仆。定逾刻，始恍惚能立，将寻告母。及出门，则见茫茫黑波中，一路如线；骇而却退，门舍居庐，已被黑水淹没。又视路上，行人绝少，惟道士缓步于前。遂遥尾之，冀见同乡以相告语。走数里以来，忽睹里舍，视之，则己家门。大骇曰："奔驰如许，固犹在村中。何向来迷惘若此！'欣然入门，父母尚未归。复仍至己房，所绣业履[5]，犹在榻上。自觉奔波殆极，就榻憩坐。道士忽入，女大惊欲遁。道士捉而捺之[6]。女欲号，则瘖不能声[7]。道士急以利刃剖女心。女觉魂飘飘离壳而立。四顾家舍全非，惟有崩崖若覆。视道士以己心血点木人上，又复叠指诅咒[8]；女觉木人遂与己合。道士嘱曰："自兹当听差遣，勿得违误！"遂佩戴之。

陈氏失女，举家惶惑。寻至牛头岭，始闻村人传言，岭下一女子剖心而死。陈奔验，果其女也。泣以诉宰。宰拘岭下居人，拷掠几遍，迄无端绪。姑收群犯，以待覆勘[9]。道士去数里外，坐路傍柳树下，忽谓女曰："今遣汝第一差，往侦邑中审狱状。去当隐身暖阁上[10]。倘见官宰用印，即当趋避，切记勿忘！限汝辰去巳

来[11]。迟一刻，则以一针刺汝心中，令作急痛；二刻，刺二针；至三针，则使汝魂魄销灭矣。”女闻之，四体惊悚，飘然遂去。瞬息至官廨，如言伏阁上。时岭下人罗跪堂下[12]，尚未讯诘。适将钤印公牒[13]，女未及避，而印已出匣。女觉身躯重

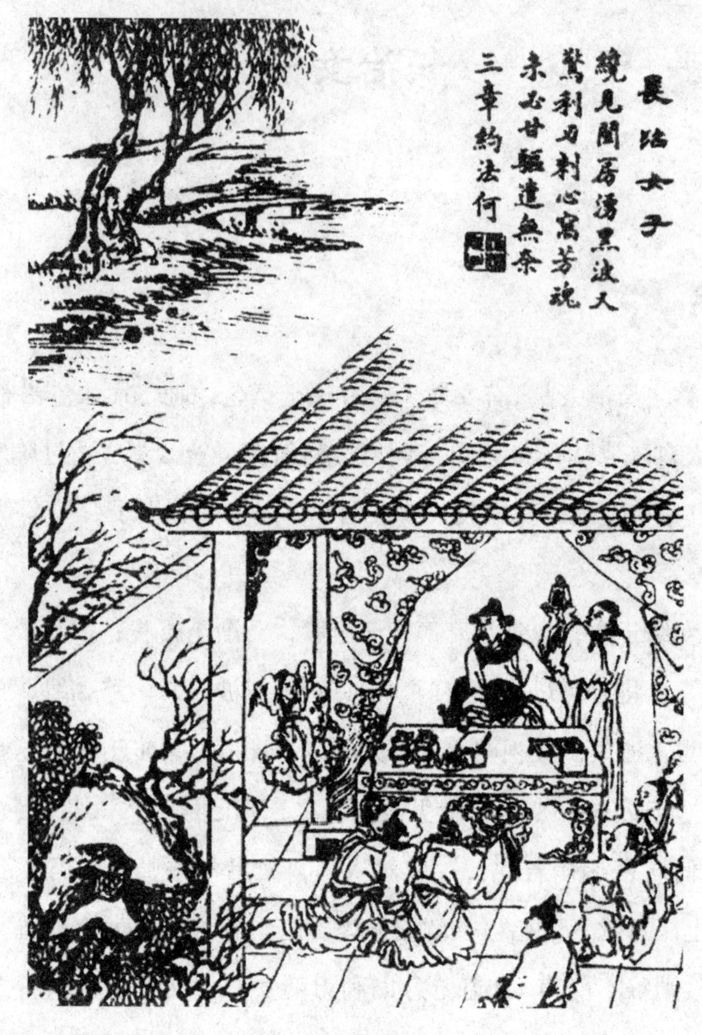

长治女子

耎[14]，纸格似不能胜[15]，嚗然作响[16]。满堂愕顾。宰命再举[17]，响如前；三举，翻坠地下。众悉闻之。宰起祝曰：“如是冤鬼，当便直陈，为汝昭雪。”女哽咽而前，历言道士杀己状、遣己状。宰差役驰去，至柳树下，道士果在。捉还，一鞫而服[18]。人犯乃释。宰问女：“冤雪何归？”女曰：“将从大人。”宰曰：“我署中无处可容，不如暂归汝家。”女良久曰：“官署即吾家，我将入矣。”宰又问，音响已寂。退入

宅中，则夫人生女矣。

【注释】

①潞：山西潞安府。长治：潞安府所属县名，今山西省长治市。

②廛：廛里，住宅区及市肆区域的通称。此指女家住宅一带。

③推造命：推算“八字”，预言命运。造，星命家称人出生年月日时的干支为“造”，又称“八字”。

④甲子：指年岁生辰。古代以干支记年月日时。甲为天干之首，子为地支之首；故以“甲子”代称。

⑤业履：未做成的鞋子。

⑥捺：按捺。

⑦瘖：哑。

⑧叠指：食指、中指并叠。诅咒：口念咒语。

⑨覆勘：复审。覆，通“复”。勘，审问。

⑩暖阁：旧时官署大堂内，围绕公座的阁子，多用木条或纸褙间隔而成。因在殿堂之内故称“暖阁”。

⑪辰去巳来：旧时以十二地支计时。辰时，相当七时至九时。巳时，相当九时至十一时。

⑫罗跪：环列跪拜。

⑬钤印：盖印，加盖官印。

⑭重耎：指身体沉重瘫软。耎，同“软”。

⑮纸格：指暖阁的纸格棚顶。

⑯嚗然：形容突发的迸裂声。

⑰再举：指再次举印钤盖。

⑱鞫：审讯。

【译文】

陈欢乐是山西潞州长治县人，他有个女儿，聪明美丽。有个道士行乞，斜着眼瞅瞅她走了。从此，每天拿着钵在陈家附近转悠。一天，碰上个瞎子从陈家出来，道士追上去跟他同行，问他从哪来。瞎子说："刚才去给陈家算命了。"道士说："听说陈家有个女郎，我的一个表亲，想要求婚，但不知她的生日时辰。"瞎子告诉了他，道士便告辞走了。

过了几天，陈女在闺房里刺绣，忽然觉得双脚麻痹，渐渐麻到大腿，又渐渐麻到腰部；一会儿，就晕乎乎跌倒在地。一动不动好一刻，才迷迷糊糊地能站起来，打算去告诉母亲。等出了门，却见茫茫黑波中，有条线一样的小路；吓得倒退几步，家门房屋，已经被黑水淹没了。又看小路上，没有一个行人，只有道士在前边慢慢地走，就远远地跟着，希望看见同乡好告诉话儿。走了几里路，忽然看见村舍，细瞧，却是自己家门。非常吃惊地说："奔波了这么些路，原来还在村里，刚才怎么糊涂到这个地步！"高兴地走进门，看父母还没回来，便又回到自己的闺房，先前绣的鞋子，还在床上。自己觉得奔波得疲惫极了，就靠床坐着歇息。道士忽然进来。陈女大惊，想要逃跑。道士抓着她按住。陈女想喊，嗓子却哑得发不出声。道士急忙用尖刀剜陈女的心。陈女觉得魂儿轻飘飘离开躯体站起来。看看四周，全不是什么家舍，只有悬崖在头上覆盖着。再看道士，把自己的心血点在木头人上，又并起手指诅咒；陈女觉得木头人渐渐和自己的魂灵合为一体。道士嘱咐说："你从此要听从派遣，不得违误！"说着，就把木头人佩戴在身上。

陈家丢了女儿，全家惊慌。找到牛头岭，才听村里人传说，岭下有个女子被剜了心死了。陈欢乐跑去验看，果然是自己的女儿。他哭着报告了县官。县官抓来岭下居民，几乎拷打遍了，一直没有一点儿头绪。就暂且把所有的嫌疑犯都收押起来，等待复查。

道士走出几里外，坐在路旁柳树下，突然对陈女魂儿说："现在派你第一件差事，去县里侦探审案情况。去了要隐藏在暖阁上。如果看见官员们用印章，就要赶快躲开，切切记住，不可忘记！限你八时去十时回。晚回一刻钟，就在你心上扎一针，叫你立刻疼痛；晚两刻，扎两针；扎到第三针，就让你的魂魄消灭了。”陈女听了，四肢震动，就飘飘悠悠地飞走了。一眨眼到了县衙，按道士说的，趴在暖阁上。这时岭下人排成行跪在堂下，还没审问。这时正好要在公文上盖大印，陈女还没来得及躲避，印章已经出匣。陈女只觉得身子又沉又软，暖阁的纸格好像要承受不住，发出嘎巴嘎巴的声音。满堂的人吃惊地四处看。县官让再举印章，又发出刚才那样的声音；举到第三次，陈女翻落在地下。大家全都听见了。县官站起来祷告说：“如果你是冤鬼，就直说吧，我给你昭雪。”陈女哽咽着走到县官面前，一一叙说道士怎样杀死自己，怎样派遣自己前来。县官派衙役骑马去捕捉，到柳树下，道士果然在。捉来，只审讯一次，就招供了。这才释放了所有的嫌疑犯。

县官问陈女：“冤屈昭雪了，你回哪儿去？”陈女说：“准备跟从大人。”县官说：“我的官署里没有容纳你的地方，不如暂且回家去吧。”陈女好久才说；“官署就是我的家，我要进去了。”县官再问，已经没有回音了。退堂回到后宅，夫人已生了个女儿。

义　犬

【原文】

潞安某甲，父陷狱将死。搜括囊蓄，得百金，将诣郡关说[①]。跨骡出，则所养黑犬从之。呵逐使退；既走，则又从之，鞭逐不返。从行数十里。某下骑，趋路侧私焉[②]。既，乃以石投犬，犬始奔去；某既行，则犬欻然复来[③]，啮骡尾足。某怒鞭之，犬鸣吠不已。忽跃在前，愤龁骡首，似欲阻其去路。某以为不祥，益怒，回骑驰逐之。视犬已远，乃返辔疾驰，抵郡已暮。及扪腰橐[④]，金亡其半。涔涔汗下[⑤]，魂魄都失。辗转终夜，顿念犬吠有因。候关出城[⑥]，细审来途。又自计南北冲衢，行人如蚁，遗金宁有存理。逡巡至下骑所，见犬毙草间，毛汗湿如洗。提耳起视，则封金俨然。感其义，买棺葬之，人以为义犬冢云。

【注释】

①关说：通关节、说人情。

②私：小便。

③欻然：飘忽迅疾的样子。欻，火光一闪。

④腰橐：腰包。

⑤涔涔：汗流不止貌。

⑥候关：守候城门开放。

【译文】

山西长治某甲，父亲被人陷害入狱，快要处死了。他把以往积攒的钱都搜刮出来，总共有一百两银子，准备带到郡里打通关系。骑着骡出门，家里养的一条黑狗紧跟在身后。呵斥着赶它回去，没走几步，它就又跟了上来，鞭打也驱赶不回。跟着走了几十里路，某甲下骡，到路边小便，便后拿石头扔它，它才跑开了。上骡赶路以后，一转眼狗又跟了上来，咬骡的尾巴和蹄子。某甲火了，用鞭子抽它，狗大叫不止。忽然，狗跳到骡前，愤恨地咬骡头，好像要阻拦某甲前行。某甲认为不吉利，更加生气，调转骡头往回赶狗。看着狗已跑远，这才拉回缰绳飞驰；到郡里天已黑了。等摸摸腰里的钱袋，发现银子丢了一半。顿时急得汗流如雨，魂飞魄散。翻来覆去一夜没睡，忽然想起狗叫有原因。急忙跑到城关，等候开门出了城，沿着来路细找。又心想，来路是一条南北交通要道，行人多得像蚂蚁，丢掉的银子哪还

会有在的道理？犹犹豫豫到昨天下骡的地方，看见狗死在草丛里，毛上汗湿淋淋，像水洗过的一般。他拎着耳朵把狗提起来一看，就见包着的银子端端正正在它身下。他被狗的情义所感动，买来棺材埋葬了它。人们管那儿叫义犬坟。

鄱阳神

【原文】

翟湛持[①]，司理饶州[②]，道经鄱阳湖。湖上有神祠，停盖游瞻[③]。内雕丁普郎死节臣像[④]，翟姓一神，最居末坐。翟曰："吾家宗人[⑤]，何得在下！"遂于上易一座。既而登舟，大风断帆，桅樯倾侧，一家哀号。俄一小舟，破浪而来；既近官舟，急挽翟登小舟，于是家人尽登。审视其人，与翟姓神无少异。无何，浪息，寻之已杳。

【注释】

①翟湛持：名世琪，山东益都人。顺治戊戌（十五年）举人，己亥（十六年）进士，曾任陕西省韩城县知县。见康熙《益都县志》卷六、光绪《山东通志·选举志》。

②司理饶州：在饶州做司理。司理，官名，宋以后于诸州设司理，掌管狱讼。也称"司李"。饶州，府名，治所在鄱阳（今江西省鄱阳县）。

③盖：车盖，代指车。

④丁普郎：黄陂（今湖北省黄陂区）人。元至正年间，从朱元璋攻打陈友谅，大战于鄱阳湖畔。阵亡后，赠济阳郡公，于湖上建庙祭祀。

⑤宗人：同族姓之人。

鄱阳神

【译文】

翟湛持，到江西波阳做司理参军，路经阳湖。湖岸有座神庙，他停车进去游览瞻仰。庙堂里陈列着死于王事的丁普郎等明代开国功臣的塑像，一位姓翟的神像居于最末位。翟湛持说："和我同族姓的人，怎能在下边！"就跟上边的塑像换了个位置。游览完后上船渡湖，大风吹断了船帆，桅杆倒向一边，全家哀叫。一会儿，有只小船破浪而来，靠近官船后，一个人迅速地搀扶着翟湛持上了小船，接着全家人也都上去了。打量那人，和姓翟的神像一模一样。不久，风浪停止，找那人，已经无影无踪了。

伍秋月

【原文】

秦邮王鼎[①]，字仙湖。为人慷慨有力，广交游。年十八，未娶，妻殒。每远游，恒经岁不返。兄鼐，江北名士，友于甚笃[②]。劝弟勿游，将为择偶。生不听，命舟抵镇江访友。友他出，因税居于逆旅阁上。江水澄波，金山在目[③]，心甚快之。次日，友人来，请生移居，辞不去。

居半月馀，夜梦女郎，年可十四五，容华端妙，上床与合，既寤而遗。颇怪之，亦以为偶。入夜，又梦之。如是三四夜。心大异，不敢息烛，身虽偃卧，惕然自警。才交睫，梦女复来；方狎，忽自惊寤；急开目，则少女如仙，俨然犹在抱也。见生醒，顿自愧怯。生虽知非人，意亦甚得；无暇问讯，直与驰骤[④]。女若不堪，曰："狂暴如此，无怪人不敢明告也。"生始诘之，答云："妾伍氏秋月。先父名儒，邃于易数[⑤]。常珍爱妾；但言不永寿，故不许字人。后十五岁果夭殁，即攒瘗阁东[⑥]，令与地平，亦无冢志[⑦]，惟立片石于棺侧，曰：'女秋月，葬无冢，三十年，嫁王鼎。'今已三十年，君适至。心喜，亟欲自荐；寸心羞怯，故假之梦寐耳。"王亦喜，复求讫事。曰："妾少须阳气，欲求复生，实不禁此风雨。后日好合无限，何必今宵。"遂起而去。次日，复至，坐对笑谑，欢若生平。灭烛登床，无异生人；但女既起，则遗泄流离，沾染茵褥。

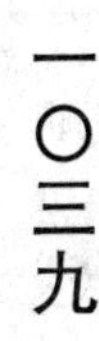

一夕，月明莹澈，小步庭中。问女：“冥中亦有城郭否?”答曰：“等耳。冥间城府，不在此处，去此可三四里。但以夜为昼。”问：“生人能见之否?”答云：“亦可。”生请往观，女诺之。乘月去，女飘忽若风，王极力追随。欻至一处，女

伍秋月

言："不远矣。"生瞻望殊罔所见。女以唾涂其两眦，启之，明倍于常，视夜色不殊白昼。顿见雉堞在杳霭中[8]；路上行人，如趋墟市[9]。俄二皂絷三四人过[10]，末一人怪类其兄。趋近视之，果兄。骇问："兄那得来？"兄见生，潸然零涕，言："自不知何事，强被拘囚。"王怒曰："我兄秉礼君子[11]，何至缧绁如此[12]！"便请二皂，幸且宽释。皂不肯，殊大傲睨。生恚，欲与争。兄止之曰："此是官命，亦合奉法。但余乏用度，索贿良苦。弟归，宜措置。"生把兄臂，哭失声。皂怒，猛掣项索，兄顿颠蹶。生见之，忿火填胸，不能制止，即解佩刀，立决皂首。一皂喊嘶，生又决之。女大惊曰："杀官使，罪不宥！迟则祸及！请即觅舟北发，归家勿摘提旛[13]，杜门绝出入，七日保无虑也。"王乃挽兄夜买小舟，火急北渡。归见吊客在门，知兄果死。闭门下钥，始入。视兄已渺；入室，则亡者已苏，便呼："饿死矣！可急备汤饼。"时死已二日，家人尽骇。生乃备言其故。七日启关，去丧旛，人始知其复苏。亲友集问，但伪对之。

转思秋月，想念颇烦。遂复南下，至旧阁，秉烛久待，女竟不至。蒙眬欲寝，见一妇人来，曰："秋月小娘子致意郎君：前以公役被杀，凶犯逃亡，捉得娘子去，见在监押，押役遇之虐。日日盼郎君，当谋作经纪。"王悲愤，便从妇去。至一城都，入西郭，指一门曰："小娘子暂寄此间。"王入，见房舍颇繁，寄顿囚犯甚多，并无秋月。又进一小扉，斗室中有灯火。王近窗以窥，则秋月坐榻上，掩袖呜泣。二役在侧，撮颐捉履，引以嘲戏。女啼益急。一役挽颈曰："既为罪犯，尚守贞耶？"王怒，不暇语，持刀直入，一役一刀，摧斩如麻，篡取女郎而出。幸无觉者。裁至旅舍，蓦然即醒。方怪幻梦之凶，见秋月含睇而立[14]。生惊起曳坐，告之以梦。女曰："真也，非梦也。"生惊曰："且为奈何！"女叹曰："此有定数。妾待月尽，始是生期；今已如此，急何能待！当速发瘗处，载妾同归，日频唤妾名，三日可活。但未满时日，骨耎足弱，不能为君任井臼耳[15]。"言已，草草欲出[16]。又返身曰："妾几忘之，冥追若何？生时，父传我符书，言三十年后，可佩夫妇。"乃索笔疾书两符，曰："一君自佩，一粘妾背。"送之出，志其没处[17]，掘尺许，即见棺木，亦已败腐。侧有小碑，果如女言。发棺视之，女颜色如生。抱入房中，衣裳随

风尽化。粘符已，以被褥严裹，负至江滨；呼拢泊舟，伪言妹急病，将送归其家。幸南风大竞，甫晓已达里门。抱女安置，始告兄嫂。一家惊顾，亦莫敢直言其惑。生启衾，长呼秋月，夜辄拥尸而寝。日渐温暖。三日竟苏，七日能步；更衣拜嫂，盈盈然神仙不殊[18]。但十步之外，须人而行；不则随风摇曳，屡欲倾侧。见者以为身有此病，转更增媚。每劝生曰："君罪孽太深，宜积德诵经以忏之[19]。不然，寿恐不永也。"生素不佞佛[20]，至此皈依甚虔[21]。后亦无恙。

异史氏曰："余欲上言定律：'凡杀公役者，罪减平人三等。'盖此辈无有不可杀者也。故能诛锄蠹役者[22]，即为循良[23]；即稍苛之，不可谓虐。况冥中原无定法，倘有恶人，刀锯鼎镬，不以为酷。若人心之所快，即冥王之所善也。岂罪致冥追，遂可倖而逃哉？"

【注释】 

①秦邮：今江苏省高邮市。秦时于该地置邮亭，叫"高邮亭"，因称"秦邮"。秦以后，于此置县，明清时置州，属扬州府。

②友于：指兄弟间的情谊。"于"本介词，后常"友于"连用以称兄弟间的友爱，也用以指兄弟。笃：厚。

③金山：在江苏省镇江市西北，本在大江中，现已与南岸毗连。

④直：据铸雪斋抄本，原作"真"。

⑤邃于易数：精通占卜之术。邃，精通。易，《周易》的简称，是古代的占卜用书。数，方术、技艺。

⑥攒瘗：掩埋。不葬掩其柩曰"攒"。瘗，埋。

⑦冢志：坟墓的标识。

⑧雉堞：城墙的垛口。杳霭：迷茫的云气。

⑨墟市：集市。

⑩皂："皂隶"的简称。衙门里的差役因着黑衣，故称"皂隶"。

⑪秉礼：秉持礼义。

⑫缧绁：拘系犯人的绳索；这里指捆绑。

⑬提旛：旧时丧家挂在门首的白色丧旛。

⑭含睇：眉目含情的样子。睇，斜视。

⑮任井臼：操持家务。井臼，指汲水、舂米。

⑯草草：匆匆忙忙的样子。

⑰没处：指伍秋月消失的地方。

⑱盈盈然：体态美好的样子。

⑲忏：忏悔。佛教语，悔过的意思。

⑳佞佛：迷信佛教。

㉑皈依：佛教语，指信仰佛教。皈，同“归”。虔：虔诚。

㉒蠹役：作恶的差役。蠹，蛀虫，喻蛀蚀法纪。

㉓循良：奉公守法，也指奉公守法的官吏。

【译文】

苏北高邮王鼎，字仙湖。为人慷慨有力，交游广泛。十八岁了，没等迎娶，未婚妻就死了。每次出门远游，总是整年不回家。他的哥哥王鼐，是江北有名的文人，和弟弟感情深厚。他劝王鼎不要游荡了，要给他选个媳妇成家。王生不听，乘船到镇江拜访朋友。不巧，赶上朋友外出，就租了旅店的阁楼住下。他倚窗眺望，江水清波，金山呈现在眼前，心里非常畅快。第二天，朋友回来，请王生搬到家里住；王生辞谢不去。住了半个多月，夜里梦见一个女郎，年纪有十四五岁，容貌端庄美丽，上床和他交合。王生醒来，发现梦遗了，感到很奇怪，但也还认为是偶然的事情。到夜晚，又梦见那女郎。如此这般的有三四夜。他心里非常惊奇，也不敢熄灯，身子虽然躺在床上，心里却时刻警惕着。才一合眼，梦见女郎又来；正亲热间，忽然自动惊醒；急忙睁开眼睛，却见那少女美如仙子，实实在在的还在自己怀抱里。她见王生醒来，很是惭愧羞怯。王生虽然明知她不是人类，心里也很得意；也顾不上问话，就急忙亲热起来。女郎像是受不了，说："这样狂暴，难怪人家不敢明面告诉你。"王生这才问她是谁。女郎回答说："我叫伍秋月。我的父亲是有名的儒生，精通占卜。他对我非常珍爱；但说我不能长寿，所以不把我许配人家。后来，我活到十五岁，果然夭亡了。父亲就把我埋在这阁楼的东边，让和地面一样平。也没有墓志，只在棺旁立了一块石片，上面写：'女儿秋月，葬无坟茔，三十年后，嫁给王鼎。'如今已经三十年了，正好你来。我心里高兴，急于想向你自荐，又感到羞怯，所以借梦境和你相会。"王生也很欢喜，又要求做完那种事。秋月说："我只需一点儿阳气，想求得复活，着实禁不起这种风雨，以后我们好合的日子多着呢，何必非在今宵?"说完起身走了。第二大夜晚，她又来，跟王生面对面坐着说笑打趣，两人像老朋友一样欢乐。熄灯上床，王生感觉上她和活人没有区别；只是起床后，就遗泄淋漓，沾染被褥。

一天夜晚，明月晶莹，王生和秋月在院中散步，王生问她："阴间也有城市吗?"秋月回答："阴间和阳世一样。阴间的城府不在这儿，离这儿大概有三四里地。只是把黑夜当作白天。"王生问："活人也能看见阴间吗?"回答说也可以看见。王生请求去阴间看看，秋月答应了。两人乘着月光前去，秋月飘忽如风，王生尽力追随，转眼就来到一个处所。秋月说："不远了。"王生到处张望，却什么也没看见。秋月沾了点唾液抹在他两个眼眶上，再睁开，王生觉得眼睛比平常加倍明亮，看夜色如同白天。顿时就见到茫茫云雾中有座高大的城墙；路上行人，多得像赶集似的。一会儿，有两个穿黑衣的公差绑着三四个人走过，最后一个很像哥哥王鼐。王生快走几步到跟前看，果然是哥哥。吃惊地问："哥哥怎么来了?"王鼐看是王鼎，眼泪刷刷地淌下来，说："我也不知是为什么事，硬被抓起来了。"王生生气地说："我哥哥是遵守礼法的君子，怎么能这样捆绑他?"就请求两名公差，赏光先给哥哥松松绑。公差不肯，非常傲慢地斜着眼看他。王生气愤地想跟公差争论，哥哥阻止他说："这是官家命令，也应该依法办事。只是我缺钱用，他们勒索得我好苦，弟弟回去，要筹措些钱来。"王生拉着哥哥的胳臂，失声痛哭。公差生了气，猛拽王鼐脖颈上的绳索，王鼐立刻就摔倒了。王生见这情形，满腔怒火，压抑不住，马上抽出佩刀，一下子就砍掉那公差的头。另一个公差大声喊叫，王生又把他结果了。女郎大惊说：“杀死官差，罪不可饶恕！逃晚了就大祸临头了！请马上找一条船渡江北去，回到家里，别摘掉丧幡，关上门不要出入，七天后，保准无事了。”王生便扶着哥哥连夜去江边租了一只小船，火速向北划去。

回到家里，看见大门口有吊丧的客人，知道哥哥果然是死了。王生关紧门，上好锁，才进院，看哥哥已经没影了；进到屋里，死去的哥哥已经苏醒，就喊着：“饿死了，赶快弄点汤饼来！”当时王鼐已经死了两天，全家人都大吃一惊。王生就向大家一五一十说了缘故。过了七天，打开门，摘掉丧幡，别人才知道王鼐复活了。亲友们都来问，王家只好用假话搪塞过去。

王生回过头又思念起秋月来，想得心里很是烦闷，就又乘船南下，到了原住的阁楼上，点上灯等了很久，秋月竟然不来。朦朦胧胧刚要睡着，看见有个妇人走来，对他说：“秋月小娘子让我告诉你：前些时因差人被杀，凶手逃跑，阴间官府把娘子抓去，现在被押在监狱里，看守虐待她，她天天盼你去。你要想办法救她。”王生听了，心里悲愤，就跟着妇人去了。来到一座城市，进了西城关，妇人指着一个门说：“小娘子就暂押在这里。”王生进去，只见一间间屋子密集，关押的囚犯很多，并没有秋月。又走进一扇小门，看见一间小屋里亮着灯，他凑近窗子往里瞅，是秋月坐在床上，用袖子捂着脸呜呜哭泣，两个看守在旁边，捏她的下巴，抓她的小脚，调戏她。秋月哭得更厉害，一个看守搂着她的脖子说：“已经做了罪犯，还守什么贞节？”王生怒从心头起，顾不上说话，持刀直闯进去，一刀一个，斩麻般杀掉两个看守，紧握秋月的手跑出监狱，幸好没人发现。

刚到旅店，王生猛然醒来。正奇怪梦境凶险，看见秋月站在床前深情地看着他。王生吃惊地起来拉她坐下，告诉她梦里的情形。秋月说：“这是真的，不是梦。”王生惊慌地说：“这该怎么办呢？”秋月叹息说：“这是命里注定的。本来等到这个月底，才是我复活的日子；如今已经这个样子了，情况紧急，怎么能再等待？你要赶快挖开埋葬我的地方，载着我一同回家，每天不停地呼唤我的名字，三天我就可以复活了。但日子没满，身子骨软弱，脚里没劲儿，不能给你操持家务罢了。”说完，匆匆忙忙要走。又返回身说：“我差点儿忘了，阴司要追来怎么办？活着时，父亲传给我符，说三十年后，可佩戴在我们夫妇身上。”于是，要过笔，飞快地画好两道符，说：“一道你自己佩带，一道贴在我的背上。”王生送秋月出门，在她消失的地方做了记号，往下挖了有一尺来深，就看到了棺材。也已经腐烂了，旁边有块小碑，果然和秋月说的相同。打开棺材一看，秋月的脸色和活着时一样。王生把她抱进房中，她的衣裳都随风化成灰了。王生给她贴好符，用被子裹严实，背到江边，喊了一条停靠在那里的船，假说妹妹得了急病，要送她回家。幸好天刮起好大的南风，天刚亮，就到了居里。王生抱着秋月尸体回家，安顿好，才告诉哥哥嫂嫂。全家人都吃惊地你瞅我我瞅你，谁也不敢将心中的疑虑直说出来。

王生打开被子，不断呼唤秋月的名字，夜里就搂着尸体睡，尸体渐渐温暖起来。三天后，秋月竟然苏醒了，到了第七天，就能下地走动了；换上衣服拜见嫂嫂，轻盈得跟仙女没有两样。但十步以外，必须人搀扶着走，不然就随风摇摆，老是要倾倒。看见的人觉得她身体有这样的病，反而更增添了妩媚。秋月常劝王生说：“你的罪孽太深，要靠积德诵经来忏悔，不然，恐怕寿命不长。”王生一向不信佛，从此皈依佛法，十分虔诚。后来，也就平安无事。

异史氏说：我想向上面进一言，定一条这样的法律：“凡杀死公差的，比一般犯人罪减三等。”因为这一流人没有不该杀的。所以，能诛除害人的公差，就是规矩的良民；即使做得稍微过分一些，也算不上暴虐。何况阴间本没有一定的法规，如果有坏人，刀劈锯拉锅煮，并不算残酷；如果是人心大快的事，也就是阎罗王所赞许的事了。哪有罪孽到了阴司追捕的程度，就又能侥幸脱逃的道理呢？

莲花公主

【原文】

胶州窦旭[①]，字晓晖。方昼寝，见一褐衣人立榻前，逡巡惶顾，似欲有言。生问之，答云："相公奉屈[②]。""相公何人？"曰："近在邻境。"从之而出。转过墙屋，导至一处，叠阁重楼，万椽相接[③]，曲折而行，觉万户千门，迥非人世。又见宫人女官[④]，往来甚夥，都向褐衣人问曰："窦郎来乎？"褐衣人诺。俄，一贵官出，迎见生甚恭。既登堂，生启问曰："素既不叙，遂疏参谒。过蒙爱接，颇注疑念。"贵官曰："寡君以先生清族世德[⑤]，倾风结慕，深愿思晤焉[⑥]。"生益骇，问："王何人？"答云："少间自悉。"无何，二女官至，以双旌导生行。入重门，见殿上一王者，见生人，降阶而迎，执宾主礼。礼已，践席[⑦]，列筵丰盛。仰视殿上一扁曰"桂府"。生局蹙不能致辞。王曰："忝近芳邻[⑧]，缘即至深。便当畅怀，勿致疑畏。"生唯唯。酒数行，笙歌作于下，钲鼓不鸣，音声幽细。稍间，王忽左右顾曰："朕一言[⑨]，烦卿等属对[⑩]：'才人登桂府[⑪]。'"四座方思，生即应云："君子爱莲花[⑫]。"王大悦曰："奇哉！莲花乃公主小字，何适合如此？宁非夙分？传语公主，不可不出一晤君子。"移时，骊环声近[⑬]，兰麝香浓[⑭]，则公主至矣。年十六七，妙好无双。王命向生展拜[⑮]，曰："此即莲花小女也。"拜已而去。生睹之，神情摇动，木坐凝思。王举觞劝饮，目竟罔睹。王似微察其意，乃曰："息女宜相匹敌[⑯]，但自惭不类，如何？"生怅然若痴，即又不闻。近坐者蹑之曰[⑰]："王揖君未见，王言君未闻耶？"生茫乎若失，懡㦬自惭[⑱]，离席曰："臣蒙优渥[⑲]，不觉过醉，仪节失次，幸能垂宥[⑳]。然日旰君勤[㉑]，即告出也。"王起曰："既见君子，实惬心好[㉒]，何仓卒而便言离也？卿既不住，亦无敢于强。若烦萦念[㉓]，更当再邀。"遂命内官导之出[24]。途中，内官语生曰：“适王谓可匹敌，似欲附为婚姻，何默不一言？”生顿足而悔，步步追恨，遂已至家。忽然醒寤，则返照已残[25]。冥坐观想，历历在目。

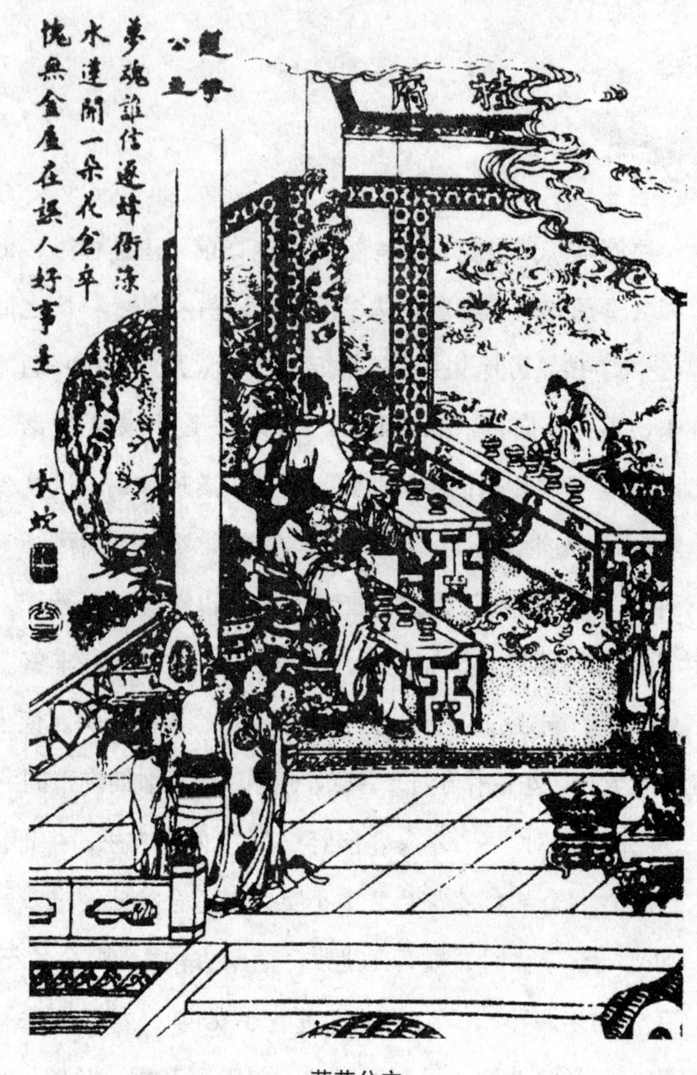

莲花公主

晚斋灭烛，冀旧梦可以复寻，而邯郸路渺[26]，悔叹而已。一夕，与友人共榻，忽见前内官来，传王命相召。生喜，从去。见王伏谒。王曳起，延止隅坐[27]，曰：“别后知劳思眷。谬以小女子奉裳衣，想不过嫌也。”生即拜谢。王命学士大臣[28]，陪侍宴饮。酒阑，宫人前白：“公主妆竟。”俄见数十宫女，拥公主出。以红锦覆首，凌波微步[29]，挽上氍毹[30]，与生交拜成礼。已而送归馆舍。洞房温清[31]，穷极芳腻。生曰："有卿在目，真使人乐而忘死。但恐今日之遭，乃是梦耳。"公主掩口曰："明明妾与君，那得是梦？"诘旦方起[32]，戏为公主匀铅黄[33]；已而以带围腰，布指度足[34]。公主笑问曰："君颠耶[35]？"曰："臣屡为梦误，故细志之[36]。倘是梦时，亦足动悬想耳。"

调笑未已，一宫女驰入曰："妖入宫门，王避偏殿[37]，凶祸不远矣！"生大惊，趋见王。王执手泣曰："君子不弃，方图永好。讵期孽降自天，国祚将覆[38]，且复奈何！"生惊问何说。王以案上一章，授生启读。章曰"含香殿大学士臣黑翼，为非常怪异，祈早迁都，以存国脉事：据黄门报称[39]：自五月初六日，来一千丈巨蟒，盘踞宫外，吞食内外臣民一万三千八百馀口；所过宫殿尽成丘墟，等因[40]。臣奋勇前窥，确见妖蟒：头如山岳，目等江海；昂首则殿阁齐吞，伸腰则楼垣尽覆。真千古未见之凶，万代不遭之祸！社稷宗庙，危在旦夕！乞皇上早率宫眷，速迁乐土"云云。生览毕，面如灰土。即有宫人奔奏："妖物至矣！"合殿哀呼，惨无天日。王仓遽不知所为，但泣顾曰："小女已累先生。"生坌息而返[41]。公主方与左右抱首哀鸣，见生入，牵衿曰："郎焉置妾？"生怆恻欲绝，乃捉腕思曰："小生贫贱，惭无金屋[42]。有茅庐三数间，姑同窜匿可乎？"公主含涕曰："急何能择，乞携速往。"生乃挽扶而出。未几，至家。公主曰："此大安宅，胜故国多矣。然妾从君来，父母何依？请别筑一舍，当举国相从。"生难之。公主号咷曰："不能急人之急，安用郎也！"生略慰解，即已入室。公主伏床悲啼，不可劝止。焦思无术，顿然而醒，始知梦也。而耳畔啼声，嘤嘤未绝。审听之，殊非人声，乃蜂子二三头，飞鸣枕上。大叫怪事。

友人诘之，乃以梦告。友人亦诧为异。共起视蜂，依依裳袂间，拂之不去。友人劝为营巢。生如所请，督工构造。方竖两堵，而群蜂自墙外来，络绎如绳。顶尖未合，飞集盈斗。迹所由来[43]，则邻翁之旧圃也。圃中蜂一房，三十馀年矣，生息颇繁。或以生事告翁。翁觇之，蜂户寂然。发其壁，则蛇据其中，长丈许。捉而杀之。乃知巨蟒即此物也。蜂入生家，滋息更盛[44]，亦无他异。

【注释】

①胶州：今山东胶县。

②相公：《通俗编·仕进》："今凡衣冠中人，皆僭称相公，或亦缀以行次，曰大相公、二相公。"此褐衣人称其主人。奉屈：敬请光临的意思。屈，屈尊、屈驾。

③椽：檩上架屋瓦的木条。

④官人：宫女，帝王宫廷内供役使的女子。女官：宫廷内女史之类的官员。

⑤寡君：对异国之人称己国君主的谦词。清族世德：清门大族，累世有德。

⑥思晤：会晤。

⑦践席：就座、入座。古代席地而坐，故称座为席。

⑧忝：辱，自称的谦词。

⑨朕：秦始皇以前为第一人称代词，以后专用为皇帝的自称。

⑩属对：联缀为对句。

⑪才人登桂府：桂府，犹月宫，相传月中有桂树，故云。这是语意双关，既实指莲花公主所居的"桂府"，又兼有"蟾宫折桂"之意。

⑫君子爱莲花：周敦颐《爱莲说》："予独爱莲之出淤泥而不染，濯清涟而不妖，中通外直，不蔓不枝，香远益清，亭亭净植，可远观而不可亵玩焉。"此联用《爱莲说》之意。莲花恰暗合莲花公主的名字。

⑬珮环：指玉珮。身上佩带的环形玉饰。

⑭兰麝：兰草和麝香，均香料，古人常用以熏香。

⑮展拜：行拜礼。

⑯息女：对人自称己女。

⑰蹑：踏；踏其足以示意。

⑱愧愕：羞惭。宋赵叔向《肯綮录》："羞惭曰愧愕。"

⑲优渥：厚遇。此指盛情款待。渥，沾润。

⑳垂宥：赐宥。宥，宽容。

㉑日旰君勤：日色已晚，君主劳乏。旰。晚。勤，劳。

㉒惬：快意、满意。

㉓萦念：思念、挂念。

㉔内官：指宦官。

㉕返照已残：夕阳已将落下。

㉖邯郸路渺：谓旧梦难寻。邯郸，借指梦境。唐沈既济《枕中记》：卢生于邯郸客店中遇道者吕翁。卢生自叹穷困，吕翁授之以枕，使其入梦，历尽富贵荣华。

㉗延止隅坐：请坐于侧座。延，请。止，至。坐，同“座”。

㉘学士：官名，本为文学侍从之官，因接近皇帝，往往参预机要。明代设翰林院学士及翰林院侍读、侍讲学士。清代改翰林院学士为掌院学士。均为词臣之荣衔。

㉙凌波微步：形容女子步履轻盈。凌，也作“陵”。

㉚氍毹：毛织地毯。

㉛温凊：温暖、清洁。

㉜诘旦：次日早晨。

㉝铅黄：铅粉、黄粉，都是涂面化妆品。铅，铅粉，亦称铅华，白色。黄粉，黄色。

㉞布指度足：舒其手指，以量女足。

㉟颠：通“癫”，疯癫。

㊱志：记，标记。

㊲偏殿：旁侧之宫殿。

㊳国祚：国运。祚，福。

㊴黄门：东汉给事内廷的黄门令、中黄门诸官，皆以宦者充任，后遂称宦官为黄门。

㊵等因：旧时公文的套语，在引述来文后用以结束，然后陈述己意。

㊶坌息：气息坌涌，指气急。坌，涌。

㊷金屋：供美人居住的华屋。

㊸迹：追寻踪迹。

㊹滋息：繁殖。

【译文】

山东胶州窦旭，字晓晖。一天刚午睡，见一个穿着褐色短衣的差人站在床前，迟迟疑疑惶恐不安地瞅着他，好像有话要说。窦生问他做什么，回答说："相公有请。"窦生问："相公是谁？"差人说："他就在邻近。"窦生跟着他走出门，转过屋墙，带到一个地方，楼阁重叠，万椽相接，曲曲折折往前走，只觉千门万户，完全不是人间的所在。又见许多宫人女官，来来往往，都问差人："窦郎来了吗？"差人一一应着。一会儿，一个贵官出来，很恭敬地迎接窦生。登上殿堂以后，窦生开口问道："素来不曾交往过，也没到过这里拜谒。过于蒙你热情接待，很使我疑惑。"贵官说："我们大王因先生家族清白，世代高德，心里倾慕，很想跟你会见。"窦生更加惊奇，问："大王是谁？"回答说："待会儿你自然就知道了。"过了一会儿，两个女官来，手持一双旌旗在前边给窦生带路。进了两重宫门，见殿上有个君王，他看窦生进来，走下台阶迎接，行宾主之礼。礼毕，入席。筵席非常丰盛。窦生抬头见殿上一块匾写着"桂府"二字，局促不安地不知该说什么。大王说："能荣幸地靠近芳邻，缘分就是最深的了，就该开怀畅饮，不要疑虑畏惧。"窦生连声称是。

酒过几巡，殿下响起笙歌，没有钲鼓那些打击乐器，声音显得幽雅纤细。稍过一会儿，大王忽然看看左右两边的大臣说："我说一句上联，请你们对下联：'才人登桂府'"大家还正在思索，窦生就应声道："君子爱莲花。"大王非常高兴地说："奇妙啊，奇妙！莲花是公主的小名，怎么对得这样合适？难道不是前世有缘？传我的话给公主，不能不出来见君子一面。"过了好一阵，只听佩环声越来越近，飘来浓重的兰麝香，是公主来了。有十六七岁，美丽无比。大王命公主向窦生行礼，对窦生说："这就是小女莲花。"公主行完礼就走了。窦生看到她，神情摇动，像块木头似的呆坐着走了神儿。大王举杯向他劝酒，他睁着眼睛竟然没看见。大王好像有点察觉到他的心意，就说："小女跟你相配也还合适，只是惭愧跟你不是同类，怎么办呢？"窦生失魂落魄像个呆子，当下又没听见。坐在旁边的大臣碰碰他的脚说："大王举杯劝酒你没看见，大王跟你说话，你也没听见吗？"窦生茫然若失，心里惭愧，离开座席对大王说："臣承蒙优待，不觉喝醉了，失掉礼节，望能原谅就万幸了。大王您日夜操劳，不能过久打扰，我这就告辞了。"大王起身说："见到君子以后，心里实在高兴。为什么这样仓促就说要走？你既然不留下，我也不敢勉强，如果你心里挂念，以后会再邀你来。"就命内宫里的官领窦生出去。路上，内官对窦生说："刚才大王说可以相配，好像是要跟你结亲，你为什么默不作声？"窦生后悔得直跺脚，走一步，追悔一阵，就这样一步一恨地回了家。忽然醒来，太阳已经西落。呆坐着回想，梦里所见，历历在目。晚饭后，熄灯上床，希望再能寻回旧梦，但梦幻渺茫，他只有悔恨叹息而已。

一天晚上，窦生和朋友同床睡觉，忽然看见先前送他出宫的那个内官来了，传大王的命令召请他。窦生欣喜万分，跟着就走。见到大王，伏在地上参拜，大王拉起他，请他坐在旁边，说："分别后，知道劳你思念眷恋，自作主张想把小女许配给你，想来你不会太嫌弃吧？"窦生马上拜谢。大王让学士大臣陪同宴饮。酒喝得差不多的时候，宫人来报告说："公主打扮好了。"很快就见几十个宫女簇拥着公主出来。公主头上用红锦盖着，迈着轻盈的细步，被搀扶着踏上地毯，和窦生交拜成亲。拜过堂，把一对新人送回馆舍。那洞房冬暖夏凉，芳香柔和无比。窦生说："有你在眼前，真叫人乐得想不到会死。只怕今天的相逢是做梦吧？"公主掩嘴笑着说："明明是我和你，哪能是梦呢？"第二天早晨起床，窦生开玩笑地给公主搽粉打扮；完后用带子量公主的腰围，用手指测公主的脚。公主笑着说："你发疯了吗？"窦生说："我多次被梦欺骗，所以要仔细记住。如果这次还是梦，也足够引起我回想的了。"两个人说笑还没完，一个宫女跑进来说："妖怪进入宫门，大王躲到偏殿上，灾祸不远了。"窦生大惊，急忙赶去见大王。大王拉住他的手，流着泪说："蒙你不嫌弃，正打算永远相好下去，不曾想天降妖孽，国家就要倾覆了，可怎么办！”窦生惊恐地问他原因。大王拿起书案上的一个奏章，交给窦生打开看。那奏章上说：“含香殿大学士臣黑翼，因出现奇特妖怪，祈求早日迁都，以保存国家命脉事：据报告说：自五月初六，来了一条千丈长的大蟒，盘踞宫外，吞食宫内外臣民一万三千八百多人；所过之处，宫殿全都变成废墟。为此，臣奋勇前去窥探，确实看到妖蟒：头如山岳，眼似江海；一抬头能把殿阁齐数吞掉，一伸腰能叫楼墙全部倒塌。真是千古未见的凶物，万代不遇的祸患！国家命运，危在旦夕！乞望大王早早率领宫中眷属，从速搬迁到安乐的地方”云云。窦生看后，面如灰土。很快就有宫人跑来禀告：“妖物到了！”全殿人哀叫、呼喊，惨无天日。大王仓促间惊慌失措，只是流着泪对窦生说：“小女全托给先生了。”窦生气喘吁吁跑回馆舍，公主正和身边的宫女抱头哀哭，看见窦生进来，扯着他的衣襟说：“郎君怎样安置我？”窦生悲痛欲绝，握住公主的手腕思虑着说：“我家贫贱，我心里惭愧没有金屋可以藏娇。有三四间茅草房，你暂且和我一起躲进去，司以吗？”公主含着泪说：“情况紧急，怎还能选择？请你快带我去！”窦生搀扶着公主出门，没多久，就到了家。公主说：“这是最安全的住所，比宫中强多了。可我跟你来了，父母依靠谁呢？请另造一处房舍，全国都会跟来。”窦生感到难办。公主号咷大哭说：“不能为别人的危难着急，要郎君干什么呢？”窦生略微安慰劝解一下，就已经进了内室。公主趴在床上悲哀地哭泣，劝也劝不住。

正焦急无法可想的时候，窦生突然醒来，才知道是一场梦，但耳边的哭泣声却嘤嘤不断。细听，和人的哭声毫不相同，原来是两三只蜂在枕头上飞鸣。窦生大叫怪事。朋友问他，他便把梦中的情形告诉了。朋友也感到诧异。两人一道起来看蜂，蜂依恋在袍袖之间，赶它不走。朋友劝窦生给蜂造个巢。窦生按梦里公主的请求，督促工匠建造。才竖起两堵墙，成群的蜂就从墙外飞来，像绳一样络绎不断。巢顶还没合拢，蜂就飞满了巢。窦生沿着路线寻找蜂子的来处，原来在邻家老翁的旧园子里。那座园子中有一房蜂，三十多年了，繁衍得很旺盛。有人把窦生给蜂造巢的事告诉了老翁，老翁去旧园看，蜂房里寂静无声，拨开蜂房壁脚，却是一条蛇盘踞在里边，有一丈多长。老翁把蛇捉住杀死了。窦生这才知道所谓巨蟒就是这条蛇。

蜂飞进窦生家后，繁衍得更加兴旺，也没出现什么怪异。

绿衣女

【原文】

于生名璟，字小宋，益都人。读书醴泉寺。夜方披诵[①]，忽一女子在窗外赞曰："于相公勤读哉！"因念：深山何处得女子？方疑思间，女已推扉笑入，曰："勤读哉！"于惊起，视之，绿衣长裙，婉妙无比。于知非人，固诘里居。女曰："君视妾当非能咋噬者[②]，何劳穷问？"于心好之，遂与寝处。罗襦既解，腰细殆不盈掬。更筹方尽[③]，翩然遂去。由此无夕不至。

一夕共酌，谈吐间妙解音律[④]。于曰："卿声娇细，倘度一曲[⑤]，必能消魂[⑥]。"女笑曰："不敢度曲，恐消君魂耳。"于固请之。曰："妾非吝惜，恐他人所闻。君必欲之，请便献丑；但只微声示意可耳。"遂以莲钩轻点足床[⑦]，歌云："树上乌臼鸟[⑧]，赚奴中夜散。不怨绣鞋湿，只恐郎无伴。"声细如蝇[⑨]，裁可辨认。而静听之。宛转滑烈，动耳摇心。歌已，启门窥曰："防窗外有人[⑩]。"绕屋周视，乃入。生曰："卿何疑惧之深？"笑曰："谚云：'偷生鬼子常畏人。'妾之谓矣。"既而就寝，惕然不喜[⑪]，曰："生平之分[⑫]，殆止此乎？"于急问之，女曰："妾心动，妾禄尽矣[⑬]。"于慰之曰："心动眼瞤[⑭]，盖是常也，何遽此云？"女稍怿[⑮]，复相绸缪。更漏既歇，披衣下榻。方将启关，徘徊复返，曰："不知何故，惿惭心怯[⑯]。乞送我出门。"于果起，送诸门外。女曰："君伫望我；我逾垣去，君方归。"于曰："诺。"视女转过房廊，寂不复见。

方欲归寝，闻女号救甚急。于奔往，四顾无迹，声在檐间[17]，举首细视，则一蛛大如弹，搏捉一物，哀鸣声嘶。于破网挑下，去其缚缠，则一绿蜂，奄然将毙矣。捉归室中，置案头。停苏移时，始能行步。徐登砚池，自以身投墨汁，出伏几上，走作“谢”字。频展双翼，已乃穿窗而去。自此遂绝。

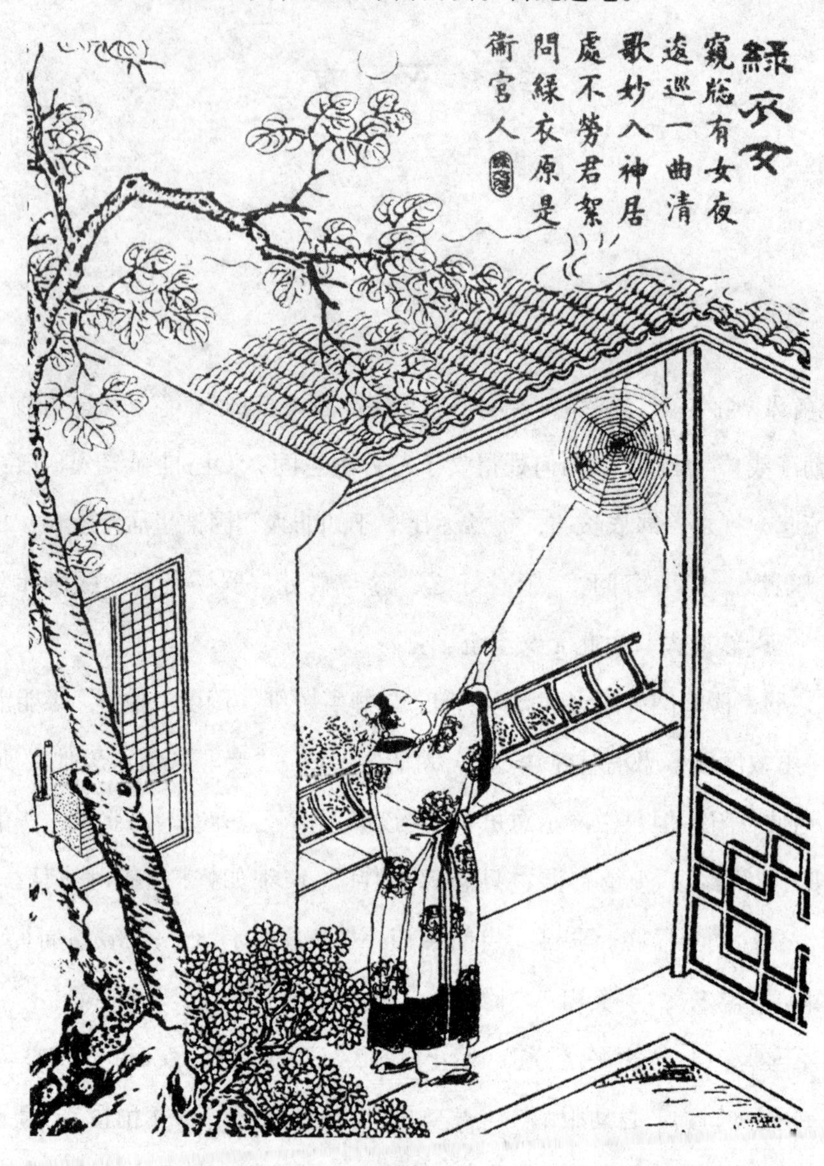

绿衣女

【注释】

①披诵：翻书诵读。披，翻开。

②咋噬：吃人。咋，咬。噬，吞咬。

③更筹方尽：指夜尽天明。更，旧时夜间计时单位。一夜分五更，每更约两小时。更筹，夜间计时报更的竹牌。

④妙解音律：很懂得乐律。妙，精深的意思。

⑤度曲：按谱歌唱。

⑥消魂：同“销魂”。谓感情激动，魂魄离体。

⑦以莲钩轻点足床：意思是用脚尖轻轻地打拍。莲钩，喻纤足。足床，床前或座前的踏脚板机。

⑧乌臼鸟：即“鸦舅”，候鸟名，形似鸦而小，北方俗称黎雀，天明时啼唤。

⑨如蝇：据铸雪斋抄本，原作“如营”。

⑩防：据铸雪斋抄本，原作“妨”。

⑪惕然：提心吊胆的样子。

⑫分：情分，缘分。

⑬禄尽：福分完了；指濒于死亡。

⑭眼瞤：眼跳。

⑮怿：喜悦。

⑯惿惭：《集韵》：“提惭，心怯也。”

⑰声在檐间：据铸雪斋抄本，原无“在”字。

【译文】

于生，名璟，字小宋，益都人。他在醴泉寺读书，一天夜里，正翻书诵读，忽

听一个女子的声音在窗外称赞说："于相公真用功啊！"于生想，深山里从哪来的女子？正疑虑的时候，女子已推门笑着进来，说："真用功啊！"于生吃惊地起身看，绿衣长裙，婉妙无比。于生知道她不是人类，一再追问她住在哪里。女子说："你看我该不是能吃人的吧，何必追问个没完？"于生心里喜欢她，就和她同床睡下。女子解开内衣，腰肢细得简直不满两手合围。天快亮的时候，女子飘然离去。从此，她没有一晚不来于生这里。

一天晚上，两人喝酒，闲谈中，于生发现女子很懂音律。于生说："你的声音娇细，如果唱上一支曲子，必能让人听得丢了魂儿。"女子笑道："不敢唱，怕你丢了魂儿呢。"于生非要她唱，女子说："不是我小家子气，是怕被外人听见。你一定要听，那我就献丑了；但只小声表示一下意思可以了吧。"于是，她用脚轻轻地点着床腿打拍子，唱道：

树上乌臼鸟叫唤，
引我半夜把步散。
不怕散步湿绣鞋，
只怕我走郎无伴。

声音细微如蝇，刚刚能够辨出唱的什么字儿。但静静地欣赏，歌声婉转圆润，动耳摇心。女子唱完，打开门探头望望说："提防窗外有人。"又绕着房子转了一圈，才进来。于生说："你为什么疑虑害怕得这样厉害？"女子笑着说："俗话说'偷生鬼子常怕人'，说的就是我了！"一会儿睡下，女子心神不定，一点也不起劲，说："咱们一生的缘分，怕是到此要结束了吧？"于生急忙问她原因。女子说："我心头颤动，寿命要完了。"于生安慰她说："心动眼跳，都是常事，哪能一下子就说到完了呢？"女子稍稍高兴一些，两人又亲热了一番。

天快亮的时候，女子衣下床，刚要开门，又犹犹豫豫地走了回来，对于生说："不知什么原因，我心里老是害怕，求你送我出门。"于生果真起床送她到门外。女子说："你站在这里看着我，我翻过墙后，你再回去。"于生答应。看着女子转过房廊，静悄悄再不见身影了，正想回房睡觉，忽听女子急促的呼救声。于生急忙奔去，四下里一看，没有踪影，听听，声音是从屋檐上发出的。抬起头仔细看，是一只弹丸大的蜘蛛捕捉住一个小昆虫，小昆虫声嘶力竭地哀鸣。于生挑破蜘蛛网，救下小昆虫，去掉缠在它身上的蛛丝，却是一只绿蜂，已经奄奄一息了。于生把它带回屋里，放在书桌上，绿蜂趴在那里，苏醒了好一阵子，才能走动。它慢慢地登上砚台，自动把身子投进墨汁里，出来伏在桌上，走成一个“谢”字，然后，频频展动双翼，穿过窗子飞走了。从此，绿衣女就没有再来。

黎　　氏

【原文】

龙门谢中条者[1]，佻达无行[2]。三十馀丧妻，遗二子一女，晨夕啼号，萦累甚苦[3]。谋聘继室，低昂未就。暂雇佣媪抚子女。一日，翔步山途[4]，忽一妇人出其后。待以窥觇，是好女子，年二十许。心悦之，戏曰：“娘子独行，不畏怖耶？”妇走不对。又曰：“娘子纤步[5]，山径殊难。”妇仍不顾。谢四望无人，近身侧，遽挲其腕[6]，曳入幽谷，将以强合。妇怒呼曰：“何处强人，横来相侵！”谢牵挽而行，更不休止。妇步履跌蹶[7]，困窘无计，乃曰：“燕婉之求[8]，乃若此耶？缓我，当相就耳。”谢从之。偕入静壑，野合既已，遂相欣爱。妇问其里居姓氏，谢以实告。既亦问妇，妇言：“妾黎氏。不幸早寡，姑又殒殁，块然一身[9]，无所依倚，故常至母家耳。”谢曰：“我亦鳏也，能相从乎？”妇问：“君有子女无也？”谢曰：“实不相欺：若论枕席之事，交好者亦颇不乏。只是儿啼女哭，令人不耐。”妇踌躇曰[10]：“此大难事！观君衣服袜履款样[11]，亦只平平，我自谓能办。但继母难作，恐不胜诮让也[12]。”谢曰：“请毋疑阻。我自不言，人何干与？”妇亦微纳[13]。转而虑曰：“肌肤已沾，有何不从。但有悍伯[14]，每以我为奇货[15]，恐不允谐，将复如何？”

谢亦忧皇，请与逃窜。妇曰：“我亦思之烂熟。所虑家人一泄，两非所便。”谢云：“此即细事。家中惟一孤媪，立便遣去。”妇喜，遂与同归。先匿外舍；即入遣媪讫，扫榻迎妇，倍极欢好。妇便操作，兼为儿女补缀，辛勤甚至。谢得妇，嬖爱异常[16]，日惟闭门相对，更不通客。月馀，适以公事出，反关乃去[17]。及归，则中门严闭，扣之不应。排闼而入[18]，渺无人迹。方至寝室，一巨狼冲门跃出，几惊绝。入视，子女皆无，鲜血殷地，惟三头存焉。返身追狼，已不知所之矣。

黎氏

异史氏曰：“士则无行，报亦惨矣。再娶者，皆引狼入室耳，况将于野合逃窜中求贤妇哉！”

【注释】

①龙门：古县名，北魏置，因县西北龙门山得名。治所在今山西省河津市。

②佻达：轻薄。

③萦累：纠缠牵累。

④翔步：缓步。

⑤纤步：女子柔弱之步履。

⑥挲：摩挲。

⑦跌蹶：形容步履困难，跌跌撞撞。

⑧燕婉：亦作“嬿婉”。指夫妇和爱之情。

⑨块然：孤独的样子。

⑩踌躇：此据青本，手稿本作“筹蹰”。

⑪款样：样式。

⑫诮让：谴责。

⑬纳：接受。

⑭伯：指夫兄。

⑮以我为奇货：奇货可居，指借以谋取钱财。

⑯嬖爱：宠爱。

⑰反关：自外关闭门户。

⑱排阖：推开门扇。

【译文】

龙门人谢中条，为人轻薄，品行不端。三十多岁，死了老婆，家里留下二儿一女，早晚啼哭叫闹，他被拖累得很苦。打算娶继室，又高不成，低不就，就暂雇了

个老年女佣照管孩子。

一天，他在山路上挥动两臂踱方步，忽然有个妇人出现在他的身后。他站住偷看，是个美丽的女子，年纪二十来岁。心里喜欢她，就调戏说："娘子一个人走路，不害怕吗?"妇人只管走路，不回答。他又说："娘子那么点小脚，走山路可太难了。"妇人依然不理睬他。谢中条看看四周无人，走近妇人身边，猛地攥住她的手腕，拉进深谷，想强行非礼。妇人气愤的大喊："哪里的强盗，横暴地来欺负人!"谢中条驾着她走，越发不停步。妇人脚步踉踉跄跄，困窘无法可想，便说："要求欢合，就像这个样子吗？你放开我，我顺从你就是了。"谢中条放了她，把她带到僻静的山谷，野合完后，两人也就互相欣然爱悦起来。妇人问谢中条的住址姓名，谢中条如实告诉了她。他又问妇人姓名。妇人说："我姓黎，不幸过早做了寡妇，婆婆又死了，孤孤单单一个人，无依无靠，所以常回娘家。"谢中条说："我也死了老婆，你能跟我吗?"黎氏问："你有子女没有?"谢中条说："实不相瞒：若说枕席上的事，愿意跟我相好的也很不少。只是儿啼女哭的，让人家不耐烦。"黎氏犹犹豫豫地说："这是最难的事了！看你衣服鞋袜样式，也只是一般，我自认为能做得来。只是后娘难当，恐怕受不了别人说闲话。"谢中条说："请不要三心二意了。我不说什么，与别人有什么相干的?"黎氏也有点儿同意的意思。转而又顾虑地说："我们肌肤都已经亲近过了，我还有什么不依从你的？只是我死去的丈夫有个很霸道的哥哥，每每把我当成奇货想要赚一票钱，恐怕他不会同意，这又怎么办呢?"谢中条也发愁不安，想让妇人跟他私奔回家。黎氏说："这条路我也翻来覆去想过了。就担心你家里人一旦泄露出去，对你我都不利。"谢中条说："这就是小事一桩了。我家中只有一个孤老太婆，马上就打发她走。"黎氏高兴了，就跟他一同回家。先在外边的房子里躲一躲，谢中条就进去把老太婆打发走，打扫干净床铺，把黎氏迎了进来，倍加欢好。

黎氏进门就操持家务，同时为儿女缝补衣服，十分辛勤。谢中条得到这个女人，异常宠爱，每天只关起门来和妇人厮守，再也不跟人打交道。过了一个多月，正好有公事外出，把门反锁上后才走。等到回家，第二道门却紧紧地关着，敲也没有人应声。他撞开门进去，里面连个人影也没有。才到卧室，一条大狼冲向门口跳了出去，几乎把他吓死。进去一看，子女全都没有了，鲜血满地，只有三颗人头还在。转身追狼，已不知它逃到哪里去了。

异史氏说：身为读书人，行为不端，受到的惩罚也太惨了。丧妻再娶，都是引狼入室罢了；更何况想在野合私奔中求贤妻呢？

荷花三娘子

【原文】

湖州宗湘若[①]，士人也。秋日巡视田垄，见禾稼茂密处，振摇甚动。疑之，越陌往觇，则有男女野合。一笑将返。即见男子靦然结带[②]，草草迳去。女子亦起。细审之，雅甚娟好。心悦之，欲就绸缪[③]，实惭鄙恶。乃略近拂拭曰："桑中之游乐乎[④]？"女笑不语。宗近身启衣，肤腻如脂。于是挼莎上下几遍[⑤]，女笑曰："腐秀才！要如何，便如何耳，狂探何为？"诘其姓氏。曰："春风一度[⑥]，即别东西，何劳审究？岂将留名字作贞坊耶[⑦]？"宗曰："野田草露中，乃山村牧猪奴所为，我不习惯。以卿丽质，即私约亦当自重，何至屑屑如此[⑧]？"女闻言，极意嘉纳[⑨]。宗言："荒斋不远，请过留连。"女曰："我出已久，恐人所疑，夜分可耳。"问宗门户物志甚悉，乃趋斜径，疾行而去。更初，果至宗斋。殢雨尤云[⑩]，备极亲爱。积有月日，密无知者。

会一番僧卓锡村寺[⑪]，见宗惊曰："君身有邪气，曾何所遇？"答言："无之。"过数日，悄然忽病。女每夕携佳果饵之，殷勤抚问，如夫妻之好。然卧后必强宗与合。宗抱病，颇不耐之。心疑其非人，而亦无术暂绝使去。因曰："曩和尚谓我妖惑，今果病，其言验矣。明日屈之来，便求符咒。"女惨然色变。宗益疑之。次日，

遣人以情告僧。僧曰："此狐也。其技尚浅，易就束缚。"乃书符二道，付嘱曰："归以净坛一事置榻前[12]，即以一符贴坛口。待狐窜入，急覆以盆。再以一符黏盆上，投釜汤烈火烹煮，少顷毙矣。"家人归，并如僧教。夜深，女始至，探袖中金橘，方将就榻问讯。忽坛口飕飗一声，女已吸入。家人暴起，覆口贴符，方欲就煮。宗见金橘散满地上，追念情好，怆然感动，遽命释之。揭符去覆，女子自坛中出，狼狈颇殆[13]，稽首曰："大道将成，一旦几为灰土！君仁人也，誓必相报。"遂去。

数日，宗益沉绵，若将陨坠。家人趋市，为购材木。途中遇一女子，问曰："汝是宗湘若纪纲否[14]？"答云："是。"女曰："宗郎是我表兄。闻病沉笃，将便省视，适有故不得去。灵药一裹，劳寄致之。"家人受归。宗念中表迄无姊妹，知是狐报。服其药，果大瘳，旬日平复。心德之，祷诸虚空，愿一再觏。一夜，闭户独酌，忽闻弹指敲窗。拔关出视，则狐女也。大悦，把手称谢，延止共饮。女曰："别来耿耿，思无以报高厚。今为君觅一良匹，聊足塞责否？"宗问："何人？"曰："非君所知。明日辰刻，早越南湖[15]，如见有采菱女，着冰縠帔者[16]，当急舟趁之。苟迷所往，即视堤边有短干莲花隐叶底，便采归，以蜡火爇其蒂，当得美妇，兼致修龄[17]。"宗谨受教。既而告别，宗固挽之。女曰："自遭厄劫，顿悟大道。即奈何以衾裯之爱[18]，取人仇怨？"厉色辞去。

宗如言，至南湖，见荷荡佳丽颇多。中一垂髫人，衣冰縠，绝代也。促舟劘逼[19]，忽迷所往。即拨荷丛，果有红莲一枝，干不盈尺，折之而归。入门置几上，削蜡于旁[20]，将以爇火。一回头，化为姝丽。宗惊喜伏拜。女曰："痴生！我是妖狐，将为君祟矣！"宗不听。女曰："谁教子者？"答曰："小生自能识卿，何待教？"捉臂牵之，随手而下，化为怪石，高尺许，面面玲珑。乃携供案上，焚香再拜而祝之。入夜，杜门塞窦[21]，惟恐其亡。平旦视之[22]，即又非石，纱帔一袭，遥闻芗泽[23]；展视领衿，犹存馀腻：宗覆衾拥之而卧。暮起挑灯，既返，则垂髫人在枕上。喜极，恐其复化，哀祝而后就之。女笑曰："孽障哉！不知何人饶舌，遂教风狂儿屑碎死[24]！"乃不复拒。而款洽间，若不胜任，屡乞休止。宗不听。女曰：

"如此，我便化去!"宗惧而罢。由是两情甚谐。而金帛常盈箱箧，亦不知所自来。女见人喏喏，似口不能道辞；生亦讳言其异。怀孕十馀月，计日当产。入室，嘱宗杜门禁款者[25]，自乃以刀剖脐下，取子出，令宗裂帛束之，过宿而愈。又六七年，谓宗曰："夙业偿满[26]，请告别也。"宗闻泣下，曰："卿归我时，贫苦不自立，赖卿小阜[27]，何忍遽言离逷[28]？且卿又无邦族，他日儿不知母，亦一恨事。"女亦怅悒曰："聚必有散，固是常也。儿福相，君亦期颐[29]，更何求？妾本何氏。倘蒙思眷，抱妾旧物而呼曰：'荷花三娘子!'当有见耳。"言已解脱，曰："我去矣。"惊顾间，飞去已高于顶。宗跃起，急曳之，捉得履。履脱及地，化为石燕[30]；色红于丹朱，内外莹彻，若水精然。拾而藏之。检视箱中，初来时所着冰縠帔尚在。每一忆念，抱呼"三娘子"，则宛然女郎，欢容笑黛，并肖生平；但不语耳。

【注释】

①湖州：府名，治所在今浙江省吴兴县。

②靦然：羞惭的样子。

③绸缪：本意紧缠密绕。后因以"绸缪"形容男女相爱。

④桑中之游：指男女幽会。

⑤挼莎：又作"挪挲"，以手探摸。

⑥春风一度：指男女交合。

⑦贞坊：贞节牌坊。

⑧屑屑：《广雅·释训》："屑屑，不安也。"

⑨嘉纳：赞许而接受。

⑩殢雨尤云：古时以云雨喻男女之交合，"殢雨尤云"形容沉浸于男女欢爱之中。

⑪番僧：西番之僧，又叫喇嘛僧。番，旧时对西方边境少数民族的称呼。卓锡：僧人居留称"卓锡"。卓，植立。锡，锡杖、禅杖，僧人外出所持，故以植立

禅杖代指其居止。

⑫净坛：洁净的坛罐。一事：一件。

⑬狼狈颇殆：极为狼狈。殆，危殆。

⑭纪纲：指仆人

⑮越：青柯亭本作“赴”。

⑯冰縠帔：白绉纱披肩。縠，绉纱类丝织品。

⑰修龄：长寿。

⑱衾裯之爱：犹枕席之爱。衾，被褥。裯，床帐。

⑲劘逼：迫近，逼近。

⑳削蜡：削剪烛芯，使之易燃。

㉑窦：孔穴，此指窗。

㉒平旦：平明，天明。

㉓芗泽：同“香泽”，香气。

㉔屑碎：犹琐碎，纠缠的意思。

㉕禁款者：禁止他人叩门。款，叩门。

㉖夙业：佛家语，意为前生之业。业，梵语“羯磨”的意译，泛指一切身心活动。“业”都有相应的果报，文中所说的“偿满”，即指对夙业的果报。

㉗阜：丰富。

㉘离逷：远离。

㉙期颐：百岁。人至百岁饮食起居无所不待于养，故称百岁为“期颐”。

㉚石燕：《初学记·天部下》引《湘州记》曰：“零陵山有石燕，遇风雨即飞，止还为石。”

【译文】

浙江湖州宗湘若，是个文人。秋天到田地里巡视，见庄稼茂密的地方，摇动得厉害。心里怀疑，就跨过田垅去看，却是一对男女在寻欢作乐。他笑笑要往回走，见那个男的满脸羞红地系好带子，匆匆而去。那女的也起来了。仔细打量，长得很是秀美。宗生心里喜爱她，很想过去跟她亲热，又对这种粗俗的行为实在感到羞耻。就稍微走近去用衣袖拂了拂她说："男女幽会快乐吗？"女子笑而不语。宗生走到她的身边，解开她的衣裳，只见她皮肤细腻如脂，就全身上下到处抚摸起来。女子笑道："迂腐的秀才，想怎样就怎样好了，一个劲儿摸什么？"宗生问她姓什么，女子说："恩爱一回，就各自东西，何必追根问底？难道要留下姓名立贞节牌坊不成？"宗生说："在田野草露中欢合，是山村里放猪的奴才干的，我不习惯。以你的美丽，即使私约，也要自重，何至于这样草率？"女子听他这样说，极为赞成。宗生说："敝舍离这儿不远，请去坐坐。"女子说："我出来已经很久了，恐怕要被人怀疑，夜间去得了。"她详细地问清了宗生家的门户标志，就快步上了小路，飞快地走了。

天刚黑，女郎果然来到宗家，云雨欢会，极其亲爱。来往有一个多月，没有人知道这秘密。这时，有个西部少数民族的和尚落脚在村子寺庙里，看见宗生，吃惊地说："你身上有股邪气，遇到过什么吗？"宗生回答说没有。过了几天，宗生不声不响地忽然病倒了。女子每天晚上带着好果子给他吃，深情地安慰他，像夫妻一般恩爱。但睡下后，就一定要强使宗生跟她欢合。宗生抱病，很不能忍受。心里怀疑她不是人类，但也没有办法稍加拒绝，让她离开。于是说："前些天和尚说我被妖精迷惑，现在果然得病，他的话应验。明天去请他来，就求他给一道符咒。"女子听宗生这样说，悲伤得脸色都变了，宗生对她更增加了怀疑。第二天，宗生派家人把女郎的情况告诉了和尚。和尚说："这是狐狸精。它的道行还浅，容易捉拿。"就写了两道符，交给家人，嘱咐说："回去拿一只干净的坛子放在床前，就用一道符贴在坛口。等狐狸精窜进坛子，就赶快用盆盖住，再把另一道符贴在盆上，放在汤锅里用烈火烹煮，一会儿就死了。"家人回来，一切按照和尚说的办法准备好。夜深了，女子才来，从袖子里拿出金橘，刚要到床前问宗生的病情，忽然坛口飕飗一声，女子已被吸了进去。家人猛地出来，盖住坛口，贴好符，正要放锅里煮。宗生见金橘撒满了一地，回想起女子对他的恩爱，凄怆地动了感情，马上让家人放了它。家人揭去符，拿掉盆，女子从坛中出来，狼狈不堪，给宗生叩头说："大道将成，几乎一旦成为灰土！你是个仁慈的人，我发誓一定要报答你。"说完就走了。又过了几天，宗生的病情更加沉重，好像要活不成了。家人赶到市上给他买棺木。路上遇到一个女子，问他："你是宗湘若的管家吗？"家人回答是。女子说："宗郎是我的表兄。听说他的病情严重，准备去探望，正好有事去不了，一包灵药，麻烦你捎给他。"家人接过药回来，宗生心想表亲中从来没有什么姊姊妹妹，知道是狐狸精报恩。吃了药，果然非常见效，十来天就恢复了健康。宗生感激狐女，向上空祈祷，希望再见上一面。

一天夜里，宗生关上门独自喝酒，忽听有人用手指弹窗，拔开门栓出去看，却是狐女。非常高兴，握着她的手道谢，请她一块儿喝酒。狐女说："分别后，我心里不安贴，考虑没有什么能报答你的大恩。现在我给你找了个好媳妇，姑且够塞责了吧？"宗生问："是什么人？"狐女说："这不是你所能知道的。明早八九点钟，你早点儿去渡南湖，如果看见采菱女郎中有个穿洁白绉纱披肩的，要赶快催船追赶。假如迷失了她的去向，马上看湖堤旁有枝隐藏在荷叶下边的短杆莲花，就采回来，用蜡烛火烧花蒂，你会得到美妻，还兼带着能长寿。"宗生认真地领受狐女的指教。说完，狐女告别，宗生一再挽留。狐女说："自从遭到厄难，顿时领悟了大道。就是何苦因为男女的情爱，让人仇恨？"她神色严肃地告辞而去。

宗生按照狐女说的，到了南湖，见荷花荡里美女很多，其中一个少女，穿着洁白绉纱披肩，是个绝代佳人。他催船夫把船靠近前去，忽然迷失了她的去向，就拨开荷花丛，果然有一枝红色莲花，花茎不足一尺。宗生把它折下来带回家。进了门，放在桌上，割了一截蜡放在旁边，准备点火烧莲蒂。一回头，莲花变成了美女。宗生又惊又喜，向女郎跪拜。女郎说："傻书生，我是妖狐，要祸害你了！"宗生不听。女郎说："是谁教你这样做的？"宗生答说："我自己就能认出你，哪里用别人教？"他握住女郎的手臂拉她，女郎随手下滑，变成怪石，有一尺来高，八面玲珑。宗生就把它供在书桌上，点上香，向它再拜祈祷。到了夜晚，宗生关紧门，塞好窗孔，唯恐她跑掉。第二天早上看看，就又不是怪石，而是一件纱披肩，远远就能闻到它的香气；展开领子衣襟，还保存着女郎留下的柔腻。宗生盖上被子搂着纱披肩睡下，傍晚起床点灯，再回过身，却见少女在枕头上。宗生高兴极了，怕她再变，苦苦地祈祷，然后去亲近她。少女笑着说："孽障啊！不知是哪个多嘴多舌，就叫这个疯小子把我烦死了！"于是，她不再拒绝了。但在欢合的时候，好像受不住，屡次要求宗生停止。宗生不听。少女说："你这样，我就变了！"宗生害怕，才停止了。从此，两人感情非常和谐，而且金银财帛常常满箱满柜，也不知是从哪里来的。少女见人只点头应声，好像不善于说话似的；宗生也瞒过了她不寻常的来历。女子怀孕十多个月，预计到了该生的日子，进了屋，嘱咐宗生关上门，禁止来人。自己用刀剖开肚脐下部，取出儿子后，叫宗生撕布条包扎伤口，过了一夜，伤口就愈合了。

又过了六七年，女子对宗生说："前世欠的债，已经偿完，让我们告别吧。"宗生听了，流下眼泪说："你嫁给我时，我贫苦得不能自立，我依赖着你富裕起来，怎么忍心突然就说离开呢？况且你又没个族姓，日后，儿子不知道母亲是谁，也是一件憾事。"女子也忧郁地说："聚必有散，这本是常理。儿子福相，你也长寿，还求什么呢？我本姓何，如果你思念我，就抱着我的旧物呼唤'荷花三娘子'，会看到我的。"说完摆脱开宗生，说了声"我走了"，宗生吃惊地看着她，一眨眼间，她飞起身来已超过了头顶。宗生跳起来，急忙去拉她，抓住了她的一只鞋子。鞋子脱手落到地上，变成石燕，比朱砂还红，内外透明，像水晶一样。宗生捡起石燕，收藏起来。翻检箱子，看到荷花三娘子刚来时穿的白绉纱披肩还在。每当思念的时候，抱着它呼唤"三娘子"，就仿佛还像是个女郎，欢容笑眼，一切像原来一样，只是不说话罢了。

骂　鸭

【原文】

邑西白家庄居民某[①]，盗邻鸭烹之。至夜，觉肤痒。天明视之，茸生鸭毛[②]，触之则痛。大惧，无术可医。夜梦一人告之曰：“汝病乃天罚。须得失者骂，毛乃

骂鸭

可落。”而邻翁素雅量[③]，生平失物，未尝征于声色[④]。某诡告翁曰：“鸭乃某甲所盗。彼甚畏骂焉，骂之亦可警将来。”翁笑曰：“谁有闲气骂恶人。”卒不骂。某益窘，因实告邻翁。翁乃骂，其病良已[⑤]。

异史氏曰：“甚矣，攘者之可惧也：一攘而鸭毛生[⑥]！甚矣，骂者之宜戒也：一骂而盗罪减！然为善有术，彼邻翁者，是以骂行其慈者也。”

【注释】

①邑：县。指作者家乡淄川县。

②茸生：细毛丛生。

③雅量：度量宽宏。

④征：表露，表现。

⑤良已：完全痊愈。

⑥攘：窃取。

【译文】

在城西白家庄住的某人，偷了邻居家的鸭子煮来吃了。到夜间，觉得皮肤奇痒。天亮一看，毛茸茸的，长了一身鸭毛，一碰它就痛，他恐慌极了，可是没法可治。

夜里，梦见一个人告诉他：“你的病是老天爷对你的惩罚，一定要让丢鸭的人骂你，鸭毛才能脱落。”然而邻家的老头儿向来宽宏大量，平时少了东西，从没作过声，发过脾气。某人就假意前去告诉老头儿：“鸭是某甲偷的。他很怕挨骂，你骂他，也可以警戒他以后不偷。”老头儿笑着说；“谁有闲气去骂缺德的人！”终归就是不骂。某人更加难堪，没奈何，只好照实告诉郎家老头儿。老头儿这才骂起来，某人的怪病也就好了。

异史氏说：偷人家的东西是多么可怕啊！偷一只鸭子就长一身鸭毛！被偷的人是多么应该注意啊：一骂就能减轻了小偷的罪过。不过，做好事也有方式方法，那邻居家老头儿，就是用骂来做善事的。

柳氏子

【原文】

胶州柳西川[1]，法内史之主计仆也[2]。年四十馀，生一子，溺爱甚至。纵任之，惟恐拂。既长，荡侈逾检[3]，翁囊积为空。无何，子病。翁故蓄善骡。子曰："骡肥可啖。杀啖我，我病可愈。"柳谋杀蹇劣者[4]。子闻之，即大怒骂，疾益甚。柳惧，杀骡以进。子乃喜；然尝一脔[5]，便弃去。疾卒不减，寻毙。柳悼叹欲死。

后三四年，村人以香社登岱[6]。至山半，见一人乘骡驶行而来，怪似柳子。比至，果是。下骡遍揖，各道寒暄。村人共骇，亦不敢诘其死。但问："在此何作?"答云："亦无甚事，东西奔驰而已。"便问逆旅主人姓名，众具告之。柳子拱手曰："适有小故，不暇叙间阔[7]。明日当相谒。"上骡遂去。众既归寓，亦谓其未必即来。厌旦伺之[8]，子果至，系骡厩柱，趋进笑言。众谓："尊大人日切思慕，何不一归省侍?"子讶问："言者何人?"众以柳对。子神色俱变，久之曰："彼既见思，请归传语：我于四月七日，在此相候。"言讫，别去。

众归，以情致翁。翁大哭，如期而往，自以其故告主人。主人止之，曰："曩见公子，情神冷落，似未必有嘉意。以我卜也[9]，殆不可见。"柳涕泣不信。主人曰："我非阻君，神鬼无常，恐遭不善。如必欲见，请伏椟中[10]，待其来，察其词色，可见则出。"柳如其言。既而子果至，问："柳某来否?"主人答云："无。"子盛气骂曰："老畜产那便不来!"主人惊曰："何骂父?"答曰："彼是我何父！初与义为客侣[11]，不图包藏祸心，隐我血赀[12]，悍不还。今愿得而甘心[13]，何父之有！”言已，出门，曰：“便宜他！”柳在椟，历历闻之，汗流接踵[14]，不敢出气。主人呼之，乃出，狼狈而归。

柳氏子

异史氏曰：“暴得多金，何如其乐？所难堪者偿耳。荡费殆尽，尚不忘于夜台[15]，怨毒之于人甚矣哉！”

【注释】

①胶州：州名，明置。治所在今山东胶县。

②法内史：法若真，字汉儒，号黄石，别号黄山，胶州人。顺治二年中乡试。主考官“以异才特荐”，召送礼部御试，授内翰林国史院中书舍人。顺治三年中进

士，先后任翰林院编修、浙江按察使、湖广布政使等职。内史，顺治初年设“内三院”，即内翰林国史院、内翰林秘书院、内翰林弘文院。法若真曾任内翰林国史院中书舍人，故称之为“内史”。主计仆：掌管财务出入的管家。

③荡侈逾检：放荡奢侈不守规矩。逾，过。检，规范、规矩。

④蹇劣：驽劣、劣等。蹇，不利于行。

⑤脔：切成碎块的肉。

⑥香社：结伙朝山进香、祭神叫“香社”。岱：泰山又称岱宗，简称岱。

⑦间阔：久别。

⑧厌旦：明晨。

⑨以我卜也：据我估计。

⑩椟：木柜、木箱。

⑪客侣：合伙在外经商。

⑫隐：隐吞。血赀：血本，辛苦积聚之资本。赀，通“资”。

⑬得而甘心：意为得而杀之. 以快心意。

⑭汗流接踵：汗流至踵。踵，脚跟。

⑮不忘于夜台：意为死后犹不能忘怀。夜台，墓穴，冥间。

【译文】

山东胶州柳西川，在姓法的内史官家里掌管财务。四十多岁时，得了个儿子，非常溺爱。儿子想怎么样就怎么样，唯恐不称他的心。长大以后，奢侈放荡，无所顾忌，把柳西川的积蓄全都折腾光了。不久，儿子得了病。柳西川早就养着匹好骡，儿子说：“骡肉肥美好吃，把骡杀了给我吃，我的病就能好。”柳西川舍不得好骡，想杀匹差点的，儿子听说，马上发脾气大骂，病得更重了。柳西川害怕，就把好骡杀了给儿子吃，儿子这才高兴了。但煮好了骡肉，他只尝了一块，就扔掉了，病情也终于没有减轻，不久就死了。柳西川悲痛得要死。

过了三四年后，村里人到泰山烧香拜神，到了半山腰，见一个人骑着骡子走来，活脱是柳西川的儿子，像得出奇。等到了跟前，果然是他。他下骡向大家一一作揖，一个个问寒问暖。村里人都很惊惧，也不敢问到他的死，只问："你在这里做什么？"回答说："也没有什么事，只是东奔西跑而已。"接着就问大家住在哪家客店里。大家告诉了他。柳家儿子拱拱手说："碰巧有件小事要办，来不及叙叙别后情况。明天去拜访你们。"说完，骑上骡就走了。大家回到旅店后，也还认为他未必就来。第二天等着，他果然来了。把骡系在马厩里的柱子上，跑进来跟大家说笑。大家说："你父亲天天好不想你，为什么不回去一趟看望看望？"柳家儿子惊讶地问："你们说的是谁？"大家告诉他是柳西川。儿子听了，神情脸色都变了，停了很久说："他既然想我，请你们回去捎个话儿，四月七日那天，我在这里等他。"说完，告别大家走了。

大家回村后，把遇见的情况告诉了柳西川。柳西川听后大哭，按期前去，自己把来意告诉了店主。店主阻止他说："那天，我看公子神情冷落，像未必有好意。以我估计，怕是不可以见面。"柳西川流着泪不相信。店主说："我不是要阻拦你，神鬼无常，恐怕你会遭到不幸。如果你一定要见，请躲到柜子里，等他来时，观察一下他的态度，可以相见再出来。"柳西川按照店主的意见办了。过后，儿子果然来了，问店主："柳某来了吗？"店主回答说没来。儿子满腔气恨地骂道："老畜生哪就不来！"店主吃惊地说："你怎能骂父亲？"儿子说："他是我什么父亲！当初我把他当作好朋友一起做买卖，不料他包藏祸心，暗中吞没了我的血汗钱，蛮横无理地不偿还。今天只愿杀了他才痛快，哪有什么父亲！"说完，出门，还边走边说："便宜了他！"柳西川在柜子里听得清清楚楚，吓得汗流到脚跟，不敢出气。店主喊他，他才出来，狼狈而回。

异史氏说：一下子得了大量钱财，多么快活！难堪的是偿还罢了。已经几乎倾家荡产了，到了阴间还不忘记旧恨，怨恨之于人，也太深了！

上　仙

【原文】

癸亥三月[①]，与高季文赴稷下[②]，同居逆旅。季文忽病。会高振美亦从念东先生至郡[③]，因谋医药。闻袁鳞公言：南郭梁氏家有狐仙，善“长桑之术[④]”。遂共诣之。

上仙

梁，四十以来女子也，致绥绥有狐意[⑤]。入其舍，复室中挂红幕[⑥]。探幕以窥，壁间悬观音像[⑦]；又两三轴，跨马操矛，驺从纷沓[⑧]。北壁下有案；案头小座，高不盈尺，贴小锦褥，云仙人至，则居此。众焚香列揖。妇击磬三[⑨]，口中隐约有词。祝已，肃客就外榻坐[⑩]。妇立帘下，理发支颐与客语[⑪]，具道仙人灵迹。久之，日渐曛[⑫]。众恐碍夜难归，烦再祝请。妇乃击磬重祷。转身复立，曰："上仙最爱夜谈，他时往往不得遇。昨宵有候试秀才，携肴酒来与上仙饮；上仙亦出良酝酬诸客[⑬]，赋诗欢笑。散时，更漏向尽矣[⑭]。"言未已，闻室中细细繁响，如蝙蝠飞鸣。方凝听间，忽案上若堕巨石，声甚厉。妇转身曰："几惊怖煞人！"便闻案上作叹咤声，似一健叟。妇以蕉扇隔小座。座上大言曰："有缘哉！有缘哉！"抗声让坐，又似拱手为礼。已而问客："何所谕教[⑮]？"高振美遵念东先生意，问："见菩萨否？"答云："南海是我熟径[⑯]，如何不见。"又："阎罗亦更代否？"曰："与阳世等耳。""阎罗何姓？"曰："姓曹。"已乃为季文求药。曰："归当夜祀茶水，我于大士处讨药奉赠[⑰]，何恙不已。"众各有问，悉为剖决。乃辞而归。过宿，季文少愈。余与振美治装先归，遂不暇造访矣。

【注释】

①癸亥：指康熙二十二年，公元一六八三年。

②高季文：名之驳，康熙丁丑拔贡，授东昌府茌平县教谕，未任，卒。稷下：古地名。此处指府城济南。

③高振美：未详。念东先生：高珩，字葱佩，号念东，别号紫霞居士，淄川人。崇祯进士，选庶吉士。入清后，曾任国子祭酒、吏部侍郎、刑部侍郎等职。能诗文，有《栖云阁集》。郡：郡城，指济南。

④长桑之术：医术。长桑，战国时名医，扁鹊事之唯谨，因传以禁方，并出药使扁鹊服，于是能见人五脏，医道日精。

⑤致：情致、意态。绥绥有狐意：《诗·卫风·有狐》："有狐绥绥。"毛传：

"绥绥，匹行（相随而行）貌。"此处用以形容狐的神态。

⑥复室：复屋，指内室。

⑦观音：观世音，佛教大乘菩萨名。唐代因避"世"字讳，称观音。后世沿称。

⑧驺从：古代达官出行时，侍卫前后的骑卒。

⑨磬：寺庙中金属铸造的钵形法器，念经礼神时敲击。

⑩肃：敬请。

⑪支颐：手支下巴。

⑫曛：暮。

⑬良酝：好酒。

⑭更漏：古代夜晚以刻漏（计时器具）计时、报更，故称更漏。向尽：将尽，此指黑夜将尽。

⑮谕教：见教。

⑯南海：指浙江省定海县海域中之普陀山，相传为观世音显灵说法的道场。

⑰大士：佛家对菩萨的通称。此指观音大士。

【译文】

癸亥年（1683）三月，我和高季文去山东临淄，同住在一家旅店里。季文忽然病了。恰好这时高振美也跟着念东先生来临淄，就一起商量请医治病的事儿。听袁鳞公说，南城梁家有狐仙，擅长神医之术，于是我和振美一同去梁家请教。

姓梁的，是个四十来岁的妇人，神气举止有点狐狸的味道。走进她的家里，里间挂着红色帘幕。把头伸进帘幕偷看，墙上悬挂着观音菩萨像；又有两三幅轴画，画上武将骑马操矛，周围有很多侍从相随。北墙下有只长桌，桌上放个小座，不足一尺高，铺着小锦褥，说是仙人来，就座在小座上。来求仙的人点上香，列队作揖。妇人敲三下磬，嘴里念念有词。祈祷完，请客人到外间榻上坐。她站在帘幕外，理理头发，手托着腮颊，跟来客说话，说的全都是大仙怎样灵验的事。说了很久，天渐渐黑了，大家怕夜间受阻回不了家，就烦请她再祈祷，请大仙快来。妇人就又进去敲磬祈祷。完后，转回身、又站到帘外说：“大仙最喜欢在夜里谈话，别的时间往往遇不上它。昨天晚上有个等候考试的秀才，带着酒菜来和大仙喝酒；大仙也拿出好酒酬谢客人，两个人赋诗谈笑，分别时，天都快亮了。”话没说完，听得里间不断地响起细微的声音，像蝙蝠飞鸣。大家正注意听的时候，忽然像有块巨石落在桌上，声音非常响。妇人转身说：“几乎吓死人了！”就听桌上发出叹息声，像是个健壮的老头。妇人用芭蕉扇遮住小座，只听座上大声说：“有缘哪！有缘哪！”又听得高声让座，又好像在拱手行礼。过后问来客：“有什么指教?”高振美遵照念东先生的意思，问：“仙人能看见菩萨不?”回答说；“南海是我走熟了的地方，怎么见不到?”高振美又问：“阎罗王也更换吗?”回答说：“跟阳间是一样的呢!”问阎罗王姓什么，答说姓曹。高振美问完，便给季文求药。大仙说：“回去要连夜用茶水祭祀，我在大士那里讨来药赠送给你，什么病治不好?”来客各有问题请教，大仙一一给他们解决了。于是，各自告辞回家。

过了一晚，季文的病稍有好转。我和振美整理行装先回乡，就再没时间去拜访大仙了。

侯静山

【原文】

高少宰念东先生云[①]：“崇祯间[②]，有猴仙，号静山。托神于河间之叟[③]，与人谈诗文，决休咎[④]，娓娓不倦。以肴核置案上[⑤]，啖饮狼藉，但不能见之耳。”时先生祖寝疾[⑥]。或致书云：“侯静山，百年人也[⑦]，不可不晤。”遂以仆马往招叟。叟至经日，仙犹未来。焚香祠之。忽闻屋上大声叹赞曰："好人家!"众惊顾。俄檐间又言之。叟起曰："大仙至矣。"群从叟岸帻出迎[8]。又闻作拱致声[9]。既入室，遂大笑纵谈。时少宰兄弟尚诸生[10]，方入闱归[11]。仙言："二公闱卷亦佳[12]；但经不熟[13]，再须勤勉，云路亦不远矣[14]。"二公敬问祖病，曰："生死事大，其理难明。"因共知其不祥。无何，太先生谢世[15]。

旧有猴人，弄猴于村。猴断锁而逸，不可追，入山中。数十年，人犹见之。其走飘忽，见人则窜。后渐入村中，窃食果饵，人皆莫之见。一日，为村人所睹，逐诸野，射而杀之。而猴之鬼竟不自知其死也，但觉身轻如叶，一息百里[16]。遂往依河间叟，曰："汝能奉我，我为汝致富。"因自号静山云。

【注释】

①高少宰：指高珩。高珩号念东。少宰，对吏部的别称，高珩曾任吏部侍郎，故称其为"少宰"。

②崇祯：明思宗朱由检年号（1628~1644）。

③托神：迷信所说的神灵托付人身，显示灵异。河间：今河北省河间市。

④休咎：吉凶。

⑤肴核：指肉类、果类食品。

⑥寝疾：卧病。

⑦百年人：年老有道之人。

⑧岸帻：巾高露额。岸，露额曰岸。帻，头巾。

⑨拱致：拱手致意。

⑩少宰兄弟：指珩及其兄高玮，弟高玶。高玮、高珩以崇祯己卯（崇祯十二年）年同中乡试。在诸兄弟中，玮、珩中乡试最早。所云"时少宰兄弟尚诸生"，时间当在玮、珩中乡试之前。

⑪入闱归：指参加乡试回来。

⑫二公：指高玮、高珩。

⑬经：指儒家的“五经”。

⑭云路：直上青云之路，喻仕途。

⑮太先生：指高念东祖父。太，对上辈的尊称。

⑯一息：呼吸之间，极言时间短暂。

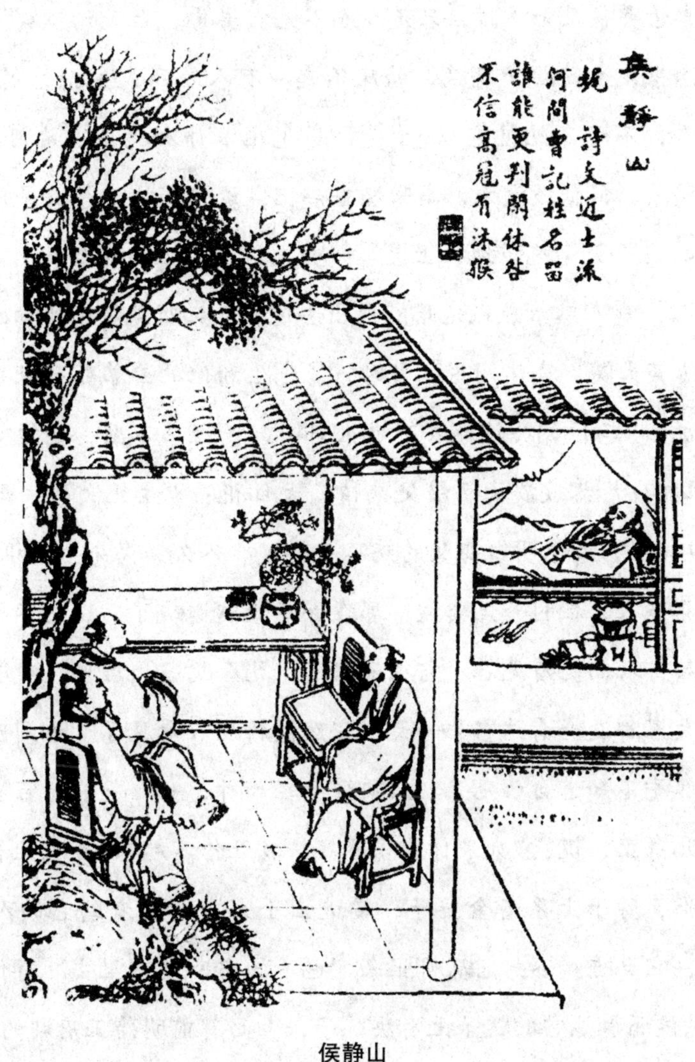

侯静山

【译文】

少宰高念东先生说："崇祯年间，有个猴仙，号称静山。托附在河间县一个老头身上显神，与人谈论诗文，判断凶吉，娓娓不倦。把菜肴、果子放在桌子上，它又吃又喝，把桌子弄得乱七八糟，只是人看不见它罢了。

当年，高念东先生的祖父有病，卧床不起。有人给高先生捎信说："侯静山，是活百岁的仙人，不可不见见它。"于是，高先生派仆人骑马去请河间县老头儿。老头儿来了一整天，猴仙还没来，高家烧香祭祀，请它驾临。忽听屋顶上有人大声赞叹说："好人家！"大家吃惊地往上看。一会儿，房檐上又这么说。老头儿站起来说："大仙来了。"众人恭恭敬敬地跟随他出去迎接，又听见拱手致意的声音。进屋以后，大仙就纵声大笑，高谈阔论。当时，高先生和他的弟弟还是秀才，刚参加乡试回来，大仙说："二位相公试卷答得也很好，只是经书不熟，还须努力，仕途也不远了。"二位相公恭恭敬敬请问祖父病情，大仙说："生死大事，那道理很难说清。"从它的口气里，大家明白祖父的病不一样了。不久，高先生的祖父就去世了。

从前有个养猴人，在村子里耍猴。那猴弄断锁链逃跑了，追它不上，它跑进了山里。几十年后，人们还看见它。它往来飘忽，见人就逃。后来，渐渐溜进村子偷糕饼果子吃，大家都没能看见它。一天，突然被村里人看见了，追到荒野，射死了它。但它的鬼魂竟不知道自己死了，只觉得身轻如叶，一口气能行百里。就去依附在河间县老头儿身上，说："如果你能信奉我，我让你富起来。"从此自号静山。

长沙有个猴，脖子上系着金链子，常进出士大夫家。看到它的人必定会有喜事。给它果子，它也吃。不知它从哪里来，也不知它回到哪里去。有位九十多岁的老人说："小时候还看见它的链子上有块牌子，上面有前明藩王府邸的标记。"想来它也已成仙了。

钱　流

【原文】

沂水刘宗玉云[1]：其仆杜和，偶在园中，见钱流如水，深广二三尺许。杜惊喜，以两手满掬，复偃卧其上[2]。既而起视，则钱已尽去；惟握于手者尚存。

钱流

【注释】

①沂水：山东县名。

②偃卧：仰卧。偃，仰。

【译文】

沂水县刘宗玉说：他的仆人杜和，一次在花园里，看见钱像水一样流淌，深、广各约二三尺。杜和又惊又喜，用两手满满捧了一捧，又把身子仰卧在上边，想压住一些。过后起来看看，钱已经全部流走；只有握在手里的还在。

郭　生

【原文】

郭生，邑之东山人[①]。少嗜读，但山村无所就正，年二十馀，字画多讹。先是，家中患狐，服食器用，辄多亡失，深患苦之。一夜读，卷置案头，被狐涂鸦[②]；甚者，狼藉不辨行墨[③]。因择其稍洁者辑读之，仅得六七十首。心甚恚愤而无如何。又积窗课二十馀篇[④]，待质名流[⑤]。晨起，见翻摊案上，墨汁浓泚殆尽[⑥]。恨甚。会王生者，以故至山，素与郭善，登门造访。见污本，问之。郭具言所苦，且出残课示王。王谛玩之[⑦]，其所涂留，似有春秋[⑧]；又复视涴卷[⑨]，类冗杂可删。讶曰："狐似有意。不惟勿患，当即以为师。"过数月，回视旧作，顿觉所涂良确。于是改作两题，置案上，以觇其异。比晓，又涂之。积年馀，不复涂；但以浓墨洒作巨

点，淋漓满纸。郭异之，持以白王。王阅之曰：“狐真尔师也，佳幅可售矣[10]。”是岁，果入邑庠[11]。郭以是德狐[12]，恒置鸡黍[13]，备狐啖饮。每市房书名稿[14]，不自选

郭生

择，但决于狐。由是两试俱列前名[15]，入闱中副车[16]。时叶、缪诸公稿[17]，风雅艳丽，家弦而户诵之。郭有抄本，爱惜臻至。忽被倾浓墨碗许于上，污荫几无馀字；又拟题构作[18]，自觉快意，悉浪涂之[19]：于是渐不信狐。无何，叶公以正文体被收，又稍稍服其先见。然每作一文，经营惨淡，辄被涂污。自以屡拔前茅[20]，心气颇高，以是益疑狐妄。乃录向之洒点烦多者试之，狐又尽泚之。乃笑曰：“是真妄矣！何前是而今非也？”遂不为狐设馔，取读本锁箱簏中。旦见封锢俨然，启视则卷面涂

四画，粗于指；第一章画五，二章亦画五，后即无有矣。自是狐竟寂然。后郭一次四等[21]，两次五等，始知其兆已寓意于画也。

异史氏曰："满招损，谦受益[22]，天道也。名小立，遂自以为是，执叶、缪之馀习，狃而不变[23]，势不至大败涂地不止也。满之为害如是夫!"

【注释】

①邑之东山：淄川东山。邑，指淄川。

②涂鸦：涂抹、胡乱涂写。

③行墨：行格字迹。

④窗课：谓塾中习作的文章。课，课业。

⑤质：就正。

⑥泚：以笔蘸墨，此指为墨汁涂染、污渍。

⑦谛玩：仔细玩味。

⑧春秋：谓褒贬之道。相传孔子据鲁史作《春秋》，起自鲁隐公元年，止于鲁哀公十四年，凡二百四十三年。这部书叙事简括，但字里行间"寓褒贬，别美恶"，世称春秋笔法。

⑨涴卷：被涂抹的文卷。涴，玷污。

⑩佳幅：佳作。可售：指可考中。

⑪入邑庠：指考中秀才。明清时代称县学为邑庠。

⑫德：感恩、感德。

⑬鸡黍：黍为招待客人的饭菜。

⑭市：买。房书名稿：进士考试的优秀闱墨。明清时书贾常刊印房稿，供应考者乎习。

⑮两试：明清科举制，诸生每三年参加两次考试，一为岁试，一为科试。参加岁考，成绩优异者可补廪膳生员（即廪生）。科试成绩优异者可录送乡试。

⑯入闱：指参加乡试。副车：副贡。乡试名额已满，额外录取，贡入太学，称副榜贡生，简称副贡。清初副贡仍需参加岁试，故下文有“一次四等，两次五等”之说。

⑰叶、缪诸公：待考。

⑱构作：制作、写作。

⑲浪涂：任意涂抹。

⑳前茅：原指行军时的先头部队。古代行军时，前哨以茅为旌，遇敌情或变故，则举茅以示警告。后称考试成绩优秀，榜示名次在前为“名列前茅”。

㉑四等：岁考时，考生试卷分为六等：文理平通者为第一等，文理亦通者为第二等，文理略通者为第三等，文理有疵者为第四等，文理荒谬者为第五等，文理不通者为第六等。

㉒“满招损”二句：意为：自满则招受损害，谦虚则得到补益。

㉓狃：习以为常。

【译文】

城外东山人郭生，很小就有读书的癖好，但山村里没地方好请教，二十多岁了，写字笔画还有很多差错。先前，家里闹狐仙，穿的，吃的，用的器具，常常丢失，郭生对这祸患深感苦恼。一天夜里读书，他把书放在书桌上，结果被狐用墨涂抹；严重的地方乱糟糟地辨不出字行。他挑选稍微干净些的集中起来，仅仅剩下六七十首。心里非常气愤，却也没什么办法。他又把平时为准备考试作的二十多篇文章收在一起，等待名人评点。早晨起来，见文章翻摊在书桌上，墨汁浓浓的几乎全都给涂尽了。心里恨得要命。

这时，王生因事进山，他向来和郭生友好，就登门拜访。看到被墨汁污染的书，问郭生原因，郭生一一诉了苦。还拿出涂得一塌糊涂的文章给王生看。王生接过文章仔细玩味，所涂掉和保留的地方，好像寓有深意；又重新拿起被涂污的书

看，也大抵属于冗杂可删的。惊讶地说："狐仙似乎是有意的。你不但不要忧虑，还要以它为师呢！"过了几个月，郭生回过头看看先前作的文章，顿时觉得涂得相当准确。于是他用旧题改写了两篇文章，放在书桌上，看有什么奇事。等到天亮一看，文章又被涂抹了。过了一年多，不再涂了；只用浓墨洒成大点子，淋漓满纸。郭生感到奇怪，拿去告诉王生，王生看过说："狐真是你的老师啊，这样的好文章，可以考中了。"这一年，郭生果然考入了县学。他因此感谢狐的恩德，常摆了鸡、米供狐吃喝。每当买到考中的范文名稿，自己不选择，只由狐来决定。这以后，郭生两次考试都名列前茅，乡试考中副榜贡生。

当时，叶公、缪公等人的文章，风雅艳丽，家家户户传诵。郭生有手抄本，爱惜到了极点，忽然被狐拨了约有一碗来浓墨，污染得几乎不剩下一个字；郭生又拟题做文章，自己觉得满意，却全给狐乱涂了一气：于是，渐渐有点不相信狐了。不久，因纠正文体，叶公被逮捕，郭生又稍稍佩服狐有先见之明。然而，自己每作成一篇文章，惨淡经营，老是被涂抹；又自以为考试屡次名列前茅，不免心高气傲，因此，越发怀疑狐是没目的地胡乱涂抹。就把先前狐洒很多大点子的文章抄录下来试验，果然，狐又全涂上了墨汁。郭生笑道："真是乱涂的啊！不然，为什么先前赞许现在又否定了呢？"于是，他就不再给狐准备吃的了，还把读的书拿来锁到箱子里。早晨起来，只见箱子仍然锁着，打开一看，书的封面除了比手指还粗的四道；第一章划了五道，第二章也划了五道，往后就没有了。从此，狐竟然安静了。

后来，郭生考试，一次考了个四等，两次考了五等，都属差劣一类。才知狐已把预兆寓藏在画道道中了。

异史氏说：满招损，谦受益，这是千古不变的道理。有点小名气，就自以为是，执着于叶、缪二公文体的余习，拘泥不加变通，势必不到一败涂地不能了事。自满的害处就是这样啊！

金生色

【原文】

金生色，晋宁人也[①]。娶同村木姓女。生一子，方周岁。金忽病，自分必死，谓妻曰："我死，子必嫁，勿守也！"妻闻之，甘词厚誓[②]，期以必死。金摇手呼母曰："我死，劳看阿保[③]，勿令守也。"母哭应之。既而金果死。木媪来吊，哭已，谓金母曰："天降凶忧，婿遽遭命[④]。女太幼弱，将何为计？"母悲悼中，闻媪言，不胜愤激，盛气对曰："必以守！"媪惭而罢。夜伴女寝，私谓曰："人尽夫也[⑤]。以儿好手足，何患无良匹？小儿女不早作人家，眈眈守此襁褓物[⑥]，宁非痴子？倘必令守，不宜以面目好相向[⑦]。"金母过，颇闻馀语，益恚[⑧]。明日，谓媪曰："亡人有遗嘱，本不教妇守也。今既急不能待，乃必以守！"媪怒而去。母夜梦子来，涕泣相劝，心异之。使人言于木，约殡后听妇所适[⑨]。而询诸术家[⑩]，本年墓向不利[⑪]。妇思自衒以售[⑫]，缞绖之中[⑬]，不忘涂泽[⑭]。居家犹素妆；一归宁，则崭然新艳。母知之，心弗善也；以其将为他人妇，亦隐忍之。于是妇益肆。

村中有无赖子董贵者，见而好之，以金啖金邻妪[⑮]，求通殷勤于妇。夜分，由妪家逾垣以达妇所，因与会合。往来积有旬日，丑声四塞，所不知者惟母耳。妇室夜惟一小婢，妇腹心也。一夕，两情方洽，闻棺木震响，声如爆竹。婢在外榻，见亡者自幛后出[⑯]，戴剑入寝室去。俄闻二人骇诧声。少顷，董裸奔出。无何，金捽妇发亦出。妇大嗥。母惊起，见妇赤体走去，方将启关。问之不答。出门追视，寂不闻声，竟迷所往。入妇室，灯火犹亮。见男子履，呼婢；婢始战惕而出，具言其异，相与骇怪而已。

董窜过邻家，团伏墙隅。移时，闻人声渐息，始起。身无寸缕，苦寒甚战，将

假衣于媪。视院中一室，双扉虚掩，因而暂入。暗摸榻上，触女子足，知为邻子妇。顿生淫心，乘其寝，潜就私之。妇醒，问："汝来乎？"应曰："诺。"妇竟不疑，狎亵备至。

金生色

先是，邻子以故赴北村，嘱妻掩户以待其归。既返，闻室内有声，疑而审听，音态绝秽。大怒，操戈入室。董惧，窜于床下。了就戮之。又欲杀妻；妻泣而告以误，乃释之。但不解床下何人。呼母起，共火之，仅能辨认。视之，奄有气息；诘其所来，犹自供吐。而刃伤数处，血溢不止，少顷已绝。妪仓皇失措，谓子曰：

"捉奸而单戮之，子且奈何?"子不得已，遂又杀妻。

是夜，木翁方寝，闻户外拉杂之声；出窥，则火炽于檐，而纵火人犹彷徨未去。翁大呼，家人毕集。幸火初燃，尚易扑灭。命人操弓弩，逐搜纵火者。见一人趫捷如猿[17]，竟越垣去。垣外乃翁家桃园，园中四缭周墉皆峻固[18]。数人梯登以望，踪迹殊杳；惟墙下块然微动，问之不应，射之而耎。启扉往验，则女子白身卧，矢贯胸脑。细烛之，则翁女而金妇也。骇告主人。翁媪惊怛欲绝，不解其故。女合眸，面色灰败，口气细于属丝[19]。使人拔脑矢，不可出；足踏顶项而后出之。女嘤然一呻[20]，血暴注，气亦遂绝。翁大惧，计无所出。

既曙，以实情白金母，长跽哀祈[21]。而金母殊不怨怒，但告以故，令自营葬。金有叔兄生光，怒登翁门，诟数前非[22]。翁惭沮，赂令罢归。而终不知妇所私者何人。俄邻子以执奸自首，既薄责释讫；而妇兄马彪素健讼，具词控妹冤。官拘妪；妪惧，悉供颠末。又唤金母；母托疾，遣生光代质，具陈底里。于是前状并发，牵木翁夫妇尽出，一切廉得其情[23]。木以诲女嫁，坐纵淫[24]，笞；使自赎，家产荡焉。邻妪导淫，杖之毙。案乃结。

异史氏曰："金氏子其神乎！谆嘱醮妇[25]，抑何明也！一人不杀，而诸恨并雪，可不谓神乎！邻媪诱人妇，而反淫己妇；木媪爱女，而卒以杀女。呜呼！'欲知后日因，当前作者是[26]'，报更速于来生矣!"

【注释】

①晋宁：州县名。唐置晋宁县，元为晋宁州，地在云南省昆明市南部，滇池以南。

②甘词厚誓：甜言蜜语，恳切发誓。

③阿保：保护养育。就本篇文章，似指遗孤乳名。

④遽遭命：意谓突然死去。"遭命"，讳言夭死之词。

⑤人尽夫也：意为人人都可以做丈夫。

⑥眈眈：垂目注视。襁褓：代指小儿。

⑦不宜以面目好相向：意为不能以好脸相待。

⑧恚：怒、恨。

⑨听：任凭。适：适人，嫁人。

⑩术家：指从事择日、占卜、星相、风水等迷信活动为生的人。

⑪本年墓向不利：旧时举行葬礼，必请术家选择墓地，选定时日、墓向，方得安葬。如有碍忌，则暂厝，另做选择。

⑫自衒以售：此指卖弄风姿，意欲改嫁。自衒，自我矜夸。

⑬缞绖：古代丧服名。缞，亦作"衰"，披于胸前的麻布条。绖，丧服中的麻布带，在首为首绖，在腰为腰绖。

⑭涂泽：涂脂抹粉。

⑮啖：买通、贿赂。

⑯幛：帷障。

⑰趫捷：矫健。

⑱四缭周墉：四面环有垣墙。缭，绕。墉，垣墙。

⑲口气细于属丝：意谓气息微弱，不能吹动属丝。属丝，即属纩。人将死，在口鼻上放新丝绵，以观察有无呼吸。纩，即新丝绵，质轻，遇气即动。

⑳嘤然：鸟鸣声。此处形容声音细弱。

㉑长跽：长跪，直挺挺地跪着。

㉒数：列举罪状。

㉓廉：考查。

㉔坐：定罪，定其罪。

㉕醮妇：再嫁其妇。醮，妇女改嫁。

㉖欲知后日因，当前作者是：意为未来吉凶祸福的原因，就是今日之所作为。此为佛教因果之说。

【译文】

金生色是云南晋宁人，娶本村木家的女儿为妻，生了个儿子，才一周岁。金生色忽然病了，自认为必死，对妻子说："我死后，你一定要改嫁，不要守节！"妻子听了，甜言蜜语赌咒发誓，和他约定要守到死。金生色摇摇手，喊来母亲说："我死后，劳您照顾扶养孩子，不要叫她守节。"金母哭着答应了。后来金生色果然死了。木老太来吊丧，哭完，对金母说："天降不幸，女婿突然死去，我女儿年纪太轻，今后怎么办呢？"金母正在悲哀中，听木老太这样说，非常愤激，满腔怒气地说："一定要她守节！"木老太惭愧，不再向金母提这事。夜晚伴女儿睡，偷偷地对女儿说："人人都可以做丈夫，凭你的好手好脚，哪怕没有好配偶？趁年轻不早早嫁人，眼睁睁地守着这襁褓里的东西，难道不是傻子？如果金老婆子一定叫你守，你不要给她好脸子看。"金母走过，听到后边几句话，更加气愤。第二天，对木老太说："我儿子有遗嘱，本不叫媳妇守节；如今既然急不可待，就一定让她守着！"木老太生气地走了。金母夜里梦见儿子来，流着泪劝她不要让木女守着，醒来感到奇怪，就打发人告诉木家，约定儿子出殡后听任媳妇嫁人。不料，询问阴阳先生，说当年不宜埋葬。

木女想卖弄自己的风姿以求嫁出去，戴孝期间，不忘涂脂抹粉。住在婆家还穿素着白；一回娘家，就打扮得崭新艳丽。金母知道了，心里反感，但因为她今后总是别人家的媳妇，也就暗自忍耐。于是，木女越发放肆起来。村子里有个无赖叫董贵的，看见木女，心里喜爱，拿钱贿赂金家邻居老婆子，求她向木女表达心意。夜里，董贵从老婆子家跳墙来到木女的住处，跟木女相会交合。两人往来有十多天，丑闻传遍四面八方，蒙在鼓里的只有金母罢了。

木女房中夜晚只有一个小丫鬟侍候，她是木女的心腹。一天晚上，木女和董贵两情正融洽的时候，忽听棺材里一阵震响，像放爆竹似的。丫鬟在外间床上，看见死去的金生色从帐后出来，拿着剑走进卧室里去。马上就听见木女董贵的惊叫声。

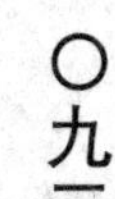

过了一会儿，董贵光着身子跑出来。又过了一会儿，金生色揪着木女的头发也出来了。木女大声嚎叫。金母被惊醒，见木女赤身露体地往外走，正要开大门。问她，也不回答。出门追看，静悄悄的没有声音，竟不知去向。金母走回木女的卧室，灯光还亮着。见有双男人的鞋子，叫丫鬟，丫鬟才战战兢兢地出来，一一说出所见的怪事，主仆两人也只能相对惊奇而已。

董贵窜到金生色的邻居老婆子家，蜷曲着身子趴在墙角里。过了好一阵，渐渐听不见人声了，才敢起来。他身上一丝不挂，冻得直打战，打算向老婆子借件衣服穿。看院子里有间屋，两扇门虚掩，就暂且进去。暗中摸到床上，触碰到女子的脚，知道是邻居老婆子的儿媳妇，顿时产生邪念，乘她熟睡着，偷偷上床去奸污。妇人醒了，问："你回来了吗？"董贵答应说是。妇人竟一点儿不怀疑，和董贵亲热备至。原来，邻居儿子因有事到北村，走时嘱咐妻子掩上门等他回来。回来后，听屋里有声音，起了疑心，仔细听听，那声音情态极其不堪。他气坏了，操起刀就进了屋。董贵害怕，钻到床底下，他上前戳了董贵几刀，又要杀妻子，妻子哭着告诉误会了，他才放过，却不知钻在床下的是什么人。喊母亲起床，一起拿灯照看，血肉模糊，勉强能辨认出来。看看他，已奄奄一息了；问他从哪儿来，他自己还能供认。但因刀伤有好几处，血流不止，不多会就断气了。邻居老婆子惊慌失措，对儿子说："捉奸却只杀了董贵一个，你将怎么办？"儿子不得已，就又杀了妻子。

就在这一夜，木老头正睡觉，听门外有杂乱的声音，出门一看，房檐上火往上直窜，而放火人还犹犹豫豫地没跑开。老头大声呼喊，家里人全都来了。幸好火刚起，还容易扑灭。老头让家人拿着刀枪弓箭追搜放火的。看见有个人像猿一般矫捷，竟越墙外是木老头家桃园，四面围墙又高又牢，几个人登上梯子看，放火人毫无踪影；只是墙下有一团东西在微微抖动。发话问了，也不应声；用箭射去，听声音可知是软绵绵的。打开门进园验看，原来是个女子赤条条地躺在那里，箭射了胸口、脑门。拿火把仔细照照，确实木老头的女儿、金家的儿媳妇。仆人惊住了，急忙禀告主人。木老头夫妇心惊胆战怕得要死，不明白是什么原因。木女双眼紧闭，面如死灰，呼吸细如游丝。木老头让人拔她脑门上的箭，拔不出来；用脚踩着头顶和脖颈，箭才出来了。木女嘤地呻吟一声，血猛地喷射出了，气也就断了。

木老头很怕金家不饶，想不出办法推脱责任，天亮后，把实情告诉了金母，长跪在地，哀求宽恕。金母却一点儿也不怨恨，只把缘由告诉了他，让他们自到官府自首，官府给了他轻微的责罚后，把他赶出衙门完事；那媳妇的哥哥马彪却一向好打官司，写状申诉妹妹冤屈。官府拘捕邻居老婆子；老婆子害怕，把事情前前后后从头到尾全部供了出来。官府又传呼金母；金母托病，打发金生光代替作证，详细陈述了内幕。于是，前一件案子的真相也一并暴露了，把木老头夫妇全都牵扯出来，一切都调查得水落石出。木老太因教唆女儿再嫁，犯纵容奸淫罪，要挨板子，让她拿钱赎罪，因此把家产全都折腾光了。邻居老婆子给通奸人牵线，也给乱棍打死了。案子这才了结。

异史氏说：金家儿子难道不神吗！谆谆嘱咐木女嫁人，又多么明智！他不动手杀一个人，就把所有的怨恨都报了，能不说他神吗？邻居老婆子引诱人家媳妇淫荡，反而使自家媳妇被奸淫；木老太爱女儿，最终却杀了女儿。唉！佛家说："要知下世祸福，就看今世善恶。"这件事的报应，比来世更快了。

彭海秋

【原文】

莱州诸生彭好古[①]，读书别业，离家颇远。中秋未归，岑寂无偶。念村中无可共语；惟丘生是邑名士，而素有隐恶[②]，彭常鄙之。月既上，倍益无聊，不得已，折简邀丘。饮次，有剥啄者[③]。斋僮出应门，则一书生，将谒主人。彭离席，肃客人。相揖环坐，便询族居。客曰："小生广陵人[④]，与君同姓，字海秋。值此良夜，旅邸倍苦。闻君高雅，遂乃不介而见[⑤]。"视其人，布衣洁整，谈笑风流。彭大喜曰："是我宗人。今夕何夕，遘此嘉客!"即命酌，款若夙好。察其意，似甚鄙丘；丘仰与攀谈[6]，辄傲不为礼。彭代为之惭，因挠乱其词[7]，请先以俚歌侑饮[8]。乃仰天再咳，歌"扶风豪士之曲[9]"。相与欢笑。客曰："仆不能韵[10]，莫报阳春[11]。倩代者可乎?"彭言："如教。"客问："莱城有名妓无也?"彭答云："无。"客默然良

彭海秋

久，谓斋僮曰．"适唤 人，在门外，可导入之。"僮出，果见一女子逡巡户外。引之入，年二八已来，宛然若仙。彭惊绝，掖坐[12]。衣柳黄帔，香溢四座。客便慰问："千里颇烦跋涉也。"女含笑唯唯。彭异之，便致研诘。客曰："贵乡苦无佳人，适

于西湖舟中唤得来。”谓女曰：“适舟中所唱‘薄倖郎曲’[13]，大佳。请再反之[14]。”女歌云：“薄倖郎，牵马洗春沼[15]。人声远，马声杳；江天高，山月小。掉头去不归，庭中生白晓。不怨别离多，但愁欢会少。眠何处？勿作随风絮[16]。便是不封侯[17]，莫向临邛去[18]！”客于袜中出玉笛，随声便串[19]。曲终笛止，彭惊叹不已，曰：“西湖至此，何止千里，咄嗟招来[20]，得非仙乎？”客曰：“仙何敢言，但视万里犹庭户耳。今夕西湖风月，尤盛曩时，不可不一观也，能从游否？”彭留心欲觇其异，诺言：“幸甚。”客问：“舟乎，骑乎？”彭思舟坐为逸，答言：“愿舟。”客曰：“此处呼舟较远，天河中当有渡者。”乃以手向空招曰：“舡来，舡来[21]我等要西湖去，不吝偿也。”无何，彩船一只，自空飘落，烟云绕之。众俱登。见一人持短棹；棹末密排修翎[22]，形类羽扇；一摇羽，清风习习。舟渐上入云霄，望南游行，其驶如箭。

逾刻，舟落水中。但闻弦管敖曹，鸣声喤聒。出舟一望，月印烟波，游船成市。榜人罢棹[23]，任其自流。细视，真西湖也。客于舱后，取异肴佳酿，欢然对酌。少间，一楼船渐近，相傍而行。隔窗以窥，中有二三人，围棋喧笑。客飞一觥向女曰：“引此送君行[24]。”女饮间，彭依恋徘徊，惟恐其去，蹴之以足。女斜波送盼。彭益动，请要后期[25]。女曰：“如相见爱，但问娟娘名字，无不知者。”客即以彭绫巾授女，曰：“我为若代订三年之约。”即起，托女子于掌中，曰：“仙乎，仙乎[26]！”乃扳邻窗，捉女入；窗目如盘，女伏身蛇游而进，殊不觉隘。俄闻邻舟曰：“娟娘醒矣。”舟即荡去。遥见舟已就泊，舟中人纷纷并去，游兴顿消。遂与客言，欲一登岸，略同眺瞩。

才作商榷，舟已自拢。因而离舟翔步[27]，觉有里馀。客后至，牵一马来，令彭捉之。即复去，曰：“待再假两骑来。”久之不至。行人已稀；仰视斜月西转，天色向曙。丘亦不知何往。捉马营营[28]，进退无主。振辔至泊舟所[29]，则人船俱失。念腰橐空匮，倍益忧皇。天大明，见马上有小错囊[30]；探之，得白金三四两。买食凝待，不觉向午。计不如暂访娟娘，可以徐察丘耗。比讯娟娘名字，并无知者，兴转萧索[31]：次日遂行。马调良[32]，幸不蹇劣，半月始归。

方三人之乘舟而上也，斋僮归白："主人已仙去。"举家哀涕，谓其不返。彭归，系马而入。家人惊喜集问，彭始具白其异。因念独还乡井，恐丘家闻而致诘，戒家人勿播。语次，道马所由来。众以仙人所遗，便悉诣厩验视[33]。及至，则马顿渺，但有丘生，以草缰絷枥边[34]。骇极，呼彭出视。见丘垂首栈下[35]，面色灰死，问之不言，两眸启闭而已。彭大不忍，解扶榻上，若丧魂魄。灌以汤酏[36]，稍稍能咽。中夜少苏，急欲登厕；扶掖而往，下马粪数枚。又少饮啜，始能言。彭就榻研问之，丘云："下船后，彼引我闲语。至空处，戏拍项领，遂迷闷颠踣。伏定少刻，自顾已马。心亦醒悟，但不能言耳。是大辱耻，诚不可以告妻子，乞勿泄也！"彭诺之，命仆马驰送归。

彭自是不能忘情于娟娘。又三年，以姊丈判扬州[37]，因往省视。州有梁公子，与彭通家[38]，开筵邀饮。即席有歌姬数辈，俱来祗谒[39]。公子问娟娘，家人白以病。公子怒曰："婢子声价自高，可将索子系之来！"彭闻娟娘名，惊问其谁。公子云："此娼女，广陵第一人。缘有微名，遂倨而无礼。"彭疑名字偶同；然突突自急[40]，极欲一见之。无何，娟娘至，公子盛气排数[41]。彭谛视，真中秋所见者也。谓公子曰："是与仆有旧，幸垂原恕。"娟娘向彭审顾，似亦错愕。公子未遑深问，即命行觞。彭问："'薄倖郎曲'犹记之否？"娟娘更骇，目注移时，始度旧曲。听其声，宛似当年中秋时。酒阑，公子命侍客寝。彭捉手曰："三年之约，今始践耶？"娟娘曰："昔日从人泛西湖，饮不数卮，忽若醉。朦胧间，被一人携去，置一村中。一僮引妾入；席中三客，君其一焉。后乘舡至西湖，送妾自窗棂归，把手殷殷。每所凝念，谓是幻梦；而绫巾宛在，今犹什袭藏之。"彭告以故，相共叹咤。娟娘纵体入怀，哽咽而言曰："仙人已作良媒，君勿以风尘可弃[42]，遂舍念此苦海人。"彭曰："舟中之约，一日未尝去心。卿倘有意，则泻囊货马，所不惜耳。"诘旦，告公子；又称贷于别驾[43]，千金削其籍[44]，携之以归。偶至别业，犹能识当年饮处云。

异史氏云："马而人，必其为人而马者也[45]；使为马，正恨其不为人耳。狮象鹤鹏，悉受鞭策，何可谓非神人之仁爱之乎？即订三年约，亦度苦海也。"

【注释】

①莱州：明清府名，府治在今山东省掖县。

②隐恶：隐匿的恶行、恶德。

③剥啄者：敲门的人。剥啄，叩门声。

④广陵：旧郡名，治所在今江苏省扬州市。

⑤不介而见：没经人介绍就直接拜见。

⑥仰与攀谈：以仰慕的态度和他交谈。

⑦挠乱其词：打乱他们的话头。

⑧俚歌：民间歌谣。侑饮：劝酒。

⑨扶风豪士之曲：唐代诗人李白有《扶风豪士歌》，赞美扶风豪士意气相投，情谊深厚。扶风，古郡名，郡治在今陕西凤翔县一带。

⑩韵：指歌唱。

⑪阳春：古乐曲名。这里用以对别人歌曲的美称。报：回答。

⑫掖：扶持。

⑬薄倖郎：旧时女子对情郎的昵称，犹言“冤家”。薄倖，薄情、负心。

⑭再反之：再唱一遍。反，重复。

⑮牵马洗春沼：在春天的沼池洗刷马匹。

⑯随风絮：随风飘荡的柳絮，喻远游漫无底止。

⑰便是不封侯：指外出觅官不成。

⑱莫向临邛去：指不要另觅新欢。临邛，今四川省邛崃市，汉代文学家司马相如到临邛卓王孙家做客，卓女文君夜奔相如，成为夫妇。

⑲串：演奏。

⑳咄嗟：呼吸之间。表示时间仓促。

㉑舡：船。

㉒棹末：船桨的末端。

㉓榜人：摇船的人。

㉔引：引觞，举杯；指饮酒。

㉕请要后期：请求约定后会的日期。要，相约。

㉖“仙乎，仙乎”：《飞燕外传》：汉成帝皇后赵飞燕曾歌舞归风送远之曲，歌酣，“后扬袖曰：仙乎仙乎，去故而就新，宁忘怀乎?”这里称“仙乎仙乎”，兼有送归惜别之意。

㉗翔步：安步、闲步的意思。翔，安舒的样子。

㉘营营：徘徊，周旋。

㉙振辔：抖动马缰；指驰马而行。

㉚错囊：金线绣制的袋子。

㉛萧索：冷淡；低落。

㉜调良：驯良。

㉝厩：马棚。

㉞枥：马槽。

㉟栈：牲口棚。

㊱汤酏：稀粥。

㊲判扬州：为扬州府通判。判，通判，官名，明清时设于各府，分掌粮运及农田水利等事。

㊳通家：世交。

㊴祗谒：拜见。祗，恭敬。谒，进见。

㊵突突：形容心跳；谓情绪激动。

㊶盛气：满脸怒气的样子。排数：斥责，数落。

㊷风尘：旧指妓女生活，这里指妓女。

㊸别驾：明清时尊称“通判”为“别驾”。

㊹削其籍：从乐籍中除掉她的名字；指为娼娘赎身。籍，指乐户或官妓的

名册。

㊺为人而马者：为人行事像畜牲一样。

【译文】

山东莱州有个秀才姓彭名好古，在别墅里读书，离家很远。中秋节没回家，没个伴儿，好生寂寞。想想村子里的人都无可交谈，只有一个姓丘的，是县里的名士，却一向有不被人知的恶迹，彭好古总是瞧不起他。晚上，月亮已升上天空，彭好古更加感到无聊，无法排遣，只好写信邀丘生来会。

两个人喝了一会酒，忽听有人敲门。书童出去开门，原来是个书生，说要拜见主人。彭好古离开座位，恭恭敬敬请客人进来。相互施礼后，三个人围着圈儿坐下。彭好古就问客人的族姓和住处。客人说："我是广陵人，跟你同姓，字海秋。在这美好的夜晚，旅居他乡的人倍感孤寂苦闷。我听说你为人高雅，就不经介绍自来拜见。"打量来客，一身布衣衫整齐干净，谈笑之间神态风流。彭好古高兴极了，说："你和我是一家子。今天晚上是什么好时辰，能遇见你这样一位佳客！"立即吩咐备酒宴，款待他像老朋友一样。

彭好古观察彭海秋，好像很鄙视丘生，丘生巴结着跟他攀谈，他总是很高傲，不那么礼貌。彭好古替丘生难为情，就打断他们的话，提议让自己先唱支俗曲助助酒兴。说着便仰着头咳了两声清一下嗓子，唱了一支《扶风豪士歌》。唱完，互相欢笑。客人说："我不懂音韵，不能和你这高推的《阳春白雪》，请别人代替可以吗？"彭好古说："当然可以，一切随你的便。"客人问："莱州城里有没有名妓？"彭好古回答说："没有。"客人沉默了许久，对书童说："刚才唤来一个人，在门外，你可以去领她进来。"书童出门，果然见一个女子在门外徘徊，就把她带了进来。

女子看上去年过十六，仿佛像天仙似的。彭好古惊奇极了，搀她坐下。她身披柳黄色披肩，香飘四座。客人便慰问女子说："千里而来，让你辛苦了。"女子含笑

应答。彭好古心里奇怪，便向客人探问究竟。客人说："我很遗憾贵乡没有美人，是刚从西湖船上把她唤来的。"又对女子说："你刚才在船上唱的《薄幸郎》曲非常好，请再唱一遍。"女子唱道：

薄情郎，春池里，马洗好。
人声远，马声消；
江天高，山月小。
掉头一去不归来，
庭中白天多寂寥；
不怨离别多，
只愁欢会少。
今夜宿何处？
别做柳絮随风飘。
宁可不封侯，
莫去临邛恋新娇。客人从膝抹中取出玉笛，随着歌声伴奏；曲子唱完，笛声也终止了。彭好古惊叹不止，说："西湖到这里，何止千里，顷刻之间就能把她招来，你莫不是仙人吧？"客人说："哪里敢说是仙人，只是在我看来万里之遥就像庭院这么点距离罢了。今天晚上西湖风光月色，比以往任何时候都美，不可不观赏一番，你能跟我一起去游玩吗？"彭好古有心想看看他的神通，答应说："那太有幸了。"客人问："是乘船呢？还是骑马呢？"彭好古考虑乘船舒坦，回答说："愿意乘船。"客人说："这里叫船比较远，天河中应该是有摆渡的。"就向空中招手说："船来！船来！我们要去西湖，多付些钱不在乎。"

一会儿，一只彩船烟环云绕，从空中飘然落下。大家都登上了船，只见一个人拿着短桨；桨的末端密密地排列着长长的羽毛，形状很像羽毛扇，一划桨，和风就阵阵吹来。小船渐渐升入云霄，朝南方驶去，快得像箭一般。过了一阵子，船落到水里。只听得各种管弦乐器，交响共鸣，一片嘈杂。彭好古走出船舱一望，月亮的倒影印在烟波里，游船热闹得像集市。船夫停住桨，让船顺水漂流。细看，果真是西湖啊！客人从后舱里取出珍奇的菜肴和上等美酒，大家一起开怀畅饮。不多会儿，一只楼船渐渐靠近，和他们的船并排漂流。隔着船窗看，楼船里有两三个人围在一起下棋，又嚷又笑。客人递过一杯酒，对那女子说："就用这杯酒给你送行。"女子喝酒的时候，彭好古依依不舍，只怕她离去，就用脚碰碰她。女子斜着眼睛送来多情的目光。彭好古更加动心，请约日后相会的日期。女子说："如果你爱我，只要打听娟娘的名字，没有不知道的。"客人就把彭好古的一条丝巾交给了女子，说："我替你订下三年的约期。"随即起身，将女子托在手掌上，说："仙啊，仙啊"就扳开旁边楼船的窗户，把女子往里送。窗口只像盘子那么大，女子伏下身子像蛇一样钻了进去，一点儿也不觉得狭窄。很快就听楼船里有人说："娟娘醒过来了。"那楼船就飘飘荡荡地离开了。彭好古远远地望见楼船停泊在岸边，船里人都纷纷下船走了，游兴顿时消失。于是，就对客人说想到岸上去一下，略为观看一下风景。刚提出商量，船已自动靠了岸。

彭好古走下船头，甩开两臂快走，想找娟娘，自己觉得走出有一里多路的光景。彭海秋从后边赶上，牵来了一匹马，让彭好古牵着它。随即又转身离开，说："等我再借两匹马来。"好久好久也不见他来。行人已渐渐地少了；彭好古抬头看看，月亮已经西斜，天色将近黎明。丘生也不知到哪里去了。他只好牵着马来回踱着，进退没有了主意。骑上马使劲抖动缰绳，跑到停船的地方，一看，人和船都不见了。想到腰包空空，更添了忧虑不安。

天色大亮，他看见马上有只饰金的小钱包，打开看看，有三四两银子，就用来买了吃食，在停船的地方一动不动地等待，不觉已到晌午。考虑不如暂且去寻访娟娘，也可以顺便慢慢打听丘生的消息。等问起娟娘名字，却并没有知道的，顿时心凉了一截。第二天，他只好一个人骑马回家。马是调教过的，幸而足力不弱，跋涉半个月才回到家里。

当彭好古三人乘船上天时，书童回家报告："主人已成仙上天了！"全家人都悲哀地啼哭，认为他一去不复返了。彭好古到家，系好马走进门，家里人又惊又喜，集拢来问这问那。彭好古才原原本本叙说了奇遇。因为想到独自回乡，恐怕丘家听

说后要来追究，命令家人不要传扬出去。说话间讲到马的来历，大家认为是仙人给的，就一窝蜂地拥到马厩看个究竟。等大家来到厩前，马早已没了影，只有丘生，被马缰绳拴在马槽旁边。这一惊非同小可，喊彭好古出来看。彭好古见丘生的头垂在马栅栏下，面如死灰。问他，也不说话，只能两眼一睁一闭而已。彭好古心里老大不忍，解开绳子把丘生扶到床上，丘生就像丢了魂儿似的。灌他米汤，稍微能咽下点儿。半夜，略有点儿清醒了，急着要上厕所；彭好古扶着他去，他拉下了几团马粪。又给他喝了点儿米汤，他才能说话。彭好古到床边细细问他怎么回事。丘生说："下了船后，彭海秋拉我闲聊。到没人的地方，开玩笑地拍拍我的脖颈，我就迷迷糊糊地倒下了。趴在地上不能动，过一会儿，自己看自己已变成了马。心里也还明白，只是不能说话罢了。这是天大的耻辱，切不可告诉我的妻子儿女，求你不要泄露了啊！"彭好古答应了他，叫仆人用马把他送回了家。

从那以后，彭好古对娟娘不能忘情。过了三年，因为姊夫任扬州通判，他前去探望。扬州有个梁公子，与彭好古家是世交，设宴请彭好古来喝酒。当席，有几名歌女都来拜见。梁公子问："娟娘呢？"家人禀告说："娟娘有病。"梁公子发怒说："这丫头把自己看得太高，可用绳子把她绑了来！"彭好古听到娟娘的名字，大吃一惊，忙询问是谁。梁公子说："是个娼妓，广陵第一号美人。因为小有名声，就傲慢无礼。"彭好古怀疑是名字偶尔相同，然而触动心怀，急于想见她一面。片刻，娟娘来了，梁公子一脸怒气，数落了她一通。彭好古定神注视，真的是三年前中秋节见到的女子。于是，对梁公子说："她与我有旧交情，请你宽恕了她吧！"娟娘朝彭好古细看，好像也很惊诧。梁公子来不及深问，就叫娟娘敬酒。彭好古问："你还记得《薄幸郎》曲吗？"娟娘更加诧异，盯着彭好古看了好一会儿，才开始唱起了旧曲。听她的声音，仿佛像当年中秋节时一样。喝完酒，梁公子命娟娘侍候彭好古睡下。彭好古握住娟娘的手说："三年的期约，今天才实现吗？"娟娘说："三年前那天跟着别人泛舟西湖，没饮上几杯，忽然醉了似的。迷迷糊糊之间，被一个人带走，放置在一个村子里。一个书童领我进门，席中有三个客人，你是其中的一个。后来乘船到西湖，把我从窗棂送回去，你殷切地握着我的手。每当沉思凝想，总认为这是梦幻；可丝巾确实在，如今我仍然层层包裹珍藏着。”彭好古告诉她缘故，相对惊叹不已。娟娘纵身投入彭好古的怀里，哽咽着说：“仙人已经作了良媒，你不要以为风尘中的女子可以抛弃，就忘掉了我这苦海中的人！”彭好古说：“船中之约，一天也不曾忘记过。如果你有意，我就是倾囊卖马也在所不惜。”

第二天早晨，彭好古把事情原委告诉了梁公子，又向姊夫借了些钱，用千两白银的重价除掉了娟娘的娼籍，带她回了家。偶尔到别墅去，娟娘还能辨认出这是当年饮酒的地方。

异史氏说：马是人变的，必定是这人的为人像马；让人变成马，正是恨这人的行为不是人罢了。狮、象、鹤、鹏也都受过仙人鞭策，怎么可以说让人变马就不是仙人的仁爱之心呢？就是订下三年的期约，也是仙人超度娟娘脱离苦海啊！

堪　舆

【原文】

沂州宋侍郎君楚家①，素尚堪舆②；即闺阁中亦能读其书③，解其理。宋公卒，两公子各立门户，为父卜兆④。闻有善青乌之术者⑤，不惮千里，争罗致之。于是两门术士，召致盈百；日日连骑遍郊野，东西分道出入，如两旅⑥。经月馀，各得牛眠地⑦，此言封侯，彼言拜相⑧。兄弟两不相下，因负气不为谋，并营寿域⑨，锦棚彩幢⑩，两处俱备。灵舆至岐路⑪，兄弟各率其属以争，自晨至于日昃⑫，不能决。宾客尽引去。舁夫凡十易肩，困惫不举，相与委柩路侧。因止不葬，鸠工构庐⑬，以蔽风雨。兄建舍于旁，留役居守，弟亦建舍如兄；兄再建之，弟又建之：三年而成村焉。

积多年，兄弟继逝；嫂与娣始合谋⑭，力破前人水火之议⑮，并车入野，视所

择两地，并言不佳，遂同修聘贽[16]，请术人另相之。每得一地，必具图呈闺闼，判其可否。日进数图，悉疵摘之[17]。旬馀，始卜一域。嫂览图，喜曰："可矣。"示娣。娣曰："是地当先发一武孝廉。"葬后三年，公长孙果以武庠领乡荐[18]。

堪舆

异史氏曰："青乌之术，或有其理；而癖而信之，则痴矣。况负气相争，委柩路侧，其于孝弟之道不讲，奈何冀以地理福儿孙哉！如闺中宛若[19]，真雅而可传者矣。"

【注释】

①沂州：州府名。治所在今山东省临沂市，雍正以后升为府。宋侍郎：指宋之普，崇祯戊辰（1628）进士，官至户部左侍郎。入清后，任常州知府。

②堪舆：《文选·甘泉赋》注引许慎的解释："堪，天道也；舆，地道也。"古时有堪舆家，见《史记·日者列传》。后世称相地形、看风水为堪舆，谓墓葬的地形风水可以决定后人祸福。

③闺闼：即闺阁，妇女所居之内室。

④卜兆：选择墓地。兆，墓域。

⑤青乌之术：即堪舆之术。相传汉代有青乌子，亦称青乌或青乌先生，为著名的堪舆术士。

⑥两旅：两支军队。旅，军旅；古代以士卒五百人为旅。

⑦牛眠地：俗称"吉地"，即风水好之墓地。后因称风水好的墓地为"牛眠地"。

⑧封侯、拜相：指做高官。侯。古代五等爵位的第二等。拜相：任宰相。拜，授官。

⑨寿域：墓地，墓穴。

⑩锦棚彩幢：丧家为礼祭死者所制作的彩棚、彩幡。

⑪灵舆：灵车，灵柩。

⑫日昃：此据二十四卷抄本，手稿本作"旦昃"。日昃，又作"日仄"，太阳偏西。

⑬鸠工：聚集工匠。

⑭娣：弟妻。

⑮水火之议：水火不相容的争论。

⑯聘贽：聘礼。贽，初见时所赠之礼物。

⑰疵摘：指摘毛病。疵，毛病。

⑱武庠：此指武秀才。明清时府、州、县学分文庠、武庠。领乡荐：考中举人；此指中武举。

⑲宛若：本古女子名，后指称妯娌。

【译文】

山东临沂人宋君楚官做到侍郎，他家一向崇尚看风水，就连闺阁之中的女子，也能阅读这一类的书，懂得其中门道。宋侍郎死了，两个公子各立门户，各自为父亲选择坟地。听说有擅长看风水的，哪怕远在千里之外，也争着去搜罗到门下。于是，两家请来的风水先生足有一百多，天天连翩骑马，遍布在荒郊野外相看，分东西两路出人，就像是两支队伍。过了一个多月，各相出一块风水宝地来。哥哥说把父亲埋在他们相定的地方，子孙将来可封侯，弟弟说埋在他们看中的地方，子孙将来可拜相。兄弟俩争执不下，就赌气不再商量，各自营造坟墓。锦棚、彩旗，两边齐备。下葬那天，灵柩抬到路口，兄弟俩率领手下人争夺，从早晨到太阳偏西，相持不下。送葬的宾客全都散去，抬灵柩的人换了十多次肩，累得再也抬不动了，一起把灵柩撂在路边走了。因此只好停止下来不葬，雇了工匠造棚子，给灵柩遮风雨。哥哥在灵棚边建了一处房子，留下仆人看守，弟弟也像哥哥一样建了一处房子，留下仆人看守；哥哥再扩建，弟弟也再扩建：三年后，竟成了一个村落。

过了多年，兄弟俩相继去世；妯娌俩才一起商量，力求冲破以前水火不相容的意见分歧，合乘一辆车子到野外，看了风水先生选择的两处坟地，都说不好。于是，就共同备好聘礼请阴阳先生另相坟地。每选中一个地点，一定要先画成图送到闺房，由她们评断是否可以。每天送上几张图，全都指出毛病淘汰了。十多大后，才选到了一个地方。嫂嫂看了图，高兴地说："行了。"给弟媳看，弟媳说："把公公葬在这里，咱家会先产生一个武举人。"于是，就把宋侍郎安葬在这个地方。三年后，长孙果然乡试考中了武举人。

异史氏说：相风水的道术，或许有它一定的道理，但崇尚成癖并且迷信它，就是傻瓜了。更何况赌气相争，把灵柩搁在路边，连孝悌之道都不讲，还怎么能希望凭着地理位置保佑儿孙后代呢？像那闺阁中的妯娌俩，才真正是高雅可传的人物了。

窦　氏

【原文】

南三复，晋阳世家也[①]。有别墅，去所居十里馀，每驰骑日一诣之。适遇雨，途中有小村，见一农人家，门内宽敞，因投止焉。近村人固皆威重南。少顷，主人出邀，跼蹐甚恭[②]。入其舍，斗如[③]。客既坐，主人始操篲[④]，殷勤氾扫[⑤]。既而泼蜜为茶。命之坐，始敢坐。问其姓名，自言："廷章，姓窦。"未几，进酒烹雏，给奉周至。有笄女行炙[⑥]，时止户外，稍稍露其半体，年十五六，端妙无比。南心动。雨歇既归，系念綦切[⑦]。越日，具粟帛往酬，借此阶进。是后常一过窦，时携肴酒，相与留连。女渐稔[⑧]，不甚避忌，辄奔走其前。睨之，则低鬟微笑。南益惑焉，无三日不往者。一日，值窦不在，坐良久，女出应客。南捉臂狎之。女惭急，峻拒曰："奴虽贫，要嫁[⑨]，何贵倨凌人也[⑩]！"时南失偶，便揖之曰："倘获怜眷，定不他娶。"女要誓[⑪]；南指矢天日[⑫]，以坚永约，女乃允之。

自此为始，瞰窦他出，即过缱绻。女促之曰："桑中之约[⑬]，不可长也。日在帡幪之下[⑭]，倘肯赐以姻好，父母必以为荣，当无不谐。宜速为计！"南诺之。转念农家岂堪匹偶，姑假其词以因循之。会媒来为议姻于大家，初尚踌躇；既闻貌美财丰，志遂决。女以体孕，催并益急，南遂绝迹不往。无何，女临蓐，产一男。父怒搒女[⑮]。女以情告，且言："南要我矣。"窦乃释女，使人问南；南立却不承。窦乃弃儿，益扑女。女暗哀邻妇，告南以苦。南亦置之。女夜亡，视弃儿犹活，遂抱以奔南。款关而告阍者曰[16]：“但得主人一言，我可不死。彼即不念我，宁不念儿耶?”阍人具以达南，南戒勿内。女倚户悲啼，五更始不复闻。质明视之[17]，女抱儿坐僵矣。

窦氏

窦忿，讼之上官，悉以南不义，欲罪南。南惧，以千金行赂得免。大家梦女披发抱子而告曰：“必勿许负心郎；若许，我必杀之!”大家贪南富，卒许之。既亲迎，而奁妆丰盛，新人亦娟好。然善悲，终日未尝睹欢容；枕席之间，时复有涕洟[18]。问之，亦不言。过数日，妇翁来，入门便泪，南未遑问故，相将入室。见女而骇曰：“适于后园，见吾女缢死桃树上；今房中谁也?”女闻言，色暴变，仆然而死。视之，则窦女。急至后园，新妇果自经死。骇极，往报窦。窦发女冢，棺启尸亡。前忿未蠲[19]，倍益惨怒，复讼于官。官以其情幻，拟罪未决。南又厚饵窦[20]，哀令休结；官亦受其赇嘱，乃罢。而南家自此稍替[21]。又以异迹传播，数年无敢字者[22]。

南不得已，远于百里外聘曹进士女。未及成礼，会民间讹传，朝廷将选良家女充掖庭[23]，以故有女者，悉送归夫家。一日，有妪导一舆至，自称曹家送女者。扶女入室，谓南曰："选嫔之事已急，仓卒不能如礼，且送小娘子来。"问："何无客？"曰："薄有奁妆，相从在后耳。"妪草草径去。南视女亦风致，遂与谐笑。女俯颈引带，神情酷类窦女。心中作恶，第未敢言。女登榻，引被幛首而眠。亦谓是新人常态，弗为意。日敛昏[24]，曹人不至，始疑。捋被问女[25]，而女亦奄然冰绝。惊怪莫知其故，驰伻告曹[26]，曹竟无送女之事。相传为异。时有姚孝廉女新葬，隔宿为盗所发，破材失尸。闻其异，诣南所征之[27]，果其女。启衾一视，四体裸然。姚怒，质状于官。官以南屡无行，恶之，坐发冢见尸[28]，论死。

异史氏曰："始乱之而终成之，非德也；况誓于初而绝于后乎？挞于室，听之；哭于门，仍听之：抑何其忍！而所以报之者，亦比李十郎惨矣[29]！"

【注释】

①晋阳：春秋时晋邑名，故城在今山西省太原市南古城营。

②踽蹐：形容行动小心戒惧的样子。踽，曲身、弯腰；蹐，小步行走。

③斗如：如斗，形容狭小。

④篲：扫帚。

⑤汜扫：即洒扫。

⑥笄女：古以女子十五岁为"及笄"。笄，头簪，古代女子十五岁收发，以簪插定发髻。

⑦綦切：甚切。綦，极、甚。

⑧稔：熟悉。

⑨要嫁：要约而嫁，指按照婚礼聘订。

⑩贵倨凌人：仗势欺人。贵，高贵。倨，傲慢。

⑪要誓：要求对方盟誓。

⑫指矢天日：指着天日发誓。矢，誓。

⑬桑中之约：指男女幽会。

⑭帡幪：帷帐，在旁曰“帡”，在上曰“幪”。引申为覆盖、庇护。这里指南三复的管辖、统治。

⑮搒：搒掠，笞打。

⑯阍者：看门的人。

⑰质明：黎明。

⑱涕洟：眼泪、鼻液。

⑲蠲：消除。

⑳饵：利诱、贿赂。

㉑稍替：稍见衰落。

㉒无敢字者：无人敢把女儿许配给他。旧称女子许嫁为“字”。

㉓充掖庭：意思是充当嫔妃、宫女。掖庭，宫中旁舍，为嫔妃所居之地。

㉔日敛昏：天已黑。

㉕捋被：掀开被子。

㉖伻：使者，传信的人。

㉗征：验证、查看。

㉘坐：坐罪，犯罪而受判处。

㉙李十郎：唐人小说《霍小玉传》中人物。

【译文】

南三复，是山西晋阳世代官宦人家的子弟。他有所别墅，离平时居住的地方十多里路，每天骑着马去一次。一天正碰上下雨，中途有个小村庄，南三复看有户农家院子挺宽敞的，就进去避雨。附近村子里的人一向不敢怠慢南三复，主人很快出来请他进屋坐，显得拘谨局促，十分恭敬。南三复到里屋一看，原来是一间斗室。他坐下后，主人先是拿起扫帚殷勤地到处打扫，接着冲上蜜水当茶，南三复让他坐，他才敢坐下。问他姓名，他自称名字叫廷章，姓窦。没多久，端上酒，煮了只童子鸡，对客人侍奉得非常周到。窦廷章有个刚成年的女儿在灶下做饭烧菜，不时站在门外，稍稍探出她的上半身，看上去年纪有十五六岁的样子，端庄美丽，没人能比得上。南三复怦然心动。雨停回家以后，还是念念不忘地想着她。

过了一天，南三复准备了粮米布帛去酬谢窦家，借此进一步接近。这以后，他常去窦家，有时带着酒菜，谈得近乎，流连忘返。窦女渐渐地和他熟悉起来，不怎么禁忌躲避他，常在他面前走动。南三复瞅她，她便低头微笑，南三复更迷恋她了，三天两日地往她家跑。一天，赶上窦廷章不在家，南三复来坐了很久，窦女出来陪客。南三复抓住她的手臂要行非礼。窦女又羞又急，严厉地拒绝他说："我虽然贫穷，也要正当婚嫁，你为什么凭着门第高贵就无礼欺侮人"当时，南三复正死了妻子，就向窦女作了个揖，说："如果能获得你的爱怜，我一定不娶别的女子。"窦女要他发誓，他指着天上的日头赌咒，表示永不变心，窦女才应允了他。从此以后，南三复瞅着窦廷章外出，就来和窦女私情缠绵。窦女催促他说；"幽会偷情，不是长久的事儿。我家每天都在你的荫庇之下，如果你肯恩赐联姻的好事，父母必定以此为荣，该是没有不同意的。你要早做主张呀!"南三复答应了她。转念一想，又觉得农家女怎么能配得上自己？就暂且托词把事儿拖着。这时，正遇上媒人来给一家大户人家的女儿提亲，开始他还犹犹豫豫的，等听说女方长得漂亮又有钱财，主意就定下来了。窦女因为已有身孕，催结婚催得更急，南三复就干脆绝迹不到她那里去了。

不久，窦女临产，生下一个男孩。窦廷章大怒，拷打她。窦女把实情告诉了父亲，并且说："南三复答应娶我了！"窦廷章这才饶了女儿。请人去问南三复，南三复当即推卸不承认。于是，窦廷章便抛弃了婴儿，对女儿打得更凶了。窦女暗中哀求邻家妇人，要她把自己的苦处告诉南三复。南三复听了也不放在心上。窦女夜里逃了出去，看看被丢弃的孩子还活着，就抱着他去投奔南三复。她敲门，告诉看门人说："只要得到主人一句话，我就可以不死了。他即使不替我着想，难道也不替他的儿子想想吗？"看门人把窦女的话全部转告给南三复，南三复却警告他不许放窦女进门。窦女依着南家大门悲哀地啼哭，直到五更天才不再听到她的哭声。天亮后看时，她怀抱着婴儿坐在那里，身体已经僵硬了。窦廷章非常气愤，到官府诉讼，官府里都认为南三复太不道德，想要治他的罪。南三复害怕了，用一千两银子上下打点，得以免罪。

那大户人家做了个梦，梦见窦女披头散发，抱着儿子，告诉他们说："你家女儿一定不要许配负心郎，如果许了，我一定要杀死她！"大户人家贪图南三复有钱，终于还是把女儿许配了他。

南三复迎娶以后，新娘嫁妆丰盛，相貌也美丽，但总爱悲悲戚戚，整天看不到她一丝笑容。枕席之间，又常是一把鼻涕一把眼泪的，问她，也不说话。过了几天，新娘的父亲来，进门就掉泪，南三复来不及问原因，扶他进了屋。他看到女儿，惊恐地说："刚才在后园里，看见我女儿吊死在桃树上；现在房中是谁？"女子听了他的话，脸色突变，倒在地上死了。看她，却是窦女。急忙到后园，新娘果然已经自尽。他们惊恐极了，派人去告诉窦廷章。窦廷章打开女儿坟墓，只见棺材开着，尸首不见了。他先前的恨还没消，如今更加悲伤愤怒，就又告到官府。官府因为这事儿近于虚幻，难以给南三复拟定罪名。南三复又给窦家送厚礼，哀求停止起诉，了结官司，官府也受了南三复的贿赂，于是，把案子撤了。

然而，从此以后，南三复家渐渐地衰落下来，又因为怪事传播开去，多年没人敢把女儿嫁给他。南三复不得已，在一百多里外的地方聘曹进士的女儿为妻。没等迎娶，逢民间谣传朝廷即将选良家女儿进后宫，因此有女儿的人家都急着把女儿送归夫家。一天，有个老妇人引着一乘轿子来到南家，自称是曹家来送女儿的。她扶着曹女进了屋，对南三复说："选嫔妃的事儿已经很急了，时间仓促，不能按礼节办，姑且送小娘子来。"南三复问："怎么没有客人来？"老妇人回答说："有点微薄的嫁妆随后就到。"说完，匆匆忙忙走了。南三复看女子也还风流标致，就和她调笑。女子低头翻弄着衣带，神情极像窦女。南三复心里很不是滋味，但又不敢说什么。女子上床，拉着被子蒙住头睡觉。南三复以为这是新嫁娘常有的情态，也不在意。到了傍晚，曹家人迟迟不到，心里才怀疑起来。掀开被子问那女子，谁知她已身体冰冷，断气了。南三复惊诧万分，不知这是怎么回事儿，派仆人骑马通知曹家，曹家竟然没有送女儿到南家的事。这事传了开去，一时成为奇闻。当时有个姚孝廉，女儿刚下葬，南三复家出怪事的前一夜，被盗墓的打开坟，撬开了棺木，尸体不知去向。听到这奇闻，到南家验看，果然是他的女儿。打开被子一看，女儿全身赤裸。姚孝廉大怒，写状子告到官府。官府因南三复总是行为不端，鄙薄他的为人，就以掘坟露尸的罪名定了他死刑。

异史氏说：开始勾引人家的女儿，后来娶了她，这已不算道德；更何况当初信信誓旦旦，后来又抛弃了她呢？在娘家被责打，他不理睬；上门哭诉，他仍然不理睬：又多么残忍！但最后得到的报应，也比《霍小玉传》里的李益惨多了！

梁　彦

【原文】

徐州梁彦，患鼽嚏[1]，久而不已。一日，方卧，觉鼻奇痒，遽起大嚏。有物突出落地，状类屋上瓦狗[2]，约指顶大。又嚏，又一枚落。四嚏凡落四枚。蠢然而动，相聚互嗅。俄而强者啮弱者以食；食一枚，则身顿长。瞬息吞并，止存其一，大于鼢鼠矣[③]。伸舌周匝[④]，自舐其吻。梁大愕，踏之。物缘袜而上，渐至股际。捉衣而撼摆之，粘据不可下。顷入衿底，爬搔腰胁。大惧，急解衣掷地。扪之，物已贴伏腰间。推之不动，掐之则痛，竟成赘疣[⑤]；口眼已合，如伏鼠然。

梁彦

【注释】

①鼽嚏：病名。鼻出清涕，打喷嚏。

②瓦狗：瓦屋脊上其形如狗的饰物，迷信传说可以镇邪。

③鼢鼠：鼠的一种。头似兔，尾有毛，青黄色。

④周匝：转动。

⑤赘疣：肉瘤。

【译文】

徐州人梁彦，得了打喷嚏的毛病，很久了，也不好。一天，他正睡觉，觉得鼻子痒得出奇，马上起来大打喷嚏。有什么东西冲出鼻子落在地上，样子像屋脊上装饰用的瓦狗，约有手指尖那么大。再打喷嚏，又有一个落在地上。连打四次，一共落下四个。只见它们蠢蠢欲动，聚在一起互相闻着。一会儿，强壮地把弱小地吃掉了；吃掉一个，身子就顿时长大许多。一眨眼的工夫，就互相吞并，只剩下一只，比鼦鼠还要大了。它伸出舌头绕圈儿，舐着自己的嘴唇。梁彦非常吃惊，用脚踩它。那东西攀着袜子往上爬，渐渐到了大腿上。梁彦扯着衣裳抖落。它紧贴住大腿，甩不下来。顷刻就爬到衣襟里，抓挠梁彦的腰部和肋部。梁彦十分害怕，急忙脱下衣服扔到地上。一摸，那东西已贴伏在腰间。推它不动，掐它就痛，竟成了赘疣；嘴、眼已经闭上，活像一只老鼠趴在那里。

龙　肉

【原文】

姜太史玉璇言[①]：“龙堆之下[②]，掘地数尺，有龙肉充牣其中[③]。任人割取，但勿言‘龙’字。或言‘此龙肉也’，则霹雳震作，击人而死。”太史曾食其肉，实不谬也。

【注释】

①姜玉璇：姜元衡，字玉璇，即墨（今山东省即墨县）人。顺治六年进士，曾

任内翰林宏文院侍讲、江南主考等职。太史：明清两代习称翰林为“太史”。

②龙堆：地名，疑指白龙堆，天山南路之沙漠。沙堆形如卧龙，无头有尾，高大者二三丈。

③牣：满。

龙肉

【译文】

太史姜玉璇说：“新疆白龙堆沙漠下面，掘开几尺深，里边充满龙肉，随人割取，但不能说‘龙’字。如果有谁说‘这是龙肉’，就响起霹雳，把说的人击死。”姜太史曾吃过那里的龙肉，说的事着实不荒谬。

卷六

潞令

【原文】

宋国英，东平人①，以教习授潞城令②，贪暴不仁，催科尤酷③，毙杖下者，狼藉于庭④。余乡徐白山适过之，见其横⑤，讽曰⑥："为民父母，威焰固至此乎?"宋扬扬作得意之词曰："喏！不敢！官虽小，莅任百日，诛五十八人矣。"后半年，方据案视事⑦，忽瞪目而起，手足挠乱，似与人撑拒状。自言曰："我罪当死！我罪当死！"扶入署中，逾时寻卒。呜呼！幸有阴曹兼摄阳政⑧；不然，颠越货多⑨，则"卓异"声起矣⑩，流毒安穷哉！

异史氏曰："潞子故区⑪，其人魂魄毅⑫，故其为鬼雄。今有一官握篆于上⑬，必有一二鄙流，风承而痔舐之⑭。其方盛也，则竭攫未尽之膏脂，为之具锦屏⑮；其将败也，则驱诛未尽之肢体，为之乞保留⑯。官无贪廉，每莅一任，必有此两事。赫赫者一日未去⑰，则蚩蚩者不敢不从⑱。积习相传，沿为成规，其亦取笑于潞城之鬼也已！"

【注释】

①东平：州名。清属泰安府，治所在今山东东平县。

②以教习授潞城令：以教习的资格，被任命为潞城县令。教习，明清学官，均由进士充任。潞城，县名，今属山西省。

③催科尤酷：催征赋税，尤为严酷。赋税有法令科条，故称催科。

④狼藉于庭：谓毙死者的尸体杂列堂下，极言杖毙者之多。狼藉，纵横散乱。

⑤横：横暴。

⑥讽：委婉劝责。

⑦视事：犹言办公。

⑧兼摄：兼理。摄，代理。

⑨颠越货多：谓杀人掠财甚多。

⑩“卓异”声起矣：谓“卓异”的政声便会传扬开来。明清时每三年对官员举行一次考绩，地方官的考绩称“大计”，由州、县官上至府、道、司，层层对属员进行考察，最后送由督、抚核定，报呈吏部；“大计”最好的评语为“卓异”。声，声誉。

⑪潞子故区：春秋时潞子封国故地。指潞于婴儿国，赤狄别族所建，为晋所灭。汉于其故地置潞县，在今山西潞城县东北。

⑫魂魄毅：精魂刚毅。此指被宋国英残酷杀害的潞人死后犹追索宋命。

⑬握篆：执掌官印。旧时印章多用篆文，因称官印为“篆”。

⑭风承而痔舐之：顺应官势极尽逢迎谄媚之能事。风，风从，顺风而从。承，逢迎。痔舐，舐痈吮痔，谓谄媚逢迎，卑鄙无耻。

⑮“其方盛”三句：谓当其官势正盛之时，逢迎者则假其威势，尽力攫取民脂民膏，为其供置银屏风。未尽之膏脂，指受县令盘剥之下残剩的百姓财物。膏脂，即脂膏，喻指人民的财物。具锦屏，供置锦屏。锦屏，银屏风，即镂银之屏风。

⑯“其将败”三句：谓当其将被废免之时，逢迎者则逼迫受其虐害的百姓，为其向上司乞求留任。驱，驱赶。逼迫，强迫之意。诛未尽之肢体，犹言尚未杀绝的百姓。乞保留，指逢迎者假借民意，为离任官员歌功颂德，向上司递表挽留；而离任者亦借此哄抬身价，欺世盗名。

⑰赫赫者：威势显赫者，指地方官。

⑱蚩蚩者：状貌朴厚者，指平民百姓。

【译文】

宋国英是东平州人，由教习提拔为潞城县知县。他贪赃枉法，残暴不仁，催征赋税，尤为残酷。死在他刑杖之下的人，被横七竖八地堆放在院子里。我的同乡徐白山正巧去拜访，见他如此横暴，就讥讽说：“做老百姓的父母官，就一定要威严到这种程度吗？”宋国英洋洋得意，拿腔拿调地说道：“噢！不敢！不敢！我的官虽然不大，可到任百天，已经杀了五十八人了。”

潞令

半年后的一天，宋国英正坐在桌案前处理公事，忽然瞪着眼睛站了起来，手抓脚踢，好像和人打架抵抗，嘴里还自言自语地说着："我罪该死！我罪该死！"衙役将他扶进内衙，没有多久就死了。

唉！幸亏还有阴曹地府兼管着人间的政务，不然的话，杀人掠财越多，做官为政"卓异"的名声就越高，给老百姓带来灾难还有完吗？

马介甫

【原文】

杨万石，大名诸生也[①]。生平有"季常之惧[②]"。妻尹氏，奇悍，少迕之，辄以鞭挞从事。杨父年六十馀而鳏，尹以齿奴隶数[③]。杨与弟万锺常窃饵翁，不敢令妇知。然衣败絮，恐贻讪笑，不令见客。万石四十无子，纳妾王，旦夕不敢通一语。兄弟候试郡中，见一少年，容服都雅[④]。与语，悦之。询其姓字，自云："介甫，姓马。"由此交日密，焚香为昆季之盟[⑤]。

既别，约半载，马忽携僮仆过杨。值杨翁在门外，曝阳扪虱[⑥]。疑为佣仆，通姓氏使达主人。翁披絮去。或告马："此即其翁也。"马方惊讶，杨兄弟岸帻出迎[⑦]。登堂一揖，便请朝父。万石辞以偶恙。促坐笑语，不觉向夕。万石屡言具食[⑧]，而终不见至。兄弟迭互出入[⑨]，始有瘦奴持壶酒来。俄顷引尽[⑩]。坐伺良久，万石频起催呼，额颊间热汗蒸腾。俄瘦奴以馔具出，脱粟失饪[⑪]，殊不甘旨。食已，万石草草便去。万锺襆被来伴客寝[⑫]。马责之曰："曩以伯仲高义，遂同盟好。今老父实不温饱，行道者羞之！"万锺泫然曰[⑬]："在心之情，卒难申致[⑭]。家门不吉，蹇遭悍嫂[⑮]，尊长细弱[⑯]，横被摧残。非沥血之好[⑰]，此丑不敢扬也。"马骇叹移时，曰："我初欲早旦而行，今得此异闻，不可不一目见之。请假闲舍，就便自炊。"万锺从其教，即除室为马安顿。夜深窃馈蔬稻，惟恐妇知。马会其意，力却之。且请杨翁与同食寝。自诣城肆，市布帛，为易袍裤。父子兄弟皆感泣。万锺有子喜儿，方七岁，夜从翁眠。马抚之曰：“此儿福寿过于其父，但少年孤苦耳[18]。”

马介甫

妇闻老翁安饱，大怒，辄骂，谓马强预人家事[19]。初恶声尚在闺闼[20]，渐近马居，以示瑟歌之意[21]。杨兄弟汗体徘徊，不能制止；而马若弗闻也者。妾王，体妊五月[22]，妇始知之，褫衣惨掠[23]。已，乃唤万石跪受巾帼[24]，操鞭逐出。值马在外，惭懅不前。又追逼之，始出。妇亦随出，叉手顿足，观者填溢[25]。马指妇叱曰：“去，去！”妇即反奔，若被鬼逐。裤履俱脱，足缠萦绕于道上[26]；徒跣而归[27]，面色灰死。少定，婢进袜履。着已，噭啕大哭[28]。家无敢问者。马曳万石为解巾帼。

万石耸身定息[29]，如恐脱落；马强脱之。而坐立不宁，犹惧以私脱加罪。探妇哭已，乃敢入，次且而前[30]。妇殊不发一语，遽起，入房自寝。万石意始舒，与弟窃奇焉。家人皆以为异，相聚偶语。妇微有闻，益羞怒，遍挞奴婢。呼妾，妾创剧不能起。妇以为伪，就榻搒之，崩注堕胎[31]。万石于无人处，对马哀啼。马慰解之。呼僮具牢馔，更筹再唱[32]，不放万石归。

妇在闺房，恨夫不归，方大恚忿；闻撬扉声，急呼婢，则室门已辟。有巨人入，影蔽一室，狰狞如鬼。俄又有数人入，各执利刃。妇骇绝欲号。巨人以刀刺颈曰："号便杀却！"妇急以金帛赎命。巨人曰："我冥曹使者，不要钱，但取悍妇心耳！"妇益惧，自投败颡[33]。巨人乃以利刃画妇心而数之曰："如某事，谓可杀否？"即一画。凡一切凶悍之事，责数殆尽[34]，刀画肤革，不啻数十。末乃曰："妾生子，亦尔宗绪[35]，何忍打堕？此事必不可宥[36]！"乃令数人反接其手，剖视悍妇心肠。妇叩头乞命，但言知悔。俄闻中门启闭，曰："杨万石来矣。既已悔过，姑留馀生。"纷然尽散。无何，万石入，见妇赤身绷系，心头刀痕，纵横不可数。解而问之，得其故，大骇，窃疑马。明日，向马述之。马亦骇。由是妇威渐敛，经数月不敢出一恶语。马大喜，告万石曰："实告君，幸勿宣泄：前以小术惧之。既得好合，请暂别也。"遂去。

妇每日暮，挽留万石作侣，欢笑而承迎之。万石生平不解此乐，遽遭之，觉坐立皆无所可。妇一夜忆巨人状，瑟缩摇战。万石思媚妇意，微露其假。妇遽起，苦致穷诘。万石自觉失言，而不可悔，遂实告之。妇勃然大骂。万石惧，长跽床下。妇不顾，哀至漏三下[37]。妇曰："欲得我恕，须以刀画汝心头如干数，此恨始消。"乃起捉厨刀。万石大惧而奔，妇逐之。犬吠鸡腾，家人尽起。万锺不知何故，但以身左右翼兄。妇方诟詈，忽见翁来，睹袍服，倍益烈怒；即就翁身条条割裂，批颊而摘翁髭。万锺见之怒，以石击妇，中颅，颠蹶而毙。万锺曰："我死而父兄得生，何憾！"遂投井中，救之已死。移时妇苏，闻万锺死，怒亦遂解。既殡，弟妇恋儿，矢不嫁。妇唾骂不与食，醮去之[38]。遗孤儿，朝夕受鞭楚。俟家人食讫，始啖以冷块。积半岁，儿尫羸[39]，仅存气息。

一日，马忽至。万石嘱家人，勿以告妇。马见翁褴褛如故，大骇；又闻万锺殒谢[40]，顿足悲哀。儿闻马至，便来依恋，前呼马叔。马不能识，审顾始辨，惊曰：“儿何憔悴至此！”翁乃嗫嚅具道情事。马忿然谓万石曰：“我曩道兄非人，果不谬。两人止此一线[41]，杀之，将奈何？”万石不言，惟伏首帖耳而泣。坐语数刻，妇已知之，不敢自出逐客，但呼万石入，批使绝马[42]。含涕而出，批痕俨然。马怒之曰：“兄不能威，独不能断‘出’耶[43]？殴父杀弟，安然忍受，何以为人！”万石欠伸[44]，似有动容。马又激之曰：“如渠不去，理须威劫[45]；即杀却，勿惧。仆有二三知交，都居要地[46]，必合极力，保无亏也。”万石诺，负气疾行[47]，奔而入。适与妇遇，叱问：“何为？”万石皇遽失色，以手据地曰：“马生教余出妇。”妇益恚，顾寻刀杖，万石惧而却走。马唾之曰：“兄真不可教也已！”遂开箧，出刀圭药[48]，合水授万石饮。曰：“此丈夫再造散。所以不轻用者，以能病人故耳。今不得已，暂试之。”饮下，少顷，万石觉忿气填胸，如烈焰中烧，刻不容忍。直抵闺闼，叫喊雷动。妇未及诘，万石以足腾起，妇颠去数尺有咫。即复握石成拳，擂击无算。妇体几无完肤，嘲哳犹骂[49]。万石于腰中出佩刀。妇骂曰：“出刀子，敢杀我耶？”万石不语，割股上肉，大如掌，掷地下；方欲再割，妇哀鸣乞恕。万石不听，又割之。家人见万石凶狂，相集，死力掖出。马迎去，捉臂相用慰劳。万石馀怒未息，屡欲奔寻，马止之。少间，药力渐消，嗒焉若丧[50]。马嘱曰：“兄勿馁。乾纲之振[51]，在此一举。夫人之所以惧者，非朝夕之故，其所由来者渐矣[52]。譬昨死而今生，须从此涤故更新；再一馁，则不可为矣。”遣万石入探之。妇股栗心慴[53]，倩婢扶起，将以膝行。止之，乃已。出语马生，父子交贺。马欲去，父子共挽之。马曰：“我适有东海之行，故便道相过，还时可复会耳。”月馀，妇起，宾事良人[54]。久觉黔驴无技[55]，渐狎，渐嘲，渐骂；居无何，旧态全作矣。翁不能堪，宵遁，至河南，隶道士籍[56]。万石亦不敢寻。

年馀，马至，知其状，怫然责数已[57]，立呼儿至，置驴子上，驱策径去。由此乡人皆不齿万石[58]。学使案临[59]，以劣行黜名。又四五年，遭回禄[60]，居室财物，悉为煨烬[61]；延烧邻舍。村人执以告郡，罚锾烦苛[62]。于是家产渐尽，至无居庐。近

村相戒，无以舍舍万石。尹氏兄弟，怒妇所为，亦绝拒之。万石既穷，质妾于贵家，偕妻南渡。至河南界，资斧已绝。妇不肯从，聒夫再嫁。适有屠而鳏者，以钱三百货去。万石一身，丐食于远村近郭间。至一朱门，阍人诃拒不听前。少间，一官人出，万石伏地啜泣。官人熟视久之，略诘姓名，惊曰："是伯父也！何一贫至此？"万石细审，知为喜儿，不觉大哭。从之入，见堂中金碧焕映。俄顷，父扶童子出，相对悲哽。万石始述所遭。初，马携喜儿至此，数日，即出寻杨翁来，使祖孙同居。又延师教读。十五岁入邑庠[63]，次年领乡荐[64]，始为完婚。乃别欲去。祖孙泣留之。马曰："我非人，实狐仙耳。道侣相候已久。"遂去。孝廉言之，不觉恻楚。因念昔与庶伯母同受酷虐，倍益感伤。遂以舆马赍金赎王氏归。年馀，生一子，因以为嫡。

尹从屠半载，狂悖犹昔[65]。夫怒，以屠刀孔其股[66]，穿以毛绠[67]，悬梁上，荷肉竟出。号极声嘶，邻人始知。解缚抽绠；一抽则呼痛之声，震动四邻。以是见屠来，则骨毛皆竖。后胫创虽愈，而断芒遗肉内，终不良于行；犹夙夜服役，无敢少懈。屠既横暴，每醉归，则挞詈不情。至此，始悟昔之施于人者，亦犹是也。

一日，杨夫人及伯母烧香普陀寺[68]，近村农妇并来参谒。尹在中帐立不前。王氏故问："此伊谁？"家人进白："张屠之妻。"便诃使前，与太夫人稽首。王笑曰："此妇从屠，当不乏肉食，何羸瘠乃尔？"尹愧恨，归欲自经，绠弱不得死。屠益恶之。岁馀，屠死。途遇万石，遥望之，以膝行，泪下如縻[69]。万石碍仆，未通一言。归告侄，欲谋珠还[70]。侄固不肯。妇为里人所唾弃，久无所归，依群乞以食。万石犹时就尹废寺中。侄以为玷，阴教群乞窘辱之，乃绝。此事余不知其究竟，后数行，乃毕公权撰成之[71]。

异史氏曰："惧内[72]，天下之通病也。然不意天壤之间，乃有杨郎！宁非变异？余尝作妙音经之续言，谨附录以博一噱[73]：

'窃以天道化生万物，重赖坤成[74]；男儿志在四方，尤须内助[75]。同甘独苦，劳尔十月呻吟；就湿移干，苦矣三年嚬笑[76]。此顾宗祧而动念，君子所以有伉俪之求；瞻井臼而怀思，古人所以有鱼水之爱也[77]。第阴教之旗帜日立，遂乾纲之体统无存[78]。始而不逊之声，或大施而小报；继则如宾之敬，竟有往而无来[79]。只缘儿女深情，遂使英雄短气[80]。床上夜叉坐，任金刚亦须低眉[81]；釜底毒烟生，即铁汉无能强项[82]。秋砧之杵可掬，不捣月夜之衣；麻姑之爪能搔，轻试莲花之面[83]。小受大走，直将代孟母投梭；妇唱夫随，翻欲起周婆制礼[84]。婆娑跳掷，停观满道行人；嘲哳呜嘶，扑落一群娇鸟[85]。恶乎哉！呼天吁地，忽尔披发向银床[86]。丑矣夫！转目摇头，猥欲投缳延玉颈[87]。当是时也：地下已多碎胆，天外更有惊魂[88]。北宫黝未必不逃，孟施舍焉能无惧[89]？将军气同雷电，一入中庭，顿归无何有之乡；大人面若冰霜，比到寝门，遂有不可问之处[90]。岂果脂粉之气，不势而威？胡乃肮脏之身，不寒而栗[91]？犹可解者：魔女翘鬟来月下，何妨俯伏皈依[92]？最冤枉者：鸠盘蓬首到人间，也要香花供养[93]。闻怒狮之吼，则双孔撩天；听牝鸡之鸣，则五体投地[94]。登徒子淫而忘丑，回波词怜而成嘲[95]。设为汾阳之婿，立致尊荣，媚卿卿良有故[96]；若赘外黄之家，不免奴役，拜仆仆将何求[97]？彼穷鬼自觉无颜，任其斫树摧花，止求包荒于悍妇[98]；如钱神可云有势，乃亦婴鳞犯制，不能借助于方兄[99]。岂缚游子之心[100]，惟兹鸟道[101]？抑消霸王之气[102]，恃此鸿沟？然死同穴，生同衾，何尝教吟“白首”[103]？而朝行云，暮行雨，辄欲独占巫山[104]。恨煞“池水清”，空按红牙玉板；怜尔妾命薄，独支永夜寒更[105]。蝉壳鹭滩，喜骊龙之方睡；犊车麈尾，恨驽马之不奔[106]。榻上共卧之人，挞去方知为舅；床前久系之客，牵来已化为羊[107]。需之殷者仅俄顷，毒之流者无尽藏[108]。买笑缠头，而成自作之孽，太甲必曰难违[109]；俯首帖耳，而受无妄之刑，李阳亦谓不可[110]。酸风凛冽，吹残绮阁之春；醋海汪洋，淹断蓝桥之月[111]。又或盛会忽逢，良朋即坐，斗酒藏而不设，且由房出逐客之书；故人疏而不来，遂自我广绝交之论[112]。甚而雁影分飞，涕空沾于荆树；鸾胶再觅，变遂起于芦花[113]。故饮酒阳城，一堂中惟有兄弟；吹竽商子，七旬馀并无室家。古人为此，有隐痛矣[114]。呜呼！百年鸳偶，竟成附骨之疽；五两鹿皮，或买剥床之痛[115]。髯如戟者如是，胆似斗者何人？固不敢于马栈下断绝祸胎，又谁能向蚕室中斩除孽本[116]？娘子军肆其横暴，苦疗妒之无方[117]；胭脂虎啖尽生灵，幸渡迷之有楫[118]。天香夜爇，全澄汤镬之波；花雨晨飞，尽灭剑轮之火[119]。极乐之境，彩翼双栖；长舌之

端，青莲并蒂[120]。拔苦恼于优婆之国，立道场于爱河之滨[121]。咦！愿此几章贝叶文，洒为一滴杨枝水[122]！’”

【注释】

①大名：府名，清属直隶。治所在今河北大名县。

②“季常之惧”：谓惧内的毛病。宋代陈慥，字季常，号方山子，又号龙丘先生。好谈佛，也好宾客，喜蓄声妓，然其妻柳氏绝凶妒。后因以“河东狮吼”喻妻子悍妒，而以“季常之惧”喻丈夫惧内。

③齿奴隶数：列于奴隶之数；意谓视同奴隶。齿，列。

④都雅：漂亮、高雅。都，美。

⑤昆季之盟：即结拜为兄弟。昆季，兄弟；长者为昆，幼者为季。

⑥曝阳扪虱：边晒太阳，边捉虱子。

⑦岸帻：巾高露额。谓装束简易，不拘常礼。岸，高；帻，头巾。

⑧具食：备饭。

⑨迭互：犹交互。

⑩引：斟酒。斟酒满杯称引满。

⑪脱粟失饪：糙米为饭，且半生不熟。失饪，烹饪失宜，谓不熟。饪，熟。

⑫襆被：谓收拾被褥。襆，包袱。

⑬泫然：伤心流泪的样子。

⑭卒难申致：谓仓促之间难以向你说明。卒，通“猝”“促”，仓促。

⑮蹇：不幸。

⑯细弱：犹言家小，指妻子儿女。

⑰沥血之好：谓至诚之交。沥血，滴血。本谓滴血为誓，以示必报之仇，引申为竭尽至诚。

⑱孤苦：此据二十四卷抄本，原作“孤害”。

⑲预：干预。

⑳恶声：辱骂之声。

㉑以示瑟歌之意：《论语·阳货》篇载，孺悲欲见孔子，孔子托言有病，拒绝接见，但传命的人刚出门，孔便“取瑟而歌，使之闻之”，故意让孺悲听到。此言尹氏有意骂给马介甫听。

㉒妊：妊娠，怀孕。

㉓褫衣惨掠：剥去衣服，重重拷打。褫，剥衣。掠，搒掠，拷打。

㉔巾帼：古时妇女的头巾和发饰。授男子以巾帼，即羞辱其无丈夫气。

㉕填溢：谓街巷填塞不下，形容观者众多。

㉖足缠：旧时女子裹足用的白布条，北方俗称裹脚布。

㉗徒跣：赤脚。跣，赤脚。

㉘嗷咷：哭声。

㉙耸身定息：直立屏气，形容紧张惶恐。耸，通“竦”。耸身，犹言竦立，直挺挺地站着。定息，犹言屏息，谓不敢喘气。

㉚次且：也作“趑趄”，且进且退，畏惧不敢向前。

㉛崩注：血流如注。崩，血崩。

㉜更筹再唱：即二更天。更筹，亦名“更签”。古时夜间报更的签牌。

㉝自投败颡：叩头求饶，以至磕破额头。自投，以首投地，即叩头。颡，额。

㉞数：数落，斥责。

㉟宗绪：后代。

㊱宥：宽恕。

㊲漏三下：三更天。漏，刻漏。古代计时的器具。在铜壶中蓄水，壶底穿一小孔，壶内竖一刻有度数的箭形浮标；以壶中漏水后浮标所显露出的度数，计算时辰。

㊳醮：改嫁。

㊴尪羸：瘦弱。羸，据山东省博物馆本，原作“羸”。

㊵殒谢：殒灭凋谢，谓死亡。

㊶一线：犹一脉，谓只有这一线单传的后代。

㊷批：批颊，扇脸。

㊸断出：决定休弃。出，休弃妻子。

㊹欠伸：此为起身舒臂，将欲有所行动的样子。

㊺威劫：以威力强迫。劫，劫持、强迫。

㊻居要地：官居权要之位。

㊼负气：凭恃一时意气。

㊽刀圭药：一小匙药。

㊾嘲哳：同“啁哳”。鸟鸣叫声；杂乱细碎声。

㊿嗒焉若丧：失魂落魄的样子。答，同“嗒”。

(51)乾纲：指夫权。乾，《易》卦名，象天，象阳。据封建伦理纲常，夫为妻纲；夫为阳，为天，女为阴，为地。

(52)其所由来者渐矣：谓万石惧内并非偶然，是渐积而成的。

(53)心慴：同“心慑”。心里害怕。

(54)宾事良人：谓敬事丈夫。宾事，如宾客一样恭敬地事奉。良人，丈夫。

(55)黔驴无技：犹言黔驴技穷。

(56)隶道士籍：指出家做了道士。隶，隶属。

(57)怫然：勃然，怒貌。怫，同“勃”。

(58)不齿：不屑与同列，表示极端鄙视。

(59)学使：即提学使，或称提督学政（简称学政）。负责一省学校生徒的考课黜陟之事。任期三年。三年中两次巡察所属府、州、县，名为“案临”或“出棚”。

(60)回禄：传说中的火神名，因以称火灾。

(61)煨烬：犹灰烬。

(62)罚锾：犹罚金。锾，古重量单位，六两。

(63)入邑庠：入县学为生员，即中了秀才。

(64)领乡荐：考中举人。唐代举士，由州县地方官推举应礼部试，称“乡荐”。后称乡试中试者为“领乡荐”。

(65)狂悖：狂妄不讲道理。

(66)孔其股：穿透其大腿。

(67)绠：粗绳。

(68)普陀寺：佛寺，供奉观世音的寺院。梵语“普陀洛伽”之略。

(69)泪下如縻：谓涕泪涟涟。縻，牛鼻绳。

(70)珠还：喻谓物归原主。

(71)毕公权：毕世持，字公权，淄川（今属山东淄博市）人。康熙十七年（1678）举人，有文名。

(72)惧内：此据铸雪斋抄本，原作“内惧”。

(73)一噱：一笑。

(74)重赖坤成：主要依赖大地完成。坤，地。

(75)内助：旧指妻子。

(76)“同甘”四句：谓二人同享夫妻之乐，而妻子独受生育之苦；辛苦抚养，三年始得离怀。劳，苦。尔，你，指妻子。十月呻吟，怀胎十月，备受痛苦。就湿移干，言哺育幼儿的艰辛：晚间幼儿尿湿被褥，自己暖干，而让幼儿睡卧干处。三年嚬笑，谓幼儿在母亲怀抱得到抚爱。

(77)“此顾”四句：意谓为了承嗣宗祧和料理家务，所以男子动娶妻之念，而有夫妻之爱。顾，念。宗祧，宗庙。宗，祖庙；祧，远祖之庙。伉俪，配偶，古时指正室，即嫡妻，后用做夫妇的通称。井臼，汲水舂米，喻指家务。旧时以操井臼为妻子的本分。鱼水之爱，喻夫妻之爱，谓两情相得如鱼水。

(78)“第阴教”二句：此据铸雪斋抄本补，原无此二句。谓只因妻子在家发号施令，遂使丈夫威风扫地以尽。第，只。阴教，指妻子的号令。教，令。乾纲，即夫纲、夫权。

(79)“始而”四句：谓起初妻子言辞不逊，丈夫还稍敢顶撞；久之则俯首帖耳，唯妻命是从。不逊，此指妻子辞色不恭顺。大施，指妻子对丈夫的大不恭敬；小报，指丈夫因妻子不逊而小有反应。如宾之敬，即相敬如宾，谓夫妻之间彼此尊重，如待宾客。有往无来，指夫只敬妻而妻不敬夫。

⑧⓪“只缘”二句：谓只因恋恋于男女情爱，而丧失了男子汉的气概。短气，丧气。宋代苏丕年少时应试礼部不中，因曰：“此中最易短英雄之气。”后以“英雄气短”指有才志的人遭遇困阻或沉湎于爱情而丧失进取心。儿女，犹言男女。

⑧①“床上”二句：谓家中有夜叉般凶悍的妻子，任你是金刚般的男儿也只得顺从。夜叉，梵语音译，佛经中吃人的恶鬼，旧时小说中常以喻凶悍的女人。金刚，梵语“缚日罗”的意译，谓金属中最坚固的部分，喻坚固、锐利。印度佛教中密教徒称金刚杵及执杵力士为“金刚”。中国以之称寺院山门内的金刚力士塑像。因塑像面目威猛，常以“金刚怒目”喻刚勇有力的形象。低眉，俯首顺从。

⑧②“釜底”二句：与上二句意近，意谓悍妇气焰嚣张，任你是钢铁硬汉也只得俯首顺从。釜，烹饪器。此与“妇”谐音。毒，猛烈。铁汉，刚直不屈的汉子。强项，硬挺脖子，谓不肯低头俯顺。项，颈后部。

⑧③“秋砧”四句：谓悍妇对丈夫或棒打，或抓面，凶悍非常。砧，捣衣石。杵，捣衣木棒，北方俗称“棒槌”。秋日月夜捣衣，声音凄凉清远，古人常用以写妇女思夫之情。谢惠连《捣衣》：“栏高砧响发，楹长杵声哀。”杵不用来捣衣，含有两层意思：一说明无恋夫之情，一是说用杵来殴打丈夫。麻姑，传说中的女仙，貌美，手似鸟爪。据《神仙传》载，一次麻姑降落到蔡经家，经见其手似爪，顿思“背上大痒时，以此爪以爬背当佳”，因而被鞭打一顿。莲花之面，俊俏的面容。《旧唐书·杨再思传》：“易之弟昌宗以姿貌见宠幸，再思又谀之曰：‘人言六郎面似莲花，再思以为莲花似六郎，非六郎似莲花也。’”此以麻姑之爪试莲花之面，戏指悍妇抓丈夫之脸。

⑧④“小受”四句：谓惧内之人逆来顺受，悍妇杖责如母教子：一反夫唱妇随，全由妻子主持家政。小受大走，指如受父母杖责，小打则忍受，大打即逃跑。《帝王世纪》载，大舜对待父母，“小杖则受，大杖则走。”本谓父母教训儿子，所以

下文云，“直将代孟母投梭。”直，简直。代，替。孟母投梭，指孟母断机教子事。《列女传》：“孟子之少也，既学而归，孟母方织。问曰：‘学所至矣?’孟子曰：‘自若也。’孟母以刀断其织。孟子惧而问其故，孟母曰：‘子之废学，若吾断斯织也。’”投梭，扔掉织布梭，即停止织布。投，弃。妇唱夫随，“夫唱妇随”的反义。《关尹子·三极》：“天下之理，夫者倡，妇者随。”倡，通“唱”。夫唱妇随，是封建之礼，而一旦悍妇主政，便成为“妇唱夫随”了。周婆制礼，“周公制礼”的反义。周婆，对周公之妻的戏称。周公，周文王之子，名姬旦，曾辅助武王伐纣，建立周王朝。武王死，子成王年幼，由周公摄政。相传周王朝的礼乐制度是由周公制定的。起周婆制礼，谓由妇人主政。《艺文类聚》三五引《妒记》载，谢安想纳妾，其妻刘夫人不允，子侄辈借《诗经》中的《关雎》《螽斯》篇加以劝谕。刘夫人问谁撰此诗，答云：“周公。”夫人云：“周公是男子相为尔，若使周姥撰诗，当无此也。”《青琐高议》《醉翁谈录》均有类似条目，“周姥”作“周婆”。

㉟“婆娑”四句：写悍妇撒泼吵闹。谓悍妇撒泼，惹得道路之人围观；乱吵胡闹，像是惊鸟乱鸣。婆娑，起舞的样子。此含嘲讽之意。跳掷，跳跃。嘲哳，也作“啁哳”，鸟鸣。娇鸟，娇啼之鸟，见卢照邻《长安古意》。此盖为对悍妇的戏称。

㊱“恶乎哉”三句：谓最可恶的是悍妇抢地呼天，以投井相要挟。忽尔，忽然。披发，披头散发，撒泼之状。银床，银饰井栏，指水井。

㊲“丑矣夫”三句：谓最丑恶的是悍妇矫情作态，装出上吊自杀的怪模样。猥，曲，曲意矫情。投缳，上吊自杀。

㊳“地下”二句：谓悍妇闹得地覆天翻，吓得丈夫胆裂魂飞。

㊴“北宫黝”二句：谓即便是最勇武的人，对此也将畏惧。北宫黝、孟施舍，二人生平均不可考，盖为古代以勇武著称的人。

㊵“将军”六句：谓不管什么文臣武将，在悍妇面前，都将气挫威收。气，英武威人的气概。中庭，谓家中。无何有之乡，犹言一无所有之处。《庄子·逍遥游》：“今子有大树患其无用，何不树之无何有之乡，广莫之野。”“顿归无何有之乡”，谓顿时消失得无影无踪。大人，此指做官为宦之人。面若冰霜，谓面容威严。

比，及。不可，不能，意为不敢。

⑼“岂果”四句：谓难道女人果真有什么威风？不然，为什么堂堂男子汉竟如此恐惧？脂粉之气，女人的气味。脂粉，妇女化妆用品，面脂、铅粉之类。肮脏，同“抗脏”，刚直不屈。肮脏之身，犹言堂堂之躯，堂堂男子汉。

⑽“犹可”三句：意谓女方果真貌美迷人，向她俯首听命，也算情有可原。魔女，佛经称魔界之女。《首楞严经》：“不断婬（淫）必落魔道，上品魔王，中品魔民，下品魔女。”此指貌美迷人的女人。翘鬟，高高挽起的发髻。皈依，佛教称归心向佛。此指醉心魔女。

⑾“最冤枉”三句：谓男子对丑陋吓人的女人，也要供养如佛，这实在太冤枉。鸠盘，即鸠盘荼。梵语音译。据其形状，译为“瓮形鬼”，“冬瓜鬼”。佛经中鬼名。后用以喻妇人老丑之状。《御史台记》载，唐代任瓌惧内，杜正伦讥讽他，他便说：“妇当畏者三：少妙之时，如生菩萨；及儿满前，如九子魔母；至五、六十时，傅粉妆扮，或青或黑，如鸠盘荼。”香花供养，以花与香供养，为敬佛的一种礼仪。此谓虔诚敬事。

⑿“闻怒狮”四句：极写男于惧内之状，谓听到妻子一声呼唤，即跪伏听命。怒狮之吼喻悍妇之怒。双孔撩天，鼻孔朝上，喻仰面承颜。牝鸡，母鸡。牝鸡之鸣，喻悍妇主政。五体投地，指两肘、两膝及头部及地的致敬仪式，为古印度致礼仪式中最尊敬的一种。此喻男子对悍妇的极度恭顺。

⒀“登徒子”二句：谓男子有的如登徒子好淫而不计妻子的丑俊，有的如唐中宗惧内而受到后人嘲笑。登徒子，宋玉《登徒子好色赋》中虚构的人物。宋玉借攻击登徒子好淫，来表白自己的贞洁。有云：“登徒子……其妻蓬头挛耳，齞唇历齿，旁行踽偻，又疥且痔，登徒子悦之，使有五子。”此后登徒子便成为好色者的代称。回波词，据孟棨《本事诗·嘲戏》载，唐中宗惧怕韦后，而朝中亦风传御史大夫裴谈惧内。内宴唱《回波词》，有一优人唱道：“回波尔时栲栳，怕妇也是大好。外边祇有裴谈，内里无过李老。”韦后听后很高兴，赏赐了歌者。中宗懦弱无能，后终被韦后毒死。此谓优人同情中宗而唱《回波词》，不料却成为对惧内者的讥嘲了。

⑯“设为”三句：谓如果岳父像郭子仪那样，能使女婿马上得到富贵尊荣，奉迎妻子也算有一定的缘故。汾阳，指郭子仪。据《唐书·郭子仪传》载，郭子仪因平安史之乱有功，进封汾阳郡王，子、婿多因而贵显：“子八人，婿七人，皆朝廷重官。”媚，讨好。卿卿，旧时妻子的昵称。

⑰“若赘”三句：承上谓，假如贤俊志士入赘于平庸富家，不免于被人役使，而苦苦拜揖又将图得什么呢？赘，入赘，旧指男子就婚于女家。外黄，地名，秦置县，故城在今河南杞县东。《史记·张耳陈馀列传》载，张耳是大梁（今河南开封市）人，曾逃亡到外黄。外黄一富家女貌美，慕其贤而改嫁张耳。拜仆仆，谓拜了又拜。仆仆，劳顿。

⑱“彼穷鬼”三句：谓那些穷苦的男子，自觉无颜管束，听任妻子悍妒，只求得其宽容。穷鬼，对贫穷的戏称。此指贫穷的丈夫。斫树摧花，谓滥施悍妇淫威。《艺文类聚》八六引《妒女记》载，武历阳之女嫁阮宣武，性绝妒。家有一株桃树，“华叶灼耀，宣叹美之，即便大怒，使婢取刀斫树，摧折其华。”止，只。包荒，包含荒秽。此为容忍之意。悍妇，此从铸雪斋抄本，原作“怨妇”。

⑲“如钱神”三句：谓即如那些有钱有势之家，遇到妻子悍妒无礼，钱财亦无济于事。钱神，对钱能通神的讥刺。婴鳞，触及逆鳞。原喻触犯君主的尊严，或违忤其意旨。此喻指触犯妒妇。方兄，孔方兄之省，指钱。

⑳游子：离家远游之人。

㉑鸟道：只有鸟儿才能飞过的道路，原喻山之高峻。此与下文“鸿沟”，均为廋辞。

㉒霸王：西楚霸王，指项羽。秦末楚汉相争，项羽同刘邦双方曾一度以鸿沟（古渠名，在今河南境内）为界。

㉓“然死”三句：谓丈夫信誓旦旦，从未动娶妾之念。死同穴，生同衾，谓夫妇活着厮守在一起，死后埋葬在同一墓穴。

㉔“而朝”三句：承上谓妒妇却朝朝暮暮，只让丈夫死守在自己身旁。朝云暮雨，本为神女与楚襄王彼此思恋的意思。此借指妒妇要丈夫早晚厮守，不得与其他

女人接触。

⑩⑤“恨煞”四句：谓所恨丈夫恋妓忘家，使自己独守空房。“池水清”，代指恋妓忘家的丈夫。《王氏见闻》载州人韩伸，好饮酒嫖赌，经年忘其家。一次在东川，聚博徒而携饮妓，正欢乐之际，其妻率女仆持棒猝至。韩伸正高唱“池水清不绝”，“忽于脑后一棒，打落幞头，扑灭灯烛，伸即窜于床下。时辈呼伸为‘池水清’。”空，徒然地。按，拍击。红牙玉板，用以节乐的拍板。妾命薄，犹妾薄命。《汉书·外戚传》载孝成许皇后被疏远，有自叹“妾薄命，端遇竟宁前”的话，为乐府《妾薄命》题名所本。以此题写的乐府诗，均为抒写女子哀怨的内容，诸如失宠被弃、远聘晚嫁、生离死别等。此处以讽刺口吻，谓妒妇被丈夫疏远而独守空房。永夜，长夜。

⑩⑥“蝉壳”四句：谓男子只有趁悍妇酣睡之时，才得出外寻欢，而一旦被妇发觉，则逃之不迭。蝉壳鹭滩，喻悄悄遁去。蝉壳，为蝉之脱壳，喻解脱；鹭滩，如鹭之踏滩，着地无声。骊龙，黑色的龙。此喻悍妇。犊车，小牛拉的车。麈尾，拂尘，以麈（似鹿之兽）尾所制。魏晋人清谈时，常执麈尾以示高雅。此处化用东晋王导惧内的故事，以讽刺惧内者的狼狈情态。

⑩⑦“榻上”四句：谓悍妒之妇醋意无限，有时不觉自取其羞。舅，妻舅。车武子妻悍妒，武子拉妻兄与之共宿一处，而将一件女子的绛裙衣挂在屏风上。其妻见后大怒，拔刀登床，揭被一看，却是其兄，即羞惭退出。

⑩⑧“需之”二句：谓得悍妇相亲爱之时甚短，而受其毒害却无穷无尽。需之殷者，所需其殷勤的情意。俄顷，一会儿，此谓十分短暂。毒之流者，其所流布的毒害。无尽藏，犹无底止，无穷无尽。

⑩⑨“买笑”三句：谓男子恋妓宿娼，受到妻子怨恨，这是咎由自取。买笑缠头，即缠头买笑，指嫖妓。缠头，古时歌舞伎缠在头上的锦帛，因以指代赠予歌舞妓女的礼品。自作之孽，自己造成的罪孽。太甲，即帝太甲，商汤之孙。违，避；逭，逃。

⑪⓪“俯首”三句：承上谓男子如俯顺妻子而横遭挞辱，则人皆以为不可。俯首

帖耳，驯顺听命。俛，同“俯”。受无妄之刑，平白无故地受到挞辱。李阳，晋武帝时幽州刺史。

⑪“酸风”四句：谓由于悍妒之妇吃醋拈酸。使破坏了夫妻间相爱相恋的真挚情感。酸，与下文“醋”，都喻指女人妒忌，即俗谓吃醋拈酸。绮阁之春，闺阁春情。绮阁，绮丽的闺阁。蓝桥，桥名，在今陕西蓝田东南蓝溪上。传说唐人裴航下第归，路经此处，与仙女云英结为夫妇。

⑫“又或”六句：谓又或因悍妇悭吝，使之与故人断绝往来。即坐，就座。斗酒藏而不设，苏轼《后赤壁赋》有云：“归而谋诸妇，妇曰：‘我有斗酒，藏之久矣，以待子不时之须。’”此反用其意，谓冷淡客人。逐客之书，即逐客之令。《史记·李斯列传》载，秦王应宗室大臣请，下令“一切逐客”，李斯为此而上《谏逐客书》。遂，乃。自我，由我。绝交，与朋友断绝往来。南朝梁文学家刘峻，曾感于世态炎凉而作《广绝交论》。此处只用字面意思。

⑬“甚而”四句：谓更有甚者，因悍妇妒忌使兄弟分居，或虐待前妻之子女。雁影，雁飞行之影。《礼记·王制》：“父之齿，随行；兄之齿，雁行。”雁飞时行列有序，因以雁行喻指兄弟。雁影分飞，谓兄弟分居。荆树，也指兄弟分家之事。吴均《续齐谐记》载，京兆田氏三兄弟均分家产，堂前一株荆树也要截为三段；第二天树即枯死。兄弟为其所感，决定不再分树，树即荣茂如初。兄弟三人因此而重新合并家产，在一起生活。鸾胶再觅，指续娶后妻，即续弦。鸾胶，传说中能接续弓弦的一种胶。因也称“续弦胶”。《汉武外传》：“西海献鸾胶。武帝弦断，以胶续之，弦两头遂相著。终日射，不断。”因以续胶、续弦或鸾胶再续称男子续娶。芦花，以芦花代絮，做绵衣。《太平御览》八一九引《孝子传》：“闵子骞幼时，为后母所苦，冬月以芦花衣之以代絮。其父后知之，欲出后母。子骞跪曰：‘母在一子单，母去三子寒。’父遂止。”旧时以“芦花”“芦衣”代指孝子。

⑭“故饮酒”六句：谓阳城不娶，商子孤身；古人所以如此，盖有其难言之痛。阳城，唐代北平人，字亢宗，进士及第后便隐居于中条山。为怕娶妻疏间兄弟，终身不娶。其弟阳堵、阳域深为感动，也终身未娶。德宗时，诏拜阳城为右谏

议大夫。因见其他谏官言事琐碎，使皇帝讨嫌，便日夜与兄弟们饮酒。事详《新唐书·卓行传》。吹竽商子，即商丘子胥，传说中的仙人。隐痛，内心的痛苦。

⑮“百年”四句：谓本应是终老相守的贤妻，竟常常成为附骨恶疮；纳采娶妇，得到的竟是切肤之痛。鸳偶，如鸳鸯一般生死不渝的恩爱夫妻。鸳，鸳鸯。附骨之疽，长在骨头上、剜除不掉的恶疮。五两鹿皮，指定婚礼物。古时订婚礼物，用帛十端（一端一丈八尺，或云两丈），每两端合卷，总为五疋（即五两），称为束帛；又用鹿皮两张，称为俪皮。

⑯“髯如”四句：谓惧内者虽也是须眉男儿，但却没有制服悍妒之妇的胆量和勇气；本不敢除掉悍妇以断绝祸根，也没有勇气自阉而忘情。髯如戟者，谓须眉男儿。

⑰“娘子”二句：谓悍妇如军兵，苦于无方制止。娘子军，由女子率领的军队。唐高祖女平阳公主，与其丈夫柴绍，响应高祖，起兵反隋；二人各置幕府，军中称公主军为“娘子军”。此借指悍妒之妇。疗妒，治疗妒忌之病。

⑱“胭脂”二句：谓悍妇似虎，幸有佛法可以挽救。生灵，犹生民，百姓。幸，幸而。渡迷有楫，谓佛法可以超度。佛教谓迷惘的境界为“迷津”（见敬播《大唐西域记序》），即超脱生死，进入佛境。

⑲“天香”四句：谓悍妒之妇只有敬事神灵，死后才可免受汤镬之刑；如能感动得天落花雨，则可免受地狱刀山剑树之苦。天香，祭神之香。澄，使之清澈平静。汤镬，古代酷刑之一的烹刑。花雨，雨花，天花坠落如雨。相传梁武帝时，有云光法师在建康（今江苏南京市）讲经，天花坠落如雨，因名其地为雨花台。剑轮，谓地狱中的刀山剑树。轮，轮回。迷信谓生前作恶，死后下地狱，要受汤镬及刀山剑树等各种酷刑。

⑳“极乐”四句：谓如能信佛修身，则可进入极乐世界，夫妻恩爱，妻妾和美。极乐之境，佛教指阿弥陀佛所居之境。长舌之端，谓妒妇多诵佛经。长舌，长舌妇。习指搬弄是非的妇女。男子纳妾，妒妇聒噪，因以“长舌”为喻。青莲并蒂，谓妒妇受佛教化，消除妒意，妻妾和美。青莲，青莲花。即梵语优钵罗的义

译。此与通常所指莲花暗合，而并蒂莲花喻妻妾双美。

⑿“拔苦恼”二句：谓如此则可从佛境拔除了苦恼，摆脱了情欲的纠缠。拔，拔除。优婆之国，谓佛国，即上文所云“极乐世界”。佛教称在家奉佛的男子为“优婆塞”，女子为“优婆夷”。道场，佛道讲经说法之处。爱河，佛教喻指男女情欲。谓情欲如河水可以溺人，故称。

⑫“愿此”二句：谓希望上述这几条劝诫，能作为救世甘露，为悍妇疗妒，使其新生。贝叶文，本指佛经，此指作者所称“妙音经之续言”的这篇骈文。杨枝水，佛教喻称能化恶为善、使万物苏生的甘露。

【译文】 

杨万石是大名府的一个秀才，一生最怕老婆。他的妻子尹氏，异常凶悍。杨万石稍稍有点不顺从她的地方，她便要用鞭子抽打。杨万石的父亲六十多岁时死了老伴，尹氏便将他视为奴隶一般。杨万石与弟弟杨万钟常常偷些食物给老父亲吃，还不敢让老婆知道了。然而，老父亲衣着褴褛，兄弟俩怕人讥笑，始终不让他出来见客。杨万石四十多岁了，还没有儿子，因而娶了一个姓王的女子做妾，但两人从早到晚也不敢说一句话。

兄弟二人到郡城等候考试，遇见一个少年，穿着华丽，长相文雅。与他交谈，很有共同语言。叩问他的姓名，自称：“名介甫，姓马。”从此，双方交往一天比一天密切，并点起香火结拜为弟兄。分别以后，大约过了半年，马介甫忽然带着童仆来拜访杨家弟兄。碰巧杨家老父就在门外，一边晒太阳，一边捉虫子，以为他是杨家的仆人，便说了姓名，让他向主人通报一声。杨家老父并未说话，披上破棉絮就走了。有人告诉马介甫说：“他就是杨家兄弟的父亲。”马介甫正惊讶间，杨家兄弟衣帽不整地出来迎接。进了屋，行过礼，马介甫就要去拜见杨家老父。杨万石以父亲偶然得了小病为由阻拦了。宾主三人促膝谈笑，不知不觉到了黄昏。杨万石多次说要备办酒食，但始终没见拿出来。

兄弟二人轮流进进出出，才见有个干瘦的仆人拿了一壶酒出来。一会儿，酒就喝光了。坐着等了许久，杨万石又不停地起来催促、呼喊，头上和脸上急得汗水淋漓，瘦仆人才又拿了碗筷出来。饭是糙米做的，半生不熟，很不好吃。刚吃完了饭，杨万石就匆匆忙忙地走了。杨万钟抱着被子来陪客人睡觉。马介甫责备他说："我过去以为你们弟兄俩很重义气，所以才与你们结拜为弟兄。今天看到你家老父根本吃不饱，穿不暖，过路人都要替你们感到害羞啊！"杨万钟伤心地说："心中的隐情，仓促之间，实在难以说得清楚。家门不幸，碰到一个十分凶悍的嫂子，家中人无论大小，都遭到了她的野蛮摧残。要不是至诚之交，我也不敢把这些丑事说给你听啊！"

马介甫听了这话，感叹了半天才说道："我本来打算明天一早就走，如今听到这样的怪事，不能不亲眼看一看。请你借给我一间空房子，以便我能自己做饭吃。"杨万钟依从他的意思，马上打扫了一间房子，将马介甫安顿下来。半夜里，他又偷偷地给马介甫送来一些米菜，生怕嫂子知道。马介甫领会了他的意思，极力推辞，不肯接受，而且还要请杨家老父来与他同吃同住。他亲自跑到集市上，买来棉布、丝绸，为杨家老父换了衣服。父子、兄弟见状，都感动得流下了眼泪。

杨万钟有个儿子，名叫喜儿，刚刚七岁，夜里跟着杨家老父一起睡。马介甫抚摸着他的头说道："这个孩子将来肯定会大福大寿，能超过他的父亲，只是小时候太孤苦无依了。"

尹氏听到杨家老父过上了安适温饱的生活，十分生气，就破口大骂，说马介甫强行干涉别人家的事情。起初，她还只是在房子里骂，渐渐地就骂到马介甫居住的地方来了，有意让马介甫听到。杨家弟兄急得满身大汗，来来回回地奔走着，也不能制止尹氏的辱骂。而马介甫却像没有听见一样，毫不在意。

杨万石娶的妾王氏都怀孕五个月了，尹氏才知道，于是，她剥光王氏的衣服，狠狠地抽打。打完以后，又叫来杨万石，让他跪在地下，给他戴上女人的头巾和发饰，然后拿着鞭子将他赶了出去。碰巧，马介甫就站在外边。杨万石很羞愧，不好意思往前再走。尹氏又来追逼。杨万石才走出了家门，尹氏也跟着走了出来，又着腰，跺着脚，大骂不休，围上来看热闹的人把街道都堵满了。马介甫实在看不过眼，便用手指着尹氏大声呵斥道："去！去！"尹氏转身就往回跑，那样子就像是被鬼追逐着一般。跑动中，裤子和鞋子都掉了，裹脚的带子也弯弯曲曲地散落在路上。悍妇赤着脚逃回家，脸色吓得惨白，等她稍稍安定下来，丫鬟送来鞋袜，穿好后，她便号啕大哭，家里人没有一个敢去问怎么回事。

马介甫拉过杨万石，要为他解下头上那些女人的头巾和饰物。杨万石挺直身子，大气不敢出一口，唯恐头巾脱落下来。马介甫强行给他解了下来。杨万石坐立不安，害怕未经允许私自取下头巾，会受到加倍的处罚。打探到尹氏不再哭了。他才敢进屋，提心吊胆地走到尹氏面前。尹氏一句话没说就站了起来，走进房里，自己睡了。杨万石才松了一口气，跟弟弟一道暗地里惊诧不已。

家人也都感到奇怪，聚到一块儿议论一番。尹氏略有所闻，更加羞怒，便把丫头仆人们都痛打了一遍。然后，又传唤杨万石的小妾王氏。王氏伤势严重不能起床，尹氏以为她在假装，就走到床前把她毒打了一顿。王氏被打得血流如注，胎儿也堕了下来。杨万石找了个没有人的地方，对着马介甫痛哭流涕，马介甫安慰劝解，并叫书童准备了丰盛的酒菜，陪着他对饮，一直到了二更天了，还不放他回去。

尹氏坐在屋子里，恨丈夫不回来，正要大发脾气的时候，忽然听到撬门的声音，尹氏急忙呼唤丫鬟。就在她大呼小叫间，房门已被打开。转眼间，走进一个巨人，巨人的影子遮蔽了整个房间，凶恶得像鬼一样。不大工夫，又进来几个人，手里各拿着锋利的刀子。尹氏吓得半死，张开喉咙准备呼叫。巨人一刀刺向她的脖颈威胁说："你敢号叫，就把你杀掉！"尹氏急忙拿出金钱丝帛赎命，巨人说："我是阴曹地府派来的使者，不要钱，只要你这尹氏的心肝！"尹氏越发害怕了，伏在地上连连叩头，把额头都叩破了。巨人便用尖刀去割尹氏的心窝，一边割一边还数落着她的罪状："譬如某事，你说该不该杀？"问完，便划一刀。凡是尹氏做的所有凶狠蛮横之事，都被抖搂了出来，因而尹氏皮肤上被划的口子也就不止几十下了。最后，巨人说："小妾王氏如果生下儿子，也将是你的后代，你怎么能忍心将她打得堕了胎？这件事情无论如何也不能饶恕！”于是叫人反绑了她的双手，把她的心肠削出来看。尹氏叩头请求饶命，一个劲儿地说自己后悔了。不久，听得中门有启动的声音，巨人说：“杨万石回来了。既然她已悔过，就暂且留下她这条命吧。”说完，便纷纷散去了。

一会儿，杨万石进来了，见妻子赤身裸体被紧紧绑着，胸口上刀痕累累，纵横交错，难以数清。他急忙为她解开绳子，问她发生了什么事情。尹氏告诉了事情的经过，杨万石大惊，暗自怀疑是马介甫干的。第二天，他向马介甫叙述前一个晚上发生的事情，马介甫也很惊异。从此，尹氏的淫威逐渐有所收敛，接连好几个月都不敢恶声恶语地骂人了。马介甫十分高兴，告诉杨万石说：“我将实话告诉你，千万不要泄露出去。前些日子是我略施小技，吓唬了她一下。既然你们已经和好了，我也就该离开了。”于是走了。

尹氏每天晚上都要留杨万石和她做伴，而且又说又笑，极力奉承。杨万石从来没有享受过此种乐趣，现在突然享受到了，反而觉得坐也不是，站也不是。

一天夜里，尹氏突然想起巨人凶恶的样子，不由得缩成一团，浑身直打哆嗦。杨万石想讨好妻子，稍稍地透露出那是假的。尹氏一听，猛地站了起来，追根问底。杨万石自觉失言，但后悔来不及了，只得将实情告诉了她。尹氏勃然大怒，一张嘴便骂个不休。杨万石害怕了，跪在床下不敢起来。尹氏竟不理他。杨万石一直哀求到三更天，尹氏才发了话：“想要得到我的宽恕，必须在你的胸口上也划上那么些刀痕，才能解除心头之恨！”说完，就站起来去抓了把菜刀。杨万石吓得往外就跑，尹氏在后面紧紧地追赶着，以至闹得鸡飞狗跳，家里的人都被惊动起来了。

杨万钟闹不清又发生了什么事情，只得用身子一左一右地护着哥哥。尹氏正在叫骂，忽然杨家老父亲走了出来，看到他那身整端的衣服，她满腔的怒火更加猛烈，于是，不由分说就跑到老头面前，用刀将老头的衣服割成一条一条的，又用巴掌抽打老头的脸颊，揪扯老头的胡子。杨万钟见状大怒，随手捡起一块石头就向尹氏砸去。尹氏被石头击中了头部，猛地一下栽倒在地，昏死过去。杨万钟说：“只要父亲和哥哥能够顺顺当当地活下去，我就是死了，也没有什么可遗憾的！”说完，一纵身跳进井里，等到救上来，已经死了。过一会儿，尹氏苏醒过来，听说杨万钟已经死了，她的怒气也就消了。

杨万钟被安葬以后，他的妻子因舍不得离开儿子，发誓不再嫁人。尹氏唾她、骂她，不给她饭吃，硬逼着她改嫁走了。留下一个孤儿，整天挨打受骂。等全家人都吃完了，才给他一点冷的吃。如此过了半年，孩子已是骨瘦如柴，只剩下一口气了。

一天，马介甫忽然来了。杨万石叮嘱家人，不要将这消息告诉尹氏。马介甫见到杨家老父仍像以前一样穿着破烂，大为惊异，又听说杨万钟死了，不由得顿足捶胸，悲哀不已。孩子听说马介甫来了，便走过来依偎在他的身边，前前后后地叫着"马叔叔"。马介甫已认不出他，端详了半天才认出他就是喜儿，于是吃惊地说："你怎么瘦成了这样子！"杨家老父便吞吞吐吐地将发生的事情告诉了他，介甫气愤地对杨万石说："我过去说你不像个男人，今天看来果然不错。你兄弟二人只剩下这一个骨肉，要是折磨死了，看你怎么办?"杨万石一声不吭，只管低着脑袋流泪。

两人坐着谈了一会儿，尹氏已经知道马介甫来了，不敢自己出来逐客，只是喊杨万石进去，抽他的嘴巴，要他和马介甫断绝关系。杨万石含着眼泪走了出来，脸上被抽打的痕迹清晰可见。马介甫想激他发怒，便说："你不能显示男人的威风，难道还不能决定把她'休'了吗?这悍妇殴打你的老父，害死了你的兄弟，你都心安理得地忍受下来，你以后还怎么做人呢?"杨万石站起身，伸了伸腰腿，脸上似乎有了要行动的迹象。马介甫激动地说："如果她不肯走，依理就该用武力逼迫她。就是把她杀掉了，也不要害怕。我有几个知心朋友都在权要之位上，一定会尽力，保证不会让你吃亏。"杨万石答应了，赌气跑了进去。一进门，正好碰到尹氏，尹氏大声地喝问他道："你要干什么?"杨万石立刻变了脸色，双手趴在地上说："马生叫我把你休了。"悍妇一听，愈加愤怒，四下里寻找刀棍，杨万石吓得赶忙退了出来。

马介甫吐了他一口说："你真是不可救药了！"于是打开箱子，取出一小匙药来，兑了水给杨万石喝了，说："这是'大丈夫再造散'。之所以不轻易给人服用，是因为怕喝了它会伤害人。如今不得已，暂且试用一下吧。”喝下这药不大工夫，杨万石觉得义愤填膺，心头就像被烈火炙烤着一般，一刻也不能忍耐。他直奔内室，嘴里发出雷鸣般的吼声。尹氏还没顾上盘问，他已飞起一脚，将她踢出几尺之外。随后，他又抓起一块石头，捶打了尹氏无数下。尹氏身上被打得几乎没有一块完好的地方了，可仍是叽叽喳喳地骂不绝口，杨万石从腰中抽出佩刀，尹氏见状，大骂道：“别看你拿出了刀子，你还敢杀我不成？”杨万石并不答话，上去就从她的大腿上割下巴掌大一块肉来，丢在地下。

正要再割时，尹氏已软了下来，哭喊着求他饶恕。杨万石不听，又割下一块。家里人见他如此凶狂，便围了过来，下死力气把他挟了出去。此时，马介甫也迎上前来，捉着胳膊安慰他。杨万石余怒未消，几次要跑出去找尹氏算账，马介甫劝阻了他。不大工夫，药力渐渐消失，杨万石又灰心丧气，像丢失了魂魄似的。马介甫叮咛他说：“你不能胆怯气馁，能不能振作夫权，就在此一举了。大凡一个人之所以有所畏惧，并不是一朝一夕形成的，而是一步一步逐渐造成的。就像那昨天的死去了，今日的又诞生了。你必须从现在开始涤除旧习，重新做人。如再气馁，就再也没有办法了。”说完，就打发杨万石回屋探看。尹氏见到杨万石，吓得两腿乱颤，表示她已心服口服，并让丫鬟扶她起来，就要下跪，杨万石拦住，她这才罢了。出来对马介甫一讲，大家都很高兴。马介甫准备告辞离开，杨家父子一再挽留。马介甫说：“我碰巧要到东海去，这次是顺道来拜访，等返回的时候，我们还可以再见面的。”

一个月后，尹氏养好了伤，能够起来了，侍奉丈夫就像侍奉宾客一样。然而，日子久了，她觉察到丈夫根本就没有什么大的本事，便逐渐与他开起了玩笑，接着又渐渐地开始嘲弄他甚至辱骂他，没有多久，便完全恢复了老样子。杨家老父不堪忍受，在一个漆黑的夜晚逃到河南，出家当了道士。杨万石也不敢去寻找。

又过了一年多，马介甫来了，了解到这些情况后，勃然大怒，疾言厉色地将杨万石数落了一顿，并马上叫来喜儿，将他放在驴背上，赶着驴子径直走了。

从此以后，同乡的人都很鄙视杨万石。提督学政大人来考察，以品行不好为由，取消了他的生员资格。又过了四五年，杨万石家遭了火灾，房屋并一应财物全部化为灰烬，而且，火把邻居家的房子也给烧了。村里人把他告到郡府，又罚了很大一笔钱。从此，他的家产逐渐花尽，以至连居住的地方也没有了。附近各个村庄都互相约定，不要将房子借给杨万石住。尹氏的兄弟对她的行为非常气愤，也把他们拒之门外。杨万石实在穷得没办法了，就把小妾王氏抵押到富贵人家，然后带着妻子渡过了黄河往南行进。

到了河南地界上，盘缠全部用光，尹氏不肯再跟从他了，吵闹着要重新嫁人。碰巧有个屠夫正打着光棍，就花了三百文钱把她买去了。

杨万石孤零零一人在远村近郊要饭。有一天，他讨饭到了富贵人家门前，守门人大声呵斥着不让他靠近。不一会儿，一位官人走了出来，杨万石便伏在地上抽抽搭搭地哭了起来。官人注视了他很长时间，又略略询问了一下他的姓名，吃惊地说："原来是伯父啊！怎么穷到这种地步？"杨万石端详官人，知道是喜儿，不由得大声悲哭起来。

杨万石跟随喜儿走进屋里，见大厅金碧辉煌，十分豪华。不大工夫，老父亲扶着童子的肩膀走了出来，父子相见，泣不成声，杨万石这才叙述了自己的遭遇。

原来，马介甫把喜儿带到这里，没有几天，又出去找来了杨家老父，叫他们祖孙二人住在一起。然后，他又聘请老师教喜儿读书，喜儿十五岁时考中了秀才，第二年中了举人，马介甫又为他举办了婚礼。看喜儿已成家立业，马介甫就要告辞离去。祖孙二人哭着挽留，马介甫说："我其实并不是人类，而是狐仙。我的那些得道的朋友已经等我很久了。"说完便走了。

喜儿讲到这里，不觉伤感起来。想到庶伯母王氏与自己从前一样受虐待，更加悲痛了。于是派了车马，带了银子，把王氏赎了回来。一年多，王氏生下一个儿子，便将她扶为正房。

尹氏与屠夫生活了半年，蛮不讲理仍同过去一样。屠夫大发脾气，用屠刀在她的大腿上剜了个洞，穿上粗糙的绳子，将她悬吊在梁上，然后背着肉竟出去了。尹氏哭叫不已，直到哭哑了嗓子，邻居们才知道。他们从梁上解下她，又去抽穿在大腿上的绳子，一动，她就高声喊痛，哭声传遍了整个村庄。

从此以后，她每次见到屠夫回来，就会吓得汗毛倒竖。后来，她腿上的伤虽然好了，但折断的绳芒仍然留在肉里，走起路来，总是不方便。尽管这样，仍要早晚服侍屠夫，不敢有丝毫懈怠。直到这时，她才明白从前自己施加于别人的暴虐，也正是这样。

一天，喜儿的夫人和伯母王氏一同到普陀寺烧香，附近村子里的农妇都来参见。尹氏立在农妇们中间，不敢上前。王氏故意问道："这个女人是谁？"家人禀报说："是张屠夫的老婆。"还厉声喊她到前面来，给太夫人叩头。王氏笑着说："这个女人既然嫁给了屠夫，应该是不缺肉吃的，怎么瘦成这种样子？"尹氏又愧又恨，回到家后就上吊，因绳子不结实没有死成。屠夫更加厌恶她。

一年之后，屠夫死了。尹氏在路上遇到杨万石，远远望见，就双腿跪地爬到他的面前，眼泪像断线的珠子一样落下来。杨万石碍于仆人在旁边，没有跟她说话。回来后，他把这事告诉侄子喜儿，想让她回到杨家来。喜儿说什么也不答应。尹氏遭到村里人的唾弃，长时间没有找到归宿，只得跟着一群乞丐讨饭吃。杨万石还不时地到荒废的寺庙中跟她幽会。侄儿认为这样太丢人，暗地里唆使乞丐将杨万石羞辱一番，两人的关系才得以断绝。

有关这件事情的最后结局，我不太清楚；最后几行，是由毕公权写的。

魁　星

【原文】

郓城张济宇[①]，卧而未寐，忽见光明满室。惊视之，一鬼执笔立，若魁星状[②]。急起拜叩。光亦寻灭。由此自负，以为元魁之先兆也[③]。后竟落拓无成；家亦雕落，骨肉相继死，惟生一人存焉。彼魁星者，何以不为福而为祸也？

【注释】

①郓城：县名。今属山东省。

②魁星："奎星"的俗称。本为我国古代天文学中二十八宿之一的"奎宿"，因汉代纬书《孝经援神契》中有"奎主文章"的说法，后世便视为主司文运之神而加以崇祀。

③元魁：犹首魁，谓在科举考试中取得第一名。

【译文】

郓城县有个叫张济宇的人，有一夜刚刚躺下还没有睡着，忽然见满室生辉，大放光明。张济宇大吃一惊，抬头望去，见一个鬼手持巨笔站在那里，样子很像文魁星之神。张济宇急忙爬起来跪拜，光亮也随之消失了。由此，他很自负，认为是高中状元的预兆。可后来，他却潦倒落魄，一事无成，家业也逐渐衰落，亲人相继去世，只有他一个人活了下来。

那文魁星之神，怎么不为他造福而尽给他带来祸事呢？

库将军

【原文】

库大有[①]，字君实，汉中洋县人[②]。以武举隶祖述舜麾下[③]。祖厚遇之，屡蒙拔擢，迁伪周总戎[4]。后觉大势既去，潜以兵乘祖[5]。祖格拒伤手，因就缚之，纳款于总督蔡[6]。至都，梦至冥司，冥王怒其不义，命鬼以沸汤浇其足。既醒，足痛不可忍。后肿溃，指尽堕。又益之疟。辄呼曰："我诚负义！"遂死。

库将军

异史氏曰："事伪朝固不足言忠；然国士庸人[7]，因知为报，贤豪之自命宜尔也。是诚可以惕天下之人臣而怀二心者矣[8]。"

【注释】

①厍：姓。

②汉中洋县：今陕西省洋县，明清属汉中府。

③武举：武举人的简称。科举时代选士分文、武两科。唐武后长安二年（702）始置武举，明成化十四年（1478）始设武科乡、会试，乡试中选者为武举人。

④伪周总戎：伪周，指清初明降将吴三桂叛清之后所建立的地方割据政权（1673—1681）。总戎，一方军事长官。

⑤乘：偷袭。

⑥纳款于总督蔡：向姓蔡的总督表示归顺。总督，明清地方军事最高长官。蔡，指蔡毓荣，清汉军正白旗人，字仁庵。吴三桂叛清作乱，蔡以绥远将军总督云贵。

⑦“国士”二句：谓无论国士还是普通人，都根据所受的知遇而作相应的报答。国士，国中杰出之人。庸人，众人，普通人。

⑧“是诚”句：这的确可以使天下做臣子而不忠于君上的人有所戒惧。惕，戒惧。

【译文】

厍大有，字君实，是汉中府洋县人。以武举人的身份在祖述舜麾下效力。祖述舜很器重他，屡次提拔，将他升迁为叛将吴三桂政权的总兵官。后来，他觉得伪政权大势已去，就偷偷带兵去袭击祖述舜。祖述舜猝不及防，在格斗中伤了手，被厍大有捆绑起来献给了蔡总督。

厍大有到了京城后，有一夜梦见自己到了阴曹地府。阎王对他不讲义气、卖主求荣的行为非常气愤，命令小鬼用烧沸的油浇烫他的双脚。厍大有醒来后，觉得双脚疼痛，难以忍受。

后来，他的脚慢慢地红肿、溃烂起来，指甲也全部脱落了。他又患了痞疾，动不动就大喊大叫：“我的确是忘恩负义呀！”不久便死掉了。

绛　妃

【原文】

癸亥岁[①]，余馆于毕刺史公之绰然堂[②]。公家花木最盛，暇辄从公杖履[③]，得恣游赏。一日，眺览既归，倦极思寝，解屦登床。梦二女郎被服艳丽，近请曰：“有所奉托，敢屈移玉[④]。”余愕然起，问：“谁相见召？”曰：“绛妃耳。”恍惚不解所谓[⑤]，遽从之去。俄睹殿阁，高接云汉。下有石阶，层层而上，约尽百馀级，始至颠头[⑥]。见朱门洞敞，又有二三丽者，趋入通客。无何，诣一殿外，金钩碧箔[⑦]，光明射眼。内一女人降阶出，环珮锵然[⑧]，状若贵嫔[⑨]。方思展拜，妃便先言：“敬屈先生，理须首谢。”呼左右以毡贴地，若将行礼。余惶悚无以为地[⑩]，因启曰：“草莽微贱[⑪]，得辱宠召，已有馀荣[⑫]。况敢分庭抗礼[⑬]，益臣之罪[⑭]，折臣之福[⑮]！”妃命撤毯设宴，对宴相向。酒数行，余辞曰：“臣饮少辄醉，惧有愆仪[⑯]。教命云何[⑰]？幸释疑虑。”妃不言，但以巨杯促饮。余屡请命。乃言：“妾，花神也。合家细弱，依栖于此，屡被封家婢子[⑱]，横见摧残。今欲背城借一[⑲]，烦君属檄草耳[⑳]。”余惶然起奏[㉑]：“臣学陋不文[㉒]，恐负重托；但承宠命，敢不竭肝鬲之愚[㉓]。”妃喜，即殿上赐笔札。诸丽者拭案拂坐，磨墨濡毫[㉔]。又一垂髫人[㉕]，折纸为范[㉖]，置腕下。略写一两句，便二三辈叠背相窥[㉗]。余素迟钝，此时觉文思若涌。少间，稿脱，争持去，启呈绛妃。妃展阅一过，颇谓不疵[㉘]，遂复送余归。醒而忆之，情事宛然。但檄词强半遗忘，因足而成之：

“谨按封氏：飞扬成性，忌嫉为心[29]。济恶以才，妒同醉骨[30]；射人于暗，奸类含沙[31]。昔虞帝受其狐媚，英、皇不足解忧，反借渠以解愠[32]；楚王蒙其蛊惑，贤才未能称意，惟得彼以称雄[33]。沛上英雄，云飞而思猛士[34]；茂陵天子，秋高而念佳人[35]。从此怙宠日恣，因而肆狂无忌[36]。怒号万窍，响碎玉于王宫[37]；淜湃中宵，弄寒声于秋树[38]。倏向山林丛里，假虎之威[39]；时于滟滪堆中，生江之浪[40]。且也，帘钩频动，发高阁之清商；檐铁忽敲，破离人之幽梦[41]。寻帷下榻，反同入幕之宾[42]；排闼登堂，竟作翻书之客[43]。不曾于生平识面，直开门户而来[44]；若非是掌上留裙，几掠妃子而去[45]。吐虹丝于碧落，乃敢因月成阑[46]；翻柳浪于青郊，谬说为花寄信[47]。赋归田者，归途才就，飘飘吹薜荔之衣[48]；登高台者，高兴方浓，轻轻落茱萸之帽[49]。蓬梗卷兮上下，三秋之羊角抟空[50]；筝声入乎云霄，百尺之鸢丝断系[51]。不奉太后之召，欲速花开[52]；未绝坐客之缨，竟吹灯灭[53]。甚则扬尘播土，吹平李贺之山[54]；叫雨呼云，卷破杜陵之屋[55]。冯夷起而击鼓，少女进而吹笙[56]。荡漾以来，草皆成偃；吼奔而至，瓦欲为飞[57]。未施抟水之威，浮水江豚时出拜[58]；陡出障天之势，书天雁字不成行[59]。助马当之轻帆，彼有取尔；牵瑶台之翠帐，于意云何[60]？至于海鸟有灵，尚依鲁门以避[61]；但使行人无恙，愿唤尤郎以归[62]。古有贤豪，乘而破者万里；世无高士，御以行者几人[63]？驾炮车之狂云，遂以夜郎自大[64]；恃贪狼之逆气，漫以河伯为尊[65]。姊妹俱受其摧残，汇族悉为其蹂躏[66]。纷红骇绿，掩苒何穷？擘柳鸣条，萧骚无际[67]。雨零金谷，缀为藉客之裀[68]；露冷华林，去作沾泥之絮[69]。埋香瘗玉，残妆卸而翻飞；朱榭雕阑，杂珮纷其零落[70]。减春光于旦夕，万点正飘愁[71]；觅残红于西东，五更非错恨[72]。翩跹江汉女，弓鞋漫踏春园；寂寞玉楼人，珠勒徒嘶芳草[73]。斯时也：伤春者有难乎为情之怨，寻胜者作无可奈何之歌[74]。尔乃趾高气扬，发无端之踔厉；摧蒙振落，动不已之阑珊[75]。伤哉绿树犹存，簌簌者绕墙自落[76]；久矣朱旛不竖，娟娟者霣涕谁怜[77]？堕溷沾篱，毕芳魂于一日[78]；朝荣夕悴，免荼毒以何年[79]？怨罗裳之易开，骂空闻于子夜[80]；讼狂伯之肆虐，章未报于天庭[81]。诞告芳邻，学作蛾眉之阵[82]；凡属同气，群兴草木之兵[83]。莫言蒲柳无能，但须藩篱有志[84]。且看莺俦燕侣，公复夺爱之仇；请与蝶友蜂交，

共发同心之誓[85]。兰桡桂楫，可教战于昆明[86]；桑盖柳旌，用观兵于上苑[87]。东篱处士，亦出茅庐[88]；大树将军，应怀义愤[89]。杀其气焰，洗千年粉黛之冤；歼尔豪强，销万古风流之恨[90]！”

【注释】

①癸亥岁：即康熙二十二年，公元一六八三年。

②毕刺史：名际有，详前《祝翁》注。绰然堂：当为毕际有罢官家居时所构厅堂，取《孟子·公孙丑》下不居官则“绰绰然有馀裕”之意；堂为蒲松龄教书处，其匾今存蒲松龄故居。

③从公杖履：谓追随毕公之后。杖履，也作“杖屦”，扶杖漫步。

④敢屈移玉：敬词。犹言敢劳大驾前往。移玉，移动玉趾，前往之意。玉趾，犹言玉步。

⑤不解所谓：没有弄清所指何人。

⑥颠头：最高处。

⑦金钩碧箔：金制的帘钩，碧绿色的门帘。

⑧环珮锵然：身上所佩戴的玉器发出铿锵悦耳的声响。环，玉环。圆形，中心有孔的璧玉。珮，玉珮，一种玉制的佩饰。

⑨贵嫔：女官名。魏文帝置，位次于皇后。后历代相沿，为宫中女官。

⑩惶悚无以为地：惶恐得无所措手足。

⑪草莽微贱：谦词。犹言草野低贱之人。草莽，草野，与“朝廷”相对。

⑫馀荣：谓不尽之荣耀。

⑬分庭抗礼：以平等的礼节相见。抗，匹敌。古人待宾之礼：主人坐东侧，客人坐西侧；主客相见时，客人站在庭院西侧向东与主人相对施礼，故谓之“分庭抗礼”。

⑭益：增加。

⑮折：折损。

⑯愆仪：乖违礼仪；指酒醉失态。愆，违。

⑰教命：犹教令，命令。

⑱封家婢子：对封姨的蔑称。封姨为古代神话传说中的风神。郑还古《博异志》记崔玄微春夜遇诸女共饮，席间有封十八姨。诸女为花精，封十八姨为风神。此后诗文中，即以封姨代指风或风神。

⑲背城借一：在自己城下与敌人决一死战；谓最后决战。

⑳属檄草：草拟讨敌的檄文。属，撰写。檄，檄文，声讨敌人的文书。

㉑惶然：惶恐的样子。

㉒学陋不文：学识浅薄，不善文辞。

㉓竭肝鬲之愚：意为竭尽至诚。鬲，通"膈"。肝位于膈下。肝鬲，犹肝胆，真诚的心意。愚，诚。

㉔濡毫：濡润毛笔。

㉕垂髫：头发下垂，谓幼年。

㉖折纸为范：旧时书写用无格白纸，书写时为使字行端直，每页折叠成若干竖格。范，式样。

㉗叠背：肩背相叠，形容聚观之人众多。

㉘不疵：此处犹言不错，很好。疵，瑕疵，玉上的小斑点。喻指细小的毛病，缺点。

㉙"飞扬"二句：谓风放纵恣肆，妒忌成性。飞扬，放纵，任性。忌嫉，忌刻妒忌。忌害别人，欲居其上。

㉚"济恶"二句：谓风以其才而成其恶，妒忌之性浸骨洽髓。济，成。醉骨，以酒浸渍之骨，意为浸骨洽髓。醉，酒渍。

㉛"射人"二句：谓风在暗处害人，其狡诈有如含沙射人之蜮。此二句为含沙射人或含沙射影的略语。喻指暗中攻击或阴谋陷害别人。

㉜"昔虞帝"三句：谓虞舜曾受风的蛊惑，竟想借它解除百姓的烦恼。虞帝，

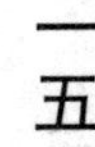

即虞舜。舜为有虞氏。狐媚，传说狐狸善媚，因以喻指女性对男子的蛊惑。英、皇，女英、娥皇，传说为唐尧二女，嫁舜为妃。渠，她，指风神。

㉝“楚王”三句：谓楚王也曾受风的蛊惑而借以称雄，但对宋玉的讽谏之意却不予体察。楚王，指楚襄王，即楚顷襄王（公元前298—前263年在位）。传为宋玉所做的《风赋》（见《文选》一三），以风为喻，讽刺楚王一味淫乐骄纵，不知体恤百姓。有云：“楚襄王游于兰台之宫，宋玉、景差侍。有风飒然而至，王乃披襟而当之，曰：快哉此风！寡人所以庶人共者邪?”宋玉回答，指出有“大王之风”和“庶人之风”；前者为“雄风”，后者为“雌风”，楚王深为其说所动。贤才，盖指宋玉。未能称意，谓其婉转设譬，未能达到讽谏的目的。

㉞“沛上”二句：谓起兵沛上的刘邦，竟借《大风》之歌而抒写思守土猛士之意。沛上英雄，指汉高祖刘邦，他于秦二世元年（公元前209年）于家乡沛县起兵反秦。云飞而思猛士，檃括刘邦《大风歌》诗意。

㉟“茂陵”二句：谓英武盖世的汉武帝竟也以《秋风辞》抒发其怀念佳人之情。茂陵天子，指汉武帝刘彻，因其死葬茂陵，故称。

㊱“从此”二句：谓风仗恃以上所言帝王之宠，一天比一天恣意放纵，肆其狂暴。怙，恃，凭仗。

㊲“怒号”二句：谓狂风怒号，竟敢将王宫中的占风玉片吹得叮当乱响。万窍，自然界各种空隙。碎玉，碎玉片。铎，大铃。

㊳“溯湃”二句：谓秋风夜起，在枯树间舞弄出飒飒之声。溯湃，同“澎湃”，也作“砰湃”，水相击声。此用以形容秋风大作，如惊涛骇浪。中宵，中夜。寒声，犹秋声。

㊴“倏向”二句：谓疾风拂掠山林，不过假借虎威。倏，倏忽，迅疾。假虎之威，从虎而假其威。

㊵“时于”二句：谓偶遇三峡礁看，便在江中掀起触天之浪。时，时而。滟滪堆，江心突起的巨石，今已炸去。原在今四川奉节县西南瞿塘峡口，为长江三峡著名险滩之一。

㊶“帘钩”四句：谓帘钩频摇，秋风吹过高阁；风铃猛然响动，惊醒了情思绵绵的离人好梦。帘钩，卷帘之钩。清商，清越、凄厉的商音，此指秋风。商，商音，古为五音（宫、商、角、徵、羽）之一，其音凄厉。旧以阴阳五行（金、木、水、火、土）之说，谓商属金，配合四时为秋。檐铁，即檐马，挂在屋檐下的风铃。也称“铁马”，“玉马”。幽梦，隐约恍惚的梦境。此谓梦中情思。

㊷“寻帷”二句：谓风不经允许径入内室，竟如同关系极为密切的宾客。寻帷下榻，谓不经介绍，直入内室。寻，觅。帷，床帐。下榻，《后汉书·徐稚传》载，陈蕃为豫章太守，在郡不接待宾客，“唯稚来特设一榻。去则县（悬）之。”后因称宾客寄居为下榻。入幕之宾，谓关系极为密切的宾客。入幕，入于帐幕之中。

㊸“排闼”二句：谓风竟推门进屋，擅自乱翻桌上书页。排闼，推门。语出《汉书·樊哙传》。闼，门屏。竟作翻书之客，谓吹乱书页。

㊹“不曾”二句：谓风无礼之甚，虽非故旧，却不待传禀而直接闯门入户。李益《竹窗闻风寄苗发、司空曙》有“开门复动竹，疑是故人来”之句，此反其意。

㊺“若非”二句：谓风横暴异常，有时几乎把人吹入空中。妃子，指汉成帝妃赵飞燕。伶玄《飞燕外传》载，汉成帝“于太液池作千人舟，号合宫之舟。后歌舞《归风送远之曲》，侍郎冯元方吹笙以倚后歌。中流歌酣，风大起。后扬袖曰：‘仙乎仙乎，去故而就新，宁忘怀乎？’帝令元方持后裙，风止，裙为之绉。他日，宫姝或襞裙为绉，号留仙裙。”

㊻“吐虹丝”二句：谓风狂妄无比，竟敢借月晕而显示自己出现的征兆。虹丝，彩色的光环，喻晕环。碧落，犹碧空，天空。因，借。阑，月阑，即月晕。环绕在月亮四周的彩色模糊的光气。

㊼“翻柳浪”二句：谓风于初春郊野吹动杨柳，却谎称寄送花开的消息。柳浪，形容初春吹拂柳枝的情状。浪，波浪。青郊，春郊。风翻柳浪，盖指柳叶初发之时，即旧历正月末二月初。《艺文类聚》八九引《大戴礼》：“正月柳梯。梯者，发叶也。”而柳花信风在清明节，即旧历三月初。为花寄信，指花信风，古指应花期而来的风。从小寒到谷雨，共八个节气一百二十日；五日为一候，计二十四候，

称二十四番花信风。清明节三信，即桐花、麦花、柳花。

㊽“赋归田”三句：此反用陶渊明《归去来辞》文意，谓辞官归隐的高士刚刚踏上归途，风就吹动其衣，加以戏弄。赋归田者，指陶渊明，其辞彭泽令家居之时曾作《归去来辞》。有句云：“舟遥遥以轻飏，风飘飘而吹衣。”写其归途欣喜心情。此反其义。赋，抒写。薜荔之衣，隐者高洁的衣饰。薜荔，一种蔓生香草。本谓佩饰的芳香高洁，后借为隐者之饰。

㊾“登高台”三句：此化取孟嘉九日登高落帽故事，谓人们游兴方浓时，风却故意吹落其帽。高兴，高雅的兴致。落茱萸之帽，即于九月九日吹落帽子。茱萸，一名越椒，为一种有浓烈香味的植物。古人九月九日（重阳节）登高饮酒时，常佩戴茱萸，认为能避邪消灾。九月登高落帽事，见陶渊明《晋故征西大将军长史孟府君传》。孟府君，即孟嘉。嘉为征西将军桓温参军，颇为所重。

㊿“蓬梗”二句：谓飞蓬翻卷，本欲随风荡堕，却不料被旋风吹入高空。蓬梗，蓬草之茎。蓬，草名，即飞蓬。蓬茎当秋而腐，遇风即飞起飘转。仨秋，秋季的第三个月，即阴历九月。羊角，一种旋风。抟空，盘旋于空中。

51“筝声”二句：谓发出悦耳之声的风筝，风竟吹断丝线使其飘没入云。筝，风筝。鸢丝，即风筝线。

52“不奉”二句：谓风违时令，隆冬而令花开。此用武则天诏令冬令花开事。太后，指武后，即武则天，唐高宗死后称太后。据载，武则天冬日要游上苑，遣使宣诏云：“明朝游上苑，火急报春知：花须连夜发，莫待晓风吹！”第二日凌晨，除牡丹而外，百花俱开。

53“未绝”二句：谓风宴中灭灯，暗中助邪臣逞奸。

54“甚则”二句：谓更其甚者，是狂风扬尘把山吹为平地。李贺（791—817），字长吉，唐代杰出诗人，著有《昌谷集》。

55“叫雨”二句：谓狂风携云带雨，卷去茅屋顶上苫盖之草。杜陵，地名，在长安（今陕西西安市）城东南，秦为杜县地，因汉宣帝葬于此而称杜陵，为唐代大诗人杜甫的祖籍所在地。因其常自称“杜陵野客”（《醉时歌》），后人即以“杜陵”指代杜甫。

(56)“冯夷”二句：谓即使微风也能在河中鼓起波浪，如笙一般的西风过后却是倾盆大雨。冯夷击鼓，谓水神鼓起河中微波。冯夷，神话传说中的水神名。又称“冰夷”、“元夷”。曹植《洛神赋》：“于是屏翳收风，川后静波。冯夷鸣鼓，女娲清歌。”少女，少女风，即西风。《易》以八卦配八方，兑为西方；兑为少女，西方之卦，因称。吹笙，谓风声如奏笙竽一般悦耳。笙，管乐器。相传吹笙用吸气，微吸作响，与风过林木相类。

(57)“荡漾”四句：谓微风吹来，草皆低伏；狂风骤至，则屋瓦欲飞。荡漾，飘荡。草皆成偃，即草皆倒伏。

(58)“未施”二句：谓风尚未施击水腾空之威，江豚却怕得时出江面拜舞。抟水之威，谓风作浪起，托物腾空的威力。江豚，鲸类，产于我国长江及印度大河中。据说江豚在浪中跳跃，每每起风，舟人用以占风。

(59)“陡出”二句：谓风陡然扬沙遮天，雁群因而散乱。障天，遮天，谓风播沙扬尘，遮天蔽日。书天雁字，指大雁飞行时在天空排成一字或人字形。不成行，谓雁群散乱。

(60)“助马当”四句：谓风助王勃早抵南昌尚有可取，而拂动瑶台翠帐则存心不良。助马当之轻帆，指王勃南行至马当遇顺风事。王勃（650—676），字子安，唐初著名诗人。马当，山名。在今江西彭泽县东北，横枕大江，其形似马，回风掀浪，舟行艰难。王勃南行，至此恰遇顺风，一夜即抵南昌，写了著名的《滕王阁诗序》。瑶台，传说中西王母的宫殿。

(61)“至于”二句：谓海鸟有灵。尚且依附鲁门以避大风。海鸟。名爰居。鲁门，指古曲阜城门。曲阜为春秋鲁国都城。

(62)“但使”二句：谓只要能使行人安全，愿唤回尤郎以平息风患。据伊世珍《琅嬛记》引《江湖纪闻》载，传闻石氏女嫁尤郎为妇，情好甚笃。尤郎要外出经商，石氏加以劝阻，不从。后尤出不归，石氏忧思而死。死前发誓变作大风，以阻商旅远行。自此商旅发船，遇打头逆风，即云石尤风。后来有人说，密写“我为石娘唤尤郎归也，须放我舟行”十四字沉于水中，风便停息。

(63)“古有”四句：谓古有乘风破浪、志在四方的贤哲英豪，今却没有御风而行、不汲汲追求利禄的高士。古有贤豪，指宗悫。

(64)“驾炮车”二句：谓暴风因伴狂云而起，便妄自尊大。炮车云，伴暴风而起的狂云。风起云涌，伴同飞沙走石，类古发石攻战之炮车，故名。夜郎自大，喻妄自尊大。夜郎，汉时西南小国，在今贵州桐梓县。

(65)“恃贪狼”二句：谓河伯恃暴风之威，泛滥成灾。贪狼，旧时阴阳术士迷信，以岁月日时附会人事，以“贪狼”指申时。并谓申主贪狼，而水生于申，其气动而成暴风。后因以贪狼指暴风。

(66)“姊妹”二句：谓百花全都受到暴风的摧残和蹂躏。姊妹，花类，花神的姊妹。汇族，全族，合族。悉，皆，此承上句，风兴浪作，河伯恃暴风逞恶，因亦暗用河伯娶妇事。古时迷信，巫祝为消弭水患，须为河伯娶妇，年年将一少女抛于河内。

(67)“纷红”四句：谓花木受风摧残，永无休止。纷红骇绿，红花纷然，绿叶扰扰，形容大风过后花木摇动之状。掩冉，或作“奄冉”，披拂之状。何穷，谓无穷，并下句“无际”，谓无已时。擘柳、鸣条，既是风名，也状疾风吹残花木的情景。擘柳，吹花擘柳风，为河朔（泛指今黄河以北地区）一带春日疾风，“数日一作，三日乃止。”见《韵府》。鸣条，一种乍微渐疾之风。《格致镜原》引《乙巳占》谓“凡风动叶，十里鸣条。”萧骚，风吹林木声。

(68)“雨零”二句：谓风雨过后，花瓣坠落成为客人的坐垫。零，落。金谷，金谷园，在今河南洛阳市西北，为晋石崇所筑别墅，崇常于其中宴客赋诗。裀，褥垫。此指花裀，即以花作坐垫。

(69)“露冷”二句：谓柳絮飘落，沾濡露水，随即为泥土所污。华林，华林园，三国吴时旧宫苑，在建业台城（今江苏南京市）内，见《景定建康志》。沾泥之絮，本谓心志坚定，不为色情所动。

(70)“埋香”四句：谓花虽枯萎凋零，仍不免受风吹之灾。埋香瘗玉，指美女死亡。残妆卸，本指妇女临晚卸妆，此喻花谢。朱榭雕栏，华丽的楼阁，雕镂的栏杆。牡丹花傍栏杆而开。榭，台上高屋。栏，栏杆。杂骊，左右佩玉。指女子身上佩带的各种玉饰。

⑦①“减春光”二句：谓一片花飞，顷刻减却春光而播散了春愁。

⑦②“觅残红”二句：谓落花飘散东西，是风吹所致，应该对其怨责。

⑦③“翩跹”四句：谓风吹花落，春光消逝，使游春少女徒劳往返。翩跹，轻盈飘逸的样子。江汉女，江汉游女。弓鞋，旧时女子缠足而足背弓起，因称其鞋为“弓鞋”。漫踏春园，谓花被风吹落，园内无可赏玩。漫，枉，徒然。玉楼人，指怀春少女。玉楼，华丽的高楼。珠勒，以珠为饰的马勒。嘶，马鸣。

⑦④“斯时”三句：谓在此花落春归之时，有的产生难为情的哀怨，有的发出无可奈何的歌吟。

⑦⑤“尔乃”四句：谓风送春归之后，仍十分猛烈。尔，你，指风。趾高气扬，骄气盈溢的样子。踔戳厉，发扬蹈厉。此取意于“踔厉风发”，谓风吹动不已摧残花木幼芽，振摇已开之花使之陨落。摧，此据二十四卷抄本，原作“催”。蒙，通“萌”，花草幼芽。落，落叶，落花。斓珊，同“阑珊”。风名。即初秋凉风。

⑦⑥“伤哉”二句：谓可伤的是，大风过后花落而只存枝叶。簌簌者，指落花。

⑦⑦“久矣”二句：谓众花任风摧残，其哀苦无人同情。朱幡不竖，谓众花得不到庇护，任风摧残。谷神子《博异志》载，唐天宝中，处士崔玄微入嵩山采药时，独处一院，遇众花之精所化的女子宴请封十八姨（即风神）。石榴花之精（醋醋）因不奉迎风神，惧为其摧残，求崔庇护，嘱崔云：“但处士每岁岁日，与作一朱幡，上图日月五星之文，于苑东立之，则免难矣。今岁已过，但请至月二十一日平旦，微有东风则立之，庶夫免于患也。”崔依其言，“至此日立幡。是日东风刮地，自洛南折树飞沙，而苑中繁花不动。”旛，同“幡”。娟娟者，谓鲜美的花朵。娟娟，美好的样子。霣涕，落泪。

⑦⑧“堕溷”二句：谓花随风荡落，堕溷沾篱，命运可悲。堕溷沾篱，本喻人生而贫贱，此指花随风飘落各处。溷，粪坑。篱，藩篱。毕，结束。芳魂，本指女性

精魂，此指花。

⑲“朝荣”二句：谓花晨开夕落，无法摆脱风的残害。荣，花。悴，憔悴。此指花枯萎凋零。荼毒，残害。

⑳“怨罗裳”二句：谓春风撩拨少女春情，便遭到人们的嘲骂。罗裳，丝罗衣裙，女性服装。子夜，指《子夜歌》。

㉑“讼狂伯”二句：谓狂风引起人们公愤，却未受到天帝的制裁。狂伯，狂暴的风伯，即风神。天庭，神话传说中天帝所在的朝廷。章，奏章。此指韩愈《讼风伯文》。

㉒“诞告”二句：谓众花应联合起来，共同对付狂风。诞告：犹广告。诞，大。芳邻，指相邻之花。蛾眉之阵，谓女子组成战阵。春秋时期著名军事家孙武曾以美女一百八十人训练军阵。蛾眉，女子细长之眉，代指女子，此喻花。

㉓“凡属”二句：谓凡属花草，都应成为与狂风斗争的战士。同气，气质相近或相同，即同类。此指花类。草木之兵，化用“草木皆兵”之意。

㉔“莫言”二句：谓即便如蒲柳一般柔弱，只要有志，编作篱笆也可尽到卫护花的责任。蒲柳，即水杨，枝条可编作篱笆。因其秋季较早凋落，常喻衰弱的体质，故云“无能”。藩篱，以竹编成的篱笆。引申为守卫之意。

㉕“且看”四句：谓众花与蜂蝶联合起来，誓复狂风伤残花类之仇。莺俦燕侣，喻称女伴，此指众花。莺、燕，春天飞鸣，常喻少女。公，大家，即“莺俦燕侣”。复，报复。夺爱，强力夺其所爱。指风伤残花类。与蝶友蜂交，谓与蝴蝶、蜜蜂交朋友。同心之誓，谓同仇敌忾的誓言。

㉖“兰桡”二句：谓兰、桂以其香洁、贞正，可率众花进行讨伐狂风的训练。兰桡桂楫，本谓船桨的香洁（见屈原《九歌·湘君》），此取字面意思，即指兰（木兰）、桂（桂树）二种香木。昆明，指昆明池，即今云南滇池。汉武帝元狩三年（前120），武帝欲通身毒（今印度），而为越嶲、昆明所阻。于是在长安（今西安市）近郊。仿作昆明池，以教习水战

㉗“桑盖”二句：谓桑可为车盖、柳可为旌旗，以备战前观兵之用。桑盖柳

旌，桑柳的形象说法：桑叶大荫浓，形如车盖；柳枝条柔细，拂拂如旌旗招展。观兵，检阅军队，以示军威。观，示。上苑，供帝王游猎的园林。

⑱“东篱”二句：谓高逸的菊花也出而参战。东篱处士，指东晋诗人陶渊明。陶性爱菊，常以菊喻其品质贞洁。其诗《饮酒》之五有“采菊东篱下，悠然见南山”之句，因称。此处借指菊花。处士，古称有才德而隐居不仕的人。陶渊明一生大半隐居，《晋书》《南史》《宋书》都将其列入《隐逸传》。出茅庐，谓由隐居而出仕。茅庐，简陋的居室。

⑲“大树”二句：谓独立的大树对于狂风也怀有义愤。大树将军，指东汉将军冯异。冯为人谦退不伐，“每所止舍，诸将并坐论功，异常独屏树下，军中号曰‘大树将军’。”此取字面意思，借指大树。

⑳“杀其”四句：谓齐力讨伐，打掉狂风的嚣张气焰；歼灭强暴，为众花雪沉冤、销积恨。杀，灭。粉黛，搽脸白粉和描眉的黛墨，均为旧时女子化妆用品，因借指美女，此借以喻花。豪强，喻风。销，消解。风流，风韵，借指女子。此指花。

【译文】

康熙二十二年，我在毕际南知州家中的绰然堂设馆教书。毕公家里花木很是繁盛，闲暇时，我常常随从毕公漫步花园，尽情地游赏玩乐。

有一天，游览归来，我非常疲倦，很想好好睡一觉。刚刚脱下鞋子，爬到床上，就梦见两位衣着艳丽的女郎来到床前，请求我说：“主人有事奉托，能不能请您屈驾走一趟？”我吃惊地坐了起来，问道：“不知是哪位相召？”女郎说：“是绛妃。”我恍恍惚惚不知道所说的是谁，匆匆忙忙地跟她们走了。

一会儿，我便看到一座宫殿直插云霄，宫殿下有一排石阶，顺着石阶一层层走上去，有百多级，才到达顶头。朱门洞开，见我们来了，有两三个女郎进去通报。不大工夫，女郎将我领到一座宫殿外面。殿门垂挂着金钩绿帘，光亮耀眼。一个女子从殿内款款走出，下阶来迎，身上的佩玉叮当作响，模样绝对像个贵妃。我刚要上前行礼，贵妃已抢先说道："委屈先生到此，按理应该先向您致谢。"便招呼侍从在地上铺上红毯，就要向我行礼。我非常惶惑，不知道如何是好，便启奏说："我是草野低贱之人，能得到您的召唤，已感到荣幸之至，怎么还敢与您分庭抗礼，增加我的罪过，折损我的福分呢?"贵妃这才叫人撤去地毯，摆上酒宴，与我相对而坐。

酒过数巡，我推辞说："我酒量不大，稍喝一点就会大醉，很害怕酒后失态。您叫我来，究竟有何见教，请解除我的疑虑。"贵妃并不答话，只是一味地用大杯向我劝酒。我一再请命，她才说："我是花神，一家都弱小，置身这里，风神那坏丫头屡次欺凌我们，对我们横加摧残。现如今，想与她背城一战，麻烦先生为我们起草声讨的檄文。"我诚惶诚恐地启奏说："我学识浅薄，不善文辞，恐怕有负您的重托。但是，既蒙您这样信任，我怎敢不竭思尽虑，奉献上我的一片至诚之心?"贵妃大喜，就在殿上赐给我纸笔。紧接着，美丽的侍女们便擦桌抹座，磨墨润笔。还有一个少女将纸折成格子，放在我的手腕下面。我刚刚写下一两句，她们便三三两两，比肩搭背地来窥看。我一向很迟钝，但此时却觉得文思像喷突的泉水一样涌出。不大工夫，便脱了稿。侍女们争着拿去给绛妃过目。绛妃打开看了一遍，认为不错，于是又派侍女将我送了回来。

睡醒了，回忆这件事，其情景仍然历历在目，但檄文中的词句，却已忘了大半。于是，补足成完整的一篇：

仔细考察风神，骄横成性，嫉妒为心。凭借自己的才能，促成自己的恶行，忌妒之性已经浸入骨髓；趁着他人的疏忽，攻击他人于暗中，奸诈之术，果真类似含沙射影的鬼蜮。昔日，虞舜受她的蒙蔽，才认为女英、娥皇不足以解忧，反想借她解除民众的烦恼；楚王受她的蛊惑，更觉得贤人才士不足以称心，硬说只有她可以称雄；出吐沛地的英雄刘邦，看到风吹动天上的云彩，便想起了守边的猛士；葬在茂陵的天子汉武，每遇秋高气爽之际，便思念起逝去的美人。从此，她倚仗君王的宠爱，更加肆无忌惮。万物齐吼，吹响了王宫中占风的玉片；冲霄呼啸，摇撼着秋天的丛林发出阵阵寒声。忽然扑向山林草丛，借虎啸发泄淫威；偶遇三峡礁石，便在江中掀起滔天巨浪。

更有甚者，帘钩频频被她摇动，高阁上便响起悲凉的乐声；檐铁为她鼓响，枕畔边更惊起离人的幽梦。钻帷幕，登床榻，她反而成了参与政事的幕僚；推房门，上厅堂，她居然变作乱翻诗书的狂客。生平从未见面，便欲开门启户而来；掌中若非牵住罗裙，更想掠夺妃子远去。吐月晕于天空之中，竟敢借此显示自己的征兆；翻柳浪于青郊野外，却谎称是为花寄信。辞官归隐的高士，刚刚踏上归途，她便吹动其薜荔编织的衣裳，加以戏弄；登高远望的游客，刚刚有了游兴，她则拂落他那茱萸插就的帽子，使其扫兴。飞蓬翻卷，本欲自行坠落，却不料被一阵旋风卷入高空；筝声悦耳，刚想升入云霄，更被她强行吹断百尺绳线。尚未接到太后旨意，就于隆冬催动鲜花盛开；还没等座客拔掉帽缨，便在宴席上吹灭千枝烛火。扬尘播土，她竟想荡平李贺之山；呼风唤雨，她胆敢卷破杜甫之屋。

河伯起于幽宫，掀起浪涛如击鼓；风神来自西方，发出声响若吹笙。轻漾而来，草木倒伏，呼啸而至，瓦片翻飞。未施抟击波浪的威风，江豚还不时浮出水面向人遥拜；突然摆出遮天蔽日的阵势，空雁便难以上下翻飞排列成行。如果说帮助轻舟前行的清风，尚有可取之处，那么，卷起闺房翠帐的贼风，则是存心不良，至于海鸟有灵，先避风于鲁国的城门，但愿行人无恙，当阻郎于江边的船上。古有贤良豪放之人，能乘长风破万里之浪，今无才华出众之士，可御风而行者能有几人？驾着暴风行走的狂云，因而便夜郎自大；借恶风而兴浪的河伯，更是滥施淫威。

百花姐妹都遭到她的摧残，草木家族全受到她的蹂躏。红花纷然，绿叶扰扰，被她吹伏在地的无从计算；细柳摇摆，柔枝发响，被她摧折的更是难以数清。雨后的金谷园落英缤纷，连缀起来可当游人的坐垫；露降华林苑柳容戚戚，都成了沾泥的飞絮。残花已枯萎凋零，仍不免受风吹之苦；玉片已脱落朱榭雕栏，还要经飘零三难。朝夕之际，减却春花无限，万点花飞方惹恨；东西之间，觅取残红数片，五更寒风正愁人。江汉游女，轻盈飘逸欲成仙，脚穿绣花弓鞋漫步春园；玉楼佳佳人，寂寞孤独正惆怅，手牵镶珠马勒踟蹰草地。

此时此刻，伤春者一定会有满腹的怨气，寻访胜境者只有高喝那无可奈何之歌。而你却趾高气扬，没有来由地振奋起来：催种子盟生，摇花瓣凋落，吹动起无休无止的秋风。

太可悲了！绿树犹在，但红花青叶，却簌簌落满了垣墙；太久远了，朱幡不竖，那香草美兰，点点洒落泪珠。坠落于厕中，黏附于篱笆上的，一朝一夕，就被断送了芳魂；早晨还是容光焕发，晚间便已憔悴满面，何年何月，百花姐妹们才能免遭荼毒？怨罗裳遇风便开，喝《子夜歌》亦不过空骂一场。控诉风伯肆虐的虽然很多，无奈天庭根本不予理睬。为此，我等公告众芳邻，共同摆下娘子战阵；凡我花木同宗，都来组织草木三兵。不要说你蒲柳弱质无能，重要的是要有结篱御敌之心。且看我莺俦燕侣，去报夺我所爱之仇恨；联合蝶友蜂朋，齐发同仇敌忾的决心。兰为桨桂为舟，可练兵于昆明湖上；桑为伞柳为旌，以阅兵于上林苑中。东篱下面的菊花，走出茅庐献策；古林中间的大树，怀着义愤挥戈。挫败风神气焰，昭雪粉黛千年的冤仇；消除风神的霸道，消解姐妹万古的愤恨。

河间生

【原文】

河间某生[①]，场中积麦穰如丘，家人日取为薪，洞之[②]。有狐居其中，常与主人相见，老翁也。一日，屈主人饮[③]，拱生入洞[④]。生难之，强而后入。入则廊舍华好。即坐，茶酒香烈。但日色苍皇，不辨中夕。筵罢既出，景物俱杳。翁每夜往夙归，人莫能迹[⑤]。问之，则言友朋招饮。生请与俱，翁不可；固请之，翁始诺。挽生臂，疾如乘风，可炊黍时[⑥]，至一城市。入酒肆，见坐客良多，聚饮颇哗，乃引生登楼上。下视饮者，几案柈餐[⑦]，可以指数[⑧]。翁自下楼，任意取案上酒果，杯不来供生[9]。筵中人曾莫之禁[10]。移时，生视一朱衣人前列金橘，命翁取之。翁曰："此正人[11]，不可近。"生默念：狐与我游，必我邪也。自今以往，我必正！方一注想[12]，觉身不自主，眩堕楼下。饮者大骇，相哗以妖[13]。生仰视，竟非楼上，乃梁间耳。以实告众。众审其情确，赠而遣之。问其处，乃鱼台[14]，去河间千里云。

河间生

【注释】

①河间：河间府，治所在今河北河间市。

②洞之：把麦穰垛掏出一个洞。洞，掏洞。

③屈：屈驾，延请别人的敬辞。

④拱：拱手礼让。

⑤人莫能迹：没有谁能知其踪迹。

⑥炊黍时：做一顿饭的工夫。

⑦柈：同“盘”。

⑧可以指数：意谓能够一一看清。

⑨抔：双手捧物。

⑩莫之禁：莫禁之，没有人制止他。

⑪正人：品格端正之人。

⑫注想：专心思考。

⑬相哗以妖：彼此喧哗起来，认为是妖异。

⑭鱼台：县名，今属山东省，旧治在今县城西南。

【译文】

河间府某书生，自家场院积存的麦秸像小山一样。家里人每天取一些当柴烧，久而久之就掏出一个洞来。有狐仙居住其中，常常跟主人打照面，是个老翁。

有一天，老翁请主人到他那里去喝酒，拱着手请进洞。书生感到为难，经不住一再邀请便去了。进去一看，发现走廊房舍都很华丽。就座以后，茶香酒醇，菜肴精美，只是光线暗淡，辨不出是正午还是黄昏。吃喝完走出洞口，景物都无影无踪了。

老翁每天夜间出去，早上回来，没人能知道他到哪里去了，问他，说是朋友请去喝酒了。书生请求与他一道去，老翁不答应。书生再三请求，老翁才同意了。他拉着书生的胳膊走，快得如同乘风似的。大约过了做熟一顿饭的工夫，他们来到一座城市。走进一家酒馆，见客人很多，相聚在一起喝酒，很是热闹，老翁便领书生到了楼上。从上往下看，喝酒的人和杯盘桌椅，历历可见。老翁走到楼下，任意从桌子上拿取酒肴鲜果，用双手捧了来给书生食用，没有一个人阻拦。

过了一会儿，书生看到一个红衣人的面前摆放着金橘，就要让老翁去为他拿来。老翁说："这是一个很正派的人，我不能接近他。"书生暗想：这狐仙与我厮混，我一定是个不正派的人了。从今往后，我一定要做个正派人。刚想到这里，便忽然觉得身不由己，一阵眩晕而坠落到楼下。楼下喝酒的人被吓了一大跳，吵吵嚷嚷，认为他是妖怪。书生抬头一看，自己刚才坐的地方，原来并不是楼上，而房间的一根梁木罢了。

书生把实际情况告诉了大家。大家审度他所说的情况不像是编造的，便送了一些路费叫他回去。他问这是什么地方，大家告诉是鱼台县，离河间府一千多里路。

云　翠　仙

【原文】

梁有才，故晋人[①]，流寓于济[②]，作小负贩。无妻子田产。从村人登岱[③]。岱，四月交[④]，香侣杂沓[⑤]。又有优婆夷、塞[⑥]，率众男子以百十，杂跪神座下，视香炷为度[⑦]，名曰"跪香"。才视众中有女郎，年十七八而美，悦之。诈为香客，近女郎跪；又伪为膝困无力状，故以手据女郎足。女回首似嗔，膝行而远之。才又膝行近之；少间，又据之。女郎觉，遽起，不跪，出门去。才亦起，亦出，履其迹[⑧]，不知其往。心无望，怏怏而行。途中见女郎从媪，似为女也母者[9]。才趋之。媪女行且语。媪云：“汝能参礼娘娘[10]，大好事！汝又无弟妹，但获娘娘冥加护，护汝得快婿[11]。但能相孝顺，都不必贵公子、富王孙也。”才窃喜，渐渍诘媪[12]。媪自言

云翠仙

为云氏，女名翠仙，其出也。家西山四十里。才曰：“山路涩[13]，母如此蹄蹜[14]，妹如此纤纤，何能便至？”曰：“日已晚，将寄舅家宿耳。”才曰：“适言相婿，不以贫嫌，不以贱鄙，我又未婚，颇当母意否？”媪以问女，女不应。媪数问，女曰：

"渠寡福，又荡无行，轻薄之心，还易翻覆。儿不能为遢伎儿作妇[15]。"才闻，朴诚自表，切矢皦日[16]。媪喜，竟诺之。女不乐，勃然而已。母又强拍哳之[17]。才殷勤，手于橐[18]，觅山兜二[19]，舁媪及女。己步从，若为仆。过隘[20]，辄诃兜夫不得颠摇动，良殷。俄抵村舍，便邀才同入舅家。舅出翁，妗出媪也。云兄之嫂之[21]。谓："才吾婿。日适良[22]，不须别择，便取今夕。"舅亦喜，出酒肴饵才。既，严妆翠仙出，拂榻促眠。女曰："我固知郎不义，迫母命，漫相随[23]。郎若人也[24]，当不须忧偕活。"才唯唯听受。明日早起，母谓才："宜先去，我以女继至。"

才归，扫户闼。媪果送女至。入视室中，虚无有，便云："似此何能自给？老身速归，当小助汝辛苦[25]。"遂去。次日，有男女数辈，各携服食器具，布一室满之。不饭俱去，但留一婢。才由此坐温饱[26]，惟日引里无赖朋饮竞赌，渐盗女郎簪珥佐博[27]。女劝之，不听；颇不耐之，惟严守箱奁，如防寇。一日，博党款门访才，窥见女，適適惊[28]。戏谓才曰："子大富贵，何忧贫耶？"才问故，答曰："曩见夫人，实仙人也。适与子家道不相称。货为媵[29]，金可得百；为妓，可得千。千金在室，而听饮博无资耶[30]？"才不言，而心然之。归，辄向女欷歔，时时言贫不可度。女不顾，才频频击桌，抛匕箸，骂婢，作诸态。

一夕，女沽酒与饮。忽曰："郎以贫故，日焦心。我又不能御穷[31]，分郎忧，中岂不愧怍？但无长物，止有此婢，鬻之，可稍稍佐经营[32]。"才摇首曰："其值几许！"又饮少时，女曰："妾于郎，有何不相承？但力竭耳。念一贫如此，便死相从，不过均此百年苦，有何发迹？不如以妾鬻贵家，两所便益，得直或较婢多。"才故愕言："何得至此！"女固言之，色作庄[33]。才喜曰："容再计之。"遂缘中贵人[34]，货隶乐籍[35]。中贵人亲诣才，见女大悦。恐不能即得，立券八百缗[36]，事滨就矣[37]。女曰："母日以婿家贫，常常萦念，今意断矣，我将暂归省；且郎与妾绝，何得不告母？"才虑母阻。女曰："我顾自乐之，保无差贷[38]。"才从之。夜将半，始抵母家。挝阖入[39]，见楼舍华好，婢仆辈往来憧憧[40]。才日与女居，每请诣母，女辄止之，故为甥馆年馀[41]，曾未一临岳家。至此大骇，以其家巨，恐媵妓所不甘也。女引才登楼上。媪惊问："夫妻何来？"女怨曰："我固道渠不义，今果然。"

乃于衣底出黄金二铤[42]，置几上，曰："幸不为小人赚脱，今仍以还母。"母骇问故，女曰："渠将鬻我，故藏金无用处。"乃指才骂曰："豺鼠子！曩日负肩担，面沾尘如鬼。初近我，熏熏作汗腥，肤垢欲倾塌，足手皴一寸厚[43]，使人终夜恶。自我归汝家，安坐餐饭，鬼皮始脱。母在前，我岂诬耶?"才垂首，不敢少出气。女又曰："自顾无倾城姿，不堪奉贵人；似若辈男子，我自谓犹相匹。有何亏负，遂无一念香火情[44]？我岂不能起楼宇、买良沃？念汝儇薄骨、乞丐相[45]，终不是白头侣！"言次，婢妪连衿臂，旋旋围绕之。闻女责数，便都唾骂，共言："不如杀却，何须复云云。"才大惧，据地自投，但言知悔。女又盛气曰[46]："鬻妻子已大恶，犹未便是剧[47]；何忍以同衾人赚作娼！"言未已，众眦裂[48]，悉以锐簪、剪刀股攒刺胁腂[49]。才号悲乞命。女止之，曰："可暂释却。渠便无仁义，我不忍觳觫[50]。"乃率众下楼去。

才坐听移时，语声俱寂，思欲潜遁。忽仰视，见星汉，东方已白，野色苍莽[51]；灯亦寻灭。并无屋宇，身坐削壁上。俯瞰绝壑，深无底。骇绝，惧堕。身稍移，塌然一声，堕石崩坠。壁半有枯横焉[52]，罥不得堕[53]。以枯受腹，手足无着。下视茫茫，不知几何寻丈[54]。不敢转侧，嗥怖声嘶，一身尽肿，眼耳鼻舌身力俱竭。日渐高，始有樵人望见之；寻绠来，缒而下，取置崖上，奄将溘毙[55]。舁归其家。至则门洞敞[56]，家荒荒如败寺，床簏什器俱杳，惟有绳床败案[57]，是己家旧物，零落犹存。嗒然自卧。饥时，日一乞食于邻。既而肿溃为癞[58]。里党薄其行[59]，悉唾弃之。才无计，货屋而穴居，行乞于道，以刀自随。或劝以刀易饵；才不肯，曰："野居防虎狼，用自卫耳。"后遇向劝鬻妻者于途，近而哀语，遽出刀摮而杀之[60]，遂被收。官廉得其情[61]，亦未忍酷虐之，系狱中，寻瘐死[62]。

异史氏曰："得远山芙蓉[63]，与共四壁，与以南面王岂易哉！己则非人，而怨逢恶之友[64]；故为友者不可不知戒也。凡狭邪子诱人淫博[65]，为诸不义，其事不败，虽则不怨亦不德。迨于身无襦，妇无裤，千人所指[66]，无疾将死，穷败之念，无时不萦于心；穷败之恨，无时不切于齿。清夜牛衣中[67]，辗转不寐。夫然后历历想未落时[68]，历历想将落时，又历历想致落之故，而因以及发端致落之人。至于此，弱者起，拥絮坐诅[69]；强者忍冻裸行，篝火索刀[70]，霍霍磨之，不待终夜矣。故以善规人，如赠橄榄[71]；以恶诱人，如馈漏脯也[72]。听者固当省[73]，言者可勿惧哉!”

【注释】

①晋：山西省的简称。

②济：指济南府所在地，即今山东济南市。

③岱：泰山的别称。

④四月交：刚交四月，即四月之初。此盖为浴佛节，亦称“佛诞节”。为纪念佛祖释迦牟尼诞生的节日。届时各佛寺举行诵经法会、拜佛祭祖、施舍僧侣等庆祝活动，并据传说以各种名香浸水为佛像洗浴，并供奉各种花卉。中国汉族地区，一般将节日定于夏历四月初八。

⑤香侣：结伴朝拜泰山的香客。

⑥优婆夷、塞：即优婆夷、优婆塞，均为梵语音译。优婆夷，指接受佛教五戒的女居士。优婆塞，指接受佛教五戒的男居士。他们是佛教信徒，不同于一般香客。

⑦视香炷为度：以一支香燃烧完为跪拜时间的限度。炷，点香。

⑧履其迹：尾寻其踪迹。此从铸雪斋抄本，“迹”字原作“即”，盖音近而讹。

⑨女也母者：即女之母。也、者，均为语助词，无义。

⑩参礼娘娘：指参拜碧霞元君。传说东岳大帝之女，宋真宗时封为天仙玉女碧霞元君。道教称其应九炁以生，受玉帝之命，证位天仙，统领岳府神兵，照察人间善恶。今泰山极顶有碧霞元君祠。

⑪快婿：称心的女婿。

⑫渐渍：犹浸润，由渐而入，犹水之渐次浸渍润泽。

⑬山路涩：谓山路坎坷难行。涩，不平坦。

⑭蹜蹜：脚步细碎、频促。

⑮遢伎儿：举止猥琐而轻薄的人。

⑯切矢皦日：恳切地指着太阳发誓。

⑰强拍哹之：勉强她，抚慰她。拍，拍拊其背；哹，同“咻”，噢咻，抚慰之声。

⑱手于橐：把手插进钱袋里，谓掏出钱来。

⑲山兜：山轿。兜，同“篼”。兜子，一种二人抬着的便轿。

⑳隘：隘口，险要之处。

㉑兄之嫂之：称之为兄，称之为嫂。

㉒日适良：今日恰好是吉日。

㉓漫：犹胡乱。

㉔若人：像个人。

㉕小助汝辛苦：意为略微帮助你们度日。辛苦，谓穷苦的生活。

㉖坐：坐享。

㉗簪珥：均为旧时女子的金玉首饰。簪，古时女子插定发髻、男连冠于发的一种长针，后专指女子的首饰。珥，女子的珠玉耳饰，也称“珰”“瑱”。

㉘適適：形容吃惊的样子。

㉙货为媵：卖做人妾。媵，本指为诸侯之女作陪嫁的人，称为“妾媵”，后泛指妾。

㉚听：听任。

㉛御穷：当穷，对付贫穷。

㉜佐经营：帮助筹谋家事。

㉝色作庄：脸色表现得很郑重。

㉞缘中贵人：通过中贵人的关系。缘，因，由，借着。中贵人，本指在宫中而贵幸的人，后专指皇帝宠信的宦官。

㉟隶乐籍：隶属于乐户的名籍。乐户，指官妓。

㊱立券：签署契约。缗：穿钱的绳子。古时用铜钱，有孔，可以用绳贯串起

来，一般一千钱为一串，称一缗。

㊲滨就：快要成功。

㊳差贷：谓失误。贷，通“忒”。

㊴挝阖：敲打门户。

㊵憧憧：往来不绝的样子。

㊶为甥馆：谓做女婿。古代称妻父为外舅，称婿为甥。舜娶尧女后，谒见尧，尧把舜安置在他的副宫里，即《孟子·万章下》所谓“馆甥于贰室”。后因以“甥馆”称女婿在岳丈家的住处，也代指女婿。

㊷铤：“锭”的本字。金银锭的计量单位。一铤为五两至十两。

㊸皴：因受冻而皮肤开裂或皮肤上绽裂的积垢，此指后者。

㊹香火情：焚香誓约之情，此谓夫妻之情。

㊺儇薄骨：轻薄相。骨，骨相，人的骨骼相貌。

㊻盛气：此处意为气冲冲地。

㊼犹未便是剧：谓还不算是极恶。犹，还。剧，甚，最。

㊽眦裂：瞪目，形容愤怒到极点。

㊾胁膘：两胁突起之处。

㊿不忍其觳觫：不忍看到他颤抖的可怜样。觳觫，因恐惧而颤抖的样子。

51野色苍莽：荒野一片青翠。苍莽，犹莽苍，绿野与碧空相连，一望无际的样子。

52枯：枯树。

53罥：挂。

54几何寻丈：多少寻丈高。寻，此为长度单位，古时以八尺为“寻”。

55奄将溘毙：气息奄奄，将要死去。奄，奄奄，气息微弱的样子。溘，忽然。

56门洞敞：屋门大开。

57绳床：用绳索穿缠捆缚的卧床。

58癞：恶疮，即麻风病。

㊾里党：犹乡党，邻里。

㊿搫而杀之：语见《公羊传·宣公六年》。搫，旁击。

廉：查察。

瘐死：旧谓囚犯因拷打、饥寒或疾病而死于狱中。

远山芙蓉：眉若远山抹黛，脸若芙蓉盛开。形容女子貌美，此指美女。

逢恶之友：迎合所好、勾引作恶的朋友。

狭邪子：本指巷居而从不远行的人（见《山堂肆考》），此指作狭斜游者。狭邪，同狭斜，曲巷。古乐府《长安有狭斜行》述少年冶游之事，诗中有“堂上置樽酒，作使邯郸倡”语，后因称娼家为狭斜，狎妓饮酒为狭斜游。

“千人”二句：原作“千人所指，无病而死”。千人，许多人。指，指责。

清夜牛衣中：卧牛衣之中，清夜扪心自思。清，冷，凉。牛衣也称“牛被”，编草而成，给牛披以御寒，盖蓑衣之类：卧牛衣中，形容穷困。

历历：分明可数，此谓一一分明地。

拥絮坐诅：围着被，坐着咒骂。

篝火：详前《董生》注。此处意为点灯。

橄榄：果木名。一名青果，又名谏果。

漏脯：腐败变质的干肉。脯，干肉。脯本为美味，而变质者入口或不觉，过后将中毒致死。

省：醒悟。

【译文】

梁有才原是山西人，流落到济南府，靠做小买卖为生。家中没有妻子儿女，也没有田地财产。有一天，他跟着村里的人去游泰山。春夏之交的泰山，烧香拜佛的人络绎不绝。善男信女们聚集百十来人，跪在神像下面祈祷，等燃完一炷香才起来，叫作“跪香”。梁有才看见跪香的人当中有位姑娘，有十七八岁，长得很漂亮；

他心里暗暗高兴，就也装作香客，跪在这位姑娘身后。过了一会儿，他又假装两膝无力支持的样子，故意用手捏住姑娘的脚。姑娘回头，有些生气，往前跪行几步，离开了他。有才也跪行几步靠过去；不一会儿，又捏住她的脚。姑娘觉察到他不怀好意，立刻站起来，也不再跪香，出门走了。有才赶紧起来，出门跟踪，但不知她往哪个方向去了。

有才心里非常失望，无精打采地走着。忽然发现那姑娘跟着一位老太太在走，老太太好像是她母亲。有才赶紧跟上去，听见老太太和姑娘在边走边聊。老太太说："你这次能给碧霞元君娘娘进香，是件大好事。你又没有弟兄姐妹，只望娘娘暗中保佑你，保佑你找个称心如意的好丈夫。只要能互相体谅，倒不一定挑富贵人家的子弟。"有才听了暗自高兴，就逐渐靠近问老太太姓名。老太太自称姓云，姑娘名叫翠仙，是她亲生的女儿，家住山的西边四十里。有才说："山路很难走。大娘您走路这么艰难，这位妹子身体又这么柔弱，什么时候才能到家呢?"老太太说："天已不早了，打算到她舅舅家住一晚上。"有才又说："刚才您老人家说，挑选女婿不嫌弃贫贱，我还没结婚，看我合不合您老人家的心意?"老太太问翠仙，翠仙不说话。老太太又问了几次，翠仙才说："他福分浅薄，行为放荡，作风轻佻，容易反复无常，我不能给这种浪荡子做媳妇。"有才听了，赶紧表白自己又朴实又真诚，并急切地面对太阳发誓。老太太听了十分高兴，竟答应了这门亲事。翠仙很不乐意，气得变了脸色，可是毫无办法。老太太拍着翠仙的肩膀，一边抚慰，一边呵斥。有才赶忙献殷勤，从口袋里掏出些钱来，雇了两乘小轿，抬着老太太和翠仙，自己跟在轿子后面走，就像仆人一样。经过险要处，就责令轿夫不准颠簸摇晃，真是殷勤极了。

过了不久，来到一座村庄，老太太便带着有才一同进入翠仙的舅舅家。舅父是个老头，舅母也是老太太了。翠仙的母亲叫过哥哥和嫂嫂，然后说："有才是我的女婿。今天正是黄道吉日，也不必另择日子了，就选今晚给他们成亲吧!"舅父一听也很高兴，就置办酒菜款待有才。饭后，把翠仙打扮得漂漂亮亮，送进洞房，整理好床铺，催促他们休息。翠仙对有才说："我本来知道你不够仁义，但迫于母命，姑且跟你过吧。你若是个正派人，就不必担心今后的共同生活。”有才连连称是。第二天早晨，老太太对有才说：“你先回家去吧，我和翠仙随后就到。”有才回到家里，打扫了房屋，老太太果然把翠仙送来了。进入屋内一看，家里空荡荡的，什么也没有，就说：“像这样怎么能过日子？我得赶紧回家去，想法稍微帮助你们解决些困难。”说完就走了。

第二天，有几个男女仆人送来一些衣服、食品，器皿和用具，把整个屋子布置得满满的，没有吃饭就都走了，只留下一个丫鬟伺候翠仙。有才从此饱食终日，无所事事，就成天招引街坊邻里那些游手好闲的人，聚到一起饮酒赌博。渐渐地钱输光了，就偷翠仙的簪环首饰去做赌本。翠仙多次劝他也不听，还很不耐烦，翠仙只有严密地看守着自己的箱子和首饰匣，就像防小偷那样。有一天，一个赌徒来找有才，偷偷瞅见了翠仙，非常惊讶，就开玩笑说：“你真是大富大贵啊，怎么还忧愁穷困呢?”有才问他这话是什么意思。那人说：“刚才见到你的夫人，真像天仙一样！这和你的家境也太不相称了。如果把她卖给有钱人家做妾，可以得到百金；卖做妓女，可以得千金。你有千金在家，还愁饮酒赌博没有钱吗?”有才虽然没有说什么，但心里认为他讲得很有道理。从此以后，有才回到家里就在翠仙面前唉声叹气，常常抱怨穷日子没法过。翠仙不理睬，他就经常敲桌子，扔汤匙，甩筷子，骂丫鬟，故意作脸色给人看。

有天晚上，翠仙准备了些酒菜陪他饮酒，忽然说：“郎君由于家中贫困天天焦虑，我又不能解决困难为你分忧，心里怎能不惭愧呢？但我身边又没有多余的东西，只有这个丫鬟，把她卖了，还可稍微贴补家里一点开支。”有才摇摇头说：“她值几个钱?”饮了一会儿酒，翠仙又说：“对自己的丈夫，我什么不能答应？只是办法都想尽了。我想，既然穷到如此地步，就是跟你到死，也不过共同分担这辈子的苦，还能有什么好日子呢？不如把我卖给富贵人家，对你我都有好处，得到的钱可能比卖丫鬟要多一些。”有才故意装出吃惊的样子说：“何至于到这种地步！”翠仙坚持自己的意见，并装出严肃认真的样子。有才暗自高兴，说：“再商量商量吧!”事后他就托有权势的太监把翠仙卖到宫中做歌妓。太监亲自到有才家，一见翠仙，非常满意，唯恐不能马上到手，就立了个八百吊钱的契约。事情眼看就要办成了，这时翠仙说："我母亲因为你家里穷，经常惦记。现在我们的情义断了，我准备暂时回娘家去看看母亲。何况你已经把我卖了，哪能不告诉母亲一声呢？"有才担心老太太阻拦此事，翠仙说："这是我自己乐意的事，保准不会出差错。"有才于是同意跟她走一趟。

快到半夜了，他们才到达翠仙的娘家。叩门进去，只见楼台房屋很华丽漂亮，使女仆人来来往往。有才和翠仙结婚后，每次提出来看望岳母，都被翠仙阻止了，所以，当了一年多女婿，还没到岳母家来过一次。现在见此情景，大吃一惊，怕翠仙因为娘家有钱，不甘心去做妾当妓。翠仙领着有才上了楼，老太太惊疑地问道："你们夫妻二人来干什么？"翠仙埋怨说："我原来就说他不讲道义，现在果然如此！"于是从衣袋里拿出两锭黄金放在桌上，说："幸好没被这个小人骗去，现在仍然把它还给母亲。"老太太惊异地问是怎么回事，翠仙说："他要把我卖了！收藏这些金子再也没有用处了。"于是指着有才骂道："你这狼心狗肺的东西！过去你每天挑着担子沿街叫卖，脸上沾满尘土像鬼一样。开始接近我时，汗臭熏人，身上的泥土直往下掉，手脚上的污垢有一寸厚，让人整夜都恶心。自从我嫁到你家，你坐吃不动，这层鬼皮才蜕掉。母亲在面前，我难道是冤枉你吗？"有才低垂着头，连大气都不敢出。翠仙又说："我自知没有倾城倾国貌，不配去侍奉贵人，但像你这样的男人，我自认为还是配得上的。我有什么地方亏待了你，竟连一点夫妻感情都不顾？我难道不能盖高楼、买良田？是因为我早就看出你这副轻薄的骨头，讨饭的长相，终究不是可共白头的伴侣！"说话间，婢仆们纷纷赶来，手挽着手把有才层层围在中间。听到翠仙斥责数落他，也跟着唾骂，齐声说："不如杀了他，何必这样跟他废话！"有才吓得够呛，赶紧趴在地上叩头，一个劲儿地说自己错了。翠仙又气愤地说："卖妻子就够恶劣的了，但还不是最坏的。你怎么能忍心把妻子卖去当妓女！"话还没说完，婢仆们气得眼角都瞪裂了，全都用尖利的簪钗、剪刀扎刺他的肩臂。有才疼得一边喊叫一边哀求饶命。翠仙制止她们说："暂时把他放了吧。他就是不仁不义，我也不忍心看他吓得发抖。"于是领着大家下楼去了。

有才坐在楼上听了一会儿，说话声和其他声音都没有了，就想偷偷溜走。忽然抬头一看，只见满天星斗，东方已经发白，四野莽莽苍苍，不久灯也灭了。有才这才发现，这里并没有什么房屋，而自己正坐在悬崖峭壁上。低头一看，山涧深不见底。他吓坏了，生怕自己掉下去。他的身子稍微一动，只听轰隆一声，就跟着坐着的山石坠了下去。悬崖的半腰有枯树枝横着。他正好挂在树上，枯枝托着他的肚子，手脚悬在半空。只见下面烟雾茫茫，不知有几千丈。他一点儿也不敢转动，连号带吓，声音嘶哑，周身全肿了，眼耳鼻舌以至全身，一点力气也没有了。太阳渐渐升高，他才被打柴的樵夫发现。樵夫找来一条绳子放下去，把他拉到崖上时，他已经只剩一口气了。有才被人抬回家，到家一看，房门大开着，荒凉如同破庙，家具什物都没有了，唯有自己家的旧椅破桌，还零零落落地乱扔着。有才心灰意冷地躺着，肚子饿了，就向邻居们讨点吃的。

后来，身上肿胀的地方都破溃成了癞疮。同村人鄙薄他的行为，全都讨厌他。有才没有办法，就把房子卖了，住在山洞里。每天在路上讨饭，随身带着一把刀。有人劝他用刀换点吃的，他不肯，说："我在山洞里住，防备虎狼需要用刀自卫。"后来，他在路上遇见了从前劝他卖妻的那个人，就走近那人，悲哀地向他诉苦，乘其不备，突然抽出刀来把那人杀了，于是他被关进了监狱。县官了解到他杀人的详情后，也没忍心用酷刑来虐待他，只是把他关在监狱里，不久他就病死在狱中。

跳　神

【原文】

济俗[①]：民间有病者，闺中以神卜[②]。倩老巫击铁环单面鼓，婆娑作态，名曰"跳神"。而此俗都中尤盛[③]。良家少妇[④]，时自为之。堂中肉于案[⑤]，酒于盆，甚设几上[6]。烧巨烛，明于昼。妇束短幅裙，屈一足，作“商羊舞”[7]。两人捉臂，左右扶掖之[8]。妇刺刺琐絮，似歌，又似祝；字多寡参差，无律带腔[9]。室数鼓乱挝如雷，蓬蓬聒人耳。妇吻辟翕[10]，杂鼓声，不甚辨了[11]。既而首垂，目斜睨；立全须

跳神

人，失扶则仆。旋忽伸颈巨跃，离地尺有咫[12]。室中诸女子，凛然愕顾曰：“祖宗来吃食矣。”便一嘘，吹灯灭，内外冥黑。人慄息立暗中[13]，无敢交一语；语亦不得闻，鼓声乱也。食顷，闻妇厉声呼翁姑及夫嫂小字[14]，始共爇烛，伛偻问休咎。视樽中、盎中、案中，都复空空。望颜色，察嗔喜。肃肃罗问之[15]，答若响[16]。中有腹诽者[17]，神已知，便指某姗笑我[18]，大不敬，将褫汝裤。诽者自顾，莹然已裸，

辄于门外树头觅得之。满洲妇女[19]，奉事尤虔。小有疑，必以决。时严妆，骑假虎、假马，执长兵[20]，舞榻上，名曰“跳虎神”。马、虎势作威怒，尸者声伧伫[21]。或言关、张、元坛[22]，不一号。赫气惨凛[23]，尤能畏怖人。有丈夫穴窗来窥，辄被长兵破窗刺帽，挑入去。一家媪媳姊若妹[24]，森森蹜蹜[25]，雁行立[26]，无岐念，无懈骨[27]。

【注释】

①济：泛指济南府地区。

②闺中以神卜：闺阁中女子以求神来占卜休咎（吉凶）。闺，闺阁，女子居卧处。

③都中：指京都北京。

④良家：旧谓清白人家。

⑤肉于案：即把肉放在盂内。案，盂，食器，与“碗”通。

⑥甚设：设备非常齐全。此谓供馔十分齐全。

⑦商羊舞：此谓一足着地而舞。商羊，传说中的一种鸟。

⑧扶掖：挟持，架着胳膊。

⑨无律带腔：不合乎音律，却拖着长腔。

⑩辟翕：开合。

⑪辨了：辨别清楚。

⑫尺有咫：一尺多。咫，古长度单位，周制八寸，合今市尺六寸二分二厘。《国语·鲁语》：“其长尺有咫。”

⑬慴息：畏惧得不敢出声息。慴，恐惧。

⑭翁姑：公婆。

⑮肃肃：恭敬的样子。

⑯答若响：有问必答。响，回声。

⑰腹诽：也作“腹非”。口中不说，心里不以为然。

⑱姗笑：犹讪笑，讥笑。姗，古“讪”字。

⑲满洲：满族，我国少数民族名，简称满。

⑳长兵：长兵器。

㉑尸者：指跳神者。尸，托为神灵附体之巫。声伧伫：声音粗重。

㉒关、张、元坛：关，关羽，张，张飞（？—221），三国蜀汉大将，字益德，涿郡（今河北涿州市）人，与关羽并称“关张”。元坛，即玄坛，赵姓，名公明。此为避康熙帝玄烨讳，改“玄”为“元”。相传为秦时人，得道于终南山，被道教尊奉为财神，也称“赵公元帅”。

㉓赫气惨凛：威严阴冷的样子。赫气，威猛严厉的气概。惨凛，阴冷的样子。

㉔媪媳姊若妹：此从二十四卷抄本，原作“妪媳姊若妹”。若，与，及。

㉕森森蹜蹜：一个接一个紧靠在一起。森森，繁密的样子。蹜蹜，通“缩缩”，紧缩在一起。

㉖雁行立：一字排开站着。

㉗无懈骨：意谓都挺直身躯站着，没有松懈的。

【译文】

济南地区有个风俗，凡民间有人生病，那一家的女眷都要在家中求神问卜，老巫婆来敲打铁环单面鼓，舞动腰腿，做出各种姿态来，叫作“跳神”。这种风俗在都市里尤为盛行。

良家少妇，时常会自己跳神。方法是在大厅中央放上盛了肉的盘子，再给盆里倒上酒，满满当当地放在几案上，然后点上一支巨大的蜡烛，使室内的光线比白昼还要明亮。少妇系一条短裙，弯一只脚，跳一种名为“商羊”的单足舞。同时有两个妇人捉着她的臂膀，一左一右地扶持着。少妇絮絮叨叨，口中念念不休，像是唱歌，又像是祝祷，字的多少，句的长短，参差不齐，不合音律，却拖着长腔。室内有几面鼓没有节奏地乱敲着，声音像打雷，“嘭嘭嘭嘭”地吵得人耳朵发疼。少妇的口一张一合，夹杂在鼓声中，听不大清楚。一会儿，少妇垂下脑袋，眼睛斜视，站立全靠别人搀扶，不扶就会摔倒；一会儿，又伸长脖子，向上跳跃，离开地面能有一尺多高。

每到此时，室内的每一个女子都会摆出一副严肃的面孔，惊愕地互相看上一眼，然后说道："老祖宗来吃食了。"于是嘘的一声，将灯吹灭，室内室外都变得漆黑一团。室内的人站在黑暗中，屏气敛声，没有人敢与其他人交谈一句。其实，就是讲话别人也听不到，因为说话声会被鼓声扰乱，大约过了有一顿饭工夫，便听得那少妇大声呼唤起公公、婆婆以及丈夫、嫂子的名字来，这时，众人才又重新点起蜡烛，躬下腰背向神仙打探吉凶祸福。再看杯中、盘中、桌上，均已空空如也。然后再看少妇的脸色，观察她是嗔怒还是欣喜，并恭恭敬敬地向她问话，少妇则有问必答。

如果众人中有心底里是不以为然的，神灵自然会知道，还指名道姓地说某某讥笑我，对我老大不恭敬，要剥掉她的裤子。心底里不以为然的人再看自己，已是光秃秃地裸身站在那里，并且总会在门外的树上找到她的裤子。

满族的妇女，对跳神信奉得尤其虔诚。哪怕是一点小小的疑难，都要用跳神来决断。每当跳神时，便打扮得整整齐齐，骑着假虎假马，拿着长柄的兵器，在床榻上舞动，叫作"跳虎神"。假虎假马的气势必须威武雄壮，跳神人的声调则要粗重浑厚。有的还自称是关羽、张飞、赵公明，旗号各不相同。那种威严阴冷的气氛，尤其令人敬畏。如果有男人戳破窗纸偷偷观看，往往会被破窗而出的长柄兵器刺穿帽子，挑了进去。一家老小，从婆婆到儿媳以至姐妹，一个挨一个地紧靠在一起，像大雁一样排成一行站着，心里无杂念，挺直身体不松懈。

铁布衫法

【原文】

沙回子[1]得铁布衫大力法[2]。骈其指[3]，力斫之，可断牛项；横搠之[4]，可洞牛

铁布衫法

腹[⑤]。曾在仇公子彭三家，悬木于空，遣两健仆极力撑去，猛反之；沙裸腹受木，砰然一声，木去远矣。又出其势即石上[⑥]，以木椎力击之，无少损。但畏刀耳。

【注释】

①沙回子：姓沙的回族人。称回族人为“回子”，为当地方言。此据青柯亭本，原作“狪”。

②铁布衫：拳术之一。

③骈其指：两手指并在一起。

④捌：戳。

⑤洞：戳透。

⑥势：男性外生殖器。

【译文】

沙回子，跟人学会了气功：铁布衫大力法。他并起五个指头，用力往下一砍，可以砍断牛脖子；横着一捅，可以把牛肚子捅个窟窿。他曾在仇彭三公子家里，在空中悬挂一根木头，叫两个健壮的仆人极力撑出去，猛然往回一推；他光着肚皮承受木头的撞击，砰的一声，把木头迸出老远。又掏出他的生殖器，放在石头上，用木锤子使劲砸下去，丝毫没有损伤。只是害怕刀子。

大力将军

【原文】

查伊璜[①]，浙人。清明饮野寺中，见殿前有古钟，大于两石瓮；而上下土痕手迹，滑然如新。疑之，俯窥其下，有竹筐受八升许，不知所贮何物。使数人抠耳[②]，力掀举之，无少动。益骇。乃坐饮以伺其人。居无何，有乞儿入，携所得糗糒[③]，堆累钟下。乃以一手起钟，一手掬饵置筐内；往返数四，始尽。已，复合之，乃去。移时复来，探取食之。食已复探，轻若启椟[④]。一座尽骇。查问："若男儿胡行乞[⑤]？"答以："啖噉多，无佣者。"查以其健，劝投行伍。乞人愀然虑无阶[⑥]。查遂携归饵之；计其食，略倍五六人。为易衣履，又以五十金赠之行。

后十馀年，查犹子令于闽[⑦]，有吴将军六一者，忽来通谒。款谈间，问："伊璜是君何人？"答言："为诸父行[⑧]。与将军何处有素？"曰："是我师也。十年之别，颇复忆念。烦致先生一赐临也。"漫应之。自念：叔名贤，何得武弟子？会伊璜至，因告之。伊璜茫不记忆。因其问讯之殷，即命仆马，投刺于门。将军趋出，逆诸大门之外。视之，殊昧生平[⑨]。窃疑将军误，而将军伛偻益恭[⑩]。肃客入[⑪]，深启三四关，忽见女子往来，知为私廨，屏足立。将军又揖之。少间登堂[⑫]，则卷帘者、移座者，并皆少姬。既坐，方拟展问，将军颐少动，一姬捧朝服至，将军遽起更衣。查不知其何为。众姬捉袖整衿讫，先命数人捺查座上不使动，而后朝拜，如觐君父[⑬]。查大愕，莫解所以。拜已，以便服侍坐。笑曰："先生不忆举钟之乞人耶？"查乃悟。既而华筵高列，家乐作于下。酒阑，群姬列侍。将军入室，请衽何趾[⑭]，乃去。查醉起迟，将军已于寝门外三问矣。查不自安，辞欲返。将军投辖下钥[⑮]，锢闭之。见将军日无他作，惟点数姬婢、养厮卒[⑯]，及骡马服用器具，督造记籍，戒无亏漏。查以将军家政，故未深叩[17]。一日，执籍谓查曰："不才得有今日，悉出高厚之赐。一婢一物，所不敢私，敢以半奉先生。"查愕然不受。将军不听。出藏镪数万，亦两置之。按籍点照，古玩床几，堂内外罗列几满。查固止之，将军不顾。稽婢仆姓名已，即令男为治装，女为敛器，且嘱敬事先生。百声悚应[18]。又亲视姬婢登舆，厩卒捉马骡，阗咽并发[19]，乃返别查。后查以修史一案，株连被收[20]，卒得免，皆将军力也。

大力将军

异史氏曰："厚施而不问其名，真侠烈古丈夫哉！而将军之报，其慷慨豪爽，尤千古所仅见[21]。如此胸襟，自不应老于沟渎[22]。以是知两贤之相遇，非偶然也。"

【注释】

①查伊璜：名继佐，浙江海宁人。举人，有文名。

②抠：把手指伸进，抓牢。

③糒精：干粮。

④椟：木匣。

⑤若：你。胡：何，为什么。

⑥无阶：无阶以进，犹言没有门路。

⑦犹子：侄子。《礼记·檀弓》上："兄弟之子，犹子也。"令于闽：做闽地的县令。闽，福建省的简称。

⑧诸父行：伯父、叔父这一辈。叔父、伯父统称"诸父"。行，行辈。

⑨殊昧生平：谓彼此从无任何交往，从不相识。

⑩伛偻：曲身弯背，表示恭敬。

⑪肃客入：谓敬请客人进去。肃，敬。

⑫堂：此据铸雪斋抄本补，原无此字。

⑬觐：古称诸侯朝见天子曰"觐"；晋见的意思。

⑭请衽何趾：意谓亲自为尊者安排卧处。请，询问。衽，卧席。趾，足。

⑮投辖下钥：均为坚意留客的表示。辖，车轴的键，去辖则车不得行。钥，锁钥。下钥，谓锁上门。

⑯养厮卒：指供作奴仆驱使的兵卒。

⑰深叩：深问。叩，问。

⑱悚应：诚惶诚恐地答应。

⑲阗咽：车声。

⑳"后查"二句：后来查伊璜因修史一案，受牵连而入狱。修史案，指庄氏史案。清初，湖州（今浙江吴兴）人庄廷钱集众编撰《明书》，因人告密而被清廷究

治。株连，一人犯罪而牵连其他人。

㉑仅：少。

㉒老于沟渎：谓老死于草野而不显达于世。沟渎，犹沟壑，指死于荒野。

【译文】

查伊璜，浙江人。清明节那一天，他在野外的一个佛寺里饮酒，看见佛殿前边有一口古钟，比两个石瓮还要大；古钟上蒙着一层尘土，但是上上下下都有被手抓过的痕迹，很光滑，好像新抓的。他很疑惑。猫腰往下边一看，古钟里扣着一个竹筐，大小约能装八升粮食，不知装着什么东西。他叫来几个人，提着古钟的耳朵，大家使劲儿地掀举，却纹丝不动。他越发吃了一惊。于是就坐在古钟的旁边喝酒，等候那个竹筐的主人。等了不一会儿，从山门外进来一个讨饭的年轻人，把他讨来的干粮，堆积在古钟底下。就用一只手掀起古钟，一只手抓起堆积的干粮放进竹筐里；往返三四次，才把干粮放完。完了以后，又放下古钟，扣上他的竹筐，才走了。过了一会儿，他又回来了，一只手掀起古钟，一只手伸进去拿吃的。吃完又掀起古钟，把手伸了进去，轻得好像开箱子。在座的人全都吃了一惊。查伊璜问他："像你这样的男子汉，为什么讨饭吃呢？"他回答说："我吃得太多，没有人雇我。"查伊璜看他很健壮，就劝他去从军。他神色很凄怆，忧虑没有进取的途径。查伊璜就把他带回家里，给他饭吃；计算一下，他一顿饭吃下去的东西，大略比普通人多五六倍。饭后，给他换了衣服，又送给他五十金，把他打发走了。

过了十多年以后，查伊璜的一个侄儿被派到福建省的一个县里当县官，有个名叫吴六一的将军，忽然前来通名进见。两个人谈话的时候，将军问道："伊璜是你什么人？"侄儿回答说："是我叔父。他在什么地方和将军有过交往？"将军说："他是我的老师。离别已经十年了，我心里很想他。请你给查先生寄一封信，请他到这里看看"侄儿随随便便地应了一声。将军告辞以后，他想：我叔叔是个很有名望的文人，怎能有个武弟子呢？一天，恰巧查伊璜来了，他就把这个情况告诉了他。查伊璜心里迷迷茫茫的，想不起来。因为前些天将军问得很诚恳，所以就叫仆人备上一匹马，来到将军门前，投递了名帖。将军很快就跑了出来，迎到大门外面。查伊璜仔细看看，并不认识。心里暗自怀疑，将军可能认错了人，但是将军却弯腰弓背，对他很恭敬。把他迎进府门，领他进了深宅大院，过了三四道大门，他忽然看见有些女子来来往往的，知道是将军家眷的住宅，就并起两只脚，站在门外，不敢往里走。将军又向他打躬作揖，继续往里请他。他往里走了不一会儿就上了大堂，看见卷帘的，移坐的，都是很年轻的女子。他坐下以后，刚要拜问将军的姓名，将军的脸颊稍微动了一下，就有一个侍妾捧来一套朝服，将军便站起来换衣服。他不知将军想要做什么。许多侍女给将军拉袖子，整衣理领。穿戴完了以后，将军先叫几个人把查伊璜捺在座位上，不让他动弹，然后自己跪在地上向他朝拜，如同朝拜君王和父亲。查伊璜大吃一惊，不知将军为什么要拜他。将军拜完了，就脱去朝服，穿着便服陪他坐下。笑着对他说："先生不记得从前那个掀起古钟的讨饭花子吗?"查伊璜这才明白过来。紧接着，将军摆起丰盛的酒宴，家里的乐队就在席下奏乐。酒宴结束以后，一群美女列队侍候他。将军把他送进卧室。伺候他躺下以后才走了。

他醉醺醺地睡过去，第二天起得很晚，将军已在门外问候三次了。他心里很不安，想要告辞回到侄儿那里去。将军叫人插上了大门，还锁了一把锁，把他禁闭在将军的深宅大院里。他看将军每天不做别的事情，只是查点姬妾、丫鬟以及仆人兵丁，还查点家里的骡马器具，督促登记造册，告诫他们不要遗漏什么东西。他以为这是将军的家政，所以没有深问。一天，将军拿着登记簿子对他说："我所以能有今天，全出于你的高恩厚义。一个丫鬟，一件物品，我也不敢据为私有，愿意拿出一半奉献给先生。"他愣了半天，不肯接受。将军不听。从窖里拿出几万两银子，也对半分开，放在两边。按照登记簿子查点对照，什么古董玩具啊，床榻桌子啊，堂里堂外几乎摆得满满的。查伊璜坚决制止他，将军根本不理会。查完了婢仆的姓名，就命令男的搬取行装，女的收拾器具，并且嘱咐他们要恭敬地侍奉查先生。大家百口同声，很惊惧地应了一声。将军又亲自看着侍女丫鬟上了车子，马夫牵着骡马，吱吱呀呀地出发了，才向查伊璜告别，自己回去了。

后来，查伊璜因为修史一案，受到株连，被捕入狱，最后得以幸免，也是全仗将军的力量。

异史氏说：“对人施舍了很多钱财而不询问受惠者的姓名，真是一位刚烈的侠士，古往今来少有的大丈夫！而将军对他的报答，那种慷慨豪爽，也是千古少见的。这样的胸怀，自然不应该老死在山沟里。所以两个贤士的相遇，并不是偶然的。”

自莲教

【原文】

白莲盗首徐鸿儒[①]，得左道之书[②]，能役鬼神。小试之，观者尽骇，走门下者如鹜[③]。于是阴怀不轨。因出一镜，言能鉴人终身。悬于庭，令人自照，或幞头[④]，或纱帽[⑤]，绣衣貂蝉[⑥]，现形不一。人益怪愕。由是道路摇播[⑦]，踵门求鉴者[⑧]，挥汗相属[⑨]。徐乃宣言：“凡镜中文武贵官，皆如来佛注定龙华会中人[⑩]。各宜努力，勿得退缩。”因以对众自照，则冕旒龙衮[⑪]，俨然王者。众相视而惊，大众齐伏。徐乃建旂秉钺[⑫]，罔不欢跃相从，冀符所照。不数月，聚党以万计，滕、峄一带[⑬]，望风而靡[⑭]。后大兵进剿[⑮]，有彭都司者[⑯]，长山人，艺勇绝伦。寇出二垂髫女与战。女俱双刃，利如霜；骑大马，喷嘶甚怒。飘忽盘旋，自晨达暮，彼不能伤彭，彭亦不能捷也。如此三日，彭觉筋力俱竭，哮喘而卒。迨鸿儒既诛，捉贼党械问之，始知刃乃木刀，骑乃木凳也。假兵马死真将军，亦奇矣！

【注释】

①白莲：白莲教，佛教宗派之一。

②左道：旁门邪道。此指方术。

③走门下者如鹜：投奔其门下者甚多。如鹜，趋之若鹜。鹜，野鸭。

④幞头：包头软巾，隋唐以后官帽之一种。

⑤纱帽：古代君主、贵族和官员所戴的一种帽子。后因以戴纱帽为居官的代称。

⑥绣衣貂蝉：绣衣，汉直指使者（皇帝特遣的执法大吏）的衣饰，见《汉书·武帝纪》；貂蝉，为汉侍中、中常侍的冠饰，幞头、纱帽、绣衣貂蝉，均指汉官服饰。

⑦摇播：迅速传播。摇，疾，迅速。

⑧踵门：亲至其门。

⑨挥汗相属：谓来的人众多，接连不断。挥汗，意犹挥汗成雨，形容人多。相属，相连。

⑩如来佛：即佛祖释迦牟尼。如来，梵语多陀阿伽陀的意译，为释迦牟尼的十种称号之一，表示他是从如实道而来成正觉。龙华会："指龙华三会"。中国民间宗教谓宇宙生灭历经三个时期，即所谓龙华初会是燃灯佛铁菩提树开花，二会是释迦菩提树开花，三会是弥勒佛铁菩提树开花。明清时期民间宗教教派的宗教思想均与"龙华三会"说有关。白莲教及其教派吸收了"龙华三会"说和弥勒降世说。

⑪冕旒龙衮：古帝王冠服。冕，宋以后专指皇冠。旒，为皇冠前后悬垂的玉串。龙衮，即衮龙袍，天子、上公之服。

⑫建旂秉钺：谓自称王侯。旂，上画龙形，竿头系铃的旗。秉，持。钺，黄钺，以黄金为饰的斧，为帝王所专用。

⑬滕、峄：藤县、峄县，今山东滕州市、枣庄市一带。

⑭望风而靡：此泛言滕、峄一带军民仰望风声而披靡。

⑮大兵：清人对政府军的称呼。

⑯都司：驻各省武官。清代为正四品。

【译文】

白莲教的教首徐鸿儒，得到一部邪魔歪道的书，能够驱神使鬼。他稍微试验一下，看到的人都会大吃一惊，所以前来拜他为师的，像野鸭子似的，一群群的出出进进。他因此就心怀不轨。拿出一面镜子，说是能够照见每个人的一生。把镜子挂在院庭里，叫人自己去照，有的缠着幞头，有的戴着纱帽，有的穿着绣袍，有的戴着貂蝉帽。人们越发吃了一惊。从此就在南来北往的大路上，越传越远，登门请求照照镜子的人，擦着热汗，一个接着一个。徐鸿儒就此发表宣言说："凡是镜子里照出来的文武贵官，都是如来佛注定的龙华会上的人物。每个人都应该齐心努力，不要退缩。"他乘此机会，也对着大家照照镜子，看见镜子里的徐鸿儒，头戴龙冠，身穿龙袍，是个神态庄严的帝王。大家互相看看，大吃一惊，都诚惶诚恐地向他臣服。他就戳起大旗，拉起军队，门徒们没有不欢欣雀跃随从的，都希望实现镜子里照出来的前程。不几个月，聚集了上万人马，滕县和峄县一带地方，官军都望风披靡。后来，国家派大兵进剿，有个姓彭的都司，长山人，勇冠三军，武艺超群。徐鸿儒派出两个垂髫少女和他交战。两个女孩子都使锋利的双刀；骑着高头大马，喷着响鼻，奔腾嘶叫，怒气冲冲。飘飘忽忽地左右盘旋，从清晨战到黄昏，两个女孩子伤不着彭都司，彭都司也不能取胜。就这样战斗了三天，彭都司感到精疲力竭，大口大口地喘息，很快就死了。等杀了徐鸿儒以后，捉到白莲教的教徒严加拷问，才知道双刀是木头做的，骑的高头大马是木板凳子。假兵马战死真将军，也是一件奇闻！

颜 氏

【原文】

顺天某生，家贫。值岁饥，从父之洛[1]。性钝，年十七，不能成幅[2]。而丰仪秀美，能雅谑[3]，善尺牍[4]。见者不知其中之无有也。无何，父母继殁，孑然一身，授童蒙于洛汭[5]。时村中颜氏有孤女，名士裔也。少惠。父在时，尝教之读，一过辄记不忘。十数岁，学父吟咏。父曰："吾家有女学士，惜不弁耳[6]。"锺爱之，期择贵婿。父卒，母执此志，三年不遂，而母又卒。或劝适佳士，女然之而未就也。适邻妇逾垣来，就与攀谈。以字纸裹绣线，女启视，则某手翰[7]，寄邻生者。反复之而好焉。邻妇窥其意，私语曰："此翩翩一美少年，孤与卿等，年相若也。倘能垂意，妾嘱渠侬聏合之[8]。"女脉脉不语[9]。妇归，以意授夫。邻生故与生善，告之，大悦。有母遗金鸦镮[10]，托委致焉。刻日成礼，鱼水甚欢。及睹生文，笑曰："文与卿似是两人，如此，何日可成？"朝夕劝生研读，严如师友。敛昏，先挑烛据案自哦，为丈夫率[11]，听漏三下，乃已。

如是年馀，生制艺颇通[12]；而再试再黜，身名蹇落[13]，饔飧不给[14]，抚情寂漠，嗷嗷悲泣。女诃之曰："君非丈夫，负此弁耳！使我易髻而冠，青紫直芥视之[15]！"生方懊丧，闻妻言，睒睗而怒曰[16]："闺中人，身不到场屋[17]，便以功名富贵似汝在厨下汲水炊白粥；若冠加于顶，恐亦犹人耳[18]！"女笑曰："君勿怒。俟试期，妾请易装相代。倘落拓如君，当不敢复藐天下士矣[19]。"生亦笑曰："卿自不知蘗苦[20]，真宜使请尝试之。但恐绽露，为乡邻笑耳。"女曰："妾非戏语。君尝言燕有故庐[21]，请男装从君归，伪为弟。君以襁褓出，谁得其辨非？"生从之。女入房，巾服而出，曰："视妾可作男儿否？"生视之，俨然一顾影少年也[22]。生喜，遍辞里社。交好者薄有馈遗，买一羸蹇，御妻而归[23]。

颜氏

生叔兄尚在，见两弟如冠玉[24]，甚喜，晨夕恤顾之。又见宵旰攻苦[25]，倍益爱敬。雇一剪发雏奴，为供给使。暮后，辄遣去之。乡中吊庆，兄自出周旋，弟惟下帷读。居半年，罕有睹其面者。客或请见，兄辄代辞。读其文，瞲然骇异[26]。或排闼入而迫之，一揖便亡去。客睹丰采，又共倾慕。由此名大噪，世家争愿赘焉。叔兄商之，惟辗然笑。再强之，则言："矢志青云[27]，不及第，不婚也。"会学使案临，两人并出。兄又落。弟以冠军应试[28]，中顺天第四[29]；明年成进士；授桐城令[30]，有吏治[31]；寻迁河南道掌印御史[32]，富埒王侯。因托疾乞骸骨[33]，赐归田里。宾客填门，迄谢不纳。又自诸生以及显贵，并不言娶，人无不怪之者。归后，渐置婢。或疑其私；嫂察之，殊无苟且。

无何，明鼎革[34]，天下大乱。乃告嫂曰："实相告：我小郎妇也[35]。以男子阘茸[36]，不能自立，负气自为之。深恐播扬，致天子召问，贻笑海内耳。"嫂不信。脱靴而示之足，始愕；视靴中，则败絮满焉。于是使生承其衔[37]，仍闭门而雌伏矣[38]。而生平不孕，遂出资购妾。谓生曰："凡人置身通显，则买姬媵以自奉；我宦迹十年，犹一身耳。君何福泽，坐享佳丽?"生曰："面首三十人[39]，请卿自置耳。"相传为笑。是时生父母，屡受覃恩矣[40]。搢绅拜往，尊生以侍御礼[41]。生羞袭闺衔，惟以诸生自安，终身未尝舆盖云。

异史氏曰："翁姑受封于新妇，可谓奇矣。然侍御而夫人也者[42]，何时无之?但夫人而侍御者少耳。天下冠儒冠、称丈夫者，皆愧死矣!"

【注释】

①洛：洛阳的省称。

②不能成幅：谓写不出一篇完整的八股文。科举时代，学生习作八股文，最初先学作一段，然后再学作半篇，逐渐学作全篇；能写成全篇的，叫"成篇"或"成幅"。

③雅谑：高雅的戏谑。

④善尺牍：会写书信。古时信札，札长约一尺，故称书信为"尺牍"。牍，供书写的木简。

⑤童蒙：智力未开的儿童。洛汭：古地区名，指今洛河入古黄河处，在今河南省巩县境。

⑥不弁：不着男冠。古代男子加冠称"弁"。

⑦手翰：手笔；此指亲笔书信。翰，毛笔。

⑧渠侬：吴地方言，犹言“他”。这里是邻妇指称自己的丈夫。骊合：撮合。骊，调和。

⑨脉脉：形容眼含深情。

⑩金鸦镮：饰有金乌的指环。金鸦，犹金乌，传说太阳中有三足乌称金乌，故以之指太阳。

⑪率：表率，榜样。

⑫制艺：也称“制义”，即科举应试的八股文。

⑬身名蹇落：身蹇名落；谓困顿失意。蹇，困苦。

⑭饔飧不给：意谓吃饭都成问题。饔，早餐。飧，晚餐。

⑮青紫直芥视之：意谓取得高官显位，看作如同拾取草芥那样容易。青、紫，指官印上的绶带。汉制，丞相、太尉金印紫绶，御史大夫银印青绶。芥，小草。

⑯睒睗：目光闪烁；疾视。

⑰场屋：科举考场。

⑱犹人：和一般人一样。

⑲藐：藐视，小看。

⑳蘖：黄柏，中药名，味极苦。

㉑燕：河北省的别称，周时为燕国之地，故名。此指某生的家乡顺天。

㉒顾影：自顾其影，表示自负。

㉓御：原指驾驭车马；这里是驮载的意思。

㉔冠玉：冠上的玉饰，用以比喻美男子。

㉕宵旰攻苦：起早贪黑地用功读书。宵，天不亮。旰，天晚。攻，攻读。

㉖瞲然：惊视的样子。

㉗矢志青云：立志取得高官。青云，高空，喻高官显位，后世称登科为平步青云。

㉘以冠军应试：此指以科试第一名而参加乡试。

㉙中顺天第四：考中顺天府乡试第四名。

㉚桐城：县名，在今安徽省。

㉛有吏治：犹言有政声。

㉜河南道掌印御史：明代都察院下分十三道，每道设置监察御史，给以印信，持之巡按州县，考察吏治，称“掌印御史”。河南道所辖地区正是颜氏家乡。

㉝乞骸骨：封建时代，官员因老病请求朝廷准予退职，叫“乞骸骨”。

㉞鼎革：“鼎”与“革”均是《易经》卦名。鼎，取新。革，去故。后因以“鼎革”称改朝换代。

㉟小郎：旧时妇女称丈夫之弟为小郎。这里是颜氏借嫂嫂口吻，称谓自己的丈夫。

㊱阘茸：无能，平庸。

㊲承其衔：指承袭颜氏的官衔。

㊳雌伏：原指屈居人下；此处语意双关，指仍为深闺妇女。

㊴“面首”二句：此为戏谑之言，意思是你可以购置一批男宠。面首，指男宠。面，取其貌美。首，取其发美。

㊵覃恩：深恩。此指朝廷封赐之恩。

㊶侍御：侍御史，即“掌印御史”。

㊷侍御而夫人也者：指身为侍御，不能刚正执法，弹劾奸邪，却怯懦如妇人的为官者。

【译文】

顺天府的一个秀才，家里很穷，有一年赶上闹灾荒，就跟随父亲到了洛阳。他天性迟钝，十七岁了，才能写字作画。但他却是一个美男子，风度潇洒，很能说笑话，善于写信。看见他的书信的人，不知他脑子里会是空空的。不久，父母相继去世了，他孤零零的一个人，就在洛汭自收了几个孩子，设账教学。

当时村子里有个姓颜的独生女，是名士的后代。小时候就很聪明。父亲在世的时候，曾经教她读书，教一遍就记住不忘。长到十几岁，就跟父亲学习吟诗。父亲说："我家有个女学士，可惜不能戴帽子。"特别疼爱她，希望给她选择一个显贵的女婿。父亲去世以后，母亲坚守这个遗志；三年没有选到，而母亲又去世了。有人劝她嫁给一个好书生，她点头应允，但却没有找到合适的。恰巧有个邻妇从墙上过来，和她谈起了家常。邻妇用一张写了字的纸包裹绣花线，她打开一看，却是那个秀才寄给邻生的书信。她反复看了几遍，心里产生了好感。邻妇看出了她的心意，和她偷偷地说："这是一位风度翩翩的美少年，孤零零的，和你完全相同，年岁也相仿。你如果愿意下嫁，我去告诉他。"她脉脉含情，没说一句话。

邻妇回到家里，把这个意思托付给丈夫。邻生本来和秀才是好朋友，就去告诉他，他心里很高兴。他有一支母亲遗留下来的金鸦环，就委托邻生送给颜氏做聘礼。选择一个吉日，举行了婚礼，夫妻如鱼得水，过得很快乐。等看到他的文章，颜氏就笑着说："你的容貌和文章似乎是两个人，这样的文章，哪一天才能成名呢？"就早晚劝他刻苦读书，严厉督促他，像是他的良师和益友。一到黄昏，颜氏首先点起灯烛，趴在桌子上读书，给他做表率，听到鼓打三更，才解衣就寝。

这样读了一年多，他对八股文很是精通了；可是再去应试，仍然名落孙山。名不就身不立，再加上吃了早饭没有晚饭，追想这些事情，感到孤独而又冷落，他就嗷嗷地哭了起来。颜氏呵斥他说："你不是一个男子汉，辜负了头上这顶帽子！假使我摘去头上的发髻，换上一顶帽子，穿紫披红的高官显爵，像在地上拣草棍似的！"他正在懊丧的时候，听了妻子的话，就瞪了她一眼，很恼火地说："闺阁中的女人，身子没有到过考场，就以为功名富贵像你在厨房里打水熬粥那么容易；若把帽子加在你的头上，恐怕也和别人一个样子！"颜氏笑着说："你不要发火儿。等到下次乡试的时候，我愿意换上男子的服装，替你应试。倘若像你一样的落拓不得志，当然再也不敢藐视天下的书生了。"他也笑着说："你自己不知道黄连的苦味，真就应该请你尝试一下。只怕露出破绽，被乡亲和邻居笑话。"颜氏说："我不是开玩笑。你曾经说过，顺天府有一所老房子，我请求换上男装跟你回老家，假装是你弟弟。你在襁褓之中离开家乡，谁能辨认真假呢?”他同意。颜氏进了寝室，戴上方巾，穿上袍服，走了出来，问他：“你看我可以做个男子吗?”他抬头一看，俨然是个顾影自怜的少年。他很高兴，辞遍了乡邻和文社里的朋友。要好的朋友赠送一点盘缠，便买了一头瘦驴，给妻子骑着，回到了故乡。

他的叔伯哥哥还活着，看见两个弟弟面如冠玉，心里很高兴早晚都来照顾他们。又看他们起早贪黑地刻苦读书，更加敬重和喜爱他们。雇了一个剪了发的小仆人，供给他们差使。天黑以后，就把小仆人打发出去。乡里的红白喜事，哥哥自己出去应酬；弟弟是放下帐子读书。住了半年，很少有人看见弟弟的。有的客人请见一面，哥哥就替她辞退。有的人读到她的文章，瞪着惊讶的眼睛感到很惊异。有的人推开房门逼她见一面，她作个揖就跑了。客人看到她的神采，更加倾心地爱慕。因此，她的声名到处被人宣扬，家大户争着愿意招她做女婿。叔伯哥哥和她商量婚事，她只是笑呵呵地听着。再逼她，她就说：“我立下志向，发誓平步青云，考不中举人、进士，决不结婚。”

恰好提学使来举行科试，就两人一起去应试。哥哥又落榜了。弟弟以冠军的资格参加乡试，中了顺天府第四名举人；第二年中了进士；授职桐城县的县官，治理政事很有成绩；很快就升任河南道的掌印御史，赚到的财富可以和王侯相比。因而就托病请求辞掉官职，皇帝赐她回到故乡。到家以后，拜访她的宾客满门，她一概谢绝，不肯接见。而且从秀才一直做到显要的高官，总也不说娶媳妇，人们没有不感到奇怪的。回家以后，逐渐添置仆妇丫鬟。有人怀疑她和使女私通；嫂子在暗中视察，根本没有苟且行为。

过了不久，明朝灭亡，清朝兴起，天下大乱。她才对嫂子说：“实话告诉你：我是你小叔子的媳妇。因为男人地位卑微，不能自立成名，就赌气自己出去做官。我很怕被人传播出去，被皇帝召去问罪，给天下人留下笑柄。”嫂子不信。她脱下靴子，给嫂子看看脚，嫂子才吃了一惊；看看她的靴子，里面塞满了破棉花。从此以后，她叫丈夫顶她的官衔，自己仍然关起门来，在闺房里过女子的生活。

但她不能生儿育女，就拿出金钱，给丈夫买了小老婆。她对丈夫说：“一般人置身于显贵的高官，就买个美人做妾，用来侍奉自己。我做了十年官，仍是只身一人而已。你有什么福气，坐享美人呢？”丈夫说：“有的是年轻的美男子，请你自由放在身边吧。”这话被人传播出去，成为笑谈。这时候秀才的父母，已经屡屡受到皇帝的封赠了。当官的去拜访秀才，待他当作御史尊敬着。他羞于承袭老婆的官衔，只安于秀才的身份，一辈子没有坐过带有华盖的车子。

异史氏说：“公婆受封于儿媳，可以说是新奇的。但是夫人作了御史的，什么时候没有过呢？只是作御史的夫人太少罢了。世上戴着儒冠而称为男子汉的，都该臊死了！”

杜翁

【原文】

杜翁，沂水人[①]。偶自市中出，坐墙下，以候同游。觉少倦，忽若梦，见一人持牒摄去[②]。至一府署，从来所未经。一人戴瓦垄冠[③]，自内出，则青州张某[④]，其故人也。见杜惊曰：“杜大哥何至此？”杜言：“不知何事，但有勾牒。”张疑其误，将为查验。乃嘱曰：“谨立此，勿他适。恐一迷失，将难救挽。”遂去，久之不出。惟持牒人来，自认其误，释令归。杜别而行。途中遇六七女郎，容色媚好，悦而尾之。下道，趋小径，行十数步，闻张在后大呼曰：“杜大哥，汝将何往？”杜迷恋不已。俄见诸女人入一圭窦[⑤]，心识为王氏卖酒者之家。不觉探身门内，略一窥瞻，即见身在苙中[⑥]，与诸小豭同伏[⑦]。豁然自悟，已化豕矣，而耳中犹闻张呼。大惧，急以首触壁。闻人言曰：“小豕颠痫矣。”还顾，已复为人。速出门，则张候于途。责曰：“固嘱勿他往，何不听信？几至坏事！”遂把手送至市门，乃去。杜忽醒，则身犹倚壁间。诣王氏问之，果有一豕自触死云。

【注释】

①沂水：县名。今属山东省。

②持牒摄去：手持公文，拘捕而去。牒，公文，即下文"勾牒"，拘捕犯人的公牒。摄，拘捕。

③瓦垄冠：即瓦楞帽，明代平民戴的一种帽子，帽顶折叠似瓦楞，因称。

④青州：府名，治所在今山东益都县。

⑤圭窦：墙上凿门，上锐下方，其形如圭，故称圭窦。窦，或作"窬"。

⑥苙：此从二十四卷抄本，原作"笠"。苙，牲畜的栏圈。图，猪圈。

⑦豭：猪的别称。

【译文】

有个姓杜的老头儿，沂水人。他偶然从城里出来，坐在大墙底下，等候一个进城的同伴儿。觉得有点困倦，忽然好像做了一个梦，看见一个人，拿着拘票把他捕去了。他跟着那个人来到一座官署，是他从来没有经历过的地方。有个头上戴着瓦垄帽子的人，从官署里走出来。他抬头一看，认得是青州的张某人，是他从前的老朋友。姓张的看见了杜老头儿，很惊讶地问道："杜大哥怎么到这里来了？"杜老头儿说："不知什么事情，但是人家有拘票。"张某人怀疑捕错了，要去给他查一查。就嘱咐他说："他老老实实地站在这里等着我，千万不要到别的地方去。恐怕一旦迷失了道路，那就难以挽救了。"说完就进了官署，等了很长时间，也没出来。只有那个拿着拘票的人，来到跟前，承认捕错了，放了他，叫他自己回去。他向那个人告别，抹身就往回走。半路上遇见六七个女郎，容貌都很秀媚，他喜爱那些女郎，就跟在后边，下了大道，奔上一条小路，走了十几步，听见张某人在后面大声招呼他："杜大哥，你要往哪儿去？"他被女郎迷恋了，不停脚地跟着。跟了不一会

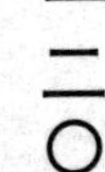

儿，看见那些女郎进了一道大墙的小角门，他认识，那是卖酒的王婆之家，不自觉地把身子探进门里，略微一看，就见身子已经进了猪圈，和许多小猪趴在一起。他

杜翁

突然醒悟过来，已经变成小猪了，但是耳朵里还听见张某在大声招呼他。他吓得要死，急忙用脑袋去撞圈墙。听见有人说：“那个小猪发疯了。”他回头一看，已经恢复了人形。急速跑出角门，看见张某人还在路上等着呢。责备他说：“我一再嘱咐你不要到别的地方去，你怎么不听呢？几乎坏了大事！”就拉着他的手，把他送到城门，才告别回去了。他忽然醒过来，看见自己的身子还倚在墙壁上。到卖酒的王婆家里一打听，果然有一头小猪自己撞死了。

小　谢

【原文】

渭南姜部郎第[①]，多鬼魅，常惑人。因徙去。留苍头门之而死[②]。数易皆死。遂废之。里有陶生望三者，夙倜傥，好狎妓，酒阑辄去之。友人故使妓奔就之[③]，亦笑内不拒；而实终夜无所沾染。常宿部郎家，有婢夜奔，生坚拒不乱，部郎以是契重之。家綦贫，又有"鼓盆之戚[④]"，茅屋数椽，溽暑不堪其热，因请部郎，假废第。部郎以其凶故，却之。生因作《续无鬼论》献部郎[⑤]，且曰："鬼何能为!"部郎以其请之坚，诺之。

生往除厅事[⑥]。薄暮，置书其中；返取他物，则书已亡。怪之。仰卧榻上，静息以伺其变。食顷，闻步履声，睨之，见二女自房中出，所亡书送还案上。一约二十，一可十七八，并皆姝丽。逡巡立榻下，相视而笑。生寂不动。长者翘一足踹生腹，少者掩口匿笑。生觉心摇摇若不自持，即急肃然端念[⑦]，卒不顾。女近以左手捋髭，右手轻批颐颊，作小响。少者益笑。生骤起，叱曰："鬼物敢尔!"二女骇奔而散。生恐夜为所苦，欲移归，又耻其言不掩[⑧]，乃挑灯读。暗中鬼影憧憧，略不顾瞻。夜将半，烛而寝。始交睫，觉人以细物穿鼻，奇痒大嚏；但闻暗处隐隐作笑声。生不语，假寐以俟之。俄见少女以纸条拈细股，鹤行鹭伏而至[⑨]；生暴起诃之，飘窜而去。既寝，又穿其耳。终夜不堪其扰。鸡既鸣，乃寂无声，生始酣眠，终日无所睹闻。日既下，恍惚出现。生遂夜炊，将以达旦。长者渐曲肱几上[⑩]，观生读；既而掩生卷。生怒捉之，即已飘散；少间，又抚之。生以手按卷读。少者潜于脑后，交两手掩生目，瞥然去，远立以哂。生指骂曰："小鬼头！捉得便都杀却!"女子即又不惧。因戏之曰："房中纵送，我都不解，缠我无益。"二女微笑，转身向灶，析薪溲米[11]，为生执爨[12]。生顾而奖曰："两卿此为，不胜憨跳耶[13]？"俄顷，粥熟，争以匕、箸、陶碗置几上[14]。生曰："感卿服役，何以报德？"女笑云："饭中溲合砒、酖矣[15]。"生曰："与卿夙无嫌怨，何至以此相加。"啜已，复盛，争为奔走。生乐之，习以为常。日渐稔，接坐倾语，审其姓名。长者云："妾秋容，乔氏；

小谢

彼阮家小谢也。"又研问所由来。小谢笑曰："痴郎！尚不敢一呈身，谁要汝问门第，作嫁娶耶？"生正容曰："相对丽质，宁独无情；但阴冥之气，中人必死。不乐与居者，行可耳；乐与居者，安可耳。如不见爱，何必玷两佳人？如果见爱，何必死一狂生？”二女相顾动容，自此不甚虐弄之；然时而探手于怀，捋裤于地，亦置不为怪。

一日，录书未卒业而出，返则小谢伏案头，操管代录[16]。见生，掷笔睨笑。近视之，虽劣不成书[17]，而行列疏整[18]。生赞曰：“卿雅人也！苟乐此，仆教卿为之。”乃拥诸怀，把腕而教之画。秋容自外入，色乍变，意似妒。小谢笑曰：“童时尝从父学书，久不作，遂如梦寐。”秋容不语。生喻其意，伪为不觉者，遂抱而授以笔，曰：“我视卿能此否？”作数字而起，曰：“秋娘大好笔力！”秋容乃喜。生于是折两纸为范[19]，俾共临摹[20]；生另一灯读。窃喜其各有所事，不相侵扰。仿毕，祗立几前[21]，听生月旦[22]。秋容素不解读[23]，涂鸦不可辨认，花判已[24]，自顾不如小谢，有惭色。生奖慰之，颜始霁[25]。二女由此师事生，坐为抓背，卧为按股，不惟不敢侮，争媚之。逾月，小谢书居然端好，生偶赞之。秋容大惭，粉黛淫淫[26]，泪痕如线。生百端慰解之，乃已。因教之读，颖悟非常，指示一过，无再问者。与生竞读，常至终夜。小谢又引其弟三郎来，拜生门下。年十五六，姿容秀美。以金如意一钩为贽[27]；生令与秋容执一经[28]。满堂咿唔；生于此设鬼帐焉[29]。部郎闻之喜，以时给其薪水。积数月，秋容与三郎皆能诗，时相酬唱。小谢阴嘱勿教秋容，生诺之；秋容阴嘱勿教小谢，生亦诺之。一日，生将赴试，二女涕泪持别。三郎曰：“此行可以托疾免；不然，恐履不吉[30]。”生以告疾为辱，遂行。

先是，生好以诗词讥切时事，获罪于邑贵介，日思中伤之。阴赂学使，诬以行检[31]，淹禁狱中。资斧绝，乞食于囚人，自分已无生理。忽一人飘忽而入，则秋容也，以馔具馈生。相向悲咽，曰：“三郎虑君不吉，今果不谬。三郎与妾同来，赴院申理矣[32]。”数语而出，人不之睹。越日，部院出[33]，三郎遮道声屈[34]，收之。秋容入狱报生，返身往侦之，三日不返。生愁饿无聊，度一日如年岁。忽小谢至，怆惋欲绝，言：“秋容归，经由城隍祠，被西廊黑判强摄去[35]，逼充御媵[36]。秋容不屈，今亦幽囚。妾驰百里，奔波颇殆；至北郭，被老棘刺吾足心，痛彻骨髓，恐不能再至矣。”因示之足，血殷凌波焉[37]。出金三两，跛跨而没。部院勘三郎，素非瓜葛，无端代控，将杖之，扑地遂灭。异之。览其状，情词悲恻。提生面鞫，问：“三郎何人？”生伪为不知。部院悟其冤，释之。既归，竟夕无一人。更阑，小谢始至，惨然曰：“三郎在部院，被廨神押赴冥司[38]；冥王以三郎义，令托生富贵家。秋容久锢，妾以状投城隍，又被按阁[39]，不得入，且复奈何？”生忿然曰：“黑老魅何敢如此！明日仆其像，践踏为泥，数城隍而责之。案下吏暴横如此，渠在醉梦中耶！”悲愤相对，不觉四漏将残。秋容飘然忽至。两人惊喜，急问。秋容泣下曰：“今为郎万苦矣！判日以刀杖相逼，今夕忽放妾归，曰：‘我无他，原以爱故；既不愿，固亦不曾污玷。烦告陶秋曹[40]，勿见谴责。’”生闻少欢，欲与同寝，曰：“今日愿为卿死。”二女戚然曰[41]：“向受开导，颇知义理，何忍以爱君者杀君乎？”执不可。然俯颈倾头，情均伉俪。二女以遭难故，妒念全消。

会一道士途遇生，顾谓：“身有鬼气。”生以其言异，具告之。道士曰：“此鬼大好，不拟负他。”因书二符付生，曰：“归授两鬼，任其福命：如闻门外有哭女者，吞符急出，先到者可活。”生拜受，归嘱二女。后月馀，果闻有哭女者。二女争奔而去。小谢忙急，忘吞其符。见有丧舆过，秋容直出，入棺而没；小谢不得入，痛哭而返。生出视，则富室郝氏殡其女。共见一女子入棺而去，方共惊疑；俄闻棺中有声，息肩发验，女已顿苏。因暂寄生斋外，罗守之。忽开目问陶生。郝氏研诘之，答云：“我非汝女也。”遂以情告。郝未深信，欲舁归；女不从，径入生斋，偃卧不起。郝乃识婿而去。生就视之，面庞虽异，而光艳不减秋容，喜惬过望，殷叙平生。忽闻呜呜鬼泣，则小谢哭于暗陬。心甚怜之，即移灯往，宽譬哀情，而衿袖淋浪[42]，痛不可解。近晓始去。天明，郝以婢媪赍送香奁，居然翁婿矣。暮入帷房，则小谢又哭。如此六七夜。夫妇俱为惨动，不能成合卺之礼。生忧思无策。秋容曰：“道士，仙人也。再往求，倘得怜救。”生然之。迹道士所在，叩伏自陈。道士力言“无术”。生哀不已。道士笑曰：“痴生好缠人。合与有缘，请竭吾术。”乃从生来，索静室，掩扉坐，戒勿相问。凡十馀日，不饮不食。潜窥之，瞑若睡。一日晨兴，有少女搴帘入，明眸皓齿，光艳照人。微笑曰：“跋履终日，惫极矣！被汝纠缠不了，奔驰百里外，始得一好庐舍[43]，道人载与俱来矣。得见其人，便相交付耳。”敛昏，小谢至，女遽起迎抱之，翕然合为一体，仆地而僵。道士自室中出，拱手径去。拜而送之。及返，则女已苏。扶置床上，气体渐舒，但把足呻言趾股酸痛，数日始能起。后生应试得通籍[44]。有蔡子经者与同谱[45]，以事过生，留数日。小谢自邻舍归，蔡望见之，疾趋相蹑；小谢侧身敛避，心窃怒其轻薄。蔡告生曰：“一事深骇物听[46]，可相告否？”诘之，答曰：“三年前，少妹夭殒，经两夜而失其尸，至今疑念。适见夫人，何相似之深也？”生笑曰：“山荆陋劣，何足以方君妹[47]？然既系同谱，义即至切，何妨一献妻孥[48]。”乃入内，使小谢衣殉装出[49]。蔡大惊曰：“真吾妹也！”因而泣下。生乃具述其本末。蔡喜曰：“妹子未死，吾将速归，用慰严慈[50]。”遂去。过数日，举家皆至。后往来如郝焉。

异史氏曰：“绝世佳人，求一而难之，何遽得两哉！事千古而一见，惟不私奔女者能遘之也。道士其仙耶？何术之神也！苟有其术，丑鬼可交耳。”

【注释】

①渭南：县名，在今陕西省。部郎：旧时中央六部的郎中、员外郎等官员的统称。

②苍头：仆人。门：看门。

③奔：古时称女子私就男子为“奔”。

④鼓盆之戚：指丧妻。后因以“鼓盆之戚”指丧妻之痛。

⑤《续无鬼论》：晋人阮瞻曾作《无鬼论》，所以陶生以其所作称《续无鬼论》。

⑥厅事：也作“听事”，本为官府听事办公的地方，后来私宅的厅房也称厅事。

⑦端念：端正意念；指不为邪念所动。

⑧其言不掩：意谓自己《续无鬼论》之说，有失检点。掩，通“检”，检束。

⑨鹤行鹭伏：意思是屈身轻步，悄悄行动。

⑩曲肱几上：弯曲着胳臂，伏在几案上。肱，臂。

⑪析薪：劈柴。溲米：淘米。

⑫执爨：烧火做饭。

⑬憨跳：憨痴跳腾；谓其调皮闹腾。

⑭匕：饭匙。

⑮溲合：调和，掺杂。砒、酖：指毒药。砒，砒霜。酉酖，用有毒的鸟羽浸成的毒酒。

⑯操管：执笔。

⑰成书：成字。

⑱行列疏整：指抄写得横竖成行。直称行。横称列。

⑲范：规范、榜样。此指供描摹的仿影。

⑳临摹：照样摹写。

㉑祗立：敬立。

㉒月旦：品评，详《阿宝》注。这里指评判书写的好坏。

㉓解读：指识字。

㉔花判：本指旧时官吏对民、刑案件所做的骈体判词；此指对所写字仿的评阅意见。

㉕颜始霁：脸色方始喜悦。霁，天晴，此处形容愧色消失。

㉖粉黛淫淫：脸上搽的粉和眉上涂的黛，随着泪水流下。黛，古时女子描眉用的青黑色颜料。淫淫，水流貌。

㉗贽：晋见的礼物。

㉘执一经：学习一种经书。执，持。手持经书，指从师受业。

㉙设鬼帐：犹言设鬼学。设账，教授生徒

㉚恐履不吉：恐蹈凶险。履，践。

㉛诬以行检：对其品行，加以诬陷诋毁。陶生好以诗词讥切时事，诬陷内容，当与此有关。《钦定大清会典事例》卷三八九，谓康熙初年，礼部题准，“生员如果犯事情重，地方官先报学政，俟黜革后治以应得之罪。”行检，品行；此据二十

四卷抄本，原作“行简”。

㉜院：指巡抚衙门。

㉝部院：指巡抚。清代各省巡抚多带兵部侍郎及都察院副都御史衔，因称巡抚为“部院”。

㉞遮道：拦路。声屈：喊冤。

㉟判：判官。

㊱御媵：侍妾。

㊲血殷凌波：流血染红了鞋袜。殷，红黑色，这里是染红的意思。曹植《洛神赋》：“陵（通凌）波微步，罗袜生尘。”本指女子步履轻盈，这里指女子鞋袜。

㊳廨神：保护官衙的神。廨，官署。

㊴按阁：搁置、压下。阁，同“搁”。

㊵秋曹：对刑部官员的尊称。古以刑部为秋官，故称其部员为“秋曹”。这里称陶生为秋曹，是预示陶生将来当任职刑部。

㊶二：据铸雪斋抄本，原作“一”。

㊷衿袖淋浪：襟袖均被泪水沾湿。淋浪，水湿的样子。

㊸庐舍：指灵魂所依附的躯体。

㊹通籍：指仕宦新进。封建时代新进仕宦，通其名籍于朝，故曰“通籍”。

㊺同谱：犹“同榜”，指科举考试同届录取者。

㊻物听：众闻。物，众人。

㊼方：比拟。

㊽一献妻孥：使妻、子出来相见；旧时朋友情谊亲密，才能出妻见子。

㊾殉装：殉葬的衣服。

㊿严慈：父母。

【译文】

渭南姜部郎的宅子，有很多鬼怪，时常迷惑人。因而把家搬走了。留下一个仆人看门守院，仆人很快就死了，又换了几个仆人，也都死了；所以就废弃了。

同村有个名叫陶望三的书生，一向很豪放，好玩弄妓女，总是喝完酒就辞去妓女往回走。朋友故意打发妓女撵到家里和他亲近，他也不拒绝，笑呵呵地把妓女留在卧室里；但实际上，一宿到亮也无所沾染。他曾经在姜部郎家里住过，有个女仆晚上跑来投奔他，他坚决拒绝，决不淫乱，因此，部郎对他很器重。他家里很穷，又死了妻子，住着几间小草房，受不了暑天的闷热。就去请求姜部郎，要借用他那废弃了的宅子。姜部郎因为那个宅子很凶险，没有借给他。他就写了一篇《续无鬼论》，献给姜部郎，并且说："鬼能把我怎么样！"部郎因为他请求得很坚决，就答应了。他就去打扫厅堂。

傍晚，他把书放在厅堂里；抹身去拿别的东西，回来一看，那部书已经无影无踪了。他感到很奇怪，就仰卧在床上，屏息静气，观察屋里的变幻。过了吃一顿饭的工夫，听见一阵脚步声，他斜着眼睛一看，只见从房子里出来两个女人，把刚才丢失的书本送了回来，仍然放在桌子上。一个大约二十来岁，一个年约十七八，都很漂亮。进进退退地走了过来，站在床前，瞅着他笑。他既不出声，也不动弹。二十来岁地翘起一只脚踹他肚子，十七八岁地捂着嘴偷偷地笑着。他觉得心里摇晃，似乎难以控制自己的感情，但又马上严肃起来，端正了邪念，终于没有理睬。二十来岁的凑到身边，用左手捋他胡子，右手轻轻拍打他的脸颊，发出轻微的响声。十七八岁的笑得更凶了。他突然跳起来，大喝一声："鬼东西，竟敢这样胡闹！"两个女子吓了一跳，急急慌慌地跑散了。

他害怕夜里受到侵害，想要搬回去，又羞于大话已经说出去，无法给自己掩饰；就点起蜡烛读书。黑暗中鬼影来来去去地晃动，他也不看一眼。快到半夜的时候，他点着灯火，躺下睡觉。刚一闭上眼睛，觉得有人用个很细的东西穿进他的鼻孔，鼻孔里一阵奇痒，打了一个大喷嚏；只听暗处发出一阵隐隐约约的笑声。他没有说话，假装睡觉等待着。过了不一会儿，看见少女用纸条捻个很细的纸捻儿，猫着腰，踮着脚，抻着脖子向他走过来；他突然跳起来呵斥她们，她们就飘飘忽忽地逃窜了。等他睡下以后，又用纸捻儿穿他耳朵。一宿侵扰到天亮，他实在受不了。直到小鸡啼鸣了，才寂静无声，他才痛痛快快地睡过去，一天到晚没有看见什么东西，也没听到什么声音。

太阳落下西山以后，又恍恍惚惚地出现了。他便夜里做饭吃，要通宵达旦地读书。二十来岁的女郎逐渐弯起胳膊肘，趴在桌子上，看他读书。看了一会儿，伸手把他书本合上了。他很生气地捕捉她，立刻就飘散了；不一会儿，她又回来伸手摸书。他用手按着书本往下阅读。那个十七八岁的少女，偷偷地踱到他的脑后，两手交叉捂住他的眼睛，他回头瞥了一眼，少女也飘然而去，站在远处向他微笑着。他指着骂道："小鬼头！抓到你们统统杀掉！"两上少女却又不怕他。因而他就开个玩笑说："放荡的淫欲，我完全不懂，缠我是没有用的。"

两个少女微微一笑，转身奔向厨房，一个劈柴，一个淘米，给他烧火做饭。他看着她们夸奖说："二位贤卿为我煮粥，不比傻淘傻跳强多了？"不一会儿，稀粥煮熟了，两个争着把勺子、筷子和碗放在桌子上。他说："感谢贤卿为我服役，怎么报答你们的好处呢？"少女笑着说："饭里掺了砒霜和毒药了。"他说："我和贤卿向来没有嫌怨，怎能用毒药害我呢。"他吃完一碗，她们又给盛一碗，争着为他奔走。

他心里很高兴，习以为常，天天这个样子。慢慢地，一天比一天熟悉了，就坐在一起谈心，询问她们的姓名。二十来岁地说："我叫秋容，姓乔；她是阮家的小谢。"又追问她们是从哪里来的。小谢笑着说："痴傻的郎君！你还不敢献出身子，谁要你打听门第，作嫁娶呢？"他板起面孔，严肃地说："面对美人，我怎能无情；只是你们全身都是阴间的鬼气，中人必死。不乐意和我在一起，可以走开；乐意和我住在一起，必须安宁。你们如果不爱我，何必叫我玷污两位佳人？如果爱我，又何必害死一个狂生呢？"两个少女你看看我，我看看你，脸上现出受了感动的表情，从此以后，不太用侵害的手段戏弄他了；但是有时把手伸进他的怀里，在地下捋捋他的裤子，他也置之不理，不以为怪。

一天，他抄写一本书，没抄完就出去了，回来的时候，看见小谢趴在桌子上，拿笔替他抄写。看他回来了，就扔下毛笔，斜着眼睛笑眯眯地看着他。他走到跟前一看，虽然字迹很拙劣，还写不成字形，但是稀疏的行列很整齐。他就称赞说："贤卿真是雅人哪！你如果愿意写字，我来教给你。"于是就把她搂在怀里，把着手腕教她笔画。秋容从门外进来，突然变了颜色，神态似乎很嫉妒。小谢笑着说："小时候曾经跟父亲学过写字，很久没有动笔了，就像在梦里一样。"秋容没有说话。他明白她的心思，却假装没有发觉，就放开小谢，把她搂在怀里，给她一管笔说："我看看贤卿能不能写字？"也把着手腕写了几个字，站起来说："秋娘的笔力很好啊！"秋容就高兴了。他于是就裁了两张纸，写了两张字帖，叫她们一起临摹；他自己另外点了一盏灯，坐在灯下读书。心里暗自高兴，她们各有自己的事情，再不侵扰他了。

两个少女照猫画虎地写完了，恭恭敬敬地站在桌子前边，听他品评。秋容向来不了解读书写字，涂得黑乎乎的一片，很难认出字迹，他用朱笔圈点完了以后，她自己看着也不如小谢，就有了惭愧的脸色。他一再勉励她，安慰她，脸上才开晴了。从此以后，两个少女待他当作老师看待，坐着给他挠背，躺着给他按摩大腿，不但不敢欺侮他，反而争着向他讨好。过了一个月，小谢的书法居然很端正，他偶尔赞扬了几句。秋容很惭愧，哭得泪水涟涟，把粉黛都冲了下来，脸上留下一道道的泪痕；他千方百计地安慰和劝解，她才不哭了。他借此机会就教她们读书，她们特别聪明，指教一遍，没有再来询问的。

两个少女和他竞相苦读，时常一宿读到天亮。小谢又领来她的弟弟三郎，拜他做老师。三郎只有十五六岁，姿容很秀丽。拿来一个金如意，作为拜师的礼物。他让二郎和秋容同读一本书，满堂都是咿咿唔唔的读书声。他在这里设起鬼账，教起鬼学了。姜部郎听到这个消息很高兴，按时给他送柴送米。过了几个月，秋容和三郎都能吟诗了，常用诗词互相赠答。小谢背后嘱咐他不教秋容，他答应了；秋容背后嘱咐他不教小谢，他也答应了。一天，他要动身赴考，两个少女流着眼泪，拉着他告别。三郎说："这次考试，你应该托病不去参加；不然的话，恐怕路上凶多吉少。"他认为托病是可耻的，没听劝告就走了。

早些时候，他好用诗词讽刺当时的坏事，得罪了县里的达官要人。这些人天天想要陷害他，偷偷地贿赂学使，诬陷他行为不正，就被押到监狱里。他把盘川花光了，向囚犯讨饭吃，自料没有活下去的希望了。忽然有个人飘飘忽忽地进了牢房，原来是秋容。她拎着一个食盒，给他送来了吃的。她看着陶望三，很悲痛地说："三郎忧虑你凶多吉少，现在果然没有说错。三郎和我一起来的，他到巡抚衙门为你申辩去了。"说了几句话就出了牢房，别人都没看见她。

过了一天，巡抚出来的时候，三郎拦在路上喊冤，巡抚收了他的状子。秋容回到狱里报信，又返回去侦察情况，去了三天也没回来。他又愁又饿，百无聊赖。熬过一天好像度过一年。忽然小谢来了，怅恨欲绝地说："秋容回去的时候，路过城隍庙，硬被西廊的黑判官抓进庙里，逼她做妾。秋容不肯屈服，现在也被囚禁了。我跑了一百里路，长途奔波，累得疲惫不堪；来到北城外，又被酸刺林刺了脚心，痛彻骨髓，恐怕再也不能来了。"说完就给他看看脚心，满脚都是发黑了的血污。给他留下三两银子，就一瘸一拐地隐没了。

巡抚审问三郎，发现三郎和陶望三从来没有瓜葛，就说他无缘无故地替人打官司，要用棒子惩罚他。他扑倒在地就不见了。巡抚感到很奇怪。看看他的状子，情理言词很悲恻。从狱里提出陶望三，问他："三郎是你什么人?"他假装不知道。巡抚知道这是冤案，就把他放了。

他回到家里，直到天黑也没来一个人。夜阑人静以后，小谢才来了，很凄惨地对他说："三郎在巡抚衙门里，被护衙神押到阴曹地府；阎王说他有义气，叫他托生到富贵人家去了。秋容被押了很久，我向城隍投了状子，又被搁置起来，进也进不去，还应该怎么办呢?"他气愤地说："黑老鬼，怎敢这样无理！明天我去推倒他的神像，把他踹成烂泥，一条一条地责备城隍；他手下的官吏这样专横暴虐，他在醉梦中吗!"两个人悲愤地面面相对，不觉四更快要结束了。秋容飘飘忽忽地忽然回来了。两个人又惊又喜，赶紧问她怎么回来了。秋容流着眼泪说："我为陶郎，真是千辛万苦了！黑判官天天用刀子棍子逼我成亲，今晚儿忽然放我回来，说：'我没有别的意思，原来因为爱你的缘故，才留下你；既然不愿意，本来也没有玷污你，请你转告陶秋曹，不要谴责了。'"

他听完以后，这才有点高兴了，想和她们同床共枕，说："今天愿意为贤卿死去。"两个少女悲惨地说："一向蒙受你的开导，已经很知情理了，怎能忍心爱你而害死你呢?"坚决不同意。但是互相搂抱，像夫妻一样。两个女子因为遭难的缘故，嫉妒全都消除了。

恰好有一个道士，在路上遇见了陶望三，眼睁睁地看着他，说他"身上有鬼气"。他觉得道士说得很奇怪，就把自己的遭遇全部告诉了道士。道士说："这两个鬼物很好，你不应该辜负她们的痴心。"说完，就画了两道符交给他，说："回去交给两个女鬼，听凭她们的运气；如果听见门外有哭女儿的声音，就把符吞下肚子，急速跑出去，先到的可以借尸复活。"他拜谢以后接了过来，回去叮嘱了两个少女。

一个多月以后，果然听到门外有哭女儿的声音。两个少女争先恐后地奔出去。小谢忙中出错，忘了吞符。看见有人抬过一口出殡的棺材，秋容径直跑出去，钻进棺材就无影无踪了；小谢没有钻进去，痛哭流涕地回到屋里。陶望三出去一看，原来是一家姓郝的富户给女儿出殡。

出殡的人都看见一个女子钻进棺材里去了，大家正在惊异，不一会儿，听见棺材里有声音，就放到地下，打开一看，死去的姑娘突然复活了。因而就暂时把棺材寄放在陶望三的书房门外，派人四周守护着。姑娘忽然睁开眼睛询问陶望三。老郝头儿问她复活的原因。她说："我不是你的女儿。"就把来龙去脉告诉了大家。老郝头儿不大相信，想要把她抬回去；她不听，跳出棺材，径直进了陶望三的书房。直挺挺地躺在床上不起来。老郝头儿就认了女婿回去了。

陶望三到她跟前一看，脸盘儿虽然和秋容不一样，但却光彩艳丽，毫不亚于秋容，真是喜出望外，便情深意切地和她叙谈过去的事情。忽然听见呜呜咽咽的鬼哭声，原来是小谢蹲在黑暗的墙角哭泣呢。夫妻二人心里都很可怜她，就移过灯烛去

看望她，想要宽解她的悲痛，她泪湿衣襟，无法解除悲痛。天快亮了，才离开书房。

天亮以后，老郝头儿打发仆妇丫鬟送来了嫁妆，居然是翁婿了。晚上进入洞房，听见小谢又在哭泣。就这样哭了六七夜，夫妻二人都被她哭得心里很凄惨，不能举行交杯的婚礼。他愁思苦想，一点办法也没有。秋容说："道士，一定是个仙人。你再去向他请求，倘若发了慈悲，是会搭救的。"他认为秋容说得很对，便出去寻踪问迹，找到了道士的住所，跪在地下磕头，陈述自己的要求。道士极力说他"没有办法"。他没完没了地哀求。道士笑笑说："痴心的书生，真能缠人！该当和你有缘，愿意为你用尽我的法术。"就跟他来到家里，要了一间肃静的房子，关门打坐，警告别人不要去问他。总计坐了十几天，不喝水也不吃饭。陶望三偷偷地扒窗往里看，道士闭着眼睛，好像睡着了。

一天，早晨刚起来，有个少女撩起门帘进了屋子，一双明亮的眼睛，一口洁白的牙齿，姿容秀丽，光彩照人，微笑着说："奔波了一夜，累死了。被你纠缠不了，奔驰到百里之外，才找到一个漂亮的躯壳，道人终于和她一起来了。等见到小谢的时候，就把躯壳交给她。"等到黄昏，小谢来了，少女突然起来，迎上去抱住小谢，很快就合成一体，直挺挺地倒在地下。道士从静室里出来，向他拱手告别，抬腿就走了。他施礼拜谢，一直送到大门外。等他回来的时候，看见少女已经苏醒过来。把她扶到床上躺下，呼吸和肢体都逐渐舒畅了，但却握着两只脚，痛苦呻吟，说是腿脚酸痛，过了好几天才能起来走动。

后来，陶望三考中进士作了官。有个名叫蔡子经的人，和他是同榜进士，因事前来看望他，便留在家里住几天。小谢从邻人家回来的时候，蔡子经望见了，赶紧追过去，在小谢后面跟随着；小谢侧身躲开他，心里很恼火，以为他是一个轻薄的家伙。蔡子经告诉陶望三说："有一件事情，很叫人吃惊，我可以告诉你吗？"问他什么事情，蔡子经说："三年以前，我的小妹妹夭亡了，过了两夜，忽然不见了尸体，至今还疑惑地想念着。刚才看见你的夫人，为什么那样的相似呢？"他笑着说："我的妻子丑陋不堪，哪配做你的小妹呢？既然是年兄年弟，你对小妹情义这么深，寻找又是那样急切，让你看看我的家眷，也没有什么关系。”说完就进了内室，让小谢穿上殉葬时的衣服出来。蔡子经大吃一惊，说：“真是我的妹妹呀！”因而流下了眼泪。陶望三就把小谢的来龙去脉告诉了蔡子经。蔡子经高兴地说：“妹妹没死，我要急速回去，以便安慰年老的双亲。”说完就走了。过了几天，全家都来了，后来和姓郝的一样，来往走动很密切。

异史氏说：“绝代佳人，追求一个也是难得的，何况突然得到两位呢！这种好事千秋百世才能见到一个，只有不私奔淫乱的人才能遇到。道士是个神仙吗？什么法术那样神奇呀！倘有这样的法术，丑鬼也是可以结交的。”

缢　鬼

【原文】

范生者，宿于逆旅[①]。食后，烛而假寐[②]。忽一婢来，襆衣置椅上；又有镜奁揥箧[③]，一一列案头，乃去。俄一少妇自房中出，发箧开奁，对镜栉掠[④]；已而髻，已而簪，顾影徘徊甚久。前婢来，进匜沃盥[⑤]。盥已捧帨[⑥]，既，持沐汤去。妇解襆出裙帔[⑦]，炫然新制，就着之。掩衿提领，结束周至[⑧]。范不语，中心疑怪，谓必奔妇[⑨]，将严装以就客也。妇装讫，出长带，垂诸梁而结焉。讶之。妇从容跂双弯[⑩]，引颈受缢。才一着带，目即合[⑪]，眉即竖，舌出吻两寸许，颜色惨变如鬼。大骇奔出，呼告主人，验之已渺。主人曰：“曩子妇经于是[⑪]，毋乃此乎？”吁，异哉！既死犹作其状，此何说也？

异史氏曰：“冤之极而至于自尽，苦矣！然前为人而不知，后为鬼而不觉，所最难堪者，束装结带时耳。故死后顿忘其他，而独于此际此境，犹历历一作，是其所极不忘者也。”

【注释】

①逆旅：客店。

②烛：点燃着的蜡烛。

③镜奁揥箧：存放妇女梳妆品的器具。镜奁，镜匣。揥，梳、篦。

④栉掠：栉发掠鬓，言其梳妆。

⑤匜：古代洗手盛水的用具。洗手时，把匜中的水，倒在手上，下面用盘承接。

⑥帨：拭物之佩巾。此指拭手之巾。

⑦裙帔：下裙和披肩。泛指女人衣裳。

⑧结束：装束，打扮。

⑨奔妇：私奔之妇。

⑩跂双弯：踮起双脚。跂，通“企”。踮起脚后跟。双弯，即双脚。旧时女子缠足，足背弓起，故称。

⑪合：此据铸雪斋抄本，原作“舍”。

⑫经于是：自缢于此。经，自经，即上吊而死。

【译文】

有个姓范的书生，住在一家旅店里。吃完晚饭，点灯在床上躺一会儿。忽然看见来了一个使女，把一个衣包放在椅子上；还拿来了镜架和首饰匣子，一件一件地摆在桌子上，摆完就走了。过了不一会儿，从屋里出来一个少妇，支起镜架，打开首饰匣子，对着镜子梳头；梳完又绾起发髻，别上簪子，看着映在镜子里的身影，徘徊了很长时间。先前那个使女又来了，给她端来一盆洗脸水。少妇洗完脸，使女又捧起一条手巾，少妇擦完了脸，使女就端走了洗脸水。少妇解开椅子上的衣包，拿出了裙子和披肩，光彩耀眼，都是新作的。她系上裙子，披上披肩。整整衣襟，提提领子，打扮得很仔细。范生没有吭声，心里却感到很奇怪。以为必定是个私奔的女子，要打扮得漂漂亮亮的，好来投靠客人。少妇打扮完了以后，却拿出一条长长的带子，悬挂在梁柁上，还在带子上绾了一个套子。范生很惊讶。她从容地踮起两只脚，抻着脖子上吊。刚刚吊到带子上，她就闭上眼睛，竖起眉毛，舌头吐出唇外约有二寸长，脸上变得白沙沙的，活像一个鬼。范生大吃一惊，急忙爬起来，跑出房间，大喊大叫地告诉主人，和主人一起回来察看，已经无影无踪了。主人说："前些天，我儿子媳妇在这个屋里吊死了，是不是她呢？"唉！奇怪呀！吊死了以后，还能表演吊死的形状，这怎么解释呢？

异史氏说："冤枉到了极点，竟至悬梁自尽，是很痛苦的！但是她生前的为人已经忘记了，死后做鬼也没有知觉，最难忍受的，是她梳妆打扮和悬梁结绳的时候。所以死后马上就忘了别的，唯独记住了这个时刻，这个境地，还能清清楚楚地表演一番，是她最不能忘怀的痛苦。"

吴门画工

【原文】

吴门画工某[①]，忘其名，喜绘吕祖[②]，每想象而神会之，希幸一遇。虔结在念，靡刻不存。一日，值群丐饮郊郭间，内一人敝衣露肘，而神采轩豁。心忽动，疑为吕祖。谛视[③]，觉愈确，遽捉其臂曰："君吕祖也。"丐者大笑。某坚执为是，伏拜不起。丐者曰："我即吕祖，汝将奈何？"某叩头，但祈指数。丐者曰："汝能相识，可谓有缘。然此处非语所，夜间当相见也。"再欲遮问，转盼已杳。骇叹而归。至夜，果梦吕祖来，曰："念子志虑专凝，特来一见。但汝骨气贪吝，不能为仙。

我使子见一人可也。”即向空一招，遂有一丽人蹑空而下[4]，服饰如贵嫔[5]，容光袍仪，焕映一室。吕祖曰：“此乃董娘娘[6]，子审志之[7]。”既而又问：“记得否?”答：“已记之。”又曰：“勿忘却。”俄而丽者去，吕祖亦去。醒而异之，即梦中所见，肖而藏之[8]，终亦不解所谓。后数年，偶游于都。会董妃薨[9]，上念其贤，将为肖像。诸工群集，口授心拟，终不能似。某忽触念梦中人，得无是耶[10]？以图呈进。宫中传览，皆谓神肖[11]。由是授官中书[12]，辞不受；赐万金。于是名大噪。贵戚家争遗重币，乞为先人传影[13]。但悬空摹写，罔不曲似[14]。浃辰之间[15]，累数巨万。莱芜朱拱奎曾见其人[16]。

【注释】

①吴门：古吴县的别称，即今江苏苏州市。

②吕祖：即吕洞宾，传说中的“八仙之一”。道教全真道尊为北五祖之一，因通称“吕祖”。

③谛视：仔细看。

④蹑空：犹踏空。

⑤贵嫔：宫中女官名。三国曹魏置，历代相沿，位尊卑不同。

⑥董娘娘：指董贵妃，或称董鄂妃，鄂硕之女，顺治十三年（1656）受封，十七年（1660）死。娘娘，皇帝后妃的俗称。

⑦审志：仔细记住。

⑧肖而藏之：摹画其像而藏之。肖，肖像。此谓画像。

⑨薨：后诸侯王及后妃之死，亦称“薨”。

⑩得无是：该不是。无，通毋，不。

⑪神肖：传神酷似。

⑫中书：清为内阁属员，从七品。

⑬传影：临摹肖像。传，传写，临摹。影，像，图像。

⑭罔不曲似：无不委曲相似。罔，无。曲，委曲而成。

⑮浃辰：古以干支记日，称自子至亥一局十二日为“浃辰”。

⑯莱芜：县名，今属山东省。

【译文】

苏州有一个画匠，忘了他的名字。他喜好绘画吕洞宾，常在想象中能够心领神会，希望有幸见上一面。很虔诚地记在心里，一刻也不忘记。一天，他和一群乞丐在城外喝酒，其中有一个乞丐，穿一身很破的衣服，露着两个胳膊肘，但却神采飞扬，性格很开朗。他心里忽然一动，怀疑那个人是吕洞宾。仔细一看，一点不错，越看越是吕洞宾，就抓着人家的胳膊说：“你是吕洞宾。”那个乞丐不由哈哈大笑。他很固执地认为那人肯定是吕洞宾，趴在地下磕头，总也不起来。那个乞丐说：“我就是品洞宾，你要怎么样呢?”他一个劲儿地磕头，祈求吕祖指教他。那个乞丐说：“你能认识我，可以说是有缘。但是这个地方不是说话的场所，应该晚上再来见你。”说完就站起来要走。他挡着去路，问长问短，一眨眼，已经无影无踪了。他愣了一会儿，才长吁短叹地回到家里。到了晚上，果然梦见了吕洞宾，对他说：“念你诚心诚意地想念我，所以特地前来和你见一面。但是你的骨气贪婪吝啬，不能成仙。我叫你看看一个人，你的目的就达到了。”说宛就向空中一招手，竟然有个美人踏空而下，衣装服饰很像一个贵妃。漂亮的容颜，艳丽的袍服，光彩照耀全室。吕洞宾说：“这一位是董娘娘，你要仔细看看，牢牢记在心里。”他看了一会儿，吕洞宾又问：“你记住了吗?”他回答说：“已经记住了。”吕洞宾又说：“你千万不要忘了。”眨眼之间，美人走了，吕洞宾也走了。他醒过来以后，感到很奇怪，就把梦中见到的美人，画个肖像藏起来了。始终不知会有什么用处。过了几年以后，他偶然在京城里闲游。恰巧赶上董贵妃死了，皇帝念她很贤惠，要给她画一张肖像供起来。招集一大群画匠，嘴里传授，心里猜测，终究不像董妃。他忽然触景生情，想起梦中的美人，是不是她呢？就把肖像献了上去。宫廷里互相传阅，都说出神的想象。因此就封他到中书省里做官，他辞谢没有接受；皇帝就赏给他万贯财产。他从此就声名大震。皇亲贵戚，争着给他送厚礼，请他给先人画个遗像。他只是凭空模拟，就是很小的部位，也没有不像的。十几天的工夫，他积累的金钱达到了万万贯。莱芜的朱拱套先生，曾经见过那个画匠。

林　氏

【原文】

济南戚安期，素佻达[①]，喜狎妓[②]。妻婉戒之，不听。妻林氏，美而贤。会北兵入境[③]，被俘去。暮宿途中，欲相犯。林伪诺之。适兵佩刀系床头，急抽刀自刭死；兵举而委诸野[④]。次日，拔舍去[⑤]。有人传林死，戚痛悼而往。视之，有微息。负而归，目渐动；稍稍嚬呻[⑥]；扶其项，以竹管滴沥灌饮，能咽。戚抚之曰："卿万一能活，相负者必遭凶折[⑦]！"半年，林平复如故；但首为颈痕所牵，常若左顾。戚不以为丑，爱恋逾于平昔。曲巷之游[⑧]，从此绝迹。林自觉形秽，将为置媵；戚执不可。

居数年，林不育，因劝纳婢。戚曰："业誓不二，鬼神宁不闻之？即嗣续不承[⑨]，亦吾命耳。若未应绝，卿岂老不能生者耶？"林乃托疾，使戚独宿；遣婢海棠，襆被卧其床下。既久，阴以宵情问婢。婢言无之。林不信。至夜，戒婢勿往，自诣婢所卧。少间，闻床上睡息已动。潜起，登床扪之。戚醒，问谁，林耳语曰："我海棠也。"戚却拒曰："我有盟誓，不敢更也。若似曩年，尚须汝奔就耶？"林乃下床出。戚自是孤眠。林使婢托己往就之[⑩]。戚念妻生平曾未肯作不速之客，疑焉；摸其项，无痕，知为婢，又咄之。婢惭而退。既明，以情告林，使速嫁婢。林笑云："君亦不必过执[⑪]。倘得一丈夫子[⑫]，即亦幸甚。"戚曰："苟背盟誓，鬼责将及，尚望延宗嗣乎？”

林翼日笑语戚曰[13]：“凡农家者流[14]，苗与秀不可知[15]，播种常例不可违。晚间耕耨之期至矣。”戚笑会之。既夕，林灭烛呼婢，使卧己衾中。戚入就榻，戏曰：“佃人来矣[16]。深愧钱镈不利[17]，负此良田。”婢不语。既而举事，婢小语曰：“私处小肿，颠猛不任。”戚体意温恤之。事已，婢伪起溺，以林易之。自此时值落红，辄一为之，而戚不知也。

林氏

未几，婢腹震。林每使静坐，不令给役于前。故谓戚曰：“妾劝内婢[18]，而君弗听。设尔日冒妾时[19]，君误信之，交而得孕，将复如何？”戚曰：“留犊鬻母。”

林乃不言。无何，婢举一子。林暗买乳媪，抱养母家。积四五年，又产一子一女。长子名长生，已七岁，就外祖家读。林半月辄托归宁[20]，一往看视。婢年益长，戚时时促遣之。林辄诺。婢日思儿女，林从其愿，窃为上鬟[21]，送诣母所。谓戚曰："日谓我不嫁海棠，母家有义男[22]，业配之。"

又数年，子女俱长成。值戚初度[23]，林先期治具，为候宾友。戚叹曰："岁月骛过[24]，忽已半世。幸各强健，家亦不至冻馁。所阙者，膝下一点[25]。"林曰："君执拗，不从妾言，夫谁怨？然欲得男，两亦非难，何况一也？"戚解颜曰："既言不难，明日便索两男。"林言："易耳，易耳！"早起，命驾至母家，严妆子女，载与俱归。入门，令雁行立，呼父叩祝千秋[26]。拜已而起，相顾嬉笑。戚骇怪不解。林曰："君索两男，妾添一女。"始为详述本末。戚喜曰："何不早告？"曰："早告，恐绝其母。今子已成立，尚可绝乎？"戚感极，涕不自禁。乃迎婢归，偕老焉。古有贤姬，如林者，可谓圣矣！

【注释】 

①素佻达：谓平日轻薄无行。佻达，同"挑达"。后多用为轻薄义。

②妓：此据铸雪斋抄本，原作"姬"。

③北兵：明未亡时，汉人对清兵之称。

④委诸野：弃之于荒野。委，丢弃。

⑤拔舍去：拔营离去。

⑥嚬呻：皱眉呻吟。

⑦凶折：犹凶死，不得善终。折，夭折。本谓短命，此谓遭横祸而不得寿终。

⑧曲巷：偏僻的狭巷。此指妓院。

⑨嗣：此据铸雪斋抄本，原作"似"。

⑩托已：假托自己。

⑪执：固执。

⑫丈夫子：男孩。古时子女通称子，男称丈夫子，女称女子子。

⑬翼日：明天，第二天。翼，通“翌”。

⑭农家者流：《汉书·艺文志》中语，此借为戏谑之词。农家，原指先秦百家中论议农事的一个思想流派，此借指农民。

⑮苗与秀：植物初生叫苗，开花叫秀。

⑯佃人：即种田人。

⑰钱镈：古代两种锄田用的农具。

⑱内婢：谓收婢为妾。内，同“纳”。

⑲尔日：那日。

⑳归宁：旧谓已嫁女子回母家探视。

㉑上鬟：挽上发髻。指梳成已嫁女子的发式。

㉒义男：养子，俗称干儿子。

㉓初度：指生日。

㉔骛过：匆匆而过。骛，急，速。

㉕膝下：子女幼时依偎于父母膝下，因以称谓孩幼之时。后常用为儿女写信于父母的敬辞。膝下一点，谓年幼儿女。

㉖叩祝千秋：跪拜祝寿。

【译文】

济南有个名叫戚安期的人，一向很轻佻，喜好玩弄妓女。妻子委婉地劝他，他不听。妻子林氏，容貌秀丽，性格贤惠。恰巧赶上清兵侵入济南，把她掠去了。晚间宿在半道上，大兵想要奸污她。她就假装应允。刚巧那个大兵把佩刀挂在床头上，她迅速抽出佩刀，抹脖子自刎了；大兵把她抱起来，扔到荒郊野外去了。第二天，清兵全部拔营而去。有人向戚安期传话，说林氏已被杀死了，他很悲痛地前去寻找尸体。找到一看，还有一点微弱的气息。把她背回来，眼睛逐渐能够转动了；

还能发现微弱的呻吟声。轻轻扶着她的脖子，用竹管往嘴里一滴一滴地灌她喝水，她还能够咽下去。戚安期安慰她说：“你万一能够活过来，我再若负心，一定不得好死！”过了半年，她便完全恢复了健康；但是脑袋被脖子上的伤痕所牵累，似乎老是往左看。他不以为丑，对她的爱恋超过了从前。游逛妓院的恶劣行为，从此就断绝了。

林氏自觉形态丑陋，要给他娶个小老婆；他很固执地不允许。过了好几年，林氏不能生儿育女，就劝他挑一个使女做小老婆。他说：“我已经发誓不和第二个女人要好，难道鬼神没有听见吗？即使没有传宗接代的儿女，也是我的命运罢了。若是命里不该绝后，难道你已经老得不能生育了吗？”林氏看他很坚决，就推托有病，叫他自己在另一个房子里睡觉；打发一个名叫海棠的丫鬟，抱着被子褥子，就睡在他的床下。过了很多日子，她向海棠偷偷询问夜里的情况。海棠说没有发生什么关系。她不太相信。到了晚上，她告诉海棠不要再去那里睡觉，她自己到了海棠睡觉的地方躺下了。躺了不一会儿，听见床上已经响起了鼾声。她就偷偷地爬起来，上床去摸他。他忽然醒过来，询问是谁。她趴在他的耳朵上，小声说：“我是海棠。”他就把她推出去说：“我已发了海誓山盟，绝不敢变心。若似从前，还需要你来私奔吗？”林氏就下床出去了。他仍然孤单单地一个人睡觉。林氏叫海棠装作自己，前去和他相就。他心里一想，妻子从来没有做过不速之客，就产生了怀疑。摸摸她的脖子，没有瘢痕，就知道是海棠装扮的，又斥责了几句。海棠很羞愧地退出去了。天亮以后，他把昨晚儿的情况告诉给林氏，叫林氏赶快把海棠嫁出去。林氏笑着说：“你也不必过于执拗。她倘若从你那里得到一个儿子，也很幸运嘛。”他说：“我若违背了誓言，鬼神就要谴责我，还能期望延续宗嗣吗？”

第二天，林氏和他说笑话：“凡是种地的庄稼人，不能不分清什么是谷苗，什么是莠子，播种的常规是不能违误的。今天晚上，播种的日期到了。”他笑呵呵地领会了她的意思。到了晚上，林氏把灯吹灭，叫来海棠，让她躺在自己的被窝里。他摸黑进了屋里，来到床前调笑说：“播种的人来了。我很惭愧，铁铲锄头都不锋利，辜负了这块好地。”海棠没有吭声。他说完就上了床，海棠小声说：“我的私处稍微肿了一点，你癫狂起来我可受不了。”他体会了她的心意，很温存的体恤她。完了以后，海棠假装下床撒尿，又把林氏换到床上。从此以后，海棠来一次月经，就来一次偷梁换柱，他始终没有发觉。过了不久，海棠肚子里有些震动了。林氏每天都叫她静静地坐着，不让她在身边服侍。故意对他说：“我劝你纳婢，你总是不听。假设海棠天天夜里冒充我的时候，你错误地相信了，和她搞出孩子，又将怎么办呢?”他说：“留下犊子，卖了母亲。”林氏一听，再也没有说话。过了不久，海棠临产，生了一个男孩。林氏暗地买了一个奶妈，把孩子抱回娘家抚养。又过了四五年，海棠又生了一个儿子和一个女儿。大儿子名叫长生，已经七岁了，住在外祖父家里读书。林氏每隔半个月就找个借口回一趟娘家，去看看儿子和女儿。海棠的年岁越来越大，他时时刻刻都催促林氏把她嫁出去。林氏只好点头答应。海棠天天想念自己的儿女，林氏就满足她的愿望，偷偷给她梳上婚后的发髻，送到娘家去了。对戚安期说：“你天天说我不嫁海棠，我娘家有个干弟弟，已经嫁给他了。”

又过了几年，子女都已长大成人。赶上戚安期过生日，林氏事先备下了宴席，给他侍候亲朋故友。他叹着气说：“岁月很快就过去了，倏忽之间，已经年过半百。值得庆幸的，你我还算健壮，家人也没有挨冻挨饿。我所缺欠的，只是膝下没有一个儿子。”林氏说：“因为你太执拗，不听我的劝告，你能怨谁呢？但是想要得到儿子，两个也不难，何况一个呢。”他笑着说：“明天就向你要两个儿子。”林氏说：“那是容易的，很容易办到!”

第二天早晨，她叫车夫赶车到了娘家，给儿女穿上整洁的衣服，坐上车子，一起回到家里。进门以后，叫他们排成一行，站在父亲面前，一齐开口呼叫父亲，然后跪下磕头，祝贺父亲的千秋大寿。拜完就站起来，你看看我，我看看你，互相嬉笑着。他很惊讶，不知这是怎么一回事。林氏说：“你要两个儿子，我又给你添上一个女儿。”这才从头到尾，把海棠的情况，详详细细地讲了一遍。他很高兴地说：“为什么不早 点告诉我呢?”林氏说：“早一点告诉你，怕你断绝孩子的母亲。现在子女已经长大了，你还能断绝吗?”他受了极大的感动，禁不住流下了眼泪。就把海棠接回来，一直白头偕老。古代有些贤惠的女人，像林氏这样的，可以说是圣贤了!

胡大姑

【原文】

益都岳于九[①]，家有狐祟，布帛器具，辄被抛掷邻堵。蓄细葛，将取作服；见捆卷如故，解视，则边实而中虚，悉被剪去。诸如此类，不堪其苦。乱诟骂之。岳戒止云：“恐狐闻。”狐在梁上曰：“我已闻之矣。”由是祟益甚。

一日，夫妻卧未起，狐摄衾服去。各白身蹲床上，望空哀祝之。忽见好女子自窗入，掷衣床头：视之，不甚修长；衣绛红，外袭雪花比甲[②]。岳着衣，揖之曰：“上仙有意垂顾，即勿相扰。请以为女，如何？”狐曰：“我齿较汝长，何得妄自尊？”又请为姊妹，乃许之。于是命家人皆呼以胡大姑。

时颜镇张八公子家[③]，有狐居楼上，恒与人语。岳问：“识之否？”答云：“是吾家喜姨，何得不识？”岳曰：“彼喜姨曾不扰人，汝何不效之？”狐不听，扰如故。犹不甚祟他人，而专祟其子妇：履袜簪珥，往往弃道上；每食，辄于粥碗中埋死鼠或粪秽。妇辄掷碗骂骚狐，并不祷免。岳祝曰：“儿女辈皆呼汝姑，何略无尊长体耶？”狐曰：“教汝子出若妇，我为汝媳，便相安矣。”子妇骂曰：“淫狐不自惭，欲与人争汉子耶？”时妇坐衣笥上[④]，忽见浓烟出尻下，熏热如笼。启视，藏裳俱烬；剩一二事，皆姑服也。又使岳子出其妇，子不应。过数日，又促之，仍不应。狐怒以石击之，额破裂，血流，几毙。岳益患之。

西山李成爻，善符水，因币聘之。李以泥金写红绢作符[⑤]，三日始成。又以镜缚梃上[⑥]，捉作柄，遍照宅中。使童子随视，有所见，即急告。至一处，童言：“墙上若犬伏。”李即戟手写符其处[⑦]。既而禹步庭中[⑧]，咒移时，即见家中犬豕并来，帖耳戢尾，若听教命。李挥曰：“去！”即纷然鱼贯而去。又咒，群鸭即来，又挥去之。已而鸡至。李指一鸡，大叱之。他鸡俱去，此鸡独伏，交翼长鸣，曰：“予不敢矣！”李曰：“此物是家中所作紫姑也[9]。”家人并言不曾作。李曰：“紫姑今尚在。”因共忆三年前，曾为此戏，怪异即自尔日始也。遍搜之，见刍偶在厩梁上。

胡大姑

李取投火中。乃出一酒瓻[10]，三咒三叱，鸡起径去。闻瓻口言曰：“岳四狠哉！数年后，当复来。”岳乞付之汤火；李不可，携去。或见其壁间挂数十瓶，塞口者皆狐也。言其以次纵之，出为祟，因此获聘金，居为奇货云[11]。

【注释】

①益都：县名。今属山东省。

②外袭雪花比甲：外套雪白的背心。袭，加穿。比甲，马甲，犹今所谓背心。

③颜镇：颜神镇，即今山东省淄博市博山区所在地。

④衣笥：盛衣物的竹器。

⑤泥金：金屑，金末。可用于书画。

⑥梃：犹棍。

⑦戟手：用食指和中指指点、指画，其形如戟，常用以表示怒斥或勇武的情状。此处谓以食指和中指悬空写符。

⑧禹步：跛行。巫师作法时的步态。

⑨紫姑：也叫“坑三姑娘”。厕神名。

⑩瓻：古时盛酒瓶。

⑪居为奇货：积囤以为获取暴利的货物。居，囤积。奇货，利大而稀少的货物。

【译文】

益都县的岳于九，有个狐狸在他家里作祟，布匹绸缎，以及日常用具，总是被它扔到邻家的墙头上。箱子里装着细致的葛布，拿出来要做衣服的时候；表面看仍和从前一样，还是卷着捆着，打开一看，外边是实的，里面却是空的，统统都被剪去了。诸如此类，把人害得痛苦不堪。家人七嘴八舌地辱骂它。岳于九警告制止说：“别骂了，恐怕狐狸听见。”狐狸在梁上说：“我已听见了。”作祟做得更厉害了。一天，夫妻还没有起床，狐狸把衣服被子全给拿走了。两口子赤裸裸地蹲在床上，望着空中哀求。忽然看一个美女，从窗户上钻进来，把衣服扔到床上。仔细一看，女子身材不高；穿一身绛红色的衣服，外面套着雪花坎肩。岳于九穿上衣服，向她作个揖手礼说："上仙有心看重我们，就不应该搅闹。请你给我做女儿，怎么样？"狐狸："我年岁比你大，你为什么这么妄自尊大呢？"他又请求作为姊妹，她才答应了。于是就告诉家人，都叫她胡大姑。

当时在颜镇的张八公子家里，也有一只狐狸住在楼上，经常和人说话。岳于九问胡大姑认不认识那只狐狸？胡大姑回答说："那是我家的喜姨，怎能不认识呢？"岳于九说："那个喜姨从来不扰害人，你为什么不向她学习呢？"胡大姑不听，还像过去一样地搅闹。对于别人，她还不怎么扰害，专门扰害岳于九的儿子媳妇：鞋子、袜子、簪子、耳环，常常被她扔在道上；每次吃饭，总是在粥碗里埋着死老鼠或粪便。媳妇就摔碟子摔碗，大声辱骂骚狐狸，并不向她祈求饶恕。岳于九对狐狸说："儿女们都喊你姑姑，你怎么没有一点尊长的体面呢？"狐狸说："叫你儿子把他妻子休回娘家，我给你儿子做媳妇，咱们就相安无事了。"儿子媳妇骂道："不害羞的骚狐狸，想和人家争汉子吗？"媳妇当时正坐在衣箱上，忽然看见屁股底下冒出一股浓烟，好像坐在热气腾腾的蒸笼上。打开箱子一看，里面装的衣服全部烧成了灰烬，剩下一两件，都是婆婆的衣服。她还是命令岳于九的儿子把媳妇休出去，儿子不答应。过了几天，她又逼着儿子休媳妇，儿子仍然不答应。狐狸火儿了，拿起一块石头就去打他，打破了额头，流了很多血，好险没死了。岳于九越发愁得没有办法。

西山有个名叫李成爻的巫师，善于画符念咒，岳于九就拿了一些钱，请李成爻捉妖降怪。李成爻用泥金在红绢上画符，三天才画完。又把一面镜子绑在一根棍子上，拿着棍子作把柄，在宅子里照来照去，处处都给照遍了。叫一个童子跟随着，眼睁睁地看着那面镜子，如果在镜子里看见什么东西，就急速告诉他。照到一个地方，童子说："墙上好像趴着一只狗。"李成爻伸出一个手指，在童子指出的地方画了一道符。然后就在院子里踱着方步，念了一会儿咒语，就看见家里的猪狗一起来了，都抿着耳朵，夹着尾巴，好像聆听教训的样子。李成爻向它们一挥手说："去！"马上纷纷攘攘的，一个跟一个地出去了。他又踱着方步念咒，就来了一群鸭子，他又一挥手，鸭子也出去了。最后来了一个群鸡。李成爻指着一只鸡，大声呵斥它。别的鸡都走了，只有这只鸡趴在地下，交叉着翅膀，大声哀叫说：“我不敢了！”李成爻说：“这个家伙，是你家扎糊的一个紫姑。”家人都说没有做过那个东西。李成爻说：“紫姑今天还在你们家里保存着。”大家就想起三年以前，曾经扎过一个紫姑，狐狸作祟就是从那一天开始的。到处搜查，看见草扎的偶像还放在马圈的梁柁上。李成爻把它取下来，扔进火里烧掉了。又拿出一个酒瓶，念了三声咒语，又呵斥了三声，站起来，径自走了。忽听瓶口上有声音说：“岳老四啊，你真狠心！几年以后，我还回来。”岳于九请求把酒瓶放进汤锅里，烧火煮死它；李成爻不同意，竟把酒瓶带走了。有人看见他家里的墙壁上挂着几十个瓶子，塞口的瓶子里都装着狐狸。说他按着次序把狐狸放出去，叫它们出去作祟，因而赚到了很多聘金，当作骗取钱财的奇货。

细　　侯

【原文】

昌化满[①]，设帐于余杭[②]。偶涉廛市[③]，经临街阁下，忽有荔壳坠肩头。仰视，一雏姬凭阁上[④]，妖姿要妙[⑤]，不觉注目发狂。姬俯哂而入。询之，知为娼楼贾氏女细侯也。其声价颇高，自顾不能适愿。归斋冥想，终宵不枕。明日，往投以刺，相见，言笑甚欢，心志益迷。托故假贷同人，敛金如干[⑥]，携以赴女，款洽臻至。即枕上口占一绝赠之云：“膏腻铜盘夜未央[⑦]，床头小语麝兰香。新鬟明日重妆凤，无复行云梦楚王[⑧]。”细侯蹙然曰：“妾虽污贱，每愿得同心而事之。君既无妇，视妾可当家否?”生大悦，即叮咛，坚相约。细侯亦喜曰：“吟咏之事，妾自谓无难，每于无人处，欲效作一首，恐未能便佳，为观听所讥。倘得相从，幸教妾也。”因问生："家田产几何？"答曰："薄田半顷，破屋数椽而已。"细侯曰："妾归君后，当长相守，勿复设帐为也。四十亩聊足自给，十亩可以种桑[9]，织五匹绢，纳太平之税有馀矣。闭户相对，君读妾织，暇则诗酒可遣，千户侯何足贵[10]！"生曰："卿身价略可几多？"曰："依媪贪志，何能盈也？多不过二百金足矣。可恨妾齿稚，不

细侯

知重赀财，得辄归母，所私者区区无多。君能办百金，过此即非所虑。"生曰："小生之落寞，卿所知也，百金何能自致。有同盟友，令于湖南，屡相见招，仆以道

远，故惮于行。今为卿故，当往谋之。计三四月，可以归复，幸耐相候。”细侯诺之。

生即弃馆南游，至则令已免官，以罣误居民舍，宦囊空虚，不能为礼。生落魄难返，就邑中授徒焉。三年，莫能归。偶笞弟子，弟子自溺死。东翁痛子而讼其师[11]，因被逮囹圄。幸有他门人，怜师无过，时致馈遗，以是得无苦。

细侯自别生，杜门不交一客。母诘知故，不可夺，亦姑听之。有富贾慕细侯名，托媒于媪，务在必得，不靳直。细侯不可。贾以负贩诣湖南，敬侦生耗[12]。时狱已将解，贾以金赂当事吏，使久锢之。归告媪云：“生已瘐死[13]：”细侯疑其信不确。媪曰：“无论满生已死，纵或不死，与其从穷措大以椎布终也[14]，何如衣锦而厌粱肉乎[15]？”细侯曰：“满生虽贫，其骨清也[16]；守龌龊商，诚非所愿。且道路之言，何足凭信！”贾又转嘱他商，假作满生绝命书寄细侯，以绝其望。细侯得书，惟朝夕哀哭。媪曰：“我自幼于汝，抚育良劬。汝成人二三年，所得报者，日亦无多。既不愿隶籍[17]，即又不嫁，何以谋生活？”细侯不得已，遂嫁贾。贾衣服簪珥[18]，供给丰侈。年馀，生一子。

无何，生得门人力，昭雪而出，始知贾之锢己也。然念素无谷口，反复不得其由。门人义助资斧以归。既闻细侯已嫁，心甚激楚，因以所苦，托市媪卖浆者达细侯。细侯大悲，方悟前此多端，悉贾之诡谋。乘贾他出，杀抱中儿，携所有亡归满；凡贾家服饰，一无所取。贾归，怒质于官。官原其情，置不问。

呜呼！寿亭侯之归汉[19]，亦复何殊？顾杀子而行，亦天下之忍人也[20]！

【注释】

①昌化：旧县名，明清时属浙江省杭州府。

②余杭：县名，在浙江省富阳县北，清属杭州府。

③廛市：街市。

④雏姬：少女。雏，幼小。姬，古时对妇女的美称。

⑤要妙：美好的样子。

⑥如干：若干。

⑦膏腻铜盘夜未央：意谓灯光明亮，夜已很深。膏，灯油。铜盘，指灯盘或烛盘。央，尽。

⑧“新鬟”二句：意谓明天你重新梳妆，另会他人，也就把我忘掉了。鬟，女子发髻。凤，指凤头钗。襄王，指楚襄王。

⑨桑：此据青柯亭刻本，原作“黍”。

⑩千户侯：食邑千户的侯爵，喻高官厚禄。

⑪东翁：旧时被雇佣的仆人、塾师、幕友等，称雇主为“东家”或“东翁”。

⑫敬侦：暗地打听。敬，警、警戒。

⑬瘐死：囚犯在狱中因拷打、饥饿、疾病而死。

⑭穷措大：犹言“穷酸”，旧时对贫穷读书人的蔑称。椎布：椎髻布裙；指贫家妇女。椎髻，发髻梳头顶，有如棒槌，为贫妇的发式。

⑮衣锦：穿锦绣衣服。厌粱肉：吃上等饭菜。厌，同“餍”，饱食。粱，精米、细粮。肉，肉食。

⑯其骨清：意谓其人品清高。骨，风骨，品格。

⑰隶籍：隶属于乐籍，即做妓女。

⑱珥：古代妇女的珠玉耳饰。

⑲寿亭侯之归汉：汉末，关羽与刘备失散，曾一度归降曹操，被封为汉寿亭侯。后来，关羽探知刘备下落，遂弃曹归汉，投奔刘备。

⑳忍人：忍心的人。

【译文】

昌化有个姓满的书生，在余杭设账教书。他偶然走在市里的街道上，从临街的一座阁楼下路过，忽然从楼上掉下荔枝壳儿，正好落在肩头上。他仰脸一看，是个少女靠在阁楼上，长得姿容妖艳，十分漂亮。他情不自禁地注目凝视，看得发狂。少妇低头看他一眼，微笑着进了阁楼。经过询问，知道她是妓院贾氏的妓女，名叫细侯。细侯的身价很高，他顾念自己是个穷秀才，不可能达到愿望。回到书房以后，冥思苦想，一宿也没睡着觉。

第二天，到妓院投了名帖，会见了细侯，说说笑笑的，谈得很愉快，就越发被她迷住了。他找个借口向同人借贷，凑了若干钱，带着就去会细侯。两个人的感情很亲切。他就在枕头上随口吟了一首七言绝句，赠给细侯，说："膏腻铜盘夜未央，床头小语麝兰香。新鬟明日重妆凤，无复行云梦楚王。"

细侯皱着眉头说："我虽然是个遭受污辱的贱人，也常想得到一个没有二心的丈夫，终身服侍他。你既然没有妻子，看我能不能给你主持家务呢？"满生很高兴，就千叮咛万嘱咐，坚定不移地订下了婚约。细侯也高兴地说："吟诗作词的事情，我自己认为不难，常在无人的地方，想要仿效别人的格律作一首，就怕做得不好，被听到看到的人讥笑。如果能够嫁给你，希望你能教给我。"因而问满生家里有多少田产，满生回答说："半顷薄田，几间破房子罢了。"细侯说："我嫁你以后，应该永远守在一起，不要再去设账教书了。四十亩地大略足以自给自足；可以种上十亩黍子，织五匹丝绢，缴纳太平税还是有余的。我们关上大门，形影相对，你读书，我纺织，闲暇的时间，可以饮酒作诗，消遣世虑，千户侯有什么值得贵重的！"

满生问他："你的身价大约需要多少钱？"细侯说："依着鸨母的贪心，谁能填满呢？最多不过二百金足够了。可恨我年岁太小，不知重视钱财，得钱就交给鸨母，自己私下积攒的区区无几。你能办到一百金，剩下的就不用担忧了。"满生说："小生贫困潦倒，你是知道的，自己怎能拿到百金呢。我有一个拜把子的朋友，在湖南作县官，一次又一次地招呼我去一趟。我因为路途遥远，害怕旅途上辛苦，没有去。现在为了你的缘故，应该去一趟，向他谋取一笔钱。估计三四个月，可以返回来，希望你耐心等着我。"细侯答应了他。

满生当即弃了学馆去南方。可是等他到达湖南的时候，那个县官已经免除职务，被一些事情牵连着，住在民房里听候处理，腰里空空的，没有能力帮助他。他

穷困潦倒，难以返回余杭，就在那个县里设账教几个学生。教了三年，也没有办法回来。偶然打了一个学生，那个学生自己跳进水里淹死了。东家老头儿痛子心切，就告了老师，他因而被逮捕起来，押进了监狱。幸亏有别的学生，可怜老师没有过错，时常给他赠送东西，因而没有吃到什么苦头。

细侯自从满生离别以后，就关上房门，不结交一个客人。鸨母问清了原因以后，知道不能强夺她的意志，也只好暂且听之任之。有个很有钱的商人，仰慕细侯的名声，托媒向鸨母说情，务必要得到细侯，花多少钱也不吝惜。细侯没有答应他的要求。商人故意到湖南去做买卖，仔细探听满生的消息。当时满生已经快要出狱了，商人贿赂当事的官吏，把他长期押在监狱里，然后回去告诉鸨母说："满生已经在狱里病死了。"细侯怀疑他的信息不准确。鸨母说："不要说满生已经死了，即使没死，与其嫁给一个穷酸，梳一辈子棒槌似的发髻，穿一辈子粗布衣裳，哪赶上穿一辈子绫罗绸缎，吃香喝辣！"细侯说："满生虽然贫穷，他的骨头却是冰清玉洁般的干净；守着一个肮脏的商人，我实在不愿意。而且道听途说的，哪值得凭信呢！"

那个商人又转嘱别的商人，假造一封满生的绝命书，寄给了细侯，想以此来断绝她的希望。细侯接到书信以后，只是天天痛哭。鸨母说："你从小在我身边，我很辛苦地抚养你。你成人以后的二三年，我所得到的报答，每天也没有多少。既不愿意作妓女，又不马上出嫁，拿什么谋生呢？"细侯迫不得已，就嫁给了商人。商人供给她的服装和簪环耳饰很丰富。过了一年多，生了一个儿子。

不久，满生得到学生的极力帮助，冤枉得到昭雪，从狱里放了出来，才知道商人把自己押了很长时间；但想自己和商人从来没有什么嫌怨，想来想去也找不出什么原因。学生很义气地帮他一些盘费，他才往回走。回到余杭以后，听说细侯已经出嫁了，心里很激动，也很痛苦，就把自己遭受的苦难，拜托市上一个卖豆浆的老太太，转达给细侯。细侯很悲痛，这才明白以前的很多差头，都是商人搞的阴谋诡计，便乘着商人外出的机会，杀死怀抱中的儿子，带上个人所有的财产，从商人家里逃了出来，嫁给了满生，凡是商人家里的服裳首饰，一样也没拿走。商人回来以后，愤怒地向官府告状。县官查清了她的情况，就搁置起来，不闻不问。

唉！这和关羽的弃曹归汉，又有什么不同呢？但是杀了儿子才逃走，也是天下的忍心人！

狼 三 则

【原文】

有屠人货肉归，日已暮。欻一狼来[①]，瞰担中肉，似甚涎垂[②]，步亦步[③]，尾行数里。屠惧，示之以刃，则稍却；既走，又从之。屠无计，默念狼所欲者肉，不如姑悬诸树而蚤取之[④]。遂钩肉，翘足挂树间，示以空空。狼乃止。屠即径归。昧爽往取肉[⑤]，遥望树上悬巨物，似人缢死状，大骇。逡巡近之，则死狼也。仰首审视，见口中含肉，肉钩刺狼腭，如鱼吞饵。时狼革价昂，直十馀金，屠小裕焉。缘木求鱼，狼则罹之[⑥]，亦可笑已！

一屠晚归，担中肉尽，止有剩骨[⑦]。途中两狼，缀行甚远[⑧]。屠惧，投以骨。一狼得骨止，一狼仍从；复投之，后狼止而前狼又至；骨已尽，而两狼之并驱如故。屠大窘，恐前后受其敌[⑨]。顾野有麦场，场主积薪其中，苫蔽成丘[⑩]。屠乃奔倚其下，弛担持刀[⑪]。狼不敢前，眈眈相向[⑫]。少时，一狼径去；其一犬坐于前[⑬]，久之，目似瞑，意暇甚[⑭]。屠暴起[⑮]，以刀劈狼首，又数刀毙之。方欲行，转视积薪后，一狼洞其中[⑯]，意将隧入以攻其后也[⑰]。身已半入，露尻尾[⑱]。屠自后断其股，亦毙之。乃悟前狼假寐，盖以诱敌。狼亦黠矣[⑲]！而顷刻两毙，禽兽之变诈几何哉[⑳]，止增笑耳[㉑]！

一屠暮行，为狼所逼。道傍有夜耕者所遗行室[㉒]，奔入伏焉。狼自苫中探爪入。屠急捉之，令不可去。顾无计可以死之。惟有小刀不盈寸，遂割破爪下皮，以吹豕之法吹之。极力吹移时，觉狼不甚动，方缚以带。出视，则狼胀如牛，股直不能屈，口张不得合。遂负之以归。非屠，乌能作此谋也㉓！三事皆出于屠；则屠人之残，杀狼亦可用也。

狼

【注释】

①欻：忽然。

②涎垂：即垂涎。

③步亦步：屠行狼亦行，谓狼尾随屠后，紧追不舍。

④蚤：通“早”。

⑤昧爽：犹黎明。天将亮未亮时。

⑥“缘木”二句：谓屠人悬肉树上只为避害而非为捉狼，而狼却贪食肉而被钩死。缘木求鱼，爬到树上捉鱼，喻行为与其目的相反，一定落空。罹，遭遇。

⑦止：只。

⑧缀行：尾随而行。

⑨敌：攻击。

⑩苫蔽成丘：谓柴草苫盖成堆，如同小丘。苫，本指用稻草、谷秸编制的覆盖物，俗称草苫子，此处意为苫盖。

⑪弛担：放下肉担。

⑫眈眈相向：相对瞪目而视。

⑬犬坐：像狗似的蹲坐。

⑭意暇甚：意态十分悠闲。

⑮暴起：突然跃起。

⑯洞：打洞。

⑰隧入：打洞进去。

⑱尻尾：臀部和尾巴。

⑲黠：狡猾。

⑳“禽兽”句：禽兽的欺诈手段能有多少呢。

㉑增笑：增加笑料。

㉒行室：农田中供暂时歇息的简易房子，多用草苫或谷秸搭成，北方俗称“窝棚”。

㉓乌：同“何”。

【译文】

有一个屠夫，卖肉回来的时候，天色已经昏黑了。忽然来了一只狼，眼睁睁地看着担子里的肉，似乎垂涎三尺了；屠夫往前走，它也往前走，在后面跟了好几里地。屠夫害怕了，举起屠刀给它看看，它就稍微往后退几步；屠夫往前一迈步，它又紧跟着。屠夫无计可施，心里默默一想，狼所追求的是肉，不如暂时把肉挂在树上，明天早晨再来取回去。于是就用钩子钩上肉，翘起脚跟挂在树上，然后把空担子给狼看看。狼才停了下来，不再跟随。屠夫拔脚就往回跑。第二天早晨，天麻麻亮的时候去取肉，老远望见树上挂着一个庞然大物，好像一个人吊死的形状。屠夫大吃一惊；胆战心惊地来到跟前一看，原来是吊着一只死狼。仰起脸来仔细一看，只见嘴里含着肉，挂肉的钩子刺破了前腭，好像鱼儿吞了鱼钩。当时狼皮很值钱，价值十几金，屠夫发了一个小财。爬到树上摸鱼，是可笑的；狼到树上吃肉，却遭到大难，也是可笑的！

有一个屠夫，晚上回家的时候，担子里的肉已经卖光了，只剩了骨头。路上遇见两只狼，紧紧地跟在后边，跟了很远。屠夫害怕了，就扔过去一块骨头。一只狼得了骨头就停下啃骨头，一只狼仍然跟着他；他又扔过去一块骨头，后面的狼停下啃骨头，前面的狼却又追来了；他的骨头已经全部扔完，两只狼却和刚才一样，膀靠膀地紧追着。屠夫急得要死，害怕前后受敌。看看四周，野地里有个打麦场，麦场的主人把麦秸堆在场院里，堆成个小山丘，上面苫着防雨的草帘。屠夫就跑过去，倚在垛下，放下担子，手里握着屠刀。两只狼不敢到他跟前，都虎视眈眈地瞅着他。过了不一会儿，一只狼竟然走了；另一只像狗一样，卷着尾巴坐在面前，时间久了，眼睛似闭不闭的，神态很悠闲。屠夫突然跳起来，挥起屠刀劈狼头，又砍了好几刀，把狼劈死了。刚要往回走，绕到麦秸垛后面去看看，一只狼正在往里掏洞子，想要钻进洞子里，从身后攻击他。身子已经钻进去多半截了，只露着屁股和尾巴。屠夫从后面砍断它的后腿，也杀死了。他这才明白，前面那只狼假装睡觉，是用来诱惑他的。狼也是狡猾的！但是顷刻之间，两只狼都被杀死了，说明禽兽的狡诈没有几个招数，只能增添一点笑料罢了。

有一个屠夫，晚间走在路上，被狼紧紧地追赶着。路旁有个农民留下的地窝棚，他就跑进去藏在里面。恶狼从苫房的草帘中伸进一只爪子。屠夫急忙抓住它，不让它抽出去。但是没有办法可以杀死它。只有一把不到一寸长的小刀子，就用它割破爪子下面的狼皮，用吹猪的方法往里吹气。极力吹了一会儿，觉得狼不怎么动弹了，才用带子扎上了吹气口。出去一看，只见那只狼浑身膨胀，活像一头牛，四条腿直挺挺地不能回弯儿，张着大嘴无法闭上。就把它背回去了。不是屠夫，谁有这个办法呢？三个故事都出在屠夫身上；可见屠夫的残忍，杀狼还是可用的。

美人首

【原文】

诸商寓居京舍。舍与邻屋相连，中隔板壁；板有松节脱处，穴如盏。忽女子探首入，挽凤髻，绝美；旋伸一臂，洁白如玉。众骇其妖，欲捉之[①]，已缩去。少顷，又至，但隔壁不见其身。奔之[②]，则又去之。一商操刀伏壁下。俄首出，暴决之，应手而落，血溅尘土。众惊告主人。主人惧，以其首首焉[③]。逮诸商鞫之，殊荒唐。淹系半年[④]，迄无情词[⑤]，亦未有以人命讼者，乃释商，瘗女首[⑥]。

【注释】

①欲捉之：原“欲捉”二字下“兵”与“之”并列，盖改“兵”字为“之”而未曾将“兵”字圈去。

②奔之：直扑向她。奔，直往。

③以其首首焉：带着美人头向官衙出首。

④淹系：久拘狱中。系，拴系。此谓系于狱中。

⑤情词：符合犯罪事实的供词。情，情实。

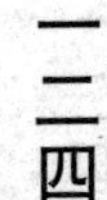

⑥瘗：埋葬。

【译文】

许多商人住在京城的一家旅馆里。旅馆和邻居的房子连在一起，中间只隔一道板墙；墙板松节脱落的地方，有碗口大的一个窟窿。忽然有个女子从窟窿里把头伸过来，头上绾着凤髻，容貌很漂亮；随后伸过来一只胳膊，像玉石一样洁白。大家很惊讶，认为她是一个妖怪，就想捉住她，她已经缩回去了。过了一会儿，又把脑袋伸过来，但是隔着一道板墙，看不见她的身子。大家奔过去。她又缩回去了。有一个商人，拿着钢刀趴在墙壁底下。过了不一会儿，美人的脑袋又从窟窿里伸过来，他突然跳起来砍了一刀，人头随手而落，鲜血溅了满地。大家很惊慌地去报告主人。主人害怕了，拿着美人的脑袋，到官府去自首。官府抓起那些商人，加以审讯，供词都很荒唐。投进狱里关了半年，始终问不出杀人的情由，也没有人告人命官司，就释放了商人，把美人脑袋埋葬了。

刘 亮 采

【原文】

闻济南怀利仁言：刘公亮采[①]，狐之后身也。初，太翁居南山[②]，有叟造其庐，自言胡姓。问所居，曰：“只在此山中。闲处人少，惟我两人，可与数晨夕[③]，故来相拜识。”因与接谈，词旨便利[④]，悦之。治酒相欢，醺而去。越日复来，愈益款厚。刘云：“自蒙下交，分即最深[⑤]。但不识家何里，焉所问兴居[⑥]？”胡曰：“不敢讳，实山中之老狐也。与若有夙因，故敢内交门下[⑦]。固不能为君福，亦不敢为君祸[8]，幸相信勿骇。”刘亦不疑，更相契重[9]。即叙年齿，胡作兄，往来如昆季。有小休咎，亦以告。时刘乏嗣，叟忽云：“公勿忧，我当为君后。”刘讶其言怪。胡曰：“仆算数已尽[10]，投生有期矣。与其他适，何如生故人家？”刘曰：“仙寿万年，

刘亮采

何遂及此？”叟摇首云：“非汝所知。”遂去。夜果梦叟来，曰：“我今至矣。”既醒，夫人生男，是为刘公。公既长，身短，言词敏谐，绝类胡。少有才名，壬辰成进士[11]。为人任侠，急人之急，以故秦、楚、燕、赵之客，趾错于门[12]；货酒卖饼者，门前成市焉。

【注释】

①刘公亮采：刘亮采，字公严，历城（今济南市）人。明万历壬辰进士。官至户部主事。辞官后，隐居灵岩。工诗，善书画，通音律，著名当时。据说他个子矮小，性情诙谐，嬉笑怒骂皆成文章。

②太翁：此谓刘亮采之父。

③数晨夕：谓朝夕相处在一起。

④词旨便利：谓言词意趣敏捷适宜。

⑤分：情分。

⑥问兴居：请安问好。兴居，犹起居。

⑦内交：纳交，犹结交。内，同“纳”。

⑧固不能为君福，亦不敢为君祸：此据铸雪斋抄本，“君”原作“翁”。

⑨契重：投合珍重。

⑩数已尽：意即到了死期。数，命数。

⑪壬辰：指明神宗万历二十年（1592）。

⑫趾错于门：谓纷纷投其门下。趾错，足趾交错，形容来人之多。

【译文】

听济南的怀利仁说过：“刘亮采，是狐狸转生的。当年，刘亮采的父亲住在南山，有个老头儿登门拜访，自己说是姓胡。问他住在什么地方，他说：“就在这个山沟里。这里人烟稀少，只有我们两个人，可以互相处几天，因而前来拜访，互相认识认识。”所以就谈起来。他言词流畅，话语很有意义，刘翁听得很高兴。置办酒菜，很愉快地喝起来，醉醺醺地走了。隔了一天，他又来拜访，刘翁想要更为深厚的款待他。就说：“蒙受你和下人交朋友，我们的缘分是深厚的。却不知你家住哪里，怎能前去问候呢？”老头儿说：‘我不敢向你隐瞒，我是山里的一只老狐狸，和你前世有缘，所以敢于进门和你交朋友。固然不能给你造福，但也不敢给你带来灾难，希望你能相信我，不要担惊受怕。”刘翁不但没有疑惧，反而更加器重他。两个人排年岁，姓胡的老头儿年纪大，当了哥哥，时来时往，像兄弟一样。稍有一点儿吉凶的预兆，老头儿也告诉给刘翁。当时刘翁没有儿子，老头儿忽然说：“你不要忧担，我应该给你做后代。”这句奇怪的言论，刘翁很惊讶。老头儿说：“算来算去，我的寿命已经到头，投生有日了。与其托生到别的地方，怎如托生到老朋友的家里呢？”刘翁说：“神仙寿命有万年，你怎能就此结束呢？”老头儿摇摇头说：“这不是你能知道的。”说完就走了。刘翁夜里做了一梦，果然梦见老头儿来到他家，说：“我现在到了。”醒来以后，夫人生了一个男孩子，就是刘亮采。刘亮采长大以后，身材很矮，言词敏捷而又诙谐，很像当年那个胡老头儿。他小时候就有才子的名声，明朝万历二十年考中进士。为人性格豪迈，喜好行侠行义，能够急人之所急，所以陕西、湖北、河北、山西的客人，纷至沓来，数不清的脚步在他门上出出进进；卖酒卖饼的小贩子，在他门前排成了闹市。

蕙　芳

【原文】

马二混，青州东门内，以货面为业。家贫，无妇，与母共作苦。一日，媪独居，忽有美人来，年可十六七，椎布甚朴，而光华照人。媪惊顾穷诘，女笑曰：“我以贤郎诚笃，愿委身母家[①]。”媪益惊曰：“娘子天人，有此一言，则折我母子数年寿[②]！”女固请之。意必为侯门亡人[③]，拒益力。女乃去。越三日，复来，留连不去。问其姓氏。曰：“母肯纳我，我乃言；不然，固无庸问。”媪曰：“贫贱佣保骨，得妇如此，不称亦不祥。”女笑坐床头，恋恋殊殷。媪辞之，言：“娘子宜速去，勿相祸。”女乃出门，媪窥之西去。

又数日，西巷中吕媪来，谓母曰[④]：“邻女董蕙芳，孤而无依，自愿为贤郎妇，胡弗纳?”母以所疑虑具白之。吕曰：“乌有此耶？如有乖谬，咎在老身。”母大喜，诺之。吕既去，媪扫室布席，将待子归往娶之。日将暮，女飘然自至。入室参母，起拜尽礼。告媪曰：“妾有两婢，未得母命，不敢进也。”媪曰：“我母子守穷庐，不解役婢仆。日得蝇头利，仅足自给。今增新妇一人，娇嫩坐食，尚恐不充饱；益之二婢，岂吸风所能活耶?”女笑曰：“婢来，亦不费母度支[⑤]，皆能自得食。”问：“婢何在?”女乃呼：“秋月、秋松!”声未及已，忽如飞鸟堕，二婢已立于前。即令伏地叩母。既而马归，母迎告之。马喜。入室，见翠栋雕梁，侔于宫殿；中之几屏帘幕，光耀夺视。惊极，不敢入。女下床迎笑，睹之若仙。益骇，却退。女挽之，坐与温语。马喜出非分，形神若不相属[⑥]。即起，欲出行沽。女曰：“勿须。”因命二婢治具。秋月出一革袋，执向扉后，格格撼摆之。已而以手探入，壶盛酒，柈盛炙，触类熏腾。饮已而寝，则花罽锦裀[⑦]，温腻非常。天明出门，则茅庐依旧。母子共奇之。媪诣吕所，将迹所由[⑧]。入门，先谢其媒合之德。吕讶云：“久不拜访，何邻女之曾托乎?”媪益疑，具言端委。吕大骇，即同媪来视新妇。女笑逆之，极道作合之义。吕见其惠丽，愕眙良久[⑨]，即亦不辨，唯唯而已。女赠白木搔具一事[⑩]，曰：“无以报德，姑奉此为姥姥爬背耳。”吕受以归，审视则化为白金。马自得妇，顿更旧业，门户一新。笥中貂锦无数[⑪]，任马取着；而出室门，则为布素[⑫]，但轻暖耳。女所自衣亦然。

积四五年，忽曰：“我谪降人间十馀载，因与子有缘，遂暂留止。今别矣。”马苦留之。女曰：“请别择良偶，以承庐墓[⑬]。我岁月当一至焉。”忽不见。马乃娶秦氏。后三年，七夕，夫妻方共语，女忽入，笑曰：“新偶良欢，不念故人耶?”马惊起，怆然曳坐，便道衷曲。女曰：“我适送织女渡河，乘间一相望耳。”两相依依，语无休止。忽空际有人呼“蕙芳”，女急起作别。马问其谁，曰：“余适同双成姊来[⑭]，彼不耐久伺矣。”马送之。女曰：“子寿八旬，至期，我来收尔骨。”言已，遂逝。今马六十馀矣。其人但朴讷[15]，并无他长。

异史氏曰："马生其名混，其业亵，蕙芳奚取哉？于此见仙人之贵朴讷诚笃也。余尝谓友人：若我与尔，鬼狐且弃之矣；所差不愧于仙人者，惟'混'耳。"

【注释】

①委身：托身，以身许人。此指许嫁。

②折寿：减损寿数。旧时迷信谓过度享用或无故受益，会缩减寿命，称"折寿"。

③侯门亡人：公侯府中逃亡的人。

④母：据铸雪斋抄本。原作"马"。下文二"母"字均据铸本改。

⑤度支：计划开支；指支付费用。度，计算。

⑥形神若不相属：躯体和精神好像不相依附；形容欢喜得出神。属，附着。

⑦罽：毛毯。裀：垫褥。

⑧迹所由：察访来历。

⑨愕眙：惊愕呆视。眙，惊视、直视。

⑩搔具：爬背挠痒的器具。

⑪貂锦：貂裘锦衣。

⑫布素：布衣。素，言其无彩。

⑬承庐墓：指继承宗祧。古礼，遇君父、尊长之丧，在其墓旁搭草庐守墓，称"庐墓"或"依庐"。

⑭双成：指董双成，神话传说中西王母的侍女。

⑮朴讷：诚朴而拙于言辞。讷，据铸雪斋抄本，原作"诺"。下文"讷"同此。

【译文】

马二混，家住青州城的东门里，以卖面为业。他家境贫穷，没有老婆，每天和母亲一道辛辛苦苦地劳动。一天，老太太一个人坐在家里，忽然来了一个美人，年约十六七岁，头上梳着棒槌似的发髻，穿一身粗布衣裳，很朴素，但却光彩照人。老太太很惊讶地看着她，抠根追底，问她来此做什么。女郎笑着说："我听说你的儿子贤良而又忠厚，所以愿意托身到母亲家里，给你做媳妇。"老太太更加惊异地说："娘子是天上的仙女，说出这样一句话，就折了我们母子的寿数了！"女郎固执地请求母亲收留她。老太太一想，这样一个如花似玉的少女，一定是从侯门里逃出来的，更是极力拒绝。女郎就走了。

过了三天，女郎又来了，留留恋恋的不愿意离开。问她姓甚名谁，她说："母亲肯于收容我，我才能告诉你；不然的话，你就不用问了。"老太太说："我们这样一个贫贱人家，一身奴才骨头，得你这样的美人做媳妇，身份不相称，也不吉利。"女郎笑盈盈地坐在床头上，恋恋不舍，神态恨诚恳。老太太谢绝说："娘子应该赶快离开我家，不要给我招灾惹祸。"女郎这才被迫出了房门，老太太瞄着她的后影，看她往西走了。

又过了几天，西巷里有个姓吕的老太太来了，对马二混的母亲说："我邻居家的女儿董蕙芳，孤单单的一个人，无依无靠，自愿给你贤郎做媳妇，你为什么不肯收容呢？"母亲把心里的疑虑全都告诉了吕老太太。吕老太太说："哪有这种事呢？她就是我的邻居，若有一点差错，拿我问罪。"母亲很高兴，就点头答应了。吕老太太走了，她就打扫屋子，往床上铺席子，要等儿子回来前去迎亲。快到黄昏的时候，蕙芳忽然飘飘然地自己来了。进屋就参拜婆母，凡是媳妇拜婆婆的礼节，她都拜到了。然后告诉婆婆说："我还有两个使女，没有得到婆母的命令，不敢招呼她们进来。"老太太说："我们母子二人，守着破房子过日子，从来不会使唤仆妇丫鬟。每天只赚一点蝇头小利，仅够两口人的吃喝。现在增添一位新娘子，看你柔嫩脆弱的样子，也只能坐着吃饭，那一点蝇头小利恐怕填不饱肚子；再加上两个使女，难道喝西北风能够活命吗？”蕙芳笑着说：“两个使女来了以后，也不破费母亲的用度，都能自己拿到吃的。”老太太问她：“你的使女在什么地方？”蕙芳就招呼：“秋月、秋松！”喊声还没有结束，忽然好像从天上掉下两只飞鸟，两个使女已经站在面前了。蕙芳就让她们跪下给母亲叩头。

过了一会儿，马二混回来了，母亲迎上去向他报喜。马二混一听就高兴了。他进了屋里，看见雕梁画栋，等于一座宫殿；屋里的桌子、屏风、帘子、帐幕，光彩夺目。他惊讶极了，不敢往里迈步。蕙芳下了床，笑盈盈地迎上来，他一看，真像一位仙女。心里更加惊异，吓得直往后退。蕙芳挽住他有胳膊，让他坐下，很温柔地和他说话。马二混喜出望外，飘飘然，好像自己的神魂已经不属于自己了。马上站起来，就要出去买酒。蕙芳拉住他说：“不需要现买。”说完就叫两个使女准备酒菜。秋月取出一个皮口袋，拿到门后，握着口袋嘴不停地摇摆。摇摆完了，把手伸进去，掏出来的东西，壶里盛着酒，盘里装着肉菜，凡是眼睛接触到的东西，全都热气腾腾的。喝完了就睡觉，床上铺着织花的毛毯，锦缎的褥子，都很细腻，特别温暖。天亮一出门，仍然是从前的破草房，母亲和儿子都感到很奇怪。

母亲到了吕老太太家里，想要询问蕙芳的来历。进门以后，首先感谢她做媒的好心肠。吕老太太惊讶地说：“我很久也没前去拜访你，哪有邻女托媒的事情呢？”老太太更加疑惑，就把蕙芳从头说了一遍。吕老太太很惊讶，就和老太太前来看望新娘子。蕙芳笑盈盈地迎出来，开口就非常感谢她做媒的恩义。吕老太太看她聪明美丽，陡然一惊，愣怔怔地看了很长时间，也就不加辩白，只是唯唯诺诺地答应着。蕙芳送她一支白木制作的挠痒耙，说：“我没有别的东西报答你的恩情，暂且奉献一支挠痒耙，给姥姥挠背吧。”吕老太太接到手里就回去了。到家一看，白木变成了白银。

马二混自从得到这个媳妇以后，马上更换了卖面的老行业，门第焕然一新。箱子里装着数不清的锦衣貂裘，凭他的愿望，任意拿出来穿戴；但是走出闺房以后，就又变成粗布衣裳，但却又轻又暖。蕙芳自己穿的衣服，也是这个样子。

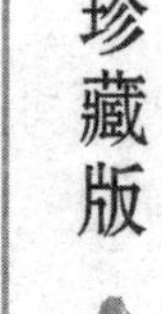

过了四五年，蕙芳忽然说："我被贬到人间，已经十几年了，因为和你有缘，就暂时住在你家。今天要分别了。"马二混苦苦地挽留她。蕙芳说："请你另外选择一个好的配偶，给你生儿养女，将来好在你坟前守孝。我过一段时间就回来一趟。"忽然无影无踪了。马二混遵照她的嘱咐，就娶了秦氏做妻子。三年以后，七月初七的晚上，夫妻正在一起讲牛郎织女的故事，蕙芳忽然进了屋子，笑着说："你和新娘子很快乐，不想故人吗?"马二混惊讶地站起来，很凄惨地拉她坐下，就向她陈述心里的苦衷。蕙芳说："我刚才是送织女过河会牛郎，趁机下来看看你。"两个人久别重逢，恋恋不舍，心里话说也说不完。忽听半空中有人招呼蕙芳，她就急忙起来告别。马二混询问喊她的是个什么人，蕙芳说："我刚才是和双成姐姐一起来的，她不耐烦长时间的等我。"马二混送她。她说："你的寿命八十岁，到了寿期，我来收拾你的尸骨。"说完就消逝了。现在马二混已经六十多岁了。他的为人，只是敦厚老实，没有别的长处。

异史氏说："马生的名字叫'混'"，卖面的行业也很龌龊，蕙芳图他什么呢?由此可以看到，仙女是敬重敦厚朴实的。我曾对一个朋友说过：像我和你这样的人，鬼怪狐狸都是嫌弃的。所差的，也无愧于仙女的，只有一个'混'字罢了。"

山　神

【原文】

益都李会斗[①]，偶山行，值数人籍地饮[②]。见李至，欢然并起，曳入坐，竞觞之[③]。视其柈馔[④]，杂陈珍错[⑤]。移时，饮甚欢；但酒味薄涩[⑥]。忽遥有一人来，面狭长，可二三尺许；冠之高细称是[⑦]。众惊曰："山神至矣！"即都纷纷四去。李亦伏匿坎窞中[⑧]。既而起视，则肴酒一无所有，惟有破陶器贮溲浡[⑨]，瓦片上盛蜥蜴数枚而已[10]。

山神

【注释】

①益都：县名，即今山东省青州市。

②籍地：坐在地上。籍，通“藉”。

③觞之：向他敬酒。

④柈馔：盘里的菜肴。柈，通“盘”。

⑤珍错：山珍海错，山海所产的珍馐美味。错，海错，犹海味。因海产种类繁多错杂，故称。

⑥薄涩：淡薄而苦涩。

⑦冠之高细称是：谓帽子的大小与其狭长的面孔相称。称是，与此相称。

⑧坎窞：深坑。

⑨溲浡：小便。

⑩蜥蜴：爬行动物。俗称“四脚蛇”，一般指壁虎、草蜥。

【译文】

山东益都人李会斗，一次赶山路，遇见几个人坐在地上饮酒。他们见李会斗来了，七嘴八舌站起来，拉李会斗一起坐，争着向他劝酒。李会斗一看盘里的菜，横七竖八都是山珍海味。喝了一会儿，大家酒兴正浓，但酒的味道实在很差。忽然远处走来一人，脸型狭长，上下有二三尺；戴的冠又高又细，和他的脸型差不多。众人惊恐地说：“山神来了！”说着，立即纷纷四散。李会斗也躲藏在地穴中。过后爬起来一看，菜和酒什么都没了，只有几只破陶器，里面盛着尿，瓦片上放着几条壁虎罢了。

萧　七

【原文】

徐继长，临淄人[①]，居城东之磨房庄。业儒未成，去而为吏。偶适姻家[②]，道出于氏殡宫[③]。薄暮醉归，过其处，见楼阁繁丽，一叟当户坐[④]。徐酒渴思饮，揖叟求浆。叟起，邀客入，升堂授饮。饮已，叟曰：“曛暮难行，姑留宿，早旦而发如何也？”徐亦疲殆，乐遵所请。叟命家具酒奉客，即谓徐曰：“老夫一言，勿嫌孟浪⑤：郎君清门令望⑥，可附婚姻。有幼女未字，欲充下陈⑦，幸垂援拾⑧。”徐踧

萧七

踖不知所对⑨。叟即遣伻告其亲族⑩，又传语令女郎妆束。顷之，峨冠博带者四五辈⑪，先后并至。女郎亦炫妆出⑫，姿容绝俗。于是交坐宴会。徐神魂眩乱，但欲速寝。酒数行，坚辞不任。乃使小鬟引夫妇入帏，馆同爰止⑬。徐问其族姓，女自言：“萧姓，行七。”又细审门阀⑭。女曰：“身虽贱陋，配吏胥当不辱寞⑮，何苦研穷⑯？”徐溺其色，款昵备至，不复他疑。女曰：“此处不可为家。审知汝家姊姊甚

平善，或不拗阻，归除一舍[17]，行将自至耳。”徐应之。既而加臂于身，奄忽就寐。

既觉，则抱中已空。天色大明，松阴翳晓，身下籍黍穰尺许厚[18]。骇叹而归，告妻。妻戏为除馆，设榻其中，阖门出[19]，曰：“新娘子今夜至矣。”因与共笑。日既暮，妻戏曳徐启门，曰：“新人得无已在室耶?”既入，则美人华妆坐榻上。见二人入，桥起逆之[20]。夫妻大愕。女掩口局局而笑[21]，参拜恭谨。妻乃治具，为之合欢。女早起操作，不待驱使，一日谓徐：“姊姨辈俱欲来吾家一望。”徐虑仓卒无以应客。女曰：“都知吾家不饶，将先赍馔具来，但烦吾家姊姊烹饪而已。”徐告妻，妻诺之。晨炊后，果有人荷酒胾来[22]，释担而去。妻为职庖人之役[23]。晡后[24]，六七女郎至，长者不过四十以来，围坐并饮，喧笑盈室。徐妻伏窗以窥，惟见夫及七姐相向坐，他客皆不可睹。北斗挂屋角，欢然始去。女送客未返。妻入视案上，杯柈俱空。笑曰：“诸婢想俱饿，遂如狗舐砧[25]。”少间，女还，殷殷相劳，夺器自涤，促嫡安眠。妻曰：“客临吾家，使自备饮馔，亦大笑话。明日合另邀致。”

逾数日，徐从妻言，使女复召客。客至，恣意饮啖；惟留四簋[26]，不加匕箸。群笑曰：“夫人谓吾辈恶，故留以待‘调人’[27]。”座间一女，年十八九，素舄缟裳，云是新寡，女呼为六姊；情态妖艳，善笑能口。与徐渐洽，辄以谐语相嘲。行觞政[28]，徐为录事[29]，禁笑谑。六姊频犯，连引十馀爵，酡然径醉[30]。芳体娇懒，荏弱难持。无何，亡去。徐烛而觅之，则酣寝暗帏中。近接其吻，亦不觉。以手探裤，私处坟起。心旌方摇[31]，席中纷唤徐郎；乃急理其衣，见袖中有绫巾，窃之而出。迨于夜央，众客离席，六姊未醒。七姐入摇之，始呵欠而起，系裙理发从众去。徐拳拳怀念[32]，不释于心，将于空处展玩遗巾，而觅之已渺。疑送客时遗落途间，执灯细照阶除，都复乌有，意顼顼不自得[33]。女问之，徐漫应之。女笑曰：“勿诳语，巾子人已将去，徒劳心目。”徐惊，以实告，且言怀思。女曰：“彼与君无宿分[34]，缘止此耳。”问其故，曰：“彼前身曲中女[35]；君为士人，见而悦之，为两亲所阻，志不得遂，感疾阽危[36]。使人语之曰：‘我已不起。但得若来，获一扪其肌肤，死无憾！’彼感此意，诺如所请。适以冗羁[37]，未遽往；过夕而至，则病者已殒：是前世与君有一扪之缘也。过此即非所望。”后设筵再招诸女，惟六姊不至。徐疑女妒，颇有怨怼。

女一日谓徐曰：“君以六姊之故，妄相见罪。彼实不肯至，于我何尤？今八年之好，行将别矣，请为君极力一谋，用解从前之惑。彼虽不来，宁禁我不往？登门就之，或人定胜天，不可知。”徐喜，从之。女握手，飘若履虚，顷刻至其家。黄甓广堂[38]，门户曲折，与初见时无少异。岳父母并出，曰：“拙女久蒙温煦。老身以残年衰慵，有疏省问，或当不怪耶？”即张筵作会。女便问诸姊妹。母云：“各归其家，惟六姊在耳。”即唤婢请六娘子来，久之不出。女入，曳之以至。俯首简默[39]，不似前此之谐。少时，叟媪辞去。女谓六姊曰：“姐姐高自重，使人怨我！”六姊微哂曰：“轻薄郎何宜相近！”女执两人残卮，强使易饮，曰：“吻已接矣，作态何为？”少时，七姐亡去，室中止馀二人。徐遽起相逼，六姊宛转撑拒。徐牵衣长跽而哀之，色渐和，相携入室。裁缓襦结，忽闻喊嘶动地，火光射闼。六姊大惊，推徐起曰：“祸事忽临，奈何！”徐忙迫不知所为，而女郎已窜避无迹矣。徐怅然少坐，屋宇并失。猎者十馀人，按鹰操刃而至，惊问：“何人夜伏于此？”徐托言迷途，因告姓字。一人曰：“适逐一狐，见之否？”答云：“不见。”细认其处，乃于氏殡宫也。怏怏而归。尤冀七姊复至，晨占雀喜，夕卜灯花[40]，而竟无消息矣。董玉玹谈。

【注释】

①临淄：县名。今为山东淄博市临淄区。

②姻家：有婚姻关系的亲戚，俗谓“亲家”。

③殡宫：古代称临时停柩之所。此处犹言墓地。

④当户坐：在门里向外而坐。

⑤孟浪：犹鲁莽。

⑥清门令望：门第清白，威仪令人仰望、式法。清门，指寒素高洁之家。令望，有威仪而为人景仰。

⑦充下陈：谦言备侍妾之列。充，备。下陈，后列侍女之称。

⑧援拾：收纳。

⑨踧踖：恭敬而不安的样子。

⑩伻：使者。

⑪峨冠博带：着高冠，束宽带。为古时儒者装束。

⑫炫装：犹华装、艳装。炫，光彩夺目。

⑬馆同爰止：谓居如凤凰双栖。馆，止宿。同，如。爰止，止宿于所止。此借凤凰栖止之意，喻夫妻新婚洞房之乐。

⑭门阀：门第阀阅。

⑮吏胥：即胥吏。旧官府中书办之类的小吏。辱寞：玷辱。寞，通“没”。

⑯研穷：犹穷究，追问到底。

⑰除：清除整理。

⑱籍：通“藉”，衬垫。

⑲阖：此据青柯亭本，原作“合”。

⑳桥起逆之：急起迎之。桥起，疾起，急起。逆，迎。

㉑局局而笑：犹言吃吃而笑。局局，笑貌。

㉒酒胾：酒肉。胾，大块肉。

㉓庖人：厨师。

㉔晡后：谓黄昏后。晡，晡夕，傍晚。

㉕砧：通“椹”。砧板。切肉的木板。

㉖四簋：即四碗。簋，古代食器，青铜或陶制，圆口，圈足，或圆口、方座，无耳，或有两耳。有的带盖。

㉗调人：此谓调味之人。徐妻“职庖人之役”，庖人调和众味，故称。

㉘觞政：即酒令。旧时饮宴中，为助酒兴，先推一人为令官，众皆听其号令，或吟诗对句，或做其他游戏，并规定输赢饮酒之数。

㉙录事：此指酒宴中监督座客执行酒令及饮酒之数的人。据载，唐时考中进士

者，即聚饮于曲江亭。宴会中请一人为录事，行纠察座客饮酒之数。

㉚酡然：酒后脸红的样子。

㉛心旌：心如悬旌，谓心神不定，摇曳如旌。旌，旗帜。

㉜拳拳：犹“惓惓”。耿耿于心，牢记不舍。

㉝项项：自失的样子。

㉞宿分：犹言“宿缘”，旧时迷信以为前生所定的缘分。也作“夙分”。

㉟曲中女：即行院妓女。曲，曲巷，指妓院。

㊱阽危：犹濒危，谓生命垂危。

㊲适以冗羁：恰为冗事所羁绊。冗，繁杂琐事。

㊳甓：砖。

㊴简默：少言沉默。简，少。

㊵“晨占”二句：谓早晚占卜，希望出现七姊复至的征兆。古人以清晨雀噪、晚间灯芯爆花为远出亲人归来的征兆。

【译文】

徐继长是山东临淄人，家住城东磨坊庄；应试没结果，弃学做吏。

一次走亲家，要经过于家停放棺材的地方。傍晚，他喝醉酒回家，路过那里，只见楼阁重叠壮丽，一个老翁当门坐着。徐继长酒喝多了口渴，想喝水，作了个揖，求老翁给碗水喝。老翁站起身，邀请客人入门，上厅堂拿水给他。徐继长喝完，老翁说：“天色已晚，道路难行，暂且留下过一夜，一清早再赶路，怎么样？”徐继长确实累了，很乐意接受老翁的建议。老翁命家人准备酒席招待客人，又对徐继长说：“老汉有句话，你不要嫌我冒昧：你门第清高名声好，是可以结为姻亲的。我有个小女儿还没出嫁，想把她嫁给你，希望你能答应。”徐继长局促不安，不知说什么好。老翁立即派人告诉亲戚朋友，又传话让女儿梳妆打扮。一会儿，四五个读书人模样的客人陆续到了。小姐也打扮得漂漂亮亮出来，姿容不同凡俗。于是，大家一起入席就座。徐继长神魂颠倒，只想赶快上床。酒过数巡，坚持说不能再喝了。于是，老翁就命丫鬟领新郎新娘入洞房，住处俨然同富家一样。徐继长问小姐姓什么，小姐说："姓萧，排行第七。"徐继长又仔细盘问她的门第出身。萧七姐说："我虽然出身卑贱，但配你这个小小的胥吏总不至于辱没你，何必苦苦盘问？"徐继长沉湎于她的美色，恩爱备至，不再疑神疑鬼了。七姐说："此处不可安家。我知道你家夫人待人平和善良，恐怕她不会作难，你回去腾出一间房间，我自己会来的。"徐继长一口答应。然后搂着她身子，很快睡着了。

早晨醒来，怀里的七姐不见了。天色已经大亮，晨光从松树枝叶间透进来，身下垫的小米秸芯有一尺来厚。徐继长惊叹而归，把昨晚的经历告诉了妻子。妻子开玩笑腾出一间屋子，在里面放上床，关上门出来，说："新娘子今晚要来了！"说完，两个人都笑了。

太阳下山了。妻子笑着拉徐继长去开门，说："莫非新娘子已经来了？"进去以后，只见一位美人浓妆艳抹，坐在床上。见两人进来，躬身相迎。夫妻俩怔住了。萧七姐以手掩口，吃吃地笑；恭恭敬敬向夫人行拜见礼。于是，徐妻就准备酒宴，让他们喝交杯酒。七姐一早就起床干活，不等徐妻使唤。

一天. 七姐对徐继长说："我的几位姐姐姨姨都想来我家看看。"徐继长担心仓促之间拿不出东西招待。七姐说："她们都知道咱家不富裕，会先把酒菜送来的，只是要麻烦我家姐姐掌勺。"徐继长告诉妻子，妻子答应了。吃过早饭. 果然有人挑着酒肉来；卸下担子就走了。徐妻忙着准备饭菜。傍晚，有六七个女子来了，年纪最大的不过四十以内。大家围坐一席饮酒，满室说笑声。徐妻伏在窗下偷看，只见丈夫同七姐对面坐着，其他客人都看不见。直到北斗星挂上屋檐，才闹闹嚷嚷地走了。七姐送客还没有回来。徐妻进去看桌上，杯盘都空了，笑着说："这几个丫头想来都饿了，就像狗舔肉砧一般。"过了一会儿，七姐回来了，殷切地向夫人道谢，抢过杯盘碗筷自己洗，催促夫人赶快睡觉。徐妻说："客人来我家做客，却让她们自备酒菜，也是大笑话。改日理应重新请她们。"

过了几天，徐继长听妻子的话，让七姐再去把客人请来。客人一到，纵情吃喝，只留四盘菜不下筷。徐继长问为什么不吃。客人们一起笑道：“尊夫人说我们吃相不好，所以留着给她吃。”座中有个姑娘，年纪十八九岁，白鞋白裙，说是刚死了丈夫，七姐叫她“六姐”。六姐情态妖冶动人，能说会笑。同徐继长渐渐地混熟了，就用俏皮话开他玩笑。酒席上定下规矩，由徐继长担任主管，禁止说笑话。六姐屡屡犯禁，一连罚饮十多杯；两颊绯红，已经醉了，身体娇软，摇摇晃晃坐不住；不一会儿，就逃离了酒席。徐继长点了蜡烛去找，只见六姐在暗处帐子里酣睡，走近去接吻，她也毫无知觉；又把手伸进她裤子，阴部隆起。正在心神摇荡，忽听酒席上纷纷叫唤，“徐郎”，就赶快理好六姐的衣裳，看见袖中有绫巾一条，偷拿了才出来。直到半夜，客人离席，六姐还没有醒。七姐进去摇她，这才打着呵欠起来，系好裙子，理了理鬓发，随大家走了。徐继长苦苦思念，心里丢不下，走到没人处想打开绫巾赏玩赏玩，却怎么也找不到；怀疑是送客时丢在路上了，拿着油灯细照台阶，都还是没有。心里若有所失，不大高兴。七姐问他，他随口敷衍。七姐笑着说：“别骗人了，绫巾人家已经带走，不必费心费力了。”徐继长一惊，就说了实话，并且说很想念六姐。七姐说：“她和你注定没有同床共寝的缘分，情分就到此为止了。”徐继长又问其中原因。七姐说：“她前世是妓女；你前世是读书人。你一见她就爱上了，但被父母阻拦，不能如愿，因此相思得病，危在旦夕。你派人传话给她说：‘我已一病不起。只要你来，让我抚摸一下肌肤，死也无憾了！’她被你的这片心意感动了，就答应了你的要求。正巧当时有事耽搁，没有立即去；过了一夜才到，你已经死了。所以，她前世和你有‘一摸之缘’，再进一步，就办不到了。”

后来，徐继长又设宴招待几位姑娘，唯有六姐不来。徐继长怀疑七姐妒忌，对她颇有不满之意。有一天，七姐对徐继长说：“你因为六姐的缘故，错怪罪我。她确实是自己不肯来，怪我什么呢？现在，你我恩爱相处已经八年，我快要走了，就让我尽我所能替你想个办法，以解除你心头的疑团。她虽然不来，难道能禁止我们去吗？登门去迁就她，或许人的努力能够挽回天意也未可知。”徐继长大喜，听她的。

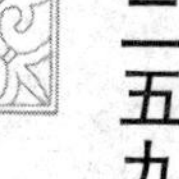

七姐握着他的手，在空中飘然而行，顷刻之间到了她家。黄瓦房顶，好大的厅堂，门户走道曲曲折折，同当初见到的一模一样。岳父母一起出来，说："小女久蒙你爱护。我们年纪大了，身体不好，对你们关心不够，你不会见怪吧?"随即摆开酒席招待。七姐问起几位姐姐，母亲回答说："都回她们自己家去了；只有六姑娘还在。"就叫婢女去请六姐来。好久不见她露面，七姐进去把她拉了来，还是低头默然，不像以前那样爱说爱笑。过了一会儿，两位老人告退。七姐对六姐说："姐姐清高自重，倒让别人埋怨我了!"六姐微微一笑，说："轻薄男子，怎么能同他接近?"七姐拿起两人喝剩的酒杯，强迫他们换来喝，说："嘴都亲过了，装模作样干什么?"过了一会儿，七姐走开了，屋里只剩下徐继长和六姐两人。徐继长突然起身，逼六姐就范。六姐宛转拒绝。徐继长拉着她的衣服跪在地上苦苦哀求。六姐脸色渐渐温和了。两人手拉着手进卧房，刚刚解开衣带，忽听喊叫声震天动地，火光照射在门上。六姐大惊失色，推开徐继长站起身来说："大祸临头了！怎么办?"徐继长手忙脚乱，不知干什么好，而六姐已经逃得无影无踪了。

徐继长懊丧地坐了一会儿，刚才的房屋全都不见了。十几个猎人擎鹰持刀走来，惊问道："是谁深更半夜躲在这里?"徐继长谎称是迷了路，并告诉他们自己的姓名。有一个猎人说："刚才追赶一只狐狸，你看见吗?"徐继长回答说："没看见。"仔细辨认四周，是于家寄放棺材的地方，快快地回家而去。

徐继长还希望萧七姐会再来；他早晨盼喜鹊叫，晚上盼灯花结，但终于音讯全无了。

这个故事是董玉玹讲的。

乱离二则

【原文】

学师刘芳辉，京都人。有妹许聘戴生，出阁有日矣[①]。值北兵入境[②]，父兄恐细弱为累[③]，谋妆送戴家。修饰未竟，乱兵纷入，父子分窜。女为牛录俘去[④]。从之数日，殊不少狎。夜则卧之别榻，饮食供奉甚殷。又掠一少年来，年与女相上下，仪采都雅[⑤]。牛录谓之曰："我无子，将以汝继统绪[⑥]，肯否?"少年唯唯。又指女谓曰："如肯，即以此为汝妇。"少年喜，愿从所命。牛录乃使同榻，浃洽甚乐。既而枕上各道姓氏，则少年即戴生也。

陕西某公，任盐秩[⑦]，家累不从。值姜瓖之变[⑧]，故里陷为盗薮[⑨]，音信隔绝。后乱平，遣人探问，则百里绝烟，无处可询消息。会以复命入都[⑩]，有老班役丧偶[⑪]，贫不能娶，公赉数金使买妇[⑫]。时大兵凯旋，俘获妇口无算，插标市上[⑬]，如卖牛马。遂携金就择之。自分金少，不敢问少艾[⑭]。中一媪甚整洁，遂赎以归。媪坐床上，细认曰："汝非某班役耶?"问所自知，曰："汝从我儿服役，胡不识!"役大骇，急告公。公视之，果母也。因而痛哭，倍偿之。班役以金多，不屑谋媪。见一妇年三十馀，风范超脱[⑮]，因赎之。既行，妇且走且顾，曰："汝非某班役耶?"又惊问之，曰："汝从我夫服役，如何不识!"班役益骇，导见公，公视之，真其夫人。又悲失声。一日而母妻重聚，喜不可已。乃以百金为班役娶美妇焉。意必公有大德，故鬼神为之感应。惜言者忘其姓字，秦中或有能道之者。

异史氏曰："炎昆之祸，玉石不分[⑯]，诚然哉。若公一门，是以聚而传者也。董思自之后[⑰]，仅有一孙，今亦不得奉其祭祀，亦朝士之责也。悲夫!"

【注释】

①出閤：方言，谓出嫁。阁，通“閤”。

②北兵：与下则“大兵”，均指清兵。此言明末事，因称清兵为“北兵”；下言清初事，故以“大兵”称之。

③细弱：妻子儿女，泛指家属。

④牛录：牛录章京。满语。后金武官名。清太祖时始编三百人为一牛录，官长称“牛录额真”。太宗天聪八年（1634）定为官名，改称额真为章京。

⑤仪采都雅：仪容风采，漂亮而娴雅。都，漂亮。

⑥继统绪：意为继承家世。一脉相承谓之“统”，前人开创而未竟之事谓之“绪”；统绪谓宗族的延续。

⑦盐秩：盐官。清代设盐政、都转运盐使司运使、盐法道、驿盐道等督理盐务。秩，职位。

⑧姜瓖：陕西榆林人，明河北宣化镇总兵。李自成义军至居庸关，姜瓖迎降。后李自成义军为清兵所逼撤离北京，姜瓖即入大同降清，任大同总兵。清顺治五年（1648）十一月，又据城叛清，自称大将军，易明冠服，为清兵所围困，第二年八月被部下杀死，城遂陷。但其他各处仍继续抗清，直到顺治十二年始平息。清兵在山、陕一带，前后七八年，烧杀掳掠，害民甚惨。“姜瓖之变”系指其据大同抗清事。

⑨盗薮：盗贼聚集之处。

⑩复命：回朝复命，即向朝廷述职。

⑪班役：服侍官员的差役。

⑫赉：赐给。金：此据山东博物馆本及铸雪斋抄本，原作“命”。

⑬标：标记。旧时掠卖人口，或因穷困自卖，均在被卖者头上插草为标。

⑭少艾：少女。

⑮风范：风度容仪。

⑯“炎昆”二句：炎，焚烧。昆，崐冈，山名，传说山上出玉石。《尚书·胤征》：“火炎崐冈，玉石俱焚。”此以“玉石俱焚”喻指清兵镇压抗清军民，祸及拥清的汉族地主官僚，如盐官亲属，亦遭掳掠。

⑰董思白：即明代著名书画家董其昌（1555—1636），字玄宰，号思白、香光居士，华亭（今上海市松江区）人。官南京礼部尚书，谥文敏。

【译文】

学师刘芳辉，京城人，有个妹妹许配给戴生为妻，出嫁的日期已经定了。正遇上清兵入境，父亲和兄长担心女孩子拖累，打算把女儿打扮好就送到戴家。梳妆还没完，清兵就涌进城来。刘芳辉和父亲逃散。刘女被清军一个统领三百人的下级军官掳去，跟着他好几天，一点也没有非礼之举。夜里给她另睡一床，吃的喝的都不错。军官又抓来一个少年，年纪与刘女差不多，仪表、神态很高雅。军官对他说：“我没有儿子，想让你为我传宗接代，你肯吗？”少年随口应承。又指着刘女对他说：“如果肯，我就把这个姑娘给你做老婆。”少年很高兴，愿意从命。军官就让他俩同床共寝。男欢女爱，非常快乐；事毕在枕上各报姓名，原来这位少年就是戴生。

陕西某公，任盐运使之职，家眷拖累没带在身边。遇上姜瓖作乱，家乡沦为匪巢，音信不通。后来叛乱平息，派人探问，则方圆百里之内荒无人烟，已无处可以打听消息。

正好这时某公回京城述职。有个老差役死了老婆，没钱续娶。某公送给他几两银子让他买个老婆。这时官军凯旋而归，俘获的妇女不计其数，就在市场上插着标价牌，像卖牛马一般。老差役就带了钱前去挑选。自忖钱不多，不敢问津年轻姑娘。其中有一位老大娘很整洁，就把她赎出来带回家。老大娘坐在床上，仔细辨认说：“你不是某差役吗？”差役问怎么会认识自己。老大娘说：“你在我儿子手下当

差，我怎么会不认识你呢？”差役大惊，赶紧告诉某公。某公一看，果然是母亲，就痛哭起来，加倍偿还了差役。

差役因为手里钱多，不想再买年老的了。看见有个妇人三十多岁，风度超脱，就把她赎出来。走在路上，妇人边走边端详，说：“你不是某差役吗？”差役又吃惊地问她怎么会知道。妇人说：“你在我丈夫手下当差，我怎么会不认识你呢？”差役更加惶恐，领她去见某公。某公一看，果真是自己的夫人，又伤心地哭出声来。一天之内同母亲、妻子重新团聚，高兴得不能自已。就拿出一百两银子替那个差役娶了个漂亮的老婆。

我想，一定是某公有非常了不起的德行，所以鬼神也被他感动。可惜讲这件事的人忘了某公的姓名，陕西一带或许还有人能说出来。

异史氏说：昆仑山火灾，玉石俱焚。事实确是如此。像某公一家，是因终于团聚，故事才得流传开来。董思白的后代，只有一个孙子，现在也不能够继承香火了，这也是朝中当官者的责任。可悲！

豢蛇

【原文】

泗水山中[1]，旧有禅院[2]，四无村落，人迹罕及，有道士栖止其中[3]。或言内多大蛇，故游人益远之。一少年入山罗鹰。入既深，无所归宿；遥见兰若[4]，趋投之。道士惊曰：“居士何来[5]？幸不为儿辈所见！”即命坐，具饘粥。食未已，一巨蛇入，粗十馀围，昂首向客，怒目电瞛[6]。客大惧。道士以掌击其额，呵曰：“去！”蛇乃俯首入东室。蜿蜒移时，其躯始尽；盘伏其中，一室尽满。客大惧，摇战。道士曰：“此平时所豢养。有我在，不妨；所患者，客自遇之耳。”客甫坐，又一蛇入，较前略小，约可五六围。见客遽止，睒眒吐舌如前状[7]。道士又叱之，亦入室去。室无卧处，半绕梁间，壁上土摇落有声。客益惧，终夜不寝。早起欲归，道士送之。出屋门，见墙上阶下，大如盎盏者，行卧不一。见生人，皆有吞噬状。客惧，依道士肘腋而行，使送出谷口，乃归。

豢蛇

余乡有客中州者[8]，寄居蛇佛寺。寺僧具晚餐，肉汤甚美，而段段皆圆，类鸡项。疑，问寺僧：“杀鸡几何遂得多项?”僧曰：“此蛇段耳。”客大惊，有出门而哇者[9]。既寝，觉胸上蠕蠕；摸之，则蛇也。顿起骇呼。僧起曰：“此常事，乌足骇怪[10]!”因以火照壁间，大小满墙，榻上下皆是也。次日，僧引入佛殿。佛座下有巨井，井中有蛇，粗如巨瓮，探首井边而不出。爇火下视，则蛇子蛇孙以数百万计，族居其中。僧云，“昔蛇出为害，佛坐其上以镇之，其患始平”云。

【注释】

①泗水：县名。今属山东省。

②禅院：佛教寺院。禅，梵文音译“禅那”的略称。

③道士：此指僧徒。

④兰若：梵语“阿兰若”音译，简称兰若。佛教僧徒静修处，因泛指一般佛寺。此指上文所云“禅院”。

⑤居士：佛教称居家信佛的人为居士，也作为对普遍人的敬称。

⑥怒目电瞛：愤怒的目光像闪电一样。电瞛，如电光闪烁。瞛，目光。

⑦睒眒：闪闪，闪烁。

⑧中州：指今河南一带。古时分中国全境为九州（见《尚书·禹贡》），而豫州（今河南一带）居中，因称。

⑨哇：呕吐。

⑩乌：何。

【译文】

山东泗水县山里，从前有一座寺院，四周没有村庄，人迹罕至，有道士住在里面。据说寺里多大蛇，所以游人更不敢去了。

有个少年进山捕鹰，走得很远，没有过夜的地方。远远看见寺院，赶紧去投宿。道士吃惊地说：“居士从哪里来？幸亏没被我的儿女们看见。”就请少年坐，送上粥。粥还没吃完，一条大蛇游了进来，有十余围粗，昂头对着路人，怒目射出闪电般的光芒。少年很害怕。道士用手掌拍拍蛇的额头，喝道：“去！”大蛇就低下头游进东边房里。蜿蜒好一会儿全身才进完，盘伏在里面，满满占了一屋子。少年害

怕极了，吓得浑身打抖。道士说：“这是我平日养的。有我在，没关系。担心的是客人独自遇上它。”少年刚坐下，又一条蛇进来，比刚才那条略小，大约有五六围粗，见到生人立即停住，目闪凶光，伸出舌头，同刚才那条一个模样。道士又大声斥责，这蛇也游进去了。房间里已没有可待的地方，一半就绕在梁上。墙壁上的尘土噼里啪啦地往下掉。少年更害怕了，一夜没睡着。清晨起来要回家，道士送他上路。走出屋门，只见墙壁上、台阶下，碗口粗的，杯口粗的，游动盘卧不一。一见陌生人，都露出要吞食的样子。少年害怕，贴着道士臂肘腋下而走，请他一直送出谷口，才让他回去。

我家乡有人到河南做客，曾在蛇佛寺寄宿。寺里的和尚准备了晚饭，肉汤味道很鲜美，而每一块肉都是圆圆的一段，像鸡颈。心里疑惑，就问和尚：“你们杀了多少只鸡，竟有这么多鸡颈？”和尚说：“这是蛇肉块。”客人们大吃一惊，有出去呕吐的。睡下以后，感到胸前有什么东西在蠕动；伸手一摸，原来是蛇，顿时跳起来惊叫。和尚起来说：“这是常有的事，有什么值得大惊小怪？”于是点灯照墙壁。只见大大小小的蛇爬满了墙，床上床下也全是蛇。第二天，和尚带他们进佛殿。在佛座下面有一口大井，井里的蛇有巨甕那么粗，把头伸出井边却不游出来。点上火把朝下一看，只见蛇子蛇孙数以百万计，合家住在里面。和尚说：“过去蛇出来祸害人，佛坐在上面镇住它们，祸患才消灭。”

雷　公

【原文】

亳州民王从简[①]，其母坐室中，值小雨冥晦，见雷公持锤[②]，振翼而入。大骇，急以器中便溺倾注之。雷公沾秽，若中刀斧，返身疾逃；极力展腾，不得去。颠倒

庭际，嗥声如牛。天上云渐低，渐与檐齐。云中萧萧如马鸣[3]，与雷公相应。少时，雨暴澍[4]，身上恶浊尽洗，乃作霹雳而去。

【注释】

①亳州：州名，治所在今安徽省亳县。

②雷公：古代神话中的司雷之神，也称“雷祖”“雷师”。

③云中萧萧如马鸣：指施雨之龙。古人喻称龙为“天神上帝之马”。

④澍：通“注”，浇灌。

【译文】

安徽亳州人王从简的母亲坐在屋里，天正下小雨，很暗，只见雷公手持大锤，振翅飞入。王母惊恐已极，急忙把便盆里的尿泼过去。雷公沾上了尿水，就像被刀斧击中一般，返身急忙逃窜；极力想展翅腾飞，却飞不起来；最后跌倒在院子里，吼声如牛。天上的云渐渐垂下来，几乎和屋檐一样高。云中萧萧之声如同马嘶，与雷公的吼声相应。一会儿，暴雨倾盆而下，雷公身上的尿水被冲洗干净，就打着霹雳走了。

菱　角

【原文】

胡大成，楚人。其母素奉佛。成从塾师读，道由观音祠[1]，母嘱过必入叩。一日至祠，有少女挽儿遨戏其中，发裁掩颈，而风致娟然[2]。时成年十四，心好之。

菱角

问其姓氏，女笑云："我祠西焦画工女菱角也。问将何为?"成又问："有婿家无?"女酡然曰[3]："无也。"成言："我为若婿，好否?"女惭云[4]："我不能自主。"而眉目澄澄[5]，上下睨成，意似欣属焉。成乃出。女追而遥告曰："崔尔诚，吾父所善，用为媒，无不谐。"成曰："诺。"因念其慧而多情，益倾慕之。归，向母实白心愿。母止此儿，常恐拂之，即浼崔作冰[6]。焦责聘财奢，事已不就。崔极言成清族美才[7]，焦始许之。

成有伯父，老而无子，授教职于湖北[8]。妻卒任所，母遣成往奔其丧。数月将归，伯又病，亦卒。淹留既久，适大寇据湖南，家耗遂隔。成窜民间，吊影孤惶而已[9]。一日，有媪年四十八九，萦回村中[10]，日昃不去[11]。自言："离乱罔归，将以自鬻。"或问其价，言："不屑为人奴，亦不愿为人妇，但有母我者[12]，则从之，不较直[13]。"闻者皆笑。成往视之，面目间有一二颇肖其母[14]，触于怀而大悲。自念只身无缝纫者，遂邀归，执子礼焉。媪喜，便为炊饭织屦，劬劳若母。拂意辄谴之；而少有疾苦，则濡煦过于所生[15]。忽谓曰："此处太平，幸可无虞。然儿长矣，虽在羁旅，大伦不可废[16]。三两日，当为儿娶之。"成泣曰："儿自有妇，但间阻南北耳。"媪曰："大乱时，人事翻覆，何可株待[17]？"成又泣曰："无论结发之盟不可背[18]，且谁以娇女付萍梗人[19]？"媪不答，但为治帘幌衾枕[20]，甚周备。亦不识所自来。

一日，日既夕，戒成曰："烛坐勿寐，我往视新妇来也未。"遂出门去。三更既尽，媪不返，心大疑。俄闻门外哗，出视，则一女子坐庭中，蓬首啜泣[21]。惊问："何人？"亦不语。良久，乃言曰："娶我来，即亦非福，但有死耳！"成大惊，不知其故。女曰："我少受聘于胡大成；不意胡北去，音信断绝。父母强以我归汝家。身可致，志不可夺也！"成闻而哭曰："即我是胡某。卿菱角耶？"女收涕而骇，不信。相将入室，即灯审顾，曰："得无梦耶？"于是转悲为喜，相道离苦。

先是乱后，湖南百里，涤地无类[22]。焦携家窜长沙之东，又受周生聘。乱中不能成礼，期是夕送诸其家[23]。女泣不盥栉，家中强置车中。至途次，女颠堕车下。遂有四人荷肩舆至，云是周家迎女者，即扶升舆，疾行若飞，至是始停。一老姥曳入，曰："此汝夫家，但入勿哭。汝家婆婆，旦晚将至矣。"乃去，成诘知情事，始悟媪神人也。夫妻焚香共祷，愿得母子复聚。

母自戎马戒严[24]，同俦人妇奔伏涧谷[25]。一夜，噪言寇至，即并张皇四匿。有童子以骑授母。母急不暇问，扶肩而上，轻迅剽遬[26]，瞬息至湖上。马踏水奔腾，蹄下不波。无何，扶下，指一户云："此中可居。"母将启谢；回视其马，化为金毛犼[27]，高丈馀，童子超乘而去[28]。母以手挝门，豁然启扉。有人出问，怪其音熟，视之，成也。母子抱哭。妇亦惊起，一门欢慰。疑媪为大士现身[29]。由此持观音经咒益虔。遂流寓湖北，治田庐焉。

【注释】

①观音祠：奉祀观音的庙堂。观音，梵语意译，本译作“观世音”，因唐人讳“世”字，故简称“观音”，也译作“观自在”，为佛教中的菩萨。佛经说他救苦救难，赐人以福。我国旧时民间对其信仰极为普遍，各地多建有寺庙。

②娟然：美好的样子。

③酡然：酒后脸上发红的样子。此指因害羞而脸红。

④惭：羞惭。

⑤澄澄：本为形容水清澈，此处借以形容目光晶亮，即目如秋水之意。

⑥浼：请托，央求。冰：冰人。后因称媒人为冰人。

⑦清族：犹清门。清白人家。

⑧授教职：被任为教官。明清府州县教官有教授、学正、教谕、训导等，负责管理士子，主持孔庙祭祀等。

⑨吊影：形影相吊，谓孤立无依。

⑩萦回：绕来转去。

⑪日昃：日斜，太阳平西。

⑫母我者：以我为母的人。

⑬直：“值”本字。价钱。

⑭肖：相似。

⑮濡煦：意谓体恤、爱护。濡，湿润。煦，通“呴”“煦”，吐出之沫。

⑯大伦：伦常大道，此指夫妇伦常。伦常是古时封建统治阶级所规定的人与人之间关系的根本准则。父子、君臣而外，加夫妇、兄弟、朋友，封建礼教称为“五伦”。

⑰株待：“守株待兔”的省词。株，树桩。《韩非子·五蠹》：“宋人有耕者，

田中有株，兔走触株，折颈而死，因释其耒而守株，冀复得兔。兔不可复得，而身为宋国笑。”后便以这个寓言故事讽喻拘泥而不知变通的人。

⑱无论：不必说，不要说。

⑲萍梗人：像浮萍枝梗一样漂泊无不定的人。

⑳帘幌：窗帘、帷幔。

㉑蓬首：头发散乱得像飞蓬一样。飞蓬，即蓬草，根枯断后遇风飞旋，故名。

㉒涤地无类：意谓全被杀光。涤，洗。此为洗劫、扫荡的意思。类，噍类，活人。

㉓期：约期，预定的日期。

㉔戎马戒严：此谓处于战争状态。戎马，军马。戒严，在战时采取的严密防备措施。

㉕侪人：同行人。

㉖剽遬：轻捷的样子。

㉗狁：传说中北方像狗一样的野兽。在旧小说中，“金毛狁”是佛门菩萨的坐骑。

㉘超乘：跳上车马坐骑。

㉙大士：菩萨称号，此指观音。

【译文】

胡大成是湖南人，他母亲一向信奉佛教。大成跟私塾里的老师念书，上学要从观音祠过，母亲嘱咐他每次路过都要进去磕头。

一天，大成走进观音祠，有个少女领着小孩在里面玩，头发刚披到颈部，却风姿娟秀。当时大成十四岁，心里爱她。问她姓名，她笑着说：“我是观音祠西边焦画工的女儿菱角。你问我姓名想干什么？”大成又问：“有婆家没有？”菱角红着脸说：“还没呢。”大成又说：“我做你女婿好不？”菱角很难为情，说：“我做不了主。”说完，两只水汪汪的眼睛，对大成上下一瞟，好像很中意。大成就出去了。菱角追上来远远告诉说：“崔尔诚是我父亲的好朋友，请他做媒，一定成功。”大成说：“知道了。”想想菱角聪明而又多情，对她更爱慕了。

回到家里，大成向母亲吐露了心愿。胡母只有这么个儿子，一向对他百依百顺，生怕扫了儿子的兴头，立即请崔尔诚做媒。焦画工索要彩礼开价很高，眼看事儿就要吹了。崔尔诚极口称赞胡大成出身清白人家，又有才华，焦画工这才答应下来。

大成有个伯父，年老没有儿子，在湖北任学官。妻子死在当地。胡母便让大成去奔丧。过了几个月，大成正要回乡，伯父又病倒，不久也死了。大成逗留在湖北好久，正遇上叛军占据湖南，家中音讯就隔断了。大成逃窜在民间，独自一人，栖栖惶惶而已。

一天，有位老大娘，年约四十八九岁，在村子里徘徊；太阳偏西也不回去，嘴里说：“乱世分离，无家可归，我要把自己卖了。”有人问她要什么价。老大娘说：“我不甘心做人家的奴仆，也不愿意做别人的妻子。只要有人肯认我做母亲，我就跟他走，价钱并不计较。”人们一听这话都笑了。大成过去一看，老大娘面目有点像自己母亲，触动了心事，非常难过。想想自己孤零零一个，没有缝缝补补的人，就邀请老大娘回家，像儿子一样孝敬她。老大娘很高兴. 就帮他烧饭做鞋，像母亲一样操劳。大成不称她的心她就责备，稍有一点不舒服她就体贴关心，比亲生儿子还好。

老大娘忽然对大成说：“此地太平，幸而可以不必担心。但是你已长大成人，虽然流落异乡，婚姻大事不能不办。过几天，我要替你娶媳妇。”大成哭着说：“我自有媳妇，只是一南一北没法往来罢了。”老大娘说：“战乱时期，人事变化无常，你怎么能一棵树上吊死呢?”大成又哭着说：“且不说结发夫妻婚约不可背弃。何况谁肯把娇养的爱女嫁给异乡流落人呢?”老大娘不说什么，只是为大成准备窗帘帐子被褥枕头，非常周到，也不知是从哪里弄来的。

一天，太阳落山了，老大娘嘱咐大成说：“点上蜡烛坐着，不要睡觉，我去看看新娘子来了没有。”就出门去了。三更已过，老大娘还没回来。大成心里很疑惑。一会儿听得门外声音很闹，出去一看，只见一位姑娘坐在院子里，披头散发哭个不停。大成吃惊地问：“什么人？”姑娘也不回答。好久，才说：“把我娶来，也不是什么福气，只有一死了之！”大成大惊，不明白是怎么回事。姑娘说：“我从小同胡大成订了婚，没想到胡大成到湖北去，音讯全无。父母亲硬把我嫁给你。身体可以送到这里，心愿是决不能改变的。”大成一听这话就哭着说：“我就是胡大成。你是菱角吗？”姑娘停了哭泣，吃惊不小，不敢相信。随着大成走进屋去，借着灯光细细端详，说：“莫非是在梦里？”于是转悲为喜，互相诉说别离的痛苦。

原来战乱之后，湖南百里之内不见人烟。焦画工带着全家逃到长沙东面，又接受了周家的聘礼。逃难途中，不能讲究礼节，约定那天晚上把女儿送到他家。菱角哭着不肯梳洗，家里人强行把她抬上了车。到半路，菱角从车上跌下来。就有四个人抬着轿子来到，说是周家迎新娘的，当即把菱角扶上轿，飞一样抬着就走，到这里才停下。一位老大娘搀她进来，说：“这就是你的夫家，只管进去，别哭了。你家婆婆不久就到。”说完就走了。

大成问明事情经过，才醒悟老大娘是神仙。夫妻俩焚香祷告，希望母子重新团圆。

胡母自从打仗戒严以后，同一起逃难的妇女跑进山谷躲了起来。一夜，闹嚷嚷的说叛兵来了，几个人张皇失措四下里躲避。有个小孩把一匹马牵给胡母，胡母匆忙之中也来不及问，扶着小孩的肩膀上了马，轻快如飞，转眼到了洞庭湖。那马踏着湖面奔腾；马蹄着水不起浪花。不一会儿，小孩把胡母扶下马，指着一户人家说：“这里边可以住。”胡母正要道谢，回头看马，变成观音的坐骑金毛犼，有一丈多高。那小孩跨上犼背骑着去了。胡母用手敲门，门豁然而开。有人出来问是谁。胡母奇怪声音这么熟，一看，是儿子大成。母子抱头痛哭。菱角也被惊醒了，一家人又高兴、又宽慰。于是，便怀疑老大娘是观音菩萨显灵。

从此，这家人信奉观音菩萨更加虔诚，就在湖北住下了，还买了田产和房子。

饿　　鬼

【原文】

马永，齐人，为人贪，无赖[①]，家卒屡空[②]，乡人戏而名之“饿鬼”。年三十馀，日益窭[③]，衣百结鹑[④]，两手交其肩，在市上攫食。人尽弃之，不以齿。

饿鬼

邑有朱叟者，少携妻居于五都之市[⑤]，操业不雅。暮岁归其乡，大为士类所口[6]；而朱洁行为善，人始稍稍礼貌之。一日，值马攫食不偿，为肆人所苦。怜之，代给其直。引归，赠以数百，俾作本。马去，不肯谋业，坐而食。无何，资复匮，仍蹈旧辙。而常惧与朱遇，去之临邑[7]。暮宿学宫[8]，冬夜凛寒，辄摘圣贤颠上旒而煨其板[9]。学官知之[10]，怒欲加刑。马哀免，愿为先生生财。学官喜，纵之去。马探某生殷富，登门强索资，故挑其怒；乃以刀自劙[11]，诬而控诸学。学官勒取重赂，始免申黜。诸生因而共愤，公质县尹[12]。尹廉得实[13]，笞四十，梏其颈，三日毙焉。

是夜，朱叟梦马冠带而入，曰："负公大德，今来相报。"既寤，妾举子。叟知为马，名以马儿。少不慧，喜其能读。二十余，竭力经纪，得入邑泮[14]。后考试寓旅邸，昼卧床上，见壁间悉糊旧艺[15]；视之，有"犬之性"四句题，心畏其难，读而志之。入场，适是其题，录之，得优等，食饩焉[16]。六十余，补临邑训导[17]。官数年，曾无一道义交。惟袖中出青蚨[18]，则作鸬鹚笑[19]；不则睫毛一寸长，棱棱若不相识[20]。偶大令以诸生小故[21]，判令薄惩，辄酷掠如治盗贼[22]。有讼士子者[23]，即富来叩门矣。如此多端，诸生不复可耐。而年近七旬，臃肿聋聩，每向人物色乌须药。有狂生某，锉茜根给之[24]。天明共视，如庙中所塑灵官状。大怒，拘生；生已早夜亡去。以此愤气中结，数月而死。

【注释】

①无赖：指品格恶劣，强横无耻，放刁、撒泼等。

②屡空：常常贫困。

③窭：贫困。

④百结鹑：即悬鹑百结之意。鹌鹑毛斑尾秃，很像褴褛的衣服，因以悬鹑、鹑衣形容衣服的破烂。

⑤五都之市：五大城市，历代所指不同，此盖泛指繁华的都市。

⑥士类：即士人。所口：所诟病。

⑦临邑：此指邻近县城。临，邻。

⑧学宫：即文庙，亦为县学所在地。

⑨“辄摘”句：就摘取圣人冠上的玉串以换取钱财，烧掉贤人手中的笏板以取暖。圣贤，指孔子及陪祀的孔门高足弟子。颠，头。旒，冕旒，古代王侯及卿大夫冕服（礼服）的冠饰。旒，玉串。煨，焚烧。板，手板，也叫“笏”。古时大臣朝见君主用以记事或指画，用玉、象牙或竹片制作。

⑩学官：清代县级学官为教谕。

⑪劙：割。旧时街头有一种泼皮乞丐常自劙头皮或胳膊，诬人行凶以赖取钱财。

⑫公质县尹：大家一起到县令处评理。公，公众。质，质讼。县尹，即县令。尹，原作“君”，据铸雪斋抄本改。

⑬廉：查察。

⑭邑泮：即县学。科举时代，学童考进县学为生员（俗称“秀才”），叫入泮。

⑮艺：制艺。即八股文。详《陆判》注。

⑯食饩：领取饩廪。谓成为廪生。

⑰训导：清代县一级教官，教谕之副，从八品。

⑱青蚨：传说中的虫名，也叫“鱼伯”。后因称钱为“青蚨”。

⑲作鸬鹚笑：以鸬鹚得鱼而喜，形容贪财者之笑。鸬鹚，水鸟名，又名乌鬼，俗称“水老鸦”，栖息河川、湖沼和海滨，善潜水捕食鱼类，渔人常用以捕鱼。

⑳“不则”二句：谓眯起双目，摆出威严的架势，像素不相识一样。棱棱，威严的样子。

㉑大令：汉代县官凡万户以上称令，以下称长，因多称县官为令，大令是对县令的敬称。

㉒掠：榜掠，拷打。

㉓士子：旧时读书人的通称，即学子，此指县学生员。

㉔茜：茜草。根黄红色，可作大红色染料。

【译文】

马永是山东人，为人贪婪，行为无赖，家中因此常常断粮。乡里人嘲笑他，叫他“饿鬼”。三十多岁了，日子越过越穷，衣服破破烂烂，两只手交叉抱肩，在集市上抓来东西就吃，不给钱。人们都唾弃他，不同他来往。

城里有个朱叟，年轻时带着妻子住在繁华的都市里，干的行当很不雅。晚年回到故乡，大受士人指责；而朱叟修身洁行，乐善好施，人们这才渐渐对他以礼相待。一天，正遇马永拿了吃的不给钱，被店里的人扭住要给他点厉害。朱叟可怜他，代他付了钱；又把他领回家，送了几百个钱给他作本钱。

马永走了以后，不肯自谋职业，只是坐吃。没多久，钱又花完了，重新到集市上去吃白食。但是他常常怕再遇见朱叟，就到临邑县去了。晚上睡在县学里；冬夜寒冷，就把孔圣人和弟子偶像头上的冕摘下来，把里面的木板烤火。学官知道了，大怒，要对他处以刑罚。马永苦苦哀求饶了他，说是情愿为学官去搞钱。学官高兴，就放了他。

马永打听到某生很富有，就上门强行要钱，故意挑起他的怒火，然后用刀子划破自己身体，到县学去诬告。学官向某生勒索了许多钱财，这才免了开除。秀才们激起了公愤，大家一起到县令面前去当堂对质。县令调查到事实真相，打了马永四十大板，用木枷锁住头颈。过了三天，马永就死了。

这天晚上，朱叟梦见马永穿戴得整整齐齐进来，说：“我辜负了你对我的大恩大德，今天特来报答。”朱叟醒来时，他的小妾已生了儿子。朱叟知道是马永投胎，取名“马儿”。

马儿小的时候不聪明，可喜的是还肯读书。二十多岁时，竭力争取，得以进了县学。后来赴考住在客店里，白天躺在床上，见墙壁上糊的都是过去的八股文章；一看，有一篇题目是“犬之性”四句，觉得很难做，就把文章念了几遍记住了。进了考场，正好出的是这道题，马儿就把记住的文章誊录下来，考了个优等，因此取得了官府提供的生活费。

到了六十多岁，马儿补了个临邑县学训导。做了几年官，未曾有过一个以道义相交的朋友。只要袖子里拿出钱来，他就眉开眼笑；否则，他连看也不朝你看，愣愣的好像不认得的一样。有一次，县令因为秀才们犯了一点小过错，判令稍加惩治，但马儿像查办盗贼一样把他们痛打一顿。有人告学生状，他就钱财上门了。像这类事多得是。秀才们没法再忍耐了。

这时，马儿已年近七十，老态龙钟，耳聋眼花，还常常向人觅染黑须的药。有一个捣蛋学生，挖了茜草根去骗他。天亮后大家一看，就像是庙里泥塑的灵官模样。他大怒，要抓那个学生，但那学生早已在夜里逃走了。为此他胸中怒气郁结，几个月就死了。

考弊司

【原文】

闻人生，河南人。抱病经日，见一秀才入，伏谒床下，谦抑尽礼。已而请生少步，把臂长语，刺刺且行[①]，数里外犹不言别。生伫足，拱手致辞[②]。秀才云："更烦移趾，仆有一事相求。"生问之。答云："吾辈悉属考弊司辖。司主名虚肚鬼王。初见之，例应割髀肉[③]，浼君一缓颊耳[④]。"生惊问："何罪而至于此？"曰："不必有罪，此是旧例。若丰于贿者，可赎也。然而我贫。"生曰："我素不稔鬼王，何能效力？"曰："君前世是伊大父行[⑤]，宜可听从。"言次，已入城郭。至一府署，廨宇不甚弘敞，惟一堂高广；堂下两碣东西立[⑥]，绿书大于栲栳[⑦]，一云"孝弟忠信[⑧]"，一云"礼义廉耻"。躇阶而进[⑨]，见堂上一匾，大书"考弊司"。楹间，板

雕翠字一联云："曰校、曰序、曰庠，两字德行阴教化[10]；上士、中士、下士，一堂礼乐鬼门生[11]。"游览未已，官已出，鬈发鲐背[12]，若数百年人；而鼻孔撩天[13]，唇外倾，不承其齿。从一主簿吏[14]，虎首人身。又十馀人列侍，半狞恶若山精[15]。秀才曰："此鬼王也。"生骇极，欲却退。鬼王已睹，降阶揖生上，便问兴居。生但诺。又问："何事见临？"生以秀才意具白之。鬼王色变曰："此有成例，即父命所不敢承！"气象森凛，似不可入一词。生不敢言，骤起告别。鬼王侧行送之，至门外始返。

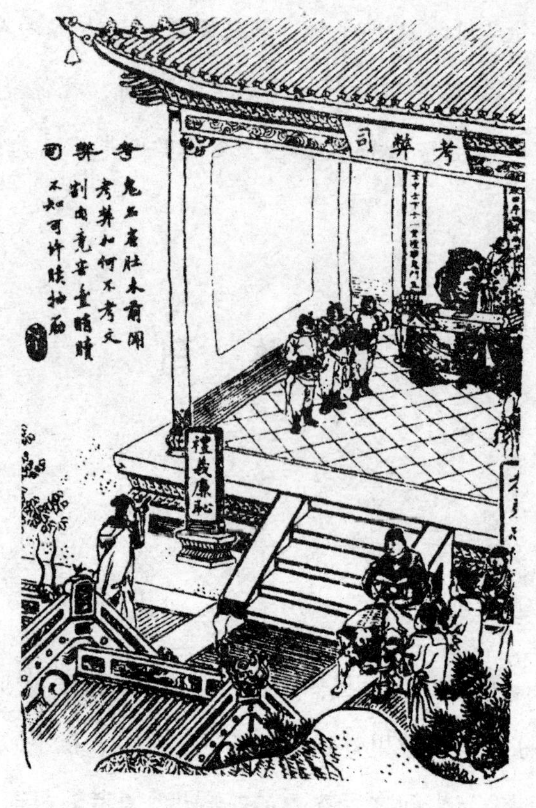

考弊司

生不归，潜入以观其变。至堂下，则秀才已与同辈数人，交臂历指[16]，俨然在徽纆中[17]。一狞人持刀来，裸其股，割片肉，可骈三指许。秀才大嗥欲嗄[18]。生少年负义，愤不自持，大呼曰："惨惨如此，成何世界！"鬼王惊起，暂命止割，跻履迎生[19]。生忿然已出，遍告市人，将控上帝。或笑曰："迂哉！蓝蔚苍苍[20]，何处觅上帝而诉之冤也？此辈惟与阎罗近，呼之或可应耳。”乃示之途。趋而往，果见殿陛威赫，阎罗方坐[21]；伏阶号屈。王召讯已，立命诸鬼绾絙提锤而去。少顷，鬼王及秀才并至。审其情确，大怒曰：“怜尔夙世攻苦，暂委此任，候生贵家[22]；今乃敢尔！其去若善筋，增若恶骨，罚令生生世世不得发迹也[23]！”鬼乃箠之，仆地，颠落一齿；以刀割指端，抽筋出，亮白如丝。鬼王呼痛，声类斩豕。手足并抽讫，有二鬼押去。

生稽首而出。秀才从其后，感荷殷殷[24]。挽送过市，见一户垂朱帘，帘内一女子露半面，容妆绝美。生问：“谁家？”秀才曰：“此曲巷也[25]。”既过，生低徊不能舍，遂坚止秀才。秀才曰：“君为仆来，而令踽踽以去，心何忍。”生固辞，乃去。生望秀才去远，急趋入帘内。女接见，喜形于色。入室促坐，相道姓名。女自言：“柳氏，小字秋华。”一妪出，为具肴酒。酒阑，入帷，欢爱殊浓，切切订婚嫁。既曙，妪入曰：“薪水告竭，要耗郎君金资，奈何！”生顾念腰橐空虚，惶愧无声。久之，曰：“我实不曾携得一文，宜署券保[26]，归即奉酬。”妪变色曰：“曾闻夜度娘索逋欠耶[27]？”秋华嚬蹙[28]，不作一语。生暂解衣为质。妪持笑曰：“此尚不能偿酒直耳。”呶呶不满志，与女俱入。生惭。移时，犹冀女出展别，再订前约；久久无音，潜入窥之，见妪与秋华，自肩以上化为牛鬼，目睒睒相对立。大惧，趋出；欲归，则百道歧出，莫知所从。问之市人，并无知其村名者。徘徊廛肆之间，历两昏晓，凄意含酸，响肠鸣饿，进退无以自决。忽秀才过，望见之，惊曰：“何尚未归，而简亵若此[29]？”生靦颜莫对。秀才曰：“有之矣！得勿为花夜叉所迷耶？”遂盛气而往，曰：“秋华母子，何遽不少施面目耶！”去少时，即以衣来付生曰：“淫婢无礼，已叱骂之矣。”送生至家，乃别而去[30]。生暴绝三日而苏，言之历历。

【注释】

①刺刺：形容话多。

②致辞：告辞。辞，别去。

③髀：大腿。

④浼：请托。缓颊：求情；婉言劝解。

⑤大父行：祖父辈。大父，祖父。行，行辈。

⑥碣：顶端呈半圆形的碑石。

⑦栲栳：用柳条编织的汲水器具，形似笆斗。

⑧弟：同“悌”，兄弟间的友爱。

⑨躐阶而进：不按台阶级次，大步跨登而上。躐，越级。

⑩“曰校、曰序、曰庠，两字德行阴教化”：意谓阴间学校，都重视德行的教化。校、序、庠，古代地方所设的乡学，夏代称“校”，殷代称“序”，周代称“庠”。德行，道德品行。

⑪“上士、中士、下士，一堂礼乐鬼门生”：意谓各类读书人，聚于一堂学习礼乐，都是鬼王的门生。上士、中士、下士，本是周代的官名，位低于大夫；这里指科举时代各类士人。

⑫鲐背：驼背，形容老态。鲐，鱼名，体呈纺锤形，背隆起。

⑬撩天：朝天。

⑭主簿吏：主管文书簿籍的佐吏。

⑮山精：又名“枭阳”，传说中的山中怪兽，似人而大，黑脸毛身，脚跟朝前。

⑩交臂历指：语出《庄子·天地》。交臂，反手捆绑。历指，手指加上刑具。历，同“枥”，指“枥撕”，古时一种拶指的刑具。

⑪徽纆：捆绑犯人的绳索。

⑪大嗥欲嗄：大声号叫，声嘶欲哑。嗄，声音嘶哑。

⑪跻履：踮起脚跟行走。跻，此据铸雪斋抄本，原作“桥”。跰，同“跷”。

⑳蓝蔚苍苍：指苍天。

㉑方坐：端坐。

㉒候生贵家：等候将来投生富贵之家。生，指迷信所谓“投生转世”。

㉓发迹：由微贱而得志通显；指立功扬名。

㉔殷殷：情意恳切。

㉕曲巷：狭曲小巷；这里指妓院。

㉖署券保：写下字据保证偿还。

㉗夜度娘：指娼妓。

㉘嚬蹙：皱眉蹙额；谓心甚不悦。嚬，同“颦”，皱眉。

㉙简亵：轻慢不庄重；指闻人生极不庄重地穿着内衣。简，简慢、懈惰。亵，不庄重。

㉚“送生至家”二句：底本残阙，据铸雪斋抄本补。

【译文】

闻人生是河南人，病了一整天，看见一个秀才进来，伏在床前拜见，态度谦恭，礼节周到。随后，他请闻人生起来走走，握着他的手臂说个没完，边说边走，到几里之外还不告别。闻人生停住脚步，拱手道别。秀才说：“再请你往前走几步，我有一事相求。”闻人生问是什么事，秀才回答说：“我们这些人都属于考弊司管辖。司主任叫‘草包鬼大王’。初次见他，按惯例要割下大腿上的肉，所以请你出面说几句好话。”闻人生吃惊地问：“你犯了什么罪，要落到这等地步？”秀才说：“不必有罪，这是老规矩。如果谁的贿赂多，可以免割。但是我很穷。”闻人生说：“我从来不认识这个‘鬼大王’，怎么能效力呢？”秀才说：“你前世是‘鬼大王’的祖父，他会听你的。”说完，两人已经走进城了。

到一座官府前，房子不很宽敞，只有一间大堂又高又大，堂前两块石碑东西竖着，上面绿色的字比笆斗还大；一边是“孝悌忠信”，一边是“礼义廉耻”。循着石阶进去，只见大堂上挂着一块匾，大书“考弊司”三字；柱子上是雕着翠绿色对联的木板，上写：“日校，日序，日庠，两字德行阴教化；上士，中士，下士，一堂礼乐鬼门生。”游览还没有完，当官的已经出来了；卷发驼背，像几百岁的人，加以鼻孔朝天，嘴唇外翻，呲牙咧嘴。身后跟着个主管簿记的小吏，虎头人身。还

有十多个人站在一边侍候，大多面目狰狞像山鬼。秀才说："这就是'鬼大王'。"闻人生害怕极了，想退回去。鬼大王已经看见，走下台阶作揖，请闻人生上堂，便询问起居情况。闻人生只是诺诺连声。鬼王又问："何事光临?"闻人生就把秀才的意思都说了。鬼王马上变脸，说"这是老规矩，就是亲爸爸的命令也不敢更改。"神气十分庄严，好像一个字也听不进去。闻人生不敢再说，赶紧起身告辞。鬼王侧身走下送客，到门外才回身。

闻人生不回去，偷偷溜进去察看动静。到堂前，只见秀才已和几个同辈一起，两臂交叉，手指被拶住，好像罪犯挨绑似的。一个面目狰狞的人持刀过来，脱下他的裤子，在他的大腿上割下一片肉，有三指宽。秀才声嘶力竭地大叫。闻人生年少仗义，气愤之极，忍不住大叫道："如此残酷，成何体统!"鬼大王吃了一惊，下令暂停割肉，穿上鞋来迎接闻人生。闻人生已经愤然而出，把这事一一告诉市民，要到上帝那儿去控告。有人笑他说："好迂腐啊! 苍苍上天，你到哪里去找上帝诉冤呢? 这批人只跟阎罗王接近，向阎王爷喊冤或许还喊得应。"就给闻人生指路。

闻人生快步走去，果然看见宫殿台阶很高，威势赫赫，阎王爷正在那里坐着，便跪倒在台阶下大叫冤枉。阎王爷审讯完毕，立即命几个小鬼拿着绳子和大锤去抓人。一会儿，鬼大王和秀才都来了。审得闻人生所说是实，阎王爷大怒说："我可怜你前世苦苦读书，暂时委任你这个职务，等机会让你投生到富贵人家。现在你竟敢这样! 我要抽你身上的善筋，添你身上的恶骨，罚你永生永世不能升官发财!"小鬼就打鬼大王板子，打得他倒在地上，磕掉一颗牙齿。又割开他指头，抽出筋来，像蚕丝一样白亮；鬼大王叫痛，声音有如杀猪。手筋脚筋都抽完，两个小鬼把他押了下去。闻人生向阎王叩过头就出来了。

秀才跟在他后面，非常感激，挽着他送过集市。只见有一户人家挂着朱帘，帘内一个女子露出半张脸，容貌打扮绝顶漂亮。闻人生问："这是谁家?"秀才说："这是妓院。"已经走了过去，闻人生还盘桓舍不得离去，于是执意不要秀才再送了。秀才说："你是为了我才来的，让你孤零零地回去，我怎么忍心呢?"闻人生坚持不让再送，秀才这才回去。

闻人生看着秀才走远了，急忙掀开帘子进去。姑娘接见他，满脸高兴。就进内室促膝而坐，互通姓名。姑娘自称姓柳，小名秋华。有个老太婆出来，给他们准备了酒菜。喝完酒，就进帐子，欢爱很浓，窃窃私语要订婚嫁之盟。天亮后，老太婆进来说："柴、水都已用尽，要化先生的钱了，怎么办？"闻人生顿时想起自己腰包空空的，慌乱惭愧，不好作声。好久才说："我实在是一分钱也没带。我写张欠条，一回家就还你。"老太婆变脸道："你听说过有妓女上门去讨债的吗？"秋华皱着眉头，一句话也不说。闻人生只好脱下衣服作抵押。老太婆拿着笑说："这还不够抵酒钱呢。"唠唠叨叨，很不满意，同秋华一起进去了。闻人生很惭愧，好一会儿，还盼着秋华出来道别，再把婚约说说定。过了好长时间没动静，闻人生就偷偷进去窥探。只见老太婆和秋华肩膀以上变成了牛鬼，两眼鬼火闪闪，面对面站着。闻人生十分恐惧，急忙出来。他想回家，但岔道太多，不知走哪条。问问市民，都不知道他村名的。

闻人生在集市上徘徊，过了两天两夜，心里凄楚辛酸，腹中饥肠鸣响，进退不能自决。忽然秀才走过，看见闻人生，吃惊地问："怎么还没回去，搞得这么邋遢？"闻人生红着脸没法回答。秀才说："对了！是不是被'花夜叉'迷住了？"就怒气冲冲赶到妓院，说："秋华母女，怎么就不给点面子呢？"去了一会儿，就把衣服拿来还给闻人生，说："那贱女人无礼，已经骂过她了。"又把闻人生一直送到家里，才告辞而去。

闻人生突然死亡，过了三天苏醒过来。这三天里经历的情景他说得清清楚楚。

阎　罗

【原文】

沂州徐公星[1]，自言夜作阎罗王。州有马生亦然。徐公闻之，访诸其家，问马：

"昨夕冥中处分何事[②]?"马言,"无他事,但送左萝石升天[③]。天上堕莲花[④],朵大如屋"云。

【注释】

①沂州:清初州名。治所在今山东临沂县。

②处分:犹处置、处理。

③左萝石:即左懋第(1601—1646),因其父死葬萝石山,遂自号萝石。山东莱阳人。明思宗崇祯四年(1631)进士。明亡后,奉福王朱由崧于南京继位,官太常卿。后自请赴北京祭悼崇祯帝,即以兵部右侍郎衔使清。至京被拘执,不屈被害,时人以南宋文天祥誉之。著有《萝石山房集》四卷。

④天上堕莲花:谓左懋第得道成佛。莲花,莲花形的佛座,即莲台。

【译文】

山东沂州人徐星,自称夜里当阎罗王。沂州还有个马生也这么说。徐星听说就到他家拜访,问马生昨夜在阴司处理什么事。马生说:"没别的事,只是送左萝石升天。天上落下莲花,每朵有屋子那么大。"(译者注:左萝石,名懋第,明末人。南明派他使清,不屈而死。)

大　　人

【原文】

长山李孝廉质君诣青州[①],途中遇六七人,语音类燕[②]。审视两颊,俱有瘢,大如钱。异之，因问何病之同。客曰：旧岁客云南，日暮失道，入大山中，绝壑巉岩，不可得出。因共系马解装，傍树栖止。夜深，虎豹鸮鸱，次第嗥动，诸客抱膝相向，不能寐。忽见一大人来，高以丈许。客团伏，莫敢息。大人至，以手攫马而食，六七匹顷刻都尽。既而折树上长条，捉人首穿腮，如贯鱼状。贯讫，提行数步，条毳折有声[3]。大人似恐坠落，乃屈条之两端，压以巨石而去。客觉其去远，出佩刀自断贯条，负痛疾走。见大人又导一人俱来。客惧，伏丛莽中。见后来者更巨，至树下，往来巡视，似有所求而不得。已乃声啁啾[4]，似巨鸟鸣，意甚怒，盖怒大人之绐己也。因以掌批其颊，大人伛偻顺受，不敢少争。俄而俱去。诸客始仓皇出。

荒窜良久，遥见岭头有灯火，群趋之。至则一男子居石室中。客入环拜，兼告所苦。男子曳令坐，曰："此物殊可恨，然我亦不能箝制[5]。待舍妹归，可与谋也。"无何，一女子荷两虎自外入，问客何来。诸客叩伏而告以故。女子曰："久知两个为孽，不图凶顽若此！当即除之。"于石室中出铜锤，重三四百斛，出门遂逝。男子煮虎肉饷客。肉未熟，女子已返，曰："彼见我欲遁，追之数十里，断其一指而还。"因以指掷地，大于胫骨焉。众骇极，问其姓氏，不答。少间，肉熟，客创痛不食。女以药屑遍糁之[6]，痛顿止。天明，女子送客至树下，行李俱在。各负装行十馀里，经昨夜斗处，女子指示之，石洼中残血尚存盆许。出山，女子始别而返。

【注释】

①长山李孝廉：名斯义，字质君，长山（今山东邹平县一带）人，康熙二十七年（1688）进士，官至福建巡抚。孝廉，俗称举人。

②燕：古国名。西周初，封召公奭于燕，都蓟（今北京市），辖今河北北部和辽宁一部。旧时用为河北省的别称。

③毳：通"脆"。

④啁啾：鸟鸣声。

⑤箝制：也作“钳制”。此谓约束。

⑥糁：碎米屑，泛指散粒状的东西。此指以药屑敷撒于创上。

【译文】

山东长山县举人李质君到青州去，路上遇到六七个人，河北口音。细看他们两颊，都有铜钱大的瘢，李质君很奇怪，就问他们怎么会生同样的病，对方说：

大人

“去年我们在云南，天黑迷路，走进大山，深谷峭壁，没法出去。山谷中有一棵大树，枝条有几尺粗，接连不断往下垂，树荫有一亩多大。大家想无处可去，就一起拴了马，卸下行李，靠着树歇息。夜深了，老虎、豹子、猫头鹰挨着个儿响起嗥叫声，大家抱着膝盖围成一团，无法入睡。

“忽然看见有个巨人走来，一丈多高。大家团团趴在地下，连气都不敢出。巨人一到，用手抓住马就吃，六七匹马顷刻吃个精光，然后折下树上的长枝，捉住我们几个人的头从脸颊上穿过去，就像串鱼一样。穿好后，拎着走了几步。树枝发出脆折的声音，巨人好像怕我们掉下来，把树枝两头弯在一起，用巨石压住，就走了。大家看巨人走远，就拔出佩刀，自己割断树枝，忍痛飞奔。

“没走几步，只见巨人又领着一个巨人来了。大家很害怕，藏在树丛中。只见后来的那个更高大，走到树下，来回巡视，像找什么东西却又找不着；然后声音像鸟叫似的，看样子很发火，大概恼怒先来的那个骗了自己，就打他耳光。那巨人弓着腰挨打，不敢争辩一句。一会儿都走了。大家这才慌慌张张逃出树丛。

“在野地里奔窜好久，远远看见山头上有灯光，大家快步过去。到那里，只见一个男子住在石室中。大家进去，围着他下拜，诉说遇到的苦难。男子扶起我们叫坐，说：‘这东西特别可恨，但我也制不服他。等我妹妹回来，可以同她商量。’不一会儿，一个姑娘扛着两只老虎从外面进来，问我们打哪儿来。大家磕头拜倒在地，告诉她缘故。姑娘说：‘早就知道这两个家伙造孽，没想到如此凶顽！该立即除掉他们！’说着，从石室中拿出铜锤，有三四百斤重，走出门外就不见了。男子煮老虎肉招待客人。虎肉未熟，姑娘已经回来了，说：‘那两个家伙看见我想逃，追了几十里路，被我砍断一个手指回来。’就把手指扔在地下，比普通人的大腿还粗。大家惊恐极了。问姑娘姓名，她不回答。过了一会儿，老虎肉煮熟了，大家伤口疼痛，吃不下去。姑娘拿药粉一一给我们敷上，疼痛顿时止住了。

“天亮后，姑娘把我们送到大树下，行李都还在。各人背着行李走了十多里路。经过昨夜搏斗处，姑娘指点给大家看。那岩石坑里残留的血还有大约一面盆。走出大山，姑娘才同我们道别回去。”

向　杲

【原文】

向杲，字初旦，太原人。与庶兄晟[1]，友于最敦[2]。晟狎一妓，名波斯，有割臂之盟[③]；以其母取直奢[④]，所约不遂。适其母欲从良[⑤]，愿先遣波斯。有庄公子者，素善波斯，请赎为妾。波斯谓母曰："既愿同离水火[⑥]，是欲出地狱而登天堂也。若妾媵之[⑦]，相去几何矣！肯从奴志，向生其可。"母诺之，以意达晟。时晟丧偶未婚，喜，竭资聘波斯以归。庄闻，怒夺所好，途中偶逢，大加诟骂；晟不服。遂嗾从人折箠笞之[⑧]，垂毙乃去。杲闻奔视，则兄已死，不胜哀愤。具造赴郡[⑨]。庄广行贿赂，使其理不得伸。杲隐忿中结，莫可控诉，惟思要路刺杀庄。日怀利刃，伏于山径之莽。久之，机渐泄。庄知其谋，出则戒备甚严；闻汾州有焦桐者[⑩]，勇而善射，以多金聘为卫。杲无计可施，然犹日伺之。

向杲

一日，方伏，雨暴作，上下沾濡，寒战颇苦。既而烈风四塞[⑪]，冰雹继至，身忽然痛痒不能复觉。岭上旧有山神祠，强起奔赴。既入庙，则所识道士在内焉。先是，道士尝行乞村中，杲辄饭之，道士以故识杲。见杲衣服濡湿，乃以布袍授之，曰："姑易此。"杲易衣，忍冻蹲若犬，自视，则毛革顿生，身化为虎。道士已失所在。心中惊恨，转念得仇人而食其肉，计亦良得。下山伏旧处，见己尸卧丛莽中，始悟前身已死；犹恐葬于乌鸢[12]，时时逻守之。越日，庄始经此，虎暴出，于马上扑庄落，龁其首，咽之。焦桐返马而射，中虎腹，蹶然遂毙[13]。杲在错楚中，恍若梦醒；又经宵，始能行步，厌厌以归[14]。家人以其连夕不返，方共骇疑，见之，喜相慰问。杲但卧，蹇涩不能语[15]。少间，闻庄信，争即床头庆告之。杲乃自言："虎即我也。"遂述其异。由此传播。庄子痛父之死甚惨，闻而恶之，因讼杲。官以其诞而无据，置不理焉。

异史氏曰："壮士志酬，必不生返，此千古所悼恨也。借人之杀以为生[16]，仙人之术亦神哉！然天下事足发指者多矣[17]。使怨者常为人，恨不令暂作虎！"

【注释】

①庶兄：庶母所生的兄长。旧时称父妾为"庶母"。

②友于最敦：兄弟情谊最为深厚。于，本介词，后常"友于"连用，以称兄弟之间的友爱。

③割臂之盟：春秋时，鲁庄公见大夫党氏之女孟任，表示愿意娶她为夫人，孟任乃"割臂盟公"。后来，因称男女密订婚约为"割臂之盟"。

④其母：指妓院鸨母。

⑤从良：旧时妓女脱离乐籍称"从良"。身家清白曰"良"。

⑥水火：水深火热，喻苦难的处境。

⑦妾媵之：使之充当妾媵。

⑧折篓笞之：谓用短杖肆意殴打他。

⑨具造赴郡：写状纸到郡城告状。造，兴讼，此指讼词。

⑩汾州：州名，明万历时升为府，治所在今山西省汾阳市。

⑪烈风：暴风。

⑫葬于乌鸢：葬身于乌鸦和老鹰之腹；指尸体被乌鸢所食。

⑬蹶然：跌倒的样子。

⑭厌厌：精神萎靡的样子。

⑮蹇涩：迟钝的样子。

⑯借人之杀以为生：指因焦桐杀虎，向杲得以复活。

⑰足发指者：足以使人愤慨的事。极端愤怒，头发竖立，称“发指”。

【译文】

向杲字初旦，山西太原人。他和庶兄向晟感情最为亲密。向晟同一个叫波斯的妓女很要好，两人发誓要结为夫妻；因为鸨母要价太高，婚约未能实现。正在这时，鸨母要从良了，想先打发掉波斯。

有一个庄公子，一直很喜欢波斯，要赎波斯做他的小妾。波斯对鸨母说：“既然希望共同脱离苦海，那就是要跳出地狱登上天堂啊。如果让我做小妾，同当妓女相差多少呢？你肯随我的心愿，那么向生这人是可以的。”鸨母答应了，把这个意思转告向晟。当时向晟死了妻子尚未续弦，非常高兴，就用全部钱财把波斯聘了回来。庄公子听说，恨向晟抢走心上人。有一次在路上相遇，对向晟大肆辱骂。向晟不服，庄公子就指使随从折断竹竿抽打向晟，一直打到向晟快要死了才走。向杲得到消息跑去看，兄长已经死了。悲愤之极，写了状子到郡城去告。庄公子多方贿赂，致使向杲有理无法申冤。

向杲隐愤郁结在心，无法投诉，只想在路上刺杀庄公子；于是天天身藏利刃，埋伏在山径草木丛中。时间一长，秘密渐渐泄漏。庄公子得知他的计划，一外出就戒备森严。听说汾州有个叫焦桐的人，勇敢而善于射箭，就出重金聘请他做保镖。向杲无法下手，但还是每天候着庄公子。

一天，向杲正埋伏着，暴雨倾盆而下，上下湿透，寒战得厉害。后来狂风大作，接着下起冰雹，向杲忽然连痛痒的知觉也没有了。山上原来有座山神庙，向杲勉强起来朝那儿奔去。进庙以后，他认识的道士在里面。当初，道士曾在村里乞讨，向杲总给他饭吃。所以道士也认识他。看见向杲的衣服湿透了，就把布袍给他，说："姑且换上它吧。"向杲换了衣服，忍着冻像狗一样蹲下身子，朝自己一看，身上顿时长出皮毛，变成了老虎。道士已经无影无踪了。向杲又惊又恨，转念一想："遇上仇人吃他的肉，这办法也很可取！"就下山埋伏在老地方，看见自己的躯体躺在草木丛中，这才意识到自己的前身已经死了。向杲担心乌鸦老鹰啄食，常常巡守在旁。

过了一天，庄公子才经过这里。老虎猛然跳出，把庄公子扑下马，咬断他的头，吞了下去。焦桐回马一箭，射中虎腹，老虎跌倒在地死了。向杲在灌木草丛中，恍恍惚惚像从梦中醒来。又过一个晚上，才能够行走；强自挣扎着回到家里。

家里人由于向杲接连几夜没回家，正在惊疑，见他回来，高兴地问长问短。向杲只是躺着，口涩舌钝说不出话来。过了一会儿，家人得到庄公子的消息，争着在床头向向杲报喜。向杲这才开口说："老虎就是我啊。"就讲述自己奇异的经历。从此，这件事就传出去了。庄公子的儿子心痛父亲死得惨，听说后恨之入骨，就去告向杲。官府因为这事荒诞无据，置之不理。

异史氏说：壮士实现志向，一定不活着回来，这是千古遗憾事。借人之手杀了老虎而让向杲活转来，仙人的法术也神了！然而，天下事足以使人怒发冲冠的实在太多了。假如怨者老是做人，恨不能叫他们暂时做虎！

董 公 子

【原文】

青州董尚书可畏[①]，家庭严肃，内外男女，不敢通一语。一日，有婢仆调笑于中门之外，公子见而怒叱之，各奔去。及夜，公子偕僮卧斋中。时方盛暑，室门洞敞。更深时，僮闻床上有声甚厉，惊醒。月影中，见前仆提一物出门去。以其家人故，弗深怪，遂复寐。忽闻靴声訇然，一伟丈夫赤面修髯，似寿亭侯像[②]，捉一人头入。僮惧，蛇行入床下。闻床上支支格格，如振衣，如摩腹，移时始罢。靴声又响，乃去。僮伸颈渐出，见窗棂上有晓色。以手扪床上，着手粘湿[③]，嗅之血腥。大呼公子，公子方醒。告而火之，血盈枕席。大骇，不知其故。

忽有官役叩门。公子出见，役愕然，但言怪事。诘之，告曰："适衙前一人神色迷罔，大声曰：'我杀主人矣！'众见其衣有血污，执而白之官。审知为公子家人。渠言已杀公子，埋首于关庙之侧。往验之，穴土犹新，而首则并无。"公子骇异，趋赴公庭，见其人即前狎婢者也。因述其异。官甚惶惑，重责而释之。公子不欲结怨于小人，以前婢配之，令去。积数日，其邻堵者[④]，夜闻仆房中一声震响若崩裂，急起呼之，不应。排闼入视，见夫妇及寝床，皆截然断而为两。木肉上俱有削痕，似一刀所断者。关公之灵迹最多，未有奇于此者也。

【注释】

①董尚书可畏：疑即董可威。董可威，字严甫，号葆元，山东益都人。明万历丁未（1607）进士，官至工部尚书。

②寿亭侯：即关羽。后世称"关公""关帝"。下文"关庙"即关帝庙。

③粘：此据山东省博物馆本，原作"沾"。

④邻堵者：隔墙邻人。堵，墙。

【译文】

山东青州董可畏尚书，家规很严，内眷和外头的男仆不敢说一句话。

一天，有个婢女和男仆在中门外面互相嘲戏取笑。公子看见，当场怒叱，两人各自跑掉了。

到夜里，公子和书童睡在书斋里。当时正值盛夏，房门大开。夜深时，书童听见床上发出很响的声音，惊醒过来。月光下，只见那个男仆提着一件东西出门去。由于他是自己家里的人，所以并不很奇怪，就又睡着了。忽然听见很响的靴子声，一个身材魁梧的男子，红脸长髯，就像画中寿亭侯关羽的模样，提着一颗人头进来。书童害怕，蛇一般爬进床底下，只听床上吱吱格格，像在抖动衣服，又像在按摩肚子，过了好一会儿才消失。靴子声又响起来，那个红脸男子走了。书童伸着头慢慢出来，见窗槅上已有晨光。用手摸床上，着手黏湿，闻闻一股血腥气。大叫公子，公子才醒来。书童告诉了刚才所见，又点了火照，枕头、席子上血都满了。两个人十分惊惧，不知是怎么回事。

忽然有官府的差役来敲门。公子出去会见，差役呆住了，只是说："怪事！"公子问是怎么回事，差役说："刚才衙门前有个人精神恍惚，大声说：'我杀了主人！'众人见他衣服上有血污，就抓住他向官府报告；审讯后知道是公子的仆人。他说已杀了公子，把头埋在关帝庙旁边。赶到那里核实，只见坑里的土还是新挖的，但是并没有人头。"公子感到惊异，赶赴公堂，见正是那个同婢女调情的男仆，就叙述了夜间发生的怪事。官很惶惑，狠狠责罚了男仆，然后把他放了。公子不愿同小人结怨仇，就把那个婢女许配给他，叫他们走。

过了几天，邻居夜里听见仆人房间里一声震响，像爆炸似的，急忙起身呼叫他们，没人答应。破门进去看，只见夫妻俩和睡的床，都被劈成两半，木头和身体上都有削过的痕迹，好像是被一刀砍断的。

关公显灵的事迹最多，但没有比这事更奇异的。

周　三

【原文】

泰安张太华[1]，富吏也。家有狐扰，遣制罔效。陈其状于州尹[2]，尹亦不能为力。时州之东亦有狐居村民家，人共见为一白发叟。叟与居人通吊问[3]，如世人礼。自云行二，都呼为胡二爷。适有诸生谒尹，间道其异[4]。尹为吏策[5]，使往问叟。时东村人有作隶者[6]，吏访之，果不诬，因与俱往。即隶家设筵招胡。胡至，揖让酬酢，无异常人。吏告所求，胡曰："我固悉之，但不能为君效力。仆友人周三，侨居岳庙[7]，宜可降伏，当代求之。"吏喜，申谢。胡临别与吏约，明日张筵于岳庙之东。吏领教。胡果导周至。周虬髯铁面，服裤褶[8]。饮数行，向吏曰："适胡二弟致尊意，事已尽悉。但此辈实繁有徒[9]，不可善谕，难免用武。请即假馆君家，微劳所不敢辞。"吏转念：去一狐，得一狐，是以暴易暴也[10]。游移不敢即应。周已知之，曰："无畏。我非他比，且与君有喜缘，请勿疑。"吏诺之。周又嘱："明日偕家人阖户坐室中[11]，幸勿哗。"吏归，悉遵所教。俄闻庭中攻击刺斗之声，逾时始定。启关出视，血点点盈阶上。墀中有小狐首数枚，大如碗盏焉。又视所除舍，则周危坐其中[12]，拱手笑曰："蒙重托，妖类已荡灭矣。"自是馆于其家，相见如主客焉。

【注释】

①泰安：泰安州，属济南府，治所在今山东省泰安市。

②州尹：州的长官，即知州。

③通吊问：谓有礼仪交往。吊问，吊死问疾。

④间：乘间。

⑤策：策划。

⑥作隶者：当衙役的人。隶，隶役，特指衙役。

⑦岳庙：指东岳庙，即岱庙，在泰山脚下，奉祀东岳大帝。

⑧裤褶：古时军中一种便于骑乘的服装，上着褶而下服裤。褶，夹上衣。裤，胫衣，套裤。

⑨实繁有徒：确实有很多党羽。繁，多。徒，众，指同党之人。

⑩以暴易暴：谓以凶暴代替凶暴。

⑪阖户：关门。此从二十四卷抄本，原作“合户”。

⑫危坐：端坐。

【译文】

山东泰安张太华，是个很有钱的胥吏。家里有狐狸精作怪，驱赶制伏都不奏效。张太华只好把此事报告州官，州官也无能为力。

当时，州的东面也有狐狸精住在村民家里，人们都看见是一个白发苍苍的老人。老人与居民互相交往，自称排行第二，人们都叫他“胡二爷”。正好有一个秀才拜谒州官，谈话中说到这件怪事。州官就为张太华出主意，要他去请教胡二爷。当时，东村有人在州衙里做差役，张太华就先去问他，果然有这回事，于是就同他一起去东村。

他们就在差役家里设宴招待胡二爷。胡二爷来了，打躬作揖，应酬交谈，同普通人没有两样。张太华就把要求告诉他。胡二爷说：“这件事我当然知道，但不能为你效劳。我的朋友周三，借住在岳庙里，他应该可以降伏的，我一定代你求他。”张太华很高兴，道了谢。胡二爷临走同张太华约定：明天在岳庙东边设宴招待周三。张太华听他吩咐。

胡二爷果然领着周三来了。周三一脸卷曲的胡须，一张铁板一样的脸，戎装结束。酒过数巡，对张太华说："刚才胡二弟转达尊意，事情已都清楚了。但这些东西繁衍得很多，无法晓之以理，难免动之以武。请把你家的房子借一间给我。小事一件，不敢推辞"。张太华转念一想：赶走一个狐狸精，又来一个狐狸精，这是"以暴易暴。"犹豫不决，不敢就答应。周三已经知道了，说："别怕，我同其他狐狸精不一样，而且和你有好缘分，请不要怀疑。"张太华答应了。周三又叮嘱张太华："明天同家里人关门坐在屋里，务必不要大声说话。"

张太华回家，完全遵照周三的叮嘱办。一会儿，听见庭院里有攻击格斗的声音，过了一段时间才逐渐平静下来。开门出去一看，台阶上满是斑斑血迹，还有几只小狐狸头，像杯碗那么大。再看清扫出来的房间，周三端坐在里面，拱手笑道："承蒙把重任托付给我，妖怪已经消灭光了。"

从此，周三就在张太华家里住下，见面像主人和客人一样。

鸽　异

【原文】

鸽类甚繁，晋有坤星[1]，鲁有鹤秀[2]，黔有腋蝶[3]，梁有翻跳[4]，越有诸尖[5]：皆异种也。又有靴头、点子、大白、黑石、夫妇雀、花狗眼之类，名不可屈以指，惟好事者能辨之也。邹平张公子幼量[6]，癖好之，按经而求[7]，务尽其种。其养之也，如保婴儿；冷则疗以粉草[8]，热则投以盐颗[9]。鸽善睡，睡太甚，有病麻痹而死者。张在广陵[10]，以十金购一鸽，体最小，善走，置地上，盘旋无已时，不至于死不休也，故常须人把握之。夜置群中使惊诸鸽，可以免痹股之病，是名"夜游"。齐鲁养鸽家[11]，无如公子最；公子亦以鸽自诩。

一夜，坐斋中，忽一白衣少年叩扉入，殊不相识。问之，答曰：“漂泊之人，姓名何足道。遥闻畜鸽最盛，此亦生平所好，愿得寓目。”张乃尽出所有，五色俱备，灿若云锦。少年笑曰：“人言果不虚，公子可谓养鸽之能事矣。仆亦携有一两头，颇愿观之否？”张喜，从少年去。月色冥漠[12]，野圹萧条，心窃疑惧。少年指曰：“请勉行，寓屋不远矣。”又数武，见一道院，仅两楹。少年握手入，昧无灯火。少年立庭中，口中作鸽鸣。忽有两鸽出：状类常鸽，而毛纯白；飞与檐齐，且鸣且斗，每一扑，必作觔斗。少年挥之以肱，连翼而去。复撮口作异声[13]，又有两

鸽异

鸽出：大者如鹜[14]，小者裁如拳；集阶上[15]，学鹤舞。大者延颈立，张翼作屏[16]，宛转鸣跳，若引之；小者上下飞鸣，时集其顶，翼翩翩如燕子落蒲叶上，声细碎，类鼗鼓[17]；大者伸颈不敢动，鸣愈急，声变如磬[18]，两两相和[19]，间杂中节[20]。既而小者飞起，大者又颠倒引呼之。张嘉叹不已，自觉望洋可愧[21]。遂揖少年，乞求分爱；

少年不许。又固求之。少年乃叱鸽去，仍作前声，招二白鸽来，以手把之，曰："如不嫌憎，以此塞责。"接而玩之[22]：睛映月作琥珀色，两目通透，若无隔阂，中黑珠圆于椒粒[23]；启其翼，胁肉晶莹，脏腑可数。张甚奇之，而意犹未足，诡求不已[24]。少年曰："尚有两种未献，今不敢复请观矣。"方竞论间，家人燎麻炬入寻主人[25]。回视少年，化白鸽，大如鸡，冲霄而去。又目前院宇都渺，盖一小墓，树二柏焉[26]。与家人抱鸽，骇叹而归。试使飞，驯异如初。虽非其尤，人世亦绝少矣。于是爱惜臻至。积二年，育雌雄各三。虽戚好求之，不得也。

有父执某公，为贵官。一日，见公子，问："畜鸽几许？"公子唯唯以退。疑某意爱好之也，思所以报而割爱良难。又念长者之求，不可重拂[27]。且不敢以常鸽应，选二白鸽，笼送之，自以千金之赠不啻也。他日见某公，颇有德色；而其殊无一申谢语。心不能忍，问："前禽佳否？"答云："亦肥美。"张惊曰："烹之乎？"曰："然。"张大惊曰："此非常鸽，乃俗所言'鞑靼'者也！"某回思曰："味亦殊无异处。"张叹恨而返。至夜，梦白衣少年至，责之曰："我以君能爱之，故遂托以子孙。何以明珠暗投[28]，致残鼎镬[29]！今率儿辈去矣。"言已，化为鸽，所养白鸽皆从之，飞鸣径去。天明视之，果俱亡矣。心甚恨之，遂以所畜，分赠知交，数日而尽。

异史氏曰："物莫不聚于所好，故叶公好龙，则真龙入室[30]；而况学士之于良友，贤君之于良臣乎[31]？而独阿堵之物[32]，好者更多，而聚者特少，亦以见鬼神之怒贪[33]，而不怒痴也[34]。"

向有友人馈朱鲫于孙公子禹年[35]，家无慧仆，以老佣往。及门，倾水出鱼，索柈而进之。及达主所，鱼已枯毙。公子笑而不言，以酒犒佣，即烹鱼以飨。既归，主人问："公子得鱼颇欢慰否？"答曰："欢甚。"问："何以知？"曰："公子见鱼便欣然有笑容，立命赐酒，且烹数尾以犒小人。"主人骇甚，自念所赠，颇不粗劣，何至烹赐下人。因责之曰："必汝蠢顽无礼，故公子迁怒耳。"佣扬手力辨曰："我固陋拙，遂以为非人也[36]！登公子门，小心如许，犹恐筲斗不文[37]，敬索柈出，一一匀排而后进之，有何不周详也？"主人骂而遣之。

灵隐寺僧某[38]，以茶得名，铛臼皆精[39]。然所蓄茶有数等，恒视客之贵贱以为烹献；其最上者，非贵客及知味者，不一奉也。一日，有贵官至，僧伏谒甚恭，出佳茶，手自烹进，冀得称誉。贵官默然。僧惑甚，又以最上一等烹而进之。饮已将尽，并无赞语。僧急不能待，鞠躬曰："茶何如?"贵官执盏一拱曰："甚热。"此两事，可与张公子之赠鸽同一笑也。

【注释】

①晋：周初晋国在今山西省西南部建国，春秋时奄有今山西大部、河北西南部、河南北部一带地区。近代以"晋"为山西省简称。坤星：坤星以及下文的鹤秀、腋蝶、翻跳、诸尖、靴头、点子、大白、黑石、夫妇雀、花狗眼等，都是鸽的品种名。

②鲁：今山东泰山以南，汶水、泗水、沂水、沭水等流域，在春秋时为鲁地。秦以后仍沿称这一地区为鲁。

③黔：贵州省的简称，因省境东北部在战国时及秦代为黔中郡，在唐代属黔中道，故名。

④梁：古九州之一。东界华山，南至长江，北为雍州，西无可考。魏晋以降，辖境约当陕西秦岭以南及汉水流域一带。

⑤越：古越国原建都于会稽（今浙江绍兴），春秋末越国疆域向北扩展，奄有今浙江北部、江苏南部、安徽南部、江西东部一带地区。

⑥邹平：县名，在今山东省。

⑦经：指《鸽经》。邹平张万锺著有《鸽经》，见《檀几丛书》。

⑧粉草：中药名，即粉甘草。

⑨盐颗：盐粒。

⑩广陵：古县名，秦置，治所在今扬州市。后因以广陵称扬州。

⑪齐鲁：古时齐国和鲁国都在今山东省境内，因以齐鲁代称山东省地区。

⑫冥漠：幽暗不明。

⑬撮口：嘴唇聚合。

⑭骛：野鸭。

⑮集：鸟类落止叫“集”。

⑯作屏：犹言“开屏”；鸟翼展开像屏风。

⑰鼗鼓：长柄小摇鼓，俗称拨浪鼓。

⑱磬：玉石制作的打击乐，其声清越。

⑲和：声音相应。

⑳间杂中节：意思是声音抑扬顿挫，合乎节拍。间，间歇、顿挫。杂，错杂、繁响。

㉑望洋可愧：指大开眼界，自愧不如。后因以“望洋”喻见了大世面而自愧弗如。

㉒玩：观赏。

㉓椒粒：花椒内的黑子。

㉔诡求：巧言求索。

㉕燎：点燃。麻炬：束麻秆而制作的火把。

㉖树：植；竖立。

㉗重拂：过分地违其意愿。

㉘明珠暗投：喻有才能的人所事非主，或珍贵之物不遇识者。

㉙致残鼎镬：以致惨死于油锅。鼎、镬，古代烹饪器皿。

㉚“叶公好龙”二句：《新序·杂事》：叶公爱龙。一切器物都刻有龙饰，天上的真龙知道了，乃降入其家，叶公反而吓得逃跑。后以“叶公好龙”比喻表面上的爱好，并非真的爱好。这里用此故事，意指痴爱某种事物，就能够真正得到。

㉛“而况学士”二句：意谓如能出于至诚，则学士渴求良友就能得到良友，贤君渴求良臣就能得到良臣。

㉜阿堵之物：指金钱。《世说新语·规箴》：阿堵，六朝人口语，犹言“这”

或“这个”。

㉝贪：指对钱财的贪求。

㉞痴：指对美好事物的癖爱。

㉟孙公子禹年：淄川人，名琰龄，清代顺治年间兵部尚书孙之獬的儿子。

㊱非人：不懂事理之人；俗谓不干人事的人。

㊲筲斗不文：意谓用小水桶盛鱼以献，不够体面。筲斗，水筲，小水桶。

㊳灵隐寺：佛寺名，在浙江省杭州西湖畔。

㊴铛臼：煎茶、碎茶用具。铛，三足饮具。臼，茶臼，用以捣碎饼茶。然后烹沏。

【译文】

鸽子的种类很多：山西有坤星，山东有鹤秀，云南有腋蝶，河南有翻跳，浙江有诸尖，都是特殊的品种。另外还有靴头、点子、大白、黑石、夫妻雀、花狗眼之类，名称多得数不清，只有喜欢养鸽子的人才能分辨。

山东邹平县的张幼量公子，就有这癖好。他按照《鸽经》的记载去觅，想方设法要把所有品种买齐。他养鸽子像保护婴儿似的：冷了用切细的草保暖，热了给鸽子吃点盐粒。鸽子爱睡觉，如果睡过了头，有的会麻木而死。张公子在扬州时花十两银子买来一只鸽子，体型最小，善于走动；把它放在地上，就没完没了地兜着圈子走，不累死不肯停的，所以常常要人把它握在手里。夜里把这只鸽子放在鸽群里，可以惊动其他鸽子，避免得腿脚麻木的毛病，这鸽就叫“夜游”。山东一带养鸽子的人家，都比不上张公子，公子也以精于养鸽自诩。

一天夜里，他坐在书房里，忽然一个白衣少年敲门进来，从来没见过面。问他，回答说：“流浪人，姓名不值一提。我在很远的地方听说你养的鸽子最多，这也是我生平的爱好，希望能看看你的鸽子。”张公子就拿出所有的鸽子，各种颜色都有，像云锦般灿烂。少年笑着说道：“果然名不虚传，公子可谓鸽子养到家了！

我也带着一两只鸽子，你是否愿意瞧瞧？”张公子高兴，就跟随少年而去。

走着走着，月色昏暗，野坟景象萧条，张公子心里暗暗疑惧。少年朝前一指，说：“请再鼓把劲，我住的房子不远了。”又走了几步，见一座道观，宽仅两根楹柱。少年握着张公子的手走进去，里面漆黑一团，没有灯光。少年站在庭院里，嘴里学着鸽子叫。忽然有两只鸽子飞出来，形状同普通的鸽子一样，而毛色纯白。它们飞到屋檐那么高，一边鸣叫，一边争斗；每扑一次，一定在空中翻个觔斗。少年挥动手臂，两只鸽子并排飞去。少年又撮口发出奇怪的声音，又有两只鸽子飞出：大的像鸭子，小的只像拳头；它们停在台阶上，学仙鹤跳舞。那只大的伸长头颈站着，张开翅膀形成一道屏风，兜着圈子又叫又跳，像是在引诱小鸽子；那只小的上下飞鸣，不时落在大鸽子头顶上，两翅翩翩，就像燕子落在蒲叶上。它的叫声细碎，有点像卜郎鼓。大鸽子伸直头颈不敢动弹。鸣叫越来越急，声音变得像击磬那般清越，两只鸽子互相应和，交鸣合拍。接着小鸽子振翅飞起，大鸽又颠来倒去地引逗呼唤着它。张公子称赞不已，自觉差得太远，很是惭愧，就向少年作揖，恳求割爱。少年不肯。张公子又执意请求，少年就把鸽子赶走，仍像先前那样学鸽子叫，招来了两只白鸽，用手握着说：“如果你不嫌弃，我就用这两只鸽子表表心意。”张公子接在手里观赏，只见鸽子双睛在月光照射下呈琥珀色，两眼透明，像是中间无所阻隔；眼球的黑珠比椒粒还圆，拉开翅膀，胁下的肉晶亮如玉，五脏六腑历历在目。张公子啧啧称奇，但是还不满足；就变着手法请求。少年说：“还有两种鸽子没有拿给你看，现在，我不敢再请你看了。”两人正在争执的时候，张公子的家人点着火把来找主人。张公子回头一看，少年变作一只白鸽，大如鸡，直冲云霄而去；再看刚才的道观，已经无影无踪，只有一座小墓，种着两株柏树。就和家人抱着鸽子，惊叹而回。

张公子让鸽子试飞，同那天晚上见到的一样，驯顺而不同寻常。虽然不是少年所有鸽子中最好的，但人世间已经绝少见了。于是倍加爱护。两年中，这对鸽子生出三只雌鸽，三只雄鸽。即使亲戚朋友来求，也不能到手。

张公子父亲的朋友某公，身为高官。一天，见到张公子，问：“你养了多少只鸽子?”张公子含糊地答应着退了下来，猜想某公一定也爱鸽子，就想送两只给他，但又舍不得割爱。转念又一想：长辈的要求，不可过于违拗，而且不能用普通的鸽子应付，就选了两只白鸽，装在笼里送去，自认为这份礼物不亚于赠送千金了。过了几天，张公子见到某公，露出对对方很有恩德的神色，但某公没有一句道谢的话。张公子忍不住问道：“那两只白鸽好不好！”某公答道：“还算肥美。”张公子吃惊地说：“你煮来吃了吗?”某公说：“是啊。”张公子大吃一惊，说：“这不是普通的鸽子，就是通常说的‘鞑靼’啊!”某公回忆道：“味道也没有什么特别。”张公子又叹息后悔而回。

到夜里，梦见白衣少年来了，责备他说：“我以为你能爱鸽子，所以把我的子孙托付给你。为什么竟明珠暗投，使它们在锅中丧生！现在，我领孩子们去了。”说完，变成鸽子，张公子养的白鸽都跟在后面，飞鸣而去。天亮一看，白鸽果然都不见了。心里非常悔恨，就把所养的全部鸽子分送给好朋友，几天功夫就送光了。

异史氏说：万物莫不聚集在爱好它的人手里，所以叶公好龙，真龙就飞进他的居室，更何况读书人对于良友，贤明的君王对于忠臣呢！但是，唯有钱这东西，喜欢它的人最多，而聚集到的人特别少。也可见鬼神恼火贪得无厌之徒，而并不恼火一片痴心的人！

过去，孙禹年公子的朋友送他红鲫鱼，这朋友家没有晓事的仆人，就派了一个老仆前去。到门口，老仆把水倒掉，拿出红鲫鱼，要了一只盘子，把鱼放在里面送进去。等送到孙公子面前，红鲫鱼已经死了。公子笑了笑并不说话，命人拿酒犒赏老仆，并当即烧红鲫鱼给他吃。老仆回家以后，主人问他：“张公子收到鱼高兴吗?”仆人回答说：“高兴极了。”又问：“你怎么知道的?”仆人答道：“公子一看见鱼就笑了，立即叫人拿酒给我喝，还烧了几条犒劳我。”主人吓了一大跳，心想这份礼物并不粗劣，何至于煮了赏赐仆人呢？就责骂仆人道：“一定是你蠢头蠢脑，不懂礼貌，所以公子发火了。”仆人挥着手极力分辩，说：“我固然愚蠢，你就不把我当人看待！我走到孙公子家门口，如此这般小心翼翼，还怕鱼篓水桶不斯文，恭恭敬敬问他们家讨了只盘子，把鱼一条一条整整齐齐排好然后送进去，还有什么不周到吗？”主人骂了他一顿，把他打发走了。

灵隐寺某和尚，以茶道闻名，茶铛、茶臼都精美。但是所藏的茶叶有好几等，常常看客人身份高低烹了招待。其中最上等的茶叶，如果不是贵客和品茶行家，一点不拿出来。一天，有位贵官来到，和尚恭恭敬敬拜谒，拿出上佳的茶叶，亲自烹了进上，希望得到称赞。贵官一言不发。和尚很感困惑，又拿出最上等的茶叶烹了进上。茶快喝完了，贵官并没有一句称赞的话。和尚急得忍不住了，向贵官鞠了一躬说：“茶的味道如何？”贵官手执小茶杯，拱一拱手说：“很烫。”

这两件事，可以跟张公子的赠鸽同发一笑。

聂　政

【原文】

怀庆潞王[①]，有昏德[②]。时行民间，窥有好女子，辄夺之。有王生妻，为王所睹，遣舆马直入其家[③]。女子号泣不伏，强舁而出。王亡去，隐身聂政之墓[④]，冀妻经过，得一遥诀。无何，妻至，望见夫，大哭投地。王恻动心怀，不觉失声。从人知其王生，执之，将加搒掠。忽墓中一丈夫出[⑤]，手握白刃，气象威猛，厉声曰：“我聂政也！良家子岂可强占[⑥]！念汝辈不能自由，姑且宥恕。寄语无道王：若不改行，不日将抉其首[⑦]！”众大骇，弃车而走。丈夫亦入墓中而没。夫妻叩墓归，犹惧王命复临。过十馀日，竟无消息，心始安。王自是淫威亦少杀云[⑧]。

异史氏曰：“余读刺客传[⑨]，而独服膺于轵深井里也：其锐身而报知己也，有豫之义[⑩]；白昼而屠卿相，有鱄之勇[⑪]；皮面自刑，不累骨肉[⑫]，有曹之智[⑬]。至于荆轲[⑭]，力不足以谋无道秦，遂使绝裾而去，自取灭亡；轻借樊将军之头[⑮]，何日可能还也？此千古之所恨，而聂政之所嗤者矣。闻之野史：其坟见掘于羊、左之

鬼[16]。果尔，则生不成名，死犹丧义，其视聂之抱义愤而惩荒淫者，为人之贤不肖何如哉！噫！聂之贤，于此益信。”

【注释】

①怀庆潞王：怀庆，清代府名，治在今河南沁阳市。潞王，指明穆宗第四子朱翊镠，封于卫辉，怀庆亦在其封疆之内。

②昏德：不德。此指淫乱之行。

③舆马：车马。

④聂政：战国时的刺客。

⑤丈夫：男子。

⑥良家子：清白人家的子女。

⑦抉其首：砍他的头。抉，通“决”。

⑧少杀：稍减。

⑨刺客传：指《史记·刺客列传》。

⑩豫：指豫让，春秋战国之交的刺客，为晋国智伯所知。后智伯被赵襄子所灭，豫让漆身作癞，吞炭为哑，誓杀襄子以为智伯报仇。后被执自杀。

⑪鱄：即鱄诸（？—公元前515），亦作“专诸”，春秋吴国刺客。楚人伍子胥避难于吴，事公子光。公子光欲刺杀吴王僚而自立，伍子胥即推荐专诸去刺杀僚。席间，专诸置匕首于鱼腹，以献鱼为名，借机刺死僚，自己也当场被杀。

⑫皮面自刑，不累骨肉：指聂政自杀前，故意毁坏自己的面容，以免牵累其姊。

⑬曹：指春秋鲁国刺客曹沫。沫事鲁庄公，在与齐交战中多次失利，以致使鲁国献土求和。于是齐桓公与鲁庄公会盟于柯（齐地）。曹沫于会盟时，以匕首劫齐桓公，逼其退还侵地，从而取得外交上的胜利。

⑭荆轲：即荆卿（？—公元前227），战国末燕国的刺客，本卫人，在燕国受

到燕太子丹的知遇，因为其谋刺秦王。荆轲赴秦，以献秦逃将樊於期的首级及燕督亢地图为名，而在图中藏有匕首。献图时“左手把秦王之袖，而右手持匕首揕之。未至身，秦王惊，自引而起，袖绝。”行刺未成，荆轲被当场杀死。

⑮樊将军：指樊於期，秦国将军，获罪，逃至燕。秦以千金、万家邑购其头。荆轲为取得秦王信任，以达谋刺秦王的目的，而使樊自杀，借其首以献秦。

⑯羊、左：指战国羊角哀、左伯桃。

【译文】

河南怀庆府的潞王，昏庸不堪。常常到民间去，看到有漂亮的女子，就抢来占为己有。

有个王生的妻子，被潞王看见了，派了车马直奔他家。王妻哭喊着，不肯顺从，被强行抬了出去。王生逃出家门，躲藏在战国时著名侠客聂政的墓旁，希望妻子经过那里，好远远地见她最后一面。不一会儿，王妻到了，望见丈夫，嚎啕大哭，扑倒在地。王生悲从中来，不觉失声痛哭。王府随从知道他是王生，抓住他就要拷打。忽然坟墓中出来一个男子，手握雪亮的尖刀，神态威武刚猛，厉声说道：“我是聂政！良家妇女岂容强占！考虑到你们身不由己，姑且饶了这一遭。传话给无道的潞王，如果不痛改前非，要不了几天就要摘了他的脑袋！”仆从们吓坏了，扔下车子逃走。那男子也走进坟墓不见了。王生夫妇对坟墓磕过头回家，还担心潞王再派爪牙来抓人。过了十多天，竟然没有动静，这才放下心来。潞王的淫威，从此也有所收敛。

异史氏说：我读《史记·刺客列传》，独独心服于轵深井里人聂政。他奋不顾身报答严仲子的知遇之恩，有豫让的义气；光天化日之下刺杀韩相侠累，有专诸的勇敢；事成之后自毁容貌，不连累姐姐，有曹沫的智慧。至于荆轲，力不足以图谋无道的秦王，只好让他挣断衣裾逃走，自取灭亡。轻易借了樊於期将军的头，哪天才能还呢？这是千古的遗恨，也是为聂政所嗤笑的。我从野史逸闻中得知：荆轲死后容不得左伯桃葬于其旁，结果自己的坟墓被鬼雄羊角哀掘掉了。如果真是这样，那么活着不能成名，死后还不仗义，比之聂政的怀抱一腔义愤，严惩荒淫无耻，为人的贤与不贤又怎样呢？哦！聂政之贤，在这件事上更确凿无疑了。

冷　生

【原文】

平城冷生[①]，少最钝，年二十馀，未能通一经。忽有狐来，与之燕处[②]。每闻其终夜语，即兄弟诘之，亦不肯泄。如是多日，忽得狂易病[③]：每得题为文，则闭门枯坐[④]；少时，哗然大笑。窥之，则手不停草，而一艺成矣[⑤]。脱稿，又文思精妙。是年入泮[⑥]，明年食饩[⑦]。每逢场作笑，响彻堂壁，由此“笑生”之名大噪。幸学使退休[⑧]，不闻。后值某学使规矩严肃，终日危坐堂上。忽闻笑声，怒执之，将以加责。执事官代白其颠。学使怒稍息，释之，而黜其名[⑨]。从此佯狂诗酒。著有“颠草”四卷，超拔可诵[⑩]。

异史氏曰：“闭门一笑，与佛家顿悟时何殊间哉[⑪]！大笑成文，亦一快事，何至以此褫革[⑫]？如此主司，宁非悠悠[⑬]！”

学师孙景夏，往访友人。至其窗外，不闻人语，但闻笑声嗤然，顷刻数作。意其与人戏耳。入视，则居之独也。怪之。始大笑曰：“适无事，默熟笑谈耳[⑭]。”

邑宫生，家畜一驴，性蹇劣。每途中逢徒步客，拱手谢曰：“适忙，不遑下骑，勿罪！”言未已，驴已蹶然伏道上，屡试不爽[⑮]。宫大惭恨，因与妻谋，使伪作客。己乃跨驴周于庭，向妻拱手，作遇客语。驴果伏。便以利锥毒刺之。适有友人相访，方欲款关[⑯]，闻宫言于内曰：“不遑下骑，勿罪！”少顷，又言之。心大怪异，叩扉问其故，以实告，相与捧腹[⑰]。

此二则，可附冷生之笑以传矣[18]。

【注释】

①平城：县名。故地在今山西大同市东。

②燕处：友好相处。

③狂易病：精神失常。

④枯坐：坐如枯槁之木，谓寂坐。

⑤一艺：一篇制艺文（八股文）。

⑥入泮：人县学为生员（秀才）。

⑦食饩：谓成为廪生

⑧学使：主管一省学政的官员。明代称提学道，清称提督学政，简称“学政”。退休：指学使离开考场，退居别室休憩。

⑨黜其名：除去其生员的名籍。

⑩超拔：超群拔俗。

⑪佛家顿悟：佛教禅宗有南北两派，南宗主张顿悟，即认为人人自心本有佛性，悟即一切悟，不分阶段，即可明心见性而成佛。

⑫褫革：谓除去生员名籍。

⑬悠悠：荒谬

⑭默熟笑谈：谓独自默念所闻或自己曾说之笑话趣谈。

⑮不爽：没有差错。

⑯款关：敲门。款，叩，敲。

⑰相与捧腹：一起捧腹大笑。捧腹，形容大笑之状。

⑱以：此据二十四卷抄本，原作“并”。

【译文】

平城有个姓冷的书生，从小头脑最迟钝，二十多岁了，还不能精通一本经书。忽然有一只狐狸来到他家，和他处得很亲昵。时常听见他们一宿唠到天亮，究竟唠了什么，就是亲兄弟向他打听情况，他也不肯泄露。这样过了很多天，他忽然精神

冷生

失常：每当得到一道作文的题目时，就关上房门，一个人枯燥地坐在屋里；坐了一会儿就哈哈大笑。趴窗缝往里一瞅，只见他手持狼毫，不停地写着，一篇八股文很快就写成了。脱稿以后，文思很精妙。这一年考中了秀才，第二年，因为成绩优秀，做了廪生。每次碰到考试的场所，总是哈哈大笑，笑声响彻厅堂的墙壁，因此，“笑生”的绰号，就被人吵吵嚷嚷地宣扬出去了。幸而学使退休了，听不到他的笑声。后来又碰到一个学使，学规很严，一天到晚，总是正襟危坐地坐在堂上。忽然听到他的笑声，怒冲冲地把他抓到跟前，要用板子惩罚他。执事官替他辩解，

说他有癫狂症。学使才稍微消了一点怒气，就放了他，把秀才的功名给革掉了。从此以后，他就装疯卖傻，饮酒赋诗，著有《颠草》四卷，都是出类拔萃的杰作，值得一读。

异史氏说："关起房门，在静坐中突然一笑，这和佛家的顿时悟道有什么不同呢！在狂笑的时候写成文章，也是一件畅快的事情，为什么竟至因此而革掉功名呢？这样的学使，岂不荒谬！"

学师孙景夏，出去访问一个朋友。走到朋友的窗外，听不见屋里有人说话，只能听见一片嗤嗤的笑声，顷刻之间，笑了好几次。他猜想可能是朋友跟别人说笑呢。进屋一看，只有孤零零的一个人。他感到奇怪，就问朋友笑什么。朋友哈哈大笑说："刚才无事可做，在默默温习几个笑话。"

某县有个姓宫的书生，家里养了一头驴子，驴性劣茁。每次骑驴走在路上，碰上一个熟人，就拱手谢罪说："我正好有件急事，没有时间下驴。请你不要见怪！"话还没有说完，驴子突然一个前失趴在路上，让他下驴。试验了好几次，全是这个样子。宫生很惭愧，恨死了驴子，就和妻子想了一个办法，叫妻子装作路上相遇的客人。他自己骑着驴子在院子里兜圈子，向妻子拱拱手，装作在路上和客人说话。驴子果然趴下了。他就拿出锥子，狠狠地刺它一下。刚巧有一个朋友前来拜访，刚要伸手敲门，忽听宫生在院子里说："我没有工夫下驴，请你不要见怪！"停了一会儿，又说了一遍。朋友感到很奇怪，敲开他的大门，问他干什么，他就把实情告诉了朋友，两个人捧腹大笑。

这两个小故事，可以附在《冷生》那篇笑话的后面，一并流传。